台灣新文學史論叢刊 5

簡明台灣文學史

古繼堂主編

古繼堂、彭燕彬、樊洛平、王敏

合著

人間出版社

目　錄

第三編 近期臺灣文學
—— 從主潮輪換到多元共存

前　言

　　文學史，是文學中的航空母艦，是一項綜合性、系統性的研究工程。它涵蓋了史論、作家論、作品論乃至考證學。從文學體裁看，小說、詩歌、散文、戲劇、文學理論等無所不包。不過它的內涵雖然豐沛繁雜，縱橫交錯，但它的中心任務還是著眼於史。一切從史出發，一切為史服務。不管縱向和橫面的任何一個部位，都是史的一個組成部份。它雖然有經有緯，但卻是以經為軸，以緯顯經。它的研究方法應是交錯流動的，而不是單一靜止的。總之，它是一個完整的互動流程。

　　文學史，是屬於上層建築部份，是人類文明史的一部份。由於涉及到對史實、作家、作品，文學現象等的敘述、解讀和評價，常常會由於意識和利害的關係，出現同樣的事物在不同人的眼裡作出不同的評價和結論。所以撰寫文學史和做其他事一樣，需要有統一的遊戲規則。那就是：客觀事物第一，主觀認識第二的原則；要說真話，而不說假話；客觀呈現史實，而不篡改和塗抹歷史。如果大家都嚴格地遵守了這樣的遊戲規則，只是觀念和詮釋上的分歧，即使爭辯的再激烈，也不失學者風範。

　　在文學史的研究和撰寫中，最忌諱的，是為了達到某種目的，歪曲前人的作品，塗抹和篡改史實，進行文學「綁架」活動。在這種情況下寫出來的文學史，無疑是偽文學史。這種事情，是一切有良知、有道德、有科學頭腦者所不為。我們這部《簡明臺灣文學史》，或許會存在這樣那樣的問題和不足，但絕不會有意歪曲前人的作品；由於歷史和海峽阻隔，可能會有史料

上的某種硬傷，但絕不會去塗抹和篡改史實；或許由於觀察和誤讀出現某種集體無意識的偏差，但絕不會出現任何集體有意識的扭曲現象。

海峽兩岸已經出版了多部臺灣文學史性質的著作，各自也獲得了不同影響。但是我們還是覺得，它們各自都存在著不足和缺陷。有的甚至存在著嚴重錯誤，可能誤傳歷史，誤導讀者。我們這部《簡明臺灣文學史》，意圖在繼承前人，總結和提高自己的情況下，寫出一些比較新的特點，亮出一些新的色彩，以彌補同類作品的疏漏和未達。不過，人們的主觀和客觀，有時是不一致的，弄巧成拙，反優為劣的事，也常常令人無奈歎息。從主觀上我們想在這部書中體現出以下幾點精神：

一、正本清源，理清脈絡

臺灣是中國的一部份，臺灣文學是中國文學的一部份。這是事實，這是足跡，這是歷史，而不是口號和判決。如是，我們就要讓事實和歷史說話，通過臺灣文學的萌生、發育、成長、流變的事實，來回答這一命題。自17世紀浙江寧波人沈光文在台灣播下第一粒文學種子起，直到18世紀末期，經過移民文人們100年的精心孵化，刻苦經營培育，移民們的後代，臺灣出生的文人，才開始出現於文壇，才有作品問世。即使是這些作家的出現，與大文化環境的培育，也有重要關係。鄭成功1661年驅荷復臺，將明朝的教育文化體制用於臺灣，經過歷代經營，將一個荒蕪偏僻之地，培育成了一個文明的搖籃，才可能出現作家。從17世紀到18世紀，100年的臺灣文學園地裡開放的，全部是由大陸的移民文人們，從大陸移植過去的文學花朵。從文學體裁看，臺灣的詩、小說、散文、文學批評的開創者，全都是大陸移民文人。臺灣詩的開拓者是浙江寧波人沈光文；臺灣散文的開拓者是浙江仁

和人郁永河；臺灣傳記文學的開拓者是《臺灣外記》的作者，大陸移民文人江日升；臺灣文學理論批評的開拓者是「紅學」家，大陸移民文人張之新。從這個簡單的正本清源的叙述中，便可一目了然地看到大陸的文學和臺灣文學的母子關係。

二、減肥加鈣，不漏主角

文學史像江河一樣，是一個總體流程，因而要簡化，只能從緯的部位減肥，不能從經的部位截流。也就是説，作家、作品和文學史實的叙述必須簡明扼要，有一些對史無傷的作家，可一帶而過。但是簡也不能一概而論，在對有的作家、作品，精簡和約化的同時，對常常被文學史家忽略的作家、作品卻應該補充和強化。那些在戰爭年代亦武亦文；一手握槍，一手拿筆；既為民族流血，也為人民歌唱；既是戰士，又是作家的人就是應該重視的一群。由於臺灣地處邊陲，從 16 世紀初開始，日本、荷蘭、西班牙等新老殖民主義者，便不斷進行騷擾和侵犯，中國人也就不斷和他們進行鬥爭，因而臺灣的移民史、開墾史和反侵略史，是三位一體的。鄭成功是反侵略的民族英雄，也被稱為臺灣的「開山王」。臺灣文學史，既是臺灣移民開拓過程的真實記錄，也是臺灣反侵略史的組成部份。許多移民文人既是詩人、散文家，又是英勇無畏的反侵略鬥士。如·黃花崗戰役的倖存者、同盟會成員、孫中山派往臺灣領導抗日、被日本人處以絞刑的羅福星；抗法名將、黑旗軍領袖、為臺灣抗日立下汗馬功勞的劉永福；棄官赴臺抗日、血灑疆場的民族英雄吳彭年；寧死不剪髮辮、與日本人對抗到底、被日本人害死的洪棄生；臺灣抗日領袖丘逢甲等，都既是抗日民族英雄，又是才華橫溢的詩人。他們用生命和鮮血寫下了大量的鐵骨錚錚、充滿民族豪氣的、感天地泣鬼神的詩篇。他們既是歷史的創造者，也是歷史的記錄者；他們既是歷史

的主角，也是文學的主角。文學史既不能忽略他們，更不能刪除
他們。他們的作品是將人格和藝術融合到一起；是用民族的靈魂
和國家的尊嚴塑造而成的形象，他們的作品是文學中的鋼和鈣。
只有將他們和他們的作品寫進文學史，並給以相應的地位，文學
史才能厚重和深沈。任何將他們的作品因某種政治意識形態加以
排斥，都是錯誤的。既然談到政治，我們認為政治並不可怕。在
戰爭年代，在人民作奴隸的年代，人民吐出的心聲就是政治，寫
出的作品絕對不可能是純文藝的。如今站在他們用生命和骨血搭
起的歷史高臺上，用政治來否定他們的作品，等於一方面在享受
他們創造的革命成果，另一方面在對他們說風涼話。我們提請人
們注意這樣的規律：革命時期文學主要發揮它的戰鬥功能；和平
時期文學更多地發揮它的教、娛作用。

三、摒除社會分期，建立時空架構

　　過去的文學史，基本上是以社會的發展階段和性質，來規範
和決定文學史的性質和分期。這是基於文學是上層建築，是由經
濟基礎決定的，是科學可行的。但是理論用於實踐是靈活的，也
是有例外和補充的。對臺灣來說，就是一個例外。18世紀以前臺
灣基本上是個正在移民中的社會。1683年清朝統治臺灣始，全臺
灣只有六、七萬人。清軍佔領臺灣後，每年由大陸向臺灣移民的
人數達十萬之眾。從 1683 年到 1811 年，台灣人口增加到
1,901,883 人。移民社會的重要特徵，是上層建築和經濟基礎脫
節。其上層建築，如：軍隊、法庭、文化、文學、宗教和各種社
會制度，都不是一對一地自身的經濟基礎所產生，而是由原鄉移
植而來。所以上層建築的許多部份，一開始就是十分成熟的。就
文學來說，移民文人們一踏上臺灣的土地，就創作出了非常優秀
的古詩、律詩、絕句。這些成熟的藝術品，是大陸經濟基礎上的

產物，而不是臺灣經濟基礎上的產物。到了日據時期，臺灣完全
變成了日本的殖民地，變成了殖民經濟，而臺灣的文學卻是強烈
地反對殖民主義的文學，反映的是日本殖民經濟對台灣本地經濟
剝奪、壓制造成的矛盾和鬥爭。20 世紀 50 年代以前，臺灣的經
濟基礎和上層建築始終是錯位的。因而我們摒棄臺灣文學的社會
定位法，用以時空定位法是有依據的。按照時空定位法，我們將
臺灣文學分為：第一編，早期臺灣文學——從大陸到臺灣。第二
編，中期臺灣文學——從阻隔到匯流；第三編，近期臺灣文學
——從主潮輪換到多元共存。這樣以時空定位，似乎更貼近臺灣
文學的實際發展過程，也更能體現出臺灣文學與大陸文學的內在
關係。

四、批駁「文學臺獨」，謹慎評價作家

「文學臺獨」，是文學方面的政治「臺獨」，目的是將臺灣
文學「臺獨化」，將臺灣文學從中國文學中分裂出去。其實質是
要篡奪我國的臺灣文學主權。這是遠遠超越文學範疇的一種政治
陰謀，我們必須嚴肅對待之。不過，從另一方面看，「文學臺
獨」是一種反動的文學思潮，是一種意識形態。於是它就具有了
一定的複雜性。比如，在這種反動的文學思潮中有潮頭，也有潮
尾；有骨幹，也有隨從，有主動者，也有被動者；有清醒者，也
有被蒙蔽者等。因而我們也必須區別情況加以對待。對於這種反
動思潮，要認清其對抗性矛盾的性質，進行無情批駁，堅決驅
除。其中的首要人物和不思悔改者，他們只能作該思潮的殉葬
品。而那些願意悔改者，即使是骨幹人物，也要加以接納。其他
人更不在話下。人和思潮是兩碼事。根據這樣的認識，我們撰寫
《簡明臺灣文學史》的過程中，一般對事不對人。對「文學臺
獨」人物過去的成就和作品，應該肯定的，給予充分肯定，不因

他們思想的變化，而貶低其地位。不過為了向讀者傳遞資訊，對於他們當前的政治態度，也作簡要説明，並寄以悔改之望。我們真誠的希望，一切迷途者能迅猛醒悟而知返。讓我們如兄弟姊妹，温馨地生活在我們如母親般的民族和祖國的懷抱中。

主編
於北京

緒　論

一、臺灣是中國人用血和汗寫成的一部歷史

據史學家考證，最早臺灣並不是一個海島，它和大陸本是一塊相連的陸地。由於海水漲進，大陸和臺灣連接的低窪地帶被海水淹没，臺灣才變成一個海島。

臺灣島上的居民，均是不同歷史時期的大陸移民。臺灣島上的高山族，是大陸最早的移民。在人類幼年，靠打獵捕撈為生，臺灣沿海又是亞熱帶地區，不僅海洋資源豐富，而且飛禽走獸出没山林，是古人類優良的生存之地。古大陸上的居民為了改善生存條件，不斷地向臺灣移居。他們的後代就是今日的原住民高山族。原來居住在大陸東南部的幾支越人和濮人，經中印半島到達南洋群島與古印度奈西人結合，成為馬來人。還有一些人與當地的尼格制佗種人結合。這些人後來由南洋群島進入臺灣。高山族，如今總數約 20 多萬人，佔臺灣總人口的 2%左右。臺灣除了2%的高山族居民，其餘 98%基本上都是漢人。

大陸大規模地向臺灣移民，有文字記載的是漢朝。大陸向臺灣移民的種類大約有這樣幾種：

1.軍事移民；2.災荒移民；3.宦、商移民；4.其他移民。

這幾類移民中數量最多的是軍事移民。比如，三國時期，東吳盟主孫權就派將軍温衛和諸葛直率軍萬人至夷州（今臺灣）。17 世紀，1661 年鄭成功率兩萬五千大軍從臺南登陸，趕走荷蘭

人，光復臺灣。並駐軍各地進行屯墾，設立各級學校，建立教育體制，依照明朝方式，建立各種軍、政、經、文等制度。漢族文化覆蓋臺灣。1949 年，國民黨政權覆滅，有 250 多萬軍政人員隨國民黨殘餘政權去了臺灣。上述幾次大規模的移民，不僅使臺灣的居民人數大增，足以改變原有居民的成份，而且每一次大規模的移民，都將大陸相對先進的生產方式和文化帶到臺灣，都使臺灣的荒漠得到開發，使臺灣的物質生產和精神文明向前推進。

中國最早在臺灣設置行政區劃是 1225 年，即南宋寶慶元年。那時，臺灣劃歸福建省泉州管轄，隸屬晉江縣。1620 年，明朝萬曆年間，中國政府在公文上正式使用「臺灣」之名稱。1661 年，鄭成功驅荷蘭復臺，設一府（承天府，今臺南市）、兩縣，即天興、萬年（今之嘉義、鳳山）。另設安撫司於澎湖。鄭成功以其家鄉泉州安平鎮之名，將荷蘭人用的熱蘭遮堡易名為安平鎮。1885 年，臺灣省建立。1888 年，即光緒 14 年，重劃臺灣行政區，設三府一州三廳十一縣。改前臺灣府為臺南府，移臺灣府至今日的臺中市。1894 年，即光緒 20 年，臺灣省會移至臺北市。1895 年，甲午戰敗，清朝政府被迫將臺灣、澎湖割讓給日本。1945 年 8 月，日本無條件投降，臺灣重新回到祖國的懷抱。

從上面的簡單敘述中可看到，臺灣自古就是中國固有領土不可分割的一部份；臺灣居民自古就是中國居民不可缺少的一部份。這是無數代中國人用血和汗寫成的歷史；用鋤和鍬刻在泥土上的歷史；用一個接一個的腳印蓋在史冊上的歷史。它既不能塗抹，也不能改變。

二、臺灣原住民文化和中原文化一脈相承

臺灣原住民共分為九個支系：泰雅族、雅美族、卑南族、排灣族、賽夏族、布農族、曹族、阿美族、魯凱族。這九個支系從

大陸移居臺灣的時間有很大區別，據考古學家考證，泰雅族是繩
紋陶文化人的後裔，是距今四千五百年前由大陸遷居臺灣的。賽
夏族比泰雅族遷居臺灣的時間較晚。布農族是製造黑陶文化的能
手，是龍山形成期文化人的後裔。曹族是含砂紅灰陶文化人的子
孫，他們大都是中原地區移民的後裔。由大陸東南地區的越人和
濮人移居南洋群島，再移居臺灣的原住民，即是今日的魯凱族，
排灣族、雅美族等。這些原住民過去大都居住在臺灣偏僻的高山
地區，交通極為不便，經濟文化非常落後。這種情況使他們成了
活的文化的博物館，保存了大量的原始古文化。研究顯示這些古
文化和大陸的古文化一脈相承。比如圖騰崇拜，穿耳、紋身等。
最為令人嘆服的是用口頭留在神話傳說和民間故事中的文化，與
大陸古文化驚人的一致。泰雅族廣泛地流傳著《射日的故事》，
與大陸《淮南子》中〈后羿射日〉和《山海經》中的〈夸父追
日〉非常相似。泰雅族的〈射日故事〉是將〈后羿射日〉和〈夸
父追日〉兩個故事融合在一起，並將〈夸父追日〉中的「棄其
杖，化為鄧林」，演變成了在道旁栽蜜橘。改得更適合南方的果
樹。有許多神話傳說，就是直接表現大陸和臺灣是一個不可分割
的整體的主題。比如，關於「孔雀溪」的傳說。相傳福建省東部
的大森林中有隻老孔雀，生下了五個蛋，五個蛋就成了五隻小孔
雀。其中一隻小孔雀名叫翎翎，飛過海峽到了臺灣，翎翎發現島
上有中國人，也有藍眼珠、黃頭髮、高鼻梁的荷蘭人。荷蘭人很
壞，翎翎正要轉身回家，荷蘭人「啪」的一槍將翎翎打了下來，
關進鐵籠，拔光了她美麗的羽毛。翎翎痛苦地流下了淚水，她的
淚水就變成了臺灣的孔雀溪。後來鄭成功消滅了荷蘭人，為翎翎
報了仇，這個故事在阿里山廣為傳播。福建孔雀的淚水變成阿里
山的孔雀溪，表現了兩地一體的主題。又如賽夏族流傳著高山族
與漢族同一祖先的神話傳說。遠古時，一天狂風大作，暴雨傾
盆，洪水吞沒並沖走了一切，大地變成一片廢墟。只有一個手拿

經線筒的男子活了下來。他被洪水沖到了西士比亞山上。突然山上雷鳴電閃，出現一個巨神，決心重造人類。他一把抓起那個男子，把他的皮肉投入大海，很快就成了一個活人。那活人泅渡上岸繁衍子孫，他就是賽夏人的祖先。接著巨神又把那男子的內臟投入大海，又變成了漢人。他們在台灣定居下來。賽夏人和漢人由一個男人的身軀變來，說明他們是同一祖先，同一血統。

此外，還有捍衛臺灣不被分裂，不受侵犯的神話傳說。臺灣廣泛流傳著這樣的神話傳說。很早以前，臺灣和大陸本來是連在一起的。後來海上來了一條凶惡的鱷魚，要把臺灣與大陸分開，妄圖將臺灣拖向大海，沈沒海底。這時，天上飄來了一朵祥雲，一位老婦人走下祥雲到了船上。老婦人金光閃閃，霞光萬道，顯得格外慈祥。她手裏提著一個竹筐，筐裏裝滿了楊梅。老婦人對漁民們說：「原來臺灣是連著大陸的，是大陸的一個半島。後來西風刮，大鱷魚拉，刮刮拉拉，便把臺灣拉到了海裏。幸虧島下長有大石腳，勾住了海底，臺灣才沒有拖得太遠。若有幾十顆大鐵釘，把石腳牢牢釘在海底，大鱷魚就再也沒有辦法將臺灣拖走了。」有個叫彭胡的青年問道：「往哪裡弄來大鐵釘呢？」老婦人答：「我帶來一筐楊梅，人吃了楊梅就能變成大鐵釘，就能將臺灣牢牢釘在海底。不過成鐵釘後就再也變不成人了。日久就會變成高大的柱石。你們願意吞下這楊梅嗎？」為了不讓鱷魚分裂中國的陰謀得逞，為了保衛神聖的領土臺灣，澎湖、白沙、漁翁等小夥子們毅然吞下了老婦人的楊梅。頓時他們變成了一顆顆大鐵釘。為了將臺灣釘牢，加大鐵釘的深度，只見他們像雄鷹般矯健地向上躍起，然後又重重地落入了水中，將臺灣牢牢地釘在了海底。鱷魚和西風共謀臺灣的陰謀被徹底粉碎。後來那吞楊梅的青年，就變成了澎湖島、白沙島、漁翁島、吉貝島、西吉島、東吉島，鷺鷥鳥吞下楊梅變成了鳥島，百花濺上了楊梅汁變成了花嶼。這就是澎湖列島形成的傳說。這個神話既非常美麗悲壯，又

十分深刻動人。這裏「西風」指的就是侵略成性的帝國主義，
「鱷魚」指的就是心懷不軌的「臺獨」份子。如今有 13 億願意吞
下楊梅的中國人，鱷魚就枉費心機了。

　　臺灣的原住民高山族是臺灣最早的主人，他們是最有權代表
臺灣發言的。他們的文化是最能表現臺灣歷史狀況的。仔細研究
他們的文化，研究他們的文化與大陸文化的關係和對大陸的親和
力，便可清楚地看到兩種文化一脈相承，共生於一個母體的歷史
沿革。文化上的一脈相承和母體共生，也是「臺獨」份子一道難
以逾越的障礙。

三、臺灣社會分期和兩岸文學的歷史沿革

　　經濟基礎決定上層建築。社會的性質有時也影響和決定文學
的性質。在研究臺灣文學的歷史時，對臺灣的社會經濟進行大體
上的概括和認識，是非常必要的。1895 年割讓以前，臺灣的社會
經濟基本上是封建形態的移民社會，是一個不斷地移民開發，且
在開發移民過程不斷移入大陸封建的生產方式，形成新闢封建社
會。1840 年鴉片戰爭後，臺灣與大陸同時淪為半殖民地半封建社
會。自 1895 年割讓以後，臺灣變成了一個戰亂頻仍，佔領和反佔
領不斷較量的殖民地半封建社會。1945 年日本帝國主義投降後，
臺灣回歸祖國，臺灣的社會性質和祖國的社會性質融為一體。
1949 年以全國的政權轉移為分野。祖國大陸進入了發展中的社會
主義社會，而臺灣則逐步開始了向資本主義工商社會的過渡。以
1960 年為例，臺灣農業產值比重與工商產值比重發生質的變化；
工業品出口大大超過農產品出口，標誌著臺灣社會由農業社會進
入了資本主義社會。隨之而來的便是臺灣社會的西化和反西化鬥
爭，即維護民族資本與民族文化的鬥爭。1987 年，臺灣「戒嚴
法」的解除，是一種還權利於民，還自由於民的勝利，它標誌著

臺灣戰後資本主義發展下新興資產階級政治要求的實現。社會性質與文學的性質雖然有很密切的聯繫，但卻不是等同的。有時文學有著相對的獨立性，比如日據時期，臺灣是殖民地半封建社會，但臺灣文學卻是以反殖民、反封建文學為主流，表現殖民地半封社會的深刻矛盾。分析文學與社會的關係，必須具體情況作具體分析。

臺灣是個移民島，移民島的文學從移民文學中孕育和誕生。因而臺灣文學是從大陸的移民文學中孕育和誕生的。臺灣島已經有數千年的歷史，但臺灣文學僅有 300 年的歷史。因為文學的誕生和出現是有條件的，尤其是書面文學，文人文學的出現，必須具有相當的文化積累和相應的社會生產與生活支撐。明朝末年鄭成功率大軍驅荷復臺，將明朝的各種制度引入臺灣，並大力創辦各級學校，開創教育事業禮遇文人雅士，鼓勵他們招徒授詩、授文進行文學創作。鄭氏政權的建立和穩定，大力發展農耕，推行軍人屯墾，使臺灣的生產大發展，生活大進步，為文學的誕生和發展創造了極為有利的條件。加之大陸一大批主張反清復明的明朝遺老匯聚臺灣，成了一支很強的文學創作隊伍。所以臺灣文學在鄭氏政權誕生後很快誕生，就成了一種必然現象。

臺灣文學的出現，是大陸文學的原樣移植。它沒有幼年期，沒有初生態，一出現，便是成熟的古詩。那是因為：那些移民作家在大陸時，便是成熟的詩人。他們將創作經驗，藝術技巧，甚至包括生活素材，都從大陸移植到了臺灣。

1651 年，沈光文在廣東肇慶，扶助明朝最後一個小皇帝朱由榔執政，被授予太僕寺卿。清兵打到廣東滅了朱由榔，沈光文逃到金門，次年乘一葉扁舟回家途中遇上颱風，小舟隨波逐流，漂到了臺灣。1661 年，鄭成功趕走了荷蘭人，沈光文受到禮遇，招徒授詩，並創作了許多詩文，成了臺灣文學的開創人。與沈光文差不多同時，或者稍晚去臺的文人，明朝遺老還有：王忠孝、辜

朝薦、李正青、沈光明、盧若騰、徐孚遠、沈佺期、許吉燝、王
愧兩、陳永華、朱術貴、紀石青、高拱乾、孫元衡、阮蔡之、陳
夢林、鼎盛元、張湄、朱仕玠等。他們中每一個人，在臺灣都創
作了許多古詩、遊記、散文、報告文學等。他們是臺灣文學開創
者的群體，是臺灣的第一代文人，是臺灣文學之河源頭的第一批
湧泉。

　　臺灣文學進入抗日時期，大陸的許多愛國知識份子，懷抱一
腔熱血，離開大陸，離開家鄉，奔赴臺灣抗日前線，與臺灣同胞
一起英勇地抗擊日本入侵者。有的為臺灣的抗日獻出重大決策，
有的戰死在沙場，為保衛臺灣獻出了寶貴的生命。這些先烈，這
些民族英雄，在戰場、在敵人的監獄中，留下了大批血凝的愛國
詩篇，成為臺灣文學史上光照千古之作。這些人中有梁啟超、羅
福星、劉永福、吳彭年、張景祁等。

　　20 世紀 20 年代，在新舊社會和新舊文學交替之際，臺灣青
年張我軍在北京受到「五四」運動的洗禮和魯迅的教誨，將「五
四」文學新軍引進臺灣，進行了新舊文學大論戰。新文學戰勝了
舊文學，打開了臺灣新文學前進的航程。同一時期臺灣知識青年
黃呈聰和黃朝琴，到大陸學習考察，將大陸白話文運動的經驗引
進臺灣，發起了臺灣的白話文運動，使白話文很快取代了文言
文，成了臺灣新文學的表達工具。臺灣新文學的一些重要作家、
理論家，如：賴和、吳濁流、鍾理和、洪炎秋、林海音、蘇薌雨
等，全都到過大陸學習取經。鍾理和、林海音的創作就是從大陸
起步的。「五四」新文學不僅為臺灣新文學準備了藍圖，培養了
隊伍，而且直接將「五四」新文學的理論和作品拿到臺灣發表進
行示範。

　　1945 年，日本無條件投降，臺灣重回祖國的懷抱，不久，大
陸有一批進步文化人離鄉背井去了臺灣。他們中有許壽裳、黃榮
燦、李河林、臺静農、姚一葦、田野、孫達人、方生、李霽野、

黎烈文、袁珂、雷石榆、歌雷、揚風、羅鐵鷹、周夢江、王思翔、樓憲、蕭荻、張禹等。這些文人與以楊逵為代表的臺灣作家結合在一起，清掃戰後廢墟，消除日本餘毒，重新確立臺灣文學的「五四」新文學的方向。1947 年，兩岸作家在楊逵的主導下，開展了關於「新現實主義」的討論。兩岸作家、學者一致肯定：臺灣是中國的一部份，臺灣文學是中國文學的一部份。並確定了臺灣文學深入大眾，為大眾發言，為大眾服務的現實主義路線。他們特別注意魯迅精神的貫徹和傳播。

1949 年，隨著國情的巨大變化，另一大批文人隨著國民黨殘餘政權去了臺灣。不僅實現兩個文學球根和文學精神的結合，而且改變了臺灣文壇原有結構和創作隊伍。臺灣文學進入了一個與過去不同的方向和軌道。從此臺灣文學的創作隊伍大大地增強了。女性文學開始崛起，散文創作開始繁榮，雖然「反共八股」開始籠罩臺灣文壇，但它只是臺灣文學一個短暫的插曲，很快正面收穫便取代了「反共八股」的負面影響。

從這個簡略的敘述來看，我們可以毫無疑問地肯定：臺灣文學是從大陸的移民文學開始；是由大陸的移民文學中誕生；是亦步亦趨地在大陸文學的影響和滋潤下成長；是隨時隨地由大陸文學支援和供養的。臺灣文學和其他省份的文學完全一樣，是中國文學固有的，不可缺少的一部份。

四、撰寫《簡明臺灣文學史》的動機和原則

2001 年 5 月，本著的部份作者訪問臺灣期間，從《聯合文學》上讀到了陳芳明的《臺灣新文學史》的部份章節。雖然該著作還只連載了一部份，但已露出冰山一角。就像一條破殼而出的蛇，鑽出了蛇頭，蛇身和蛇尾也就大體明白了。陳芳明完全站在「文學臺獨」的立場上，觀察、審視、判斷臺灣文學的歷史。他

對臺灣社會性質的分析，所謂「三段論」：日據時期為殖民期；《戒嚴法》時期為再殖民期；1987 年解除《戒嚴法》後為後殖民期的論斷，完全違背了社會學的理論，違背了決定社會性質的經濟基礎的分析，違背了科學的人類社會發展的分期，混淆了民族矛盾和階級矛盾的性質，近似對社會學理論的一種褻瀆和胡說，將自己置於了社會學白癡的地位。陳芳明將臺灣文學史建構在這樣荒唐的社會性質分析的基礎上，只能是在空氣上建大廈，在煙塵上建樂園。

　　一個學者不顧及基本事實和理論，願意以謊言換取墮落，那也是沒有辦法的事。有些錯誤的理論是可以通過討論改進糾正的，有些故意製造的謊言是不值得一駁的，不過事實是它的天敵，是它越不過的高山。由於他們不顧事實，信口開河而又思想混亂，他們的話語是自相矛盾的。他們今天可以這樣說，明天又可以那樣說，有時在同一篇文章中就自打嘴巴。1987 年 7 月 28 日，陳芳明與彭瑞金在美國聖荷西陳芳明的住宅中，有一次很長的關於撰寫臺灣文學史的對話，標題是〈從臺灣文學的局限與延長——與彭瑞金對談臺灣文學史的撰寫〉。在這次對話中，談到關於語言問題時，陳芳明說：「我們的祖先來自中國，是不可否認的事。我們的祖先使用漢語，也是事實，所以，我們不可能為了反對統治者，不用統治者的語言、文字，而創出一套自己的語言來，我們還是要使用祖先的語言，否則，拼音也好，創字也好，一定帶來大混亂。」（原載《文學界》第 24 期，1987 年 11 月。）而在同一篇談話中，陳芳明又這樣說：「有許多人在談到臺灣新文學的時候，總要刻意強調它和中國的關係，例如陳少廷的《臺灣新文學運動簡史》便是，他們認為臺灣文學是從中國文學來。我覺得看文學不能這樣，從自己感官上的樂趣來解釋歷史。我把這樣看歷史的人稱作——『官能民族主義』，看歷史只在滿足自己的快感而已。」（原載《文學界》第 24 期，1987 年

11 月。）

　　請注意，陳芳明這裏說的是「我覺得看文學不能這樣」。陳芳明才是真正的憑感覺，而不顧事實。陳芳明一會兒把臺灣當局說成是「再殖民」，「後殖民」政權，一會兒說自己祖先「來自中國」，一會兒又給主張「臺灣文學來自中國」的陳少廷扣上「官能民族主義」、「看歷史只在滿足自己的快感而已」的帽子。客觀的明眼人從陳芳明變色龍般的嘴臉中，不難看出他想幹什麼。把「官能民族主義」的帽子給陳芳明戴上，比給陳少廷戴上適合一千倍。

　　歷史不容歪曲，祖先不容褻瀆。歪曲歷史，褻瀆祖先者自有報應。我們無意與陳芳明的謊言糾纏，讓他們的謊言擾亂我們的思路。我們只在捍衛歷史的真相，捍衛祖宗開創的不朽業績。我們的目的是讓歷史事實發言，讓歷史的強大威力去震懾和埋葬謊言。這就是撰寫本著的動機、目的和原則。

第 一 編

早期臺灣文學
——從大陸到臺灣

第 一 章

臺灣文學的開山人沈光文和
開創臺灣文學的第一批大陸移民文人

第一節　臺灣文學誕生的歷史社會背景

　　臺灣正式歸入中國版圖是在宋朝，屬福建省晉江縣管轄。趙汝適著《諸蕃誌》一書中有：「泉有海島曰澎湖，隸屬晉江縣。」趙汝適係宋朝宗室，曾任宋朝「提舉泉州市舶使」，相當於海關關長之職。元朝順帝時在臺設立巡檢司，隸屬泉州。明朝人陳第，於 1603 年與明軍將領都司沈有容同赴臺灣，先擊破倭寇，後又擊退荷蘭殖民者。趕走入侵者之後，他在臺灣廣泛考察，返回大陸後，著述了《東番記》一書。對臺灣的民情、物

產、商貿情況作了細緻描述。關於沈有容擊退荷蘭入侵者的戰績，至今澎湖的馬公鎮仍矗立著紀念碑，上刻：「沈有容諭退紅毛番韋麻郎碑」。明朝萬曆年間詩人陳建勳有《諭退紅毛夷詩》歌頌此事。詩曰：「艨艟百丈勢如山，矯汛揚帆泊海灣。黑齒紅毛驚異類，輕裘縷帶破愁顏。一尊立解他年釁，寸吞能教即日還。猶戀將軍真感泣，無勞飛雁落弓彎。」

關於「臺灣」之名的來歷，大約經歷了這樣一個過程。最早稱「夷州」、「流求」，明朝時稱「東番」。臺南有個小地方叫「大員」、「大灣」，用閩南語去讀，語音正好是普通話中的「臺灣」之音，這就是「臺灣」的來歷。鄭成功消滅荷蘭人之後，改熱蘭遮城為安平鎮，這裏就變成了臺灣政治、經濟、文化的中心，於是以部份指代全體，「臺灣」就成了整個「臺灣」島的稱謂了。（史式、黃大受：《臺灣先住民史》，第148頁，九州出版社，1999年9月。）

明朝末年正式起用「臺灣」之名。《明史‧雞籠傳》寫道：「崇禎八年，給事中何楷陳靖海之策云：『今欲靖寇氛，非墟其窟不可，其窟為何？臺灣是也。臺灣在澎湖島外，距漳、泉止兩日夜程，地廣而腴……其他，北自雞籠（基隆），南至浪嶠（恆春），可一千餘里；東自多羅滿，西至王城，可九百餘里。水送順風，自雞籠、淡水至福州港口，五更可達。」這是官方文書正式敘述臺灣的疆域圖畫。明朝末年，大陸發生大旱災，許多地方赤地千里，餓殍遍野。福建糧荒十分嚴重，巡撫熊文燦為減輕災害壓力，決定遷移數萬人去臺灣。明朝天啟元年（西元1621年）鄭芝龍（鄭成功之父）去臺灣投靠顏思齊。五年後顏思齊病亡，鄭芝龍被推為首領。他將臺灣建成自己的根據地，設立佐謀、督造、主餉、監守、先鋒等官職，對當地軍民實行有組織的管理。在海峽兩岸進行大規模的走私活動，趁福建饑荒之年，大力擴展隊伍，於是「求食者，爭往投之」。他採取「劫富濟貧」，來者

不拒，去者不追的政策，很快擴展到三萬餘人的隊伍。崇禎元年即 1628 年，鄭芝龍歸順明朝，授海上游擊，實際上歸而不順，自行其事。在官方的支援下，鄭芝龍組織數萬移民到臺灣進行開發墾殖，使臺灣人口大增。

　　明朝末年，臺灣處於大批大陸移民開發墾殖的初級階段，生產力低下，經濟落後，生活貧困。加之明朝政府腐敗無能，農民起義不斷，在自顧不暇的情況下，沒有能力去保衛和管理臺灣。於是，日本、荷蘭、西班牙幾股殖民勢力垂涎臺灣的鹿皮等貿易，不斷對臺灣進行侵擾。臺灣原住民和大陸新移民對幾股外國勢力進行了反覆的堅決抗擊，但弱不敵強，致使荷蘭人和西班牙人在臺灣獲得短時期盤據。荷蘭人從 1624 年至 1661 年，對臺灣統治 37 年。西班牙人從 1626 年至 1642 年，對臺灣統治 16 年。不管是荷蘭，還是西班牙，他們的勢力均未能控制臺灣全境，只是海盜分贓式的同時各控制一些商貿較為發達的城市和村鎮。朝廷雖然腐敗無能，對外國勢力的入侵掠奪自顧不暇，視而不見，但是愛國的民族英雄卻不能容忍殖民主義對國土的任意掠奪。從 1646 年起，臺灣就不斷傳出鄭成功要攻打臺灣的消息，荷蘭殖民者聞訊惶惶不可終日。1661 年 4 月 21 日，鄭成功率 2.5 萬大軍乘坐 400 餘艘艦船，從金門島的料羅灣出發，直取澎湖。22 日佔領澎湖，人不解甲，兵不歇刃，29 日直指臺灣。30 日黎明通過鹿耳門進入人員灣，勢如破竹直逼赤嵌城。鄭成功 5 月 1 日命令荷蘭長官揆一投降。在兵臨城下，水斷糧絕的困境中，荷蘭殖民主義者於 5 月 4 日簽署了投降書。臺灣宣告光復。鄭成功光復臺灣之後，將熱蘭遮城改名為安平鎮，將赤嵌地方改名為東都明京。在臺灣設立一府兩縣，設立南路安撫司，北路安撫司和澎湖安撫司。規劃基層社區組織，基層設里。將明朝的規章典籍、行政區劃制度運用於臺灣。

　　鄭成功特別重視文教事業，將一大批反清復明的文人學士延

攬重用。鄭成功的參軍陳永華是個飽學之士，在文教建設上起了
重要作用。他建議設孔廟，建立各級學校，起用科舉取仕制度。
於是，一套自上而下的較為完整的文化教育體制便創立起來，中
華文化很快覆蓋全島。經濟上組織軍人拓荒屯墾，對外開展貿
易，鄭氏政權很快將臺灣理得井井有條。文學方面，以沈光文為
代表的一批大陸來的文人，積極投入創作，使臺灣由無文人到有
文人，由無文學到有文學，開啟了臺灣文學的發展里程。鄭成功
實現了他的「開國立家」，建立「萬世不拔基業」之目的。

第二節　大陸的移民文學開啟了臺灣文學之路

　　1661 年，鄭成功剛剛光復臺灣，便開始狠抓文化教育事業。
一批在大陸就較為顯赫的明朝遺老，因對清朝不滿便跟隨鄭成功
去了臺灣。比如：王忠孝、辜朝薦、沈佺期、沈光明、盧若騰、
徐孚遠、李正青、許吉燝、王愧兩、陳永華、朱術桂、紀石青、
陳夢林、高拱乾、阮蔡之、孫元衡、藍鼎元、張湄、朱仕玠、六
居魯、范咸、錢琦、楊廷理、楊桂森、周凱等。這些人中，有的
在大陸時期就是詩壇名家。這些文人與先期去臺的沈光文等，便
成了臺灣文壇的拓荒者和開山人。作為臺灣舊文學的奠基者，他
們有三大有利條件：(1)他們反清復明的政治主張相同，共同期望
將臺灣建成一個反清復明的軍事、政治、經濟、文化基地，以便
有一天能從滿清手裏奪回「祖先創造的基業」。他們是一批過河
卒子，除了前進沒有退路。因而那種創業復基的心氣很高，人人
有一股作為的衝勁，他們的這種士氣雖然不一定適應歷史潮流，
但卻對開創臺灣文學的基業十分有用。(2)鄭成功的事業剛開始，
鄭氏政權剛剛建立，極需大批的文人輔佐，因而求賢若渴，禮遇

和善待知識份子的政策，使這批文人有了一個良好的創作環境。
(3)在此以前，臺灣除原住民神話傳說，沒有文人、沒有文學，是
一張白紙，正期待著文人們來經營和拓荒，這就為他們準備了很
好的用武之地。臺灣文學開創初期，體裁上只限於古詩和紀實文
學兩種，基本上沿襲大陸時期的創作。這裏例舉幾位文人的創作
情況，便可一葉知秋，窺見全貌。

　　徐孚遠（1599—1665年）江蘇華亭人。1642年明朝舉人，明
亡後曾舉兵抗清，1661年隨鄭成功去臺灣。鄭成功去世後他定居
於彰化縣，一面招徒授詩，傳播祖國文化，一面從事農耕和文學
創作。他著有《釣黃堂詩集》20卷，收詩2700多首，其中《臺
灣詩抄》是他在臺灣創作的詩篇。他的詩除寫移民的心態和情感
際遇外，還描寫鄭成功復臺和思念家鄉故土等題材，表現對祖國
的忠貞之情。連雅堂在《臺灣詩乘》中曾對他的詩評價道：「暗
公之詩大都眷懷君國，獨抱忠誠，雖在流離顛沛之時，仍寓溫柔
敦厚之意。人格之高，詩品之正，足立典型，固非藻繪之十所比
也。余讀《釣黃堂詩集》，既錄其詩，復採其關係鄭氏軍事者而
載之，亦可以為詩史也。」

　　高拱乾，陝西榆林人，西元1692年任分巡臺廈兵備道，兼理
學政，後升浙江按察使，他在臺灣任職四年，編纂《臺灣府誌》
10卷，稱「高志」。他在臺期間創作的作品有：《東寧雜詠》、
《臺灣八景》和《澄臺記》、《臺灣賦》等。高拱乾的詩，是對
臺灣生活的描繪，有描寫臺灣風光和自然環境的，有表現鄭成功
驅荷復臺戰鬥的，也有對日本入侵者睥睨的。詩人在描寫臺灣戰
略地位重要時寫道：「天險悠悠海上山，東南半壁倚臺灣」
（《東寧雜詠》一）。描寫鄭成功驅荷復臺戰鬥時寫道：「曉來
吹角徹蒼茫，鹿兒門邊幾戰場」（《東寧雜詠》二）。在詩人筆
下，臺灣的自然風光也是豪邁壯美的：「海門雄鹿耳，春色共潮
來」（《鹿耳春潮》）。此詩的深意在於表面寫自然，深層歌頌

鄭成功。鹿耳門位於南海上，十分險要，鄭成功驅荷復臺從這裏
攻入臺南。春潮既是春天的海潮，也是鄭成功給臺灣帶來的春
汛。《續修臺灣縣誌》中寫道：「島上淡詩，名宦則以高觀察孫
司馬為貴。」（《臺灣省通誌稿》，第 14130 頁。）

　　盧若騰（1598—1664 年）金門縣人，明崇禎 13 年進士。連
雅堂在《臺灣通史‧諸老列傳》中寫道：「潔己愛民，興利除
弊，勢豪屏跡，莫敢呈。蕩平劇寇胡乘龍等，閭裏晏然，浙人祠
祀之。」西元 1664 年，他與沈佺期等人同舟來臺，船到澎湖，盧
若騰突然生病，遂留居太武山下，不久病逝。享年 66 歲。他自題
墓碑：「有明自許先生盧公之墓。」1959 年金門發掘魯王塚，從
中發現盧若騰的著作有：《留庵文集》、《留庵詩集》、《制
義》、《島噫詩》等。他在明朝遺老中，是鄭成功最為敬仰的文
人之一。盧若騰擅長寫長詩，他的〈金陵城〉是歌頌鄭成功的。
他的《東都行》等詩，是描寫鄭成功驅荷復臺和中國艱苦卓絕開
發臺灣的詩篇。他的〈老乞翁〉、〈甘蔗謠〉、《蕃薯謠》、
〈哀漁父〉、〈田婦泣〉、〈抱兒行〉等都是描寫臺灣人民生活
疾苦的，為民喊冤，為民請命的詩作。他是最能體貼下層百姓的
知識份子。他的詩題材廣闊，挖掘深刻，成為現實主義寫實作品
的代表之作。

　　孫元衡，安徽桐城人。曾任四川知州，1705 年調去臺灣任海
防同知，1708 年任東昌府知州。他在臺灣任期三年，著有詩集
《赤嵌集》，收詩 360 首。《臺灣省通誌稿》評價他的詩時寫道：
「《赤嵌集》內之〈颶風歌〉、〈海吼〉、〈日入行〉等詩作，
健筆凌空，蜚聲海上，為我臺灣生色不少。」孫元衡的詩如驚濤
拍岸，似颱風過境，大氣凌雲，橫空出世。如他描寫臺灣玉山氣
勢的〈玉山歌〉中的句子：「須臾雲起碧紗籠，依舊虛無縹緲
中。山下螞蟥如蟻叢，蝮蛇如斗提如風；婆娑大樹老飛蟲，鑽肌
吮血斷人蹤，自古未有登其峰。吁戲！雖欲從之將焉從？」孫元

衡的詩頗有李白詩的遺風。孫元衡極擅描繪山川大海的渾宏壯麗
與捕漁農耕之苦寒和清貧。有人評價他的詩「可與韓、蘇兩公較
短挈長。」

　　張湄，字鷺州，浙江錢塘江人。西元 1733 年進士，1741（乾
隆 6 年）任巡臺御史兼學政。在臺灣任職期間著有《瀛儒百詠》，
即絕句百首等詩作。這些詩是張湄在臺灣所見所感，親身體驗之
作。作品的題材較廣，涉獵自然、農耕、物產、氣候等。張湄的
詩樸實自然，鮮活生動，相比較少書卷氣。如他寫金桔：「枝頭
儼若挂繁星，此地何堪比洞庭；除是土番尋得到，滿筐攜出小金
鈴。」

　　鄭成功驅荷復臺前後，跟隨鄭成功去臺，或獨自去臺的文人
很多。這裏我們僅簡述數位詩人的創作概況，讓人們一葉知秋地
瞭解到臺灣文學萌生初期的狀況。從上述情況可以得出這樣幾點
結論：(1)鄭成功驅荷復臺之前，臺灣沒有文人，沒有文學。鄭成
功光復臺灣，為臺灣文學的誕生創造了良好的社會環境和人文環
境，使臺灣文學的誕生有了良好的土壤、水分、氣候和陽光。即
為臺灣文學的孕育和萌發準備了母腹；(2)鄭成功驅荷復臺，將大
批文人從大陸帶到了臺灣，並將明朝的教育、文化、管理體制等
體現中華文化的事物運用於臺灣。不僅為臺灣文學的誕生創造了
社會文化氛圍，而且為臺灣文學播下了優良的種子，使臺灣文學
的萌芽、扎根、開花、結果、成長成了必然；(3)上述大批文人，
去臺灣之前就是成熟的詩人、散文家，有著十分豐富的創作經驗
和藝術積累。他們將那些創作經驗和藝術積累帶到了臺灣，養護
了臺灣文學。所以使臺灣文學一起步便是一種成熟的文學，它無
需經歷文學幼年的初生態；(4)臺灣是個移民島，幾乎所有居民都
是不同歷史時期的大陸移民。移民社會文化的特點，就是原樣的
從原鄉移植過來。尤其是一個國家內部的移民，由於移民不斷，
新老移民和原鄉聯繫緊密，原鄉的文化、文學源源不斷輸入，不

斷交流，其性質上永遠是母體文化文學的一部份。所以臺灣文學
完全由移民文學而來，並由移民文學不斷補充和輸入，伴隨其成
長，它永遠保存著原鄉文學的基本性質和特色。

第三節　沈光文是臺灣文學的開創人

　　沈光文，字文開，號斯庵，浙江鄞縣人（今寧波），明朝故
相文恭之後。少受家學，明經貢太學。明亡後，福王朱由崧在南
京稱帝，沈光文投靠南明，與史可法一起抗清。不久福王被滅，
他隱居普陀山為僧。1647 年（順治 4 年）桂王朱由榔在廣東肇慶
稱帝，改年號永曆，沈光文復明心切前往投效，被授予太僕少
卿。其時，鄭成功據守粵、閩兩省，沈光文奉魯王監國入閩參與
鄭成功的琅江之戰役，受到鄭成功的禮遇。不久，清兵攻克福建
省、降清的福建總督李率泰派人持親筆信和銀子，邀沈光文共
事。沈光文當場將其信撕得粉碎，將銀子退回，表明其反清復明
的堅定立場。沈光文在福建失去依托之後，於 1652 年從金門搭船
去泉州，打算返回故鄉，不料船至海口圍頭洋遇颱風，被漂流到
了臺灣宜蘭縣，後定居臺南。1661 年鄭成功光復臺灣，知其健
在，大喜。以禮相待，並賜以宅田。沈光文遇到老友，又受到優
待，創作激情高漲，寫了一些歌頌鄭成功驅荷復臺的詩。可惜鄭
成功於光復臺灣的第二年便病故，其子鄭經即位後，沈光文因批
評鄭經，險遭殺身之禍。於是便隱居於目加溜灣，羅漢門，大岡
山等高山族同胞聚居地，教書，創作，過著清苦的生活，直到
1683 年鄭氏政權滅亡，沈光文才又活躍於文壇。沈光文在臺灣生
活了 36 年，於 1688 年病卒臺灣，享年 77 歲。

　　沈光文之所以能成為臺灣文學的開山人，被稱為「海東文獻

初祖」，是由主客觀條件決定的。他是最早移居臺灣的大陸文人，臺灣文學的白紙理應由他第一個寫上詩文；他是個中華文化的飽學之士，帶著中華文化的種子去臺灣，又是最早的文學拓荒者，臺灣文學的處女地上理應由他第一個播種。從主觀條件看，沈光文為宰相之後，家學深厚，文化底蘊甚足，在大陸時期，他就是一個詩人，臺灣的顛沛生活又為之提供了創作素材。再則，他反清復明的意志十分堅定，心懷渴望。這種意志和渴望，需要文學作品來表達。他成為臺灣文學開山人的主客觀條件是無人取代的。沈光文不僅是臺灣文學界的開山人，而且是臺灣文學史上第一個發起組織詩社，組織了第一個詩社「東吟社」的詩人。1685年（康熙24年）沈光文與季麒光、華袞、韓又琦、陳元圖、趙龍旋、林起元、陳鴻猷、屠士彥、鄭廷桂、何士風、韋渡、陳雄略、翁德昌等14人以「愛結同心，聯為詩社」的主旨，宣告成立了臺灣第一個詩社「東吟社」。（先為「福臺閑詠」，後更名。）這是開臺灣文壇社團組織和文人有組織活動的先河。

　　沈光文的著作有《文開詩集》、《臺灣賦》、《臺灣輿圖考》、《流寓考》、《草木雜誌》等。這些作品中有詩、有散文、有考證，他對臺灣文學的開創意義主要體現在其古詩創作方面。他詩歌的內涵和主題有這樣幾個方面：(1)表現其反清復明思想的。如：〈慨賦〉、〈威脅〉、〈山間〉。這些作品多以古代伯夷叔齊為榜樣，寧可活活餓死於深山，也絕不降清的意志；(2)表現思念故鄉的鄉愁詩。如〈思歸〉、〈望歸〉、〈贈友人歸武林〉、〈望月〉等。沈光文也是臺灣鄉愁詩的開創人；(3)表現其艱難處境和窮愁生活的。如：〈夕飧不給，戲成〉、〈柬曾則通借米〉等。不過這些詩常包含勵志內涵；(4)描繪高山族的詩。如〈番婦〉。沈光文的詩的藝術特色是明朗通達，情感飽滿，情景交融，渾然一體，擅於捕捉自然物和情感活動的交會點，不著痕跡地以物傳情。如：「錢塘江上水，直與海潮通」，「故國霜華

渾不見，海秋已過十年淹」等。沈光文的作品固然是祖國文學寶
庫中的寶貴財富，但他對臺灣文學的開創意義，卻遠遠大於其作
品自身的意義。有了沈光文和他的作品，才有了臺灣文學。他的
詩友，臺灣諸羅縣令季麒光説得好：「從來臺灣無人也，斯庵來
始有人也；從來臺灣無文矣，斯庵來始有文矣。」（季麒光：
《題沈斯庵雜誌詩》。）季麒光這段話是對沈光文在臺灣文學史
上的地位和作品的歷史價值與意義最準確、最客觀、最公正的評
價。

第四節　臺灣文學開創期作品的成就和意義

　　整個明鄭時期，即從 1661 年到 1683 年鄭成功的叛將施琅率
領清朝水師攻克澎湖，迫使鄭成功的孫子鄭克塽具表投降，鄭氏
政權存在了 22 年的時間。再延至 1750 年左右，大陸移民的第二
代、臺灣本島出生的陳輝、卓肇昌、章甫、黃清泰等第一批文人
登上文壇，大約一百年左右的時間，為臺灣文學的開創期。其主
要標誌是從純粹的移民文學發展到移民文學和移民後代的文學共
生期和轉換期。近一百年的移民文學取得了顯著的成就。

1. 移民文學最突出最重要的內涵是熾熱的愛民族、愛祖國的思想主題

　　這種愛民族、愛祖國的思想，常常與反對外來入侵佔領的鬥
爭連在一起，與堅決捍衛祖國的領土和尊嚴連在一起。而這一時
期這種思想內涵又是集中表現在最重大、最重要的鄭成功驅荷復
臺歷史事件的歌頌上。這類作品應首推臺灣的「開山王」鄭成功
的《復臺·即東都》一詩：

　　　　　開闢荊榛逐荷夷，十年始克復先基。
　　　　　田橫尚有三千客，茹苦間關不忍離。

　　這是鄭成功驅荷復臺的第二年，也是他病故的那一年，即
1662 年創作的詩。這首詩以恢宏的氣勢和暢達的語言，既寫出驅
荷復臺的艱苦，也表達了捍衛祖國領土和尊嚴的決心；既表現了
統帥的豪邁，也表現了戰士們的忠貞。詩雖短，內容卻十分豐
富。此外，移民詩人中盧若騰是最突出的愛國詩人，他的愛國詩
篇〈南洋賊〉、〈東都行〉等，都主題突出，旗幟鮮明。《南洋
賊》開篇就寫道：「可恨南洋賊，爾在南我在北，何事年年相侵
逼，戕我商漁不休息！」詩雖直白，但情感激憤。詩人用質問的
口氣理直氣壯地把敵人逼進牆角。盧若騰公開向世人宣告他的愛
國之志。在《島噫詩》中他寫道：「未忘報國棲海島。」詩人時
時準備報效祖國。在移民詩人中高拱乾等也寫了不少愛國詩篇。

2. 表現中國人篳路藍縷開發臺灣的詩

　　移民詩人中，幾乎人人都寫了開發臺灣的詩，因為那時移民
們的主要任務是生存和立足，是將臺灣的荒僻之島開發成適合人
群居住的寶島。因此，每個去臺灣的人，不管是仕途、經商或逃
荒者，人人都有一段不平凡的經歷，人人都有驚心動魄的遭遇和
見聞。在這一類題材的作品中，盧若騰的〈東都行〉中有這樣的
描繪：「毒蟲回寢處，瘴泉俱飪烹，病者十四五，聒耳呻吟聲。
況且苦枵腹，鍬插孰能擎！自夏而徂秋，尺寸墾未成。」他的
《島噫詩》中的〈海東屯卒歌〉更是聲聲淚字字血。如：「海東
野牛未馴習，三人驅之兩人牽；驅之不前牽不直，僨轅破犁跳如
織。使我一鋤翻一土，一尺兩尺已乏力；那知草根數尺深，揮鋤
終日不得息。除草一年草不荒，教牛一年牛不狂；今年成田明年
種，明年自不費官糧。如今官糧不充腹，嚴令刻期食新穀；新穀

何曾種一莖，餓死海東無人哭。」詩人以屯卒的口吻敘述親身的
屯墾生活，歷歷在目，活靈活現。詩中既表現了拓荒者無比的艱
苦狀況，也表達了受到當官的威逼對當官的不滿。這些作品告訴
我們，對艱難墾拓的先人而言，臺灣自古並非自始就是如夢的仙
境。那如畫的風景，那豐富的物產，那秀美的山河是中華民族一
代一代開發的結果，是用血滴和汗珠換來的。詩人徐孚遠的〈東
寧詠〉、〈鋤菜〉、〈陪飲賦懷〉諸詩，對親身開發臺灣的情
景，也有真切的描繪。如〈鋤菜〉：「久居此島何為乎？惡溪之
惡愚公愚。半畝稻田不可治，畦中種菜三百株，晨夕桔槔那得
濡？沾塊之雨昨宵下，葉葉抽莖生意殊。享菜沽酒聊自慰，西鄰
我友亦可呼。」這種自耕自食，有苦有樂，耕作時備感艱苦，收
穫時滿心喜歡的生活，是知識份子與墾卒的墾殖生活不同之處。
這些同是開拓墾殖的詩篇中，卻表現出了開拓者不同的身份。這
種表現拓荒的詩篇，不管是在開拓史還是在文學史上都具有極大
的意義。首先從歷史上它是無可辯駁地證實了這塊土地是中國人
開拓的，中國人是它不可變更的主人。從文學上，它確定無疑地
證實了這些作品是這塊土地上最早的文學作品，作品的作者就是
這塊文學處女地的開墾者。中國人是這裏歷史和文學的最早的開
創者，任何企圖否定這塊土地歷史和文學開創者地位和作用的謊
言，都必定在這些拓荒詩篇面前被粉碎。

3. 鄉愁詩

　　鄉愁詩是遊子和移民詩人特定情感的表現。也是他們愛原
鄉，愛祖國，愛民族情感的一部份。有許多遊子和移民雖然決心
在新的土地上扎根，創造新的家園，甚至埋骨於新土，但是他們
心中仍然思念著、嚮往著原鄉。這是人類戀祖現象的反映。沈光
文雖然骨埋臺灣，但直到生命的盡頭，他仍然刻骨地思念著家
鄉。他開拓了臺灣鄉愁詩的先河。他的許多鄉愁詩都是詩中佳

品。有許多詩句出自肺腑，刻骨銘心。如「去去程何遠，攸攸思無窮。錢塘江上水，直與海潮通」。「旅況不如意，衡門一早關。每逢北來客，借問何時還。」鄉愁詩不僅佔有詩人們作品數量上的優勢，而且也佔有移民詩人作品質量上的優勢。請看徐孚遠的〈懷章東生〉：「愁雲淡淡水融融，擬挂征帆到海東。鄉愁迷離春樹杳，天涯一別幾時逢。」再看看他的〈望春〉：「春光一去不重來，日日登山望九垓。岸龍水虎俱寂寞，高皇弓劍幾時還？」詩人們的這些鄉愁作品，情感真摯，渴望急切，象徵和比喻自然貼切，和唐詩中同類作品比較，也毫不遜色。

4. 歌頌清王朝統一國家的詩篇

　　清王朝取代明朝是歷史的發展和進步，但明朝的一些遺老卻死抱著反清復明的觀點不放，這是一種倒退的歷史觀。清王朝剿除明鄭政權，將全國的政權統一，是符合歷史發展潮流的，應該歌頌。不過對歷史上出現的反清復明的觀念和事件，也應實事求是地進行客觀分析。反清復明雖然有歷史倒退的一面，但它也含有熱愛祖國，保衛祖國的內涵。鄭成功是反清復明的統帥，但康熙皇帝不僅批准鄭成功歸葬家鄉祖塋，而且賜他挽聯：「四鎮多二心兩島屯師敢向東南爭關壁；諸王無寸土一隅抗志方知海外有孤忠」。康熙不僅不仇視鄭成功十年反清復明活動，反而稱他為海外「孤忠」，其原因就在於鄭成功「東南爭關壁」捍衛了祖國領土的完整。康熙將鄭成功反清復明光復臺灣看成是熱愛祖國之舉。鄭成功忠於的是祖國，而不是那個王朝。那時被清朝政權派往臺灣的一大批官員，他們同時也是文人。雖然他們比隨鄭成功去臺灣的那批明朝遺老時間上晚了半個世紀，但他們也是移民文人。他們創作的文學，也是移民文學。他們大體上也應歸於臺灣文學拓荒者的範疇。清朝統一臺灣後，過去追隨鄭氏政權的最早的那批移民文人，包括沈光文、季麒光，也都歸順清朝，放棄了

他們過去反清復明的政治主張，成了清朝政權下臺灣文壇的活躍
文人。明鄭時期的文人和隨清朝政權去臺的文人相結合，臺灣文
壇的實力更加雄厚。隨清朝政權去臺灣的文人主要有：施世綸
（施琅之子）、洪斌、宋永清、吳廷華、夏芝芳、楊二酉、陳夢
林等。這批文人創作的作品最重要的主題是歌頌清王朝統一中
國。如施琅之子，靖海將軍施世綸在施琅攻克澎湖，鄭氏降清的
戰役中，他隨軍出征。他的〈克澎湖〉，是歌頌其父施琅攻克澎
湖戰役的。該詩寫道：

> 「烟消烽火千帆月，浪捲旌旗萬里風。
> 生奪湖山三十六，將軍仍是舊英雄。」

另一個參與攻佔澎湖戰役的清朝水師督都福建漳州人洪斌，
也有〈戰澎湖〉一詩。該詩如下：

> 黃龍十萬捲長風，蜃結氤氳滄海東。
> 雷發大車連幟赤，雨飄戰血入江紅。
> 雄威破膽橫天表，新鬼驚魂泣夜空。
> 自是扶桑觀曉日，捷書馳上未央宮。

清朝統一臺灣之後，強化治臺方略，官民移臺數量大增，對
臺灣開拓力度加大，臺灣政治經濟文化進步加快。宋永清《赤嵌
城》一詩寫道：「戊卒戈船蟠地利，桑麻雞犬附天都。閭閻近已
敷文教，不是殊方舊楷模。」

5. 表現高山族同胞生活的詩

臺灣開發初期，漢族去臺灣開發，許多方面都得到高山族同
胞的支援。如郁永河去臺灣採硫磺，就靠高山族同胞採礦土。沈

光文隱居高山族同胞聚居地，教高山族兒童學漢字，生活上得到高山族同胞幫助。清初文人描寫高山族的詩，如吳廷華的〈社寮雜詩〉：「五十年來渤海濱，生番漸作熟番人。裸形跣足鬈髻髮，傳是童男童女身。」曾任噶瑪蘭通判的山東人柯易堂有〈生番歌〉一首：「或言贏秦遺徐福，童男童女求神仙。神仙不見見荒島，海島已荒荒人烟，五百男女自配合，三萬甲子相回環。」高山族同胞在這些人的眼裏，還帶著神秘感。他們把高山族同胞同秦朝派五百童男童女海上求仙藥的事相聯繫。還有詩把高山族同胞說成是金人、女真人。「金人竄伏來海濱，五世十世為天民。」「信有仙源可避秦，土番半是女真人。」這些詩告訴人們，高山族同胞原是大陸遷去的炎黃子孫的一部份。福建漳浦人阮蔡文的詩〈後壠港〉、《丁酉正月初五夜羅山暑中大風次早歇飲酒紀之以詩》，阮蔡文十分同情高山族同胞的苦難處境。如「得漁勝得獐與鹿，遭遭送去頭家屋。」「雙犢亂流車苦遲，番兒強挽膚破裂。」從阮蔡文的詩中看出，高山族同胞當時處於臺灣生活的最底層，受著多重的剝削和壓迫。

第五節　郁永河開臺灣散文先河的《裨海遊記》及其他開創期的散文

　　郁永河，字滄浪，浙江省仁和縣人，著作有：《渡海典記》、《番境補遺》、《海上紀略》、《鄭氏遺事》、《臺灣竹枝詞》、《土番竹枝詞》等。他是一個極喜歡探險克難的旅游家。他認為：「探險攬勝者，毋畏惡趣。遊不險不奇，趣不惡不快。」他早有赴臺灣旅遊的願望。他說：「常謂臺灣已入版圖，乃不得一覽其概，以為未愜」（《裨海遊記》）。1696 年，福建

榕城的火藥庫爆炸，硫磺盡毀，需去臺灣採硫，他終於有了去臺
機會，便自告奮勇去採硫磺。經歷了一個多月的海上航行，於 2
月 25 日抵達臺南。為了能遍遊臺灣，他採取陸路北進，在近一月
時間內，他穿越了許多高山族聚居地，於 4 月 7 日到達淡水。旅
途中他隨行隨記，行走路線、地形、地貌、物產人情全部詳錄。
他不僅成了穿越臺灣南北的第一人，而且留下了 17 世紀臺灣南北
通道的路線圖。郁永河於當年 5 月在甘門答（今關渡）開爐煉硫。
用土布向高山族同胞們換取礦土。「凡布七尺，易土一筐。」由
於公平，山胞高興踴躍。郁永河對於煉硫的方法和流程，及採穴
探礦的細節都詳加記錄。他記錄的語言文字十分生動、活潑、真
切，是精彩的散文之作。現舉例如下：

> 「草下一徑，逶迤僅容蛇伏，顧君濟勝有具，與導人
> 行，輒前，余與從者後，五步之內，已各不相見，慮或相
> 失，各聽呼應聲為近遠。約行二、三里渡兩小溪，皆而
> 涉。復入林中，林木蓊翳，大小不可辨名……復越峻坂
> 五、六值大溪。溪廣四、五丈，水潺潺巉石間。與石皆作
> 藍靛色。導人謂，此水源出硫穴下，是沸泉也。余也一指
> 試之，猶甚熱。……」

這段十分生動細膩的描繪，令人讀之如臨其境。這是古散文
中的佳品，不僅具有很高的文學價值，而且具有非凡的史料價值
和地質價值。郁永河此次臺灣採硫歷時半年，九死一生，創下人
間奇蹟。他談到此次行動時說：「在在危機，刻刻死亡」和「久
處死亡之地。」據史冊記載，歷史上番漢矛盾相當尖銳，漢人常
常遭到突然襲擊。一次他睡到深夜，被驚醒後，發現枕頭上被射
入 28 支箭頭。他在箭雨之中竟完好無損。他們身處瘟疫之地，他
所帶去的人全部病倒，病死。有時遇到強風，房倒屋塌，器具毀

壞，要另起爐竈。這是一次無畏的果敢行動。郁永河終於克難煉成五十萬斤硫磺運回交差，並且創作了《裨海紀遊》，（亦名《採硫日記》）這一臺灣文學史上輝煌的散文奠基之作。葉石濤曾給予崇高評價：「仁和郁永河所寫的《裨海紀遊》是一部臺灣鄉土文學史上永不磨滅的偉大現實主義作品。可以比美安德烈‧紀德的《剛果紀行》吧！」（尉天驄編：《臺灣鄉土文學討論集》，第 79 頁。）郁永河的古詩〈竹枝詞〉寫得相當精彩，不少作品膾炙人口，真實地記錄了臺灣的風土人情。如：「臺灣西向俯汪洋，東望層巒千里長。一片平沙皆沃土，誰為長慮教耕桑。」

　　臺灣的散文和詩幾乎是同時誕生，也是由同一批文人開創。明末清初由大陸去臺的文人們，幾乎每個人都是左右開弓，既寫詩又經營散文。沈光文、盧若騰、徐孚遠、陳永華、高拱乾、孫元衡、藍鼎元、朱士玠、楊廷理、侯施琅、陳賓、陳夢林等，都既是詩人，同時也是寫散文的好手。當時的散文，主要品種是遊記、傳記、序、跋、賦等。除郁永河的《裨海紀遊》外，其他重要的散文作品如：陳永華的〈夢蝶處記〉、高拱乾的〈澄臺記〉、劉良碧的〈紅毛城記〉等。所有的散文作品中，傳記和遊記散文成就最高。傳記散文中的佼佼者是江日升的〈臺灣外記〉。《臺灣外記》介於散文和小說之間，故事情節描寫生動、鮮活、細膩。敘事抒情，自然流暢，栩栩如生。刻劃人物，聲音笑貌躍然紙上。從另種意義講，江日升的《臺灣外記》開創了臺灣傳記文學的先河。葉石濤認為：「《臺灣外記》為一本歷史小說，兼有報導文學之體裁，其文學精神和寫作風格，應該說為臺灣文學樹立了一個風範。」（葉石濤：《臺灣文學史綱》，第 5 頁，1987 年 2 月《文學界》。）

第 二 章

移民文學和移民後代文學共生共存

第一節 移民文學和移民後代文學的共生期

1683 年 7 月 8 日（康熙 22 年 6 月 14 日），鄭成功叛將施琅率水陸大軍兩萬多人，戰艦 200 餘艘，從山東銅山開跂向澎臺進發。經歷澎湖大戰，鄭軍大敗，7 月 27 日鄭克塽向清軍遞交投降書。10 月 13 日施琅進入臺灣接受投降。1683 年清軍佔領臺灣。這是清朝時期中國歷史上的重要事件。清軍入臺時，臺灣人口下降至六、七萬人。（陳孔立：〈臺灣歷史綱要〉，臺灣人間出版社，1996 年 11 月。）清朝統一臺灣後，每年從大陸向臺灣移民達 10 多萬人，到 1763 年，臺灣人口達 666,040 人。又經過 48 年，即 1811 年，臺灣人口便增至 1,901,833 人。從 1683 至 1811

年，臺灣人口增加了 180 萬。大陸的大批移民，為臺灣帶去了先進文化，增加了大批勞動力，為臺灣的開發和墾殖提供了生產力。臺灣普遍的、大規模的開發還是清朝時期。這種經濟、文化的進步帶動了文學的發展。大陸往臺灣派遣了大批文武官員。文官系統有：道員、知府、知縣。最高文官為正四品。知縣下設縣丞、主薄、典史。武官方面有鎮總兵、副將、參將、游擊、都司、守備、千總、把總等。臺灣最高武官是總兵，正二品。雍正年間，臺灣的駐軍已達 1.4 萬人。文官 36 名。各級官員三年或五年一任。那時，文武官員中有許多人是文墨之士。

　　如：姚瑩、安徽桐城人，1808 年進士，歷任臺灣知縣、噶瑪蘭通判、臺灣道 18 年，大興教化，振興文風，受到稱頌。後因抗英被英人報復，英人勾結清朝，將姚瑩逮捕入獄，引起臺灣人民激憤。後革職他任。姚瑩著有《東溟文集》、《東槎紀略》等。姚瑩的《臺灣行》是描寫臺灣自然風貌和風土人情的。詩中有「長年暄暖無霜雪」，「男女赤足垂雙環」的句子。他的〈留別臺中人士〉一詩，既描寫臺灣物產豐富「獨運天南數君糧」，又表現出「戶口日增民利盡」，為臺灣的未來擔憂。表明姚瑩是一個愛祖國、體民情的好官。

　　周凱，江西富陽人，1811 年（嘉慶 16 年）進士，1833 年（道光 13 年）任臺灣道。因為清廉「甚獲民心」。他關心人民疾苦和遭遇，詩中對災情民怨有真切的反映。如「坐定問民疾，父老雙淚流，謂遭去年旱，顆粒不得收」，「一字一珠淚」「歸來不成餐」。他著有《澎湖行記》、《內自訟齋文集·詩集》。

　　徐宗幹，江蘇通州人，1820 年（嘉慶 25 年）進士，1848 年（道光 28 年）任分巡臺灣道。徐宗幹任臺期間，正值鴉片戰爭。他領導臺灣人民建立《臺灣紳民公約》，進行抗英活動，反對「習教成眾」，反對「佔地蓋房」，反對「霸攬貨稅」，政績卓越。徐宗幹著作甚豐，有《紅玉樓詩選》1 卷，《信齋文集》21

卷。

劉家謀，福建侯官人，1835 年（道光 15 年）舉人，1846 年任臺灣學府教諭。他的作品有：《外丁卯橋居士初集》8 卷，《東洋小草》4 卷，詞 1 卷，《開天宮詞》2 卷，《攬環集》18 卷。其中最著名的是收錄臺灣掌故的《海音詩》2 卷。劉家謀的《海音詩》是絕句一百首，描寫臺灣地理、歷史、風土、人情、時事等內容。如寫澎湖物產貧乏的詩：「一碗糊塗粥共嚐，地瓜土豆且充腸。萍飄幸到神仙府，始識人間有稻糧。」該詩說明文字寫道：「澎湖不生五穀，惟高粱、小米、地瓜、土豆而已」，是鄭成功推廣水稻，人們才吃上大米。

楊廷理，廣西柳州人，曾任臺灣海防同知、知縣。1812 年（嘉慶 17 年）任噶瑪蘭通判。著有《東瀛紀事》、《噶瑪蘭記略》、《東遊詩草》等。

范咸、浙江仁和人，1723 年進士，1745 年（乾隆 10 年）任巡臺御史。任職兩年期間與六居魯合編《重修臺灣府志》，並著有《婆娑洋集》和《浣浦詩抄》等。范咸的詩有咏史、有寫人物、有反應當時臺灣生產生活狀況的作品。如《臺江雜詠》、《再疊臺江雜詠》、《三疊臺江雜詠》等。詩中有這樣的句子：「人非土著翻成庶，食有餘糧到處盈。」「地瓜生處成滋蔓，土豆收時貯滿盈。」這都是貼近下層勞動者的作品。此外，那時的移民詩人還有六居魯、錢琦、朱仕玠·張之新、熊一本、何竟山、沈葆楨、周華仲、黃逢昶、楊桂森、楊二酉、夏之芳、李宜青、周鍾瑄、莊年、趙翼、張際亮、張景祁、劉銘傳等。這些詩人中張景祁的文學成就最大。他是浙江杭州人，1874 年（同治 13 年）進士，1883 年（光緒 9 年）調臺灣淡水知縣。時值中法戰爭，他力主抗法。著有：《新蘅詞》、《掔雅堂詩集》、《掔雅堂文集》等。其描寫抗法戰爭的詩詞「紀實抒憤、慷慨蒼涼」，被近代詞人譚獻稱之為「江東獨秀，其在斯人。」

　　清朝時期的臺灣，由於大陸漳、泉、粵三地大批移民，對臺島進行全面開拓墾殖，由於自鄭成功起狠抓教育文化傳播，使臺灣的政治、經濟、文化有了很大的發展和繁榮。文學方面，明鄭時期老移民文人逐漸衰老，清朝新的移民文人又大量湧入。不過接替老移民文人事業的，不僅是新一代移民文人，除了他們之外，還有一批生力軍，就是第一批移民們的後代，即本省文人。經過鄭成功政權教育培養，他們中的精英份子進入了仕途。1895年甲午戰敗，清朝政府將臺灣割讓給日本，臺灣人民奮而反抗，他們中稍後崛起的夥伴在抗日戰爭中，大都亦文亦武，成了捍衛祖國尊嚴，保衛領土完整的反侵略愛國將士。在整個清朝政權時期，臺灣文壇便是處於移民文人和移民後代文人共生共存的合作期，也是由移民社會向本省人社會；由移民文壇向本省人文壇的過渡時期。這個時期湧現的本省文人中較著名的有：

　　陳輝，臺南人，1738 年（乾隆 3 年）舉人。曾參與重修《福建臺灣府誌》和《臺灣縣誌》工作，著有《陳旭初詩集》1 卷。陳輝的詩，內容上真實地反映了下層百姓的疾苦。如《買米》一詩中寫道：「一聞米價高，歎息謀菜婦。高堂有老親，幼子尚黃口。」陳輝的詩鄉土寫實性很強，表現了詩人與下層人民的密切關係和對他們的深厚同情。

　　卓昌肇，臺灣鳳山人，1750 年（乾隆 15 年）舉人。長期擔任書院主講，著有《樓碧堂全集》。卓昌肇創作了許多風景詩，如〈鳳山八景〉、〈鼓山八景〉、〈龜山八景〉等。大量風景的塑造和描繪，是詩人熱愛鄉土心情的投射。

　　章甫，臺南人，1799 年（嘉慶 4 年）貢生，著有《半崧集》6 卷。章甫有學問，有才情，詩作常有獨創與超人之處。有人評價其詩曰：「上祖風騷追漢魏，集成直欲綱三唐。」

　　黃靖泰，臺灣鳳山人，武官六品，最高職務參將，戎馬生活30 多年。他的詩氣勢雄渾，語言豪放。他的作品既有五言，也有

七言，以七言見長。如〈九日登八卦山〉「海色天容一鏡描，仙風拂拂袂飄飄。千秋醉把龍山酒，七字吟成鹿港潮。地勢長蛇宜據險，民情衰雁怕聞謠。太平須悟邊防重，半壁東南翼聖朝。」因為詩人是武官，他的詩作便以國防和軍事價值評價山水。陳肇興，彰化縣人。1858 年（咸豐 8 年）舉人。他是武官出身，參加過 1862 年至 1866 年的「戴潮春事件」平叛戰爭，詩中常寫到此事。他的著作有《陶村詩稿》8 卷，詩作中〈由港口放洋望海上諸嶼，尋臺山來脈處放歌〉一詩，寫得十分精彩，表現了大陸和臺灣的母子關係。該詩寫道：

> 「鼓山如龍忽昂首，兜之不住往東走。
> 　走到滄海路已窮，翻身跳入馮夷宮。
> 　之而鱗爪藏不得，散作海上青芙蓉。」

　　該詩是描寫臺灣與大陸關係的詩中佳品。詩人將福建的鼓山比龍頭，龍身向東，深入臺灣之後，龍爪散開變成了臺灣澎湖等海上的島嶼。詩的氣派之大，想像之奇，形象之美，比喻之貼切，均不多見。

　　曾日唯，臺南人，著有《半石居詩集》1 卷。蔡迁蘭，澎湖人，當過知縣，著有《愓園詩文集》等。陳斗南，臺南人，著有《東寧自娛》1 卷。陳維英，淡水人，著有《太古巢聯集》、《偷閑錄》、《鄉黨質疑》等。陳震曜，臺南人，著有《小滄桑外史》4 卷，《風鶴餘錄》2 卷，《海內義門》8 卷及《詩》1 卷。鄭用錫，新竹人，著有《北新園全集》。林占梅，新竹人，著有《潛園琴餘草》。鄭用鑑，新竹人，著有《靜遠堂詩文集》等。施士潔，臺南人，著有《後蘇龕合集》。汪春源，臺南人，著有《柳堂詩文集》。吳德功，彰化人，甲午戰爭期間任臺中縣甲正局管帶，為抗日先驅。著有《戴案略記》、《施案略記》、《讓

臺記》、《瑞桃齋詩稿》和《瑞桃齋詩文稿》等。王竹友，新竹人，著有《臺陽詩話》、《如此江山樓詩存》等。《臺陽詩話》不僅是王竹友的力作，也是重要的古體詩詞的評論集，上下兩卷，論詩 150 餘家。論述平實，評判中肯，並能探索各重要詩人的流派和師承，具有較好的學術價值。胡南溟（殿鵬），臺南人，著有《南溟詩抄》、《大冶一爐詩話》，胡氏有「狂士」之稱和「胡天地」之譽。他的長詩《黃河曲》、《長江曲》、《湘江曲》、《曲江曲》浩瀚汪洋，自由馳騁，將祖國河山的壯闊形貌顯於筆端。如《黃河曲》中寫道：

「萬疊山泉動地鳴，化為無數小列星。
列星岔湧成海水，海水撼山山尤崩。
車馬連崗卓馳驟，波光摩蕩走春霆。
群岩積石擎天立，勢如奔濤萬里經長鯨。」

　　胡南溟的詩，為臺灣古詩中一奇。謝頌臣，臺中人，為丘逢甲部下抗日將領，著有《小東山詩集》，詩中充滿憂憤之氣。

　　由上述簡單列舉的詩人和作品，可以清楚地看出，清朝時期臺灣文壇的特點是：⑴大陸去臺的移民文人和臺灣出生的文人，大體上是各一半，創作成就也旗鼓相當。此時的臺灣文壇是由移民文人和臺灣出生的文人兩根樑柱支撐，缺一不可。這表明臺灣文學處於一種由移民文學向臺灣文學的過渡和轉型期。⑵此一時期臺灣文學創作題材有了很大的變化。由於 1895 年甲午戰敗，日本入侵臺灣，兩岸人民並肩抗日，詩的題材由一般地表現民生疾苦和自然風光，轉向了抗日愛國題材。詩的風格氣度由柔美轉向激憤悲壯。⑶此一時期兩岸文人開始了互動交流。雖然從數量上大陸來臺文人仍佔著絕對優勢，不過，臺灣生長起來的文人往內地作官、訪遊的越來越多。如：

　　李望洋，宜蘭縣詩人，於1872年至1885年間甘肅省任知縣、知府等職。他的《西行吟草》就是描寫甘肅和表現內地生活的。

　　施士潔，1895年內渡，遊晉江、泉洲、廈門，任同安縣馬巷廳長，並入廈門「菽莊吟詩社」為同仁。他在臺灣詩壇享有盛名，連雅堂在《臺灣詩乘》中寫道：「光緒以來，臺灣詩界首推施澐舫，丘仙根二公。」

　　許南英、臺南人，著有《窺園留草》、《窺園詞》。1895年內渡福建龍溪，並在廣東任職，曾入廈門「菽莊吟詩社」為同仁。這個時期內渡的臺灣文人還有：安平舉人汪春源、嘉義舉人羅秀蕙、淡水舉人黃宗鼎、彰化縣進士李清奇、臺灣縣進士葉貴雁、臺中文人林痴仙、臺中文人謝頌臣。以及臺灣文人：丘逢甲、陳浚芝，黃顏鴻、鄭鵬雲、林鶴年、林爾嘉、林景仁和林景商等先後到過大陸。這些人或為官，或遊覽，或定居，在大陸期間均創作了不少作品。(4)那個時期兩岸文學、文人的互動交流和如今的互動交流內涵有所區別。那時臺灣剛剛開發，移民和原鄉聯繫極為密切，親戚故舊的關係、輩分清晰可數。移往臺灣省並未將自己看作是臺灣居民，在他們心目中，返回大陸就是回老家，如在異地生活的不好，可隨時返回原鄉。如丘逢甲、許南英在臺灣抗日失敗，無法立足便返回原鄉定居。那時臺灣人和大陸人的界定並不明顯，人們心目中唯有我是中國人的概念，臺灣人的概念在人們心目中非常淡漠。(5)這個時期兩岸文學交流互動中，大陸的許多文學大家、名家來到臺灣，尤其是一些革新派失敗後，在大陸無法立足，而來臺灣逃難或省親講學者大有人在。他們中如：康有為，在臺灣任報社記者。梁啟超，1911年2月28日至3月13日遊臺。譚嗣同，兩次去臺灣，第一次去臺是1889年5月。林琴南也先後兩次寓臺。首次寓臺時間為1867年，第二次寓臺時間為1878年10月，曾在淡水居住三年。這些大家、名家，到臺灣居住和創作，對臺灣文學的發展有所推動。

第二節　中華民族的反抗精神是臺灣古典文學的靈魂

　　臺灣的古典文學，即大陸的移民文學一出現，便伴隨著反對
異民族入侵的歷史，開始了文學的反侵略鬥爭，其中有與西班
牙、荷蘭、法國、英國等新老殖民主義的鬥爭。如明朝詩人陳建
勳於 1604 年左右便創作了反荷詩〈諭退紅夷詩〉。明朝詩人李楷
於 1606 年前後便創作了反日詩〈征倭詩〉。1662 年鄭成功創作
了抗荷詩〈復臺〉。在反抗諸帝國主義的鬥爭中，與日本帝國主
義的鬥爭持續時間最長，戰鬥最為激烈尖銳，在臺中國人付出的
代價最為慘重。雖然在清朝以前，日本人就不斷騷擾我國領土臺
灣，但大規模的、持續的抗日戰爭是自 1895 年反臺灣割讓開始，
與日本人的戰爭進行了 50 餘年，直至 1945 年 8 月，日本無條件
投降。在這場持續了半個世紀的殘酷鬥爭中，在臺中國人始終是
在兩條戰線上作戰，即武裝鬥爭和非武裝鬥爭。19 世紀 20 年代
以前，是以武裝鬥爭為主，非武裝鬥爭為輔；19 世紀 20 年代以
後，以非武裝鬥爭為主，武裝鬥爭為輔。即使在以武裝鬥爭為
主，非武裝鬥爭為輔的日子裏，抗日的勇士們也是一手持槍，一
手握筆，寫下了大量的感天地、泣鬼神的愛國主義詩篇。抗法名
將、黑旗軍統帥、臺灣「民主國」大將軍、著名的民族英雄劉永
福文武雙全。他的詩大氣磅礴，表現了揮兵百萬，馭將千員的統
帥胸襟和與敵人誓不兩立的英雄氣慨。他的〈別臺詩〉寫道：

　　　　哀生無限托笙簫，淚落清霜化為潮。
　　　　飲膽枕戈期異日，磨刀勵志屬今朝。
　　　　生存道義何遲死，身是金剛不怕銷。

再奏悲歌驚四座，滿江一曲賦魂消。

　　雖然因為朝廷破壞和寡不敵衆，抗戰失敗了，但劉永福寫的不是哀歌，而是斷帛裂錦，血濺紅日，悲壯赴難，再立天地的英雄頌。詩人們也用自己的心血和真情歌頌劉永福。楊文萃詩中寫道：「欲為危時撑大局」，「幾回擊楫淚滂沱」。林鶴年在《寄劉淵亭》詩中寫道：「兵消甲洗天河夜，隻手回瀾力障東」。劉永福是海峽兩岸中國人心中永不倒塌的大山。

　　浙江人吳彭年，為支援劉永福黑旗軍抗日保臺，不把官職放在眼裏，自願去臺充作劉的幕僚。他率700黑旗軍士兵轉戰新竹、苗栗、彰化之間，誓與臺灣共存亡。在八卦山激戰中，血戰數日，崩倒於戰場，為保衛臺灣獻出了寶貴的生命。他文武全才，留下不少壯美的詩篇。請看《和易實甫寓臺咏懷》（一）：

　　　　九重何忍棄斯民，斗柄寅回又是春。
　　　　反側夷情終割宋，回思遺澤豈忘邠。
　　　　烏江差渡八千旅，孤島堅存五百身。
　　　　太息唐衢徒自負，贏將佳話說逃人。

　　詩的開頭便向清朝的最高統治者進行質問，譴責清王朝割讓臺灣，但臺灣的老百姓並沒有忘記祖國。該詩歌頌了抗戰精神，批判了逃跑主義。

　　臺灣詩人蔡惠如，是臺灣新舊文學過渡期中，臺灣新文學的先驅之一。因抗日，被日本人抓進牢裏，但他堅貞不屈，對祖國充滿希冀和渴望之情。他在獄中作《獄中感賦》36首，其中有這樣的句子：「中原大地如春歸，綠水青山待我還。」他在最黑暗的日本人監牢中眺望著祖國的春天。

　　孫中山「同盟會」派往臺灣抗日的成員羅福星，曾參加過黃

花崗起義，曾到新加坡、印尼、緬甸為「同盟會」工作。他到臺灣後，在不長的時間裏發展了數萬名黨員，在發起「苗栗起義」時不幸被捕，被處絞刑，年僅 29 歲。他在獄中寫下了大量詩作，題名為《獄中詩》，刊於《臺灣省通誌稿‧革命誌‧抗日篇》。現舉兩首：

> 背鄉離井赴瀛山，掃穴來庭指顧間。
> 世界腥膻應滌盡，男兒不識大刀還。

> 青年尚武憤精神，睥睨東天肯讓人。
> 三州區區原弱小，莫怕日本大和魂。

詩人在敵人的監獄中，時時面臨死神的召喚，但他英雄無畏，對革命充滿信心。他公開號召人們「莫怕日本大和魂」，真是鋼筋鐵骨，大氣凜然，視死如歸，在野獸面前比野獸更強悍。

在談臺灣的愛國詩篇時，不能不提及梁啟超。1911 年，梁啟超受林獻堂的邀請訪臺，他看到臺灣的武裝抗日犧牲慘重，成效甚微，便建議由以武裝抗日為主，改由非武裝抗日為主。在他的幫助下，臺灣抗日活動很快變化。於是「臺灣文化協會」等非武裝抗日團體很快誕生。梁啟超在臺灣寫了許多詩，題名曰《臺灣雜詩》。他的一首長標題詩：〈三月三日遺老百餘輩設歡迎會於臺北故城之薈芳樓、敬長句謝〉一詩：

> 劫灰經眼塵塵改，華髮侵顛日日新。
> 破碎山河誰料得，艱難兄弟自相親。
> 餘生飲淚嘗杯酒，對面唱歌哭古人。
> 留取他年搜野史，高樓風雨記殘春。

　　詩中表現了梁啟超站在被敵人佔領的國土上的痛苦和無奈，透露出對敵人的仇恨和對同胞的同情與摯愛。

　　臺灣這些反抗異族入侵和佔領的愛國詩篇，是先烈們用鮮血寫成，用生命澆鑄，輝煌燦爛，壯美無比。它既是血寫的歷史，也是中國的國魂。臺灣的歷史因它而獲得延續和再生，臺灣的土地因它肥沃而美麗。它既是臺灣文學之骨，也是中國文學之魂。它是臺灣文學大山的巍峨高峰，它是臺灣文學長河中最燦爛的燈塔。患有軟骨病和夜盲症者讀讀它，腰就會變得挺直，眼睛就會變得明亮。

第三節　臺灣早期抗日文學三傑丘逢甲、洪棄生、連雅堂

　　丘逢甲（1864—1912 年），字仙根，號滄海，臺灣彰化縣人。13 歲中秀才，1899 年在福建鄉試中舉人，同年進京考取進士，與布政使唐景崧交往甚密，既是師徒，又是朋友。丘逢甲畢生以鄭成功的愛國主義精神自勉：「我生延平同甲子，墜地心妄懷愚忠。」1894 年甲午戰爭爆發，丘逢甲就預見到日本人對臺灣的野心。於是便投筆從戎，用私家資產招兵買馬組織團練，共有 10 萬餘人，成為捍衛臺灣安全的一支重要力量。1895 年 2 月，甲午戰敗，唐景崧正式徵調丘逢甲負責臺北市的防務。丘逢甲的哥哥丘逢先、三弟丘樹甲並稱為「丘門三傑」，均是丘家抗日義軍的領袖。1895 年 4 月 18 日，《馬關條約》簽訂當天，丘逢甲血書「拒倭守土」四個大字，聯絡唐景崧、劉永福共同抗日。同日又寫血書：「桑梓之地，義與存亡」，上呈清廷。他們倡議成立「民主國」，丘逢甲任各軍統領和「副總統」。他們宣告：「願人人戰死而失臺，決不願拱手而讓臺。」終因寡不敵眾而失敗。

丘逢甲回到原籍——廣東嘉應州。離臺時，丘逢甲寫下《別臺作》詩六首。詩前小序：「將行矣，草此數章聊寫積憤。妹倩張君清珍藏之。十年後，有心重若拱壁矣。海東遺民草。」其中第一首寫道：「宰相有權能割地，孤臣無力可回天。扁舟去作鴟夷子，回首河山意黯然。捲土重來未可知，江山亦要偉人持。成名豎子知多少，海上誰來建義旗？」這首詩表明丘逢甲不甘心失敗，時時心繫國土，並抱著聚積力量再與敵人一拼的願望。在《往事》一詩中寫道：「不知成異域，夜夜夢臺灣」。在《送頌臣之臺灣》一詩中寫道：「十年如未死，捲土定重來」，不光復臺灣，丘逢甲死不瞑目。丘逢甲返鄉後被推為廣東教育總會會長，廣東諮議局副議長。辛亥革命後，出任南京臨時政府參議員，廣東軍政府教育部長等職。丘逢甲去世時年僅 48 歲，臨終遺言：「葬須向南」，「吾不忘臺灣也！」丘逢甲是我國晚清時期的重要愛國詩人。他 9 歲就寫出〈學堂即景〉、〈萬壽菊〉等詩，享有「古詩手」之譽。著有《柏莊詩草》、《嶺雲海日樓詩抄》。丘逢甲被譽為「丘才子」，唐景崧贈他「海上百年生此奇士，胸中萬卷佐我不能。」對聯一副。丘逢甲詩作最突出的內容和主題，是強烈的愛祖國、愛民族精神。一方面他對清廷的腐敗無能割讓臺灣的賣國行徑極為憤慨，心中無一日不懷復臺渴望，「重完破碎山河影，與結光明世界緣。」另一方面對祖國的未來懷著希望：「鬱鬱鍾山紫氣騰，中華民族此重興。江山一統都新定，大纛鳴笳謁孝陵。」（〈謁明孝陵〉）。丘逢甲是新派詩人，主張詩界革命。丘逢甲在〈臺灣竹枝詞〉詩中對新派主張有突出表現：「唱罷迎神又送神，港南港北草如茵。誰家馬上佳公子，不看神仙只看人。」詩中的平民化和口語化氣息相當濃郁。梁啟超說：「若以詩人之詩論，丘滄海其亦天下健者矣！」並稱他為「詩界革命一鉅子」。柳亞子論詩六絕句云：「時流竟說黃公度，英氣終輸滄海君。血戰臺澎心未死，寒笳殘角海東雲。」

柳亞子認為丘逢甲詩的氣勢上超過黃遵憲。

　　洪棄生（1867—1929），彰化鹿港人，原名攀桂，又名一枝，字月樵。1895 年割臺之後，痛憤時局，改名瓚，字棄生。他既是詩人，又是臺灣第一位戲劇理論批評家。著有《寄鶴齋詩集》、《詩話體裁示及門》、《古文集》、《駢文集》、《詩話》、《八仙遊記》、《中東戰記》、《瀛海偕亡記》共百餘卷。戲劇理論批評方面的著作有〈閱<鈞天樂>小柬〉、〈借<長生殿>小簡〉、〈還〈長生殿〉傳奇又借他本〉、〈付<鈞天樂>與陳墨君書〉、〈論<鈞天樂>與陳墨君書〉等。他的《寄鶴齋詩話》既是一部文學史，也是一部中國詩的總評集，上自詩經下至明清，有關詩以總述和分述的方法進行梳理、批評、論證。《詩話體裁示及門》從樂府到古詩、近體詩的總體流變及流派風格進行評述，並對重要的詩人進行論評，是一部中國詩歌發展史。他的戲劇理論，幾乎對中國的一些古典名劇一一加以評判論述，從劇本結構、語言技巧、人物塑造到舞臺效果皆加論評。洪棄生是臺灣文學史上的大家，他的詩集有：《謔跂集》、《披晞集》、《枯爛集》等。洪棄生仇日愛國、民族意識極強。李漁叔在《三臺詩傳》中寫道：「聞月樵于乙未割臺後，不肯剪髮，自比殷之頑民，日人屢招不出，旋假他事誣之，被繫經年，懟鬱卒。其中憤惋之詞隨處可見。」如〈自敘〉前五首有句云：「抱有殷周器，餓與溝壑填。薇蕨甘如飴，夫豈飲盜泉。」又「出門無高會，日月常西傾。詫身棲遠嶼，室有巨鯨鳴。」（陳昭英：《臺灣詩選注》，臺灣正中書局，1996 年，第 237 頁。）洪棄生詩中的反日愛國主題異常強烈，他忠於祖國，忠於中華民族的意志，讓日本人的軟硬陰謀均碰得粉碎。寧死不辱志，寧死不背叛，讓敵人膽寒心驚，而又無可奈何。他的《披晞集》、《枯爛集》中的愛國詩可圈可點。他在〈洋兵行〉中寫道：「籠鵝又牽牛，路

上掠犧牲。入市索民居，佔房拆門閩。」詩中將帝國主義搶劫殺掠的罪行揭露得如臨眼前。他在〈代友答日儒問清官日官利害〉一文中對清朝官員和日本佔領者進行對比寫道：「清官去日官來，事之大變，民之大害也……今有臺灣新破，攻城略地，屍橫遍野，所殺皆路途平民，民為寒心……今乃得地經年而兵悍愈甚。佔民居，掠民財，淫民婦，戮民命，辱民望，民之含忍而不敢言者多矣……。」洪棄生以他親眼所見，親身所歷，對日本人的滔天罪行進行了憤怒的揭露和控訴。洪棄生是臺灣文學史上的多面手，在文學的許多領域都有不凡建樹。他的〈臺灣遊記〉也獨樹一幟，這方面的作品如：〈遊珠潭記〉、〈遊關嶺記〉、〈遊淡水記〉、〈紀遊滬尾〉、〈紀遊雞籠〉等，對臺灣的山水風光作了很好描繪。

連雅堂（1878—1936），名橫，字天縱、武公，號慕陶、劍花。臺南人，早年在上海讀聖約翰大學。21歲任《臺灣日報》記者。1905年（光緒31年）攜眷抵廈門任福建《日日新報》主編，後返臺灣與趙雲石等共創「南社」，又加入「櫟社」。民國之後，他又到大陸工作、旅遊。他遊歷了上海、南京、蘇州、杭州、揚州、武漢、九江、瀋陽、長春、吉林等十餘個城市，足跡印滿祖國各地，先後在吉林報社、邊聲報社、清使館工作，收集了大量文史資料帶回臺灣。返臺後創作了《大陸遊記》、《大陸詩草》。1916年完成《臺灣贅談》，1918年完成《臺灣通史》，並著有《臺灣詩乘》和《臺灣語典》、《雅言》和《劍花室詩集》。連雅堂於1927年為「愛國保種」創辦雅堂書局，推廣中文圖書。連雅堂既是臺灣著名的歷史學家，也是愛國詩人。他在舊文學中是主張文學改革的，曾提出「臺灣詩界革命新論」和「文學革命」，「鄉土文學」等口號。在日本佔領臺灣，妄圖割斷臺灣與中國臍帶的情況下，連雅堂出於愛國的考慮，提出「反對同化」，抵制日本的文化佔領；提出「整理鄉土語言」，與日本話

相對抗。建議從民間文化中吸取營養，提出「文學革命」要「注重精神，不在形式」等愛國主張。連雅堂的《臺灣詩乘》是一部臺灣舊文學史性質的著作。連雅堂談到此著動機時說：「臺灣三百年間，能詩之士先後蔚起，而稿多失傳，由以僻處重洋，剞劂未便，採詩者復多遺失，故余不得不急為搜羅，以存文獻。」該書共收 200 餘家詩作，按年代編排，間有釋議。此外，他的《臺灣詩社記》和《臺灣通史》的「藝文」部份，為臺灣的舊文學積累了大量的資料，供後學者借鑑。連雅堂的詩作《大陸詩草》、《寧南詩草》、《劍花室外集》（一）、（二），共收詩近千首。這些詩作充分表現了作者反抗日本帝國主義和熱愛祖國、熱愛中華民族的思想。詩中的國仇家恨躍然紙上。如〈寧南望春〉寫道：「寧南春色夢中橫，劫後登臨氣未平。春草白沙鳥龜渡，綠天紅雨亦嵌城。豹紋暫隱何曾變，龍性難馴一時鳴。淒絕釣遊舊時地，夕陽空下兵馬營。」詩中對日本人佔領家鄉、逼得全家遷居，弄得國土破碎，心中憤怒不平。不過豹隱一時，龍性難馴，笑得最好在最後。打敗日本入侵者，詩人充滿信心。《八卦山行》一詩以飽滿激情，將頌歌獻給抗日英雄：「萬雷澎湃撼孤城，八卦山頭雲漠漠。霍然一騎突圍來，左甄右甄相刺斫。鼻頭出火耳生風，五百健兒齊踴躍。」詩人寫英雄們在戰場與敵人拼殺如火如荼，捨生忘死的情景壯烈無比。「城存與存亡與亡，萬民空巷吞聲哭。」萬眾一心，眾志成城，詩人將全部激情和豪氣都獻給了抗日事業。

第四節　臺灣的舊詩社概況及其意義

臺灣的詩社出現，標誌著詩人的團隊意識和互助意識的增

強；表明以有組織形式為核心文壇的出現；也表明文壇競爭意識的萌動。臺灣文壇出現詩社，可追溯到 17 世紀，即 1685 年（康熙 24 年）臺灣文學的開創者沈光文與其詩友季麒光、華袞、韓又琦、陳元圖、趙龍旋、林起元、陳鴻猷、屠士彥、鄭廷桂、何士鳳、韋渡、陳雄略和翁德昌 14 人，以「愛結同心，聯為詩社」的主張，組成「福臺閑吟」，後易名「東吟社」。這是臺灣歷史上第一個詩歌社團。沈光文在《東吟社序》中寫道：「社友當前，詩篇盈筐」。表明當時詩人之間非常團結，創作相當繁榮。到了 18 世紀，臺灣詩社開始多了起來。1847 年「斯盛社」成立，發起人鄭用錫，社友有 7 人。1878 年「崇正社」在臺南成立，發起人為許南英，社友有陳卜吾、王泳翔、施士潔、丘逢甲、汪春源、陳梧風等。許南英之子許地山在《窺園先生詩傳》中寫道：「以崇尚正義為宗旨，時時會集於竹溪寺」。1886 年，「斐亭詩社」在臺南成立，成員有唐景崧、施士潔、倪耘劬、楊樨香、張漪綠、熊瑞卿、施幼笙、丘逢甲、許南英、汪春源、鄭鵬雲、林啟東、黃宗鼎、譚嗣襄、羅大右等。1886 年，「竹梅吟社」在新竹縣成立，發起人陳浚芝，主要成員有鄭家珍、鄭兆璜、李祖訓等。另一些成員如：鄭雲鵬等同時也是「斐亭詩社」成員。1890年，「荔譜吟社」在彰化縣成立，組織發起者有蔡醒甫、吳德功、黃如許等。1891 年「浪吟詩社」在臺南成立，發起人為許南英。1893 年，「牡丹詩社」在臺北成立，發起人為唐景崧，成員幾乎囊括了臺灣的主要詩人，有 100 餘人，是臺灣最大的詩社。他的成員遍佈各地，囊括了各界人士。1893 年，「海東吟社」在臺北成立，為「牡丹社」派生的詩社。1898 年，「櫟社」於臺中成立，成員有林痴仙、賴悔之，林南強 3 人。不久停止活動，1902年恢復活動，到 1906 年成員發展到 20 人以上。1909 年，「瀛社」在臺中成立，社長洪以南。1919 年，「臺灣文社」在臺中成立，陳基六、陳滄玉、鄭少盤、莊伊若，林大智、林望洋為理

事。到了 20 世紀初期，臺灣舊詩社的聯吟之風又開始盛行，舊詩社和書院相當繁盛。據統計，割臺後書院數量曾達到 2 萬餘個，詩社也有 200 多個。當時文人的心情，消極而言，不外藉詩以尋求解脫。如林朝崧創「櫟社」時所言：「吾學非世用，是為棄材；心若死灰，是為朽木。今夫櫟，不材之木也，吾以為幟焉。其有樂從吾遊者，志吾職。」（陳昭英：《臺灣詩社》，第 5 頁，1996 年，臺灣中央圖書館。）臺灣的舊詩社，始於明鄭，成長於清中期，繁榮於清未，盛於 20 世紀初。它在文學史上有過積極的貢獻，初期它在推動詩人互相交流探討詩藝方面起過積極作用，發揮了詩人之間團隊精神。到了 18 世紀，除了上述功能，鼓動抗擊異民族入侵，發揚詩人們的愛國精神方面也不無作用。但是舊詩社到晚清，尤其日據時期，它的消極作用越來越暴露。詩社間盛行的唱和之風，形式主義之風漸漸麻木人們的鬥志，有一些舊詩人被日本人所利用，為入侵者歌功頌德，走向了墮落和毀滅。

第 二 編

中期臺灣文學
——從阻隔到匯流

第三章

五四運動影響下的臺灣新文學運動

第一節　臺灣人民鬥爭方式的轉換與文化抗日運動的出現

　　20 世紀 20 年代初期，在臺灣的社會進程和新文學史上具有不同尋常的意義。一方面，臺灣抗日運動從武力反抗到非武力反抗的轉換，標誌著臺灣人民的鬥爭方式發生了變化；與此同時，日本殖民當局由「武治」到「文治」的對臺統治策略的重點轉移，構成了日本殖民統治臺灣史的分水嶺。另一方面，面對臺灣社會形勢的發展變化，特別是受到第一次世界大戰之後世界性民族自決潮流的衝擊，受到祖國大陸五四新文化運動的影響，在東京留學的臺灣進步知識份子，發起了文化思想性的政治社會運動，由此凸顯出文化抗日的意義。

　　臺灣自 1895 年被甲午戰爭中失利的清政府以《馬關條約》一紙割讓，從此淪為日本殖民地長達半個世紀之久。日本佔據臺灣的主要目的，一是要通過殘酷的經濟剥削，掠奪臺灣資源，把臺灣變成本國生產的原料市場與消費市場，以圖工商權利的壟斷；二是將臺灣作為日本進一步南侵的前哨據點。（日本政要外務大臣陸奧宗光在《關於臺灣島域鎮撫策》一文中說：「我們佔領臺灣之要旨，不外乎在於二端，即：一則以本島作為將來展弘我版圖於對岸之中國大陸及南洋群島之根據地；二則在開拓本島之富源，移植我工業製造，壟斷工商權利」。轉引自劉振魯：〈對日據時期滅種政策的剖析〉，見《臺灣文獻》33 卷 1 期。）圍繞這種侵略目標，日本殖民者強力推行割斷臺灣與祖國大陸血緣聯繫的高壓統治，企圖把臺灣人民變成沒有祖國的、對異族侵略者俯首帖耳的臣民。1895 年 6 月，日本在臺灣設立總督府，從此「總督的獨裁權力，特殊的警察統治和保甲制度，構成了日本殖民統治的三大支柱。」（陳碧笙：《臺灣地方史》(增訂本)，北京，中國社會科學出版社 1990 年 7 月版，第 201 頁。）總督由現任陸海軍大將或中將擔任，必要時有權公佈命令或律令，以代替法律；有權統率駐臺軍隊，指導軍政及其他軍事行動；有權處理關於關稅、鐵道、通信、專賣、監獄及財政等特殊行政事務；這使得總督在臺擁有一切獨裁的權力。而兇狠、嚴密的特殊警察制度的建立，則成為推行日本殖民權力的保障。按照當時編制，從州、廳、市、郡到街莊，全島共有警察機構 1500 多處，警員 1.8 萬餘人，平均每 160 名居民配備一名警察。這些警察以統治者自居，集軍、警、政、教大權於一身，對臺灣人民實行殘酷壓迫，被稱為「草地皇帝」。從 1898 年起，日本殖民者還把中國古代封建社會的保甲制度移植到臺灣，並加以強化。所有臺灣居民以十戶為一甲，置甲長一人；十甲為一保，置保正一人。其主要任務是協助警察檢查來往人員，監視居民行動和緝捕罪犯。如有犯罪

行為，保甲內的居民負有連坐責任。這實際上是強迫臺灣人民自出經費，自相監視，來達到其「以臺制臺」的惡毒目的。從殘暴苛虐的政治統治，到敲骨吸髓的經濟掠奪，再至愚民政策支配下的差別教育制度和強迫同化策略，日本殖民當局對臺灣的侵略達到了系統而徹底的程度。在被異族侵略者佔領的日子裏，臺灣人民反對日本殖民統治的鬥爭從來没有停止過，回歸祖國懷抱始終是他們的最高奮鬥目標。大體言之，以 1915 年為界限，臺灣人民的抗日運動經歷了從武力反抗到非武力反抗兩個時期。就前者看來，從 1895 年唐景崧建立的曇花一現的「臺灣民主國」，到 1915 年余清芳領導的「噍吧哖起義」，臺灣人民不斷以武力抵抗日本殖民者的鬥爭持續 20 年之久。日寇強行登陸初期，臺灣同胞抱定「桑梓之地，義與存亡」的決心，在全島範圍內展開了大規模的武裝反割讓鬥爭，5 個月的時間裏，斃傷日寇總人數達 32,315 人。即使到了 1895 年 11 月，日本首任總督樺山資紀宣佈了「全島平定」之後，抗日血戰仍時有發生。從 1895 年 11 月至 1902 年，臺灣義軍仍舊堅持了 7 年分散的游擊性抗日武裝活動。北部的簡大獅、中部的柯鐵和南部的林少貓，就是當時人稱抗日「三猛」的義軍代表。1905 年後，臺灣人民的抗日鬥爭與祖國的革命運動發生密切聯繫，島內先後爆發的 12 次抗日起義，多是在辛亥革命的勝利和鼓舞下發動起來的。其中反抗規模和影響最大的 4 次起義，例如 1907 年 11 月，新竹蔡清琳等秘密組織「復中興會」，並率衆發動北埔起義；1912 年 3 月，南投人劉乾悉聞祖國辛亥革命勝利，秘密組織臺灣革命黨，領導了林圯埔起義；1913 年 3 月，自大陸渡臺的同盟會會員羅福星在苗栗設革命黨機關，發表宣言，策動起義；1915 年，臺南人余清芳以「齋教」為掩護，發動「西來庵起義」，有力地打擊了日寇統治。這是臺灣武裝抗日運動中鬥爭最激烈和最廣泛的一次起義，雖然義軍皆遭日寇血腥鎮壓，反抗殖民統治的精神卻在島內廣泛傳播。

　　隨著日本殖民統治在臺灣的逐步確立，統治當局大力推行剿撫併用的殖民策略，各種同化政策紛紛出籠。在敵我軍事力量懸殊、武力抗爭慘遭失敗的形勢下，臺灣人民開始轉變鬥爭方式，進入了非武力抗爭時期。這種非武裝抗日多是以文化和文學作為鬥爭的基本武器與手段，通過合法鬥爭形式的爭取，來啟蒙民眾，揭露日本殖民統治。臺灣的青年知識份子，特別是在日本的臺灣留學生，成為非武裝抗日運動的先導和主力軍。一方面，深受梁啟超改良主義思想的感化，林獻堂、林幼春、蔡惠如等，「他們已覺得沒有現代化武器的臺灣人等如籠中之雞，每次以武力鬥爭都被虐殺，所以林獻堂主倡文化運動，團結群眾之力，雖經歷很多鬥爭但不致流血。」（吳濁流：〈回顧日據時代的臺灣文學〉，《臺灣文藝》，第 49 期，1975 年 10 月。）另一方面，當時風起雲湧的時代新思潮，促使了臺灣留日學生的民族意識覺醒與文化反省。這期間，1916 年，日本政治學者吉野作造開始提倡「民本主義」運動；1917 年，蘇聯社會主義十月革命成功；1918 年，第一次世界大戰已決，殖民地民族自決呼聲高漲；1919 年，朝鮮發生獨立運動，祖國大陸更有「外爭主權、內懲國賊」的五四運動爆發等等。凡此時代風潮，喚起了臺灣知識份子革新殖民地文化的使命感，他們期望通過文化啟蒙，「爭取省民的政治的自由，而脫離異族的支配。」（廖毓文：《臺灣文字改革運動史略》，《臺北文物》2 卷 3 期，第 107 頁。）在這種背景下，1920 年前後萌生的臺灣新文化運動，作為臺灣抗日民族運動的重要環節，一開始便以文化啟蒙運動與民族解放的政治運動密切結合的特點，成為臺灣文化抗日的先聲。

　　殖民地的解放運動，大抵是由海外首先發動。臺灣留學生在東京的崛起，促使新文化運動團體應運而生。1919 年秋，蔡惠如、彭華英、林呈祿、蔡培火等人，與祖國大陸在東京的中華青年會幹部馬伯援、吳有容、劉木琳等，發乎血濃於水的民族意

識，取「同聲相應」之義，成立了臺灣留日學生的第一個民族運動團體「聲應會」。但因為「會員不多而流動性亦大，組織未久不知不覺銷聲息影。」（葉榮鐘：《日據下臺灣政治社會運動》（上），臺中，晨星出版有限公司，2000 年 8 月版，第 104 頁。）同年歲末，為了啟發民智、推動臺灣政治社會改革，臺籍青年又成立「啟發會」，卻終因組織不健全，內部意見分歧，而歸於似有似無。

　　1920 年 1 月 11 日，有感於臺灣民族運動之迫切需要，蔡惠如等有識之士決意改變留日學生的渙散現狀，出面重新組織了臺灣文化政治團體「新民會」，推舉林獻堂為會長，蔡惠如為副會長，會員達 100 多人。「新民會」雖有取大學篇中『作新民』之義，（林呈祿回憶「新民會」成立，見《臺灣民報》1929 年 5 月 26 日，第 3 頁。）但更多跡象表明它與祖國新文化運動的密切聯繫。梁啟超有「新民說」，臺胞成立了「新民會」；陳獨秀創《新青年》，「新民會」辦《臺灣青年》；陳獨秀發表《敬告青年》，林呈祿亦有《敬告吾鄉青年》問世。從「新民會」到《臺灣青年》，它不僅象徵著臺灣知識份子從梁啟超的一代跨越到陳獨秀一代，更以革命文化團體陣容的確立，標誌著臺灣新文化運動的開端。與此同時，它也表明東京留學生為主的民族自決運動，走到了文化抵抗的路子上來，並與島內的反殖民主義鬥爭合流。「新民會」作為臺灣新文化運動的一面旗幟，對臺灣的民族解放運動有著舉足輕重的意義。發生在臺灣的諸多重大政治運動，以及臺灣多個政治文化團體的成立，皆與「新民會」發生直接或間接的聯繫，至少有「新民會」成員參加其中活動。

　　「新民會」的行動綱領，「第一，為增進臺灣同胞之幸福開始政治改革運動」，（葉榮鐘：《日據下臺灣政治社會運動》（上），臺中，晨星出版有限公司，2000 年 8 月版，第 105 頁。）它具體表現在「六三法撤廢運動」和「臺灣議會之設置運動」。

所謂「六三法」，是指日本總督府於 1896 年發佈的第 63 號法律
——《關於在臺灣實施法令之法律》，這是日本殖民者統治臺灣
人民的依據。根據此法律，臺灣總督能夠集行政、司法、立法的
大權於一身，對臺灣人民實行生殺予奪的大權。臺灣人民要獲取
政治自由，必須首先廢除「六三法」。早在「啟發會」時期，留
日愛國學生中就有了「六三法撤廢期成同盟」的組織。1920 年
冬，「六三法案」面臨法令的時限，需要再交日本帝國議會討論
其存廢問題。撤廢問題重新提到議事日程上來。林獻堂以「新民
會」為中心，集合了 200 多人的臺灣留學生，於同年 1 月在東京
舉行「撤廢六三法」示威集會，但並無成效。在世界新思潮的深
入影響下，臺灣留日學生對臺灣政治改革問題的想法日趨積極，
「民族自決」、「完全自治」一時成為響亮的口號。蔡惠如與林
獻堂、林呈祿等人在討論今後行動方向的問題時，經過激烈爭論
終於認識到：即使「六三法」撤廢了，臺灣人民仍舊無法擺脫
「內（內：內地，指日本）臺一體」、「內地延長主義」的政治
框架。「新民會」創會幹部林呈祿提議由臺灣民眾選舉民意代
表，組成議會，牽制總督，以「臺灣議會設置請願運動」取代
「撤廢六三法運動」。「臺灣議會設置請願運動」的出現，標誌
著當時帶有資產階級改良主義面貌的運動「開始擺脫殖民同化主
義的束縛，而以要求民族平等、民族自決為目標。」（陳碧笙：
《臺灣地方史》(增訂本)，北京，中國社會科學出版社，1990 年
7 月版，第 252 頁。）1921 年 1 月，林獻堂、蔡惠如、林呈祿等
在東京徵集了 177 個臺胞簽名，聯名向日本貴族院、眾議院上書
請願，要求設置由臺灣選舉產生的臺灣議會，這個議會對在臺灣
實施的特別法律和預算具有「取決權」。設置這樣的議會，無異
於限制日本總督府的權力，日本殖民當局很快予以否決。為了扼
殺臺灣議會設置運動，日本政府一面向林獻堂、蔡惠如等人施加
壓力，一面出籠所謂「臺灣總督府評議會官制」，企圖敷衍搪

塞，愚弄民意。1922 年 2 月，林、蔡等人繼續徵得 512 個臺胞簽名，再次提出設置臺灣議會請願書。日本眾議院仍以「不採擇」而予以否決。這種被喻為「非武裝抗日運動的外交攻勢」的「臺灣議會設置請願運動」，以每逢日本議會年度開會，便提出請願的方式，持續了 15 年，直到 1934 年 9 月才自動宣告停止。（高日文：《臺灣議會設置請願運動始末》，《臺灣文獻》第 16 卷第 2 期。）「臺灣議會設置請願運動」雖未達到預期目的，但還是在一定程度上反映了廣大臺胞反對日本殖本統治、嚮往民族解放的情緒和要求。它對於促進臺胞團結，提高民族意識，打破日本總督府的白色鐵幕，起到了重要作用。

　　「新民會」的第二個行動綱領，是「擴大宣傳主張，聯絡臺灣同胞之聲氣，發刊機關雜誌。」（葉榮鐘：《日據下臺灣政治社會運動》(上)，臺中，晨星出版有限公司，2000 年 8 月版，第 105 頁。）仿照祖國大陸的《新青年》，「新民會」於 1920 年 7 月 16 日創辦了《臺灣青年》，並使其成為推動臺灣新文化運動的核心。《臺灣青年》有著廣泛的社會關懷，涉及政治、經濟、教育、法律、文化思潮以及文學藝術創作等諸多層面，它以謀求文化向上、促進民族解放的姿態，對臺灣民眾進行了廣泛的思想啟蒙。

　　有感於臺灣民眾在世界文化大潮流中的落伍現象，《臺灣青年》創刊號的卷頭辭，以「自新自強」的精神啟蒙民眾：

　　　　瞧！國際聯盟的成立，民族自決的尊重、男女同權的實現、勞資協調的運動等，無一不是這個大覺醒的賞賜。臺灣的青年！高砂的健兒！我人還可噤默著不奮起嗎？不解決這種大運動的意義，或不能與此共鳴的人，那種人已失其為人之價值了，何況是要做一個國民呢？（原載於《臺灣青年》創刊號，1920 年 7 月 16 日。見李南衡：《日

據下臺灣新文學·文獻資料選集》，臺北，明潭出版社，
1979 年 3 月版，第 1 頁。）

　　總編輯林呈祿也以「慈舟」為筆名，發表〈敬告吾鄉青年〉
一文，號召臺灣青年「當此世界革新之運，人權發達之秋，凡我
島之有心青年，亟宜抖擻精神，奮然猛省，專心毅力，考究文明
之學識；急起直追，造就社會之良材！」（林慈舟：《敬告吾鄉
青年》，《臺灣青年》第 1 卷第 1 號，1920 年 7 月 16 日，第 37
頁。）

　　《臺灣青年》一共出版 18 期，它的誕生，「恰似由臺灣上
空，投下了一個炸彈，把還在沈迷的民眾叫醒起來。」（賴和
語，見李南衡：《日據下臺灣新文學·賴和先生全集》，臺北，
明潭出版社，1979 年 3 月版，第 238 頁。）1922 年 4 月以後，
《臺灣青年》改名為《臺灣》，並發行增刊《臺灣民報》。上述
刊物作為臺灣新文化、新文學動員期的基本輿論陣地，為喚起民
眾反對殖民文化，追求民族文化革新，發揮了衝鋒陷陣的作用。

　　「新民會」的第三個行動綱領，是「圖謀與中國同志多多接
觸之途徑。」（葉榮鐘：《日據下臺灣政治社會運動》（上），臺
中，晨星出版有限公司，2000 年 8 月版，第 105 頁。）蔡惠如、
彭華英先後潛往上海，與當時的中國國民黨秘密接觸，及時地吸
取孫中山領導的國民黨改革社會的經驗。特別是蔡惠如，他經常
來往於臺灣、東京以及祖國大陸之間，多方傳遞和溝通海峽兩岸
的革命資訊。1921 年後，從臺灣回到大陸求學的青年日益增加，
他們紛紛成立愛國進步組織，創辦刊物，為促進兩岸同胞的團
結，聯合東方被壓迫民族做了大量工作。

　　在祖國五四運動的影響和推動下，島內知識文化界競相奮
起，臺灣新文化運動的中心逐漸向臺灣本土轉移。在「新民會」
林獻堂的大力支持下，「臺灣文化協會」於 1921 年 10 月在臺北

正式成立。開業醫師蔣渭水任專務理事，林獻堂任總理，蔡惠如等 62 人為理事，會員後來發展到 1032 人，幾乎羅致了當時臺灣的青年才俊，造就了一大批臺灣政治社會運動骨幹。「謀臺灣文化向上」的「臺灣文化協會」，以「揭櫫啟發民智、灌輸民族思想、提倡破除迷信、建立新道德觀念、改造社會為其目的。」（鍾肇政、葉石濤：《光復前臺灣新文學全集·總序》，臺北，遠景出版社，1979 年版，第 22 頁。）最終的任務是要「喚醒臺胞的民族意識，擺脫日本統治。」（江炳成：《古往今來論臺灣》，臺北，幼獅文化事業公司，1978 年版，第 275 頁。）「臺灣文化協會」的活動方式，或發行《會報》、文化叢書和《臺灣民報》，廣泛設置讀報社；或舉行各種講習會，內容涉及臺灣歷史、法律、衛生、經濟以及學術等方面；或以遍及全島的文化演講會喚起民眾，從 1923 年 5 月至 1926 年，「文協」就舉辦演講會 788 次，聽眾達 23.5 萬人；或組織劇團巡迴演出，劇本除胡適的《終身大事》常被採用外，大部份是由各地的青年臨時編排的。「臺灣文化協會」作為臺灣島上第一個大型政治文化團體，同時也是資產階級領導的抗日民族統一戰線；儘管其代表人物的思想狀況和政治傾向不盡相同，並且多以溫和、迂廻、漸進的方式展開各種啟蒙性活動；但它通過強力而廣泛的文化啟蒙運動，喚起了武力抗日失敗後的臺灣民眾的民族意識和反抗情緒，提升了社會的精神文化水準，並成為臺島推動新文化運動的中心，這不能不說是那個時代臺灣新文化運動的一種奇蹟。

由此看來，臺灣新文化運動所孕育的，「臺灣議會設置運動」、臺灣文化協會與《臺灣青年》雜誌是臺灣非武力抗日運動的三大主力。「若用戰爭的形式來譬喻，臺灣議會設置運動是外交攻勢，《臺灣青年》雜誌（包括以後的）《臺灣》雜誌、《臺灣民報》，以及改為日刊的《臺灣新民報》，是宣傳戰，而文化協會則是短兵相接的陣地戰。」（葉榮鐘：《日據下臺灣政治社

會運動史》（下），臺中，晨星出版有限公司，2000 年 8 月版，第
327 頁。）臺灣的民族運動，是由於日本殖民統治的壓迫歧視所
激發的民族意識與近代民主主義思想為中心，而增強對祖國的向
心力所凝結而成的。臺灣的新文化運動，則始終是和民族解放的
政治運動結合在一起，擔負起文化啟蒙、喚醒民眾的責任，成為
文化抗日之先聲。不僅如此，「臺灣新文學運動，便是在這個新
文化啟蒙運動和抗日民族運動中產生出來的生力軍。這支生力軍
的成長，反過來在新文化運動和抗日民族運動史上扮演了重要的
角色。」（陳少廷：《臺灣新文學運動簡史》，臺北，聯經出版
事業有限公司，1976 年 11 月版，第 5 頁。）

第二節　臺灣新文學運動的發展過程

　　作為中國新文學運動的一翼，臺灣新文學運動不僅在本質上
始終追求著五四新文學的方向，而且在文化陣地、運動步驟乃至
創作實績方面，都與祖國大陸的新文學運動息息相關。正如臺灣
老作家廖漢臣所指出的那樣：「『中國新文學運動』始於『文字
的改革』而終於『文學的改革』，『臺灣新文學運動』亦步其後
塵，由黃呈聰，黃朝琴提倡白話文於先，張我軍提倡詩學的改革
於後，而漸發展的。」（廖漢臣：《新舊文學之爭》，原載於
《臺北文物》3 卷 2 期、3 期，1954 年 8 月 20 日、12 月 10 日。
見李南衡：《日據下臺灣新文學・文獻資料選集》，臺北，明潭
出版社，1979 年 3 月版，第 413 頁。）1920 年至 1930 年，在臺
灣新文學萌芽與成長的初創期，其運動步驟與發展過程如下所
述。

一、白話文運動的發軔

　　臺灣白話文運動始於 20 世紀 20 年代初期，它以《臺灣青年》、《臺灣》、《臺灣民報》等早期新文化刊物為前沿陣地，以反對文言文，提倡白話文為中心內容，由此構成臺灣新文學運動的先導。

　　針對臺灣舊文學界的弊端，早在 1920 年至 1922 年的《臺灣青年》時期，就有三篇呼籲白話文的文章發表，它們分別就文學的內容和形式反省了臺灣文學的問題。

　　陳炘的〈文學與職務〉，（陳炘：〈文學與職務〉，《臺灣青年》第 1 卷第 1 號，1920 年 7 月，第 41-43 頁。）可謂臺灣新文學運動的首篇文獻。文章指出，自實行科舉制度以來，「言文學者，矯揉造作，不求學理，抱殘守缺、只務其末」；「論文學者，皆以文字為准，辭貴古奧，文貴艱澀」，造就了一種只有漂亮外觀而無靈魂思想的「死文學」。作者呼籲「而就今日之文明思想，以為百般革新之先導」，率先主張使用「言文一致體」的白話文，從而呼應了陳獨秀《文學革命論》之內在精神。

　　甘文芳的〈實社會與文學〉，（甘文芳：〈實社會與文學〉，《臺灣青年》第 3 卷第 3 號，1921 年 9 月，第 33-35 頁，）從文學與社會的關係入手，著重討論臺灣文學應有的走向。面對戰後中國新文學運動蓬勃開展的事實，他認為，「在這迫切的時代要求和現實生活的重壓下，已不需要那樣有閑的文學——風流韻事、茶前酒後的玩物了。」

　　1922 年 1 月陳端明發表〈日用文鼓吹論〉（陳端明：〈日用文鼓吹論〉，《臺灣青年》第 3 卷第 6 號，第 31-34 頁。）一文，則正式揭開了臺灣白話文運動之序幕。作者指摘文言文之三大弊害，一是不能充分表達思想，二是造成文化停滯，三是形成國民元氣沮喪之源。而白話文則既可從速普及文化，啟發民智；又以

簡易省時的特點，稚童亦能道信，自幼可養國民團結之觀念。故改革文學當從改革文體首先開始，「即廢累代積弊，新用一種白文，使得表露真情，諒可除此弊」，「以期言文一致」。

以上三篇文章雖說是最早倡導了白話文革命，但因是意向式與勸導式寫作，並未構成系統的觀點與理論體系，加之零散發表，《臺灣青年》的閱讀範圍又多在日本，故衝擊力還很有限。

1922 年 4 月，《臺灣青年》更名為《臺灣》，翌年在臺灣特設分社。是年 6 月，就讀於日本早稻田大學的臺灣留學生黃呈聰與黃朝琴，利用暑假返回祖國大陸旅行考察，被蓬勃開展的新文學運動所深深觸動，於是同時在 1923 年 1 月的《臺灣》雜誌撰文呼籲普及白話文，由此成為臺灣白話文運動的先聲。

黃呈聰的〈論普及白話文的新使命〉，首先言明大陸之行的考察結果，祖國五四白話文運動的成效，遂正式介紹到臺灣。作者根據胡適的理論，考察了白話文運動的歷史，比較了白話文與文言文的優劣，探討了白話文與臺灣文化和日常生活的關係，以及白話文在普及文化中的作用。作者清醒地認識到，臺灣文化不能進步的原因，「是在我們的社會上沒有一種普遍的文，使民眾容易看書、看報、寫信、著書，所以世界的事情不曉得，社會的裏面暗黑，民眾變成愚昧，故社會不能活動，這就是不進步的原因了。」（黃呈聰：〈論普及白話文的新使命〉，原載於《臺灣》第 4 年第 1 號，1923 年 1 月 1 日。見李南衡：《日據下臺灣新文學・文獻資料選集》，臺北，明潭出版社 1979 年 3 月版，第 7 頁。）正因為「白話文是文化普及運動的急先鋒」，「我們普及這個民眾的白話文是最要緊的」。文章還進一步指出，臺灣與中國情同母子、血肉相連的關係，使得民族文化白話文運動的普及，又有著聯絡大陸文化，抵抗日語和改革文言文的特殊意義。

黃朝琴的〈漢文改革論〉，在長達 1 萬多字的文章中，分 18 節詳細論述了漢文改革的必要性和迫切性。從各節的題目，可見

文章的大致風貌：

　　1.我最悲觀的就是漢字；2.怎麼樣消滅我們的罪過；3.教育不普及人類不能幸福；4.學問非少數人的專有物；5.中國為什麼不振興；6.漢民族的文化運動；7.流行新體的白話文；8.社會興亡匹夫有責；9.學問要平民主義；10.睡眠諸公亦覺醒；11.中國的文化前途實在有望；12.臺灣的文化實在悲觀；13.請看臺灣現時的流行文；14.臺灣非由社會改革不可；15.未受教育的人應該教他；16.各學校的漢文科要改良；17.提倡臺灣白話文講習所；18.我的實行方法。

　　黃朝琴的改革動機，緣起於漢文是世界上最難學的文字，追溯中國不振興的原因，即在言文不一致的弊害。作者從自己做起，提出改革方法：第一，對同胞不寫日文信；第二，以後寫信全部用白話文；第三，用白話文發表議論；第四，呼籲建立白話文講習會，自願擔任教師。黃朝琴後來回憶當時寫作此文的用意說：

　　　　我的用意是希望臺灣同胞相互間，均能使用中國文字，使白話文逐漸普及，這樣不僅中華文化在臺灣得以繼續保存，而且因簡單易學的白話文的推廣而能發揚光大，藉以加強民族意識。間接的，使日本對臺灣的日文同化教育，無法發揮他預期的效果。（黃朝琴：《我的回憶》，臺北，龍文出版社 1989 年 6 月版，第 17 頁。）

　　黃呈聰、黃朝琴兩篇文章的同時發表，真正揭開了臺灣白話文運動的篇章。把白話文運動的推廣，與文化啟蒙、改革臺灣社會的急務結合起來，與聯絡祖國文化，抵抗日本同化政策聯繫起來，這使二黃的漢文改革理論，意義深遠而重大。《臺灣》雜誌的專欄中，曾這樣評價他們的文章：

　　他們倆的文章，雖尚未言及文學本身的問題，但已經對文學的工具——語文——的改革，有積極性的提倡。他們提倡改革的動機，雖係迫於臺灣實際上的需要，也是受祖國五四運動文學革命的影響。他們兩人的文章，字裏行間流露一種民族愛、同胞愛的親切情感，尤為難能可貴。黃朝琴的態度更有恨不能對每一個同胞耳提面命，促使幡然覺醒的迫不及待的情味。（黃朝琴：《我的回憶》，臺北，龍文出版社，1989 年 6 月版，第 16-17 頁。）

　　黃呈聰、黃朝琴文章的發表，引發了臺灣學習白話文的熱潮。是年 4 月，《臺灣民報》半月刊創刊，並全部使用白話文，如發刊詞所言：「專用平易的漢文，滿載民眾的智識，宗旨不外欲啟發我島的文化，振起同胞的民氣，以謀臺灣的幸福。」（《臺灣民報》創刊詞，1923 年 4 月 15 日。引自李南衡：《日據下臺灣新文學‧文獻資料選集》，臺北，明潭出版社 1979 年 3 月版，第 37 頁。）與此同時，臺灣白話文研究會在林呈祿的主持下，於 1923 年 4 月 15 日正式設立。林呈祿作為臺灣留日學生，是《臺灣青年》、《臺灣》、《臺灣民報》的重要創辦人之一。「提倡白話文，要做社會教育的中心」，「普及三百六十萬同胞的知識，使他們平平享受人生本來的生活」，是白話文研究會的創會宣言。該會成立後，即向全島募集會員，並擬定三條普及白話文的措施：

　　1.凡會員 20 人以上之地方者，由本會派專員到該處開講習會；

　　2.由本會隨時指導會員，或答應會員之通信諸事；

　　3.本會得隨時懸賞課題，以獎勵會員之研究，佳作者並發表在《臺灣民報》。

　　從黃呈聰、黃朝琴的理論倡導，到《臺灣民報》的帶頭實

踐，加以白話文研究會的悉心推廣，白話文在報紙上很快取代了文言文，有關白話文的論爭也隨之而起。反對者或認為提倡白話文是「畫蛇添足」，或認為白話文觀之不能成文，讀之不能成聲；更多的人則因為語言變革的不適應，而對白話文持懷疑態度，認為文言文「雅」，白話文「俗」。針對上述情形，易前非的〈臺灣民報怎樣不用文言文呢？〉，施文杞的〈對於臺灣人做的白話文的我見〉和林耕餘的〈對於臺灣研究白話文的我見〉等文章陸續發表，它們或繼續呼籲普及白話文，或對臺灣白話文運動中存在的問題提出善意批評和改進意見，從不同角度維護和促進了白話文運動的開展。

白話文運動是臺灣新文化運動的第一個勝利。從 1920 年開始，在不到 4 年的時間裏，白話文就徹底打敗了文言文，完成了文學語言的革新，為臺灣新文學運動的開展掃清了語言障礙。不僅如此，白話文運動的功績，還在於它把臺灣新文學納入整個中國新文學的格局之中，使其成為中國新文學的一支流而向前發展。

二、新舊文學之爭

以白話文的吶喊為先導，張我軍提倡的「詩界革命」緊跟其後，臺灣由白話文運動導入新文學運動。1924 年至 1925 年發生的有關新舊文學的激烈論戰，則標誌了臺灣新文學運動的正式登場。

1923 年《臺灣民報》誕生之時，正值祖國的新文化運動達到高潮，胡適等人倡導的文學革命已頗有成效。這時，就讀於上海的許乃昌以「秀湖」的筆名，在《臺灣民報》1 卷 4 期發表《中國新文學運動的過去現在將來》，成為第一篇將中國新文學運動的整個情形介紹給臺灣的文章。1924 年，在北京學習的蘇維霖（薌雨）於該刊 2 卷 10 號發表〈二十年來的中國古文學及文學革

命的略述〉，對胡適〈文學改良芻議〉和陳獨秀〈文學革命論〉
的要點，以及中國文學革命的梗概，作了詳細介紹。旅居東京的
張梗隨後亦撰《討論舊小說的改革問題》，力陳舊小說必須改革
的迫切性，並分：1.獨創；2.創作須含意；3.含意須深藏；4.排
春秋筆法；5.倡科學的態度；6.歷史和小說須分工等 6 章，說明
他對舊小說的改革主張。

　　上述 3 篇文章，可謂臺灣新文學運動的先聲。而真正拉開臺
灣新文學運動的序幕，對舊文學首先進行猛烈抨擊的，是在北京
直接受到五四新文學運動洗禮的臺灣的文學青年張我軍。當時的
臺灣文壇，以古體詩為代表，吟風弄月、無病呻吟的擊缽體與應
酬詩風行天下，並成為臺灣新文學運動的主要障礙。針對這種情
形，張我軍以《臺灣民報》為陣地，向舊文學發動進攻。1924 年
4 月 21 日，他在〈致臺灣青年的一封信〉中闡揚了兩個基本主
張，即改造社會和改革文學。他認為，臺灣青年「要坐而待斃，
不若死於改造運動的戰場」；（張我軍：《致臺灣青年的一封
信》，《臺灣民報》2 卷 7 號，1924 年 4 月 21 日，第 10 頁。）

　　他不贊成用請願議會設置這種辦法來改良社會，而希望通過
「團結」、「毅力」、「犧牲」這三樣武器達到改造社會之目
的。他還以大無畏的氣概，對臺灣舊文學營壘首先發難：

　　　　諸君怎的不讀些有用的書，來實際應用於社會，而每
　　日只知道做些似是而非的詩，來做詩韻合解的奴隸，或講
　　什麼八股文章，替先人保存臭味（臺灣的詩文等，從不見
　　過真正有文學的價值的，且又不思改革，只在糞堆裏滾來
　　滾去，滾到百年千年，也只是滾得一身臭糞。）想出風頭
　　的，竟然自稱詩翁、詩伯，鬧個不休。（張我軍：〈致臺
　　灣青年的一封信〉，《臺灣民報》2 卷 7 號，1924 年 4 月
　　21 日，第 10 頁。）

不久，他又發表〈糟糕的臺灣文學界〉，向陳腐保守的舊文學發動更猛烈的攻勢：

> 創詩會的儘管創，做詩的儘管做，一般人之於文學儘管有興味，而不但沒有產出差強人意的作品，甚至造出一種臭不可聞的惡空氣來，把一班文士的臉丟盡無遺，甚至埋沒了許多有為的天才，陷害了不少活潑潑的青年，我們於是禁不住要出來叫嚷一聲了。（張我軍：〈糟糕的臺灣文學界〉，《臺灣民報》2 卷 24 號(1924 年 11 月 21 日)。）

張我軍的批判鋒芒，直指舊詩人創作的三種弊端：1.不知道什麼是詩，拿文學來做遊戲；2.把神聖的藝術，視作沽名釣譽的工具；3.荼毒青年，使他們養成偷懶好名的惡習。

張我軍在描述世界文學新潮流的演變背景之後，一針見血地指出：「還在打鼾酣睡的臺灣的文學，卻要永被棄於世界的文壇之外了。臺灣的一班文士都戀著墓中的骷髏，情願做個守墓之犬，在那裏守著幾百年前的古典主義之墓。」（張我軍：〈糟糕的臺灣文學界〉，《臺灣民報》2 卷 24 號(1924 年 11 月 21 日)。）

張我軍的文章，已經超越語言文字的範圍，深入到對整個舊文學內容及其弊害的揭露與批判，因而極大地動搖了舊文學的殿堂，也勢必引起舊文學營壘的反撲。於是，臺灣文界名儒連雅堂遂於是年 11 月 15 日發行的《臺灣詩薈》第 10 號上，利用為林小眉的《臺灣詠史》作跋之機，乘機詆議說：

> 今之學子，口未讀完六藝之書，目未接百家之論，耳又未聆離騷樂府之音，而囂囂然曰，漢字可廢，漢字可廢，其而提倡新文學，鼓吹新體詩，粃糠故籍，自命時

髦，吾不知其所謂新者何在？其所謂新者，特西人小說戲
劇之餘，丏其一滴沾沾自喜，是坎阱之蛙，不足以語汪洋
之海也。（連雅堂：《臺灣詩薈》，臺灣者文獻委員會，
1992，年 3 月，第 627 頁。）

　　面對連雅堂判斷乏據的謬誤之說，張我軍在 12 月 11 日的《臺
灣民報》發表〈為臺灣文學界一哭〉，批評連雅堂對新文學完全
是個「門外漢」，而歎說：「我想不到博學如此公，還會說出這
樣沒道理，没常識的話，真叫我欲替他辯解也無可辯解了，我能
不為我們的文學界一哭嗎？」（張我軍：〈為臺灣文學界一
哭〉，《臺灣民報》第 2 卷第 26 號，1924 年 12 月 11 日，第
10-11 頁。）

　　繼連雅堂之後，第一次針對張我軍進行還擊的，是化名「悶
葫蘆生」的〈新文學之商榷〉。文中抨擊臺灣新文學，「不過就
普通漢文加添了幾個字」，「夫畫蛇添足，康衢大道不行，而欲
多用了字及幾個不通文字，又於漢學，無甚素養，怪底寫得頭昏
目花，手足都麻，呼吸困難也。」（悶葫蘆生：〈新文學之商
榷〉，《臺灣日日新報》，第 8854 號，1925 年 1 月 5 日，漢文
欄，第 4 頁。）

　　針對悶葫蘆生的批評，張我軍立刻作〈揭破悶葫蘆〉予以反
駁，於是啟開了一場激烈的新舊文學論戰。舊文人以《臺灣日日
新報》、《臺灣新聞》和《臺南新報》的漢文欄為堡壘，向《臺
灣民報》為代表的新文學陣地進行反撲。舊文學的陣容，有署名
鄭軍我、蕉麓、赤嵌王生、黃衫客、一吟友、講新話、壞東西等
人，對新文學大肆攻擊。他們謾罵張我軍是「極端偏見長，白話
作新詩，荒唐。張我軍，信口便雌黃，香臭也無分，著狂。」更
有甚者，有化名咄咄生的在 1925 年 1 月 27 日的《臺灣日日新報》
上發表〈胡適之之奴隸〉，對張我軍進行人身攻擊。對於舊文人

的圍攻與謾罵，張我軍自 1925 年 2 月 11 日至 1926 年 2 月 16 日，在《臺灣民報》發表九篇〈隨感錄〉，同舊文學陣營展開針鋒相對的鬥爭。

在新舊文學的激烈交戰中，張我軍並非孤軍奮戰，他的行動得到當時先進文化戰士的大力支援。1925 年 2 月，蔡孝乾發表〈為臺灣文學界續哭〉，公開回應張我軍的主張；4 月，又發表〈中國新文學概觀〉，詳細介紹了新文學運動後的祖國文壇。之後，支持新文學運動的文章紛紛出現，如賴和的〈謹覆某老先生〉，劉夢華的〈中國新詩的今昨明〉，張維賢的《一個詩人的演講》，自我生的〈詩顛詩狂〉，楊雲萍的〈無題錄〉，前非的〈隨感錄〉，半新舊的〈新文學之商榷的商榷〉，陳虛谷的〈駁北極無腔笛〉，葉榮鐘的〈一個墮落的詩人〉，廖漢臣的〈駁墮落詩人〉，陳逢源的〈對於臺灣舊詩壇投下一巨大的炸彈〉等。新文學力量的聚合，是以《臺灣民報》為陣地，對舊文人營壘進行鬥爭的。

臺灣的新舊文學論爭受到祖國大陸新舊文學論爭的直接影響，它是臺灣文學發展的內部規律所驅使的結果。新舊文學陣營的較量，在 1924 年至 1925 年達到高潮，之後持續近十年之久，經歷了多次交鋒。由於阻礙臺灣新文學發展的力量主要以舊體詩為代表，加之臺灣新文學誕生初期也以新詩為主，這就決定了新舊文學論戰的主戰場是在詩歌陣地上。論戰伊始，新文學陣營就處在主動進攻的優勢地位。論戰的結果，是以新文學陣營的勝利和舊文學陣營的覆滅而告終。「由此趨向觀之，足證臺灣新文學運動源於中國新文學運動：其關係恰如支流與主流，乃是息息相關，不可切割的。」（陳少廷：《臺灣新文學運動簡史》，臺北，聯經出版事業公司，1977 年 5 月版，第 21 頁。）

三、臺灣新文學運動的成長

20 世紀 20 年代是臺灣新文學的初創期。1925 年以前，臺灣新文學處於萌芽階段；1925 年至 1930 年，臺灣新文學則從理論的推進到創作的發展，進入成長期。

1925 年之後，臺灣的民族革命運動進入空前高漲時期，新文化運動也發生深刻的變化。臺灣文化協會作為民族運動中最有影響力的一支隊伍，隨著運動形勢的發展，「文協」內部的各種力量發生變化，導致「文協」組織的分化與重新組合。1927 年 10 月，右翼代表林獻堂等宣佈退出「文協」，蔣渭水退出「文協」另組「民眾黨」。左翼代表王敏川、鄭明禄等取得領導權後的文化協會世稱「新文協」，並發行機關報《大眾時報》。「新文協」批判了改良主義思想，確立了以推翻殖民制度為目標，推行聯合工農大眾的路線。在臺灣文化協會影響下，工農運動蓬勃開展起來。1925 年 6 月，臺灣彰化北斗郡下二林等四莊的蔗農，成立了臺灣第一個農民團體「二林蔗農組合」，同林本源製糖會社展開針鋒相對的鬥爭。1926 年，在簡吉、趙港領導下，成立了臺灣全島性統一的農民組織「臺灣農民組合」，會員發展到 2.4 萬人。著名作家楊逵，當時被選為中央常委。與此同時，臺灣工人在先後成立了多種工會的基礎上，於 1927 年組成統一的臺灣工友總同盟。特別是 1928 年 2 月 15 日，在中國共產黨的幫助下，翁澤生等人於上海成立了臺灣共產黨。其政治綱領是：1.推翻日本帝國主義統治，實現臺灣解放；2.沒收日本帝國主義在臺灣的一切財產；3.實行土地革命，消滅封建土地剝削制度；4.建立臺灣地方的民主政府。這一時期民族革命運動的高漲，使臺灣各界思想空前活躍，它為推動臺灣新文學的成長與建設，提供了強有力的思想文化背景。

成長期的臺灣新文學運動，已經不再限於對祖國大陸新文學

運動的介紹，也不再停留於對臺灣舊文學的批判，而是開始轉向研究自身的文學建設，並由理論主張的宣揚轉向創作實踐，由嘗試性寫作轉入文學實績的顯示。

文化園地的新開拓，是成長期新文學運動的重要變化之一。

首先，《臺灣民報》遷臺發行，開闢了臺灣新文學運動的主要陣地。從 1920 年至 1926 年，《臺灣青年》、《臺灣》、《臺灣民報》都是在日本東京出版，再運回臺灣發行。為讓《臺灣民報》遷到臺灣印行，林呈祿、黃朝琴、黃呈聰、蔡培火等人進行了不懈的努力，終於在 1926 年 8 月 1 日，出版了《臺灣民報》遷臺第 1 號。為了擴大影響，從 1929 年 1 月 13 日起，他們成立了「株式會社臺灣新民報」，由林獻堂任董事長。1930 年 3 月 29日，該報改稱《臺灣新民報》，仍為周刊。《臺灣民報》遷臺發行後，總督府的干涉迫害更嚴，直接檢閱審查雜誌，政治與社會問題的言論尺度日益緊縮。而《臺灣新民報》卻適時地擴充了文藝版面，從 1930 年 8 月起，增設「學藝」欄，專門介紹各種文藝問題，如：「民眾文藝的歌謠」、「做文學的幾個條件」、「論散文與自由詩」等，促進了文學的研究與創作。不僅如此，它使當時的社會改革者或直接投入文藝創作的行列，或擔任文藝理論的旗手，促使臺灣新文學運動與民族反抗運動在新形勢下的緊密結合。

其次，多種文化陣地開始出現，改變了萌芽期《臺灣民報》獨據文壇的局面。1925 年 3 月，楊雲萍和江夢筆創辦《人人》，可謂受新舊文學論戰刺激創辦的第一本白話文純文藝雜誌；1925 年 10 月，張紹賢創辦《七音聯彈》；1927 年，臺灣人士林徐富主編《榕樹》雜誌；在北京學習的蘇維霖、張我軍等人，也創辦了《少年先鋒》；1928 年，「新文協」刊行《大眾時報》；1930 年 6 月，由王萬得主倡，邀同陳兩家、周合源、江林鈺、張朝基等 5 人，出資創辦激進的綜合性文化周刊《伍人報》；同年 8 月，

臺灣共產黨領導的「臺灣戰線社」創辦《臺灣戰線》；廖漢臣、謝春木等亦創辦《洪水報》；林斐芳與黃天海辦《明日》；同年10月，許乃昌、黃呈聰、林篤勳、賴和等 8 人創辦《現代生活》；林梧秋、趙櫪馬等 7 人創辦《赤道》等。上述報刊，多設有文藝專欄，大力刊載文藝作品，對於臺灣新文學的成長，起到了積極的促進作用。

作家群落開始聚集，是成長期新文學運動的重要變化之二。從 1926 年開始，隨著民族運動的高漲和文化運動的深入，一批新文學運動的作家迅速成長起來，先後登上文壇。賴和、張我軍、楊雲萍、楊守愚、陳虛谷、郭秋生、葉榮鐘等人可謂代表。萌芽期的文學創作，多是社會活動家過問文學，作品多以政治主張和社會改革為主題；到了推進期，則是文學家來干預政治生活，新文學逐漸從文化運動中彰顯出來。上述種種，顯示了臺灣新文學的迅速成長。

第三節　臺灣新文學初期的小說創作概況

臺灣新文學創作的萌發，首先以白話小說的出現，標誌了一種新的文學品種的誕生，這也是臺灣文學史上的重要突破。

1922 年至 1925 年，在《臺灣》和《臺灣民報》上相繼問世的，是幾篇帶有萌芽性質的新小說。例如：追風的〈她要往何處去〉，無知的〈神秘的自制島〉，柳裳君的〈犬羊禍〉，趙經世的〈賢內助〉，施文杞的〈臺娘悲史〉，雲萍生的〈月下〉、〈罪與罪〉，鷺江 TS 的〈家庭怨〉等 8 篇。

〈她要往何處去〉，是臺灣新文學史上的第一篇小說，發表於 1922 年 4 月的《臺灣》雜誌。作者追風，原名謝春木，1902

年生，臺灣省彰化縣二林人，日本東京高等師範學校畢業，曾任
《臺灣民報》主筆，是臺灣早期的資產階級民族主義啟蒙運動的
骨幹人物之一。他的小説處女作，通過描寫一對青年男女從訂婚
到毀約的愛情故事，藉以破除封建禮教下婚姻制度的弊害，提出
反封建與婦女解放的問題。臺灣姑娘阿蓮與臺灣留日學生清風相
愛，清風的家長卻通過媒妁之言為清風和桂花訂下婚約。桂花單
方面愛上了清風，收到的卻是清風要求解除婚約的請求信。後來
在表哥草池的啟發下，經歷了痛苦婚變的桂花萌發了自救救人的
思想，東渡日本求學。她意識到，這次婚變「不是阿母的罪，也
不是清風的，都是社會制度不好，都是專制家庭的罪。我只是犧
牲者之一。正如表哥所説，整個臺灣不知有多少人為這制度而哭
著。如今我卻明白過來了。我要為這些人而奮鬥，勇敢地奮鬥下
去。」這篇小説主題思想鮮明，注重人物性格刻劃，筆下有情有
景。不足之處，在於作者藉主人公之口表現自己的政治主張，顯
得過於生硬。另外，小説採用日文寫作，未能與當時倡導的白話
文運動相協調。

　　其他幾篇作品，〈神秘的自制島〉是以臺灣為觀照物件，帶
有強烈諷刺性的寓言小説。它描寫日本統治下，背負枷具的臺灣
人的痛苦、愚昧與奴性。小説在揭露日本殖民統治的同時，也暗
諷島人的迷信與不覺悟，揭示造成民族悲劇的癥結所在。〈犬羊
禍〉是篇政治小説，通過描寫當時臺灣社會運動家的內幕，對林
獻堂和楊吉臣退出臺灣議會設置運動的妥協行為進行批判。小説
在《臺灣》雜誌登出後，只刊載一半就停止了。〈臺娘悲史〉是
以寓言方式表現惡男霸女為妾的不幸婚姻，小説中的「臺娘」、
「華大」、「日猛」三個人物均有所指，婚姻故事的背後，暗含
著臺灣的淪陷史。〈賢內助〉一篇，用的雖是白話文，內容似翻
譯日人作品，沒有更多價值可言。而楊雲萍對自己早期小説的看
法，用的是「雖有一二，但不成問題」的評價。這一切，應該説

是符合萌芽期小説的發展規律的。

　　總之，萌芽期的臺灣小説，一開始就顯示了反殖民壓迫、反封建制度的主題指向，並且帶有強烈的政治諷喻性和現實針對性。在題材選擇上，無論是寫社會問題，還是表現家庭生活、婦女命運，都與現實政治發生千絲萬縷的聯繫。寓言形式和諷刺手法的較多運用，顯示了臺灣作家反抗日本殖民統治的特殊方式。這些小説雖然在藝術上還比較稚嫩和粗糙，有的表現形式和語言還殘存某些舊小説的痕跡，但其呈現的小説主題與內容是全新的，它無疑代表了臺灣小説的發展方向。

　　從 1926 年開始，臺灣新文學運動由理論的發動進入創作的過程，賴和、楊雲萍、楊守愚、陳虛谷、郭秋生、張我軍、葉榮鐘等作家的群體聚合，帶來了真正顯示臺灣新文學運動實績的作品，而小説創作又居於領先地位。據不完全統計，1926 年至 1930 年五年間發表於報刊的小説為 47 篇，（根據許俊雅：〈日據時期臺灣小説刊行表〉，載《日據時期臺灣小説研究》，臺北，文史哲出版社，1999 年 9 月第 2 版，第 717-721 頁。）相當於萌芽期創作數量的 6 倍。僅 1926 年這一年，《臺灣民報》就推出了 10 篇小説，其中賴和的〈鬥鬧熱〉、〈一桿「稱仔」〉，楊雲萍的〈光臨〉、〈黃昏的蔗園〉、〈弟兄〉，張我軍的〈買彩票〉等，標誌著新文學運動由理論到實踐的轉變，被認為是現代文學奠基性的作品。在此之後，涵虛的〈鄭秀才的客廳〉，虛谷的〈他發財了〉、〈無處申冤〉，太平洋的〈夜聲〉，楊守愚的〈凶年不免於死亡〉，鄭登山的〈恭喜〉，鐵濤的〈阿凸舍〉等，以及賴和、楊雲萍、張我軍不斷問世的其他作品，則顯示臺灣現代小説從不同角度，揭開了臺灣新文學歷史的嶄新一頁。

　　成長期的臺灣小説創作，主要採用現實主義方法和中文寫作方式，對日帝統治下的臺灣封建社會進行抨擊，進一步凸顯出反對殖民統治、反對封建主義的總體傾向。縱觀上述作品，大多表

現了如下內容和主題：

1. 揭露日本警察的兇暴和壓迫民眾的情形

　　日本警察作為維護殖民統治的鷹犬，無所不管，無惡不作，是臺灣人民最為痛恨和直接抨擊的物件。賴和的〈一桿「稱仔」〉、〈不如意的過年〉，鄭登山的〈恭喜〉，一村的《無處申冤》等，都從不同角度表現了民間百姓在殖民地警察制度下所遭受的欺凌、重壓以及無處伸冤的悲慘現實。

2. 表現殖民者、地主和資本家對工農群眾的經濟剝削的現實

　　以楊雲萍的〈黃昏的蔗園〉，太平洋的〈夜聲〉，楊守愚的〈凶年不免於死亡〉為代表。日據時期，全臺耕地的 30%由殖民壟斷階級掌管，48%為地主階級保留。而佔農村 70%人口的貧苦農民，僅占 17%的耕地。殘酷的經濟壓榨，多如牛毛的苛捐雜稅，加速了底層百姓生活貧困化。楊守愚〈凶年不免於死亡〉中的農民，在地租、稅收與災年的多重壓迫下，無論怎樣掙扎，最終不能逃脫家破人亡的厄運。

3. 舊禮教束縛下的家庭生活與婦女悲劇

　　張我軍的〈白太太的哀史〉，講述嫁給大陸官僚被折磨而死的日本女子的不幸身世；楊雲萍的〈秋菊的半生〉，塑造了家貧被賣、又遭富人欺凌玩弄的臺灣少女秋菊的形象；賴和的〈可憐她死了〉，則藉少婦阿金的遭遇，控訴了落後愚昧的養女制度。封建專制制度下的婦女命運，成為當時作家關注的嚴重社會問題。

4. 揭露封建地方勢力和御用紳士的妥協

　　以楊雲萍的〈光臨〉，涵虛的〈鄭秀才的客廳〉為代表。日

本殖民者對臺灣推行的愚化、奴化和同化政策、促使封建地方勢力臣服殖民當局，成為反對社會改革的力量。〈鄭秀才的客廳〉裏所上演的，就是三個封建遺老接受殖民當局旨意，加入御用文化團體的醜劇。

這時期作家創作的局限，一是由於他們多以文學為武器來推動政治、文化運動，還缺乏對創作數量與藝術質量的潛心關注；二是因為當時作家往往兼營多種文體，藝術的磨礪與積累還不夠深厚。

第四節　臺灣新文學初期的詩歌概況

臺灣新詩是在五四運動的直接孕育和影響下誕生的。五四運動不僅為臺灣新詩孕育了反帝反封建的健碩詩胎，而且為臺灣新詩培育了發難之人。臺灣新文學之初，張我軍、黃朝琴、黃呈聰等新文學的開創者，均到大陸學習、考察、旅遊。張我軍創作了臺灣新詩史上第一部詩集《亂都之戀》，並將五四文學新軍引進了臺灣，發起了臺灣的新舊文學論戰，打敗了舊文學，新文學在舊文學的廢墟上誕生。黃呈聰、黃朝琴在大陸調查後，在臺灣發動了白話文運動，確定了白話文為臺灣新文學的表達工具。《臺灣民報》發表了許多介紹大陸新文學運動的文章，第 101 號和 102 號發表了劉夢華的〈中國詩的昨今明〉一文。介紹大陸新詩的來龍去脈。《臺灣民報》於 1925 年 3 月發表了張我軍的〈詩體的解放〉一文。理論的指導和推動，對臺灣新詩的誕生和發展，起到重要作用。

臺灣新詩誕生的一個更主要原因是，抗日民族解放鬥爭的呼喚。臺灣自 1895 年割讓，反對日本佔領的武裝鬥爭此起彼伏，三

日一小戰，五日一大戰。曠日持久而無後援的抗日戰爭終因寡不敵眾，犧牲慘痛，不得不在梁啟超的建議下，由武裝抗日轉為非武裝抗日。在非武裝抗日中文學成了主力軍。臺灣新詩就是在這樣的歷史背景下誕生的。臺灣最早出現的新詩，是追風（謝春木）1923 年 5 月創作的〈詩的模仿〉四首（〈讚美番王〉、〈煤炭頌〉、〈戀愛將茁壯〉、〈開花之前〉），發表於 1924 年 4 月 10 日出版的《臺灣》雜誌上。這雖是用日文寫成，但並不影響它成為臺灣泥土中長出的第一叢詩苗。雖然這是第一叢詩苗，但它並不孤單，它剛剛拱出土層，其他詩苗也如雨後春筍鑽出地面，和追風的《詩的模仿》一起成為第一批拓荒的勇士，裝點了臺灣詩壇春天的詩人和作品，主要有：施文杞的〈送林耕餘尹隨江校長渡南洋〉（《臺灣民報》1 卷 12 號 1923 年 12 月）、〈假面具〉（《臺灣民報》2 卷 4 號 1924 年 3 月）。楊雲萍的〈橘子開花〉（《臺灣民報》2 卷 7 號），〈這是什麼聲音〉（《臺灣民報》2 卷 15 號）。張我軍的〈對月狂歌〉、〈無情的雨〉分載《臺灣民報》2 卷 8 號 1924 年 5 月和 2 卷 13 號 1924 年 7 月。由楊雲萍和江夢華創辦的中文刊物《人人》雜誌，於 1925 年 3 月舉行了臺灣文學史上首次新詩徵文比賽，選出十餘家詩 20 首，在該刊第二期發表。張我軍的詩集《亂都之戀》於 1925 年 12 月在臺北出版。《臺灣民報》於 1926 年 11 月徵集新詩，獲詩 50 餘首，經評選，崇五、器人、黃石輝·黃得時、沈玉光、謝萬安等人的 10 首入選。這是臺灣第一次評選詩的活動。新詩誕生初期，在《臺灣民報》上發表詩作的詩人還有賴和、楊華、虛谷、澤生、縱橫、楊守愚等。這些詩人中張我軍、賴和、楊華的詩歌創作成就最高。張我軍的《亂都之戀》是描寫他早年在北平讀書時，與同班同學羅心香的愛情故事。亂都，是指 1923 年前後正值奉直軍閥混戰，人心惶惶的北平。該著在描寫作者戀愛受阻，雙雙私奔，抗擊封建婚姻，爭取婚姻自由過程中，表現出的不屈鬥爭精

神，和作為一代五四新青年的新思想、新行為。詩的情感真摯，
行文明白流暢，但有直白和直露之弊，這是新詩幼年期的通病賴
和是個風暴型詩人，他的詩是號角和吶喊，充滿戰鬥激情。他的
代表作〈覺悟下的犧牲〉、〈南國哀歌〉、〈低氣壓的山頂〉充
溢著時代精神和革命氣概。他大氣磅礴地號召人們起來變成革命
狂飆，去毀滅那舊世界，為革命歡呼，為人類祝福。賴和的詩是
典型的革命者之歌。楊華是臺灣新詩奠基初期最卓越的詩人之
一。他的詩是與貧病和民族敵人交戰中的產兒。如果說賴和的詩
是高亢的戰歌，楊華的詩則是淒滄的控訴；賴和的詩是擲向敵人
的利劍，楊華的詩是抽向敵人的鞭子。他的《黑潮集》五十三
首，是他人格的體現。詩人以大海之黑潮暗示日本人入侵的黑
潮，黑潮雖然凶險，但中國人不會向黑潮屈服。中國人的反抗是
新生之火：「只要是新生的火／她便能燃起已死的灰燼」。楊華
曾因參加抗日活動被日本人逮捕入獄，並在日本人的迫害下活活
餓死，但他的中國人的志氣永立天地。

第五節　臺灣新文學初期的文學理論和它的奠基人張我軍

　　臺灣新文學理論批評，是直接發源於五四新文學理論的。臺
灣新文學運動初期，要解決的主要矛盾是文學的語言革命，即由
文言文變為白話文。讓文學親近大眾，回歸大眾，服務大眾。
1922 年 4 月，黃呈聰〈論普及白話文的新使命〉和黃朝琴的〈漢
文改革論〉在《臺灣》雜誌上發表，掀起了臺灣的文學語言革
命。前者提出「白話文是文化普及運動的急先鋒」，後者力論
「漢文改革乃刻不容緩之急務」。《臺灣民報》1 卷 4 期發表秀
湖（許乃昌）的文章《中國新文學的過去現在將來》，著重介紹

了五四運動兩篇指導性的文章，胡適的《文學改良芻議》和陳獨秀的《文學革命論》等。這些文章直接將五四新文學理論輸入到臺灣，成了臺灣新舊文學論爭中新文學的利器。受到五四運動洗禮的張我軍，從北京將文學革命軍引進臺灣，對舊文學發起了猛烈的攻擊。經過幾個回合的戰鬥，以連雅堂為代表的舊文學全軍覆沒，以張我軍為代表的文學新軍取而代之，成了臺灣文壇的盟主。臺灣進入了新文學時期。

張我軍（1902—1955），本名張清榮。幼時當學徒，後進銀行當雇員，1921 年到廈門支行工作，1922 年到北京，1923 年就讀北京高等師範學校升學補習班，與羅心香女士產生愛情，因愛情受阻，1924 年雙雙私奔臺灣，任《臺灣民報》編輯。1925 年重返北京，入中國大學、北京師大讀書。1926 年 8 月 11 日在魯迅寓所受到魯迅的教誨，後任中國大學、北京工業大學教授。1945年，臺灣光復後返臺，寫詩、寫小說。1975 年林海音的純文學出版社出版《張我軍全集》，1985 年北京時事出版社出版《張我軍選集》，2000 年 8 月臺海出版社出版《張我軍全集》。張我軍是臺灣新文學動運的急先鋒，在與舊文學交戰中，他連續地向舊文學營壘，發射了一顆顆理論核彈。如：〈致臺灣青年的一封信〉，這實際上是一篇社會改革的政治論文。作者提出了臺灣社會「要爆碎」，作為文學改革的前提，並分析了社會改革的可能性。他說「社會生活是文藝之母，不改革社會，文藝的改革無從進行」。張我軍提出了這樣一個根本性的問題。表現了他文藝家兼政治家的眼光。張我軍發表的重要文章還有〈糟糕的臺灣文學界〉、〈請合力拆下這座敗草叢中的破舊殿堂〉、〈揭破悶葫蘆〉、〈詩體的解放〉、〈絕無僅有的擊鉢吟的意義〉、〈隨感錄〉系列和〈中國作文法〉等。張我軍的文學理論是唯物的和辯證的，他一方面強調要革命要破壞舊文學、一方面又強調建設新

文學；他一方面強調文學的內容，一方也注意文學的表達形式。文學語言是他始終重視的問題之一，他將胡適的「文學的國語，國語的文學」具體化為臺灣新文學的兩項使命，即推行普通話和進行臺灣話的改造。他一方面進行理論創造，一方面進行實踐創作。因而他既是一個有豐富理論的創作實踐家，又是一個具有豐富創作經驗的作家。張我軍不僅是臺灣新文學運動的急先峰，他還是臺灣新文學的理論之父和奠基人。歸納起來，張我軍的文學理論有以下幾個方面的內涵。

1. 內容第一，形式第二

他在〈詩體的解放〉中説。「詩是以感情為性命的。感情差不多是詩的全部。」（《張我軍選集》，第1—2頁。）在〈請合力拆下這座敗草從中的破舊殿堂〉中寫道：「感情是文學的生命，思想是文學的血液，文學沒有感情，沒有思想，則如人沒有性命，沒有血液。」（《張我軍選集》，第16頁。）

2. 文學要真誠、說真話

在〈請合力拆下這座敗草從中的破舊殿堂〉中，他説：「文學最重要的是誠實，……有什麼話説什麼話，切不可滿口胡説，無病呻吟。」（《張我軍選集》，第16頁。）

3. 文學要有獨創，不能滿紙套語爛調

「我們作詩作文，要緊是能將自己的耳目親聞親見，所親自經歷之事物，個個鑄詞來形容描寫，以求不失真，而求能達狀物寫意的目的。」（《張我軍選集》，第18頁。）

4. 文學要厚今薄古

五四運動的基本精神，是一種空前的文化革命，是創造新文

化，新文學。張我軍是新文化，新文學最堅定、最徹底、最勇敢的代表人物。他說：「歷史告訴我們，我們今日之文明是自古變遷進化而成的，倘沒有變遷進化，如何有今日之文明？」（《張我軍選集》，第83頁。）

5. 確立了白話文，即普通話為臺灣新文學語言

　　張我軍文學理論最重要的內容之一，是要進行文學語言革命，他要將胡適的「文學的國語，國語的文學」具體化為臺灣新文學的兩項使命，即：「一白話文的建設，二臺灣話語的改造」。他說：「我這兩條是從胡適的『建設新文學』的『國語文學，文學國語』中出來的。」「我們提倡的文學革命，只是要替中國創造一種國語的文學。有了國語的文學，才可有文學的國語……我主張以後全用白話文就是中國的國語文。」（《張我軍選集》，第61頁。）在談到改造臺灣話時他說：「我們欲把臺灣人的話統一於中國語，再換句話說，是用我們現在所用的話，改造成與中國語合致的。」（《張我軍選集》，第46頁。）

　　張我軍在臺灣新文學誕生初期，就從文學的各個方面，為它提出了明確的理論和施行方法。成為臺灣首位有作為、有創建的文學理論批評家，成為臺灣新文學理論的奠基人，為臺灣新文學的發展指明了道路和方向。但是在張我軍之後，直至四、五十年代，臺灣新文學理論因種種原因，落後於創作實踐的發展。

第四章

臺灣新文學的奠基人賴和

第一節　賴和的生平

　　臺灣的新文學運動，繼張我軍的理論倡導之後，賴和正是以他對臺灣白話文學和現實主義創作的確立，以他對年輕一代作家的培養，而被譽為「臺灣新文學之父」以及「臺灣的魯迅」。

　　賴和（1894—1943），本名賴河，字懶雲，臺灣彰化市人，常用筆名有懶雲、甫三、安都生、灰、走街先等。幼年習漢文，並接受日文教育。1909 年入臺北醫學校，畢業後在彰化建立賴和醫院。1917 年到廈門博愛醫院工作，1919 年下半年返臺。這期間接受五四新文學影響，成為一個熱心的社會活動家。1921 年加入臺灣文化協會，開始其畢生懸壺濟世及抗日文化活動的生涯。

1923 年因治警事件入獄，翌年出獄之後，從此留鬚明志，以示與日本官憲抗爭。1941 年又因思想問題再度入獄，後病重出獄，1943 年 1 月即以心臟病與世長辭，年僅 49 歲。

賴和的一生，是令人敬仰的一生。其一，作為鐵骨錚錚的愛國知識份子，為了證明自己是中國人，不臣服日寇，他曾經不剪辮子，始終穿著民族服裝，充滿了「不忍衣冠淪異族」的高貴情感。其二，賴和醫德高尚，扶危濟困，一生為勞苦群眾所仰望，有「彰化媽祖」和「醫聖」之稱。不僅如此，「凡臺灣文化運動與社會運動，先生無不公開參與或是秘密援助。」（楊逵語，見於《臺灣新文學的開拓者》，《文化交流》第 1 輯，第 19 頁。）他免費醫治窮苦百姓，「每天所看的病人，都在百人以上，然而，先生的身後，卻留下萬餘元的債務。」（楊雲萍：《追憶賴和》，轉引自古繼堂：《臺灣小說發展史》，遼寧，春風文藝出版社，1989 年 11 月版，第 33 頁。）賴和去世的時候，鄉人沿街痛哭，送葬者絡繹不絕。其三，作為充滿反抗精神的新文學作家，賴和一生堅持用中文寫作，絕不用日文寫作。這在日據時代的文壇上，實屬難能可貴。其四，作為臺灣新文學的「奶母」，賴和在擔任《臺灣民報》文藝欄主編和《南音》雜誌編委的時候，為臺灣文壇培養了一批作家，守愚、虛谷、楊逵、王詩琅以及稍晚的鍾理和、葉石濤、鍾肇政等等，都曾深受他的影響。

身處日本殖民統治下的賴和，終其一生未曾見過魯迅，但深深受到魯迅影響。依其友人楊守愚的說法：「先生生平很崇拜魯迅先生，不單是創作的態度如此，即在解放運動一面，先生的見解，也完全和他『……所以我們的第一要者，是在改造他們（國民）的精神，而善於改變精神的，當然要推文藝……』合致。」（黃得時：《晚近の臺灣文學運動史》，《臺灣文學》2 卷 4 號，第 9 頁。）魯迅棄醫從文，成為勇敢的文化鬥士和時代旗手；賴和以魯迅為楷模，一邊行醫，一邊創作，去做臺灣新文學運動的

先驅；他們都在尋求通過文學改造社會，啟蒙民眾，療救國民精
神。儘管賴和在創作成就和思想影響力諸方面還不能完全比照魯
迅，但他在臺灣新文學運動中的奠基作用，使他獲得了臺灣文壇
最高的敬仰和評價。黃得時將賴和比喻為「臺灣的魯迅」，吳新
榮對其大加推崇，認為「賴和在臺灣，正如魯迅在中國，高爾基
在蘇聯，任何權威都不能漠視其存在。」（吳新榮以筆名「史
民」在《文藝通迅》中，強調賴和在臺灣是革命傳統。楊逵主
編：《臺灣文學》第 2 輯，第 12 頁。）陳虛谷也斷言：「賴和生
於唐朝中國則可留名唐詩選；生於現代中國則可媲美魯迅。」
（見陳逸雄：〈我對父親的回憶——陳虛谷的為人與行誼〉，收
於《陳虛谷選集》，臺北，鴻蒙出版社，1985 年 10 月版，第 496
頁。）

　　賴和是文壇多面手，從 1925 年發表臺灣新文學史上第一篇白
話散文〈無題〉，到 1941 年在獄中完成的《獄中日記》，他共創
作了小說 14 篇，新詩 11 首，隨筆雜感 13 篇，獄中日記 39 篇，
這些作品由李南衡編為《賴和先生全集》，1979 年 3 月由明潭出
版社出版。

第二節　賴和的文學創作成就

　　生在一個身不由己的殖民統治社會，又經歷著舊文學和新文
學交替變更的風雲時代，加之懸壺濟世、體察民生的悲憫情懷，
賴和走上文壇伊始便確定了自己創作的原點，那就是以擁抱民間
疾苦的人道關懷，藉由文藝的力量去啟迪民眾精神，改造黑暗社
會。1937 年，賴和在回答應聘《臺灣民報》副刊主編黃得時的請
教時，曾當場明確提出四點希望：「1.現在雖然在日本統治下，

我們絕對不要忘記我們是中國人。2.對於中國優美的傳統文化，不但要保存，還要發揚光大。3.對於日人的暴政，儘量發表，尤其是日警壓迫欺負老百姓的實例，極力暴露出來。4.對於同胞在封建下所殘留的陋習、迷信，應予徹底的打破，提高文化素質和水平。」（黃得時：《臺灣新文學的播種者——賴和》，原載《聯合報》1984 年 4 月 5 日。引自《賴和研究資料彙編》（上），彰化縣立文化中心，1994 年 6 月版，第 243—244 頁。）這既是賴和的政治理想，也蘊含著他的文學追求。賴和終其一生所努力的，就是要讓文學成為「民眾的先鋒，社會改造運動的喇叭手」，「忠忠實實地替被壓迫民眾去叫喊。」（賴和：〈希望我們的喇叭手吹奏激勵民眾的進行曲〉，原載於《臺灣民報》第 345 號，1931 年 1 月 1 日。）

在這種文學理念的指導下，賴和的創作始終堅持了反帝反封建的精神取向，從而成為日據時代最富有抗議精神的文學。以其成就最為顯著的小說而言，賴和的創作有以下鮮明特色。

1.以尖銳的抗議精神，揭露日本殖民統治的罪惡，喚醒臺灣人民的反抗意識。日據時代，反對殖民壓迫，爭取民族獨立和自由，成為廣大臺灣同胞最根本的問題。賴和的小說，或抨擊橫行霸道、為虎作倀的警察制度，如〈一桿「稱仔」〉、〈不如意的過年〉、〈蛇先生〉、〈惹事〉等；或揭露日本殖民者對臺灣蔗農殘酷的經濟壓榨，如〈豐作〉；或斥責日本同化政策對中國傳統文化風俗的消泯，它們表現的全是與異族統治者勢不兩立的主題立意。〈一桿「稱仔」〉寫貧苦農民秦得參被日本巡警逼上絕路的故事。秦得參借來三元錢做賣青菜的小生意，因為無錢購置「稱仔」，只得向鄰居借來一桿「尚覺新新的稱仔」。當時的度量衡是官廳的專利，敲詐勒索的巡警不由分說，折斷稱桿，罰款拘人。秦得參被妻子借債贖出獄來，禁不住滿腔悲憤，終於在新年之夜與巡警同歸於盡。這裏，原本象徵老百姓謀生工具的「稱

仔」，現在卻被破壞；原本象徵了法律應有公正的「稱仔」，現在卻遭踐踏；官逼民反的背後，是日本殖民者對民眾生存權利的殘酷剝奪，是走投無路的百姓對於強權專制的抵死抗議。值得指出的是，賴和小說不僅表現深沈的控訴力量，而且凸顯了強烈的抗爭精神。〈一桿「稱仔」〉中，秦得參的拼死抗爭；〈浪漫外記〉裏，民間好漢對日寇爪牙「補大人」（補大人：日本警察中，由依附日寇的臺灣人充當的稱「巡查補」，臺灣人畏稱為「補大人」。）的誘殺；〈惹事〉中勇於揭露日本殖民統治者「劣蹟與殘暴」的青年學生；以及〈善訟人的故事〉裏為民請命、反抗強權的林先生，都是這種不屈意志的集中體現。

　　2.以悲天憫人的人道主義情懷，描寫了苦難深重的百姓生活，傳達出反帝反封建、改造不合理社會制度的強烈要求。〈可憐她死了〉是一篇哀憐貧苦女性命運的經典之作。小說中命運多舛的阿金，自幼被賣做童養媳，未婚夫又在一次罷工風潮中被警察打傷死亡。遭受重創的公公含恨死去，阿金婆媳掙扎在貧困線上。為了擺脫困境，阿金再次被已經妻妾成群的富紳阿力哥包養，受盡蹂躪後卻遭遺棄，最終帶著身孕投河自盡。賴和在作品中揭示了造成阿金悲劇的三個原因：一是養女制度，作為封建制度的殘餘和變形，它在日本統治下的合法化，是造成無數女子悲苦命運的淵藪。二是納妾制度。封建主義傳統與男權中心話語的強勢作用，使被物化的婦女變成男性需要的工具或可以任意買賣、遺棄的物品。三是殖民主義統治。作為一切黑暗勢力的總根子，它與實行專制、壓抑人性的封建主義制度的聯盟，是維持自身統治的需要。阿金的悲劇，正是殖民統治和封建制度一手導演的。賴和對封建禮教和落後習俗的鞭撻中，無不凝聚著對殖民主義的憎惡。

　　3.對舊社會習俗的敗壞，對苟且偷生者的形象批判，表現了賴和文化革新的要求，以及療救國民精神的憂患情懷。他於1926

年寫的第一篇小說〈鬥鬧熱〉，是最先批評封建社會迎神賽會的
鋪張浪費，表達期盼文化革新與社會進步的作品。故事藉著鎮上
人們的閒談，表達出兩莊村民在媽祖生日的祭典中為了爭面子而
「鬥鬧熱」，導致富者愈富，貧者愈貧，幕後操縱者卻從中漁
利。對於為發起「鬥鬧熱」而奔走的學士、委員、中學畢業生和
保正等「有學問有地位的人士」，賴和也給予了特別的諷刺。事
實上，賴和對那種在殖民政府統治下苟且偷生，甚至巴結奉承的
舊知識份子的描寫，筆鋒一貫犀利無情。在〈棋盤邊〉裏，作者
用一幅對聯，概括出此類人物萎靡頹喪的生活習俗：「第一等人
烏龜老鴇，唯兩件事打雀燒鴉。」（指打麻將、吸鴉片）〈一個
同志的批信〉、〈赴了春宴回來〉等作品，從不同側面表現了民
族危難時期一些知識分子的空虛與妥協心理，前者揭穿了有錢有
閒者巴結獻媚殖民當局的行徑，後者則活畫出一群尋花問柳的
「聖人之徒」的卑污靈魂。

　　4.在藝術表現上，賴和著力觀照鄉土的文化背景和藝術趣
味，注重故事性與戲劇性，顯示出鄉土的特色而對於邪惡與墮落
的一面，他又特別運用諷刺手法加以抨擊。從賴和的詩歌、散文
創作來看，〈無題〉是臺灣新文學史上的第一篇白話散文，它把
日寇統治下，一個失戀者孤寂痛苦的心情，描寫得栩栩如生。清
新的形式，優婉的文字，加之個人情感與黑暗時代的碰撞扭結，
使全文有一種悲哀而倔強的美感。

　　賴和的新詩創作，比之其他文體，情感基調更為高昂激奮，
用他自己的話來說，是要「吹奏激勵民眾的進行曲」。堅持社會
寫實的文學路線，帶來其作品強烈的現實針對性。1925 年 10 月
23 日，彰化二林的農民起義被日警血腥鎮壓的當天，賴和就以滿
腔悲憤寫下了他的第一首新詩〈覺悟下的犧牲〉，副題是「寄二
林事件的戰友」。有感於農民這種不怕犧牲、奮起反抗的「覺
悟」，賴和反覆吟頌：「我的弱者的鬥士們，／這是多麼難能，

／這是多麼可貴！」但他最成功的新詩則是〈流離曲〉、〈南國哀歌〉和〈低氣壓的山頂〉。

〈流離曲〉寫於 1930 年，長一百餘行，被人稱為日據下臺灣新文學中最長、最動人的一首詩。它是以殖民當局用極廉價將 3886 甲土地批售給 370 名日本人退職官員，迫使大批農民流離失所的事件為背景所作的長詩。〈南國哀歌〉寫於 1931 年，是為紀念反殖抗日的「霧社事件」而創作。〈低氣壓的山頂〉則以象徵的手法，在日寇製造的政治低氣壓時代，大聲呼喚推翻殖民統治的狂風驟雨：「這冷酷的世界，／留它還有何用！／這毀滅一切的狂飆，／是何等偉大淒壯！／我獨立在狂飆中，／張開喉嚨竭盡力量，／大著呼聲為這毀滅頌揚，／並且為那未來不可知的，／人類世界祝福。」

第三節　賴和在臺灣文學史上的意義

在日據時代的臺灣新文學運動中，賴和是以反帝反封建的主題，人道主義的情懷和社會寫實的方法路線，率先倡導了具有地方色彩的鄉土文學，富於反抗精神的抗議文學，以及充滿新時代意義的白話文學。

賴和的功績在於他第一個用白話文寫作，從而揭開了臺灣新文學運動的序幕。臺灣新文學興起後，遇到了一個歷史性的難題。新文學運動要求言文統一，臺灣居民卻多用臺灣方言（即閩南語）。賴和經過艱苦的努力和實踐，率先摸索出以白話文為基礎，儘量吸收臺灣方言的途徑，使其作品言文一致，呈現出明白易懂的鄉土特色。在語言文字的運用上，他還大力實踐「舌頭和筆尖的合一」的主張，使其文學語言口語化。正是在此意義上，

「第一個把白話文的真正價值具體地揭示到大眾之前的，便是懶雲的白話文文學作品。」（守愚：〈小說與懶雲〉，《臺灣文學》3卷2期。）

作為臺灣新文學之父，賴和的創作影響了整個日據時代的臺灣文壇。正如文評家張恆豪所稱：

> 他的寫實精神引導了不少的繼起者，尤其是楊守愚、陳虛谷、王詩琅；他的反諷技法影響了蔡愁洞、吳濁流、葉石濤；而他那不屈不撓的抗議勇氣更鼓舞了楊華、楊逵、呂赫若。可以說，臺灣新文學的扎根從賴和開始著手，而賴和的崛起才奠定了現代臺灣文學的基礎。（張恆豪：〈覺悟下的犧牲──賴和集序〉，《臺灣作家全集·賴和集》，臺北，前衛出版社，1992 年 7 月版，第 46 頁。）

賴和被稱為「臺灣的魯迅」和「臺灣新文學之父」，他對臺灣新文學的巨大貢獻，與這兩個崇高的稱謂是相稱的。賴和的創作跨越小說和新詩兩種題材，這兩個領域他是兩面旗幟。他的閃耀著強烈戰鬥光茫的現實主義作品，成為整個臺灣新文學的樣板。尤其是他作品中反對異族佔領和對祖國的嚮往和熱烈的民族主義精神及大聲疾呼革命風暴的到來，摧毀舊世界吶喊，體現出無畏而徹底的革命性，教育和喚醒了幾代臺灣青年，這種革命戰鬥精神成了整個臺灣新文學的靈魂。並且將永照臺灣文壇。賴和的文學主張和他的愛祖國、愛民族的精神，也是今天反「臺獨」的銳利武器。

第 五 章

臺灣新文學的發展

第一節　臺灣新文學發展期的歷史、文學背景

　　1931 年到 1937 年，臺灣新文學運動進入以推行文藝大衆化為主體的發展期。這　時期臺灣的社會政治形勢與文學背景複雜動蕩，充滿矛盾：一方面，臺灣的抗日民族運動遭受重大挫折，由高潮走向低谷；另一方面，在日本殖民當局的高壓政策增壓和政治運動陷入低潮的雙重逆境中，臺灣的新文學運動卻迅速發展走向成熟和繁榮，迎來它的「黃金時代」。

一、政治運動的低落與文學運動的高漲

　　1931 年，是臺灣民族運動史上的一個分界點。在此之前，隨

著臺灣文化協會的分化重組，臺灣民眾黨的成立，特別是臺灣共產黨的誕生，臺灣的政治運動、文化運動和工農運動於 20 年代後期空前高漲。當時，幾乎所有的作家都參加了臺灣文化協會，他們視文學創作為社會啟蒙和抵抗日本殖民統治的利器，對政治運動的參與比文學創作更為投入。

　　隨著時局的變動，臺灣的政治形勢出現重要轉折。1930 年 10 月 27 日，臺灣發生了震驚全島的「霧社起義」，驚恐萬狀的日本殖民當局立即出動武力血腥鎮壓。作為日據後期最偉大的抗日事件，「霧社起義」給予日本殖民者以沈重打擊。但是，日寇也隨之加強了對臺灣的全面控制，臺灣再次陷入了全島性的白色恐怖之中。尤其從荻洲接任臺灣軍參謀長之後，軍部的權勢驟增，對臺灣人民的迫害更是變本加厲。另一方面，1931 年，日本發動「九‧一八」事變，侵佔我東北三省以後，為發動世界大戰而進入加緊控制的備戰時期。他們在經濟上搞所謂「經濟再編成」，拼命擴充軍事工業，在政治上則加強對殖民地實行「臨戰體制」。當時的臺灣，被當作日本帝國主義南進的基地，各種民族抗日力量受到的打擊也更加殘酷，臺灣共產黨更是首當其衝。繼 1929 年殖民當局製造「二‧一二」事件、拘捕文協及各工會、農民組合和反日團體人士 1000 餘人之後；1931 年 2 月，日本總督府宣佈取締「臺灣民眾黨」，一生從事抗日政治活動的該黨領袖蔣渭水復於是年病逝；1931 年 2 月至 6 月，殖民當局舉行全島性的大檢舉，逮捕被疑為與臺灣共產黨有關連的人士 107 人。9 月至 11 月，再次進行大檢舉，逮捕革命者和積極份子 310 人。在這種白色恐怖下，臺灣文化協會、民眾黨、臺灣共產黨、臺灣農民組合、臺灣工友聯盟或遭取締，或自行解體，左翼力量受到重大打擊，歷經 10 多年發動與組織而形成的文化政治運動陡然轉向低潮。

　　公開的群眾性文化政治運動已被查禁，嚴酷的事實要求臺灣

進步知識文化界必須更換鬥爭策略，避免更為慘重的後果。由於臺灣的新文學運動已經獲得發展基礎，並處於合法地位，藉重文學運動開展文化政治鬥爭，就成了當時的唯一出路。於是，許多愛國知識份子開始將他們的主要力量轉移彙聚到文學創作上來，新文學運動的地位也更為凸顯。這是造成 1931 年至 1937 年文學運動高漲的客觀情勢。

　　文學運動與社會運動的逆向發展情境，與文藝自身發展的不平衡性有關，藝術的繁盛期，並非與社會的一般發展成正比。30年代以後臺灣新文學的勃興，其外部原因，是受到來自祖國大陸和日本無產階級文藝運動的重要影響。30 年代，是左翼文學運動最為高漲的時期。祖國大陸，有中國左翼作家聯盟、中國左翼文化界總同盟、中國詩歌會相繼成立，並大力發行《小說月報》、《大眾文藝》、《萌芽》等左翼文學雜誌，無產階級革命文學隊伍迅速形成。日本亦然。從日本無產者藝術聯盟（簡稱「納普」），到日本無產階級文化聯盟（簡稱「克普」），從《無產階級文化》雜誌的創辦，到小林多喜二、德永直等革命作家的出現，對臺灣文藝團體的成立及作家的創作，都不無影響。就內部原因來說，首先，臺灣新文學運動經過 11 年的思想理論準備、文學隊伍聚集以及創作實踐積累，已經逐漸走向成熟。其次，在日本殖民者心目中，當時的臺灣文學，畢竟份量沒有政治、經濟、軍事那麼重，因而對文藝團體的控制也不像對政治團體那麼嚴酷，文學運動的存在具有一定的合法性。日本殖民者在臺灣的主要精力，對內是鎮壓臺灣共產黨和工農運動，對外是瘋狂擴軍備戰，準備發動新的世界大戰。這就給臺灣作家造成了活動的空隙。再則，本時期較早成立的文藝團體，或者有日本作家參加，如臺灣文藝作家協會；或者誕生地就在日本東京，如臺灣藝術研究會，這就轉移了日本殖民當局的視線。正是這多種因素的共同影響，特別是文學發展自身規律的作用，促使臺灣文學運動走向繁榮。

二、文學路線的確立與文學理論的再突破

隨著臺灣新文學運動地位的凸顯，其任務也相應擴大和加重，特別是在文學思想與理論建設方面，急劇變化的時代要求它突破自身局限、加快建設進程。1931 年至 1937 年的文壇上、葉榮鐘、張深切、黃得時、王錦江、黃石輝、郭秋生、林克夫、廖毓文、朱點人、賴明弘等人紛紛發表理論文章，就臺灣新文學的路線、臺灣鄉土文學與臺灣話文運動、以及文藝大眾化問題，進行了深入的理論探討。

1. 文學路線的確立

在臺灣新文學的萌芽期和推進期，雖然有人不斷提出重要的文學主張，但還未涉及到文學路線問題。1935 年 2 月，當時身為臺灣文藝聯盟委員長的張深切，在《臺灣文藝》發表〈對臺灣新文學路線的一提案〉一文。在對「過去的文學路線」、「中國的文學路線」、「日本（與歐美）的文學路線」進行梳理之後，張深切提出了發展臺灣文學的新路線。他還推崇吳希聖的〈豚〉、楊逵的〈送報伕〉和呂赫若的〈牛車〉，是表現了關懷貧苦大眾的文學路線。在他看來：

> 臺灣固自有臺灣特殊的氣候、風土、生產、經濟、政治、民情、風俗、歷史等，我們要把這些情況，深切地以科學的方法研究分析出來──察其所生，審其所成、識其所形、知其所能──正確底把握於思想，靈活底表現於文學，不為先入為主的思想所束縛，不為什麼不純的目的而偏袒，只為了微「真、實」而努力盡心，只為審判「善、惡」而研究工作。這樣做去，臺灣文學自然在於沒有路線之間，而會築出一條正確的路線。（張深切：〈對臺灣新

文學路線的一提案〉，原載於《臺灣文藝》2卷2號，1935
年2月1日。見李南衡：《日據下臺灣新文學・文獻資料
集》，臺北，明潭出版社，1979年3月版，第184-185
頁。）

　　從中可知，張深切所強調的文學路線：1.必須從臺灣的實際
生活出發；2.必須建築在「真、實」的路線之上；3.必須以
「善」與「惡」作為文學評判的標準；4.必須跟臺灣的社會情勢
進展而進展，跟歷史的演進而演進；5.必須正確地把握思想，靈
活地表現文字。

　　張深切的主張是從臺灣文壇的實際出發，對臺灣新文學運動
有一種反省與總結。但這條文學路線也存在著重思想輕藝術的不
足之處，因而還難以對作家創作與文學活動產生直接的指導作
用。

2.「臺灣話文與鄉土文學」論戰發生

　　1930年至1931年，由黃石輝、郭秋生發起，在新文學陣營
內部，展開了一場關於「臺灣話文與鄉土文學」的論戰。1930年
8月16日，黃石輝在《伍人報》上發表〈怎樣不提倡鄉土文學〉
一文，提出臺灣新文學應該是一種鄉土文學，力倡作家用臺灣話
來描寫臺灣的事物。1931年7月24日，黃石輝又在《臺灣新聞》
發表〈再談鄉土文學〉，詳細闡述自己關於鄉土文學的臺灣語建
設問題。同年7月7日，郭秋生積極呼應黃石輝，在《臺灣新聞》
連載發表了〈建設臺灣白話文一提案〉，將「臺灣話文」定義為
「臺灣語的文字化」，進一步提出以漢字為工具建設臺灣話文的
主張。

　　黃石輝、郭秋生的主張，引發了文壇不同意見的論戰。支援
的一方，有莊遂性、黃純青、李獻璋、黃春成、賴和、鄭坤五

等；持反對態度的，主要有廖毓文、林克夫、朱點人、賴明弘、林越峰等。其反對理由為三點：1.臺灣話「粗糙幼稚」，不足為文學的利器。2.臺灣話分歧不一，令人無所適從。3.臺灣話文為大陸讀者看不懂。所以，他們主張普及全中國通行的白話文。另外，他們以歐洲歷史上鄉土文學的過時性和臺灣現實中鄉土文學的局限性為由，對此提出不同見解。

在日據時期，提倡臺灣話文與鄉土文學，是在日據這個特殊歷史條件下提出大眾文學的實踐所不能少的課題，即大眾語的問題。大眾語文學，推到底就是方言文學了。此外，臺灣語文的提起，本身包含了抵制日本人同化政策和外來奴役的意義，它更多地是站在現實立場上強調臺灣語文問題上的某種特殊性。而反對者的觀點，則是站在理想的立場上，認為臺灣是中國不可分離的一部份，所以反對另立臺灣特有的地方性的文化。在具體的觀點闡述上，兩者各有其不無偏頗的意見。在當時的歷史條件下，這場持續了兩年多的討論雖然沒有什麼結果，但在展開文藝理論爭鳴、推動民族文學的發展上，還是有其進步意義的。

3. 關於文藝大眾化問題的提出

早在新文學運動初期，先驅者就已經開始關注文學的普及化與平民化問題。1923 年，黃呈聰在〈論普及白話文的新使命〉一文，提出「普及文化」的觀點；賴和也在新舊文學論戰中，提出「要倡導平民文學、普及民眾文化的這一種藝術運動。」（賴和：〈開頭我們要明瞭聲明著〉，見李南衡：《日據下臺灣新文學‧賴和先生全集》，臺北，明潭出版社 1929 年 3 月版，第 355 頁。）進入 30 年代，受到祖國大陸和日本左翼文學運動影響，出於臺灣新文學運動的自身發展和迫切需要，文藝大眾化問題遂成為文學界共同關注的焦點，許多文學團體和文學期刊都確定了文藝大眾化的指導方針。1931 年成立的「臺灣文藝作家協會」，提

出要實現「文藝大眾化」。1932 年成立的南音社及其創辦的《南音》雜誌，也發表了專門提倡大眾文藝的文章。1934 年 5 月 6 日召開的第一次臺灣全島大會，通過了「文藝大眾化」案，提案的具體要求有三點：1.描寫與大眾生活有密切關係的作品；2.文體與文字宜用一般讀者容易理解程度；3.對一般大眾要能喚醒他們的藝術趣味。而「臺灣文藝聯盟」成立的時候，會場牆上的標語即是：「推翻腐敗文學，實現文藝大眾化」。

這期間，關於「文藝大眾化」的探討文章也紛紛出現。1932 年葉榮鐘以「奇」的筆名，在〈南音發刊詞〉、〈「大眾文藝」待望〉、〈智識分配〉等文章中，多方面闡述了文藝大眾化的主張，響亮地提出了「到民間去」、「到農村去」的口號。〈智識分配〉一文中這樣寫道：

> 我們臺灣的智識水準若以個人而論，則不但無多遜色，尚且有很優秀的未來可以期待的。所以若能夠把這些智識分子挽至民眾的裏頭，使他們與民眾結成密接的關係。使他們能夠把自己的智識分配給一般民眾，則民眾的文化自然就有蒸蒸日上的希望了。這樣議論一見似乎很迂遠，但其實卻是極切實的提案，假使我們的智識階級若能大悟一番，不以裝飾品底地位自足，向前到民間去，到農村去，到鄉裏去，由家庭，由鄰甲，由村落切實地去指導，勿泥於高遠的理想，毋惑於玄虛的批評，由日常茶飯屑事做起，以身作範去指導民眾，庶幾這臺灣的文化才能夠脫離這畸形的現狀，而上正常的、健康的發達途上去，然後大多數的同胞才能夠享受所謂文化的恩澤呢！智識階級喲！到民間去！去！去!!!去分配你們的智識給你的鄰人！給你的鄉里!!這是新臺灣建設的捷徑!!!（葉榮鐘：《智識階級》，原載於《南音》1 卷 7 號，1932 年 5 月 25

日。見李南衡：《日據下臺灣新文學‧文獻資料選集》，臺北，明潭出版社，1979 年 3 月版，第 136 頁。）

葉榮鐘的主張，反映了文學界對實行文藝大眾化的重視及其思想的發展。隨著文藝大眾化思想的傳播，新文學運動日益深入人民大眾，面向勞動大眾的創作、民歌民謠和民間文學的整理和創作，在這一時期得到了長足的發展。

總之，文學路線的確立與文學觀念的再突破，是這一時期臺灣新文學運動走向成熟的理論標誌。它對 30 年代前期文藝團體的成立，文藝雜誌的創刊，以及文學創作的繁榮，產生了不無重要的影響作用。

三、文學社團的成立和文藝雜誌的創辦

30 年代以前建立的社團，幾乎都是政治、文化團體，有影響有成就的純文學社團尚未出現。30 年代以後，情形為之大變。構成臺灣新文學運動繁榮的標誌之一，就是純文學社團與文藝刊物紛紛出現，文藝陣地從報紙轉移到文藝雜誌，作家由分散的個體活動走向聯合集體行動。本時期最重要的文學社團與文藝刊物如下：

1. 臺灣文藝作家協會與《臺灣文學》

1931 年 6 月成立，臺灣作家有王詩琅、張維賢、周合源等 10 人，日本作家有別所孝二、平山勳等 29 人。同年 9 月，創辦《臺灣文學》雜誌，以「確立新文藝」和「文藝大眾化」為宗旨，發行了三期即被迫停止。這是臺日作家的初次合作，它以反抗殖民統治為共同思想基礎，具有統一陣線的色彩。

2. 南音社與《南音》

　　1931 年秋，臺北與臺南的文學界人士莊垂勝、葉榮鐘、郭秋生、黃春成、賴和等 12 人，組成南音社。翌年 1 月，創辦文藝雜誌《南音》半月刊。1932 年 11 月被禁停刊，共出版 12 期。《南音》的創刊動機，除了讓歌以當哭的文士們，在百不可為、混沌慘淡的時代，藉文字來消愁解悶之外，還希望作為「思想知識的交換機關」，致力於臺灣文藝的啟蒙運動；在迷濛苦悶的人們心靈上，添上文藝的潤澤。在雜誌內容與運作方式上，《南音》採取兩項原則：一是凡屬文藝作品，不論反對與主張，儘量登載；二是鑒於島內過去各種雜誌壽命多不長，在表現反日情緒時，最好採用含蓄筆法，避免雜誌動輒遭禁停刊。它所擔負的文藝使命，第一，提倡文藝大眾化。《南音》不僅大聲疾呼臺灣大眾文藝的出現，還開闢了「臺灣話文討論欄」，引發了賴明弘、黃石輝、郭秋生等人的筆戰。郭秋生不僅在理論上主張「屈文就話」，並且特闢「臺灣話文嘗試欄」，將其理論付諸實踐。第二，提供作品發表園地，創刊伊始即以重金公開徵募小說、戲曲、詩歌、詩聯等，這種相容並蓄的藝術態度，使《南音》擁有當時最出色的作家群，如周定山、賴和、李獻璋、黃純青、郭秋生、洪炎秋、黃得時、黃春成、林幼春，黃石輝、毓文、虛谷等人。總之，《南音》的誕生，「標誌著臺灣新文學運動已經由政治性，綜合性報紙上的一隅轉移到專業性、獨立性而園地遼闊的文藝刊物」，（梁明雄：〈日據時期臺灣新文學運動研究〉，臺北，文史哲出版社，1991 年 5 月初版第 2 刷，第 187 頁。）「可謂當時中文臺灣文藝集大成的豪華版。」（施學習：〈臺灣藝術研究會成立與福爾摩沙創刊〉，《臺北文物》3 卷 2 期，第 67 頁。）

3. 臺灣藝術研究會與《福爾摩沙》

　　早在 1931 年 3 月 29 日，在日本東京學習的臺灣青年王白淵、林兌、吳坤煌、葉秋木、張麗旭、林新豐等人，深受「日本普羅列塔利亞文化聯盟」（哥普）成立後的文化運動風潮的影響，懷著強烈的民族意識，主張「以文化形體，使民族理解民族革命」，組織了「臺灣人文化圈」，並於 8 月 13 日創刊《臺灣文藝》。因葉秋木參加 9 月 1 日的「反帝遊行」被捕，林兌等 5 位成員連帶被檢舉入獄，其社團被迫解散，《臺灣文藝》只出一期即停刊 1933 年 3 月 20 日，由在東京的蘇維熊、魏上春、張文環、吳鴻秋、巫永福、王白淵、施學習、吳坤煌、黃坡堂、劉捷等人發起，「以圖臺灣文學及藝術的向上為目的」，成立了臺灣青年在日本的第一個純文藝團體「臺灣藝術研究會」。1933 年 7 月 15 日，正式出版日文文藝雜誌《福爾摩沙》。

　　為了團結更多的臺灣留日青年，《福爾摩沙》雖然是在左翼團體影響下產生的，但它選擇了中間路線，是一份政治宣傳淡薄的合法刊物。它以「整理傳統文藝，研究鄉土藝術、歌謠、傳說，創造臺灣新文藝」為職責，以穩健的態度帶動臺灣文學的發展。在強調建立「臺灣人的文藝」背後，是對日本殖民統治強烈不滿的反抗情緒。《創刊號》只發行五百本，1934 年 6 月 15 日發行第 3 號後，終於經濟困難而停刊。圍繞《福爾摩沙》的作家，如王白淵、張文環、吳天賞、蘇維熊、巫永福、吳坤煌、劉捷等人，都成為日後臺灣文壇的健將。《福爾摩沙》雖然只出了三期，對臺灣新文學運動的貢獻卻相當突出。正如老作家黃得時所說：

　　　　一、《フオルモサ》（福爾摩沙）的創辦人，皆是在日本各大學正在專攻文學、哲學或美術的學生，所以他們

能運用西洋近代文學的方法來創作文學和推進文學運動。二、他們推進文學運動的意欲特別堅強而熾烈，大有非創出一種新文學絕對不願罷手的氣慨。三、他們特別著重小說和詩的創作，同時對於整理過去的文化遺產，如搜集歌謠和對現階段的文學批評等也相當重視。（黃得時：〈臺灣新文學運動概觀〉，原載於《臺北文物》3卷2期-3期，4卷2期。見李南衡：《日據下臺灣新文學‧文獻資料選集》，臺北，明潭出版社，1979年3月版，第306頁。）

4. 臺灣文藝協會與《先發部隊》

1933年10月，受到《福爾摩沙》發刊影響，郭秋生、廖毓文、黃得時、林克夫、朱點人、蔡德音、陳君玉、徐瓊二、吳逸生、黃青萍、林月珠等人，在臺北成立了島內的第一個文學社團。該會的成立動機，是基於「從來的新文學運動，都缺乏一個健全而有力的組織主體，以糾合全島的同志，採取集體的行動，來爭取民眾，以鞏固新文學運動的社會地盤。」（廖毓文：〈臺灣文藝協會的回憶〉，《臺北文物》3卷2期，第72頁。見李南衡：《日據下臺灣新文學‧文獻資料選集》，臺北，明潭出版社，1989年3月版，第364頁。）臺灣文藝協會「以自由主義為會的存在精神」，「謀臺灣文藝的健全的發達為目的」，（廖毓文：〈臺灣文藝協會的回憶〉，《臺北文物》3卷2期，第72頁。見李南衡：《日據下臺灣新文學‧文獻資料選集》，臺北，明潭出版社，1989年3月版，第364頁。）

於1934年7月15日創辦文藝雜誌《先發部隊》。1935年1月6日出版第2期時，因殖民當局干涉，改名為《第一線》。《先發部隊》除了發表該雜誌的宣言、卷頭言外，還刊發了「臺灣新文學出路的探究」特輯，收錄黃石輝、周定山、賴慶、守愚、點

人、君玉、毓文、秋生等人的 8 篇文章。上述文章屢言的「建設
的、創造的文學主張，一改過去一味暴露、破壞、而未能提供新
理念、新希望的文學風貌」，（許俊雅：〈日據時期臺灣小說研
究〉，臺北，文史哲出版社，1999 年 9 月初版，第 2 次印刷，第
95 頁。）力倡「創造當來的新生活樣式」，（芥舟(郭秋生)：
〈臺灣新文學的出路〉卷頭言，原載於《先發部隊》創刊號，
1934 年 7 月 15 日。）這裏所凸顯的，正是臺灣文藝協會獨特的
精神與意義。

時隔半年之後出版的《第一線》，為「臺灣民間故事特
輯」。臺灣文藝協會在探討新文學出路的同時，也注意到民間文
學的發掘與保存。該號卷頭言〈民間文學的認識〉，出自於黃得
時手筆，毓文、李獻章等人收集的 25 篇民間文學故事被收錄在
內。這一特輯的設立，不但顯示了該刊對民族文化遺產的關心，
也體現了對文藝大眾化的重視。李獻璋在此基礎上彙集的〈臺灣
民間文學集〉，於 1936 年 6 月出版，成為流傳至今的民間文學巨
構。

除了刊發上述兩個特輯，《先發部隊》和《第一線》還發表
8 篇小說，十幾首新詩，以及隨筆若干。該雜誌雖然只辦兩期即
告停刊，但是該協會之精神與作為卻鼓舞著青年一代關懷文學，
並為創立臺灣文藝聯盟，扮演了重要角色。

5. 臺灣文藝聯盟和《臺灣文藝》

1934 年 5 月 6 日，由臺中作家張深切、張星建、何集璧、賴
明弘等人發起，82 名作家出席，在臺中召開了第一次臺灣全島文
藝大會，並促成臺灣文藝聯盟的誕生。這是臺灣新文學運動史上
文藝大團結的空前壯舉，其隊伍遍及臺島及旅日臺胞。從會場上
張貼的標語即可看出當時的激昂氣氛與臺灣文藝聯盟的倡導方
向。

萬丈光芒喜為斯文吐氣，一堂裙屐欣看大雅扶輪。

寧作潮流衝鋒隊，莫為時代落伍軍。

推翻腐敗文學，實現文藝大眾化。

擁護言論自由，擁護文藝大會。

破壞偶像，創造新生。

精誠團結起來，為文學奮鬥到底。

文藝大會萬歲。

　　臺灣文藝聯盟的成立，是帶有政治性的文藝運動，其成立宗旨為「聯絡臺灣同志，互相圖謀親睦，以振興臺灣文藝。」（《臺灣文藝聯盟章程》第 1 章宗旨，見《臺灣文藝》2 卷 1 號，1934 年 12 月 18 日，第 70 頁。）文聯成立當日最重要的提案有：「文聯團體組織案」、「機關雜誌案」。席間經過討論，擬定了臺灣文藝聯盟章程、大會宣言，同時選出委員。「臺灣文藝聯盟乃是一個有意識的行動集團，它超越一切的派別，把全島的文藝家打成一片，來一次空前的大團結，促進臺灣文學長足的進步」；（黃得時：〈臺灣新文學運動概觀〉，見李南衡：《日據下臺灣新文學·文獻資料選集》，臺北，明潭出版社，1979 年 3 月版，第 316 頁。）「並確保了臺灣精神文化的基礎而對異民族表示了堅毅不移的抵抗。」（賴明弘：〈臺灣文藝聯盟創立的斷片回憶〉，《臺北文物》3 卷 3 期，第 63 頁。）

　　1934 年 11 月 5 日，該聯盟刊行了機關刊物《臺灣文藝》。該刊遵循「不偏不黨」的方針，提倡深入到大眾中去，是一份為人生而藝術，為社會而藝術的富有創造意識的雜誌；也是日據時代壽命最長、作家最多、對於文化影響最大的一本文藝雜誌，共出版 15 期。它內容豐富而充實，涉及評論、小說、戲曲、詩歌、隨筆、學術研究等六個部門。其中，關於臺灣新文學路線及其他文學問題的探討，張深切的〈鴨母〉，賴和的〈善訟人的故

事〉、楊華的〈薄命〉等中文小説力作的發表，吳希聖的〈乞食夫妻〉、張文環的〈哭泣的女人〉等一大批日文小説的問世，以及楊華、夢湘、陳遯仁等為數衆多的詩人創作，和守愚、德音、張深切等人的戲劇作品，都顯示了《臺灣文藝》時期新文學運動的全盛景象。但在《臺灣文藝》的後半期，日文已成強勢語言，用日文寫作的作品反較中文更多，編輯風格也隨之變化。黃得時對此曾有説明：

　　　　前期的作品是作家站在政治、或社會的棋盤上，為抗議日人的壓迫和榨取而寫的為多，同時對於臺灣的封建社會也很不客氣地暴露其腐敗和墮落的情形；可是這時期的作品，卻是作家站在文學獨自的立場，深入臺灣的舊社會去發見臺灣人的優點，再把這優點用寫實的方法表現出來，對於日人的歧視政策，作一種無言的抵抗，因此前者帶著一種很強烈的政治色彩而後者卻含有很濃厚的藝術氣味。換言之，臺灣文學運動到這時期，已漸漸脫去政治上的聯繫，而走向文學獨自的境地了。（黃得時：〈臺灣新文學運動概觀〉，《臺北文物》，4卷2期，1955年8月，第109頁。見李南衡：《日據下臺灣新文學‧文獻資料選集》，臺北，明潭出版社，1979年3月版，第320-321頁。）

6. 《臺灣新文學》雜誌

　　1935年12月28日，由《臺灣文藝》編輯委員脱退的楊逵及其夫人葉陶獨資創辦了中日文並行的《臺灣新文學》，後來加盟者有賴和、楊守愚、郭水潭、吳新榮、賴明弘、賴慶、葉榮鐘、林越峰等，其中多數人為臺灣文藝聯盟和《臺灣文藝》的重要成

員。楊逵再創刊物，是因為與文藝聯盟的創始人之一張星建在選稿的作風、方針上大異其趣、自覺無法發揮作用而退出。但楊逵說得很明白：

> 我創辦《臺灣新文學》月刊，並不是為了對抗《臺灣文藝》。《臺灣新文學》與《臺灣文藝》目標相同，但《臺灣新文學》在選稿上較為客觀，中文由賴和、楊守愚，日本詩由「鹽分地帶」（臺灣佳里）的吳新榮、郭水潭負責、所以在一年內刊出不少新作家的新作品。當時真是創業維艱！（楊逵：〈坎坷與燦爛的回顧〉，見陳連順、丘為君主編：《中國現代文學的回顧》，臺灣，龍田出版社，1978 年版，第 116 頁。）

楊逵一向主張新文學是寫實的、現實主義的文學運動，他創辦的《臺灣新文學》，以反映臺灣貧苦大眾的生活現實為依據，比起《臺灣文藝》，更富有寫實精神和社會主義傾向，更注重中文作品。在 1936 年 12 月號有《漢文創作專輯》，發表了賴賢穎的〈稻熱病〉、尚未央的〈老鷄母〉等 8 篇小說。本期作品表現出高度的民族意識和抗議精神，因此被殖民當局以「內容不妥當，全體空氣不好」的理由查禁。該刊還致力於作家的介紹。廖漢臣以「同好者的面影」為題，依次介紹朱點人、賴明弘、劉捷、王詩琅、吳逸生、林克夫、徐瓊二、黃得時等臺灣作家。2 卷 2 號發表尚未央（莊松林）的〈會郁達夫記〉；1936 年第 8 期出有「高爾基特輯號」，同年 11 月還發表王詩琅的〈悼魯迅〉和黃得時的〈大文豪魯迅去世〉。上述情形，表明《臺灣新文學》寬廣的思想境界與編輯視野。

《臺灣新文學》於 1937 年 6 月 15 日停刊，共發行 14 期。自創刊號至第 9 期，它與《臺灣文藝》是並駕齊驅的；從第 10 期

後，《臺灣新文學》獨自承擔起臺灣新文學的使命。黃得時曾高度評價了這一時期的新文學雜誌：

> 　　《臺灣文藝》和《臺灣新文學》的壽命不過是三年而已，可是在這短短的三年之中，所獲得的效果，比過去十幾年的效果都來得大，堪稱在臺灣文學史上劃下一段光輝燦爛的時期。（黃得時：〈臺灣新文學運動概觀〉，《臺北文物》，4卷2期，1955年8月，第120頁。見李南衡：《日據下臺灣新文學‧文獻資料選集》，臺北，明潭出版社，1979年3月版，第323頁。）

　　總之，1931年至1937年的臺灣新文學運動，已經形成它走向成熟的鮮明標誌：其一，臺灣新文學運動開始擺脫政治運動的牽制，走向文學獨自的境界；其二，隨著文學陣地的創立和開拓，新文學運動的舞臺，已經由報紙（臺灣新民報）發展到獨立的文學雜誌的創辦；其三，隨著全島性文藝團體「臺灣文藝聯盟」的成立，新文學作家已由分散而趨向統一；其四，登壇作家和所發表的作品，超過過去任何一個時期。正是在這種意義上，臺灣新文學運動進入了它的「黃金時代」。

第二節　臺灣新文學發展期的小說創作

　　在1931年至1937年的臺灣文壇，小說創作是以它整體風貌的變化和新穎氣象的出現，為臺灣新文學的「黃金時代」增添了特別的光采。

　　作家與作品的成批湧現，是本時期小說繁榮的標誌之一。

　　由於衆多文學社團與文學刊物的創辦，30年代的作家隊伍由分散走向聚合，以文學同仁的群體形象登上文壇，知名作家達到上百人之多。他們或以文學社團為中心，集結在臺灣文藝作家協會、南音社、臺灣藝術研究會等社團的旗幟下；或以地域為陣營，形成作家群體，如彰化的賴和、陳虛谷、楊守愚、黃朝東、賴通亮、賴滄洧、周定山、葉榮鐘等，以及萬華的廖漢臣、林克夫、朱點人、王詩琅、郭秋生、徐瓊二、楊朝枝等；或以語言表達工具的不同，形成不同類型的作家隊伍，中文作家如賴和、楊守愚、郭秋生、張深切、朱點人、林越峰、廖毓文、蔡愁洞、周定山、趙櫪馬、徐玉書、林克夫、張慶堂、楊華、王錦江、黃得時、李獻璋、黃石輝、莊遂性等；日文作家有楊逵、賴明弘、張文環、呂赫若、翁鬧、吳希聖、賴慶、巫永福、郭水潭、吳新榮、龍瑛宗、吳濁流、王白淵、吳坤煌、劉捷、蘇維熊、徐瓊二等人。如此龐大的文學隊伍聚合，為屬於文學重鎮的小說創作的繁榮，提供了強有力的基礎。

　　這一時期的優秀小說多發表於《南音》、《臺灣文學》、《福爾摩沙》、《先發部隊》、《臺灣文藝》、《臺灣新文學》、《臺灣新民報》等報刊，引人矚目的作品達到100多篇，有些已成為日據時代具有經典意義的文學寫照。中文小說中，懶雲的〈善訟人的故事〉、〈惹事〉，守愚的〈一群失業的人〉、楊華的〈薄命〉，點人的〈蟬〉、〈秋信〉，毓文的〈玉兒的悲哀〉，玄影（賴賢影）的〈稻熱病〉，一吼的〈旋風〉，匡人（蔡秋桐）的〈王豬爺〉，王錦江的《沒落》，芥舟的《死麼？》，張深切的〈鴨母〉等作品；日文小說中，楊逵的〈送報伕〉，吳希聖的〈豚〉，呂赫若的〈牛車〉，翁鬧的〈贛仔伯〉，張文環的〈父親的臉〉，龍瑛宗的〈植有木瓜樹的小鎮〉，賴明弘的〈夏〉等，都在當時產生了較大的影響。賴和的《豐作》被譯為日文，刊於日本出刊的《文學案內》，並入選

《朝鮮臺灣中國新銳作家集》。楊逵的〈送報伕〉獲日本刊物
《文學評論》1934 年徵文二等獎（缺一等獎），後被胡風譯成中
文，發表在上海的《世界知識》1936 年 1 月號上，並與呂赫若的
〈牛車〉、楊華的《薄命》一起入選《朝鮮臺灣小說集》。

　　文學主題的深化與表現題材的多樣化，是本時期小說繁榮的
標誌之二。

　　對日本殖民統治的抗議，是貫穿日據時代臺灣新文學創作的
突出主題。進入 30 年代，不管是中文作家，還是日文作家，都表
現出這種尖銳的抗議精神。比之 20 年代，這一時期對日本殖民者
的揭露和批判更大膽、更公開、它不僅鞭撻了警察、保正、巡查
這類小官吏，而且把矛頭指向民族差別待遇、日本警察政治、殖
民經濟掠奪、法律不公現象等方面，已經觸及到日本殖民制度。
著名作家賴和的〈豐作〉、〈惹事〉、〈善訟人的故事〉、
〈辱〉等皆發表於 30 年代。〈豐作〉寫農民添福，向日本製糖會
社租地種蔗，勤勞的汗水換來了甘蔗的豐收，但會社收蔗時在磅
秤上搞鬼，本來估計約 50 萬斤的甘蔗只剩下 30 萬斤。加之田租
和其他生產開支，添福勞動一年仍舊希望落空，只好私下叫罵
「伊娘的，會社搶人！」小說對製糖會社強行徵收與購買土地的
壟斷性格，對日本殖民者經濟掠奪的猙獰面目，給予了大膽揭
露。楊逵的〈送報伕〉，龍瑛宗的〈植有木瓜樹的小鎮〉，蔡秋
桐的〈王豬爺〉，赤子的〈擦鞋匠〉，以及楊守愚以揭露日警為
題材的〈十字街頭〉、〈顛倒死〉、〈嫌疑〉、〈罰〉等作品，
也從不同角度表現了揭露與抗議的主題。在 1936 年 12 月號的《臺
灣新文學》雜誌上，闢有「漢文創作特輯」，共發表賴賢穎的
〈稻熱病〉、尚未央的〈老鷄母〉、馬木櫪的〈西北雨〉、朱點
人的〈脫穎〉、洋的〈鴛鴦〉、廢人的〈三更半暝〉、王詩琅的
〈十字路〉、周定山的〈旋風〉等 8 篇小說。因為作品所表現強
烈的民族意識和抗議精神，殖民當局以「內容不妥當，全體空氣

不好」為由，禁止這期刊物發行。然而，民衆的抗議精神是殖民
當局查禁不了的。白滔在揭露日本警察取締凌逼臺灣攤販的小說
〈失敗〉中，藉人物之口發出了時代的最強音：

> 在帝國主義下的臺灣殖民地，被掠奪著的我們，是何
> 等地痛苦著的事情呀，試看，產業的短縮，失業者的增
> 多，工資的急減，農村的貧困，以致大批的貧寒階級，徬
> 徨於饑餓線上。現在為了謀生的問題，有的不得不走向小
> 販們的途上來。藉以度著這受剝奪未盡的軀體，然而現在
> 又是怎樣呢？身受的諸位，是早已知悉了。呵！我們已不
> 能忍耐下去了！大家須抬起頭，用我們不屈不撓的果敢毅
> 力與之拼命。以期達最後的勝利！

　　對社會改革運動的複雜面貌與走向的描寫，在本時期小說創
作中具有重要位置。20 年代中後期，以工農運動為基礎的臺灣的
社會政治運動風起雲湧，許多作家都是其中的積極參與者。在政
治運動走向低潮的 30 年代，對剛剛終結的歷史一幕的記憶與反
思，就成為當時作家關注的內容。林克夫的〈阿枝的故事〉，側
重表現工人參加鬥爭行列的覺醒過程；陳賜文的〈其山哥〉和尚
未央的〈失業〉，反映參加社會運動者遭到沈重打擊後的景況；
林越峰的〈紅蘿蔔〉，揭露叛徒在社會運動中的險惡行徑；王錦
江的〈夜雨〉，深入發掘工人運動失敗的原因；朱點人的〈島
都〉，表現了社會改革者不屈不撓的鬥爭精神。特別是楊逵的
〈送報伕〉，通過留學東京的臺灣青年楊君的飄零身世和反抗行
動，把臺灣人民反對日本殖民主義的民族抵抗運動，融匯於世界
性被壓迫的農工和弱小民族的抗議運動之中，表現出樸素鮮明的
階級意識和深刻高遠的思想境界。
　　婚姻愛情生活和女性命運，在封建意識濃厚、社會風氣落後

的日據時代，顯得格外壓抑和黯淡。本時期作家關注這一社會問題的時候，隨著現代進步思潮的影響，出現了多種角度的發掘，突出了反封建的精神指向。面對著養女制度、納妾惡習、索聘賣女、媒妁婚姻這些強大而頑固的封建習俗，女性的命運苦不堪言。克夫的〈秋菊的告白〉，楊守愚的〈女丐〉，特別是楊華的〈薄命〉，極言女子的悲哀身世，一語道破她們在男權中心社會被任意凌辱的邊緣生存真相。吳天賞的〈龍〉，表現沒有愛情基礎的媒妁悲劇；毓文的〈玉兒的悲哀〉，描寫農村少女因差別教育制度與封建習俗的遺害而失去情人的悲劇；陳華培的〈王萬之妻〉，賴慶的〈納妾風波〉，矛頭直指納妾惡俗，多方面發掘女性悲劇的成因。值得注意的是，這一時期小說中的女性形象，已經開始了覺醒和抗爭，而不再一味地逆來順受，甘作命運的奴隸。龍瑛宗〈不知道的幸福〉中的媳婦仔奮鬥不懈，終於通過離婚擺脫了痛苦的婚姻，尋求到自己的愛情幸福。楊守愚以「瘦鵑」為筆名發表的〈出走的前一夜〉，描述一個有自己思想的新女性，為反抗媒妁之言的傳統婚姻，決心出走，赴日留學去實現人生的理想。作者藉曾經徘徊在服從與抗爭兩難境地中的女主角之口，這樣鼓勵女性的人生奮爭「唉，卑怯的女子，你願意當奴隸，當玩物嗎？不，走吧，打斷舊制度的桎梏，跑向光明的前途去吧。」其他的作品，如吳濁流的〈泥沼中的金鯉魚〉、徐瓊二的〈婚事〉、馬木櫪的〈私奔〉、張碧華的〈上弦月〉、翁鬧的〈殘雪〉等，都體現了女性敢於對抗封建禮教挑戰自己婚姻命運的時代進步。

對農村經濟剝削和農民貧苦境遇的揭寫，在本時期得到了重視和發展。1930 年代開始，日本殖民者加強它對臺灣的農業掠奪，以便把臺灣變成擴軍備戰的南進基地。正視農民問題，表現農民在殖民主義與封建主義雙重壓迫下的悲慘遭遇，成為有使命感作家的關懷與呈現焦點。此類作品有：吳希聖的〈豚〉，張深

切的〈鴨母〉，守愚的〈決裂〉、〈升租〉、〈赤土與鮮血〉，
林越峰的〈到城裏去〉、〈好年光〉，一吼的〈旋風〉，賴賢穎
的〈稻熱病〉，劍濤的〈阿牛的苦難〉，張慶堂的〈鮮血〉、
〈年關〉、〈老與死〉，馬木櫪的〈西北雨〉，徐玉書的〈謀
生〉，李泰國的〈細雨霏霏的一天〉、〈可憐的朋友〉，黃有才
的〈淒慘譜〉，劉夢華的〈鬥〉，愁洞的〈奪錦標〉、〈新興的
悲哀〉、〈理想鄉〉、〈四兩土仔〉等。從耕者無其田，必須忍
受租田種地的「鐵租」剝削的悲慘現實，到災年走投無路、豐年
仍然兩手空空的農民境遇，造成這種悲劇性結果的原因，是不合
理的土地制度，壟斷與掠奪的殖民經濟政策，以及地主、資本家
和日警的殘酷壓榨所為。體裁的多樣化，是本時期小說走向繁榮
的標誌之三。

　　短篇小說的創作有敘事體、抒情體、散文體、戲劇體、寓言
體、傳奇體等多種形式出現；中篇小說和長篇小說的問世，則是
30年代體裁方面的最大突破。1932年《臺灣民報》改為日報後，
促成了長篇小說的連載。據不完全統計，本時期在《臺灣新民
報》或《臺灣文藝》上連載、出版的長篇小說有林輝焜的〈不可
抗拒的命運〉、〈女之一生〉，賴慶的〈女性悲曲〉，陳春玉的
〈工場進行曲〉，徐坤泉的〈靈肉之道〉、〈可愛的仇人〉，陳
鏡波的〈臺灣的十日談〉，陳垂映的〈寒流暖流〉，林于水的
〈王子新〉，山竹的〈突出水平線的戀愛〉等；中篇小說方面，
則有陳鏡波的〈落城哀艷錄〉，呂赫若的〈牛車〉，龍瑛宗的
〈植有木瓜樹的小鎮〉等。從上述作品，可以看出小說藝術手法
逐漸成熟，作家駕馭中長篇的能力日見彰顯。

　　藝術表現的多樣化與作品文學價值的提高，是本時期小說繁
榮的標誌之四。

　　高潮期作品的藝術成就明顯得以提高，這與作家更多地站在
文學立場上，潛心藝術探索有關，也是經歷了臺灣新文學的初創

期，藝術經驗有了更多積累的結果。出於文學為人生的價值取向，30年代的作家多認同文藝的群衆化，故普遍採取現實主義創作方法，其中又有不同的側重。傾向於批判現實主義的創作、多反映黑暗的悲劇性的社會現實，代表作家有愁洞、秋生、吳希聖、一吼、林越峰、李泰國、馬木櫪、張慶堂、賴賢穎、柳塘等；主張革命現實主義的創作，注重在揭露黑暗的同時，反映出人生的抗爭與生活的亮點，更具有前瞻性與激勵性。代表作家有楊逵、朱點人、王錦江、林克夫、繪聲、王白淵等。與此同時，在東京誕生的一些文藝社團與刊物，受到歐美文學思潮影響，在寫實主義的主潮中，也出現了現代主義小說的萌芽。交錯於現實主義與現代主義之中的探索，這種情形更多地見諸臺灣藝術研究會的作家，其他作家也有所嘗試。代表作家有翁鬧、巫永福、吳天賞、尚未央、陳華培等。總的來看，小說結構較前複雜、完整，故事表現更真實生動；人物性格刻畫，克服了先前那種單一、平面的缺點，開始趨向於複雜、豐滿；表現技巧更注重藝術性和多樣性，這些無疑標誌了小說藝術水平的明顯變化與提升。

第三節 臺灣新文學發展期的詩歌創作

從30年代初到日本人無條件投降，大約15年的時間，為臺灣新詩在日本法西斯殘酷的高壓和迫害下頑強地發展時期。這個時期中國主流文學與日本的「皇民化文學」逆流，進行了生死搏鬥。尤其是1937年6月15日，日本政府下令在臺灣廢止中文，宣佈一切中文報刊全都停廢，改用日文。對中國文學進行了致命摧殘。但是具有反侵略傳統的臺灣人民，臺灣文學是不可能被擊跨的。1930年前後，臺灣無產者開始覺醒，以臺共為核心的左翼

文藝運動蓬勃興起。

　　《臺灣民報》1927 年 8 月由日本東京遷到臺北發行，1932 年改為日報並改名為《臺灣新民報》，1930 年 8 月 2 日新闢〈曙光〉新詩專欄，團結了大批詩人。30 年代初，以臺南一帶含有鹽分較多的海濱地區，誕生了一批詩人，如：郭水潭、吳新榮、徐清吉、王登山、莊培初、林精鏐等，被稱為「鹽分地帶詩人群」。1935 年 9 月 2 日，邱淳光、丘炳南創辦了《月來香》詩刊。1942 年張彥勳等發起組織了「銀鈴會」詩社，創辦了《綠草詩刊》（1949 年易名《潮流》）。這個時期臺灣出現了一大批較有影響的詩人，如：巫永福、蘇維熊、楊基振、葉融其、吳坤煌、朱培仁、朱實、翁鬧、楊熾昌、賴明弘、嵩林、李張瑞、王白淵、陳奇雲、林修二、丘英二、楊少民、垂映生、劉傑、楊啟東、龍瑛宗、邱淳光、丘炳南、吳瀛濤、張彥勳、陳千武、吳天賞、楊雲萍、吳新榮、郭水潭、曾石火、林清文、周伯陽等。這個時期出版的詩集有：楊熾昌的《熱帶魚》、《樹蘭》和《燃燒的面頰》，丘淳光的《化石的戀》和《悲哀的邂逅》，楊雲萍的日文詩集《山河》，王白淵的日文詩集《荊棘之道》等。

一、鹽分地帶詩人群

　　鹽分地帶，即指臺南北門一帶的佳里，北門、七股、將軍、西港等海濱鹽分較多的鄉鎮。這裏沿海常遭外國人入侵，生活在這一地帶的中國人具有悠久的反抗歷史。這裏環境特殊，具有鹽鄉的風土情調，因而這裏便在傳統文學的基礎上形成了具有反抗異族入侵的民族精神和鹽鄉風情為特色的，「鹽分地帶派」的文學和新詩。這個詩歌流派的靈魂詩人為郭水潭、吳新榮。核心詩人有徐清吉、王登山、莊培初、林精鏐、吳兆行、林芳年等。30年代初，這裏由吳新榮發起，與郭水潭、徐清吉組成「佳里青風會」，被日本人強行解散。1934 年，臺灣文藝聯盟在臺中成立，

郭水潭、吳新榮為南部代表。會後他們就宣佈成立「臺灣文藝聯盟」佳里支部，並發表成立宣言。其基本內容是反對異族入侵，保衛臺灣文化；回應臺灣文藝聯盟號召，開展新文藝運動；聯絡團結文藝作家開展創作活動。他們出版了《佳里支部作品集》。他們的作品主要是表現中國人反抗異民族入侵的民族氣節，描寫鹽鄉風土人情，反映下層勞動者的疾苦。為窮苦大眾鳴不平，體現出較強的現實主義文學精神。這些詩人中，創作成就較高者有：郭水潭、吳新榮、王登山。

郭水潭，筆名郭千尺，1907 年出生，開始時寫日本短歌，後認為日本短歌為「偽文學」，而改寫新詩。他的詩充滿民族正氣和對下層勞動者的同情。在〈世紀之歌〉中他寫道：「在民族嚴肅的試煉／戰旗一直在進行的時候／我們已不是虛無主義者／我們已不是浪漫主義者。」詩人對日本人發起「七七」盧溝橋事變，進行了強烈的譴責，表現出極大的民族憤慨。郭水潭共有新詩 60 餘首，代表性作品如〈世紀之歌〉、〈向棺木慟哭〉、〈故鄉之歌〉、〈廣闊的海〉等。

吳新榮，1907 年生，臺南將軍鄉人，為「鹽分地帶詩人群」靈魂詩人。早年留學日本，曾創辦《蒼海》、《東醫南瀛會誌》、《里門會誌》等刊物。他崇拜孫中山，「誓為國父信徒」。作品有〈道路〉、〈故鄉的春際〉、〈思想〉、〈旅愁〉等。著有《震瀛詩集》。他的創作分為前後兩個時期，前期是在日本的創作，思想比較迷惑，缺乏明顯的方向。後期為回臺灣後的創作。這個時候親眼看到日本人的罪行受到震撼，趨於成熟。詩中強化了愛國反日的色彩。吳新榮性格豪放，有「放膽文章拼命酒」的豪氣。

王登山，被稱為「鹽村詩人」。他的詩中「鹽分最高」，表現出日本人壓榨下臺灣鹽村老百姓生活的苦狀。

二、「風車詩社」詩人群

　　「風車詩社」是臺灣第一個現代派詩社。這個詩社的發起人是臺灣詩人楊熾昌（水蔭萍）。主要同仁有：張良典（丘英二）、李張瑞（利野倉）、林永修（林修二）等。另有日本詩人戶田房子、岸麗子、島元鐵平等，也是該詩社成員。該詩社發行《風車詩刊》，以法語為刊頭標題。每期印75本、約持續了一年多停刊。他們的主張是拋棄傳統，表達詩人的內在精神。挖掘潛意識，脫離政治色彩，不作政治工具，追求純正藝術。「風車詩社」從日本引進的現代派和大陸李金髮、戴望舒從法國舶來的現代派，是同一個來源，不同渠道，一個是從產地進口，一個是轉手引進。現代派於30年代中期進入臺灣，除了文學背景之外，主要是政治原因驅使。日本入侵者正在策劃大規模的侵略戰爭，妄圖吞併中國和亞洲，進而與希特勒瓜分世界。出於這一戰略陰謀，對臺灣的統治更加嚴厲，尤其是搞文字獄，控制言論。於是，用現實主義方法創作，就會招致麻煩，受到迫害。而現代派的創作方法比較隱蔽和曲折。尤其標榜脫離政治，既能迷惑敵人，對文人又充滿誘惑。楊熾昌曾談到他從日本引進現代派的動機說：「由於在殖民地寫文章的困難，提筆小心，如能換一個角度來描寫，來透視現實的病態，分析人的行為，思維所在，則能稍避日人的凶焰。」（《臺灣文藝》，第102期，第113-114頁。）

　　楊熾昌，臺南市人，1908年生，1932年臺南二中畢業，赴日本留學，常在日本詩誌《椎木》、《神戶詩人》、《詩學》發表作品。1934年，因父親病故回國，任《臺南新報》編輯，於次年發起成立「風車詩社」。他著有詩集《熱帶魚》、《樹蘭》和《燃燒的面頰》。楊熾昌的詩充分地體現了他的超現實主義詩觀。用象徵、擬人化、暗示等手法創作。如〈黎明〉一詩：「蒼

白的驚愕／血紅的嘴唇吐出恐怖聲／風裝死著，安寧下來的早晨／我的肉體受傷滿是血而發燒了。」對這樣隱晦和暗示的詩，人們可以作多方面、多角度的解讀。黎明日出是非常壯烈輝煌的，但詩人眼裏的日出卻恐怖無比，鮮血淋淋。這「日出」分明可以理解為日本人的入侵，具有強烈的反日愛國內涵。日出，即日本侵略者的出現。

李張瑞，筆名利野倉，曾留學日本，是「風車詩社」的重要詩人。他的詩作有〈輓歌〉、〈黃昏〉、〈女王的夢〉、〈肉體喪失〉、〈虎頭埤〉、〈這個家〉、〈天空的婚禮〉等。他的詩也是典型的現代派象徵，潛意識、意象重疊和快速轉換的手法的產品。不過，他的詩描寫下層勞動者的不幸，從而揭露日本人給臺灣人民帶來的災難。

林永修（1914年—1944年）筆名林修二，早年留學日本，常在日本發表作品。1980年，其家屬將其遺作結集出版，書名《蒼的星》。林永修的詩，多描寫壯闊的大海和詩人的理想。描寫大海題材的詩如〈海邊〉、〈航行〉、〈出航〉等。這些描寫大海的詩，常常將人生的感慨和際遇寓入詩中，形成情景互動和交融的境界。

三、「臺灣藝術研究會」詩人群

1931年3月25日，臺灣在日本的留學生王白淵、林新豐、林兌、葉秋木、吳坤煌、巫永福、張麗旭等在東京決心「以文化形體，使民眾理解民族革命」，發起成立了「臺灣藝術研究會」。同年8月創辦會刊《福爾摩沙》。1932年3月20日，由蘇維熊、巫永福、魏上春、張文環、陳奇雲、黃坡堂、王白淵、劉捷、吳坤煌等重組「臺灣藝術研究會」。他們認為：「現實的臺灣，不過是表面上的美觀，其實十室九空，好比是埋藏著朽骨爛肉的白塚，所以我們必須以文藝來創造真正的華麗之島。」這

個團體中的多數成員都是兩棲作家，既寫小說，也寫詩。其中詩歌方面創作成就比較高的有巫永福、王白淵、陳奇雲、蘇維熊、吳坤煌、劉捷等。

　　巫永福，1913 年生，南投縣埔里人，早年留學日本。曾加入「臺灣文藝聯盟」、「臺灣文學社」，是「笠詩社」成員。曾任《臺灣文藝》發行人，並設「巫永福文學評論獎」。他是至今不多的健在的穿越臺灣新文學全程的詩人。出版詩集有《愛，永州詩集》、《時光》、《霧社緋櫻》、《木像》、《稻草的哨》、《不老的大樹》、《爬在大地上的人》等。1941 年在鹽分地帶訪問時，寫下了「苦節」二字。他解釋說：「因為苦節這兩個字，在當時我的生活及所有記憶中迴蕩不散。就是說在異民族日本人的統治之下，我們這些臺灣知識份子，都要有共同的意志及願望。……透過藝術文化的運動，使大家更能堅持我們漢家兒女的傳統精神，不被日本同化為日本皇民，乃是不可否認的原則，這原則猶如大漢蘇武被放逐到冰天雪地的北海，孤零零的牧羊，仍不屈於淫威而變節一樣。我們臺灣在日本人的淫威之下，總能像蘇武在北海，一定能克服多種艱難而勇敢地苦守中華兒女的氣節。這樣終究也會有回大漢的一天的。」（巫永福：〈沖淡不了的記憶〉、〈震瀛追思條〉，第 81 頁。）巫永福有著深厚的愛祖國、愛民族的情感，對日本入侵者充滿仇恨。他將這種寶貴的情感，凝聚於創作中，寫下了〈祖國〉、〈孤兒之戀〉等不朽的愛國主義詩篇。他的這兩首詩，感人至深，將臺灣日據時期新詩的愛國主義思想推向了高峰。他在這兩首詩中，將臺灣象徵為一個被媽媽遺棄的孤兒，聲嘶力竭地呼叫著遠方的母親，急切地要回到母親的懷抱。〈祖國〉一詩中，詩人寫道：「還給我們祖國呀／向著海叫喊，還我們祖國呀。」〈孤兒之戀〉中詩人寫道：「日夜想著難能獲得的祖國／愛著難能獲得的祖國。」巫永福的詩不求字句華麗，單求思想情感真摯；不求一字一句之奇，但求

整篇通達連貫。詩中對祖國、對民族的大愛，發自肺腑，出自心底，如瀑布、似閃電，如風暴、似春雷，不可逆轉，不可阻擋。這是日據下處於水深火熱之中的臺灣同胞共同的情感，共同的呼聲。可惜到了晚年，在「臺獨」份子們挾持和圍困下，他也接受了「臺獨」份子的一些邪說，是令人惋惜的。

　　王白淵（1902—1965），臺灣彰化人，早年留學日本，是「臺灣藝術研究會」的發起人之一。30年代曾在上海美術專科學校任教，後被日本人迫害坐牢8年之久，1942年返臺。1931年在東京出版日文詩集《荊棘之道》。著有《臺灣美術運動史》。王白淵是左翼文藝運動的骨幹人物之一。王白淵的詩歌頌民主進步，表達理想追求，讚美光明，譴責黑暗。在〈蓮花〉一詩中，歌頌蓮花出污泥而不染的精神；在〈風〉一詩中，詩人通過描寫風的各種形態變化，表達出對自由的追求和渴慕，「自由之子，勇敢的兒子／風啊，我也希望像你飛翔。」〈零〉一詩中表達出哲理的思考：「虛無而非虛無」、「為數而非數目」。王白淵許多詩情景交融，詩畫相映，表現了詩人對事物細緻的觀察和深入的思考。

　　陳奇雲（1905—1938），原籍澎湖，後移居臺灣。1930年出版詩集《熱流》，產生一定影響。他的詩以揭露社會的黑暗和不公，同情被壓迫者，歌頌反抗者為主色調，但也常流露出困惑和無奈。例如〈秋天去了〉就是一種無奈之作，「明知無從反抗／暴君的寒風／山丘的荒草／依然纏著苟延殘喘的根。」這種無奈是渴望光明到來的反映。

四、「銀鈴會」及日據末期的詩人

　　「銀鈴會」是1942年日本統治最黑暗，「皇民化」運動最瘋狂時期，由詩人張彥勳發起成立的。參加該詩社的同仁有詹冰、林亨泰、朱實、蕭金堆和錦連等。發行《綠草》詩刊，1947年更

名為《潮流》詩刊。直到 1964 年「笠詩社」的成立和《笠》詩刊
的創辦，《潮流》才匯入了「笠詩社」更大的潮流。「銀鈴會」
雖然是抗日民族運動處於低潮時冒出的一眼清泉，但它卻成了一
條潺潺不息的小溪，成了一道飛架兩個歷史時空的詩的小橋，連
接了臺灣新詩的現代時期和當代時期。此一時期，還有一些比較
重要的詩人，他們雖然沒有參加「銀鈴會」，但他們的歌喉卻與
「銀鈴會」一起歌唱，如：丘淳光，他是此一時期惟一出版了兩
部詩集《化石的戀》、《悲哀的邂逅》的詩人。此一時期，丘炳
南、張冬芳、王昶雄、龍瑛宗、張文環等均有詩作發表，他們中
多數人是以寫小說為主，但詩也是他們重要的文學活動方式。

　　張彥勳，1925 年生，臺中市人，長期任小學教師。1942 年發
起組織了「銀鈴會」，1964 年成為「笠」詩社成員，他是「跨越
語言」一代的詩人，詩的創作生命從 20 世紀 30 年代延續至今。
他出版的日文詩集有：《幻》、《桐葉飄落》，中文詩集有《朔
風的日子》。此外他還出版有三部小說集。張彥勳的詩細膩質
樸，反映臺灣普通人的生活，具有濃郁的鄉土氣息。

　　吳瀛濤（1916—1971），臺北市人，為「銀鈴會」的重要詩
人之一。出版的詩集《生活詩集》、《瀛濤詩集》、《瞑想詩
集》、《吳瀛濤詩集》等。他熱愛生活、歌唱生活，是個生活詩
人。他在〈荒地〉一詩中寫道：「離開生活詩是無聊的╱沒有詩
的生活也多荒涼」。他不隨波逐流，不吟風弄月，堅持以批評救
贖苦難，詩中表現了臺灣和中國一體的觀念，對祖國深懷眷戀之
情。

第四節　臺灣新文學發展期的散文、戲劇萌芽

一、散文創作

　　日據時期，小說與詩歌是臺灣新文學的創作重鎮，散文則多以它們的副產品面貌出現，還缺乏獨立的創作力量。但隨著新文學高潮的到來，散文也逐步地得以改變，開始顯示出自己的風采。

　　從散文的發展蹤跡來看，初創期的臺灣白話散文，當以賴和的〈無題〉（臺灣民報第 67 號，1925 年 8 月 26 日）作為「臺灣新文學運動以來頭一篇可紀念的散文」。（楊雲萍：〈臺灣新文學運動的回顧〉，《臺灣文化》第 1 卷第 1 號，1946 年 9 月，第 12 頁。）作品寫一個失戀青年在面對昔日女友盛大的出嫁行列時，心中愛恨交加、悵然失落的複雜情感，以及對現實世態的詛咒。流暢的抒情筆調，情景交融的畫面描寫，把讀者帶進臺灣現代散文的大門。文中寫道，當青年走入舊日幽會的園子，心中卻是另一番情感：

　　　　一樣往年的園子，一樣漾綠的夏天，才經過一番的風雨，遂這麼暗沒啊！依舊這亭子，依舊這池塘，荷葉依舊的青，荷花依舊的白，可是嗅不到往年的芳香！找不出往年的心境！唉！我的心落到什麼地方去啊！

　　同時期的散文創作數量尤少，除了賴和的〈無題〉，張我軍的系列散文〈隨感錄〉吸收了魯迅雜文的風格，在臺灣散文開創

期佔有重要地位。他的〈南遊印象記〉具有代表性外，便是發表於 1925 年 12 月的《人人》雜誌上的兩篇作品，即楊雲萍的散文〈廣東遊記片片〉和賴莫庵（賴貴富）的隨筆〈莫庵偶言〉。

　　1925 年至 1930 年，散文創作開始出現轉機，從作家構成到作品的數量，都有了新的起色。

　　賴和仍為本時期主要散文作者。〈忘不了的過年〉、〈無聊的回憶〉、〈前進〉、〈希望我們的喇叭手吹奏激勵民眾的進行曲〉，代表他這一時期的散文創作。林獻堂的〈環球遊記〉，從《臺灣民報》第 171 期開始連載，長達 152 回。作品敘述自己1926 年 8 月至 1931 年 10 月週遊歐美十國的見聞，雖用文言寫成，但文字淺白，描寫生動。又因林獻堂在臺灣社會政治運動中的地位，其文章深受當時知識份子重視。蔣渭水是此一時期最有成就的散文家，他的長篇散文〈入獄日記〉在《臺灣民報》三卷六十一期連載。後來他發表的〈北署遊記〉、〈舊友重逢〉和〈兩個可憐的少女〉，也頗有影響。特別是〈北署遊記〉，記敘自己因為治警事件被捕入獄的經歷，充分流露出一個政治運動領袖的胸襟和心懷。其他的創作，一吼（周定山）的〈一吼居譚屑〉，從《臺灣民報》第 359 號起斷續刊載，所寫的多是身邊雜事、生活感想、讀書心得等。芥舟生（郭秋生）的「社會寫真」專欄，從《臺灣民報》374 號斷續刊載，有〈富翁的末路〉、〈誘惑〉、〈深夜的怪劇〉等 8 篇散文，均以輕鬆而雋永的筆致，描摹臺北大稻埕街頭巷尾的所見所聞，世俗人生。此一時期臺灣的散文充滿戰鬥精神，張深切的〈鐵窗感想錄〉、賴慶的〈鬥爭意識〉、江錫金的〈獄中通信〉等，都是代表性的作品。

　　1931 年至 1937 年，散文的創作多以當時蓬勃發展的文學刊物為陣地，作品的題材範圍有所擴大。但終因作家的主要關注點在於小說和詩歌，散文創作不過是兼而為之，故優秀的作品乏善可陳。可以列舉的創作如：1935 年 1 月 6 日的《第一線》上，刊

登了青萍、文瀾、林克夫、湘蘋、德音、鄉夫等作家的 6 篇隨筆，
另有徐瓊二用日文寫作的〈島都的近代風景〉。1935 年 12 月以
後，廖漢臣以「同好者的面影」為題，在《臺灣新文學》第 1 卷
第 2、4、5、8、9 號上連載，介紹朱點人、賴明弘、劉捷、王詩
琅、吳逸生、林克夫、徐瓊二、黃得時等活躍於文壇的臺灣作
家，對增加臺灣文壇的親和力，推動文藝風氣，發揮了作用。這
種觀照視野還擴到祖國大陸的文壇。尚未央（莊松林）發表於該
刊 2 卷 2 號的〈會郁達夫記〉，生動地介紹了郁達夫應《臺灣新
民報》之邀於 1936 年 12 月 22 日訪臺的情形。郁達夫訪臺期間，
黃得時連續撰寫介紹郁達夫的長篇散文〈達夫片片〉在《臺灣新
民報》上連載 20 天，甚有影響。而王詩琅的〈悼魯迅〉、黃得時
的〈大文豪魯迅去世〉，則表達了臺灣文壇對魯迅先生的敬仰與
哀悼之情。

　　總之，作為臺灣新文學領域裏的弱項，散文創作還有待於新
的突破。

二、戲劇創作

　　臺灣的戲劇運動，從 20 年代初期開始。作為新文學形式之一
的新劇，與處於過渡時期的文明戲，以及新舊混雜的歌仔戲、鱸
鰻戲（鱸鰻戲：臺灣「新劇」運動草創時期，曾出現過一種「改
良劇」，是由廈門派人來臺灣招募、組織，因為成員中多數為無
固定職業的社會閒散游手，俗稱「鱸鰻」，故稱之為鱸鰻戲。）
等多種形式，始終此起彼伏地發展著。但佔據主導地位的則是新
劇。

　　臺灣新劇運動的開展與臺灣文化協會有密切聯繫。1921 年成
立的文化協會，在 1923 年 10 月 17 日第 3 屆定期總會議決事項第
6 項中，特別增列了「為改弊習涵養高尚趣味起見特開活動寫真
（即電影）會音樂會及文化演劇會」，（葉榮鐘：《日據下臺灣

政治社會運動》(下)，臺中，晨星出版有限公司，2000 年 8 月版，第 339 頁。）欲將戲劇作為改革社會之利器。及至 1925 年，文化演劇已成為文化協會的主要活動之一。臺灣文化協會與海外留學生關係密切，當年熱心劇運的留學生後來都成為文化協會會員，而文化協會成員的演劇運動無疑受到祖國五四運動後勃興的話劇的影響。如熱心劇運的張維賢所說：「我對於新劇發生興趣是因為看過了中國新文學運動後胡適的劇本。」（張維賢：〈〈北部新文學・新劇運動座談會〉上的發言〉，轉引自《臺灣新文學辭典》，四川人民出版社，1989 年 10 月版，第 821 頁。）這種情形，使臺灣的新劇運動一開始就帶有社會革新意識與文化運動性格。

　　20 年代前期，臺灣新劇運動進入萌芽期。1923 年 12 月，在廈門讀書的彰化留學生陳崁、潘爐、謝樹元於寒假歸臺時，集合同志周天啟、楊松茂、郭炳榮、吳滄洲等人成立了鼎新社，後演出廈門通俗教育劇本《社會階級》和《良心的戀愛》。（見耐霜(張維賢)：〈臺灣新劇運動史略〉，《臺北文物》，第 3 卷第 2 期。）鼎新社是臺灣最早出現的帶著政治運動色彩的文明戲劇團，具有抗日意識和改革新劇、改革社會運動之旨趣。

　　1924 年，張維賢與陳奇珍、陳凸（陳明棟）等人成立星光演劇研究社。這是繼鼎新社之後的第二個重要新劇社團，它的成立受到田漢、歐陽予倩等人的話劇影響，以及廈門通俗教育社的文明戲啟發。是年冬天演出田漢改編的三幕劇《終身大事》，頗獲好評。次年演出劇目更為豐富，新增獨幕笑劇《母女皆拙》、《你先死》，八幕戲劇《芙蓉劫》、《火裏蓮花》等。

　　1925 年至 1930 年，新劇運動開始了長足的發展，其中又以劇團的孕育和「文化劇」的頻繁演出為標誌。

　　1925 年 7 月，草屯炎峰青年會演劇團成立，團員共 28 名。主要成員有張深切、洪元煌、李春哮、洪錦水、林金釵等人。經

過半年訓練，1926 年 3 月 2 日在臺中首度演出，劇本有《改良書房》、《鬼神末路》、《愛強於死》，第二夜有《舊家庭》、《浪子末路》、《小過年》、《人》。這些劇目其他劇團並未演出，多是張深切自編自導。

　　1925 年 4 月，鼎新社內部因對戲劇見解不一致，發生分裂，周天啟自組「臺灣學生同志盟會」，成員有吳滄洲、林生傳、莊加恩、賴湘洲、潘爐等。演出劇目有《良心的戀愛》、《三怕妻》、《新女子的末路》、《虛榮女子的反省》、《家庭黑幕》等。學生演劇團因思想宣傳色彩明顯，成為日警禁演、取締的物件。

　　1926 年 3 月，自北京回彰化的陳崁，將鼎新社與「學生同志聯盟」聯合起來，建立彰化新劇社。該社以「改善風俗、打破迷信、諷刺勞資關係」為宗旨，巡迴各地演出《父歸》、《社會階級》、《終身大事》、《我的心肝兒肉》等劇目。

　　1927 年，配合臺灣文藝協會政治運動的「文化劇」達到演出高潮。據張深切回憶：「反對專制，攻擊警察，介紹世界民主政治，打倒封建思想，消除陋習和迷信等等，這些都是當時演講與文化劇的中心題材，當時為使運動更通俗普遍化，所謂文化劇團也在各地方如雨後春筍地成立起來，獲得了相當大的效果。」（張深切：《里程碑》書中「苦行」一節，臺中，聖工出版社，1961 年 12 月版，第 185-186 頁。）據葉榮鐘《臺灣社會運動史》統計，1927 年的文化劇公演計五十回之多，且不包括那些小劇團或文協附屬劇團的演出。如此頻繁的演出活動，首先是以文化劇團的創設為基礎的。這一年成立的劇團，計有：3 月，林延年自廈門返臺，在臺南成立安平演劇團；8 月 25 日，北港讀書會成立民聲社；10 月，由臺北博愛協會班底，重組黎明演劇研究所；11月 10 日，新竹創設新光社，由文化協會林冬桂主持，聘周天啟指導；12 月 3 日，黃天海在宜蘭成立民烽劇社；凌水龍於基隆組建

運新劇團。是年，還有臺南文化劇團成立。新老劇團攜手演出，以「革故鼎新、化昧就明」的文化劇運動被推向高潮，它在文化啟蒙、喚起民眾方面發揮的廣泛影響，引起了日本殖民當局的警惕，遂實行劇本檢查、設障禁演等彈壓行動，有意刁難文化劇演出。1928 年以後，文化劇運動逐步走向衰微。

　　進入 30 年代，相對沈寂的新劇運動界，張維賢和張深切繼續發揮重要作用。1930 年夏，從日本東京築地小劇場學習返臺的張維賢，成立了民烽演劇研究所。他舉辦演劇講座，教授演劇理論、訓練演員、排練劇目，成為新劇運動的熱心倡導者和推動者。同年 8 月 10 日，張深切等人成立臺灣演劇研究所，11 月起在臺中樂舞臺演出，計有張深切編劇的劇本：《論語博士》、《暗地》，以及《漢樂》、《方便》、《為誰犧牲》、《中秋夜半》、《洋樂合奏》等。二度公演時，描寫社會黑暗面的《暗地》和帶有濃厚民族色彩的《接花木》，遭到日警當局查禁。

　　早在 1928 年文化劇走向衰微之際，臺南地方文士黃欣主持的臺南共勵會演藝部成立，參加人士皆為「文士」，為區別於文化劇，免遭日警彈壓，乃自稱「文士劇」。是年即演出《復活的玫瑰》、《一串珍珠》。其後雖有臺中蝴蝶演劇研究會（1932 年 5 月）、鍾鳴演劇社（1934 年 2 月）等少數劇團成立，但 30 年代演劇界的情況，皆以「文士劇」為主。計有演出劇目：《火之踏舞》、《父歸》、《潑婦》、《破滅的危機》、《復活的玫瑰》、《大正六年》、《飛馬招英》、《暗夜明燈》、《人格問題》、《人生百態取中庸》等等。新劇運動發展到此時，1927 年出現的文化劇高峰在殖民當局彈壓下走向衰微；1937 年接踵而來的中日戰爭，又把臺灣推向擴軍備戰、取締中文報刊的戰時狀態，戲劇運動承受著巨大的時代重壓，陷入最困難的處境之中。

　　在日據時代的戲劇領域，新劇演出劇目多來自於改編或移植祖國大陸、日本以及西洋的劇目，屬於臺灣作家的自創劇目還為

數有限。獨立的戲劇寫作隊伍也未能完全形成。從目前所能掌握
的資料來看，創作現代新劇，最早見於《臺灣民報》1924 年 8 月
21 日第 2 卷第 14 號發表的，張梗的獨幕歷史劇《屈原》。這是
臺灣現代戲劇史上創作的第一個劇本，它取材於《史記》的屈原
傳記，屈原和漁父的對話貫穿劇本始終。這個劇本的表現手法雖
然比較粗糙，但它對日據下知識份子感時憂國情懷的坦露，對於
臺灣劇本創作的開拓意義，仍不失其獨特的價值。同年 9 月 1 日，
《臺灣民報》第 2 卷第 18 號發表了逃堯的獨幕劇《絕裾》。劇本
描寫一位臺灣青年不顧父老勸阻，毅然參加文化運動的經過。主
人公的形象，實際上成為一部份早期文協知識份子精神面貌的寫
照。這部篇幅不過千字的短劇，還缺乏戲劇的醞釀與鋪排，人物
失之平面化，明顯地帶著戲劇創作起步時的稚嫩，作者也很自覺
地把它稱為拋磚引玉之作。

　　1928 年前後，《臺灣民報》上開始陸續發表戲劇作品，如青
劍的《巾幗英雄》、《蕙蘭殘了》，吳江冷的《平民的天使》，
逢秋的《反動》，江肖梅的《病魔》等一批獨幕劇。特別是《病
魔》的發表，引出了關於戲劇創作的爭論。

　　1929 年 5 月，葉榮鐘發表《為劇申冤》一文，對獨幕劇《病
魔》提出批評。葉氏認為：戲劇作為最具綜合性、最具體、最難
工妙的一種藝術，它的創作必須考慮到舞臺演出的種種要件，不
僅要考慮到敘事的文字效力，還要涉及動作的雕刻美、舞蹈美，
念白的音樂美，演員與舞臺背景的繪畫美。否則，是不能寫出真
正的「劇」的世界。基於這樣一種戲劇觀，葉氏「不但不敢說他
那篇獨幕劇是合理的，有價值的，就是叫承認那篇是『劇』已經
是不可能了。」（見李南衡：《日據下臺灣新文學・文獻資料選
集》，臺北，明潭出版社，1979 年 3 月版，第 292 頁。）江肖梅
立即寫了《答葉榮鐘氏的為劇申冤》，進行申辯：「這篇拙作的
幼稚，我自己也是承認的，然而說它不是劇，好像因為幼稚而把

孩子説成不是人一樣。」（見李南衡：《日據下臺灣新文學・文獻資料選集》，臺北，明潭出版社 1979 年 3 月版，第 293 頁。）接著葉榮鐘又發表《戲劇成立的諸條件》，仍堅持《病魔》「絕對不是劇」，因為它不能預期「劇的美」的效果。這場爭論雖未充分展開，但它涉及到戲劇美這一重要問題。

此外，少岩也發表《臺灣演劇的管見》，除介紹演劇的基本原理之外，還對頗為流行的文化劇和歌仔戲的弊病，提出嚴厲的批評。

進入 30 年代，隨著文藝大衆化運動的倡導，新劇運動再次受到社會重視。1934 年召開的第一屆臺灣全島文藝大會上，曾開展臺灣新劇運動的討論，大會提案中有「提倡演劇案」，要求「組織演劇股份公司」、「聘請演劇家及音樂教師」、「招生訓練」、「廣募劇本」等辦法。張深切還在會上為新劇運動大聲疾呼，指出「惟有演劇才能達到大衆化，如果缺少了演劇，則臺灣的文化是難能進展的。」（徐迺翔主編：《臺灣新文學辭典》，四川人民出版社，1989 年 10 月版，第 822 頁。）

然而，這一時期的戲劇文學創作，並沒有受到文藝界的充分重視。當時雖有文藝刊物公開徵募戲劇作品，但收效甚微；戲劇作家的隊伍，也未形成；公開發表的劇作，數量、質量和社會效果，都沒有得到明顯提升。事實上，戲劇創作一直是臺灣新文學的薄弱環節，無論是在臺灣新劇運動的全盛期，即 1926 至 1927 年文化劇的演出高潮中；還是在 1931 至 1937 年新文學運動的黃金時代，由於各種條件的制約，它都沒有得到充分的施展。

本時期發表在《臺灣文藝》上的戲劇，歌劇方面有守愚的《兩對摩登夫婦》，曙人的《虛榮談》；話劇有張榮宗的《外交部事務官》、《貂嬋》，德音的《天鵝肉》，張深切的《落陰》；發表在《福爾摩沙》的，是巫永福具有獨一無二風格的戲曲《紅綠賊》；見諸《第一線》的，是毓文的獨幕劇《逃亡》；

另有月珠、德音共譯的戲劇《慈母溺嬰兒》刊載於《先發部隊》。

　　這裏值得一提的是張深切（1904-1965）。他生於南投草屯，1913 年留學日本，是臺灣文藝聯盟的創始人。他的青年時代，主要是求學和參加抗日民族運動，中年才從事創作。作品以戲劇和評論為多，光復前的小說〈鴨母〉頗具影響。張深切一生獻身於臺灣文化運動與戲劇事業，希望通過文學啟蒙民眾，改造社會。他不僅為新劇運動搖旗吶喊，還積極於戲劇創作實踐。早在 1919 年，張深切就和臺灣留日學生張暮年、張芳洲、吳三連、黃周組織了一個演劇團到中華青年會館去義演，演出劇目有尾崎紅葉的《金色夜叉》和《盜瓜賊》。這種大膽的戲劇嘗試，也可說是臺灣文化劇的發軔。1925 年 7 月，張深切在故鄉發起組織「草屯炎峰青年演劇團」，配合文化運動巡迴公演。該團 1926 年 3 月在臺中首度演出的劇目，多為張深切自編自導，如《改良書房》、《鬼神末路》、《愛強於死》、《舊家庭》、《浪子末路》、《啞旅行》、《小過年》、《人》等等，只是這些劇本首先見諸舞臺演出，後來通過刊物發表得以文字的流傳。11 月在臺中上演的七個劇目中，不僅有他創作的兩個劇本《論語博士》和《暗地》，張深切還在《方便》、《驚嘆》、《為誰犧牲》、《中秋夜半》、《洋樂合奏》等戲中擔任角色。1934 年以後，又有劇本《落陰》問世。1937 年抗日戰爭爆發後，張深切隻身到大陸淪陷區任教、辦刊物；1945 年臺灣光復後返臺，創作劇本《遍地紅》、《丘罔舍》、《生死門》、《人間與地獄》、《婚變》、《荔鏡傳》等。張深切對於臺灣新劇運動的推動和貢獻，歷史不會忘記。

　　日據末期，最具戰鬥力和影響力的戲劇家是偉大的現實主義文學家楊逵他的劇本《父與子》、《豬哥仔伯》、《撲滅天狗熱》、《怒吼吧！中國》、《牛犁分家》等，均是時代的號角，

和擲向敵人的炸彈。《撲滅天狗熱》中，作者以傳染病「登革熱」象徵日本軍國主義，號召人民起來將它消滅。《怒吼吧！中國》是直接呼喚中國人起來消滅日本入侵者。《牛犁分家》是作家預料到抗戰勝利後，中國可能出現分裂，作者描寫弟兄二人一個分了犁，一個分了牛，兩人均無法生存。作家勸告兄弟之間不要鬧分裂。勸告中國人不要搞分裂，意義重大，思想深刻，表現楊逵文學家兼政治家的偉大胸懷。

第 六 章

臺灣新文學的話文論爭

第一節　臺灣話文論爭的歷史背景

從白話文革命到新文學運動，語文問題在臺灣文壇上一直是複雜棘手而又爭執不休的敏感話題。在不願意採用日本語文作為臺灣文學的工具，文言文又被時代所摒棄的背景下，用什麼方式，才能使在異族統治下的廣大臺灣人民獲得識字的利器，以吸收新知識和新思想，這便成為臺灣進步知識文化界亟待解決的任務。

處在日本殖民統治的社會背景下，臺灣新文學運動在接受祖國大陸新文學運動巨大影響的同時，又有其環境特殊發展情形不盡相同的地方。祖國大陸以「我手寫我口」為綱領的白話文革命

運動，在向陳腐保守的文言文大力開火的時候，也面臨著各地方言未能統一的現實。如果大家都來個「我手寫我口」，「原來統一於文言文的中國文學，就必然分崩離析，屆時中國有了白話文學，就可能沒了中國文學。」（王曉波：〈從白話文運動到臺灣話文〉，《臺灣史論集》，北京，中國友誼出版公司，1992 年 6 月版，第 216 頁。）針對這種情形，胡適並未成為方言的俘虜，他在 1918 年 4 月的〈建設的革命文學論〉（《新青年》4 卷 4 號）一文中，堅決主張「國語的文學，文學的國語」。得力於社會力量的支持，1920 年以後，北京政府教育部就令國民學校低年級的國文，改用國語教學；「不久白話文就被公認為國語，白話文學就被公認為『國語的文學』，而一路走上建設的發展的康莊大路。」（廖漢臣：〈新舊文學之爭——臺灣文壇的一筆流水帳〉，原載於《臺北文物》3 卷 2 期、3 期，見李南衡：《日據下臺灣新文學‧文獻資料選集》，臺北，明潭出版社，1979 年 3 月版，第 413 頁。）

　　但臺灣的殖民地半封建社會情況與祖國大陸不同。在臺灣白話文革命的潮流中，已經變質的舊文學在理論上雖然不堪一擊，卻得到日本殖民當局實際上的支持，新文學運動反而不斷受到殖民政府的壓迫或舊文人的阻撓而踟躕於建設途中。1923 年 1 月，黃朝琴發表〈漢文改革論〉，強烈要求殖民當局將臺灣公學校所授漢文課程改用白話文，但沒有成功。又，黃呈聰、張我軍雖然力倡使用中國國語的白話文，但當時祖國的白話書刊不能在臺灣普遍發行，臺胞中也沒有更多的人到北京實地聽過國語；祖國國語對於日據下的的臺胞而言，有實際的困難，還不能馬上變成「言文一致」的民眾語文。在這種情形下，臺灣文壇上有了「臺灣話文」的倡議，並且實踐於臺灣新文學的創作之中。所謂臺灣話文，是指相對於北京話為主的白話文，而為臺灣大多數民眾日常使用的中國閩南方言而言。是使用中國國語的白話文，還是臺

灣話文，臺灣文壇一直存在著不同看法，直到 1930 年，在主導文藝大眾化的左翼文學勃興之時，終於引發了臺灣話文論爭。

要如實描述臺灣話文論爭，還需要從 20 年代初期的新舊文學論爭談起。當時愈演愈烈的論爭，已經開始觸及到「臺灣話文」與「鄉土文學」的問題；只是面對白話文代替文言文的緊迫歷史任務，上述問題還來不及解決。

早在 1923 年，黃呈聰發表〈論普及白話文的使命〉，就涉及到「臺灣話文」的問題了。在對中國白話文和臺灣白話文進行比較之後，考慮到臺灣白話文使用區域小，使用人數少；也考慮到中國白話文所代表的文化勢力和前途，黃呈聰最後還是確認「不如再加多少的功夫」，普及大陸通用的白話文。

作為臺灣新文學運動的急先鋒，張我軍對如何普及白話文的問題，一開始就站在文化之民族歸屬與統一的立場，提出「新文學運動有帶著改造臺灣言語的使命。」他不僅從理論上把胡適的「國語的文學，文學的國語」具體化了，倡導「依傍中國的國語來改造臺灣的土語」，「把臺灣人的話統一於中國語」；更致力於推廣白話文的實踐，他的語言學專著《中國國語語文做法》及其導言，成了臺灣同胞學習和運用白話文的指南和應用手冊，打通了中國白話文通往臺灣民眾的橋梁。

在普及白話文的運動中，有人擔心臺灣的方言土語會被拋棄，於是出現了「臺灣話保存運動」。1924 年，連溫卿在《臺灣民報》先後發表〈言語之社會性質〉與〈將來的臺灣話〉兩篇文章，從語言與民族和國家的關係來討論「臺語」。在他看來，語言問題關係到民族的生死存亡，為了不使民族被異族統治者所同化，應當強調使用、保存和整理臺灣語，以光大臺灣民眾文化。連溫卿對語言的分析受到唯物史觀的影響，並含有以語言改造作為社會改造的企圖，但其文章要旨更在於反對日本殖民當局愚民化的語言政策。

　　1929年，臺灣史學家連雅堂在《臺灣民報》發表〈臺語整理之責任〉與〈臺語整理之頭緒〉兩篇文章，來闡明他的主要觀點。1.臺灣之語源自漳泉，而漳泉之語傳自中國，源遠流長。2.臺灣語高尚優雅，非庸俗者所能知。3.提倡鄉土文學，必先整理鄉土語言。在那時候，談鄉土文學，是結合臺灣語一起談的，故連雅堂有此主張。因痛感保存臺語之必要，遂撰寫《臺灣語典》、《臺灣考釋》等著作，藉此保存臺灣語於湮滅，並裨益於鄉土文學的提倡。在當時的情形下，連雅堂主要是基於保存民族文化的立場和民族情感的驅使，來強調臺語的。「據此也可以明瞭他僅在於保存臺灣語言，而無積極的意圖，要把臺灣語言文字化，以供一般的人作為吸收知識的工具。」（廖毓文：〈臺灣文字改革運動史略〉，原載於《臺灣文物》3卷5期、4卷1期。見李南衡：《日據下臺灣新文學·文獻資料選集》，臺北，明潭出版社1979年3月版，第487頁。）

　　「臺灣話文運動」是比「臺灣話保存運動」更進一步的「言文一致運動」。其根本特點是將臺灣語文字化，用以代替文言文、日語及白話文。首先提出了「鄉土文學」口號，主張用臺灣語寫作的是鄭坤五。1927年6月，他在《臺灣藝苑》上，輯錄臺灣山歌，題為「臺灣國風」，並在若干小品，強調用臺語寫作。前引連雅堂的「雅言」，有謂：「比年以來，我臺人士，輒唱鄉土文學」，實即指此。因此黃石輝稱：

　　　　臺灣鄉土文學的提倡，算是鄭坤五氏最先開端的。鄭坤五編「臺灣國風」的意思，只是認識了臺灣的「褒歌」是和詩經三百篇有同樣的價值吧了。……「臺灣國風」公表之後，雖然引起了古董學究的著急，其實影響不大，沒有一人因此演出鄉土文學的提倡。（轉引自吳守禮：《近五十年來臺語研究之總成績》，臺北，大立出版社，1983

年版，第 53 頁。）

作為舊文人的鄭坤五看不到鄉土文學的時代意義，又缺乏整套理論，其主張與實踐並未引起社會的普遍關注。直到 1930 年黃石輝和郭秋生的大力提倡，臺灣話文運動才正式開展，並引發鄉土文學論爭。

第二節　臺灣話文論爭的經過及其特點

30 年代的臺灣話文與鄉土文學論爭，發生在新文學陣營內部，它是由黃石輝的文章首先發端的。從 1930 年 8 月 16 日起，黃石輝在《伍人報》第 9 至 11 號連載〈怎樣不提倡鄉土文學〉一文，明確提出「鄉土文學」這一嶄新的概念。1931 年 7 月 24 日，他又在《臺灣新聞》報上，陸續發表〈再談鄉土文學〉一文，重申鄉土文學的旨趣。文章分為：一、鄉土文學的功用，二、描寫的問題，三、文字的問題，四、言語的整理，五、讀音的問題，六、基礎問題，七、結論。綜合這兩篇文章的內容，黃石輝對鄉土文學的理解主要包括以下觀點：

第一，從作家與文學的關係出發，揖出發展鄉土文學的必然性。他認為，臺灣文學是描寫臺灣事物的文學，對於臺灣作家而言：

　　你是臺灣人，你頭戴臺灣天，腳踏臺灣地，眼睛所看的是臺灣的狀況，耳孔所聽見的是臺灣的消息，時間所歷的亦是臺灣的經驗，嘴裏所說的亦是臺灣的語言，所以你的那枝如椽的健筆，生花的彩筆，亦應該去寫臺灣的文學

了。

　　第二，從當時建設臺灣新文學的現實任務出發，提出了鄉土文學內容大眾化的主張。文言文是「貴族式」的，白話文「完全以有學識的人們為物件」，也是「貴族式」的；廣大的沒有高深學問的勞苦大眾事實上都和它絕緣。而要以「勞苦大眾為物件」去做文藝，就必須提出鄉土文學。這裡所觸及的正是當時建設臺灣新文學所要解決的問題，黃石輝如是說：

　　　　你是要寫會感動激發廣大群眾的文藝嗎？你是要廣大群眾心理發生和你同樣的感覺嗎？不要呢，那就沒有話說了。如果要的，那末，不管你是支配階級的代辯者，還是勞苦群眾的領導者，你總須以勞動群眾為物件去做文藝，便應該起來提倡鄉土文學，應該起來建設鄉土文學。

　　第三，從鄉土文學的表現形式入手，提出用臺灣民眾所熟諳的臺灣方言去描寫事物，由此倡導「臺灣話文」建設。具體言之，就是：

　　　　用臺灣話做文，用臺灣話做詩，用臺灣話做小說，用臺灣話做歌謠，描寫臺灣的事物。（以上三段文字均出自黃石輝：〈怎樣不提倡鄉土文學〉，《伍人報》第 9-11號。轉引自廖毓文：《臺灣文字改革運動史略》，見李南衡：《日據下臺灣新文學・文獻資料選集》，臺北，明潭出版社，1979 年 3 月版，第 488 頁。）

　　黃石輝不僅對如何建設「臺灣話文」提供了具體的語言建議，還強調從基礎做起，編輯《常識課本》、《尺牘課本》、

《作文課本》、《白話字典》、《白話辭典》，以推動臺灣話文的普及工作；並主張糾合同志，組織「鄉土文學研究會」，加強文藝界對它的研究和指導。

黃石輝首倡鄉土文學的文章，限於《伍人報》發行數量極少，雜誌不久被禁，文章並未刊完，影響也有局限。但即便這樣，「卻亦曾引起許多人的注意」，不少有心人給他寫信詢問，還有幾個人找他當面討論。（黃石輝：〈再談鄉土文學〉，見吳守禮：《近五十年來臺語研究之總成績》，臺北，大立出版社，1955 年版，第 54 頁。）

不久，郭秋生站出來呼應黃石輝。從 1931 年 7 月 7 日起，他在《臺灣新聞》發表 27000 多字的〈建設「臺灣白話文」一提案〉的長文，在同報連載 33 回始告完結。全文分為 5 節：(1)文字成立的過程；(2)言語和文字的關係；(3)言文乖離的史的現象；(4)特殊環境下的臺灣人、教育狀態、文盲世界、臺灣語記號問題；(5)臺灣話文。

郭秋生主要從三個角度來闡述自己的觀點：

第一，為什麼要學習臺灣話文？

郭秋生先從日本侵略臺灣後的社會環境變化談起。日本殖民者推行的同化政策，在臺灣人和日本人之間造成極大的差別教育。其結局，「臺灣人不外是現代的習識的絕緣者。不止！連保障自己最低生活的字墨算都配不得了。」（郭秋生：〈建設「臺灣白話文」一提案〉，轉引自廖毓文：《臺灣文字改革運動史略》，見李南衡：《日據下臺灣新文學・文獻資料選集》，臺北，明潭出版社，1979 年 3 月版，第 490 頁。）為醫治臺灣的文盲症，必須使用言文一致的臺灣話文，而其他的文體不是言文一致，學習上要花雙重功夫都不足以解決臺灣的文盲症。

第二，臺灣話文的優勢在哪里？

郭秋生明確提出，臺灣話文就是臺灣語的文字化。其優點有五：⑴容易學；⑵學的字可以隨學隨寫；⑶間接表現言語的文句越多，讀書越多越固執文句，越難發揮獨創性，若直接記號臺灣語的文字，便無難解放這種病根；⑷一個時代有一個時代的特色，若没有直接記號言語的文字，是不會滿足的。

第三，採用哪種文字記錄臺灣語？

郭秋生對於蔡培火等人提倡的「羅馬字運動」持批評態度，他主張以現行的漢字為工具來創造臺灣話文。在他看來：

> 臺灣既然有固有的漢字，……任是怎樣没有氣息，也依舊是漢民族性的定型，也依舊是漢民族言語的記號，……所以我要主張臺灣人使不得放棄固有文字的漢字。（郭秋生語，轉引自廖毓文：《臺灣文字改革運動史略》，見李南衡：《日據下臺灣新文學・文獻資料選集》，臺北，明潭出版社，第 490 頁、491 頁。）

在怎樣用漢字來表現臺灣話的問題上，郭秋生制定了五條原則：⑴考據該言語有無完全一致的既可漢字；⑵如義同音稍異，應屈語音而就字音；⑶如義同而音大異，除既定成語呼字音，其他應呼語音；⑷如音同而義不同，或音同義相近，但慣行上易招誤解者均不適用；⑸要補救上述缺陷，應創造新字以就話。

郭秋生希望通過上述方式建設臺灣的話文，實現言文一致的理想。這樣，臺灣語儘可有直接記號的文字。而且這記號的文字，又純然不出漢字一步，雖然超出文言文體系的方言的地位，但卻不失為漢字體系的較鮮明一點方言的地方色而已的文字。

（郭秋生語，轉引自廖毓文：《臺灣文字改革運動史略》，見李
南衡：《日據下臺灣新文學‧文獻資料選集》，臺北，明潭出版
社，第 490 頁、491 頁。）

　　郭秋生這種主張的深刻意義在於，如果採用漢字表現臺灣話
文，臺灣話文最終將和祖國通行的白話文融為一體。

　　同年 8 月 29 日，郭秋生又在《臺灣新民報》第 379 至 380 號
上，發表《建設臺灣話文》的文章，討論建設臺灣話文的具體事
宜。他認為歌謠的整理，較之黃石輝的「研究會的組織」「話文
字典的編輯」來得迅捷有效，於是到了 1932 年 1 月，《南音》雜
誌創刊，郭秋生便開闢「臺灣白話文嘗試欄」，發表整理後的歌
謠、謎語、民間故事等，以推動臺灣話文的實踐。

　　黃石輝、郭秋生的文章發表後，很快引起全島人士的重視與
思考，也由此引發了繼「新舊文學論爭」之後的「鄉土文學論
爭」的大論戰。《臺灣新聞》、《臺灣新民報》、《南瀛新
報》、《昭和新報》等報紙上都發表了論爭的文章。贊同黃石
輝、郭秋生觀點，支持臺灣話文建設的，有鄭坤五、莊遂性、黃
純青、李獻璋、黃春成、擎雲、賴和、葉榮鐘、張聘三、周定
山、楊守愚、陳虛谷等，持反對意見的有廖毓文、朱點人、林克
夫、賴明弘、林越峰、王詩琅、張我軍、楊雲萍等人。

　　最先對黃石輝提出反駁論辯的，是廖毓文 1931 年 8 月 1 日發
表在《昭和新報》上的〈給黃石輝先生——鄉土文學的吟味〉。
在他看來，首創於 19 世紀末葉德國的鄉土文學「因為它的內容過
於泛渺，沒有時代性，又沒有階級性」，「到今日完全的聲銷絕
蹟了」。而黃石輝、郭秋生所倡導的鄉土文學內涵模糊，有田園
文學的傾向。他批評黃石輝，「一地方要一地方的文學，臺灣五
洲，中國十八省別，也要如數的鄉土文學嗎？」（松永正義：
〈關於鄉土文學論爭〉，《臺灣學術研究會誌》，第 4 期(1989
年 12 月)，第 79 頁。）廖毓文認為，鄉土文學既不是歐美歷史上

過於泛渺的田園文學，也不是以地理位置形成的地方文學，今日
提倡的鄉土文學，應該是「以歷史必然性的社會價值為目的的文
學──即所謂布爾什維克的普羅文學」。廖毓文實際上是從左翼
文學的文藝大眾化立場出發，給予鄉土文學更加明確的詮釋。

　　1931 年 8 月 15 日，林克夫在《臺灣新民報》第 377 號上發
表〈鄉土文學的檢討──讀黃石輝君的高論〉一文，他從臺灣血
緣、文化的歸屬出發，反對另立臺灣特有的地方性的文化。針對
黃石輝的觀點，他的反駁有五：第一，文學不是單純的代表說話
而已，還包括喜怒哀樂的思想、感情成份在內。第二，臺灣方言
複雜，又多俚語，若用它來寫鄉土文學，難以使全臺灣的民眾都
看得懂。第三，承認黃氏所謂「中國的白話文不能充分代表臺灣
話」的事實，難道中國各地也要另外創造一種文學去表現鄉土文
學不成。第四，雖然鄉土文學「所寫是要給親近的人看，不是要
給遠方的人看的」，但若能用中國白話文，讓更多人都能看懂，
豈不更好？第五，臺灣話粗澀而不清雅，不如採用中國的白話文
較為經濟方便。林克夫最後表示：

　　　　我的意見不外是反對再建設一種臺灣的白話來創造臺
　　灣文學，若能夠把中國白話文來普及臺灣社會，使大眾也
　　能懂得中國話，中國人也能理解臺灣文學，豈不是兩全其
　　美！（林克夫：〈鄉土文學的檢討──讀黃石輝君的高
　　論〉，《臺灣新民報》第 377 號，1931 年 8 月 15 日（東方
　　文化書局影印本）。）

　　接著，朱點人在同年 8 月 29 日的《昭和新報》上發表〈檢一
檢鄉土文學〉，質疑黃石輝的文章。他們三人所列理由一致認
為：就文化、血緣層面觀之，臺灣、中國本不可分，故創文學，
不必乞靈於臺灣話文。再則，臺灣話粗糙幼稚，不足為文學的利

器；臺灣話紛歧不一，無所適從；臺灣話中國人看不懂，故主張用中國白話文來創作臺灣文學。

雙方論爭展開後，引起巨大的反響。黃石輝和毓文、克夫、朱點人的論爭發生於前，賴明弘和黃石輝、黃春成、莊遂性的爭論繼其後，一直持續了兩年多時間。論爭的主要舞臺，是在《臺灣新聞》、《臺灣新民報》、《昭和新報》、《臺灣日日新聞》、《三六九小報》、《伍人報》、《南瀛日報》、《南音》等報刊上展開，涉及議題深入，參與者廣泛，其中又以臺灣話文派居多。

以黃石輝、郭秋生為代表的臺灣話文派與廖毓文等人代表的中國話文派，其意見分歧的最大原因在於，前者是站在現實的立場上，基於殖民地臺灣的特殊性與複雜性，和發展臺灣大衆文學、臺灣大衆語文學，來主張臺灣白話文的；特別是在日據時期，「臺灣話文」、「鄉土文學」的強調，本身就含有抵制異族奴役和外來侵略的意義。後者則是站在理想立場上，認為臺灣是中國的一環，臺灣和中國是永久不能脫離關係的，所以反對另立臺灣特有的地方性文化。這些意見都是值得重視的。但兩者的偏頗之處在於，前者過分強調臺灣話文，把白話文也看成是一種「貴族式」的語言工具，這與白話文革命的初衷和現實是不符合的；後者在反對「鄉土文學」和「鄉土語言」的時候，對鄉土文學採取全盤否定的態度，這也是片面的。論爭過程中，臺灣話文派的理論雖略佔上風，且參戰人數也居多，但因對有音無字的臺灣話文表音工具問題，客家話能否融入福佬話的問題未能解決，又沒有一個統一的組織來統籌規定、指導臺灣話文的實際建設工作，因此終於沒有得到一個結論而止息了。

第三節　臺灣話文論爭的意義和影響

臺灣話文論爭，在當時的新文學陣營內部雖然没有達成共識，也未得到明確的結果，但它對臺灣新文學的進一步建設，還是有著不可忽視的探索意義和推動作用的。

第一，這次論爭是臺灣新文學運動的繼續，它對於在當時臺灣的特定語境中進一步解決「言文一致」的漢語改革，有著積極的探索價值。

五四文學運動在祖國大陸的推動，首先是以白話文代替文言文的語言革命為先導的。當白話文取得勝利，通行於文壇的時候，又產生了新的矛盾。這就是白話文作為知識階層通曉的一種書面語言，與人民大眾的口語以及中國眾多地區的方言、土語之間，存在著相當大的距離。怎樣才能實現真正的「言文一致」，胡適在新文學運動初期，是以倡導「文學的國語，國語的文學」來規範白話文運動；30年代以上海文壇為中心展開的，則是通過「大眾文、大眾語」的討論，來推動這個問題的解決。

臺灣新文學運動的發展過程中，也遇到了同樣的矛盾，白話文雖然主宰了文壇，但「言文一致」的問題並未得到真正解決，處於日本殖民統治下的特殊環境，面對日本語、中國話、臺灣話交織的複雜語境，加之與祖國大陸的隔離狀態，這種矛盾便更加凸顯出來。郭秋生一再表白自己在這種語境中的矛盾心情：

　　我極愛中國的白話文，其實我們何嘗一日離卻中國的白話文？但是我不能滿足中國的白話文，也其實是時代不許滿足的中國白話文使我用啦！即言文一致為白話文的理

想，自然是不拒絕地方文學的方言的特色。那麼臺灣文學在中國白話文體系的位置，在理論上應是和中國一個地方的位置相等，然而實質上現在的臺灣，想要同中國一個地方，做同樣白話文體系的方言位置，做得成嗎？（郭秋生：〈建設「臺灣話文」一提案〉，《臺灣新民報》第380號，1931年9月7日(東方文化書局影印本)。）

這段話再清楚不過地表明了，「在日本人的統治下，臺灣人不得不選擇『臺灣話文』的用心」。（郭秋生：〈建設「臺灣話文」一提案〉，《臺灣新民報》第380號，1931年9月7日(東方文化書局影印本)。）臺灣話文論爭本身所顯示的，正是「這些異族統治下的臺灣知識份子對自己的話文處理的困惑和苦悶。」（陳少廷：《臺灣新文學運動簡史》，臺北，聯經出版事業公司，1977年5月版，第76頁。）

事實上，30年代的臺灣話文論爭與20年代的新舊文學之爭，它們都是臺灣新文學運動中不可避免的文學現象，它們的發生表明了臺灣新文學在不同階段的發展。正如古繼堂指出的那樣：

　　臺灣文學的工具革命，分為前後兩個時期。前期革命的內容，是解決白話文與文言文的關係，改革的目的是要達到語文一致，是要文學語言適應新的文學內容。而後期的內容是要處理白話文與臺灣土語的關係。即，臺灣新文學究竟應該用白話文作文學語言，還是用臺灣的土語作表達工具。（古繼堂：《臺灣新文學理論批評史》，遼寧，春風文藝出版社，1993年6月版，第40頁。）

第二，這次論爭作為30年代世界性「普羅」文學思潮的一種必然反映，它對於臺灣的文藝大眾化思想傳播，有著重要的現實

影響與推動作用。

　　30 年代的文壇，左翼文學及其文藝大眾化的思潮，從蘇聯開始，席捲至日本和祖國大陸，也影響到臺灣文學界。20 年代後期走向高潮的臺灣社會政治運動，接受無產階級政黨的領導，在發動工農運動、喚起勞苦民眾方面發揮了巨大的作用；30 年代以來，在日本殖民者實行高壓政策，政治運動受挫的背景下，喚起民眾的責任更多地落在了文學身上。在這種背景下，文藝大眾化的路子不失為一種積極有效的時代選擇。作為分裂後的臺灣新文化協會會員，並積極從事無產階級社會運動的黃石輝，在臺灣文壇曾有「普羅文學之巨星」的稱譽。他最先站出來主張「臺灣話文建設」，首倡鄉土文學，無疑是從文藝大眾化的立場出發，旨在為推動《伍人報》所倡之「無產階級文化運動」張目。所以說，鄉土文學的本質，就是文藝大眾化的思想，這與新文學建設的中心問題又是一致的，有著時代取向的同構性。

　　第三，這次論爭，表明臺灣新文學運動已經從語文改革的形式，推進到內容的探索。

　　30 年代以前，關於臺灣話文問題的爭議，以及「臺灣話保存運動」，主要著眼於語言本身整理與保存，還未涉及到文學的內容問題；黃石輝的臺灣話文運動，經由「鄉土文學」口號的提倡，在臺灣文學表現形式與內容的結合上，向前跨進了一大步。《南音》雜誌上開闢的《臺灣話文討論》和《臺灣話文嘗試欄》中，作家不僅從理論上探討新文學如何「言文一致」的問題，而且以創作實踐進行嘗試。例如賴和的〈一個同志的批信〉、賴堂郎的〈女鬼〉、匿人的〈王猪爺〉，以及楊守愚的歌劇〈兩對摩登夫婦〉中的歌詞，都是用臺灣話即閩南方言寫成的。

　　第四，這次論爭，主要影響了民間文學的整理和臺灣話的研究，並取得了豐碩的成果。1930 年 9 月創刊的《三六九小報》，開闢了「黛山樵唱」等專欄登載閩南語民歌。1932 年 1 月創刊的

鄉土風格濃郁的《南音》雜誌上，郭秋生專設「臺灣話文嘗試
欄」，不僅輯錄臺灣歌謠、謎語、故事，還發表自己創作的臺灣
詩、散文《糞屑船》以及童話、童謠。1933 年 5 月創刊的《福爾
摩沙》雜誌，是以整理傳統文藝，研究鄉土藝術、歌謠、傳說，
創造臺灣新文藝為使命的。1935 年 1 月 6 日，《第一綫》推出
《臺灣民間故事》特輯，收錄毓文的〈頂下效拼〉、黃瓊華的
〈鶯歌莊的傳説〉等 15 篇傳説故事。在此前後，受臺灣話文運動
影響的李獻璋，在 1934 年 5 月獨力收集 200 個謎語，並以「臺灣
謎語纂錄」為題，在《臺灣新民報》上連載；1936 年 6 月，他將
收集到的民間歌謠、故事結集成 500 多頁的《臺灣民間文學集》
出版，成為傳誦一時的民間文學巨構。上述種種成就，得力於臺
灣話文論爭的影響和推動。

第七章

偉大的現實主義作家楊逵

第一節　楊逵的生平和抗日活動

　　作為日據時代最偉大的作家之一，楊逵經歷了臺灣現代史上最為混亂的動盪歲月。期間的歷史脈動與他的生命歷程息息相關，臺灣的文學風尚與其文學創作互為見證，這使楊逵成為解讀臺灣抗日民族運動和臺灣新文學歷史的一面借鏡。而楊逵對臺灣新文學運動中尖銳的抗議精神和現實主義傳統的繼承發揚，他對日本殖民主義和社會黑暗勢力的不屈鬥爭，又使他以「不朽的老兵」形象和「壓不扁的玫瑰花」氣節，成為民族脊樑精神的寫照。

　　楊逵（1905-1985），原名楊貴、楊建文等，臺南縣新化鎮

人。楊逵 9 歲入公學校讀書，幼年喜歡聽賣藝人說書，《三國誌》、《水滸傳》都是他耳熟能詳的故事。10 歲那年，噍吧哖抗日事件發生，因為楊逵的家正處於臺南通往噍吧哖（玉井）的必經之路，他親眼目睹日軍隆隆而過的炮隊，又耳聞臺灣義民被鎮壓的種種慘像，心中開始埋下仇恨與叛逆的種子。及至後來讀到日人秋澤島川將起義者貶為土匪的《臺灣匪誌》，楊逵「這才明白了統治者所寫的『歷史』是如何地把歷史扭曲，也看出了暴政與義民的對照。」（楊逵：〈日本殖民地統治下的孩子〉，《聯合報 1982 年 8 月 10 日》。）從此，楊逵的生活和創作同臺灣同胞的抗日民族運動緊緊地結合在一起。他說：「我決心走上文學道路，就是想以小說的形式來糾正被編造的「歷史」，歷來的抗日事件自然對於我的文學發生了很大的影響。」（楊逵：〈日本殖民地統治下的孩子〉，《聯合報 1982 年 8 月 10 日》。）

1924 年，中學畢業的楊逵為了探求新思想和尋找出路，東渡日本勤工儉學。期間，不僅大量閱讀俄國現實主義作家和法國大革命時期進步作家作品，還研究過《資本論》，深受歷史唯物主義的薰陶，並參加了「打倒田中內閣」的示威遊行，揭開他一生社會運動的序幕。

1927 年楊逵應臺灣文化協會的召喚返臺，正值臺灣文化運動和工農運動蓬勃發展之際。楊逵被選為「臺灣農民組合」中央常務委員，負責政治、組織、教育三部的工作，並組織特別行動隊，專為貧窮的農民向日本政府爭取權益。因此，曾先後被捕十次之多。這期間，他與志同道合的女中豪傑，「臺灣農民組合」的婦女部長葉陶結為終身伴侶。

1931 年以後，日本殖民政府對臺灣共產黨實行全島性的大檢舉，社會運動遭受毀滅性的重挫。楊逵在為生活奔波的同時，開始了文學創作。1932 年，他首次以「楊逵」筆名，嘗試用漢文寫作小說〈送報伕〉，經賴和之手刊載於《臺灣新民報》，但後半

部被查禁。楊逵再將全文以日文書寫，1934 年 10 月發表於東京
左翼刊物《文學評論》，並獲其徵文第二獎（第一獎缺）。楊逵
與日本左翼文壇開始往來，左翼思想從戰前至戰後，貫穿了他的
一生。1934 年，楊逵參加「臺灣文藝聯盟」，擔任《臺灣文藝》
日文編輯，從此活躍於文壇。1935 年 12 月創辦《臺灣新文學》，
至 1937 年 4 月遭當局禁止。

　　1937 年抗戰爆發後，身患肺病的楊逵遭遇一生最為艱苦的歲
月。在日本友人入田春彥的幫助下，得以歸農的楊逵租地種花，
藉用伯夷、叔齊的典故，創辦「首陽農園」。並在報上發表〈首
陽園雜記〉，公開表明自己的立場。

　　1941 年太平洋戰爭開打後，臺灣總督府官方雜誌《臺灣時
報》編輯植田向楊逵邀稿，〈泥娃娃〉、〈鵝媽媽出嫁〉相繼發
表，引起總督府內開明人士和迷信武力的軍警間的摩擦。而當楊
逵這些小說要出單行本時，終遭查禁。

　　1945 年臺灣光復後，楊逵滿腔熱情地投入臺灣新文學的重建
工作。他把自家花園改名為「一陽農園」，創刊《一陽周報》，
並擔任臺中《和平時報》「新文學」版編輯。「二‧二八事件」
之後，楊逵參加了臺灣新生報《橋》副刊關於臺灣文學問題的討
論；1948 年主編《力行報》「新文藝」欄；1949 年起草《和平宣
言》，被判刑 12 年。楊逵一生坐牢 12 次，雖歷經坎坷，但矢志
不移。1961 年刑滿出獄後，楊逵在臺中經營「東海花園」，再度
以養花種菜為生。1982 年應邀參加美國愛荷華大學「國際寫作中
心計劃」的活動，1983 年獲臺灣「吳三連文藝獎」，1984 年又獲
「臺灣新文學特別推崇獎」。

　　楊逵寫小說、散文、戲劇，也寫詩。主要小說有〈送報伕〉、
〈泥娃娃〉、〈鵝媽媽出嫁〉等多篇；另有劇本〈父與子〉、〈豬
哥伯仔〉、〈撲滅天狗熱〉、〈牛犁分家〉四種。

第二節　楊逵的小說成就

　　小說無疑是楊逵創作的重鎮，其文學理念與藝術追求在這裏得到集中的體現。楊逵主要的小說計有：〈送報伕〉（1935）、〈蕃仔鵝〉（1936）、〈頑童伐鬼記〉（1936）、〈模範村〉（1937）、〈父與子〉（1942）、〈無醫村〉（1942）、〈泥娃娃〉（1942）、〈鵝媽媽出嫁〉（1942）等。

　　楊逵的創作一向以反壓迫、反殖民的精神而著稱。與同時代作家相比，同樣是表現對日本殖民者的強烈抗議，楊逵有其獨特的側重點。如果說，賴和是以深沈的控訴力量，揭露日本殖民統治給臺灣同胞帶來的災難；那麼，楊逵在揭露與控訴的基礎上，更著力描寫了臺灣人民覺醒與鬥爭的社會前景，啟示人們去探求光明的出路。正是在這種意義上，臺灣作家龍瑛宗認為，楊逵的小說「是指示歷史進路的文學，是為生活在黑暗中的人們心上點燃一盞燈的文學。」（龍瑛宗：〈血與淚的歷史〉，臺北，《中華日報》1996 年 8 月 29 日。）

　　趕走日本殖民者，還我國土，這是楊逵創作最為關心的主題。他的批判鋒芒，直逼日本殖民體制和殖民政策，有一種怒目金剛式的抗議和直搗黃龍的勇氣。他所有的小說創作，都在揭露臺灣於日本殖民帝國經濟和文化雙重侵略下醜陋的現實，都在傳達臺灣人民反抗異族壓迫的民族心聲。〈模範村〉通過日本殖民統治下的臺灣「模範村」的描寫，揭露了「共存共榮」樣板背後上演的臺灣農村慘劇，並特別凸顯了抗日志士阮新民民族意識和階級意識的雙重覺醒。在小說中，泰平鄉大地主阮固爺與日警互相勾結，為了追求「模範村」，不僅強迫各家建造鐵窗與水溝，

而且每年要向佃農收回墾熟的荒地而轉租給（日本人的）糖業公司，以致於民不聊生，走投無路，造成憨金福的自殺。富有正義感和抗日精神的阮新民東京留學歸來後，很快與其父親阮固形成勢不兩立的陣營。阮新民鼓動農民群眾說：「日本人奴役我們幾十年，但他們的野心越來越大，手段越來越辣，近年來滿洲又被它佔領了，整個大陸也許都免不了同樣命運。這不是個人問題，是整個民族的問題。⋯⋯我們應該協力把日本人趕出去，這樣才能開拓我們的命運！」最終他前往大陸，投身全國同胞抗日救亡鬥爭的潮流。

　　〈無醫村〉通過一個農村孩子因為得不到及時治療而死亡的遭遇，對日本殖民統治下不合理的農村醫療制度進行大膽譴責：「這政府雖有衛生結構，但到底是在替誰做事呢？」〈泥娃娃〉寫幾個孩子用爛泥塑造了一堆日本的飛機、軍艦和士兵。但是，「當天夜晚，一場雷電交加的傾盆大雨把孩子們的泥娃娃打成一堆爛泥⋯⋯」。作者所要傳達的，正是對殖民者的藐視和對戰爭的厭惡情緒，一如作品所直言的那樣：「如果以奴役別的民族，掠奪別國物質為目的的戰爭不消滅；如果富崗一類厚顏無恥的鷹犬，不從人類中掃光，人類怎麼可能會有光明和幸福的一天！」在〈鵝媽媽出嫁〉中，學經濟的林文欽嘔心瀝血苦著《共榮經濟的理論》一書，到頭來卻落了個家破人亡的悲劇，所謂「共存共榮」的真相，恰恰是「不存不榮」。林文鈦的結局造成了小說中另一位知識份子「我」的覺醒：只有消滅侵略、壓迫和剝削，才可能有真正的萬民共榮。〈泥娃娃〉、〈鵝媽媽出嫁〉這些作品寫於 1942 年，時值太平洋戰爭爆發、臺灣被日本殖民當局推向「決戰體制」之際，這是應《臺灣時報》編輯植田約稿而寫的。楊逵說：「我給他寫了〈泥娃娃〉和〈鵝媽媽出嫁〉，我的意圖是剝掉它的羊皮，表現這隻狼的真面目。」（楊逵：〈鵝媽媽出嫁・後記〉，臺灣，香草山出版公司，1976 年版，第 216 頁。）

　　楊逵小説訴諸反帝反殖主題，其難能可貴之處在於，他往往超越狹隘的地域觀念與民族意識，站在一切被壓迫人民聯合起來的立場，去謀求超乎種族的階級團結。其代表作〈送報伕〉，分別以日本本土的資本家對勞工的欺詐剝削，與殖民當局對臺灣農民的殘酷掠奪為兩條主線，透過留學東京的臺灣青年楊君的命運遭遇，將兩條線索交織在一起，體現出聯合各界的被壓迫者共同奮鬥的思想理念。楊君的父親因為抗拒日本製糖會社徵用土地，而被日警折磨致死；楊君東渡日本勤工儉學，歷盡艱辛才找到一個送報伕的工作，卻遭到報館老闆的殘酷剝削。他忍饑挨餓幹了20天，不僅工資未能兌現，連當初的保證金也被老闆侵吞，自己還被解雇。這時收到家信，得知的竟是家破人亡的噩耗。正當楊君陷於絕境之時，是日本進步工人伸出援手，動員他參加反剝削反壓迫的勞工運動。楊君逐漸明白了，無論臺灣島上還是日本國內，都有壓迫者與被壓迫者之分；為了謀求廣泛被壓迫群眾的解放，全世界的勞動者只有攜手聯合，才能抵抗兇惡的壓迫者與剝削者。後來他決定返回臺灣，去完成自己的使命。小説超越當時臺灣文學的水準，不僅啟示人們探求積極向上的歷史進路，還以高度的民族主義和樸素的國際主義的結合，開拓出一種高遠深刻的思想意境和階級胸懷。楊逵所堅持的那種社會人道主義理念和革命民主主義的思想，在其作品中得到充分的展示。

第三節　楊逵小説的現實主義風格及其意義

　　作為一個立足於臺灣抗日民族運動和現實生活的作家，楊逵始終堅持了臺灣新文學的現實主義創作傳統，「以反映現實的社會為目標」；並通過現實主義藝術功力的捶煉，成就了自己獨特

的小説面貌。楊逵的小説，具有濃郁的寫實主義特質。從取材的方向上，「每一篇都是日據時代到處經常可以聽見看見的事，除了〈種地瓜〉和〈模範村〉以外，其餘大多是我親自經歷過的。」（楊逵語，轉引自基聰：〈碩果僅存的抗日作家——楊逵〉，見楊素娟編：〈楊逵的人與作品〉，臺北，民眾日報出版社，1979 年 10 月版，第 182 頁。）可以説，楊逵的小説，篇篇都有自己的生活影子。〈送報伕〉中的楊君，凝結著楊逵飄泊東京的生活經驗；〈歸農之日〉讓人看到的，是社會運動挫敗時帶著妻小四處流浪的楊逵；〈萌芽〉所表現的抗日信念與夫妻深情，明顯地帶有楊逵與葉陶的生命痕跡；〈種地瓜〉則是遺留在家的母子努力求生的寫照。植根於現實生活的寫作，加之經常採用的第一人稱叙事視角的觀照，楊逵寫實小説所映現的，正是臺灣的歷史脈動和現實面影。

在小説的技巧上，楊逵注重以多種手法來豐富現實主義創作。一是對比的手法。安排兩種反差極大的人物或是現象，來襯托美醜善惡之間的不同特質，用以傳達作者褒貶好惡的情感態度與價值取向，是楊逵小説所擅長的方法。〈模範村〉裏，阮固爺與阮新民父子，一個是勾結殖民當局的漢奸地主，一個是堅決抗日的熱血青年，在尖銳的對立中自然又呈現出不同的評價。二是象徵的運用。透過種種意象曲折地表現作品的深層內涵，不僅帶來藝術上的含蓄，也可避開日據時代的環境制約。諸如以〈泥娃娃〉象徵不可一世的日本軍國主義，透過〈春光關不住〉裏「壓不扁的玫瑰花」，來象徵日本殖民統治下臺灣人民不屈不撓的意志，來寄托人民對和平與愛的追求與珍視。三是幽默諷刺的筆觸。楊逵的小説，往往從日本殖民當局的愚民政策與臺灣醜陋現實的極度錯位中，展現出頗具政治諷刺意味的圖畫。諸如在日本侵略者鼓吹的所謂「大東亞共榮圈」下，〈鵝媽媽出嫁〉裏研究「共榮經濟理論」的林文欽，卻是家破人亡，不榮不存；〈模範

村〉所謂「共榮共存」的樣板背後，竟是村民的民不聊生，走投無路。小説還寫到為了執行嚴厲的「皇民化」規定，爭取所謂「模範村」的榮譽，村民們被迫供奉日本式的神牌，而把媽祖和觀音的佛像藏在骯髒的破傢俱堆裏。「但是，不拜菩薩他們是無法安心過日子的，因而常常把佛像從骯髒的監牢裏解放出來，悄悄的流著淚，提心吊膽的焚香禮拜。在這嚴肅的禮拜中，偶而聽見皮鞋聲一響，便又慌忙地一手抓著佛像的脖子，一手捏熄線香，匆忙把它藏到床下草堆裏去，可憐觀音媽祖竟毫不叫屈」。辛辣的嘲諷，含淚的幽默，由此可見一斑。

　　當然，楊逵小説也有不足之處。如〈剁柴囝仔〉節奏緩慢，張力不足；〈鵝媽媽出嫁〉中，林文欽苦思著「共榮經濟的理念」，與醫院院長買花索鵝這兩件事，還缺乏內在的必然聯繫；〈萌芽〉、〈長腳蚊〉這類書信體小説，失之於流水賬式的寫法，人物的性格難以凸顯。

　　總之，強烈的反帝反封建的民族精神力量和現實主義藝術成就，使楊逵當之無愧地代表了臺灣新文學的主流與方向。正如鍾肇政、葉石濤在《光復前臺灣文學全集》中對楊逵所作的評價那樣：

　　　　楊逵承擔了日據下臺胞共同的苦難命運，並繼承了賴和的尖銳的抗議精神，以誠實的風格、樸實的結構、平實的筆觸，發揚了被壓迫者不屈不撓的民族魂；其次，他的小説意識充滿了希望，瀰漫著一股堅毅的行動力量，既不是楊華的悲厭絕望，也不是龍瑛宗的自憐憂傷，可説是個理想的民族主義者和寫實主義者。他的道德勇氣與指出的方向，形成了一塊不可毀滅的里程碑，是臺灣新文學「成熟期」與「戰爭期」的最重要的作家之一。（鍾肇政、葉石濤主編：《光復前臺灣文學全集》，臺北，遠景出版事

業公司，1981 年 9 月版。轉引自劉登翰等主編：《臺灣文學史》(上卷)，福建，海峽文藝出版社 1991 年 6 月版，第 493 頁。)

第八章

異族高壓統治下臺灣文學的艱難之旅

第一節　日本帝國主義妄圖斬斷臺灣與中國的臍帶

　　1937 年至 1945 年期間，隨著日本帝國主義相繼發動侵華戰爭和太平洋戰爭，臺灣進入了日本殖民統治最黑暗的時期。日本侵略者為了實現其霸佔亞洲，建立所謂「大東亞共榮圈」的野心，更加厲行暴政，瘋狂推行「皇民化運動」，企圖把臺灣的政治、經濟、文化全部納入所謂「戰時體制」，以此作為南進的基地和跳板。遭遇如此嚴酷背景下的重大壓力，剛剛走向成熟的臺灣新文學運動很快從高潮落入低潮，開始了最為艱難曲折的戰爭期文學。

一、「戰時體制」與「皇民化運動」

　　1936 年 2 月 26 日，日本軍人發動政變，要求軍人執政。這一事件雖被平息，但日本帝國主義法西斯進程由此加快。1936 年 9 月 2 日，日本政府派出海軍大將小林躋造取代臺灣文官總督，恢復了軍人兼任總督的體制。1937 年 6 月 4 日，近衛文麿內閣上臺，完成了全面發動侵華戰爭的準備。1937 年 7 月 7 日，蘆溝橋事變爆發，中日戰爭開始。當天，臺灣日軍司令部就發表強硬聲明，並對臺灣人民發出警告，禁止「非國民之言動」。1937 年 8 月 15 日，臺灣日軍司令部宣佈進入「戰時體制」，實施漁火管制，解散「臺灣地方自治聯盟」，強化對臺灣的法西斯統治。1937 年 9 月，根據日本帝國近衛內閣提出的「國民精神總動員計劃」，日本殖民當局隨即成立「國代精神總動員本部」，開始強徵臺灣青年充任大陸戰地軍伕。接著公佈《軍需工業動員法》、《移出米管理綱要》等一系列律令，實施國家總動員令，並收購民間黃金，統制石油類消費，開展「米穀供獻報國運動」，以期動員一切人力、物力資源，作為「戰時體制」的支柱。與此同時，殖民當局制定了臺灣「皇民化」的方針，強迫推行「皇民化運動」，企圖通過對臺灣政治和文化的強化統治，把所謂「日本國民精神」「滲透到島民生活的每一細節中去，以確實達到『內臺一如』的境地。」（轉引自陳碧笙：《臺灣地方史》，北京，中國社會科學出版社，1982 年 1 月版，第 277 頁。）

　　「皇民化運動」的罪惡目的，是要把臺灣「日本化」，徹底消滅臺灣所有的中國文化和民族意識，培養為日本帝國主義效死盡忠的「日本國民精神」。為此，臺灣總督府強力推行「風俗改良」、「易服改曆」、「日語普及」等文化統制手段，企圖用「大和文化」取代中國文化。

　　日本殖民當局首先從禁止使用臺語漢文和強迫使用日語著

手。他們明令日語是唯一合法的語言，強行取締漢語「書房」或私塾，各級學校所有的漢語課程一律停開。早在 1937 年 4 月 1 日，日本殖民當局就逼迫《臺灣日日新報》、《臺灣新聞》、《臺南新報》三報停止漢文版；《臺灣新民報》拖延至 6 月 1 日，被迫廢止漢文欄；楊逵主編的《臺灣新文學》也被迫停刊。殖民當局強迫臺灣人民使用日語，他們聲嘶力竭地叫嚷：「不懂日語者滾回支那去！」「不學日語者要罰金」，「執行公務時不講日語者要撤職」，「在火車站不講日語就不賣給車票」等等，對臺灣人民使用漢語文的悠久歷史和語言習慣進行了野蠻蹂躪。

　　1939 年 5 月，臺灣總督小林躋造提出「皇民化」、「工業化」、「南進基地化」（即以臺灣為根據地南侵）的所謂「治臺三策」，加速了「皇民化運動」的瘋狂推行。他們「任意封閉中國式寺廟，毀除各種神像，勒令更改祖先的神主和墓牌；他們強迫臺胞前往日本神社『參拜』，家家戶戶都要奉祀日本天照大神的神符；他們禁止臺胞穿中國式服裝，禁止在陰曆新年舉行慶祝活動」，（陳碧笙：《臺灣地方史》，北京，中國社會科學出版社，1982 年 8 月版，第 278 頁。）

　　妄想把一切帶有中國文化色彩的東西都斬盡殺絕。更有甚者，到了 1940 年，臺灣精神總動員本部公佈「臺籍民改日本姓名促進綱要」，要求臺胞將祖先留傳的姓氏和父母定下的名字一律改為日本式姓名，對堅持使用漢人姓氏的，則不給戰時「配給品」，不許登記戶口，公教人員還要受到撤職處分。

　　1941 年 4 月 19 日，由第 18 任臺灣總督長川穀和臺灣日軍司令本間雅晴主持，「皇民奉公會」成立。在「臨戰體制」、「熱汗奉公」、「為聖戰而勞動」等反動口號下，「皇民奉公會」大力推行所謂「皇民奉公運動」、「儲蓄報國運動」和「增產挺身青年運動」，拼命榨取臺灣的人力和物力，以供侵略戰爭的消耗。從 1942 年起，日本殖民當局開始在臺灣實行陸海軍的「志願

兵制度」；另有臺灣原住民被秘密編成「高砂義勇隊」，派往最險峻的南洋地區去作戰。1944 年，日本在戰局中損失慘重，兵源日益枯竭。殖民當局進一步實施「徵兵制度」，強令 30 萬臺灣青年到中國和東南亞戰場當炮灰。為了驅使臺灣人民在大陸進行殘酷的同族厮殺，日本殖民者藉「皇民化運動」宣佈，只要經過艱苦的「皇民煉成」，涵養日本國民精神，就能夠從原來卑污的「支那人」、「本島人」蛻變成「高潔」的日本人。1944 年 1 月，日本下令成立「皇民煉成所」，臺灣各州廳共設 3522 所，以短期集訓班來訓練未經正規「皇民化教育」的臺灣民眾。日本官方記錄顯示，在短短的一年半時間裏，共召集 86751 名成年男性、90775 名女性，接受「皇民化」教育。（參見楊建成：《臺灣士紳皇民化個案研究》，臺北，龍文出版社，1995 年 10 月版，第 2 頁。）

很顯然，所謂「皇民化運動」，是日本殖民當局一貫施行於臺灣的種族同化政策在「戰時體制」下的瘋狂發展。它不僅殘酷地壓榨和掠奪臺灣人民的經濟資源，而且極其野蠻地侵犯和踐踏了臺灣同胞十分珍視的民族文化傳統和民族獨立精神，破壞了臺灣同胞世代相傳的宗教信仰和生活習慣。不僅如此，「皇民化」作為一種複雜而殘忍的「洗腦」機制，它對於臺灣人民的精神荼毒與戕害，更是遺患於後世。「皇民化」的真正涵義和罪惡內幕，日本知識份子尾崎秀樹的發現，一語道破其實質：

> 若同化政策是意指成為日本人，則「皇民化」的意思是「成為忠良的日本人」。但日本統治者所企望之「皇民化」的實態，不是臺灣做為日本人活，而是做為日本人死。因此，「做為忠良的日本人」的意思是指發現「做為日本人死」之道理，並為它奮進。（尾崎秀樹：《戰時的臺灣文學》，蕭拱譯，《臺灣的殖民地傷痕》收錄，臺

北，帕米爾出版社，第 212 頁。）

而矢內原忠雄的見解更是一針見血，入木三分：

　　日本統治臺灣五十一年，一切的政策無非是處心積慮地要割斷臺灣與中國血濃於水的臍帶，使臺灣與大陸完全隔離起來。（矢內原忠雄：《日本帝國主義下之臺灣》，帕米爾出版社，轉引自許俊雅：《日據時期臺灣小說研究》，臺北，文史哲出版社，1999 年 9 月初版，第 109 頁。）

二、戰時文藝體制與御用文學團體

　　戰爭期的臺灣文壇，「一個最顯著的現象就是文學活動完全被日本政府控制：從臺灣文學奉公會，到大東亞文學者大會，到臺灣決戰文學會議，無一不暴露出日本帝國主義為遂行其侵略戰爭的目的而控制文藝之手腕。」（陳少廷：《臺灣新文學運動簡史》，臺北，聯經出版事業公司，1977 年 5 月版，第 149 頁。）

　　為了推動「皇民化運動」，日本殖民當局採取的文化統制手段，一是廢棄報刊的中文欄，禁止中文創作，從根本上鏟除中文作家賴以文學生存的民族語言以及創作園地。二是成立御用文學團體，把持文學重鎮，實行話語霸權，充當宣傳「皇民文化」的工具。三是展開具有「皇民文學」色彩的文藝活動，處心積慮地把臺灣文學納入「皇民化運動」的軌道上來。

　　早在「七七事變」前夕，日本殖民當局就於 1937 年 4 月 1 日下令全面禁止使用中文，廢棄報紙的漢文欄。《臺灣新民報》結束了 25 年來作為臺灣人民主要言論機關的歷史使命，楊逵主編的、已經堅持三年之久的《臺灣新文學》也被迫停刊。在這種嚴

酷的背景下，這一時期，除了 1935 年 5 月 9 日，由風月報俱樂部
所發行的中日文並刊的《風月報》還在運行，其他的中文報刊一
律不見踪影。而《風月報》是一份不談政治，吟風詠月的刊物，
該刊每一期題頭都特別表明「是茶餘飯後的消遣品，是文人墨客
的遊戲場」。及至 1941 年 7 月 1 日，易名為《南方》，已經變成
順應國策文化及臺灣現狀，服膺于南方共榮圈建設的宣傳工具
了。臺灣作家創作的語言權利和發表園地被野蠻剝奪，作家也無
法按照新文學的觀念從事創作，因而相率離開臺灣，潛渡大陸；
繼續留下來的人們在艱苦掙扎，有的甚至自行封筆，以沈默表示
抗議。「七七事變」後的兩三年時間裏，臺灣新文學基本上處於
停頓狀態。

　　趁著戰爭初期臺灣文學陣地幾乎一片空白之際，日本殖民當
局紛紛組織御用團體，來控制臺灣社會輿論，實現「皇民化」的
殖民話語霸權。屬於此類性質的組織與刊物如下所述。

1.「臺灣詩人協會」與《華麗島》

　　1939 年 9 月 9 日，在臺灣的日本作家，以西川滿為首，集合
了濱田隼雄、北原政吉、池田敏雄、中山侑等人，籌組了「臺灣
詩人協會」。同年 12 月，協會的機關刊物《華麗島》出刊，由西
川滿、北原政吉任主編。《華麗島》只發行了一期，收有 63 人的
作品，日本右翼作家火野葦平撰寫卷頭語。該會發起者西川滿，
1908 年出生於日本上流社會家庭，是豪門秋山家之後。其父西川
純是臺灣「昭和炭礦」的社長兼臺北市會議員，自然是「法西斯
型人物」（張文環語）。西川滿 3 歲隨父母來臺灣，1929 年回早
稻田讀法國文學，此時已表現出右翼思想傾向；1933 年學成返
臺，任職于《臺灣日日新報》，兼任主編《愛書》刊物，創辦文
藝雜誌《媽祖》和「日孝山房」出版社。1939 年籌組「臺灣詩人
協會」時，西川滿已自居於協力日本「皇民文學」的文化榜首。

作為一個御用文藝家，他同樣是一個帶有濃厚的殖民者統治意識的人物。由他出面組織文藝社團，其社團的御用性格不言而喻。

2.「臺灣文藝家協會」與《文藝臺灣》

1940 年 1 月，由日本作家西川滿，矢野峰人，濱田隼雄出面，打出純文藝旗號，採取拉攏和利誘手段，先後邀請一批臺灣作家參加，在「臺灣詩人協會」的基礎上，改組成立了有 62 名會員的「臺灣文藝家協會」，並發行《文藝臺灣》雜誌。其中有 16 位臺灣作家參加。

「臺灣文藝家協會」和《文藝臺灣》均標榜藝術至上主義，以所謂謀求其成員間藝術之「互相的向上發展為惟一目標」。事實上，它們不過是西川滿之流服務於日本殖民當局政治需要而創辦的御用團體與雜誌。《文藝臺灣》雖名為同仁刊物，其實是由西川滿個人出資，編輯、發行，並由日本作家為主，充任日本統治階級宣傳工具的刊物。「名義上它是臺灣文藝家協會的機關雜誌，實際上為西川滿氏個人色彩強烈的雜誌。」（池田敏雄：《關於張文環的〈臺灣文學的誕生〉》，轉引自白少帆等主編：《現代臺灣文學史》，瀋陽，遼寧大學出版社，1987 年 12 月版，第 197 頁。）

1941 年 2 月 11 日，「臺灣文藝協會」重新改組為直接配合和回應「皇民化運動」之機構，由象徵派詩人的臺北帝國大學教授矢野峰人擔任會長，西川滿擔任事務組長。其中，包括總督府情報部副部長、文教局長、文書課長、《臺灣日日新報》社長、臺北帝大、臺北高校教授等 26 人「在臺官民有志一同」，其殖民統治的官方色彩極濃。改組後的《文藝臺灣》，已由高唱「藝術至上」的刊物，直接轉變為「皇民化」的宣傳喉舌。1941 年 2 月的 2 卷 6 號上，即推出「戰爭詩特輯」，並刊載周金波的〈志願兵〉及川合三良〈出生〉兩篇以志願兵制度為題材的小說。1942

年 1 月，也就是太平洋戰爭爆發的次月，西川滿在《文藝臺灣》
扉頁上，用黑體大字這樣表明他用文學向日本軍國主義國家交心
的決意：

> 　　為了建設大東亞的國家的心，我們文學創作的心，只
> 有呼應這「國家的心」才能躍動。新的國家文學的理想，
> 並非達到抽象的美的理想；而是應具體實現現實上的「國
> 家的理想」，以作為國民生活的指標。（見《文藝臺灣》
> 1942 年 1 月號。轉引自曾健民：〈臺灣「皇民文學」的總
> 清算〉，《清理與批判》，臺北，人間出版社，1998 年 12
> 月版，第 25 頁。）

　　接踵而來的是：1942 年 3 卷 5 號的《文藝臺灣》，即推出以
「大東亞戰爭」為主題的詩歌及「島民劇特輯」，以配合時局；
5 卷 2 號又刊出「大東亞戰爭詩特輯」、「國民詩特輯」；5 卷 3
號為「大東亞文學者大會特輯」；6 卷 5 號刊出「國民詩特輯」；
7 卷 1 號仍有「大東亞戰爭詩集」；至 1944 年 1 月 7 卷 2 號的終
刊號，則為「臺灣決戰文學會議特輯號」。從以上內容可知，宣
揚文章報國的「皇民文學」，才是《文藝臺灣》的辦刊主旨和本
來面目。

3.「臺灣文學奉公會」與「皇民文學」

　　為了配合侵略戰爭，1941 年 4 月 19 日，「皇民奉公會」成
立，並創辦《新建設》雜誌作為言論機關，強力推行「皇民化運
動」。另一方面，以宣揚國策為宗旨的「日本文學報國會」於
1942 年 5 月 26 日成立後，隨即派出作家久米正雄、菊池寬、中
野實、吉川英治、火野葦平等人來臺，巡迴舉行「戰時文藝演講
會」。1943 年 2 月，該會事業部部長川貞雄偕同丹羽文雄、莊司

總一來臺策劃斡旋，成立了「財團法人日本文學報國會臺灣支部」。1943 年 4 月，為了配合日本帝國主義的思想統制，「臺灣文藝家協會」自動解散，原班人馬隨即成立了隸屬於「皇民奉公會」的「臺灣文學奉公會」。上述團體均以消滅臺灣人及其民族意識為職志，從事「皇民文學」活動。1943 年 11 月 13 日，由「皇民文學奉公會」主辦，以「建立決戰文學體制，配合日本武力侵略戰爭」為宗旨，在臺北公會堂召開所謂「臺灣決戰文學會議」。會上，西川滿三次發言，要把《文藝臺灣》「奉獻」給殖民當局，將其納入「戰時配置」，並強迫臺灣作家張文環創辦的《臺灣文學》廢刊。當時，黃得時、楊逵等人就此問題與濱田隼雄、神川清等人展開了針鋒相對的鬥爭（有關「臺灣決戰文學會議」的記錄資料，見曾健民：〈臺灣「皇民文學」的總清算〉，《清理與批判》，臺北，人間出版社，1998 年 12 月版，第 29 頁。）。但在殖民當局的強勢壓力下，最終的結果，表面上是《文藝臺灣》和《臺灣文學》同樣停刊，合併成「臺灣文學奉公會」的機關雜誌《臺灣文藝》，實際上則是以《文藝臺灣》為主，只不過在形式上吸收張文環為編輯委員之一而已。臺灣新文學運動至此遭到嚴重的挫折與打擊。

戰爭期的臺灣文壇，在日本殖民當局的控制和御用團體的把持下，還充斥著各種各樣的「皇民文學」活動。1941 年以後，臺灣的各種民間文化團體漸次被收編成一元化的組織，成為動員「國民精神」的宣傳機構。所有的演劇團都被編入「臺灣演劇協會」並組織「演劇挺身隊」、「音樂挺身隊」，到處公演「皇民化劇」。1941 年和 1943 年，日本人在戰爭期間召開了兩次「大東亞文學者大會」；會後，還派代表到臺北、高雄、臺南、嘉義、臺中、彰化、新竹等地舉行所謂「大東亞文藝演講會」。1942 年 2 月，「皇民奉公會」又舉行第一回「臺灣文學賞」，受獎作品有濱田隼雄的長篇小説《南方移民村》，西川滿的短篇小

說集《赤崁記》，張文環的短篇小說《夜猿》。同年 11 月 13 日，
由「臺灣文學奉公會」主辦，召開了「臺灣決戰文學會議」，中
心議題為「確立本島文學決戰態勢，文學者的戰爭協力」。會
後，「臺灣文學奉公會」派出 12 位日籍和臺籍作家下農場、兵
團、礦山、港口，撰寫報告文學，為「戰時體制」服務。1945 年
1 月，臺灣總督府情報課編纂出《決戰臺灣小說集》，共兩冊，
書中大部份為日本作家的作者，其中也收入了臺灣作家的五篇小
說。總之，日本殖民當局通過御用團體和文人，已經控制了戰爭
期的臺灣文壇，很少有臺灣新文學作家的公開活動場域了。

第二節　倒行逆施的「皇民文學」

　　1937 年至 1945 年期間出現的「皇民文學」，是直接為「皇
民化運動」服務的御用文學。這一時期在臺灣的日本作家，為著
執行他們的「天皇使命」，大多數利用文學作品作為歌頌戰爭的
工具，效勞於日本軍國主義的侵略政策。在日本殖民者的文化統
制與唆使利誘下，極少數失掉了民族氣節，在理念上認同了殖民
地政府的臺灣媚日作家，拼命想加入日本人的行列，寫出了帶有
明顯「皇民化」意味的作品。他們假文學作品鼓勵臺灣人效忠日
本政府，在民族上改變自己的中華根性，思想上、行動上瘋狂地
要求同化於日本；並極力號召臺灣人應徵為「志願兵」，去執行
「聖戰」，通過所謂「皇民煉成」之路，學習變成日本人。這種
臺灣作家所創作的直接配合殖民統治者政策的作品，即是「皇民
文學」。需要特別指出的是，「皇民文學」不過是殖民統治高壓
下出現的一股逆流，從任何意義上它都不能代表日據下的臺灣新
文學。

「皇民文學」的產生，離不開戰爭期的社會背景。1937 年以後，隨著日本侵華戰爭的全面爆發和不斷升級，臺灣總督府對文藝作家的文化統制越來越強硬，「皇民化運動」的呼聲甚囂塵上。在這前後，西川滿領導的「臺灣文藝家協會」以及「日本文學報國會」，共同扮演了以文學推動日本大東亞戰爭的角色。他們積極培養臺灣御用作家，開闢《文藝臺灣》作為發表園地，為「皇民文學」的登臺亮相鳴鑼開道。1943 年 4 月，由「臺灣文藝家協會」改組的「臺灣文學奉公會」，更是與「日本文學報國會」臺灣支部、在臺御用文人的報刊雜誌，以及背後的總督府的保安、宣傳、警察、憲兵隊等在臺軍國殖民主義勢力，共同構成了推動「皇民文學」的主體。在這種背景下產生的、按照殖民者統治意志打造的「皇民文學」，其戰爭文宣性格和日本法西斯思想性格，不言而喻。1943 年 11 月舉行的「臺灣決戰文學會議」上，「臺灣文學奉公會」會長山本真平再清楚不過地道出了「皇民文學」的真實面目：

> 　　文學家既蒙皇國庇佑而生活，當然應當與國家的意志結成一體……。今天的文學不能像過去一樣，只在反芻個人感情，而應是呼應國家至上命令的創作活動，當然，文學也一定要貫徹強韌有力、純然無雜的日本精神來創作皇民文學。以文學的力量，激勵本島青年朝向士兵之道邁進，以文學為武器，激昂大東亞戰爭必勝的信念。（轉引自曾健民：〈臺灣「皇民文學」的總清算〉，《清理與批判》，臺北，人間出版社，1998 年 12 月版，第 33 頁。）

具體到「皇民文學」的寫作，陳火泉的〈道〉，周金波的〈水癌〉和〈志願兵〉，可謂最不光彩的代表。陳火泉，1908 年生，彰化鹿港人，筆名耿沛、安岐林。臺北工專學校畢業後，歷

任臺灣製腦株式會社技術員、臺灣總督府專賣局技手、腦務主
任。在決戰時期的「皇民化運動」高潮中，陳火泉的中篇小說
〈道〉，1943 年 7 月 1 日發表於《文藝臺灣》6 卷 3 號。作品問
世即得西川滿和濱田隼雄的賞識，被標榜為「皇民文學」的代表
作。西川滿稱讚〈道〉為驚人之作，並希望讓每一個人都讀到。
（〈關於小說「道」〉，西川滿之記述，《文藝臺灣》，6 卷 3
號，1943 年 7 月，第 142 頁。）濱田隼雄則三度讀〈道〉，並有
如此議論：

> 　　有誰能把衷心想成皇民的熱忱，描寫得如此強烈，如
> 此直率？有誰能把想做皇民的苦惱，述說得如此迫切？而
> 又有誰能如此勇敢地呈現面對這種苦惱時的充滿人性的戰
> 鬥？這條路就是通向日本的道路。（中略）這的確是臺灣
> 文學中前所未有的作品，是現在的臺灣獨有的皇民文學。
> （〈關於小說「道」〉，濱田隼雄之記述，《文藝臺灣》
> 6 卷 3 號，1943 年 7 月，第 142 頁。）

　　陳火泉以此一作崛起文壇，緊接又在《文藝臺灣》6 卷 5 號
上發表〈張先生〉，並不斷參加日本殖民者舉行的座談會。他還
以「高山凡石」的日本名字，在《文藝臺灣》7 卷 2 號上發表〈關
於皇民文學〉；在《臺灣文藝》1 卷 2 號發表〈臺灣開眼〉，1 卷
6 號上發表〈峰太郎的戰果〉；上述文章皆為歌頌附和「皇民化
運動」的內容。為了達到宣傳「皇民文學」的效果，1943 年底由
大澤貞吉為之撰寫序文，並以「高山凡石」之名出版《道》的單
行本，還被列為「皇民叢書」之一，同時進入日本「芥川賞」最
後決選的五篇候選作品。
　　〈道〉帶有陳火泉的鮮明的自傳色彩，也體現著作者的創作
動機：「現在，本島的六百萬島民正處於皇民煉成的道路上；我

認為，描寫這皇民煉成過程中的本島人的心理乃至言行，進而促進皇民煉成的腳步，也是文學者的使命。」（轉引自曾健民：〈臺灣「皇民文學」的總清算〉，《清理與批判》，臺北，人間出版社，1998 年 12 月版，第 35 頁。）

　　〈道〉寫一個傾心於日本精神的臺灣人在「皇民煉成」的道路上安頓自己心靈的過程。出身臺北工專的陳君，俳號青楠，是臺灣總督府專賣局直轄的「製腦試驗所」的雇員，他一直努力改造腦灶提高產能，渴望升為正式職員，以改善貧寒清苦的家庭境遇，但提職的機會怎麼也輪不到臺灣人。作為一個傾心於日本精神、深受日本文化薰陶的人物，陳君相信自己是一個卓越的日本人；而在現實生活中，他不僅受到日本同事武田的欺侮，還常常感到在日本人眼裏「本島人不是人」的民族歧視。他狂熱地學習做日本人，卻苦惱於「為什麼本島人不是人」？且看陳君獲知落敗之後的狂亂日記：

　　　　菊是菊。
　　　　花是櫻。
　　　　牡丹終究不是花！
　　　　能大呼天皇陛下萬歲而死的只有皇軍，
　　　　貢獻一身殉國的只有皇國臣民，
　　　　我等島人畢竟不是皇民嗎？啊，終究不是人嗎？

　　於是，仿佛明白了的陳君決定寫一篇〈步向皇民之道〉的文章，來闡述自己希望得到「皇民化」的信念。不料，廣田股長一句「不要忘了血緣的問題」，又使他陷入做不成日本人的苦悶。太平洋戰爭爆發後，陳君終於悟出，只有經過「皇民煉成」之道，才能真正成為「皇民」。陳君遂自報奮勇參加志願兵，去創造血的歷史」。他不僅賦詩明志：「此身雖謂日本民，自嘆連繫

血緣貧，願作大君御前盾，奮勇赴死報皇恩」；還交待紅粉知己
月稚女，如果自己戰死了，請她刻下這樣的墓誌銘：

> 「青楠居士生於臺灣，長於臺灣，以一個日本國民而
> 歿」；或者「青楠居士為日本臣民；居士為輔弼天業而
> 活，居士為輔弼天業而死。」

　　陳火泉對通往「皇民」之道的演繹和推崇，對自己民族屬性
的忘卻與厭棄，達到了無以復加的地步。如此喪失民族氣節的媚
日樣板，自然深得殖民統治者和御用文人的讚賞，難怪陳火泉在
總督府專賣局的工作，第二年也如願以償地升為「技手」了。
　　另一位「皇民文學」作家周金波，生於 1920 年，曾到日本讀
書，學齒科。在東京時，周金波在《文藝臺灣》2 卷 1 號發表處
女作〈水癌〉，其後又在 2 卷 6 號發表〈志願兵〉。作者因此獲
得第一屆臺灣文學賞，1943 年還以臺灣代表的身份，出席「大東
亞文學學者大會」。周金波發表的作品還有：〈尺子的誕生〉
（1942 年）、〈狂慕者的信〉（1942 年）、〈氣候和信仰和宿疾〉
（1943 年）、〈鄉愁〉（1943 年）、〈助教〉（1944 年）等。
　　〈水癌〉描寫一個東京留學返臺的牙科醫生，一心嚮往並且
十分認同日本式的生活，於是積極參加當時殖民當局正在推動的
「皇民煉成」工作。有一天，一個充滿銅臭而沒有受過教育的婦
女，帶著她患了水癌（口腔壞疽病）的八歲女兒來看病，由於病
情嚴重，醫生轉介她們要趕快到臺北大醫院就診。誰知母親不但
吝於花錢坐視女兒病死，而且還貪賭享樂，面無愧色地再來牙科
診所要給自己鑲金牙。氣悶中的牙醫趕走了這個婦女，從此更加
堅定了他改造臺灣人心靈的決心。
　　〈水癌〉作為周金波的現身說法，他把那個沒有教養、自私
吝嗇的婦女當作臺灣人民的代表，以「水癌」來象徵臺灣社會愚

昧、迷信、陋俗的病態，而主人公要做同胞心理醫生的寓意，就是要用「皇民化」的理想來教化民衆，實現「皇民煉成」的目標。小説表現主題與日本殖民當局「國策」的傾心呼應，使它成為不折不扣的「皇民文學」。

〈志願兵〉是在西川滿的指示下寫出來的，它直接配合了「志願兵制度」，成為「戰時體制」下的「皇民文學」。小説中的張明貴和高進六是小學同學，在推行「皇民化運動」的風潮中，他們都想做一個日本人，可是在「皇民煉成」的道路與方法上卻有不同見解。留學東京的張明貴利用暑假回到闊別三年的臺灣，想親眼看看實施「皇民煉成」、「生活改善運動」、「改姓名」和「志願兵制度」之後的臺灣是什麼面貌。但他發現臺灣變化並不大，遂產生懷疑情緒。他以接受日本教育的知識份子的理性眼光，認為臺灣人只有經過「皇民煉成」的教育，才能變成「有教養」、「有訓練」的日本人。而在一家日本人店裏工作的高進六，早就以一口流利的日語，讓別人視他為日本人；還在殖民當局強令臺灣人改姓名之前，他就自稱「高峰進六」了。雖然只有小學文化程度，高進六對「皇民化」的理解，卻比一般的臺灣知識份子更直接，更「深刻」。他積極參加日臺青年一體的皇民煉成團體「報國青年隊」，深信「祭政合一」論（即神道信仰與皇國政治的一體化）。在他看來，「我們隊員們藉著拍掌膜拜，努力接觸大和的心、體驗大和的心。這是從前本島青年求之不得的寶貴體驗。」「我們在拍掌膜拜中得到一種生存的信念。……能完全成為日本人的信念。」張明貴對此表示疑義，批評高進六是「神靈附身」。不料十天之後，高進六以血書明志，應徵為「特別志願兵」。得知這個消息，張明貴馬上去找高進六道歉，檢討自己「終究無能為力，不能對臺灣有所貢獻」。

周金波創作〈志願兵〉的目的，是要在那些為日本軍國主義實際效力的臺灣青年和「志願兵制度」之間，尋找一條所謂的

「皇民煉成」道路，改變那些所謂想做日本人卻不能完全成為日本人的臺灣人境遇，從而歪曲歷史事實地製造「志願兵制度是臺灣人的願望」（周金波：〈我走過的路——文學·戲劇·電影〉，《野草》，1994 年 8 月。）謬論。在 1942 年舉辦的「談徵兵制」的座談會上，周金波這樣認定〈志願兵〉的創作主題：

> 在我的作品〈志願兵〉中，描寫同一時代的人的兩種不同想法；一種是「精打細算型」，另一種則是「賴皮型」——不管你同意不同意，我已經是日本人了。代表這個時代的兩位本島青年，究竟誰能順應這個時代而生存下去呢？這就是〈志願兵〉的主題。而且，我相信，視「不管你同意不同意，我已經是日本人」的後者才能背負起臺灣的未來。（見「談徵兵制」座談會記錄，《文藝臺灣》，1943 年 12 月 1 日。）

從作品的實際面貌和作者自述可知，周金波〈志願兵〉所表現出來的，正是漢奸性的「皇民文學」品格。對於這類「皇民文學」作品，從反省的日本知識份子立場，尾崎秀樹在評論陳火泉小說〈道〉的時候，有著沈痛的憤慨：

> ……然則，陳火泉那切切的吶喊，畢竟是對著什麼發出的啊。所謂皇民化，做為一個日本臣民而生、充當聖戰的尖兵云云，不就是把槍口對準中國人民，不也就是對亞洲人民的背叛嗎？（轉引自陳映真：〈精神的荒廢——張良澤皇民文學理論的批評〉，《清理與批判》，臺北，人間出版社，1998 年 12 月版，第 13-14 頁。）

總之，上述「皇民文學」創作的主題，大都在宣傳殖民地臺

灣的知識份子要如何積極通過「皇民煉成」的道路，來實現其做日本人的願望；而日本軍國主義在戰爭期所要求的標準的日本人「樣板」，正是那種有著狂熱的為皇國殉身為大東亞聖戰奉公決心的日本人。而鼓勵臺灣青年「做為日本人而生」的真實目的，則是把他們驅趕到戰場，「去為日本人而死」。因而究其實質，所謂「皇民文學，是日本軍國殖民者對臺灣文學的壓迫與支配的產物」，「也是日本軍國殖民體制在臺灣施行的戰爭總動員體制的一環」。（曾健民：〈臺灣「皇民文學」的總清算〉，《清理與批判》，臺北，人間出版社，1998 年 12 月版，第 36 頁。）它對臺灣文學的扼殺，它與臺灣人民乃至全世界反法西斯人民的對立，使「皇民文學」永遠被釘在了歷史的恥辱柱上。

第三節　臺灣作家對「皇民文學」的反抗

　　戰爭期的臺灣天空儘管佈滿了「皇民化」的陰雲，然而「我們也要看到，在日本軍國殖民體制高壓下，雖然有些臺灣人作家積極地向日本戰爭體制靠攏，站在皇民文學的陣營為體制效勞；但絕大部分的臺灣前輩作家，有人拒絕寫作，有人憑良知抵抗，有人陽奉陰違虛與委蛇，總之，都以各種方式表垷了維繫臺灣文學氣脈的可貴精神。」（曾健民：〈臺灣「皇民文學」的總清算〉，《清理與批判》，臺北，人間出版社 1998 年 12 月版，第 36 頁。）這其中，臺灣作家對「皇民文學」的抵制與反抗，留下了日據時代最黑暗歲月裏臺灣抵抗文學艱難曲折而又不無悲壯的一頁。

　　1927 年以後，日本帝國主義對臺灣人民實行的政治高壓和文化統制，打破了臺灣作家正常的文學存在方式，組織文藝社團和

創辦刊物受到限制，言論、出版、中文寫作與作品發表的自由被
完全剝奪，整個文壇一片蕭條，臺灣新文學運動遭遇政治強權壓
迫下的巨大頓挫。在這種嚴酷的背景下，具有強烈民族意識與愛
國心的臺灣作家，是利用一切可以利用的條件和方式對抗「皇民
文學」，想方設法延續臺灣新文學運動的薪火。

　　其一，開闢文化陣地，創辦啟文社與《臺灣文學》。1940
年，西川滿打著唯美的藝術至上的旗號，在文學社團與刊物幾乎
空白的情形下，拉攏誘惑一些臺灣作家參加「臺灣文藝家協
會」。而曾經參與創辦《文藝臺灣》的黃得時和張文環，後因反
感於西川滿的獨裁作風與《文藝臺灣》的「皇民文學」色彩，毅
然退出「臺灣文藝家協會」，於1941年5月成立了啟文社，並創
辦日文季刊《臺灣文學》。其成員以臺灣作家為主，有張文環、
黃得時、陳逸松、吳新榮、吳天賞、王井泉、王碧蕉、林博秋、
簡國賢、呂泉生、張冬芳等，日本作家則有中山侑、名和榮一、
阪口椊子等。圍繞《臺灣文學》，重新凝聚了楊逵、呂赫若、巫
永福、龍瑛宗、楊雲萍等文藝界人士，這實際上是承接臺灣文藝
聯盟時期又一次的作家大集結。

　　《臺灣文學》以臺灣文化運動之傳承者自命，其充滿寫實主
義色彩的作品多在反映戰爭體制下臺灣經歷的苦難歲月，表現
「皇民化運動」中臺灣民眾的苦悶與抵抗，暗含批判日本侵略戰
爭的意味。作為戰爭期能夠曲折傳達臺灣同胞心聲的文學園地，
《臺灣文學》雖然只刊出11期，但它帶來了一批別開生面的作
品。張文環的〈藝旦之家〉、〈論語與鷄〉、〈夜猿〉、〈頓
悟〉、〈閹鷄〉、〈迷兒〉，呂赫若的〈財子壽〉、〈風水〉、
〈月夜〉、〈合家平安〉、〈柘榴〉、〈玉蘭花〉，楊逵的〈無
醫村〉，巫永福的〈欲〉，龍瑛宗的〈蓮霧的庭院〉，吳新榮的
〈亡妻記〉以及女作家楊千鶴的〈花開時節〉，皆為一時之選。

　　冒著被打成「敵性雜誌」危險而創辦的《臺灣文學》，剛一

誕生就受到臺灣讀者的熱烈擁戴。創刊號即發行一千冊。1943 年
3 月，臺灣新文學的奠基人賴和逝世之後，《臺灣文學》不顧「皇
民化運動」的肅殺氛圍，在 1943 年 4 月的 3 卷 2 號推出《賴和先
生追悼特輯》，刊登楊逵、朱石峰、楊守愚的悼念文章。這在當
時臺灣文壇僅此一家。1943 年，針對興南新聞社創辦「藝能文化
研究會」，籌演「皇民化」話劇，《臺灣文學》的同仁們便組織
了「厚生演劇研究會」，於 1943 年 9 月 2 日至 6 日在臺北永樂座
戲院公演了張文環原著，林博秋改編的話劇〈閹雞〉，從舞臺設
計到服裝都頗具臺灣鄉土色彩，當即引起轟動。

　　在反日文學作品不能公開發表的嚴酷環境中，《臺灣文學》
雖然儘量刊登民間風俗習慣與民俗典故的文章，但仍被日本殖民
當局以無裨戰局為由，查禁了 3 卷 4 號。1943 年「臺灣文學奉公
會」成立後，文藝活動皆被編進為戰爭服務的統制機構，創作必
須符合政治要求。《臺灣文學》為保元氣，乃不得稍事妥協。
1943 年 11 月 13 日，在所謂「臺灣決戰文學會議」上，面對西川
滿之流「獻上文藝雜誌」、「服從戰時配置」的廢刊建議，黃得
時、楊逵等人曾正面反彈，全力抗爭，會場氛圍一時緊張肅殺。
但在巨大的政治壓力下，《臺灣文學》最終還是被強令廢刊。

　　啟文社創辦的《臺灣文學》，與西川滿把持下的《文藝臺
灣》，形成戰爭期臺灣文藝界的兩個對立陣營，它們在創刊立
場、編輯方針、刊物風格等方面都有著鮮明的互異性。黃得時早
就一針見血地道出了二者之間的巨大分野：

　　　　這兩個雜誌雖然均是臺灣的代表性文藝雜誌，但雙方
　　都具有不同的特色。《文藝臺灣》同仁中約有七成是日本
　　人，以促進同仁互相之向上發展為惟一目標，但相反的
　　《臺灣文學》之同仁多數是本島人，為本島全盤的文化向
　　上及培養新人不惜提供篇幅，有意使它成為真正的文學道

場。前者因為在編輯方面過分追求完美，以致變成趣味
性，雖然看起來很美，但因為與現實生活脫節，因而不被
一部份人重視。剛好相反，《臺灣文學》因為從頭到尾竭
力堅持寫實主義，顯得非常野性、充滿了「霸氣」與「堅
強」。（黃得時：〈晚近臺灣文學運動史〉，《臺灣文
學》2卷4號，1942年10月，第8頁。）

　　其二，堅持臺灣新文學立場，以各種方式進行文學抵抗。面
對「皇民化運動」與「皇民文學」的打壓，楊逵以充滿抗日意識
的〈鵝媽媽出嫁〉、巫永福以血淚凝成的〈祖國〉、吳濁流冒著
生命危險秘密創作的〈亞細亞的孤兒〉，以及張冬芳的〈美麗新
世界〉，都表現了臺灣人民的不屈意志，成為臺灣新文學抗議精
神的一脈相傳。公開的反日寫作難以生存，不少作家遂以變相反
抗的方式，曲折地表達臺灣的民族心聲。這一時期，黃得時從事
改寫《水滸傳》，楊逵翻譯《三國誌》，在比較安全的譯述工作
的掩護下，仍有民族意識的彰顯。黃得時改編的《水滸傳》在
《臺灣新民報》連載五年，頗有喚起民族意識的作用，因此期間
曾被查禁兩次。後來出單行本，只印到第3卷，便被禁止出版。
　　1944年12月，楊逵為「臺中藝能奉公會」改編自俄國人的
劇本《怒吼吧！中國》出版。劇中假藉鴉片戰爭時期英國侵華的
史實，影射日本人欺負中國的真相。在臺北、臺中、彰化以日語
演出時，頗受歡迎。
　　其三，抵制「皇民文學」，批判「狗屎現實主義」論。日據
末期，臺灣新文學界與御用文人曾經展開過一場針鋒相對的文藝
鬥爭，它是由西川滿的所謂「狗屎現實主義」論所引發的。
　　1943年4月，在「臺灣皇民奉公會」的機關雜誌《臺灣時
報》上，濱田隼雄首先發表了〈非文學的感想〉一文，指責臺灣
文學有所謂「藝術至上主義」和「自然主義的末流」兩大弊病，

並影射張文環與呂赫若的創作。一場「狗屎現實主義」的爭論序
幕由此拉開。

1943 年 5 月，「皇民文學」的總代表西川滿在「臺灣文學奉
公會」成立之際，於《文藝臺灣》發表一篇〈文藝時評〉，（西
川滿：〈文藝時評〉，原載《文藝臺灣》6 卷 1 號，1943 年 5 月
1 日。見《噤啞的論爭》，臺北，人間出版社，1999 年 9 月版，
第 124-126 頁。）攻擊辱罵臺灣文學的主流是「狗屎現實主
義」，譏笑本島人只關注「虐待繼子」、「說他們是『飯桶』！
『粗糙』！那還算是客氣話；看看他們所寫的『文章』吧！簡直
比原始叢林還混亂」。接著，他又用少數變節份子所寫的「皇民
文學」來打壓臺灣新文學作家。西川滿蠻橫無理的殖民主義態
度，引起了臺灣作家的強烈憤怒，世外民（邱永漢）、吳新榮、
臺南雲嶺、伊東亮（楊逵），以及呂赫若，皆以各自的方式，同
西川滿、濱田隼雄，以及迎合日人謬論的葉石濤展開了鬥爭，從
4 月持續到 7 月，涉及論爭文章共七篇。

同年 5 月 10 日，《興南新聞》學藝欄上，刊登了邱永漢化名
「世外民」的〈狗屎現實主義與假浪漫主義〉一文，與西川滿的
《文藝時評》展開針鋒相對的較量。文章開篇即表示了自己的強
烈憤慨：

> 讀了五月號《文藝臺灣》上刊載的西川滿的〈文藝時
> 評〉，它胡說八道的內容真使我驚訝，與其說它率真直
> 言，倒不如說全篇都是醜陋的謾罵；實在讓人感受強烈。
> （世外民：〈狗屎現實主義與假浪漫主義〉，原載於《興
> 南新聞》學藝欄，1943 年 5 月 10 日。見《噤啞的論爭》，
> 臺北，人間出版社，1999 年 9 月版，第 128 頁。）

針對西川滿用日本傳統精神來指責臺灣文學的觀點，世外民

對日本文學創作的癥結，與所謂傳統的真正內涵，給予了清理或
正名，義正詞嚴地駁斥了西川滿的謬論。在「浪漫主義者」和
「唯美主義者」的西川滿面前，世外民大力推崇「現實主義作為
現代社會最有力的批判武器」，勇敢地捍衛了臺灣文學的尊嚴：

> 　　我承認西川氏的審美式的作品的底流是對純粹的美的
> 追求；同時，我也不得不說本島人作家的現實主義也絕對
> 不是可以任意冠之以「狗屎」之名的；因為它是從對自己
> 的生活的反省的以及對將來懷抱希望這一點出發的，這些
> 作品描寫了臺灣人家族的葛藤，是因為這些現象都是處於
> 過渡期的當今臺灣社會的最根本問題。西川對這樣的臺灣
> 社會的實情怠於省察，只陷於酬應辭令的表象，專指責別
> 人的不是，這種作為，除了暴露他的小人作風外，別無
> 他。（世外民：〈狗屎現實主義與假浪漫主義〉，原載於
> 《興南新聞》學藝欄，1943 年 5 月 10 日。見《噤啞的論
> 爭》，臺北，人間出版社，1999 年 9 月版，第 129 頁。）

　　5 月 17 日，葉石濤在《興南新聞》學藝欄拋出〈給世外民的
公開書〉，為西川滿多方辯護，認為「西川（滿）所追求的純粹
的美，是立腳於日本文學傳統的」，「他的詩作熱烈地歌頌了作
為一個日本人的自覺」。（葉石濤：〈給世外民的公開書〉，原
載於《興南新聞》學藝欄，1943 年 5 月 17 日。見《噤啞的論
爭》，臺北，人間出版社，1999 年 9 月版，第 132 頁。）
　　面對這種論爭陣勢，在 5 月 24 日《興南新聞》的學藝欄上，
吳新榮發表的〈好文章・壞文章〉（吳新榮：〈好文章・壞文
章〉原載於《興南新聞》，學藝欄，1943 年 5 月 24 日。見《噤
啞的論爭》，臺北，人間出版社，1999 年 9 月版，第 134-135
頁。），以嬉笑怒罵皆成文章的口吻，曲筆嘲諷了西川滿與葉石

濤的謬論；署名「臺南雲嶺」的短文〈寄語批評家〉，則是投槍
匕首，直逼西川滿：「把現實主義冠以『狗屎』，暗示自己的作
品才是真文學，真不愧是一個度量狹小的人。」（臺南雲嶺：
〈寄語批評家〉，原載於《興南新聞》學藝欄，1943 年 5 月 24
日。轉引自曾健民：〈評介「狗屎現實主義」論爭〉，《噤啞的
論爭》，臺北，人間出版社，1999 年 9 月版，第 117 頁。）

　　這場爭論的最後，楊逵署名「伊東亮」發表了〈擁護「狗屎
現實主義」〉（伊東亮（楊逵）：〈擁護「狗屎現實主義」〉，
原載于《臺灣文學》3 卷 3 號，1943 年 7 月 13 日。見《噤啞的論
爭》，臺北，人間出版社 1999 年 9 月版，第 136-142 頁。）一
文。全文共分三個部份：一、關於「糞便的效用」；二、關於浪
漫主義；三、關於現實主義。楊逵高屋建瓴地闡述了現實主義與
浪漫主義的辨證關係，深刻地揭露了西川滿壓制、踐踏臺灣文學
的本來面目，從根本上維護了臺灣新文學的品格和尊嚴。楊逵的
這篇文章，在臺灣新文學發展史上，是惟一見到的具有如此深度
和力度的關於臺灣現實主義文學內涵的理論闡釋文章。

　　日據末期出現的這場關於「狗屎現實主義」的論爭，是臺灣
新文學作家抵抗「皇民文學」勢力、拒絕文學「皇民化」的歷史
見證。其不同尋常的價值意義，正如曾健民所指出的那樣：

　　　　這場論爭不是一般意義的文學流派之間的論爭，而是
　　作為日本軍國主義的戰爭體制的一部份的皇民文學勢力對
　　不妥協於體制的臺灣文學的現實主義傳統的攻擊；而大部
　　份的臺灣作家也並未妥協，奮起駁斥，高聲喊出擁護臺灣
　　文學的現實主義，予以反擊。（曾健民：〈評介「狗屎現
　　實主義」論爭〉，《噤啞的論爭》，臺北，人間出版社，
　　1999 年 9 月版，第 120 頁。）

第四節　臺灣的日語文學

　　日本殖民者在臺灣長期推行日語教育，剝奪漢語構成其同化政策的組成部份，也在客觀上造成臺灣新文學史上少數作家採用日語寫作的現象。及至戰爭期的臺灣文壇，「皇民化運動」的強力推行帶來中文的禁用，這時期的文學作品幾乎都是用日文寫作。這是臺灣文學史上一個特定的文學現象。但是，日文的寫作並沒有使作家變成日本帝國的奴才，相反，他們在迫不得已的高壓的社會背景下藉用日語作表述工具，仍舊擔當起臺灣新文學反帝反封建的使命，曲折地傳達出臺灣民眾的心聲。當然，由於殖民當局嚴格的審查防範，一些臺灣作家只好隱晦韜光，轉向日常生活取材，反映家庭生活，人情世態、民俗風情，以此來表達自己對臺灣同胞苦難命運的悲憫情懷，對殖民主義作一種間接的鞭撻和批判。所以在這類創作中，反殖的思想和主題大為削弱，反封建的主題卻上升到主要地位。思想的批判鋒芒有所退縮，而藝術卻達到前所未有的新水平。上述用日文寫作的、帶有「隱忍」色彩的文學創作，主要以呂赫若、龍瑛宗、張文環為代表。這種「隱忍文學」，與楊逵、吳濁流代表的「抵抗文學」，還有以周金波、陳火泉為代表的極少數人參與的「皇民文學」，成為戰爭期臺灣文壇並存的文學創作現象。

　　以呂赫若、龍瑛宗、張文環為例，我們來看戰爭期的臺灣日語文學寫作。

　　呂赫若（1914-1951），本名呂石堆，臺灣省臺中縣豐原鎮人。1934年畢業於臺中師範，1939年赴東京攻讀聲樂，在東寶劇

團度過一年多的舞臺生涯。1942 年返臺，在《臺灣日日新報》、《臺南新聞》當記者。決戰末期，他與張文環、林博秋等人組成「厚生演劇研究會」，在臺北永樂座公演《閹鷄》。戰後擔任《人民導報》記者，「二・二八事件」爆發後，他積極投身於左翼的人民解放運動與武力抗爭。1951 年，他在從事中共在臺地下黨工作時，不幸被毒蛇咬傷而身亡。

　　呂赫若是跨越日帝統治和回歸祖國兩個時代的臺灣第一才子。呂赫若的作品控訴了日據時代的社會經濟結構與家庭病態組織，是臺灣殖民地人民苦悶情緒的抒發，它特別體現了反封建的批判指向。1935 年 1 月，他的處女作〈牛車〉發表於東京《文學評論》，翌年由胡風譯成中文，收入《山靈》在上海出版。1943 年，短篇小說〈財子壽〉獲首屆「臺灣文學獎」。1944 年出版小說集《清秋》，另有長篇小說〈臺灣的女性〉。日據時代他以日文創作，戰後則改以中文。

　　從呂赫若的主要創作路線來看，他 1936 年至 1939 年的創作，重在描述日帝下農村經濟破產造成的農民悲劇，具有尖銳的批判性和左翼色彩，〈牛車〉可謂代表。小說中的主人公楊添丁無田無地，靠趕牛車掙錢糊口。但在日據時期的運貨汽車與腳踏車的排擠下，他走投無路，只好讓妻子賣身，聊以生存；自己又屢遭日警欺凌，厄運連綿。呂赫若在描寫農民悲慘命運的同時，也寫到了他們的抗爭。1942 年至 1944 年，在「皇民化運動」的巨大壓力下，呂赫若的文學關懷仍是封建家族下的道德危機和人性糾葛，以及農村婦女的命運悲劇，同時也反映了戰爭末期臺灣民眾在太平洋戰爭陰影下的彷徨與苦悶。〈合家平安〉寫農村家庭的分崩離析，〈風水〉表現封建迷信對人性的戕害，〈廟庭〉和〈月夜〉反映封建婚姻制度造成的女性悲劇，〈財子壽〉則對封建大家庭的複雜關係和必然滅亡的命運，給予了深刻的揭示。

　　呂赫若的藝術手法和文學風貌有著成熟的表現。其小說描寫

生動細膩，結構合理巧妙，人物鮮活生動，語言富有個性特徵。呂赫若創作的旺盛期正處於日本殖民者對臺灣實行高壓政治的階段，這使他的作品又帶有感傷情調。

　　龍瑛宗，1919 年生，臺灣新竹北埔人。1930 年畢業於臺灣商工學校，後入銀行界服務。1940 年加盟日本作家為主的「臺灣文藝家協會」，任該會《文藝臺灣》雜誌編輯委員。1942 年，參加第一回「大東亞文學者大會」。1946 年擔任《中華日報》社日文版主任，翌年進入民政廳，在《山光旬報》任職，1949 年又返銀行界，進入合作金庫服務。1976 年退休後仍堅持寫作，可以說是光復後一直沒有停筆的作家。龍瑛宗說道：「我所以不停的寫，只是不願讓這一段歷史成為空白，想藉著文字給子孫留下記錄，讓他們瞭解在異族統治下所受到的羞辱和無言以對的痛苦。我實在有責任記下這段坎坷的經驗」。（龍瑛宗語，轉引自黃武忠：〈歷史的見證人──龍瑛宗〉，見《日據時代臺灣新文學作家小傳》，臺北，時報文化出版公司，1980 年 8 月版，第 186 頁。）

　　龍瑛宗是戰爭期出現的一位多產日文作家。1937 年 4 月，處女作〈植有木瓜樹的小鎮〉入選日本《改造》雜誌舉辦的徵文佳作獎。臺灣光復前發表小說 24 篇，計有：〈夕影〉、〈黑少女〉、〈白鬼〉、〈趙夫人的戲畫〉、〈村姑〉、〈朝霞〉、〈黃昏月〉、〈黃家〉、〈邂逅〉、〈午前的懸崖〉、〈白色的山脈〉、〈獏〉、〈死在南方〉、〈一個女人的記錄〉、〈不知道的幸福〉、〈青雲〉、〈龍舌蘭與月亮〉、〈造烟草〉、〈蓮霧的庭院〉、〈年輕的海洋〉、〈歌〉、〈哄笑的清風館〉、〈結婚奇談〉等。另有文學評論集《孤獨的蠹魚》（1944），隨筆集《女性素描》（1947）。臺灣光復後，又發表〈從汕頭來的人〉、〈燃燒的女人〉等作品。還出版有《午前的懸崖》（1985）、《杜甫在西安》（1987）、《龍瑛宗集》（1991）等。

　　龍瑛宗小説的關懷面，集中於知識份子層面。他往往以日式教育的臺灣人知識份子觀點，反映出日據末期在殖民統治與封建習俗的雙重壓迫下，知識份子理想無法實現的挫敗與悲哀，沈淪與孤獨。龍瑛宗筆下的人物，往往潛思多於行動，性格脆弱沈淪，帶有濃重的自憐憂傷和頹廢情緒。〈植有木瓜樹的小鎮〉中的陳有三，〈黃昏月〉中的彭英坤，即屬於此類知識份子的類型。

　　〈植有木瓜樹的小鎮〉生動地描繪了日本殖民統治最黑暗年代裏知識份子階層精神荒廢的景象。小説的主人公的陳有三，原來是一位富有熱情和理想的青年，高中畢業後考進鎮公所當助理會計。周圍環境的齷齪令他沮喪，他特別瞧不起本島人的「吝嗇、無教養，低俗而肮髒」。他決計通過苦讀報考文官和律師，但理想在嚴酷的現實面前遂成泡影。他深愛林場退役前輩林杏南的女兒翠娥，提親時卻遭女方家長反對。陳有三在絕望中，「拋棄所有的矜持、知識向上與內省，抓住露骨的本能，徐徐下沈頹廢之身，恍見一片黃昏的荒野」。陳有三這類知識份子，對現實社會的失望和對明天的絕望，使他們陷入一種虛無與頹廢；而民族意識的淡漠乃至喪失，又使他們處於扭曲的心態與病態。正是在這幅沈痛的世紀末畫面裏，蘊含了作者沈痛的殖民地生存經驗和現實批判指向。

　　透過〈一個女人的記錄〉、〈不知道的幸福〉這類作品，龍瑛宗還傳達了他對婦女不幸命運的一份特別關懷。

　　在殖民政策的巨大陰影下，龍瑛宗的創作意識受到扭曲，而傾向於浪漫的、唯美的創作路線。對歐美現代小説手法的廣泛運用，又使其作品所產生的文學風格，成為內省與質疑的現代主義、自然主義及現實主義的綜合體。

　　張文環（1909-1978），臺灣省嘉義鄉人。1921 年公學校畢業，1927 年到日本崗山中學讀書，畢業後考入東京東洋大學文學

部，1931 年曾與吳坤煌、王白淵等人組織「臺灣藝術研究會」。
1932 年在《福爾摩沙》發表處女作〈父親的顏面〉；1937 年回臺
後，擔任《風月報》日文編輯；1940 年 1 月，參加西川滿等人組
織的「臺灣文藝家協會」，創辦《文藝臺灣》；同年 5 月，與黃
得時等人另組「啟文社」，以《臺灣文學》雜誌與西川滿把持的
《文藝臺灣》相抗衡。1942 年 2 月，殖民當局改組御用文藝團體
「臺灣文藝家協會」，張文環被推為該會為四個理事之一。同年
12 月，與西川滿等人被派往日本參加「第一回大東亞文學者大
會」。1943 年 2 月，其小說〈夜猿〉獲日本「皇民奉公會」設立
的第一屆「臺灣文學賞」。在「皇民化」政治高壓下，竭力維持
文學生存的張文環，是處在時代夾縫中的一種複雜的存在。

　　張文環一直用日文寫作，其重要作品多發表於 40 年代，主要
有中短篇小說〈父親的顏面〉、〈辣韭罐〉、〈藝旦之家〉、〈夜
猿〉、〈論語與雞〉以及長篇小說〈山茶花〉。1972 年又完成長
篇小說〈在地上爬的人〉。

　　張文環小說中表現出來的重要特質，是對小人物，特別是對
底層農民的人道主義關懷。他以現實主義的創作真實地呈現了臺
灣人民苦難的生存原貌，在血漬斑斑的描述中深藏了一種隱忍的
反抗的精神。〈藝旦之家〉作為張文環的代表作，他對於被欺
凌、被損害的弱女子采雲命運的刻劃，既表現出養女制度的黑
暗，也展示出封建傳統力量和現實偏見的頑固，深刻地揭示了婦
女命運的悲苦。采雲因家貧被賣給有錢人當養女，養母因貪財而
出賣了采雲的貞操，廖清泉因為采雲受污辱的「前科」而斷絕了
戀情，無情的摧殘使她痛不欲生。為改變冷酷的現實，采雲開始
拜師學藝，遂成為著名藝旦。後來與雜貨店少東楊秋成相愛，都
被養母百般阻撓。悲戚的采雲深感無路可走，只有自殺才是惟一
解決的辦法。作者通過主人公的命運悲劇，深刻地反映了日據時
代為金錢所捆綁的人際關係，以及婦女的哀苦無告的生存真相。

而〈閹雞〉、〈論語與雞〉這些小說，重在展現人性的弱點給人
的生存造成的困境。作者並未觸動敏感的社會政治問題，只是以
中國傳統的倫理道德觀念探討人性的衝突，展露自己悲天憫人的
情懷。

　　張文環的小說非常接近自然主義的寫實，在對臺灣農民四季
家庭生活及人情風俗的細膩描繪中，平添了一種濃郁的鄉土色
彩。

第九章

愛國主義作家吳濁流

第一節　吳濁流的生平與創作

　　吳濁流是繼賴和與楊逵之後臺灣最重要的作家之一，他的生命歲月和文學創作跨越日據時期和戰後臺灣兩個時代，具有承前啟後的文學里程碑意義。吳濁流對於臺灣新文學的獨特貢獻，使他被譽為「默默耕耘的鐵血男兒」。

　　吳濁流（1900-1976），原名吳建田，筆名吳饒畊，祖籍廣東省蕉嶺縣。1900 年出於臺灣新竹縣新埔鎮一個富於民族氣節的書香之家。整個日據時期，新竹縣抗日活動此起彼伏，童年的吳濁流，耳聞目睹了很多父老鄉親的抗日鬥爭事蹟，從而在幼小的心靈種下了反抗的種子。

　　吳濁流 11 歲入新埔公學校，1916 年升入臺灣總督府國語學校師範部，1920 年畢業後任小學教師，歷時 20 年之久。因不斷反抗殖民教育政策，被迫多次移校執教。1940 年因抗議督學淩辱教師，憤然辭職；隨後轉赴南京，任《大陸新報》記者，後在日本商工所做翻譯。因不滿於汪偽政權的腐敗，不堪日本人的輕慢侮辱，辭職而去。1942 年 3 月返臺，先任米穀納入協會苗栗出張所主任，有機會瞭解到日本殖民政權機構內的腐敗專橫。兩年後棄職重操舊業。從 1944 年到 1946 年，先後任《臺灣日日新報》、《臺灣新聞》、《新生報》、《民報》的記者。1948 年擔任大同職業學校訓導主任，次年改當機器工業同業公會專員，直到退休。

　　吳濁流是一位大器晚成的作家，以小説為主，兼營詩歌與散文。1928 年參加苗栗詩社，寫作歌吟中華民族傳統和反抗異族統治的舊體詩。吳濁流登上文壇之前，已經不乏生活積累和藝術積累，而且對日本殖民者的仇恨情緒鬱積頗深。30 年代，他在五湖公學校教書時，因為受到一位日籍女教師的奚落，於是「苦心三日」，寫出小説處女作〈水月〉，1936 年 3 月發表於《臺灣新文學》，由此正式步入文壇。吳濁流內心鬱積的情感找到了文學的突破口，從此一發而不可收地創作了長篇小説〈亞細亞的孤兒〉、自傳體長篇小説〈無花果〉、〈臺灣連翹〉，中短篇小説〈泥沼中的金鯉魚〉、〈功狗〉、〈先生媽〉、〈陳大人〉、〈波茨坦科長〉、〈銅臭〉、〈幕後的支配者〉、〈狡猿〉、〈三八淚〉、〈老薑更辣〉等，另有遊記、舊體詩和文學評論多篇。1964 年，有感於臺灣社會世風日下和文壇日漸西化，吳濁流以全部積蓄辦《臺灣文藝》雜誌。雖幾經曲折，仍堅持出版 52 期，為臺灣文壇培養了許多文學新秀。1969 年，已屆 70 高齡的吳濁流為獎掖文學新進，變賣田產和利用退休金創設「吳濁流文學獎」。吳濁流在生命的最後十年，多次出外旅遊，1967 年最後一次出國旅遊途經澳門

時，深情翹首遠望祖國大陸，寫下了懷念故國、渴望祖國統一的
詩篇。1976 年 10 月 7 日，吳濁流病逝於臺灣。

第二節　吳濁流小說的思想藝術風貌

　　吳濁流的生命歷程，跨越了兩個時代，他經歷了日本殖民統
治的黑暗歲月，目睹過「皇民化運動」中「御用紳士」的嘴臉；
也遭遇了國民黨的專制統治，感受到臺灣光復的酸甜苦辣的滋
味。無論是在臺灣新文學走向衰落，公開抗日的文學作品被查
禁、漢文寫作被廢棄的戰爭期，還是在社會發生急劇變化，文學
語言面臨由日文到中文艱難轉換的光復初期，吳濁流都沒有停下
筆。他始終是以堅強的民族意識，清醒的科學精神和強烈的文學
批判力量，把握住社會轉變的過程，感應著臺灣歷史的脈動，在
作品中留下各個不同時期的臺灣社會生活的真實縮影。因而，吳
濁流作品的存在，本身就是一種歷史的見證。

　　以臺灣光復為界限，吳濁流的小說創作可以分為前後兩個時
期。1936 年至 1945 年的前期創作，主要是以日據時代為背景，
反映日本殖民統治下臺灣社會的各色人等和各種風貌，其中以對
知識份子眾生相的揭示最為突出，代表作如〈先生媽〉、〈陳大
人〉和〈亞細亞的孤兒〉等；後期創作則重在描寫臺灣光復初期
的社會圖景，揭露國民黨統治的腐敗內幕，〈波茨坦科長〉可謂
代表。

　　吳濁流描寫日據時代知識份子的眾生相，或表現民族歧視政
策下永無出頭之日的知識份子形象，或鞭撻知識份子中的民族敗
類形象，作者褒貶好惡的情感取向與價值判斷鮮明可鑒。〈水
月〉中的主人公仁吉，曾經是一個志在青雲的知識份子，但 15 年

後，他還是製糖會社農場的小雇員，且家境愈發貧窮。日本殖民統治下的差別待遇，使仁吉永無出頭之日，少年時代起就懷抱留學東京的夢像水中月，「圓了又缺，缺了又圓」。〈功狗〉中的知識份子洪宏東，雖一生效力於殖民教育，有功於殖民者，可苦幹 20 年不僅沒有加薪提職，到頭來卻落了個貧病交加，如同喪家狗一樣無人理睬的悲慘結局。上述作品描寫的知識份子的辛酸命運，突出的是對殖民統治的憤怒和抗爭。到了〈陳大人〉、〈先生媽〉、〈糖扦仔〉這類作品，吳濁流則集中刻劃了御用文人、奴才走狗的形象，強烈地抨擊了靠「皇民化運動」發跡的民族敗類。《先生媽》中醫科大學畢業的錢新發，成為地方士紳後，以改日本姓名、穿和服、說日語、住日式房子為榮耀，成為推行「皇民化運動」的忠實走狗。而他的母親則是一位窮苦出身、固守民族生活傳統的人，她以不妥協的態度一直抗拒「皇民化運動」。發生於母子之間的尖銳衝突，反映正是臺灣人民的民族意識同殖民意識的嚴重鬥爭。

吳濁流的創作，貫穿著冷峻的社會批判力量，帶有政治諷刺小說的色彩。其藝術手法，一是在對立中塑造人物，突顯性格；二是以諷刺喜劇的方式，活畫出反面人物的嘴臉和靈魂。但他的某些作品，也存在著社會性大於藝術性的現象。

第三節　長篇小說《亞細亞的孤兒》

在吳濁流反映日據時期臺灣社會生活的所有作品中，最有分量的代表作首推長篇小說〈亞細亞的孤兒〉，它堪稱臺灣新文學歷史上的一座豐碑。

〈亞細亞的孤兒〉寫於 1943 年至 1945 年，這是日本帝國主

義對臺灣統治最嚴酷最黑暗的時期，「皇民化運動」達到了登峰
造極的地步。置身於戰爭危局所造成的死亡陰影的籠罩之下，吳
濁流決心「冒日警逮捕之險，偷寫一部誰都不敢寫的小說。」
（吳濁流：《黎明前的臺灣・回顧日據時代的文學》，臺北，遠
行出版社，1977 年 9 月版。）當時作者寓所的對面就是臺北警察
署的官舍，為了防備日警的搜查，他每寫好兩三頁就藏在廚房的
炭籠下面，有了一些數目就轉移到鄉下老家，臺灣光復後才見天
日。1946 年先用日文以《胡太明》在日本出版，後來以《亞細亞
的孤兒》、《被扭歪了的島》等書名再版於日本，之後譯成中
文，又以《孤帆》、《亞細亞的孤兒》等書名在臺灣發行。
　　《亞細亞的孤兒》選取第二次世界大戰期間日本殖民統治下
的臺灣為歷史背景，它以一個臺灣知識份子胡太明的痛苦思想歷
程和坎坷人生道路為主線，對日本殖民者蹂躪下的臺灣人民的苦
難、不幸和抗爭，作了多層面的描寫和反映。正如作者自己所
說：

　　　　這本小說，我透過胡太明的一生，把日本統治下的臺
　　灣，所有沈澱在清水下層的污泥渣滓，一一揭露出來。登
　　場人物有教員、官吏、醫師、商人、老百姓、保正、模範
　　青年、走狗等，不問臺日人、中國人各階層都網羅在一
　　起，無異是一篇日本殖民統治社會的反面史話。（吳濁流
　　語，見《黎明前的臺灣・回顧日據時代的文學》一書轉引
　　自汪景壽：《臺灣小說作家論》，北京大學出版社，1984
　　年版，第 33 頁。）

　　《亞細亞的孤兒》自始至終貫穿著強烈的民族意識，它既表
現為對日本殖民統治的揭露與抗爭，也表現為對祖國與民族的認
同，這兩者在主人公胡太明身上的結合與統一，就構成了人物的

一部獨特精神歷史。

　　胡太明的活動場域是臺灣、日本和祖國大陸組成的三度空間，他在其中經歷了從幻想到苦悶彷徨，終至覺醒反抗的思想歷程。在胡太明生活的年代，日本的文化同化政策與臺灣人民堅持的漢民族文化傳統尖銳對立，而傳統文化中保守的東西，又與新文化思潮形成衝突。胡太明從小接受漢文教育，但反感於祖父憧憬的「秀才」、「舉人」；他轉入國民學校和日語學校讀書，又受到「二等國民」的屈辱。置身於多重文化思潮衝擊下的特定社會環境，胡太明所經歷的四個思想演變階段，無疑成為那個時代知識份子人生境遇與精神面貌的縮影。

　　鄉村執教時期的胡太明，是懷著實現「愛的教育」的理想，「負起時代所賦予的使命，到鄉間的國民學校去執教」的。他全力以赴投入工作，教學成功的興奮卻無法驅趕內心的悲涼，因為，「整個學校籠罩在日本人那種有恃無恐的暴戾氣氛中」。校長對臺籍教員的訓斥，日籍教師對學生的體罰，使他對殖民地教育產生了懷疑；加之日籍女教師內藤久子對他的初戀的拒絕，擊碎了胡太明的青春熱情與夢幻，使他開始走向覺醒。

　　日本留學時期的胡太明，懷著「研究更高深的學問，及研究作為手段的教育方法」的理想，胡太明赴日留學。但在日本，種族歧視更為嚴重。胡太明按照中庸哲學迴避政治鬥爭，一心鑽研學問；但民族的良心又使他受到學生愛國運動的吸引，產生自我譴責意識；但當他參加學生運動時，其臺灣人身份又被大陸留日學生疑為日本人派去的「間諜」。臺灣所處的特殊歷史地位，使胡太明陷入兩難選擇的尷尬境遇，內在的精神衝突日益凸顯。

　　大陸活動時期的胡太明，是帶著去尋找「一個可以自由呼吸的新天地」的理想而出發的。但他在南京和上海看到的，卻是汪偽政權和日本人統治的天下。過去那些吸引他回到大陸的政治色彩濃厚的朋友，現在表現出來的消極沈淪令他失望。想通過建立

家庭擺脫人生苦惱，而以「新時代女性」為標榜的妻子淑春，骨子裏卻是一個庸俗、放浪、言行不一的女子。由於時局日趨緊張，胡太明同時受到中國當局和日租界當局的雙重猜疑，並遭到一場被疑為間諜而被囚禁的無妄之災。這時，參與營救他出獄的李先生才旁觀者清地對他說道：

> 歷史的動力會把所有的一切捲入它的漩渦中去的。……你一個人袖手旁觀恐怕很無聊吧？我很同情你，對於歷史的動向，任何一方面你都無以為力，縱使你搶著某種信念，願意為某方面盡點力量，但是別人卻不一定會信任你，甚至還會懷疑你是間諜，這樣看起來，你真是一個孤兒。

這是全書第一次也是惟一一次提到「孤兒」這個詞的地方。從胡太明的實際狀態來考察，這種「政治歸屬上無處認同的『孤兒意識』，只是胡太明精神痛苦中表層的、暫時性的東西，而作為一個意欲有所作為的知識份子在『山雨欲來風滿樓』的大時代找不到真正出路和前途、被摒棄於歷史之外的孤獨感，才是他精神痛苦中深層的、恆常的東西。」（曾鎮南：〈我所看到的《亞細亞的孤兒》〉，見《亞細亞的孤兒》，北京，華夏出版社，1996年1月版，第10頁。）

再度回臺時期的胡太明，原本是要拋棄「孤兒意識」，投入抗日鬥爭，但日本侵華戰爭的爆發，使他陷入了日趨叛逆的內心世界與身不由己的助逆處境的矛盾。在席捲臺灣的「國民精神總動員」的聲浪中，殘酷的現實激起胡太明的反抗情緒，他第一次在內心對「聖戰」發出質疑：「聖戰，聖戰！……報紙上把中國人比做雜草，誇讚一支日本刀砍了七十多人的虐殺行為為英雄！這就是聖戰嗎？」但胡太明只是一個孤獨無力的懷疑者和抗議

者，周圍環境中喧囂的戰爭氛圍使他走向歷史感傷主義。哥哥當了「保正」，熱心所謂「新體制」運動；自己被強征「參加海軍作戰隊」，派往廣州打仗；目睹了太多的日軍侵華罪惡，胡太明幾近精神崩潰，而再度被送回臺灣。日本殖民當局在所謂「戰時體制」下對臺灣的瘋狂掠奪，以及「皇民化運動」對臺灣民眾的精神荼毒，使胡太明終於從「明哲保身」和「委曲妥協」的屈辱中覺醒過來，他在大廳牆壁上憤然題詩：「志為天下士，豈甘作賤民？擊暴椎何在？英雄入夢頻。漢魂終不滅，斷然捨此身！」胡太明自己，則再度潛回大陸投身抗日鬥爭。

　　由《亞細亞的孤兒》引發出來的「孤兒意識」，自 20 世紀 80 年代以來，常被「臺獨」份子進行歪曲利用，他們將「孤兒意識」作為「臺獨」的一種依據。其實，這是一種徹頭徹尾的歪曲和篡改。在特定的殖民地的條件下產生的「孤兒意識」正好是對當權者的離棄和反抗，對祖國母親的一種嚮往和依戀。這是種戀而不達產生的孤寂感。它的基礎正是一種偉大而深沈的祖國和民族之戀。愛國詩人巫永福有〈孤兒之戀〉一詩，正好是創作於此一背景下。該詩表現了詩人對祖國和民族的刻骨思念。這正好證明「孤兒意識」是作者愛國情感的一種曲折流露。這種「孤兒意識」與「臺獨」沒有任何瓜葛。隨著臺灣光復，這種「孤兒意識」彙入了愛國主義洪流。令人遺憾的是，80 年代後，巫永福在政治上也轉向了「臺獨」。不過這已是後來的變化了。

第 十 章

臺灣新文學的重建

第一節　光復初期臺灣的社會背景

　　1945 年至 1949 年，是臺灣歷史一個非常獨特的過渡階段，人們一般稱之為「光復初期」。短短的四年中，臺灣結束了一個充滿屈辱與血淚的日本殖民地時代，也遭逢著光復後風雲詭譎、時局多變的現實境遇。歷史變遷過程中的多重矛盾扭結，使臺灣人民在光明與黑暗並存、進步與落後交織、希望與挫敗共生的時代轉換中，經歷了社會風雲急遽變幻的巨大震蕩。

　　光復初期的社會面貌，有三個主要特徵。

　　首先，第二次世界大戰之後，隨著世界格局重整下的臺灣的回歸，「中國化」的趨向成為它最顯著的特徵。1945 年 8 月 15

日，日本宣佈接受《波茨坦公告》，無條件投降。臺灣人民用浴血的奮戰，終於擺脱了日本帝國主義長達 51 年之久的殖民統治。同年 10 月 25 日，盟國中國戰區臺灣省受降儀式於臺北市公會堂舉行，中國在臺灣省的受降主官會後發表廣播談話宣告：「自即日起，臺灣及澎湖列島已正式重入中國版圖，所有一切土地、人民、政事皆已置於中國主權之下。」（周佚、魏大業：《臺灣大事紀要》，北京，時事出版社，1982 年 3 月版，第 55 頁。）臺北市學生及各界民眾數萬人舉行環市大遊戲，歡慶祖國收復失土。全省家家户户張燈結彩，焚香祭祖，通宵歡飲，光復的狂喜波及到社會的各個層面。張文環在〈關於臺灣文學〉一文中，曾經這樣描寫臺灣光復時的感人場面。

　　今天新生報臺中分社主任吳天賞，光復當時，在眾人面前指揮練唱國歌時，禁不住流下了熱淚。連做夢也沒有想到，這麼快就獲得了自由，而且大家都還活著，真想一起跪在青天白日旗的面前痛哭一場……。（見《和平日報》，1946 年 5 月 13 日。）

　　由於在日本殖民時期受盡了各種壓迫與剝削，臺灣人民對祖國大陸充滿了文化傳統與民族情感的認同。戰後，「臺灣祖國化」的口號風行各地，如同民間創辦的《民報》社論所表示的那樣：「光復了的臺灣必須中國化，這個題目是明明白白沒有討論的餘地」。（《民報》社論：〈中國化的真精神〉，見《民報》，1946 年 9 月 11 日。）在這種回歸祖國的時代潮流中，臺灣人民開始投身家園的重建與振興工作，表現出強烈的責任感與凝聚力。

　　其次，消除日本殖民統治後的文化遺害，以及對語言障礙的跨越，是光復初期臺灣社會亟待解決的問題。1945 年以後，臺灣

在「政治」上雖然擺脫了日本的殖民統治，但日本殖民時代的遺害仍然深刻存在。不僅社會結構的殖民化問題在臺灣尤為嚴重，日本統治當局長期推行的同化政策，特別是 1937 年以後的「皇民化運動」給臺灣的民族文化與民族語言帶來了毀滅性的打擊，「皇民煉成」造成的精神荒廢與心靈創傷，還在夢魘般地纏繞著臺灣社會。而「皇民化」時期禁止使用中文和漢語，強令推行日語的政策，又導致許多臺胞不懂中文，作家也無法用中文寫作。先行的知識份子敏感地意識到這個問題的嚴重性，早在 1945 年 9 月 28 日（臺灣「光復」日的前一個月），萍心就說道：

> 大多數的臺灣同胞受盡了日本奴隸教育，他們中間大部份已成了「機械」的愚民，而小部分已成為了極危險的「準日本人」，我們要用怎樣的手段和方法，在最短時間中去喚醒去感化這兩批的同胞，使他們認識祖國，使他們改掉「大和魂」的思想，成為個個健全的國民，使他們能夠走上建設新臺灣，建設新中國的大路去。（林萍心：〈我們新的任務開始了——給臺灣知識階級〉，《前鋒》第 1 期(光復紀念號)，1945 年 10 月 25 日出版。）

為了幫助臺灣人民早日擺脱日本奴化教育的遺毒，許壽裳、李何林、臺靜農、黃榮燦等大陸作家先後去臺灣，他們與臺灣文化人士一道，把肅清「皇民文化」遺毒，與重建民族文化性格結合起來，體現了知識份子的使命感。臺灣省編譯館的成立，國語運動的推廣，大陸先進文學的介紹，都直接影響了臺灣的社會風尚。

第三，臺灣從日本帝國主義的殖民地轉變為半殖民地、半封建中國的一省，國民黨政府在對臺灣的統治中，其自身的半封建半殖民地性格逐漸顯露，政治腐敗、經濟衰退、文化限制帶來的

嚴重後果，使臺灣的社會矛盾不斷惡化，「省內外隔閡」日趨嚴重。這種情形引起了臺灣知識份子深深的憂慮，早在 1946 年 8 月 15 日的《新建設》雜誌上，楊逵就以〈為此一年而哭〉為題，來「哭民國不民主，哭言論集會結社的自由未得保障，哭寶貴的一年白費」，以此沉痛傳達臺灣民眾情緒由喜到悲的逆轉。果不其然，1947 年「二‧二八」事件發生後，政治壓迫和白色恐怖立刻降臨到臺灣人民頭上，楊逵也因為一紙「和平宣言」而被判刑 12 年。國民黨當局的專制統治，使得「臺省作家雖因臺灣光復而獲得心靈的解放，惟作品中表現出來的，仍有不安、虛無等色彩。」（陳少廷：《臺灣新文學運動簡史》，臺北，聯經出版事業公司，1977 年 5 月版，第 190 頁。）

第二節　光復初期臺灣的文學氛圍與《橋》副刊的文藝論爭

　　1947 年 11 月至 1949 年 3 月，在《新生報‧橋》副刊上，發生了一場關於臺灣新文學建設的熱烈討論，這在「二‧二八」起義慘遭鎮壓後的高壓氛圍中出現，不啻於一種奇蹟，它集中體現了臺灣新文學重建的頑強生命力。

　　臺灣《新生報‧橋》副刊創辦於 1947 年 8 月 1 日，由畢業於上海復旦大學新聞系的文學青年歌雷（史習枚）擔任主編。1947 年 11 月，《橋》副刊不顧 7 家報紙被國民黨當局查封，多位報人和知識份子被捕入獄的危險，以蔑視強權、追求真理的膽識，致力於劫後重生的臺灣新文學重建運動，勇敢地發起了關於臺灣新文學問題的討論、收穫了前後約 27 人的四十多篇理論爭鳴文章。從大陸作家歌雷、駱駝英（羅鐵鷹）、揚風、雷石榆、錢歌川、

孫達人（孫志煜）、陳大禹、蕭荻等人，到臺灣省籍作家楊逵、歐陽明、賴明弘、瀨南人（林曙光）、黃得時、葉石濤、朱實、何無感（張光直）、吳濁流、吳瀛濤、吳坤煌、陳百感（丘永漢）、吳阿文（周青）、籟亮（賴義傳）等人，他們都以重建臺灣新文學的熱望與行動見證了兩岸作家合作共事的生動例證。這次討論觸及到臺灣新文學發展的重大問題，是戰後臺灣文學處於歷史轉折期的一個主要事件。討論涉及面之廣，參與人數之多，文學價值之重要，遠為以往臺灣文學論爭所不及，它是「光復以後最熱烈而有意義的『臺灣文學』應走路線的論爭。」（葉石濤：《臺灣文學史綱》，高雄，文學界雜誌社，1993 年版，第 76 頁。）

　　然而，隨著國民黨政權對臺灣進步人士和思想的大肅清序幕的拉開，《橋》副刊關於臺灣新文學重建的討論也命運坎坷，在劫難逃。1949 年 4 月 6 日，臺灣省警備司令部出動大批軍警，逮捕臺大與師大學生三百多人，造成震驚一時的「四・六事件」。這期間，《橋》副刊被官方查禁，主編歌雷、作者楊逵、孫達人、張光直被捕入獄，林曙光也被迫逃亡；駱駝英、雷石榆、朱實、周青、蕭荻等人紛紛逃往大陸，姚隼則被監禁，籟亮遭到刑殺。至此，歷時一年多的關於重建臺灣新文學的討論戛然中止，一段被政治力量所挫殺的文學歷史也從此塵封。

　　作為光復期臺灣文壇重要的文學現象之一，臺灣《新生報・橋》副刊有關臺灣文學問題的討論並非偶然，而是有其深刻的社會思想文化背景。就當時情形而言，這場討論建立在光復初期臺灣文藝復甦的基礎上，緣起於兩岸作家共建臺灣新文學的熱望；它是光復後臺灣回歸與重建的歷史背景下的特定產物，它的存在無疑構成戰後臺灣文學重建不可或缺的組成部份。

　　1945 年日本帝國主義投降後，不僅愛國愛鄉的臺灣同胞面臨著重建家園的重任，臺灣新文學也面臨著繼承優秀文藝傳統、肅清日據時代負面影響、適應語言文字轉換的時代變動。兩岸作家

在這一歷史過渡期，不約而同地擔負起臺灣文化與文學重建的使命。從臺灣《新生報・橋》副刊的活動來看，首先，它既是赴臺大陸進步作家支援臺灣文學建設的舉措，也是兩岸作家攜手並進的見證。從 30 年代就飲譽大陸文壇的許壽裳、臺靜農、李霽野、李何林、黎烈文、雷石榆、錢歌川等，到 40 年代的文藝新進何欣、歌雷等，還有寓居大陸多年的臺灣省籍作家張我軍、洪炎秋、王詩琅、鍾理和等，他們於 1946 年前後紛紛赴臺，或創建臺灣省編譯館，或投身於學界，或活躍於報刊文化陣地；與堅守臺島的楊逵、吳濁流等人一道，為開創戰後文學新局面不遺餘力。當年活躍於《橋》副刊的一群，諸如歌雷、駱駝英、揚風、孫達人等人，就是光復後來臺的大陸文藝青年。他們雖然不是什麼大作家，他們的事蹟也有待瞭解，但他們重建臺灣新文學的熱望與行動，使其「無愧為對文學没有偏見，誠實而狂熱的文學信徒，接掌《橋》之後，幾乎毫不遲疑地著手推動臺灣新文學的重建工作，一絲不苟地在臺灣發展以地緣出發的臺灣新文學。」（彭瑞金：《臺灣新文學運動 40 年》，高雄，春暉出版社，1997 年 8 月版，第 51 頁。）《橋》創刊時，日據時代的作家被迫取消中文寫作已有十多年的歷史。臺灣光復後，當時的作家使用中文發生困難，文學創作一時蕭條。《橋》在過渡期文壇的出現，為大家帶來新的希望。歌雷在創刊號的〈刊前序語〉中明確宣稱：「橋象徵新舊交替，橋象徵從陌生到友誼，橋象徵一個新天地，橋象徵一個展開的新世紀。」（歌雷：〈刊前序語〉，臺灣《新生報・橋》副刊創刊號，1947 年 8 月 1 日。）歌雷還以反映社會現實與人民疾苦的現實主義路線作為辦刊方針，多方面鼓勵臺灣文學創作的有生力量。它不僅在臺灣知識份子與大陸知識份子之間架起了友誼之橋，也使戰後臺灣文學與社會現實生活有了新的接觸點。從輪流到全省各地舉辦多場文學茶會，到發起關懷臺灣新文學前途的熱烈討論；聚集在《橋》副刊周圍的省內外作家，是以

平等對話，求同存異，團結奮戰的姿態來開展文藝討論的。這一切，正合著歌雷在他的一首詩中所説的：「自由／是最低的要求／友誼／是最高的享受……你願意／就打開你的心／像一顆太陽」。（歌雷詩，轉引自孫達人：〈《橋》和它的同伴們〉，《瘖啞的論爭》，臺北，人間出版社，1999 年 9 月版，第 5 頁。）

　　其次，《橋》副刊的討論不僅與光復初期臺灣文藝復甦的現實密切相關，而且有著來自祖國大陸的社會革命與文藝運動背景的推動，它所顯示的是兩岸文學匯流的時代趨向。光復期的臺灣文壇，在擺脱了日據時代強制推行的「皇民文化」桎梏後，積極致力於民族文化的回歸，報刊雜誌紛紛創辦，為重建臺灣新文學提供了有力的園地。據不完全統計，從 1945 年 8 月到 1949 年 12 月，臺灣先後創辦發行的報紙、副刊、雜誌，約有 60 餘種；僅 1946 年，就達 28 種之多。（據《光復後臺灣地區文壇大事記要》(增訂本)，臺北，《文訊雜誌》社編輯，1995 年版。）如此驚人的數目，顯示的是當時知識份子積極而熱切地透過傳媒參與社會生活的盛況。不過，由於種種複雜的社會原因，其中真正屬於文學的版圖並不多。呼喚強有力的文學園地，構成臺灣新文學作家隊伍的聚集與再出發，就成為一種時代渴求。而《橋》副刊的應運而生，便義不容辭地承擔了這種使命，為戰後臺灣新文學的振興起到了衝鋒陷陣的作用。它每三日或隔日出版，持續了 20 個月，共出 223 期，刊登了臺灣省籍作家的多篇小説，是同時期水準最高、影響最大的刊物，為當時兩岸作家的交流及溝通做出了突出的貢獻。

　　同時，我們必須看到，海峽兩岸不可分割的地緣、史緣和血緣關係，使臺灣人民往往以整個中國為思想展望格局。光復後的臺灣人民，從抗戰勝利、回歸祖國的狂喜，到渴望國共和解、民主改革建國的憧憬，再至「二·二八」事件後對國民黨政權的普遍失望與憤懣，他們走過了與大陸人民相同的精神歷程。特別是

1947 年至 1949 年期間，隨著國民黨主動挑起的全面內戰的爆發，祖國大陸「反饑餓、反迫害、反內戰」的愛國學生運動也風起雲湧，並直接影響到臺灣社會與校園。臺灣的知識青年不僅從大陸流入臺灣的進步書刊雜誌上熱切關注祖國形勢的發展，還有不少人來到大陸近距離觀察當下中國。「這一個時期，是一個舊社會、舊政權走向無可挽回的崩潰，而一個新生的社會、新生的政權巍然崛起的時候。這驚天動地的歷史變革，牽動著包括臺灣人民在內的億萬中國人民的憧憬和希望」，這就是《橋》副刊能夠發動重建臺灣新文學討論最為深廣的時代背景。也是它能夠在「二‧二八」起義慘遭鎮壓後的社會低迷狀態中再出發的精神力量支撐。那一代知識份子先驅，是如此堅定地執著於「一個中國」的信念，對臺灣的社會改造與臺灣新文學的重建充滿熱切，急切的關懷。那個時代大陸先進文藝思想的湧入，與臺灣新文學創作優良傳統的繼承，形成了兩岸文學的匯流，並決定了臺灣新文學重建的方向。《橋》副刊提出的寫實主義路線與自賴和、楊逵以來的臺灣新文學創作傳統的高度吻合，《橋》副刊重建臺灣新文學的討論與大陸 30 年代左翼文藝思想的驚人一致，即是這種兩岸文學影響互動的明證。

再次，從文學副刊歷史流變的脈絡來看，《橋》副刊關於重建臺灣新文學討論的發生，與在此之前的臺灣新生報《文藝》周刊所發揮的前奏作用，也不無聯繫。1947 年 5 月 4 日，《文藝》周刊創刊，由出身英語系、來自祖國大陸的何欣任主編，共出 13 期。何欣在發刊詞〈迎文藝節〉中，特別強調了《文藝》誕生在臺灣的雙重責任：其一是「清掃日本思想餘毒，吸收祖國的新文化」；其二是「文學不能『閉關自守』」，「介紹世界文學也成為我們重要的責任之一」；並預言「臺灣在不久的將來會有一個嶄新的文化運動。」（何欣：〈迎文藝節〉，臺灣新生報《文藝》周刊第 1 期，1947 年 5 月 1 日出版。）

　　出於創作與翻譯同時並重的編輯方針，《文藝》前 3 期大量
刊登譯稿。這種辦刊路線很快引起文藝界質疑，他們希望「《文
藝》應該盡一部份『提倡』的責任，造成臺灣的『文藝空氣』。」
（何欣：〈編後記〉，臺灣新生報《文藝》周刊第 4 期，1947 年
5 月 25 日出版。）所以，從第 4 期開始，《文藝》連續刊登了 5
篇涉及臺灣新文學現狀與走向的論爭文章。沈明的〈展開臺灣文
藝運動〉、江默流的〈造成文藝空氣〉等文章，有感於當下臺灣
文壇的「荒涼」與「沈寂」，希望通過文藝工作者的努力，造成
文藝空氣；王錦江（王詩琅）的〈臺灣新文學運動史料〉、毓文
（廖漢臣）的〈打破緘默談『文運』〉，則或以史料的方式回應
沈明、江默流對臺灣文學的觀感，或以大膽的質疑分析臺灣文壇
寂寞的主客觀原因，並特別強調臺灣文藝界並非一片未被開墾的
處女地。《文藝》周刊在第 12 期的〈編者按〉中，還繼續呼籲省
內外文藝工作者能「提供『具體』意見與辦法」，短期內能有所
成績。沒料想到刊出第 13 期後，《文藝》便於 1947 年 7 月 30 日
停刊。這場小小的文藝論爭雖然暫告結束，但它所提出的問題卻
有著潛在的醞釀和發展。果然，1947 年 8 月 1 日創刊的《橋》副
刊在三個月後，便發生了一場歷時一年多的關於重建臺灣新文學
的熱烈討論。正是在此意義上，《橋》副刊接續並深化和擴展了
《文藝》周刊的論爭，並以嶄新的辦刊姿態，從帶著「學院派」
風格的《文藝》，大踏步地走上了面向現實生活與人民大眾的
《橋》。

第三節　臺灣新文學重建的討論及其意義

　　在左翼文學思潮的影響下，《橋》副刊上發生的這場文藝論

爭，無論是當時還是今天看起來，都達到了難能可貴的高水準。

　　就臺灣新文學重建的討論而言，《橋》副刊主要涉及到以下問題：「1.臺灣過去文學是怎樣的？2.臺灣有無特殊性？『臺灣文學』這一口號對嗎？3.五四到現在的中國社會變了沒有？4.新現實主義容許浪漫主義否？5.新現實主義的文藝中有無『個性』？6.是否可以偏向浪漫主義？7.臺灣應該建立怎樣的文藝？8.如何建立臺灣的文藝？」（駱駝英：〈關於「臺灣文學」諸論爭〉，《1947-1949臺灣文學問題論議集》，臺北，人間出版社，1999年9月版，第171頁。）討論中，兩岸作家平等對話，各抒己見；既有爭議，更多共識。諸如對於臺灣文學的特殊性中，從問題本身的理解到應對態度，臺灣省籍作家與省外作家在討論中雖有所歧異，但討論的最後落腳點，在於臺灣文學的獨特性與中國文學統一性的辨證關係上。兩岸作家對於肅清「皇民文化」影響，回歸民族文化傳統，有著強烈共鳴。

　　在兩岸作家達成共識的諸多問題背後，蘊含著豐富的精神資源和理論背景。如果追根溯源的話，我們會發現，這些精神資源與理論背景不是孤立存在的，它與祖國大陸的五四新文學運動和30年代的左翼文藝思想有著同構性。具體言之，它主要體現於三個方面。其一，關於五四文學傳統與中國文學格局的認同問題。在體認臺灣新文學的歷史地位與兩岸文學的關係上，歐陽明等人充分肯定了受五四新文化運動影響而產生的以反帝反封建為宗旨的臺灣新文學的歷史價值，指出其目標是「繼承民族解放革命的傳統，完成『五四』新文學運動未竟的主題：『民主與科學』」（歐陽明：〈臺灣新文學的建設〉，《1947-1949臺灣新文學問題論議集》，第38頁。）而「這目標正與中國革命的歷史任務不謀而合地取得一致。」（歐陽明：〈臺灣新文學的建設〉，《1947-1949臺灣新文學問題論議集》，第33頁。）

　　由此看來，「臺灣文學始終是中國文學一個戰鬥的分支，過

去五十年事實來證明是如此,現在、將來也是如此。」（歐陽明:〈臺灣新文學的建設〉,《1947-1949 臺灣新文學問題論議集》,第 37 頁。）臺灣老作家楊逵則明確表示,「臺灣是中國的一省,沒有對立。臺灣文學是中國文學的一環,當然不能對立。」（楊逵:〈「臺灣文學」答客問〉,《1947-1949 臺灣新文學問題論議集》,第 142 頁。）林曙光也呼籲臺灣文學要「做中國文學的一翼而發展。今日的『如何建立臺灣新文學』需要放在『如何建立臺灣的文學使其成為中國文學』才對」（林曙光:〈臺灣文學的過去,現在與將來〉,《1947-1949 臺灣新文學問題論議集》,第 71 頁。）。

　　上述觀點的提出,首先是以尊重歷史的態度,基於對臺灣新文學運動的源流、性質、形態進行分析和認識的結果。在臺灣,新文學的發軔與大陸幾乎屬同一形態,都是以思想啟蒙為宗旨,以提倡白話文,反對文言文的文學革命為開端,以反帝反封建的宗旨而貫穿新文學運動始終。這其中,最直接、最主要的條件,是受到五四愛國運動以「科學」和「民主」為旗幟的反帝反封建精神的影響和鼓舞。從根本上說,作為五四新文化運動的產兒,臺灣新文學是中國新文學運動不可分割的一部份。五四以來,時代雖然變化了,但對五四文學傳統的繼承不能改變。應該看到,在本世紀的歷史發展中,五四精神作為一種巨大的思想力量和人格力量,對於社會改造和民眾啟蒙所發揮的偉人作用。兩岸作家在論爭中達到的共識,對於認識臺灣新文學的源流,解決臺灣文學與祖國文學的認同問題,有著切實的意義。它在廓清臺灣新文學某些核心問題的基礎上,使兩岸作家能夠清醒地把臺灣新文學納入中國新文學運動的整體格局中去考察,戰後臺灣文學重建的方向、目標、任務也由此得以根本的規定,那就是:中國新文學運動的路線,即是作為中國新文學運動的一環的臺灣新文學建設的方向,這是已經被歷史證明了的時代選擇。

　　其二，關於文藝界統一戰線的精神資源。1945 年臺灣光復之後，社會政治情勢並不穩定，除了《橋》副刊以外，當時臺灣文學的狀況也相當混亂，語言文字轉換的艱難，某些不健康作品的報刊流行，特別是 40 年代後期政治形勢的急速逆轉，使文學遭受重壓與挫傷，也擴大了海峽兩岸的隔閡與誤解。在這種情勢下，如何消除兩岸之間的「澎湖溝」（楊逵語），實現「臺省的文學工作者與祖國新文學鬥士通力合作」（楊逵：〈「臺灣文學」答客問〉，《1947-1949 臺灣新文學問題論議集》，第 142 頁。），是擺在戰後文學重建道路上的迫切問題。揚風、楊逵、駱駝英、歌雷、歐陽明、蕭荻等人對此都有著共同的關注。楊逵多次呼籲：「真正的文藝工作者們要結成一個自己的團體」，「消滅省內外的隔閡，共同來再建，為中國新文學運動之一環的臺灣新文學。」（歐陽明：〈臺灣新文學建設〉，《1947-1949 臺灣新文學問題論議集》，第 38 頁。）共同的文學事業追求則使揚風明確提出「文藝統一戰線」的主張，它具體表現為：「第一，文藝工作者，應該攜著手，心貼著心的來組織和堅強更新文藝運動的統一戰線。第二，還要討論出同臺灣新文藝運動統一的路向，這就是要步伐一致」，並「否棄那些落伍的，開倒車的，頹廢的文藝思潮，而建立文藝工作者聯合堅強的營壘」（揚風：〈新時代新課題——臺灣新文藝運動應起的路向〉，《1947-1949 臺灣新文學問題論議集》，第 39 頁。）。如同統一戰線是新民主主義革命的勝利法寶一樣，文藝統一戰線同樣是文藝事業發展的必要前提。對文藝界團結問題的特別強調，不僅體現了臺灣文藝運動廣泛的人民性，也對聚集與調動文藝界力量，實現戰後文學重建有著迫切的現實意義。

　　其三，關於新寫實主義與文學大眾化的精神資源。在臺灣新文學應朝什麼方向發展的問題上，歌雷、駱駝英、楊逵、歐陽明、揚風、雷石榆共同強調現實主義的大眾文學路線。一貫堅持

現實寫作的臺灣資深作家楊逵首先呼籲：「為使文學與人民大衆連繫在一起，喚起群衆興趣，鼓勵群衆參加文藝工作及創作，提倡寫實的報告文學。」（楊逵：〈如何建立臺灣新文學〉，《1947-1949臺灣新文學問題論議集》，第 45 頁。）「我希望各位到人民中間去，對現實多一點的思考，與人民多一點的接觸」。（楊逵語，見歌雷：〈橋的路〉，《1947-1949臺灣新文學問題論議集》，第 50 頁。）楊逵不僅堅持了像〈送報伕〉這樣直面現實人生的創作，還到處奔走呼籲，支援島內的歌詠、舞蹈、戲劇等文藝活動。楊逵曾經倡議臺大麥浪歌咏隊舉辦「文藝為誰服務」的座談會，並鼓勵「銀鈴會」成員深入工廠農村，瞭解社會現實。他認為，「為國，為民，為子孫計，我們需要些傻子來當新文學運動再建的頭陣」。（楊逵：〈如何建立臺灣新文學〉，《1947-1949臺灣新文學問題論議集》，第 43 頁。）作為最有資格對臺灣文學發言的作家，楊逵的主張和行動對於廓清戰後文學路線有著積極的校正作用。外省作家則著眼於理論建設的意義，進一步闡述了自己的觀點。歌雷從臺灣光復後的創作現實出發，努力倡揚「新現實主義的文藝道路的新寫實主義」。駱駝英解釋說，「新現實主義是立腳在辯證唯物論和歷史唯物論上，且站在與歷史發展的方面相一致的階級立場上的藝術思想和表現方法。」（駱駝英：〈論「臺灣文學」諸論爭〉、《1947-1949臺灣新文學問題論議集》，第 176 頁。）雷石榆則第一次在臺灣文學中上引進馬克思主義的新寫實主義論，認為這種「從民族與生活現實中掌握典型人物」的創作方法，既表現了客觀中的現實，也表現了作者的精神和啟發，是「自然主義的客觀認識而與浪漫主義的個性、感情的積極面之綜合和提高。」（雷石榆：〈臺灣新文學創作方法問題〉，《1947-1949臺灣新文學問題論議集》，第 110 頁。）而用揚風的話來說，新現實主義是一種「現實主義的大衆文學」。由此，揚風進一步提出「文藝大衆化」與

「文章下鄉」的口號，呼喚作家走出書房，走出都市，到鄉間、民眾和現實生活中去，寫出得到民眾共鳴和支持的文學作品來。40 年代後期，《橋》副刊不僅從理論上倡導新現實主義創作路線，還大量刊登了臺灣省籍作家充滿濃厚批判色彩的寫實主義作品，由此成為「新現實主義」的大本營。

新現實主義與文學大眾化的理論，源自具有左翼色彩的中國 30 年代文藝思想。以左聯為核心的無產階級文學運動非常重視創作方法的探討，從引進日本左翼文學理論家藏原惟人提出的「新寫實主義」，到推行拉普提出的「唯物辯證法」的創作方法，再到實踐蘇聯倡導的「社會主義現實主義」的口號，無產階級文學運動對現實主義的理解和把握有過曲折的歷程。在後來現實主義文學理論的建設和深化中，魯迅、瞿秋白、茅盾、周揚、馮雪峰，胡風、李健吾等人都做出了不可磨滅的貢獻。與此同時，關於文學與民眾結合的問題，成為貫穿 30 年代文學理論建設的一個重要課題。左聯從一開始，便成立了文藝大眾化研究會，並展開了持續近 10 年的有關文藝大眾化問題的討論。在什麼是「大眾化」，為什麼要「大眾化」，怎樣才能「大眾化」的問題上，討論都有重要的收穫。

歌雷等文藝先進來到臺灣，也把中國 30 年代的文藝思想、創作理論和作品傳播過來，這使臺灣與大陸 30 年代文學之間，有了新的接壤與繼承。事實上，《橋》副刊以「新現實主義」創作與文學大眾化作為臺灣新文學重建的理想與方向，不僅有著中國 30 年代文藝思想的理論依據，還有著日據時代臺灣左翼文學執著前行的歷史背景，同時也不乏光復之後臺灣文壇傳播祖國大陸文化傳統與文學精神的現實土壤。1947 年 1 月，楊逵承臺北華東書局之請編印了「中國文藝叢書」，翻譯了魯迅的〈阿 Q 正傳〉、郁達夫的〈微雪的早晨〉、茅盾的〈大鼻子的故事〉等，這些中文刊印的作品給予臺島民眾以美好的精神滋養。30 年代活躍於大陸

文壇的其他作家作品，如雷石榆的新詩、張天翼的小說、豐子愷的散文、許壽裳的論著等等，多被列為叢書或單行本在臺灣出版。光復初期演劇運動的勃興，也使得歐陽予倩導演的《鄭成功》、《桃花扇》，曹禺的名劇《雷雨》、《日出》，吳祖光的《文天祥》，陳白塵的《結婚進行曲》，李健吾的《青春》等劇作，分別由大陸劇社和本島劇社在臺灣公演。受到上述文壇氛圍的影響與感染，體認著兩岸文學發展的息息相關，《橋》副刊對「新現實主義」和「文學大眾化」的堅持，就成為一種時代的抉擇和文學的自覺，它使臺灣新文學運動不可避免地呈現出向祖國文學匯流的歷史趨勢。

　　總的看來，1947-1949 年的臺灣文壇，儘管有著高壓政治留下的痛苦記憶，但《橋》副刊關於臺灣文學重建的討論，卻以不畏強權、追求真理、堅持文學獨立價值與探索精神的不屈姿態，為政治黯淡年代帶來最初的曙光。這場文學討論，不僅產生了兩岸作家結盟文壇的佳話，更以文學理論問題的釐清，成為當年臺灣新文學共建的歷史見證，並留給人們一份關於臺灣文學命運與前途的現實思考。

第四節　「跨越語言」一代作家的創作

　　「跨越語言」一代的作家，這是個相當辛酸的詞語，日本帝國主義佔據臺灣五十年，雖然，他們最終以無條件投降告終，但五十年間卻給在臺灣的中國文化、文學造成了嚴重的破壞。日本人在臺灣禁用漢語，就給中國的臺灣作家的心靈和創作造成了巨大的傷害和難以彌補的損失。臺灣光復了，他們歡呼回到了祖國懷抱，但卻喪失了使用祖國的母語寫作的能力。此刻他們大都到

了二三十歲左右的年齡。於是他們不得被迫停下筆來，重新學習
祖國的母語和文學，在掌握了母語之後，再用漢語進行創作。這
種語言的轉換過程，是一個痛苦的磨練過程，也是對作家創作生
命的一種嚴峻的考驗過程。但臺灣的這一代作家終於戰勝了自
己，經受了考驗。在掌握了漢語之後，重新恢復了自己的創作生
命。回到了作家群體，開始了自己第二次的創作生命。這批作家
中有小說家，也有詩人。他們中小說家如：葉石濤、王昶雄、揚
風、鄭重、樸子、謝哲智、黃昆彬等。詩人如：林亨泰、陳千
武、吳瀛濤、張彥勳、周伯陽、陳秀喜等。

　　「跨越語言」一代作家中創作成就最大者為葉石濤。1925 年
出生，臺南市人，1930 年入臺南私塾，跟一個老秀才學中文。
1932 年入公學校。1942 年，17 歲時應《臺灣文學》舉辦的「小
說徵文獎」，創作一篇兩萬字的小說〈媽祖祭〉，未能成功。接
著又以鄭成功治臺事蹟為背景，寫了篇〈征臺譚〉再遭失敗。
1943 年任西川滿的《臺灣文藝》編輯，才在《臺灣文藝》上發表
兩篇小說〈林君寄來的信〉和〈春怨〉。1944 年葉石濤回臺南任
小學教師。1945 年被日本徵為陸軍二等兵。不久日本投降，葉石
濤仍回臺南任教師。1946 年之後，葉石濤開始在龍瑛宗主編的
《中華日報》日文欄裏大量發表小說。他出版的小說集有：《葫
蘆巷春夢》、《羅桑榮和四個女人》、《晴天和陰天》、《鸚鵡和豎
琴》、《葛瑪蘭的橘子》、《葉石濤自選集》、《採硫記》、《卡薩
爾斯之琴》、《黃水仙》、《姻緣》、《紅鞋子》、《西拉雅族
的末裔》、《鹹首》、《異族的婚禮》等。到了中老年之後，葉石
濤由創作轉向文學評論，成為臺灣頗有影響的文學評論家。

　　自 1978 年葉石濤發表《鄉土文學導論》一文，提出「臺灣意
識」之後，他的「文學臺獨」觀點逐漸顯露和發展。並且成了
「文學臺獨」勢力的代表人物。

　　葉石濤的小說，粗略分類，有這樣幾種：

1.婚姻愛情題材。如：〈葫蘆港春夢〉、〈賺食世家〉、〈決鬥〉等。

2.描寫社會下層人的生活和命運。如〈群鷄之王〉、〈行醫記〉、〈黃水仙〉等。

3.反映重大社會時事題材的小說。如：〈三月的媽祖〉。

4.歷史題材的小說。如：〈征臺譚〉、〈採硫記〉等。比較能代表葉石濤創作成就的，是他那運用諷刺手法寫的那些幽默風趣作品。作為臺灣日據時期最後一位小說家和啟開臺灣戰後小說創作的承前啟後的作家，葉石濤在臺灣新文學史上自有其不可取代的地位。

臺灣「跨越語言」一代的詩人，是現代和當代新詩銜接的橋樑。這些詩人有：巫永福、陳秀喜、吳瀛濤、林亨泰、張彥勳、錦連、桓夫（陳千武）、周伯陽、蕭翔文、許育誠等。他們都有一段辛酸和無奈，他們都有一段重鑄和再生的詩的生命史。

陳秀喜，臺灣新竹縣人，1921 年出生，曾任「笠詩社」社長，德高望重，被稱為「姑媽詩人」。直到 36 歲又重新學習漢語，重返詩壇。1970 年 8 月，日本「早苗書房」出版了她的日文詩集《斗室》。她自己如生子般喜悅，但卻遭到兒女們的冷落，原因是子女們對日文不感興趣。陳秀喜刻苦攻讀中文，重新用中文創作，不久便出版了《複葉》、《樹的哀樂》、《灶》和《嶺頂靜觀》等多部中文詩集，成了女詩人中的佼佼者。陳秀喜的詩傾訴了在日本人的奴役下，作亡國奴的壓抑，痛苦和悲憤。她曾暗暗保護耳洞和耳環，作為中國人不屈服，不變節，永遠熱愛祖國和民族的見證。光復之後，陳秀喜將滿懷激情，將一腔摯愛傾注於筆端，獻給祖國和民族，寫下了〈我的筆〉等熱情滾燙的詩篇。她無比自豪地寫道：「我是中國人／我是中國人／我們都是中國人。」陳秀喜是老一代臺灣詩人的卓越代表。

詹冰，本名詹益川，苗栗縣人，1944 年畢業於日本明治醫專。早年試寫日本短歌和俳句，1942 年與張彥勳等一起發起「銀鈴會」，為其重要成員。臺灣光復後開始學習中文。1958 年任中學教員，又開始用中文寫詩。他是「笠詩社」的發起人之一。出版的詩集有：《綠血球》、《實驗室》和兒童詩集《太陽、蝴蝶、花》等。詹冰是臺灣早期的現代派詩人之一。他的詩非常獨特，與一般現代派詩人的晦澀虛無不同。他雖然運用超現實手法創作，但他的詩多是日常生活和農村題材。他的詩雖然非常高雅明淨，但並無虛無空洞之感。他的詩不但不晦澀難懂，而且非常通俗暢達。如〈插秧〉、〈螞蟻〉、〈水牛〉等詩，既運用了現代派詩的藝術，又避免了現代派詩的弊端，傳達了普通勞動者的情感。

林亨泰，1924 年生，臺中市人，1950 年臺灣師範學院畢業，之後任中學教師等。1956 參加紀弦的「現代派」，為骨幹成員。1964 年加入「笠詩社」，曾任《笠詩刊》主編。他出版的詩集有：日文詩集《靈魂的啼聲》、中文詩集《長的咽喉》、《林亨泰詩集》、《爪痕集》等，還有詩論集《現代詩的基本精神》等。林亨泰的創作跨越半個多世紀的時空，從 40 年代到 21 世紀。他被稱為「一位充滿神秘魅力的人物，又是一位隱者詩人。」他在詩壇上很少拋頭露面，推銷自己，但由於他的詩的威力和成就，又使人們不得不刮目相看。林亨泰早年「銀鈴會」時期的詩，充滿濃郁的鄉土氣息和社會批判意識。像〈按摩者〉、〈鄉莊〉等詩作，都真切地反映了臺灣 20 世紀 40 年代人民的苦難處境和鄉村風貌。到 50 年代之後，林亨泰的詩作發生變化，成為現代派詩的藝術家。在詩的追求上，林亨泰求奇求新，求自然，求原創。他說：「那些標本化、家畜化的風景也許是美好的。但我還是讓給那些懂得價值的人去玩賞吧！我寧願盡力去探求還没有

被那些懂得價值的人的足跡踏過的地方，縱然那是有著猙獰的容貌而不能稱為風景，或者不過是醜陋的一角而不足以稱為風景，可是我以為只有在這裏，方才體會到人類居住環境的真正嚴肅性。」（〈林亨泰的文學觀〉，臺灣《自立晚報》，1984 年 4 月23 日。）林亨泰的代表作〈風景〉以及圖像詩〈車禍〉等，都體現了他的這一追求。

陳千武（桓夫），1922 生，南投縣人。曾任臺中市文化中心主任和博物館館長。日據時期曾被日本人抓丁到南洋當炮灰，經受生死磨難。為此他寫過回憶性系列小說《臺灣特別自願兵回憶錄》，揭露了日本人的罪行。他從 20 世紀 40 年代躋身臺灣詩壇，開始用日文寫詩，後又用中文寫詩，出版有日文詩集《仿徨的草笛》、《花的詩》，並與人合著《若櫻》。光復後出版中文詩集：《密林詩抄》、《不眠的夜》、《野鹿》、《安全島》等。他出版的詩評集有《現代詩淺說》。陳千武談到他寫詩的目的是有感而發，批判社會和淨化自己。他為自己的小說〈輸送船〉寫過一首序詩〈信鴿〉，詩中有這樣的句子：「我回到祖國／我才想起／我的死，我忘記帶了回來／埋在南洋島嶼的那唯一的我的死……。」該詩真實地揭露了日本人的戰爭罪行，和處於死亡恐怖下的詩人感受。陳千武強調「詩要究明本質」，他的許多詩，如〈神在哪裏〉，往往穿透現象，而探究出現象背後的神的本質是何物。這種不停留於事物的表面，而深究一步的追求，使詩有了較深的內涵。晚年陳千武轉向「臺獨」，實為可惜。

「跨越語言」的一代詩人們，於 1964 年基本上都成了「笠詩社」的同仁，1990 年前後他們又大都發生觀念上的轉向，或自願，或被迫地站在了「文學臺獨」一邊。這種轉向與眼前利益相關。不過在異族的迫害下長期積澱的祖國和民族之愛，是不會在他們身上泯滅的。

第 三 編

近期臺灣文學
——從主潮輪換到多元共存

第 十 一 章

20 世紀 50 年代臺灣的「反共文學」

第一節　「反共文學」的歷史背景與
「戰鬥文藝」的發生過程

　　1949 年 12 月 7 日，國民黨富局被迫從大陸遷往臺灣，開始了此後半個世紀以來海峽兩岸的嚴重的民族分裂與對峙，臺灣被編入美國遏制中國的冷戰戰略前線，也由此帶來臺灣社會發展的不同形態和臺灣當代文學進程的複雜面貌。在 50 年代臺灣社會的一片亂局中，首先充斥文壇並居於統治地位的，便是以反共抗俄為指向之「戰鬥文藝」運動的泛濫。而「反共文學」的創作，又構成這項運動的核心內容與重要組成部份。

　　國民黨潰遷臺灣初期，政治上風雨飄搖，外交陷入孤立無援

境地，失敗主義情緒到處瀰漫。而光復後國民黨與臺灣人民的矛盾，特別是「二・二八」事件的陰影，又不斷加重這種隱憂顯患。戰後還未完全恢復的經濟創傷，由於 200 多萬遷臺軍民導致的人口急增，給已經相當貧窮的臺灣造成巨大壓力。面對這種敗象與亂局，蔣介石開始反省國民黨在大陸失敗的教訓，其中檢討國民黨的文化宣傳方針佔了很大比重。國民黨當局強烈地意識到：「今天的反共戰爭，原是一種思想戰，文藝對於人類思想的影響較之任何教育來得有效。」（李牧：〈新文學運動歷程中的關鍵時代——試探 50 年代自由中國文學創作的思路及其所產生的影響〉，《文訊》第 9 期。）1952 年 3 月 1 日，在慶祝蔣介石復行視事兩周年的臺北集會上，蔣介石提出要推行經濟、社會、文化、政治四大改造，完成「反共抗俄」的準備。這其中，在「反共復國」基本「國策」導引下，修補反共思想體系，加強反共輿論宣傳，重建官方文化的權威性格，嚴密控制社會思想和人民的精神文化生活，就成為「文化改造運動」的宗旨。具體到文藝領域，便集中地表現在「戰鬥文藝」運動的倡導與風行上。

　　「戰鬥文藝」運動能夠迅速佔據 50 年代臺灣文壇的主潮地位，是當時的政治生態環境與社會心理背景共同作用的結果。就前者而言，政治權力高壓與文化政策壟斷相結合，造成了官方話語霸權的橫行無阻。早在 1949 年 5 月，臺灣當局就宣佈了「臺灣地區戒嚴令」，臺灣從此進入長達 38 年之久的「戒嚴狀態」。「戒嚴令」在實行所謂「非常時期」軍事管制的同時，特別注意控制臺灣人民的思想言論自由。以「戒嚴令」為基礎的反共政策，還造成了 50 年代「肅清運動」的白色恐怖。「那是一種徹底的高壓統治，完完全全用武力剷除一切可能發生的反對力量，務求在短時期內，建立起絕對的控制權。」（焦桐：《臺灣戰後初期的戲劇》，臺北，臺原出版社，1990 年 6 月版，第 53-54 頁。）當時，「被逮捕、殺害的不僅是臺灣的社會精英，還有許多跟隨

國民黨一起來臺的大陸知識份子，後來也變成政治犯。」（焦桐：《臺灣戰後初期的戲劇》，臺北，臺原出版社，1990年6月版，第53-54頁。）在這種高壓氛圍與泛政治化的現實環境中，政治戒律與文學禁忌比比皆是。首先，文學創作的自由受到嚴重威脅。文學作品動輒遭到檢查、删改、查禁、沒收，作家稍涉嚴重者，更以叛亂罪起訴。其次，禁書政策「漫天撒網與無邊無際」。（史為鑒：《新偽書通考》，載《禁》，臺灣，四季出版事業有限公司，1981年版，第375頁。）國民黨當局檢討「戡亂戰爭」失敗的原因，把它歸咎於30年代的文藝，以致1949年以前大陸出版的進步現代文學作品和理論書籍幾乎被一網打盡。當時的情形是：

> 在撤退到臺灣不久，國民黨正式下令，凡「附匪」以及留在淪陷區的學者、文人的著作一概禁絕。這等於宣告，中國現代史上百分之九十九點九的有價值的文學與學術作品一概免讀。這種空前絕後的「否決」歷史與文化的舉動，以最實際、最有力的方式宣告了五四文化在臺灣的死亡。（呂正惠：〈現代主義在臺灣〉，《戰後臺灣文學經驗》，臺北，新地文學出版社，1995年7月版，第10頁。）

清除現實社會中的政治反對力量，禁絕五四以來的新文化傳統，限制文學創作的自由發展等等，這種社會生存環境的泛政治化，以及它所帶來的文學生態環境的惡劣化，為「戰鬥文藝」運動的官方話語霸權姿態的出現，提供了特殊的社會背景。而官方出於統治者目的的大力倡導，則作為最根本的政治保障和強勢話語背景，不僅使「戰鬥文藝」運動變成培植「反共抗俄」部隊的一種途徑，也使「反共文學」創作變成一種鋪天蓋地的「文宣戰

爭」。在此意義上，「戰鬥文藝」運動不可避免地成為國民黨當局遷臺後反共政治體系的組成部分和特定產物，「反共文學」創作也自覺不自覺地充當了當時意識形態領域的御用工具。

就後者來看，戰後臺灣面臨的動盪時局，特別是 200 多萬大陸遷臺人員被困孤島所造成的特定社會心理氛圍，使國民黨當局深感精神壓力。為了迅速地穩定混亂不安的社會局面和安撫大陸去臺人員的流放心理，國民黨當局急欲製造一種官方的政治神話，來撫慰、調動和激勵民眾的社會情緒，特別是使大陸去臺人員從失敗主義的精神低谷中掙脫出來；因而，以「反攻復國」為政治指向的「戰鬥文藝」運動，以暴露、詛咒共黨「暴政」、宣洩反共情緒以及所謂「勵志」「反攻復國」為主要特點的「反共文學」創作，便應運而生地充當了這種角色，在文學的領域負載起具有歷史荒謬感的政治使命來。上述情形，正如白先勇所指出的那樣：

> 國民政府遷臺之始，即提出響噹噹的「反攻復國」口號，從火車站到酒瓶標紙上隨處可見，可謂無所不在。這官方的神話正好代表了流放者的心態：從大陸逃來的人不過以臺灣為臨時基地，好發他們的美夢，希望有一天回到海峽的彼岸。國民政府統治臺灣初期，這種神話在人民的政治心理上根深蒂固，沒有人敢懷疑；當時的文學作品自然也反映在這方面，不免產生麻醉的作用。（白先勇：〈流浪的中國人——臺灣小說的放逐主題〉，《白先勇自選集》，廣州，花城出版社，1996 年 6 月版，第 407 頁。）

由此可知，「戰鬥文藝」在當時背景下的出現，既是國民黨當局為了穩定人心、欺騙民眾、加強「心防」所採取的一種應急措施，也在客觀上充當了大陸來臺人員撫慰動盪不安心理的麻醉

劑。正因如此，人們又稱「戰鬥文藝」運動中大量炮製的反共文學作品，是當時的「麻醉文學」和變相的「逃避文學」。

　　作為一項有組織有計劃有步驟的文學運動，「戰鬥文藝」運動有其自身的發展演變過程。

一、萌芽階段：1949 年 11 月至 1950 年初

　　「戰鬥文藝」的最初緣起與當時的文人孫陵有關。受國民黨宣傳部代部長兼臺北市文化運動委員會主任任卓宣的約請，孫陵寫了一首歌詞《保衛大臺灣歌》，成為「反共文藝的第一聲」。孫陵擔任《民族報》副刊主編後，在其發刊詞〈文藝工作者的當前任務——展開戰鬥，反擊敵人〉一文中，鼓動文藝並要站在「戰鬥前列」，「創造士兵文學！創造反共文學！真正認識自由、保衛自由的自由主義文學！」這篇發刊詞也由此被認為是臺灣「反共文藝運動的第一篇論文」。

　　1949 年 10 月，臺灣《新生報》曾展開過關於「戰鬥文藝」的討論。針對讀者對「反共八股」的厭惡和冷淡，有人主張「宣傳，正面不如側面，注射不如滲透，論文不如小說，八股不如詩歌，訓話不如小品，破口大罵不如幽默地旁敲側擊。」（轉引自馮放民(鳳兮)：〈拿言語〉，《新生報》副刊 1949 年 11 月。）同年 12 月，馮放民（鳳兮）接編《新生報》副刊時，確定了「戰鬥性第一，趣味性第二」的徵稿原則。起而效尤者不少，一時文風丕變。在臺灣當局的參與下，《新生報》副刊還通過舉辦「文藝作家座談會」、「副刊編著者聯誼會」等一系列活動，使「戰鬥文藝」逐漸躍入前臺。

　　這一階段，「戰鬥文藝」的中心思想已經被強調出來，「戰鬥文藝」的初步行動也在醞釀和計劃之中；但由於國民黨當局處在撤退臺灣的緊張過渡之際，面對千頭萬緒的危亂敗局，在短短的兩三個月的時間裏，還來不及制定出詳細的文藝政策實施計

劃；所以，「戰鬥文藝」的口號尚不統一，影響層面也有限，還處在醞釀和啟動階段。但無庸置疑的是，萌芽期的「戰鬥文藝」端倪，很快給國民黨當局組織文藝運動提示了路向，並成為後來喧囂一時的「戰鬥文藝」運動的前奏。

二、泛濫階段：1950 年 3 月至 1956 年

　　隨著國民黨對反共文藝政策的強化，「戰鬥文藝」運動很快被納入官方統一的施政體系之中，並通過官方的大力鼓噪，一步步推向高潮，最終泛濫成災。1950 年，是國民黨推行文藝政策的關鍵時段。同年發生的幾件大事，關涉到文藝方向、文藝策略、文藝組織等重要問題。一是「中央改造委員會」於 1950 年 3 月成立，在政綱中正式列入「文藝工作」一項，要求文藝工作全面配合「反攻復國」的戰鬥任務。二是國民黨「中宣部長」張道藩為主任委員的「中華文藝獎金委員會」於 1950 年 3 月 1 日正式成立；由陳紀瀅擔任主席的「中國文藝協會」於 1950 年 5 月 4 日成立，同時公佈了「中華文藝獎金委員」首度「五四」獎金得獎名單。三是蔣經國同年擔任政治部主任（隸屬國防部，1969 年改稱國防部政治作戰部），翌年即發表《敬告文藝界人士書》，提出「文藝到軍中去」的號召。至此，「政策文學的兩支主幹均於本年確立，蔣經國的總政治部系統和張道藩的文協系統在初期發展階段彼此呼應，形成軍中文藝界和社會文藝界雙管齊下的犄角之勢。」（鄭明娳：〈當代臺灣文藝政策的發展、影響和檢討〉，《當代臺灣政治文學論》，臺北，時報文化出版公司，1994 年 7 月版，第 24 頁。）

　　1954 年，在國民黨當局的授意下，「中國文藝協會」掀起文藝政策的狂潮，通過「文化清潔運動」，把「戰鬥文藝」主張推向臺灣社會各界。在所謂清除「赤色的毒」、「黃色的害」和「黑色的罪」的運動中，「中國文藝協會」不僅成立了「文化清

潔運動促進委員會」，還頻頻召開座談會，多次舉辦「專題廣播
講座」，來加大宣傳輿論攻勢。國民黨當局也公佈了《戰時出版
品禁止或限制刊載事項》九項，並給予《中國新聞》等 10 家雜誌
以停刊處分。這場由「文協」首先發難的文化整肅運動，實際上
是為「戰鬥文藝」運動鳴鑼開道、掃清障礙的一次官方行動預
演。

　　1955 年 1 月，在蔣介石的親自倡導下，正式揭櫫了官方「戰
鬥文藝」運動。當時擔任國民黨中央委員會第四組主任的陳裕清
曾經這樣總結泛濫時期的「戰鬥文藝」運動：

　　　　此時為了適應反共戰爭的需要，正式喊出「戰鬥文
　　藝」的口號，力圖在文學、影劇、美術、音樂、舞蹈等文
　　藝領域，發揮文藝的戰鬥精神，加強戰鬥文藝的創作與活
　　動。我們的文藝發展，有了統一的目標，有了明確的創作
　　路線，有了切實可行的方案，文藝界由成長到成熟，得到
　　了很大幫助。」（轉引自尹雪曼：〈國軍新文藝運動的成
　　就〉，《中國新文學史論》，臺北，中華復興運動推動委
　　員會，1983 年 9 月版，第 246 頁。）

　　隨著「戰鬥文藝」運動的迅速推進，御用的文藝界亦緊鑼密
鼓，競相配合。為了給「戰鬥文藝」尋找理論依據，當時的鼓吹
者在「三民主義文藝」與「戰鬥文藝」之間規劃了一條連接路
線。而在此之前，國民黨文藝政策的始作俑者張道藩再三強調的
「三民主義文藝觀」，其真實面目則是：

　　　　以反共抗俄為內容的作品，都是三民主義的文藝作
　　品，不僅可以消除赤色共產主義的毒素，而且導引國民實
　　踐三民主義的革命理想。文藝的反共抗俄，是反侵略的，

從而發揚我們的民族主義的精神；文藝的反共抗俄，是反
極權的，從而發揚我們民權主義的真諦；文藝的反共抗
俄，是反鬥爭、反清算、反屠殺的，從而發揚民生主義的
精義。（張道藩：〈論當前文藝創作的三個問題〉，刊於
《聯合報》副刊 1952 年 5 月 4 日。）

　　事實上，50 年代的文壇上，無論是「戰鬥文藝」理論的紛紛
出臺，諸如頻頻出版的《三民主義文藝論》（張道藩著，臺北，
文藝創作出版社 1954 年 4 月）、《三民主義文學論》（王集叢
著，臺北，帕米爾書店，1952 年再版）、《戰鬥文藝論》（王集
叢著，臺北，文壇社 1955 年 10 月）、《論中國文藝》（孫旗著，
香港，亞洲出版社 1956 年）、《論戰鬥文學》（葛賢寧著，臺
北，中華文化復興委員會 1955 年）等等；還是《臺灣新生報》、
《民族副刊》、《文藝創作》、《文壇》、《軍中文藝》等報刊
開設的一系列「戰鬥文藝」筆談，都不過是圍繞「三民主義文藝
觀」，對國民黨文藝政策進行的種種闡釋與鼓吹。其實質與目
的，無外是打著三民主義的旗號，走著「戰鬥文藝」的路線，把
臺灣的文藝運動納入為極端的反共政治服務的軌道上來。
　　由於國民黨當局採取了上述的重要步驟，「戰鬥文藝」呼聲
頗為喧囂，「一些官員便為戰鬥文藝忙得團團轉，連各縣市都挂
出『戰鬥文藝委員會』的招牌，委員們天天開會討論，擬綱領、
訂方案、汗流浹背，空前緊張。」。（王藍：〈歲首說真話〉，
《聯合報》副刊，1958 年 1 月 5 日第 6 版。）到了 1956 年，「戰
鬥文藝」運動已經呈現出「戰鼓與軍號齊鳴、黨旗同標語一色」
（郭楓：〈40 年來臺灣文學的環境生態〉，《新地文學》1990 年
第 2 期。）的泛濫之勢。1956 年 1 月，國民黨中央委員會第七屆
二中全會通過了《展開反共文藝戰鬥工作實施方案》，「戰鬥文
藝」運動鋪天蓋地的全面展開。僅在 1950 年至 1952 年這三年，

從事「戰鬥文藝」寫作的作家便多達 1500 多人至 2000 人，並出版有長篇小說 10 餘種，中篇小說 20 餘種，短篇小說近 30 種，詩集約 20 種，漫畫與歌曲 10 餘種，合計 120—130 種之多。（見張道藩：〈論當前自由中國文藝發展的方向〉，《文藝創作》1953年第 21 期。）至 1956 年泛濫之際，「有關戰鬥文藝的理論和創作，蔚成一大風尚。各報副刊和文藝刊物都競相發表此類文稿」，（尹雪曼：《中華民國文藝史》，臺北，正中書局，1976年 7 月第 2 版，第 87 頁。）當時徵集到的作品就達萬件。至此，「戰鬥文藝」運動以官方話語霸權的姿態，完全佔據了 50 年代文壇的主流地位。

第二節　「戰鬥文藝」運動實施的文藝策略

在「戰鬥文藝」運動從出臺到泛濫的過程中，官方話語霸權的實現，主要通過三種文藝策略來推動。其籠罩面甚廣，關涉文藝陣地、作家隊伍、社團組織、創作獎懲、文藝培訓等諸多層面，遍及文學、語言、美術、音樂、戲劇等多種領域。這三種文藝策略的具體內容如下：

一、實施官方獎勵與「培訓」，大力扶植「戰鬥文藝」創作

獎金制度下的創作興盛，是「戰鬥文藝」運動中的突出現象。早在 1950 年 3 月，蔣介石指示張道藩創辦的「中國文藝獎金會」，成為國民黨當局來臺後第一個以官方命令設立的關涉文藝的組織。以反共政治開道，是「文獎會」成立的宗旨與原則，諸如「獎助富有時代性的文藝創作，以激勵民心士氣，發揮反共抗俄的精神力量。」（趙友培：《文壇先進張道藩》，臺北，重光

文藝出版社，1975 年版，第 193 頁。）在對「徵求文藝創作辦
法」的擬定上，「本會徵求之各類文藝創作，以能應用多方面技
巧發揚國家民族意識及蓄有反共抗俄之意義者為原則。」（《中
華文藝獎金會，徵求文藝創作辦法》，《文藝創作》，1951 年第
1 期，第 161 頁。）具體到徵文內容，則主要集中於兩個方面：
一是反映所謂「反共志士」同共產黨作鬥爭的經過；二是表現國
民黨的軍中生活，主題指向則鮮明地標誌為「反攻復國」。在
「文獎會」上述原則的鼓動與誘惑下，「戰鬥文藝」創作一開始
就埋下了它強化政治色彩、陷入模式化創作的內在危機。

　　金錢扶植、利誘文壇是「文獎會」的具體操作模式。「文獎
會」每年由官方提供 60 萬新臺幣的經費，通過高額獎金和稿酬，
鼓勵作家走上御用寫作的道路。「文獎會」先是公開徵求「反共
抗俄」歌曲，繼而擴大為徵求和獎勵包括詩歌、曲譜、小說、戲
劇、電影、宣傳畫、文藝理論、鼓詞小調等 11 項文藝創作。在
「文獎會」存在的 7 年中，共辦過 17 次評獎，投稿者達 3000 多
人，作品近萬件，獲獎作家有 120 人，從優得稿酬者在 1000 人以
上。當時從事散文創作兼營文藝評論的司徒衛，曾經這樣描述 50
年代的獎金現象：

　　　　在自由中國文藝運動的開展中，獎金制度曾經是主要
　　的鼓勵與資助文藝創作的一種力量。在反共文藝運動發端
　　時期，它自有功績在。數以千計的文藝作家曾獲得獎金或
　　稿費的鼓勵，作品得到刊載與出版的機會。……自由中國
　　長篇小說的興盛，是獎金制度影響下的一個顯明的例子。
　　（司徒衛：〈泛論自由中國的小說〉，《書評續集》，臺
　　北，幼獅書店，1960 年 6 月，第 56 頁。）

　　「文獎會」的高額獎金和物質鼓勵，雖然使許多人通過「戰

鬥文藝」寫作榜上有名，但其作品卻以趨時和速朽的命運，很快
成為文壇的過眼煙雲。1950年「文獎會」首度公佈的「五四」獎
金得主名單，獎勵的是如下類型的作品：

　　1.歌詞：第一獎趙友培〈反共進行曲〉，第二獎章甘霖〈反
共抗俄歌〉，第三獎孫陵〈保衛大臺灣〉。

　　2.得稿費酬金者：紀弦〈怒吼吧！臺灣〉，樂牧〈懷大陸〉，
張清征〈自由生存〉，毛變文〈我不再流浪〉，杜敬倫〈反共抗
俄歌〉，郭庭鈺〈為了自由〉，劉厚純〈婦女反共歌〉，吳波〈一
仗打得好〉，張奮岳〈保衛海南〉，方聲〈保衛大中華〉，胡爾
剛〈江河忘〉，林洪〈反攻大陸回故鄉〉，何逸夫〈革命青年〉，
萬銓〈打回大陸去〉，小亞〈反共進行曲〉，宋龍江〈反極權反
獨裁〉。（見《光復後臺灣地區文壇大事紀要》(增訂本)，臺北，
文訊雜誌社編輯，1995年6月第2版，第36頁。）

　　另有獲獎曲譜15項，皆為清一色的「反共進行曲」。上述作
品所提供的，正是50年代「戰鬥文藝」創作的一種面貌。然而，
隨著國民黨當局「反攻復國」政治神話的幻滅，當年的這些政治
宣教作品無法逃過被歷史遺忘的命運。

二、通過官辦「民間」文藝團體，將作家納入「戰鬥文藝」的組織
　　網路之中

　　1954年5月4日，由張道藩、陳紀瀅、王平陵發起，「中國
文藝協會」首先成立於臺北。「文協」作為當時臺灣規模最大的
組織，它大量網羅大陸來臺的右翼作家，各報副刊、雜誌的編輯
和作者，以及藝術界、影劇界的名人，「會員人數，也從第一年
的一百五十餘人，到第二年的四百一十五人，再到第三年的七百
四十七人。而截至民國四十三年四月二十日，則為一千人。其成
長的迅速，正像該會自己所說：『自由中國的文藝工作者，十九
均已參加本（文協）會。』（中國文藝協會第四屆理事會編印：

《耕耘四年》，臺北，中國文藝協會1954年5月4日發行，第3頁。）「文藝」下設「小說創作」、「詩歌創作」、「散文創作」、「話劇」、「文藝評論」、「文藝教育」、「民俗文藝」等八個研究委員會，主導文學創作的各個領域，全面配合「戰鬥文藝」運動。名義上，「文協」是民間社團；而本質上，它曾經在當時充當了執行官方文藝政策的御用機構。正如臺灣學者鄭明娳所指出的那樣：「文藝協會形同不具備法定地位的官方組織，完全籠罩在政治的氣氛下，繼續暴露御用性格，乃至將文藝視為對中國大陸進行心理喊話的工具，和文藝本身品質的發展逐漸脫節。」（鄭明娳：〈當代臺灣文藝政策的發展、影響和檢討〉，載《當代臺灣政治文學論》，臺北，時報文化出版公司，1994年7月版，第29頁。）

50年代的「戰鬥文藝」運動，正如陳紀瀅所言，是以「文獎會」和「文協」兩大團體為中樞，在統一領導、嚴密配合之下而順利進行的。前者以獎金為實質鼓勵，後者則動員作家。（陳紀瀅：〈十年文藝工作透視〉，臺北，《中央日報》1960年5月4日。）「文協」特別注重作家的訓練和培植，不斷擴充了「反共文學」的創作人口。在此前後，1953年成立的「中國青年寫作協會」（簡稱「作協」），經過五年努力，會員已達三千多人，筆友會也高達萬餘人。（劉心皇編：《當代新文學大系·史料與索引》，臺北，天視出版公司，1981年8月版，第53-58頁。）它曾大力開辦「戰鬥文藝營」、「復興文藝營」，並由《中央日報》提供版面進行專題報導，藉以吸引廣大青年參加「戰鬥文藝」的受訓活動。

不僅如此，這些官辦「民間」文藝團體，還往往採用宣言的方式，對官方進行效忠、守分的宣示。「民間」社團與統治當局之間的微妙關係，可以從中窺見一斑。

「文協」要求會員做「反共復國」的文藝戰士，並公布了

《中國文藝協會動員公約》。文曰：

> 我們願意貢獻一切力量，爭取反共抗俄戰爭的勝利，並為屬行國家總動員法令，各自努力本位工作，經鄭重議定下列公約，保證切實履行，如有違反，願服從眾議，接受嚴厲的批評和制裁，決無異言。
> 1.恪遵政府法令，推動文化動員。
> 2.發揚民族精神，致力救國文藝。
> 3.團結文藝力量，堅持反共鬥爭。
> 4.實行新速實簡，轉移社會風氣。
> 5.嚴肅寫作態度，堅定革命立場。
> 6.鞏固文藝陣營，注意保密防諜。
> 7.加強研究工作，互相砥礪學習。
> 8.集會嚴守時間，力求生活節約。（轉引自鄭明娳：〈當代臺灣文藝政策的發展、影響和檢討〉，載《當代臺灣政治文學論》，臺北，時報文化出版公司，1994年7月版，第28-29頁。）

1953年8月，「中國青年寫作協會」成立並宣言：

> 我們不僅以團結國內的文藝工作者為滿足，我們還希望並要求海外的華僑青年文藝工作者，和我們站在一起，同心同德，為反共抗俄而寫作，為復興建國而磨礪。

以上公約或宣言充分暴露了50年代嚴峻肅殺的社會氛圍。作家團體採取向官方主動表態的模式彼此規約，並對其中重要角色委以重任，讓他們擔任當時最有影響力的報紙副刊和文藝雜誌主編，諸如孫陵之於《民族報》副刊主編，葛賢寧之於《文藝創

作》主編等等。而作家與文藝團體一旦被強行納入文宣戰爭的一元化軌道，其御用性格和工具效用也就不可避免地日益暴露出來。1954 年 7 月 26 日，陳紀瀅剛剛提出「文化清潔運動」的口號；8 月 9 日，就有「中國文藝協會」等 155 個社團同時在各報發表「自由中國為推行文化清潔運動厲行除三害宣言」。「民間」團體對官方文藝思潮的一味趨同，構成了 50 年代「戰鬥文藝」運動的顯著特徵。

三、創辦文藝刊物，建立「戰鬥文藝」的發表陣地

當時捲入反共文藝思潮的刊物主要有下列數種：

⑴《文藝創作》：1951 年 5 月由「中華文藝獎金會」創辦。葛賢寧主編，張道藩任社長，是 50 年代提倡「戰鬥文藝」的權威性雜誌。⑵《半月文藝》：1950 年 3 月創刊，主編兼社長為程敬扶。其辦刊宗旨為「嚴正地批判赤色思潮，並提出建立民族文學」。⑶《火炬》半月刊：1950 年 12 月創刊，孫陵主編，是頗具「戰鬥氣息」的一份刊物。⑷《新文藝》：1951 年 3 月創刊，朱西寧主編，為國民黨總政治部主辦的刊物。⑸《文壇》月刊：1951 年 6 月創刊，穆中南任發行人兼主編，曾多次發起「戰鬥文藝」的討論。⑹《綠洲》半月刊：1952 年 7 月創刊，主編金文璞。該刊旨趣在於闡揚反共政策，推行「戰鬥文藝」。⑺《中國文藝》：1952 年 12 月創刊，王平陵主編。⑻《晨光》：1953 年 3 月創刊，吳愷玄主編。其宗旨是為「提高反共警覺和文藝素養，更要堅定軍民反共抗俄的信心。」⑼《文藝月報》：1954 年 1 月創刊，主編虞君質。曾以「戰鬥文藝」專號，配合反共文藝活動。⑽《軍中文藝》：1954 年 1 月創刊，由「國防部總政治部」創辦，是發展「軍中文藝」的據點。⑾《幼獅文藝》：1954 年 3 月創刊，由「中國青年反共救國團」和「中國青年作家協會」主辦，馮放民等人為主編。

除了文藝雜誌，報紙副刊亦始終成為「戰鬥文藝」運動推波助瀾的主力軍。50 年代有影響力的副刊，均有下列數家：

《中央日報》副刊，先後由耿修業（茹茵）、孫陵主編。《新生報》副刊，先後由馮放民（鳳兮）、姚朋（彭歌）主編。《民族報》副刊，由孫陵主編。《公論報》副刊，由王聿均主編。《新生報》副刊，先後由歐陽醇、尹雪曼主編。

這些文藝發表園地，有著那個年代時政帶給文藝領域的突出特點。首先，50 年代文藝陣地創辦人的政治身份與反共傾向，使他們皆致力於「戰鬥文藝」運動的推廣。其次，文藝報刊在尋求官方經費支援的同時，也程度不同地淪為政策文學的工具。再則，眾多直接或間接地為「戰鬥文藝」服務的報刊陣地，對當時的文藝發表渠道形成了壟斷與操縱的局面，控制了文壇的走向。

上述文藝策略，作為「戰鬥文藝」運動實施的具體保證，體現著官方意志對文藝界的全方位宰制，也宣告了一個為反共政治服務的非正常文學時代的到來。

第三節　臺灣 50 年代的反共小說

在「戰鬥文藝」運動主導臺灣文壇的 50 年代，從事「反共文學」的作家，主要由大陸遷臺的政界作家和軍中作家兩部份人組成。當一種官方政治風潮席捲而來的時候，他們以自己在特定政治語境下的文學創作，或自覺、或不自覺、或被迫地充當了配合官方營造政治神話的宣傳工具，也為「戰鬥文藝」運動起到了程度不同的推波助瀾的作用。事實上，這種情形不是個人的、局部的創作現象，而是官方話語霸權和文化壟斷政策統治文壇的結果，它不僅以一個時代的作家才華與文學生命的虛擲浪費，遏制

了臺灣文學的正常發展，也造成了一段荒謬而沈痛的文學歷史。

　　就政界作家而言，早期成員不僅包括那些被官方委以重任、手握副刊的主編，還有諸多出身情治系統國民黨人士加盟。陳紀瀅、王藍、王平陵、于還素、劉心皇、葛賢寧、孫旗這類作家，當年多在國民黨的黨、政、群等機關服務，同時又從事舞文弄墨活動；其文學創作，則直接服務於仕途政治。從創作心態上看，或由於反共抗俄的政治傾向與流落孤島、短期居留的統治者心態，或因為抒發敗退臺灣，故土難回的亂世憤情，或由於被官方「戰鬥文藝」潮流所裹挾，其中也不排除某些人為高額獎金所利誘。所以，政界作家多以峻急之情投入「反共文學」創作，不斷虛構出「反攻大陸回家鄉」的政治神話，藉以撫慰人心。一些有著情治系統背景的政界作家，還把文藝運動當作戰鬥，視不同政見者為敵人，特別強化了文藝界的一種「戰鬥心態」，這使他們創作的反共色彩更為強烈。

　　以軍中作家來論，是指那些敗退臺灣任職於國民黨軍隊，又從事文學創作的人。「軍中文藝」的推進和軍中作家的培養，是「戰鬥文藝」運動的重要組成部份，它體現著官方在槍桿子與筆桿子相結合、創立能文能武部隊方面的政治文化構想。較之「戰鬥文藝」風潮，「軍中文藝」運動貫穿時間更長。從 50 年代的「軍中文藝」路線，到 60 年代的「國軍新文藝運動」；從 1954年設立的「軍中文藝獎金」，到 1965 年之後按年度頒發的「軍中文藝金像獎」，軍中作家不僅數量多，影響大，文學活動周期也長。除了人稱「軍中三劍客」的司馬中原、朱西寧、段彩華，還有高陽、尼洛、張放、田原、楊念慈、魏子雲、吳東權、舒暢、姜穆、呼嘯、鄧文來、邵僩等人，都是當時活躍於軍旅的作家。「軍中文藝」創作雖然也是 50 年代「戰鬥文藝」思潮中的一支流脈，但它與政界作家的反共文學創作有不同程度的區別。由於軍中作家多出生於 30 年代，跟隨國民黨部隊來臺灣時許多人還是十

六七歲的「少年兵」，相比較而言，他們的反共情緒不像政界作家那麼激烈、偏執、持久，隨著時代的進步和自身的變化，他們其中的一些人也有所反省了自己的政治立場寫作。又因為軍中作家雖然受到「戰鬥文藝」口號的制約和影響，寫了一些個人的戰爭經歷和與「共軍」作戰的故事，但以他們對大陸的童年經驗和鄉土記憶，還是使筆下那種帶有政治色彩的「懷鄉文學」，具有了並非單一的層面，更何況他們的創作高峰往往出現在六七十年代，一些頗有影響的代表作，如司馬中原的《紅絲鳳》，朱西寧的《破曉時分》、《狼》，段彩華的《花雕宴》，以及高陽的歷史小說，早已不能以「反共文學」而一言以蔽之。

　　具體到「反共文學」的創作實踐，它在不同的體裁領域有著各自的表現。充當「戰鬥文藝」運動急先鋒的「戰鬥詩歌」，首先走在了50年代前列。其創作取向，是要「為勞苦的反共的三軍戰士而歌，為勤勉的反共的全自由中國廣大群眾而歌，為國家的種種災難和民族的衰弱與不幸而歌，更為大陸上淪為鐵幕的六億同胞在死亡與奴役的掙扎而歌。」（葛賢甯、上官予編著：《五十年來的中國詩歌》，臺北，中正書局，1965年3月版，第81頁。）一時間，趨時之作紛紛登場，它們多以歪曲事實和虛構事實為前提，來發泄對中共仇恨和煽動反共情緒。為了重彈「共產共妻」的陳詞濫調，〈哀中國〉有如此描述：

　　　　為了提倡一杯水主義／破壞快樂的家庭／他們鼓勵亂倫／實行配給婚姻／不問年齡大小／長幼卑尊／共產黨有權指定／只要是——／男人和女人／就可以結婚／不問女兒和父親／因為這很合乎唯物論

　　由此可知，構成「戰鬥詩歌」基本風貌的不是空洞無物的「標語詩」，即是違背歷史真實的「醜化詩」，政治層面極端的

宣傳與攻擊佔據主要內容。

　　電影和戲劇的選材，更集中於「揭發中共的貧窮、屠殺、無人性，以及心向王師這些教條」，（焦桐：《臺灣戰後初期的戲劇》，臺北，臺原出版社，1990 年 6 月版，第 65 頁。）它以強烈的宣教意義和廣泛的傳播效應，在「戰鬥文藝」運動中發揮特殊的作用。《惡夢初醒》、《春滿人間》、《奔》、《罌栗花》、《歧路》、《夜盡天明》、《碧海同舟》等影片，或以所謂「暴露中共暴行陰謀為主」，或以間諜鬥智加上談情說愛為模式，或以掩飾臺灣社會陰暗面、讚頌國民黨當局統治為傾向，走的皆是「戰鬥文藝」的路線。戲劇方面，《海嘯》、《樊籠》、《大別山下》、《大巴山之戀》、《人獸之間》、《憤怒的火焰》、《春歸何處》、《亂離世家》、《魔劫》等作品，無論是題材或功能皆為反共抗俄，戡亂戰鬥。

　　小說創作作為「戰鬥文藝」運動的重鎮，作品數量極為龐大，且多為文人式寫作。小說的描寫，「其內容不外兩種：一是寫我們的忠貞的反共志士，在大陸淪陷前後，和共匪鬥爭的經過；一是寫軍中的生活和戰爭的事實。」（見〈飛揚的年代——五十年代文學座談會〉，臺北，《聯合報》1980 年 5 月 5 日第 8 版。）在那種高喊「反共」、直奔主題的小說之外，有一類創作發揮的「戰鬥作用」，可能更突出。它們往往將國民黨時代的反共意識與小兒女的感情糾葛相交織，把孤懸海外懷舊戀鄉的漂泊經驗與「反共大陸」的復仇情緒結合起來，加之輔以某種「藝術性」的傳達，這類作品更具有煽動力和迷惑性。比較典型的作品有：陳紀瀅的《荻村傳》、《赤地》、《華夏八年》；姜貴的《旋風》、《重陽》；王藍的《藍與黑》、《長夜》；潘人木的《蓮漪表妹》、《馬蘭自傳》、《如夢令》；潘壘的《紅河三部曲》；端木方的《疤勛章》；彭歌的《落月》；司馬中原的《荒原》、《狼煙》等等。這些作品多描寫所謂國民黨的「反共義

士」，在大陸「淪陷」前後，如何與共產黨進行鬥爭的故事，以及大陸「淪陷」後人民的「悲劇性」遭遇。無論其藝術表達有著怎樣的迂迴曲折，「反共復國」的主題始終不渝，鮮明如初。

從事「反共文學」創作的作家，有的在大陸時期就已經從事文學創作，並且不乏藝術功力；有的是到臺灣後開始文學生涯，也具備藝術潛質；但由於那種逆歷史潮流而動的立場和來自憤怒與仇恨的情緒，驅使他們在50年代走的是「戰鬥文藝」的路線，最終導致了文學創作的失真和個人才華的虛擲。50年代的文壇上，最具有代表性的「反共文學」作家有姜貴、陳紀瀅、潘人木等。

姜貴，本名王林渡，山東諸城人，1908年出生於一個式微的大地主家庭。中學時代參加國民黨，抗戰時期任職於國民黨軍旅，在大陸時曾發表《迷惘》、《突圍》、《江淮之間》三部小說。1948年攜家來臺後，出版長篇小說19部，中短篇小說集3種。其小說創作，或帶有濃鬱的自傳色彩，或致力於歷史題材，或編織婚姻戀愛故事，但真正引起人們關注，是由於其「反共小說」《旋風》（臺北，自印，1957年）、《重陽》（臺北，自印，1961年）的推出。

在50年代的「反共文學」作家中，姜貴雖然最為賣力，但當時並沒有得到人們想像中的官方青睞和獎賞，這是一段非常奇怪的「反共文學」經歷。《旋風》1951年寫出後，7年之間無法出版。姜貴至少找了10家出版社，都被拒之門外。推到1957年，姜貴找到臺南一家出版社，自費出版《旋風》500本，其中兩百本分贈各方，300本上市，結果多數滯銷。這期間，姜貴失業、被訟，生活窮困而不得志。但姜貴一直堅持自己的反共政治立場，多年之後回眸《旋風》，他還聲稱「如此旋風，你也用不著委屈，因為在那個時候，對反共、忠黨、愛國這些神聖的使命，

你已經盡了你的力。」（姜貴：〈曉夢春心‧後記〉，《姜貴自
選集》，黎明文化事業股份有限公司，1980 年 3 月版，第 389
頁。）姜貴與當年追隨國民黨政府來臺的諸多人士一樣，並沒有
得到權力機構的完善照顧，生活景況無聊而黯淡，而「回憶過去
種種，都如一夢」。（姜貴：〈旋風‧自序〉，臺北，明華書
局，1959 年 6 月版。）政治與生活的雙重失意，使得姜貴以一種
流亡心態從事創作，雖然服膺於「反共抗俄」的「戰鬥文藝」方
向，但在創作手法上沒有完全按照「反共八股」的公式來寫「反
共小說」；地下情治工作人員的經歷，幫助他把小說寫得有點像
反共間諜電影那樣曲曲折折的鬥智遊戲。較之那些粗製濫造、直
奔主題的「反共八股」，姜貴的「反共小說」有他貌似「高明」
的一面，《旋風》和《重陽》由此被胡適肯定為所有臺灣「反共
文學」中僅有的「佳作」，但國民黨的文宣機器對此卻不以為
然，姜貴的小說在臺灣始終是個冷門。這說明 50 年代的官方文學
政治，表面上彷彿一統天下，簡單明確，事實上卻有其暗潮洶湧
的復雜性。

　　姜貴的《旋風》與《重陽》，是以反歷史的複雜懷舊心理和
鮮明的反共傾向為靈魂的。與那些一味叫囂「殺盡共匪，反攻大
陸，光復祖國河山」的反共八股有別，姜貴有著更為自覺的思考。
在他看來，「共產黨不是從天上掉下來的，我們必須敢於分析它
所以產生的那些因素，然後才能希望有辦法把它們撲滅……反共
需要冷靜，也需要智慧。」（姜貴：〈重陽‧自序〉，臺北，皇
冠出版社，1973 年 4 月版。）因而，他的反共小說，都「旨在探
究共黨何以會在中國興起。《旋風》重農村，《重陽》重都市，
是其不同而已。」（姜貴：〈自傳〉，《姜貴自選集》，臺北，
黎明文化事業股份有限公司，1980 年 3 月版，第 4 頁。）姜貴正
是從這一主旨出發，對歷史、時代、社會生活做了全面歪曲的描
寫和解釋。

　　《旋風》又名《今檮杌傳》，創作於1951年。「檮杌」本是古代傳說中的惡獸，為《神異經》所記載。姜貴以此來比喻共產黨，可見其政治立場所在。小說以20至40年代山東諸城附近的方鎮為背景，通過當地望族方家的興衰變化與人物命運沈浮，來詆毀共產黨革命鬥爭的歷史。在姜貴筆下，小說主人公方祥千，本是一個關注社會又有抱負的人，他因厭惡舊家庭的罪惡和新官僚的腐敗，秘密參加了共產黨的活動。後來方祥千誘騙他的遠房侄子方培蘭投奔共產黨，建立起地方「土共」武裝勢力，方家叔侄擔任要職。抗戰期間，他們在共產黨省委代表的指導下，成立了地方政府。對外，他們「勾結日軍」，「驅逐國軍」；對內，他們互相傾軋、角鬥，陷害、獵色、產生種種暴力與罪惡；方鎮從此開始了「天翻地覆」的時代。後來方家叔侄又有所「覺醒」，暗中倒戈反對共產黨，卻不料分別被自己的兒子方天艾和「開山門」的徒弟的出賣，因此雙雙被囚。這時方祥千才大夢初醒，認識到共產黨是「旋風，旋風，他們不過是一陣旋風」，「終必像旋風般的烟散失敗」。從上述寫作可知，以所謂殺人放火、共產共妻、陰險貪婪、勾結日軍、殘害百姓等種種人間罪惡，來杜撰和詛咒共產黨人的革命歷史；以方祥千叔侄從舊家族的背叛到對共產黨的背叛，來揭示姜貴所認定的共產主義的「虛妄性」和共產黨的「旋風效應」，這便是《旋風》及其姊妹篇《重陽》對「共黨何以會在中國興起」的探究結果。在這種對歷史真相扭曲的背後，隱藏的是姜貴面對無可阻擋的歷史進步，通過文學手段宣洩階級仇恨和挽回政治挫敗感的目的。政治立場與階級偏見對臺灣「反共文學」創作的左右與導向，由此得以明證。

　　陳紀瀅，河北安國縣人，1908年生。1924年即在《晨報》發表作品，與人創辦過《蓓蕾周刊》、《大光報》。1938年擔任「中華全國文藝界抗敵協會」理事，1948年當上國民黨立法委

員，1949 年 8 月去臺灣。陳紀瀅在大陸時期已經身為國民黨高級官員，去臺之後長期擔任臺灣「中國文藝協會」的主任委員，他不僅成為多種官方文藝組織的領導者之一，也是官方文藝政策的直接推動者，所以他的文藝活動一直是和政治活動聯繫在一起的，他可以說是以標準的政界作家形象出現於臺灣文壇的。陳紀瀅一生著作甚豐，包括小說、理論、傳記、遊記、散文、劇本等等，各種著作達 56 種之多。其中有小說佔據 10 種，並以這個領域的創作引人注目。

陳紀瀅的反共小說代表是《荻村傳》（臺北，重光文藝出版社，1951 年）、《赤地》（臺北，重光文藝出版社，1955 年）、《華夏八年》（1960 年，臺北，重光文藝出版社），其中以《荻村傳》影響最大。作者創作這類小說的動機很明確，它是要「替失敗後的國人記取教訓，為抗戰勝利後四年的社會悲歌！代大陸淪陷前的中國歷史作註腳，為反共復國的誓師吹起前進的號角！」（陳紀瀅：〈著者自白〉，《赤地》，臺北，文友出版社，1955 年 6 月版。）

《荻村傳》選擇一個具有二流子性格的農民傻常順兒來做主人公，企圖透過人物命運的悲歡離合，來描寫近代中國北方農村 40 年的歷史變遷。但作品的基本立場和創作手法沒有跳出「反共抗俄」、捏造歪曲的模式。在作者筆下，傻常順兒被塑造成一個昏昏噩噩、被人利用的愚昧農民形象。義和團時，他參加義和團；日本人來了，他充當皇軍班長、欺壓婦女，胡作非為；共產黨鬧革命，他又搖身一變，成為共產黨的村長，帶著上級發給他的大齡妻子蘭大娘四處扭秧歌。後來因為處分公審鬥死不少村民，到頭來犯下渾身錯誤，被共產黨活埋。小說開篇寫傻常順兒剛來荻村時，逢人便唱：「先殺滅主教啊，後殺洋鬼子！」小說末尾，傻常順兒臨死前唱的卻是：「先殺共產黨呀！後殺老毛子！先殺王子和呀，後殺馬克斯兒！」作者還在篇末煞有介事地

發表議論:「想來想去,這叫做全套、老百姓倒楣大演出,這臺戲從頭到尾,老百姓演的是全本武大郎。」與傻常順兒從生到死的命運相對應的,是所謂的荻村由繁榮到衰落的歷史變遷。在作者筆下,經歷了義和團起事,清朝消亡,民國成立,抗日戰爭的荻村,一直「平靜如水」;而一旦共產黨進入荻村,「村民被殺的被殺,瘋死的瘋死,白天荻村是獸世界,晚上荻村是鬼天下。」從這些顛倒黑白的攻擊性描述中可知,作者詆毀中國革命和人民群眾的政治意圖清晰自現。事實上,這種把農民的悲劇歸罪於共產黨一手導演的寫法,並不是什麼新鮮貨色,它不過是「反共文學」流行模式的頻頻出演而已。

需要注意的是,陳紀瀅一再聲稱他是受到魯迅先生《阿 Q 正傳》的影響而塑造傻常順兒這個人物的。從表面上看,傻常順兒與阿 Q 不僅有著相似的身世經歷,就連外貌特徵也如兄如弟,並被定位於「保守、愚蠢、貧苦、狡詐、盲昧、永遠是被支配者」的農民形象。而事實上,陳紀瀅刻劃的傻常順兒性格,目的在於揭示所謂農民由於善良和愚昧而被共產黨愚弄和虐殺的悲劇,人物形象是出於反共政治與文宣戰爭的需要所虛構、捏造出來的一個工具,並非生活本身和歷史真相的發現。但對於魯迅先生來說,他創造阿 Q 形象,「實不以滑稽或哀憐為目的」,(魯迅:〈致王喬南,(1930 年 10 月 3 日)〉,收入《魯迅全集》第 12 卷。)而是要「畫出這樣沈默的國民的魂靈來」,(魯迅:〈俄文譯本《阿 Q 正傳》序〉,魯迅全集第 7 卷,第 82 頁。)攝錄下辛亥革命前後鄉土中國的人心史和民族苦難史,並由此概括出人類社會一種帶有巨大普遍性的心理結構。由此可見,《荻村傳》不過是一個拙劣的「仿製品」,它與《阿 Q 正傳》根本無法同日而語。作者既無魯迅之德,又欠魯迅之才,更因為它是逆歷史潮流而動的創作,這種刻意的模仿並不能掩飾他圖解反共政治、違背歷史真實的致命硬傷。所以,《荻村傳》就其內涵而言,它是

對魯迅先生《阿Q正傳》的一種反動。

　　潘人木，以「風頭最健」的女作家形象活躍於 50 年代「戰鬥文藝」創作的，當屬潘人木。1919 年生於遼寧瀋陽市的潘人木，重慶中央大學畢業後，曾任職於重慶海關。1949 年去臺，任臺灣省教育廳兒童文學編纂小組總編輯。她的創作，一方面集中於反共小說寫作，出版的四種作品中，中篇小說〈如夢記〉、長篇小說〈蓮漪表妹〉和〈馬蘭自傳〉，分別獲得 1950 年，1951 年，1952 年官方頒佈的「中華文藝獎」。另一方面，她醉心於兒童文學寫作，出版有〈小螢螢〉等兒童文學作品 19 種。

　　基於自己特殊的反共心理和經驗，潘人木巴不得《蓮漪表妹》這樣的作品「夠資格稱為抗戰的、反共的小說，也巴不得我有能力再多寫幾本抗戰的反共的小說了。」（潘人木：〈蓮漪表妹‧序〉，《蓮漪表妹》，臺北、純文學出版社，1974 年 11 月版。）她的反共小說，或描寫抗日青年懷著天真浪漫的愛國情感，受到左派的所謂蠱惑宣傳，為追求救國之道投奔延安，卻上當受騙，做了共產黨的犧牲品，如《蓮漪表妹》；或在男女青年的愛情故事描寫中，把動亂時代的根源和人物悲劇的禍因，一起歸罪於共產黨，如〈馬蘭自傳〉。潘人木的反共小說特點，一是往往在作品中對國民黨「小罵大幫忙」，以所謂國共兩黨的「正反」對比，來證明國民黨「好」於共產黨。二是透過青年一代政治信仰的罪與罰，婚姻愛情的成與敗，來觀察政治及意識形態領域的鬥爭，作者反共恐共的政治立場往往貫穿於主人公複雜曲折的人生故事之中。較之那些直白喧囂式的反共作品，潘人木這種愛情加反共的小說，也更帶有蒙蔽性。其三，出於女作家的文筆，潘人木對女性心理細緻入微的揭示，也為其「反共文學」作品增添了某種「藝術色彩」。總的來看，潘人木這類小說沒有脫離「反共文學」的政治架構，仍然訴求於對共產黨的所謂「控

訴」主題。面對曲折變化的社會現實與人類歷史的發展趨向，作者則是以個人因素的過多介入乃至主導創作，始終保持了反共恐共、分殊敵我的意識形態動機和對歷史舊帳耿耿於懷的復仇情緒，由此帶來的，往往是用文學清算政治的創作歧路；而這其中所喪失的，正是一個作家忠實於生活的良知與使命。

　　50 年代從事「反共文學」創作的作家，儘管他們的創作動機各有側重，發表數量與持續時段也互有差異，但因為它們都孕育於反共的「戰鬥文藝」運動之中，在創作傾向上又有其同構性。概括說來，那就是以歪曲現實生活，顛倒歷史是非的虛妄性，形成了反現實主義的創作逆流。「反共文學」創作要幫助國民黨當局遮蓋失卻大陸的恥辱，掩飾國民黨惡政喪失民心招致政權全面崩潰的歷史真相，轉移民眾的注意視線，擺脫當時的危困境遇，就需要通過污蔑、歪曲、攻擊共產黨和大陸人民的手段，虛構出一個「反共復國」的政治神話。然而，藝術的真諦在於社會良知，全然背叛生活真實和藝術真實的創作，只能導致文學藝術大踏步的倒退。

第四節　臺灣 50 年代的反共詩歌

　　1949 年跟隨國民黨殘餘政權去臺灣的詩人有：紀弦、覃子豪、鐘鼎文、李莎、王藍、宋膺、鍾雷、楊喚、張秀亞、胡品清、彭邦楨、符節合、楊念慈、田湜、楚卿、張澈、公孫嬿、羊令野、上官予、葛賢寧、葉泥、墨人、余光中、鄭愁予等。這批詩人中政治傾向比較復雜。有一些是比較清純的，具有藝術理想和追求的詩人；有的是受到國民黨政治宣傳，跟著國民黨跑了一段彎路的詩人；只有極少數是國民黨文藝方面的代表人物。

　　50 年代，配合國民黨政治上的「反攻復國」和「反共抗俄」
的政治目的，所謂的「戰鬥文藝」甚囂塵上。反共詩歌是反共文
藝的重要一翼。1949 年國民黨剛到臺灣立足未穩，國民黨中央宣
傳部代部長兼臺北市文化運動委員會主任任卓宣，便約請孫陵炮
製了〈保衛大臺灣歌〉。這是「反共文藝的第一聲。」該歌詞露
骨地進行歇斯底裏的「反共抗俄」叫喊「殺盡共產黨，打倒蘇聯，
保衛臺灣，保衛民族聖地！反攻大陸，光復祖國河山。」50 年代
的反共詩，看其一篇就知全部，大體上都是一個調子，一種口號，
一個模式。在反共文人中葛賢寧表現得最為積極，最為徹底。

　　葛賢寧（1907-1961），上海中國公學校畢業。曾任中學教
員，早年出版的詩集有《海》、《荒村》。抗戰時期，他創作了
長詩《額非爾士的青春》，到臺灣後，投蔣介石所好迅速進行補
充修改，加入了反共內容，露骨地吹捧歌頌蔣介石，易名為《常
住峰的青春》，於 50 年 6 月在臺灣出版。被稱為臺灣「第一部反
共詩集」。作者在詩集中寫道：以此史詩獻給「蔣中正先生及一
切為民族爭自由的人們」，詩中極盡吹牛拍馬之能事。葛賢寧為
吹捧蔣介石使盡了渾身解數。1955 年初，蔣介石一提出「戰鬥文
藝」的口號，葛賢寧便立即心領神會，於同年 5 月就寫成《論戰
鬥文藝》一書，7 月出版。
　　50 年代臺灣比較著名的反共詩歌作品還有〈不凋的老兵——
歌麥帥〉、〈豆漿車旁〉、〈祖國在呼喚〉、〈同仇集〉、〈哀
祖國〉、〈壯志淩雲〉、〈在飛揚的時代〉、〈帶怒的歌〉、
〈黎明集〉、〈號角〉、〈金門頌〉、〈女學生與大兵哥〉等。
這些詩大都是潑婦罵街，既無詩味，也缺乏文字修養。如：〈飲
酒歌〉寫道：「唉唉，這遍地烽火，滿眼的狼煙／而那罪惡的五
星紅旗／龐然的陰影覆蓋下／今天的節目是魔鬼跳舞／狗的宴
會，傀儡的戲劇／隨著王師百萬，飄洋過海／乒乓劈拍嗞嗞轟隆

地打回來。」那時的「戰鬥文藝」和反共詩，大體上重複著這樣一些主題，即：(1)仇視共產黨，仇視蘇聯。(2)嚮往和恢復已經失去的天堂，及在大陸時期的威武和榮耀。(3)叫喊秣兵厲馬，要殺回大陸，完成「反攻復國」的妄想。(4)叫囂保衛臺灣，防止「赤化」，要把臺灣建成一個「反共抗俄」的基地。這些作者中，有的真是出於對共產黨亡家的仇恨而咬牙切齒，一心要當「還鄉團」。有的只是一種作秀，作為向高層蔣介石獻媚邀功的一種表演。由於反共詩根本上違背了詩藝原則，喪失了生命力，因而只是一種過眼雲煙。

第五節　「反共文學」的沒落

50年代後期至60年代中期，「反共文學」創作隨著「戰鬥文藝」運動的不斷跌落，最終走向了它的全面沒落。

1957年，「戰鬥文藝」運動在達到泛濫高潮之際，已經開始出現了日趨衰落的頹勢。這一年，「中華文藝獎金委員會」因經費斷絕而撤消，國民黨當局竭盡全力維持的「戰鬥文藝」政策，也在具體工作中心上發生了位移，它主要由蔣經國擔任「國防部總政治部主任」對軍中系統出面貫徹執行，而由張道藩負責的「文協」系統，則成了周邊的配合執行部門，兩個系統原有的平行發展、互相呼應的文武結合格局有所打破。隨著「戰鬥文藝」政策對軍中系統的傾斜和倚重，「國軍新文藝運動」在60年代中期應運而生。

「國軍新文藝運動」的出現，標誌著以軍系作家為主導的政策文學形成。雖然以「新文藝」冠稱，但它並未提供比「戰鬥文藝」更新鮮的內容，不過是50年代「軍中文藝」的繼續。確切地

說，它是為走向衰落和沈寂的「戰鬥文藝」注入的一針強心劑。
從 1965 年第一屆「國軍文藝大會」的召開，到《國軍新文藝運動
推行綱要》的制定；再至 1967 年國民黨九屆五中全會上《當前文
藝政策》的頒佈，這實際上是「將國民黨的文藝政策正式納編於
國家行政體系之中，形成了黨政軍三聯合的集團文化改造運動，
將環繞著『戰鬥文藝』的各個主題推向高峰。」（鄭明娳：〈當
代臺灣文藝政策的發展、影響與檢討〉，《當代臺灣政治文學
論》，臺北，時報文化出版公司，1994 年 7 月版，第 34 頁。）
60 年代國民黨文藝政策所強調的「配合中華文藝復興運動，積極
推行三民主義新文藝建設」，「促進文藝與武藝合一，軍中與社
會一家」，「強化文化的敵情觀念，堅持文藝的反共立場」等
等，其精神實質，仍舊與 50 年代「反共文學」，「雪恥復國」的
「戰鬥精神」一脈相承。

　　60 年代，國民黨當局對於文藝政策的態度雖然更趨明朗化，
以官方意思壟斷意識形態的動作也有增無減，但這種對文藝發展
的投入並未收到預期的效果。儘管臺灣軍界逐年召開「國軍文藝
大會」，不斷擴大「軍中文藝金像獎」的頒獎範圍，驅使「槍部
隊」兼營「筆部隊」的使命和任務，但我們更多看到的是，只見
官方的忙碌和鼓噪，卻沒有「國軍新文藝運動」的創作高潮出
現。事實上，這個時代從精神生活到經濟形勢都有了較大的發
展，「反攻大陸」政治神話的一再破滅，導致了民眾對國民黨當
局「反共復國」國策的現實質疑。加之自由主義思潮特別是西方
現代主義思潮的湧進，沖蝕了官方政策文學的基礎。在這種背景
下，「戰鬥文藝」所依賴的政治根據與政策文學基礎發生了動
搖，「反共文學」創作也就不可避免地走向了衰落。

　　從「反共文學」自身的創作而言，以逆歷史潮流而動的創作
姿態，構成一種反歷史的懷舊復仇文學面貌；以嚴重的模式化與
公式化創作，形成千篇一律的「反共八股」；以鮮明的政治企圖

與御用性格，充當了官方政策文學的傳聲筒；「反共文學」的種種非文學創作弊端，不僅遭到了社會讀者的普遍唾棄，也使它自身陷入萬劫不復的境地。在「反共文學」的創作過程中，從作品的情節發展，到筆下的人物設計，都落入了公式化的窠臼，形成了一整套「反共小說」的固定模式。諸如：1.愛情加反共的故事，如《藍與黑》；2.知識份子誤入歧途又噩夢覺醒的命運，如《蓮漪表妹》、《馬蘭自傳》；3.共、日、匪合夥製造人間荒原的災難，如《荒原》；4.歷史悲劇的控訴與懷舊復仇情緒的宣泄，如《旋風》；5.大陸的「淪陷」與人民的痛苦現實，如《荻村傳》。如此龐大的「戰鬥文藝」隊伍，卻在重複著如此單調的模式化作品；更何況「作品本身只在字面上充滿『戰鬥美』，在實質上缺乏『文藝美』」。（王藍：〈歲首說真話〉，臺北《聯合報》1958年1月5日第6版。）面對千篇一律的文學格局，基於對「反共文學」品質的維護，連國民黨文藝政策的始作俑者張道藩也不無悲哀地承認：

　　　　一個不容否認的事實擺在我們面前：便是反共的文藝作品一年比一年產生得多了，廣大讀者對反共文藝作品的欣賞興趣卻一年一年減少了。不僅是少數專家學者認為這些作品，是屬於「宣傳」一類的東西；便是廣大的讀者，也把它們當作宣傳品看待。反共文藝的效用，在逐漸減削。（張道藩：〈論當前自由中國文藝發展的方向〉，臺北，《文藝創作》第21期，1953年1月。）

　　如此真實的「戰鬥文藝」運動總結，無疑是對官方文學思潮最絕妙的嘲諷。隨著國民黨「反共復國」政治神話的破產，「戰鬥文藝」運動與「反共文學」創作也成為強弩之末，不可避免地陷入衰落的命運。

第 十 二 章

臺灣女性文學的勃興

第一節　臺灣女性文學勃興的概況

　　由於封建社會的長期存在，造成了極端的男女地位的不平等。女性不僅被剝奪了基本的人權，也被剝奪了文化教育的權利，參與社會事務的權利。因而中國的女性文學一直處於似有似無，時有時無的狀態。是文學園地中稀有的花朵。比起全中國來，臺灣的女性文學，出現得更晚。日本佔領臺灣五十年，實行野蠻的「皇民化」政策，他們禁止中文，妄圖徹底摧毀中國文學。雖然中國文學英勇頑強地進行抗爭，始終堅持著主流地位，但女性文學卻幾乎是一片空白，直到 1949 年，中國形勢發生劇變。一部份知識女性隨著國民黨殘餘政權來到臺灣，與臺灣極少

數作家進行結合，共同開創，臺灣的女性文學才開始誕生和勃興。那時大陸來臺的女作家，如蘇雪林、謝冰瑩、嚴友梅、華嚴、張漱菡、郭良蕙、孟瑤、琦君、張秀亞、胡品清、繁露、潘人木、艾雯、蓉子、鍾梅音等。她們與先期從大陸來臺的，臺灣女性文學的開山人林海音一起，成了臺灣女性文學開創者的一代。她們之中以小說家居多，也有散文家和詩人。從作家自身來看，她們中有「五四」時期出現的蘇雪林、謝冰瑩，也有三十年代開始創作的張秀亞、孟瑤，而更多的作家是來臺後在 50 年代開始文學創作的。女作家們把大陸的文藝經驗帶到了臺灣，她們的創作，一方面填補了臺灣文學中的空白，另一方面又開闢了臺灣女性文學的創作道路，開創了臺灣女性文學勃興的嶄新局面。50年代女作家名符其實地成了臺灣文學的半邊天。自 1952 年到 1962年女作家創作的長篇小說達 60 多部。其中孟瑤一人創作長篇小說 14 部，郭良蕙一人創作長篇小說 13 部。同一時期女作家出版短篇小說 55 部，其中張漱菡一人出版 8 部。在 50 年代臺灣動盪不定的社會生活環境中，這種創作是相當驚人的。這無疑是臺灣女性文學勃興的顯著標記。

　　對於女作家們的興起與活躍，余光中在《中國現代文學大系》的「總序」中說：「女作家在文壇的興起，也是值得我們高興的一大現象。蓉子、林冷等在詩壇的美名久已遠播，在小說方面，女作家更為活躍，小說入選的一百多位作家之中，女性約佔四分之一。可是女作家最活躍的一個部份，仍是散文，散文入選的作者幾乎一半是女性……。」臺灣文壇 50 年代出現的這批女作家，從全國各地來到臺灣，戰亂時代的經歷和個人的生活遭遇，觸動和震撼著女性敏感的心靈，她們用小說、散文、詩歌的形式來抒發時代的感觸和個人的情感，創造出引人矚目的成績，1955年成立的「臺灣省婦女寫作協會」以後的十年間，會員已超過三百人。許多女作家不僅在創作上成績突出，而且具有編輯與出版

的能力和才幹。在臺灣「反共」與「懷鄉」文學盛行的五十年代，臺灣女性文學創作恰似一陣清新之風，給文壇帶來新的生機與活力。

第二節　臺灣的女性小說

50 年代的臺灣女性文學創作，以女性小說的成績最為突出。小說中性別意識的體現，向來與文學傳統、社會狀況和政治環境息息相關。臺灣著名文學評論家齊邦媛在《閨怨之外》中評價：「這近四十年的臺灣，我們活在一個容不下閨怨的時代。光復初期在臺灣的女子，剛從日治的陰影下出來，必須在語言和艱苦的物質生活中奮鬥；而由大陸來臺的女子，在渡海途中，已把閨怨淹沒在海濤中了。生離死別的割捨之痛不是文學的字句，而是這一代的親身經驗。由最早出版的女作家作品看來，在臺灣創作的中國現代文學是個閨怨以外的文學，自始即有它積極創新的意義。」（轉引自古繼堂《臺灣小說發展史》，遼寧教育出版社、春風出版社，1989 年 11 月版，第 127 頁。）女作家們同樣歷經烽火流離，同樣見證滄桑巨變。不同的性別身份，表現出的家國視景迥異。她們的文本主題，有呼應當時主流的「反共」與「懷鄉」之作，如潘人木等，也有許多作家以臺灣為背景，描寫現實生活，涉及性別與省籍的話題，思量在臺灣重建家園的困境與方法。葉石濤在《臺灣文學史綱》裏，認為 50 年代的臺灣女作家作品「社會性觀點稀少，以家庭、男女關係、倫理等主題」是因為「時代空氣險惡，動不動就會捲入政治風暴裏去。」（葉石濤：《臺灣文學史綱》第 96 頁，高雄文學界雜誌社，1998 年版。）女性小說正好迎合了大眾的逃避心理而受到矚目。

　　50 年代的女性小説以林海音、郭良蕙、孟瑤、嚴友梅等為代表，堅持女性寫實的路線，小説男女戀情，瑣記婚姻家庭，審視女性的困境，聚焦兩性互動情節。在「反共復國」的「戰鬥文藝」盛行之時，她們關注的不是家園的重建，而更關注性別身份的重建。女性小説中有影響的長篇小説是林海音的《曉雲》、郭良蕙的《心鎖》、孟瑤的《心園》、華嚴的《智慧的燈》等；短篇小説中張漱菡〈遊歷了地獄的女人〉、童真的〈穿過荒野的女人〉、繁露的〈養女湖〉、張秀亞的〈尋夢草〉等。

　　值得提出的是，對臺灣小説，尤其是對女性小説發展影響最大的是 1949 年前已成名的大陸作家張愛玲的小説。她的《傾城之戀》、《金鎖記》、《怨女》、《傳奇》等，曲筆寫盡舊上海的女人命運，婚姻愛情。張愛玲的作品一再解構文藝愛情小説中浪漫的生活視景，揭示令人迷惑而又無法抗拒的浪漫幻想的毀滅性，以及對個人感情生活的深刻影響。從未到過臺灣的張愛玲，以世故和嘲諷為特色的愛情故事，影響臺灣許多女作家，尤其以年輕的都市男女的愛情與婚姻為題材的小説創作。張愛玲小説在臺灣的影響，一直延續到八、九十年代。

　　林海音的小説多以女性的生活命運為題材，描寫封建家庭中不同身份地位的傳統女性相同的悲劇命運，也記叙赴臺女性坎坷的生活命運。短篇小説〈殉〉、〈金鯉魚的百褶裙〉中的女性悲苦而無可改變的生活遭遇。長篇小説《曉雲》描寫赴臺女性夏曉雲的愛情故事。通過失業失學的夏曉雲和有婦之夫梁思敬的愛情悲劇，抨擊了陳腐的封建倫理道德，從時代和社會的角度去揭示個人悲劇的原因，顯示出林海音的獨到之處。在〈孟珠的旅程〉中，父母雙亡的孟珠從高中二年級就承擔起養育妹妹的責任，供妹妹讀大學。在低賤的歌女生涯中，始終自尊自重，出污泥而不染，最終找到自己幸福的歸宿。

　　林海音的青少年時代在北平渡過，她將北平作為自己的第二

故鄉。描寫北平生活的代表作《城南舊事》具有濃郁的京味兒色彩，小說由五個連續性的短篇小說組成，透過小女孩英子的眼睛，反映出二、三十年代動盪的北平生活，在純真的鄉戀中表達對社會不平等現象的關注與思索。

　　郭良蕙（1926.7.10 －　　），山東巨野人，畢業於復旦大學英語系。1950 年赴臺定居。1953 年出版第一部短篇小說集《銀夢》，之後出版有代表性的短篇小說集《聖女》、《貴婦與少女》、《記憶的深處》、《臺北的女人》；中篇有〈情種〉、〈錯誤的抉擇〉、〈生活的秘密〉、〈繁華夢〉等；長篇小說有《午夜的話》、《遙遠的路》、《心鎖》、《女大當嫁》、《我心，我心》、《鄰家有女》等。到 1999 年，郭良蕙共出版短、中、長篇小說集 56 部。其中長篇 32 部，中短篇集 24 部。作為一位多產作家，郭良蕙的小說多以都市裏經濟條件較好的中產階級男女婚姻愛情生活為題材，有一定的貴族氣息。受張愛玲小說的影響，通過個人婚戀矛盾和愛情糾葛折射社會生活，寫出人間冷暖世態炎涼，表現複雜的人情和人性衝突。

　　60 年代初出版的《心鎖》是郭良蕙的代表作，也是當時臺灣爭議最大的作品，曾因大膽描寫婚外戀情而被禁多年，80 年代才又獲重新出版。小說的女主人公夏丹琪熱戀著范林，不料范林移情別戀與富家女江夢萍訂婚，丹琪出於報復心理也由於母親的積極撮合而嫁給夢萍的大哥、古板而忠厚的醫生江夢輝。婚後因性格不合毫無愛情可言，丹琪在空虛寂寞中與小叔子夢石發生性關係。小說展示了畸形社會畸形的人際關係，描寫出人物複雜多變的心理過程。

　　郭良蕙小說的線索較為單純，人物不多卻織就錯綜複雜的糾葛，表現技巧較為嫻熟，在情節安排、人物塑造、心理描寫方面成就突出，文字清新曉暢。她的小說不僅以量取勝，在藝術創作

方面對後來的女性小說也產生影響。

孟瑤（1919.5.29 －　　），本名楊宗珍，湖北武昌人。她的童年生活大半是在南京渡過的，抗戰爆發後，考入國立中央大學文學院歷史系。1949 年赴臺，執教於臺中師範學校，後曾任教於新加坡南洋大學。返臺後，歷任臺灣師範大學教授和中興大學中文系主任兼教授。

孟瑤向臺灣中央日報「婦女周刊」版投的第一篇稿〈弱者，你的名字是女人？〉，從此開始用「孟瑤」的筆名發表作品。她以中長篇小說創作為主，代表作有〈美虹〉、〈心園〉、〈柳暗花明〉、〈幾番風雨〉、〈黎明前〉、〈屋頂下〉、〈曉霧〉、〈斜暉〉、〈杜鵑聲聲〉、〈含羞草〉、〈剪夢記〉等，歷史小說有《忠烈傳——晚明的英雄兒女故事》、《杜甫傳》、《鑑湖女俠秋瑾》等，還有理論著述《中國小說史》、《中國戲曲史》等。孟瑤是臺灣的高產作家之一，共出版長短篇小說集 47 部。

孟瑤的小說側重於人生、婚戀內容的表現。她的〈弱者，你的名字是女人？〉曾在「婦周」上引起讀者對性別議題的熱烈討論。小說細述女性在自我發展與顧全家庭間的掙扎矛盾，甚至寫出「『母親』使女人屈了膝，『妻子』又使女人低了頭」的激烈文句，對母職與妻職之於女性自我的殺傷力提出控訴。孟瑤站在女性的立場上，對中國倫理道德為核心的家庭制度提出質疑。「家」這個女性的歸屬，有如一座無形的監牢，用親情和倫理馴服、禁制女性自我追求的欲望。

中篇小說〈心園〉刻劃外表醜陋而內心美好的女性胡曰涓，選擇護士職業為病人奉獻愛心。在情感上，她深深自卑，內心的矛盾和痛苦使她不敢去愛也不敢接受別人的愛。〈卻情記〉記敘了中年女人黛青的心路歷程。物質富有卻情感貧乏的她，在對愛情的渴望與尋覓中，喜歡上兩個漂亮的男青年阿林和莫奇，陷入

情愛迷途。而兩個青年人均利用黛青的感情來達到自己的目的。黛青在痛苦中清醒，掙脫出情感魔圈，小說表達出清醒的意識，體現著孟瑤一貫的情愛觀。

　　孟瑤的小說既寫實，又具有浪漫主義氣息，反映社會生活面較廣，介於嚴肅文學和言情小說之間。在五、六十年代的臺灣文壇，是較有代表性的女作家。

　　童真《穿過荒野的女人》出版於 1960 年，觸及中國女性半個世紀以來橫跨兩岸的若干重大問題，包括傳統的媒妁婚姻、財產權、教育權及工作權到較為當代的女性所關注的議題，如失婚危機、單親媽媽及母女關係等。女主角在三個「家」的空間遷移：父親的家、丈夫的家、女性自己的家，提醒人們質疑「家」對女性的意義是什麼？女性歸屬於哪一個空間？這可說是一篇成色十足的女性主義小說。

第三節　　臺灣的女性散文

　　50 年代的臺灣女作家，成為臺灣散文創作的重要力量，成績斐然。活躍在散文領域的主要有「五四」時期的蘇雪林、謝冰瑩，還有在移居臺灣後登上文壇的琦君、張秀亞、徐鍾珮、羅蘭、林海音、胡品清、鍾梅音等，她們以創作的實績推動臺灣散文的起步與發展。

　　深受我國傳統文化和「五四」新文學浸染的女作家們，渡海來臺後，面對統治當局對「反共文學」、「戰鬥文藝」的倡導，她們無形中保持一種對政治的距離感，恪守自我心靈的田園，創作抒發思鄉懷舊之情，品味親情人生的藝術散文，在喧鬧一時的

政治文學氛圍中獨具風格。

　　蘇雪林（1897—1999），是一位學者型的作家，功力深厚，才情靈秀，散文有袁枚風格的印記。描寫自然之美、家國情思的〈黃海遊蹤〉，融自然與文化，歷史與現實，身遊與神遊於一體，令人讀文而神往。謝冰瑩（1906.7.－　　），曾戎裝為女兵，歷經坎坷，她的《從軍日記》、《一個女兵的自傳》在國內外引起強烈反響。到臺後創作《愛晚亭》、《綠窗寄語》等頗負盛名，作品表現率真與誠實，全無閨秀的纏綿，形成樸素直白，曉暢自然的寫作風格。

　　琦君、張秀亞、羅蘭、徐鍾珮等是此時散文創作中成就最為突出的作家。她們出生在「五四」運動時期，琦君出生在 1917年，張秀亞、羅蘭、徐鍾珮都出生於 1919 年。來臺後，琦君、張秀亞做過或兼過學校教師，羅蘭與徐鍾珮都是新聞工作者。她們的散文創作大多起始於五十年代初，此後創作不輟。不僅在散文方面成就卓著，還創作小說，獲得多種獎項，深受文學界稱譽和讀者歡迎。

　　琦君被稱為「20 世紀最有中國味的散文家」，得力於作者深厚的中國古典文化修養。她在之江大學讀書時曾受業於詞學大師夏承燾先生，古典詩詞的功底融入散文創作，散文選材大多在童年生活、故土風情、親人師友間，表現自我經歷和經驗。深受中國傳統道德薰染和佛教、基督教影響，琦君的散文創作突出「愛」與「美」的主題。〈毛衣〉、〈髻〉滿蘊著對生活的摯愛和對人的真誠、寬容，表現出溫柔敦厚的風範。琦君的散文常以小說筆調敘事寫人，選擇自己經歷過、難以忘懷的事件，思索其中凸顯的人生奧秘和生命意義。語言表達如行雲流水，飄逸自然，古語、口語、對偶、排比、引語交替運用，工整中見變化，散文中有韻

文的效果。

　　張秀亞的散文以詩文並茂而為人稱道，名揚海內外文壇。她在執筆為文時，企圖表現自己精神生活中最深邃的部份，寫出靈魂中的聲音。多取材於個人經歷和與此相關的世態人情，以一顆真純的心，在極平凡、普通的生活物象中發現蘊含著的美，表現人生的真諦。張秀亞的散文多飽含深情，亦富含哲理，如〈風雨中〉、〈父與女〉、〈種花記〉等。深厚的古典文學修養使她善於營造詩的意境，〈心靈踱步〉、〈杏黃月〉等的意境深遠而飄逸。張秀亞散文的語言，頗多清詞麗句，尤其比喻的出色生動，收到「含不盡之意見於言外」的藝術效果。

　　羅蘭（1919.6.3.─　　），原名靳佩芬，河北寧河人。畢業於天津女子師範學院，後任音樂教員、廣播電臺節目製作人、編輯等職。1948 年赴臺。羅蘭長於散文創作，出版《羅蘭小語》、《寄給飄落》、《早起看人間》、《寄給夢想》、《夏天組曲》、《生命之歌》、《寂寞的感覺》、《現代天倫》、《訪美散記》等十餘本散文集，也寫作小說《飄雪的春天》、《西風古道斜陽》、《歲月沈沙三部曲》、《蘇運河畔》、《蒼茫雲海》、《風雨歸舟》等。

　　與同時代的女作家一樣，羅蘭的散文選材於親身經歷的生活瑣事、隨感雜思。電臺節目主持人的工作使她更接近社會現實生活，接近普通大眾。她的散文創作充溢著強烈的現實感和大眾意味。羅蘭以現代都市女性熱切關注現實生活的眼光寫出一批評論社會，追蹤熱點的散文，以中國知識女性溫柔豐富的情懷寫出一批充滿詩情畫意的散文，表現出知性與感性交融的藝術風貌。

　　作為一名新聞工作者，羅蘭的職業敏感和社會參與意識非常強烈。她的知性散文涉及的社會問題非常廣泛：婚姻、家庭、愛

情、親情、修養、讀書、娛樂；社會熱點、人生價值、倫理道德、生態環境……無所不包又具獨到見解。《羅蘭小語》中有對奮進者的勉勵，對迷惘者的引導，對失意者的撫慰，評點愛情婚姻，涵詠人生意義，指陳社會陋習。雖不是所有的觀點都深刻精警，但對正處於人生十字路口，面臨學習或工作壓力苦惱的青年有引導和啟悟作用，具有較強的藝術感染力，風靡了許多讀者。

羅蘭散文的哲理色彩來自她對人生、歷史、文化傳統的思考和感悟。〈中國詩畫中的老人與童子〉、〈無為與不爭〉、〈哲理如詩〉等文中頗多真知灼見。〈顧此失彼的現代女性〉寫出現代女性在事業與家庭雙重壓力之下的兩難處境，揭示現代社會男女關係和家庭責任觀念上的新變化。

羅蘭散文中歌詠自然，抒發情懷的內容占相當比例，表達出對生命的感悟和濃鬱的詩情。《夏天組曲》8 篇散文生動地寫盡夏季這個陽光最飽滿的季節的生命之力和風韻情致，表現作者讚頌生命，熱愛生活的情感。羅蘭筆下大自然的晨、雨、樹、小路、綠草、鮮花、清流、山巒等自然形象的反覆顯現，《聲音的聯想》表達出她對繁亂忙碌的現代都市生活的厭倦和對寧靜閑適的田園生活的嚮往。

羅蘭散文的語言文字樸實自然，清朗明快，具有成熟之美。評點時事時，議論說理乾淨灑脫，富有哲理；歌詠自然，追懷往事時，則溫婉清麗，情深意切。總之，理性與感情的結合，使羅蘭的散文既說理又言情，在矛盾和諧中形成美的創作。

徐鍾佩（1919 年—），江蘇常熟人。1940 年畢業於中央政治學校新聞系。1945 年由中央日報派駐英國任記者。22 年海外生活的經歷，為她提供了豐富的寫作題材。她的散文跳出一般女作家的生活和思想侷限，更多地貼近社會生活和時代風雲，表現出視野的開闊和思考的嚴肅。主要作品有〈英倫歸來〉、〈倫敦和

我〉、〈英倫閒話〉、〈臺北七月談〉、〈追憶西班牙〉等。

習慣以記者的眼光來觀察事物，徐鍾佩以新聞寫實的筆法來創作散文。〈浮萍〉記敘一批知識份子和公務人員初到臺灣時無所事事的閒散生活。作者豐富的閱歷與寫實性，使她的散文具有人生風情和社會風俗畫般的審美意味，尤以描寫異國生活的散文最突出，如〈一日幾茶〉詳細介紹了英國人用茶的習俗規矩，從中窺見英國人的傳統文化特徵。

角度的新穎、思想的深刻和感覺的敏銳，是徐鍾佩散文的主要特色。夾叙夾議，是徐鍾佩散文常用的手法，用筆從容舒放，語言簡潔明快，都為她的散文增添自然流暢的特色。

第四節　臺灣女性詩歌的萌發

臺灣新詩誕生於 20 世紀 20 年代初，而臺灣女性詩大體上直到 50 年代初才破土而出。這是由於戰爭、苦難、貧窮和女性地位低下，被剝奪了享有與男人同等地位和教育文化權利所致。1949年，中國的政治局面發生了根本變化，跟隨國民黨到臺灣的一批知識女性，進入了臺灣文壇。她們中一部份人寫小說，一部份人寫散文，少數成了詩人。如蓉子、胡品清、張秀亞、林泠、晶晶、彭捷、陳敏華等，與臺灣出生的一批同代女詩人：陳秀喜、李乃政、杜芳番格等一起，成了臺灣女性詩歌的開拓者。她們中多數人是兩棲、三棲詩人。尤其是胡品清、張秀亞、蓉子等，既是詩人，又是散文名家。作為臺灣女性詩歌開拓者，她們的創作具有雙重意義。一是顯示了她們作為一個詩人個體的出現；二是顯示了一種女性詩歌現象和文類的出現。作為臺灣女性詩的開拓群體，它是一種新事物的誕生，它是一個文學品種的出現；它是

一種文學園地的開拓，遠遠超過作為詩人個體出現的意義。這批
女性詩人中陳秀喜前面已經敘述。這裏我們主要從女性詩開拓的
角度敘述一下開創期詩人的概況。

　　蓉子是這批女詩人中成就最高者。她本名叫王蓉芷，1928年
5月出生，江蘇省人。她自小生長在一個三代基督教徒的家庭裏。
從金陵女子大學附中畢業後，考取了農學院森林系，唯讀了一年
就去了臺灣。她是臺灣最早出版詩集的女詩人。她的《青鳥集》
於1953年出版。她也是臺灣出版詩集最多的女人。她出版的詩集
有：《七月的南方》、《蓉子詩抄》、《童話城》、《兒童詩
集》、《日月集》（與羅門合集）、《維納麗莎組曲》、《橫笛
與豎笛的上午》、《天堂鳥》、《蓉子自選集》、《雪是我的童
年》等。蓉子是「藍星詩社」的骨幹詩人，「藍星」解體後，蓉
子與其丈夫羅門長期在自己的燈屋中維繫「藍星」的生命。蓉子
非常喜歡泰戈爾和冰心的詩，被稱為「冰心第二」。蓉子的詩還
受到宗教的影響，早年她擔任基督教唱詩班的手風琴手，閱讀了
不少希伯萊民族的詩歌，尤其是希伯萊的雅樂對她的薰陶，幾乎
成了她的詩孕育的一種方式。直到如今，蓉子詩的孕育和萌發常
常是音樂的一種旋律引起。她說「有時為了表達一種心緒的動
蕩，我心中首先會響起一種應和的旋律，由這旋律發展下去就成
了詩。」（蓉子詩集：《七月的南方》，後記。）由於蓉子的詩
常由音樂孕育，因而她詩的音樂性和節奏性極強。也由於音樂的
節奏和旋律的一種內在的運動，需要安靜的外部環境，蓉子特別
喜歡靜雅的意象。如〈傘〉：「鳥翅初撲／幅幅相連，以蝙蝠弧
型的雙翼／連成一個無懈可擊的圓」，其中節奏感和旋律感十分
清晰。蓉子的詩具有沈鬱的中國古典美的韻致。例如〈一朵青
蓮〉、〈古典留我〉是極好的例子。蓉子詩的另一個特色是親
切、淡雅、凝練，如〈笑〉、〈晚秋的鄉愁〉。當人們讀到「每

逢西風走過／總踩痛我思鄉的弦」的詩句，不能不像電流一樣靜默而又劇烈地撞擊讀者的心。作為一代開拓臺灣女性詩歌處女地的詩人，蓉子是功不可沒的。

李政乃，1934 年生，臺灣新竹縣人，畢業於臺灣女子師範學校、臺北師專，曾任小學教師、師專教師。17 歲開始寫詩，是臺灣光復後第一位省藉女詩人。出版有《千羽是詩》等詩集。她是一個不結盟的獨來獨往的女詩人。她的詩語言凝練，篇幅短小，意象鮮明。風格上閒適淡雅，淳樸自然，充滿對生命、自然和美的熱愛。她的詩多是從日常生活和身邊事物取材，從中開掘出詩意，引起人們的共鳴。如〈孔雀〉一詩寫道：「看到落日的光輝／我終於失聲痛哭了／擁著薔薇夢的大地啊／怎地渴望長對翅膀呢？」這詩耐人尋味。落日的光輝，仿佛孔雀的一對翅膀，不就可以像孔雀一樣起飛了嗎？這種壯美的景致，博大而輝煌的意象，在李政乃的詩中是比較少有的，但卻是值得讚美的。這樣的詩為臺灣女性提供了良好的奠基石。

張秀亞，（1919—2001）原籍河北省，輔仁大學西語系畢業。曾任《益世報》副刊主編，抗戰勝利後，在輔仁大學任教三年，1949 年去臺灣，前後在靜宜英專和輔仁大學任教授。她是詩、散文、評論三棲作家。詩文俱佳。她出版各類著作達 60 餘種。其中詩集有：《秋池畔》、《水上琴聲》和《愛的又一日》。張秀亞的詩很美。她的筆是一支能彈時間琴音的弦，在日夜不息的琴弦上，彈奏出一曲曲令人魂魄為之動蕩的小夜曲。「夜正年輕／而記憶卻非常古老了／我看見／一朵朵苦笑自你唇邊消失／有如燈花在落」，時間和生命如燈花剝落，於是「鬢也星星」，「夢也是星星」。但是時間並不能將生命和美全部剝落，它剝落的只是一種枯枝敗葉，而那屬於永恒的東西是剝落不

了的。於是「生命的曲調乃化為永恆」。（〈夜正年輕〉）。張秀亞既不向時間服輸，也不向命運低頭，她總是充滿自信地，快樂地把握住生命中光輝的一瞬。「你是那峰巔回聲中的回聲／而我，也只是那湖心映影中的映影／萬年不過一瞬／我把握住這片刻將你傾聽」是的，那種「人生不滿百，常懷千歲憂」的慨歎，還不如牢牢把握住百年中那踏踏實實的一瞬，來體現價值和獲取成就，可能對世界，對人類更真實，更有用一些。張秀亞那清新雅潔的詩中，寓入了令人深思的人生哲理。

胡品清，浙江人，1921年出生。浙江大學英文系畢業，法國巴黎大學現代文學研究生。長期擔任臺灣中國文化大學法語系、所教授，系主任和所長。她是教授型詩人，跨越評論、詩、散文三條文界。她出版的詩集有《影虹》、《胡品清譯詩及新詩選》、《人造花》、《玻璃人》、《另一種夏娃》、《冷香》、《薔薇田》等。胡品清因婚姻的失敗，造成了孤獨的心境。她的詩中既有一種拂之不去的幻滅感：「哎！那只是一棟魔屋／它已消失，不悉何故／凝它剝落的傾頹／除了嘆息，我能何為？」（〈魔屋〉）。也有著強打精神的自負：「眾木已枯／我是惟一的青松」。更有著無奈和悲涼：「無奈地／我殘存／一個全然的貧女／吉它是我惟一的財產／惟一的伴侶」（〈六弦琴〉）。胡品清有一部詩集的名字叫：《冷香》，「這種冷香」大體上傳達出了她詩的情致和風格。評論家史紫忱概括她詩的風格時說：「有淡泊風的悒鬱美，有哲學味的玄理美。」胡品清在談到她的創作主張時說「一點點的美學，一點點的哲學，一點點的情感……」這大致上可以顯示胡品清詩的精神和面目。

第十三章

臺灣女性文學的開創人林海音

　　50 年代的臺灣女作家群中，絕大多數是從大陸遷移臺灣的，她們把大陸的文藝經驗帶到了臺灣。在「五四」新文化運動影響下成長的林海音，以她豐富的創作，成為臺灣女性文學的開創人。

第一節　林海音的生平和創作概況

　　林海音（1918.3.18 － 2001.12.1），原名林含英，小名英子，原籍臺灣省苗栗縣，生於日本大阪。1921 年全家從日本返回臺灣，因在日本統治下的臺灣度日艱難，1923 年又舉家遷居北平定居。林海音的父親林煥文是客家人，是臺灣的一位具有愛國思想的知識份子。44 歲那年，林海音的叔父在大連監獄被日本人酷

刑打死，林海音的父親前去收屍，精神受到嚴重刺激，回到北平後不久即病逝。那時，林海音剛剛 13 歲，和寡母、弟妹在舉目無親的北平非常艱辛地生活，從小就有了艱難人生的體驗。林海音曾就讀於女子師範學校，後進世界新聞專科學校，畢業後，進北京《世界日報》當記者，是北京最早的女記者，為她成為作家積累了豐富的創作素材。

林海音在北平度過了她的童年、少年和青年時代。1948 年，林海音和丈夫何凡（夏承楹）及三個孩子返回臺灣，同年任《國語日報》編輯。1951 年起，林海音任《聯合日報》副刊主編長達 10 年。1957 年，又擔任《文星雜誌》的編輯。1967 年 4 月 1 日，林海音創辦和主編《純文學》月刊。5 年後又獨立負責純文學出版社，出版「純文學叢書」，出版許多有價值的作品和文學研究著作，在臺灣的文學界享有很高的聲譽。

林海音是臺灣省籍最優秀的女作家之一，與生俱來的生命力和想像力使她走上創作之路。她非常喜愛凌叔華、沈從文、蘇雪林、郁達夫的作品，俄國的屠格涅夫、陀斯妥耶夫斯基，英國的狄更斯、哈代，德國的歌德，法國的莫泊桑、巴爾扎克，以及日本的谷畸潤一郎等的作品都給她的創作以營養。在文學創作領域，林海音是一位多面手，創作有散文、小說、兒童文學作品等，而以小說創作成就最為突出。她的主要作品有：長篇小說《曉雲》、《春風日麗》、《孟珠的旅程》；短篇小說集《城南舊事》、《綠藻和鹹蛋》、《燭芯》、《婚姻的故事》、《林海音自選集》等；散文集有《冬青樹》、《兩地》、《作客美國》、《芸窗夜談》、《剪影話文壇》等，兒童文學作品有《蔡家老屋》、《薇薇週記》等。

林海音對文學事業的貢獻主要在她的小說創作、培育新人和興辦刊物與出版社方面，她把自己的精力和心血，都奉獻給了文學事業。

第二節　林海音小說的「兩岸情結」

　　1966 年 10 月，林海音出版《兩地》一書，她在「自序」中說：「臺灣是我的故鄉，北平是我長大的地方，……因此我的文章自然離不開北平。有人說我『比北平人還北平』，我覺得頌揚得體，聽了十分舒服。當年我在北平的時候，常常幻想自小遠離的臺灣是什麼樣子，回到臺灣一十八載，卻又時時懷念北平的一切。」

　　林海音雖生於日本，但在日本只住了三年。她的童年、少年和青年時期都屬於北平，由兒童、少女而婦人，北平給了她最初的對現實人生的觀察和體驗，形成了她的人生態度和價值觀。作為作家的林海音在北平的生活和事業中已經孕育成熟了，她把北平作為自己的第二故鄉。林海音在小說《城南舊事》等作品中表現出來的濃郁鄉愁，是對北平生活的追憶和眷戀，從這個角度說，她是北平人；但是，不可否認，林海音作為臺灣籍作家，對臺灣這塊土地懷有深厚的情感，正如葉石濤所說：「林海音到底是個北平化的臺灣作家呢？抑或臺灣化的北平作家呢？這是頗饒趣味的問題。事實上，她沒有上一代人的困惑和懷疑，她已經沒有這地域觀念，她的身世和遭遇替她解決了大半的無謂的紛擾，在這一點上而言，她是十分幸運的。」（《葉石濤作家論集》第84 頁，轉引自古繼堂：《臺灣小說發展史》，春風文藝出版社，第 137 頁。）北平——臺灣，臺灣——北平，獨特的生活經歷，使林海音用筆連接起海峽兩岸，表達出濃郁的大中國文化觀念，她的創作從選材、構思到語言表達，都顯現出深厚的「兩岸情結」。

　　林海音寫作的兩個重點，是描寫女性生活命運和「兩地」（北京和臺灣）的生活。即便是描寫女性生活命運的小說，主要取材仍在「兩地」。

　　以少年時閱歷的事物為素材，林海音的小說〈殉〉、〈燭〉、〈金鯉魚的百褶裙〉描寫舊家庭中不同身份地位女性相同的悲慘命運。〈殉〉中的方大奶奶因「沖喜」而結婚，結婚一個月丈夫就死了。從此過著渡日如年的生活；〈燭〉中描寫一個嫉恨丈夫娶妾而又不能公開指責的舊式婦女，躺在床上裝病，以希望得到丈夫的憐憫和同情，誰知日久天長，竟真的癱瘓在床，淪入雙重的精神折磨中；〈金鯉魚的百褶裙〉中16歲時被老爺收為小妾的金鯉魚，一生最大的夢想是盼著在兒子婚禮上，穿上紅色百褶裙，以此顯示自己與大太太的同等身份而不得，這位在不平等中忍辱一生的女性最後鬱悶而死。無論是妻，還是妾，在封建宗法制度和婚姻制度的壓制、束縛下，都得不到作為一個人的公正待遇，女性的命運是悲慘的。《婚姻的故事》也是一系列封建婚姻制度下女性的悲劇命運寫照。林海音著力表現新、舊婦女命運轉換和交替中的艱難、兇險和慘烈，表現出封建婚姻兩面劍性質，既殺左，也砍右。使女性無處躲避的血淋淋現實，將封建婚姻制度的黑暗揭露得入木三分。

　　林海音不僅關注老一代婦女的婚姻悲劇，也關注著赴臺女性的生活命運。〈曉雲〉描寫失學失業的少女夏曉雲和有婦之夫梁思敬的愛情悲劇，抨擊了陳腐的封建倫理道德。夏曉雲對男友文淵沒感情，卻被家裏認可為未婚夫婿；梁先生因報恩，娶了娘家有財勢、大八歲之多的梁太太，兩對不稱心的婚姻潛伏著危機。文淵出國留學，夏曉雲到梁家做家庭教師，洞察梁先生的心靈創傷後，頓生波瀾。私奔敗露後，曉雲與梁先生間的一切化為烏有，又陷入新的痛苦之中。夏曉雲的命運與梁太太的命運同樣悲慘。〈玫瑰〉的女主人公純潔、聰慧、敢於反抗，但被逼進酒家

賣唱，17 歲跳樓自殺。相比之下，〈孟珠的旅程〉中的主人公孟珠的命運要幸運一些。來到臺灣後，父母雙亡的孟珠唯讀到高中二年級就承擔起養育妹妹的責任，去歌廳賣唱為生，供妹妹讀大學。在低賤的職業中，卻始終能自尊自重，出污泥而不染，最後找到自己的幸福。〈蟹殼黃〉中的人物來自廣東、山東、北京，如今靠手藝在臺灣謀生。在描寫臺灣生活的作品中，林海音展示人物的生活境遇，從時代和社會的悲劇中去揭示個人的悲劇原因。

　　林海音對北平生活的回憶，代表作是《城南舊事》。小說由「惠安館傳奇」、「我們看海去」、「蘭姨娘」、「驢打滾」、「爸爸的花兒落了」五個短篇構成，具有濃郁的「京味兒」語言風格，生動、形象、傳神。小說通過小女孩英子的眼睛，描寫二、三十年代動盪的北平生活，古城的風土人情和名勝古蹟，表達出對兒時生活的愛戀和鄉情，在純真中透出對社會不平等現象的思索。惠安館的「瘋子」，善良的「小偷」，烟花女子蘭姨娘，命運不濟的宋媽，以及蒼涼、悠遠的「長亭外，古道邊，芳草碧連天……」的畢業歌，都深深打動讀者的心靈，使小說成為當代臺灣文學的經典之作。

　　不僅是小說創作，在林海音的散文創作中，〈英子的鄉戀〉、〈三盞燈〉、〈秋的氣味〉等抒寫著對北京的懷念；〈陽光〉、〈一家之主〉等抒寫臺灣的生活百態，表現出一定的對人生、社會的理性思索，不乏啟人之處。林海音的「兩岸情結」如一首歌，始終迴旋在她的創作中。

第三節　林海音小説的深遠影響

　　林海音是臺灣老一輩女作家中的代表人物，作為臺灣女性文學的開創人，她的小説產生的影響是深遠的。

　　首先是自覺地關注女性的生活和命運，表現婦女心靈的桎梏和命運的悲劇。林海音在「五四」新變化的教育中成長，接受新的觀念，表現出女性的自覺，思考著婦女的命運。到臺灣後，1950 年的婦女節，林海音即曾於「婦女周刊」發表〈臺灣的媳婦仔〉一文，呼籲解決臺灣的婦女問題。她的小説創作從一開始，就注重描寫新舊交替時代中國女性的悲劇，寫出她們的坎坷遭遇與苦難命運，也表達她們的愚昧和不爭。她小説中的人物大都是市民階層，中心人物是各種各樣的女性。林海音將對社會的思考，落實到女性的人生中，其意義往往超過女性自身，而具有深刻的意義。即使是回憶北平生活的《城南舊事》中，女性的悲苦命運也有相當深入的刻劃。在臺灣五十年代反共文學的主流中，林海音的小説是另一種聲音，她記述曾祖母、祖母、母親這「舊時三女子」的生活圖景，她懷念冰心、淩叔華、蘇雪林等女作家。她的小説，開創了臺灣的女性文學創作，影響著同時代的許多作家。

　　林海音的小説沒有寫戰爭、政治、民族命運的題材，而是選擇極平常的題材，採用以小見大的構思方式，從「城南舊事」中窺見時代風雲。她的小説在回憶歷史和生活場景中，融入自己對社會人生的思考，具有一定的社會意義和認識價值。〈蘭姨娘〉開頭槍斃人的血腥場面，引出對北大學生德先叔的擔心，小院連接著時代的風雲。〈殉〉中的「沖喜」，〈金鯉魚的百褶裙〉表

現了封建婚姻制度對女性的摧殘。這種選材構思的突出特點，在後來的女作家創作中產生影響，得到進一步發揚。

　　林海音的小說在藝術上成功地運用對比手法和象徵手法。〈曉雲〉中對曉雲和美惠不同的命運進行對比：一個是狂熱不幸的悲劇，一個是相愛幸福的婚姻；〈孟珠的旅程〉中不同生活態度的對比：孟珠自強自尊，出淤泥而不染，與歌女雪子自暴自棄、玩世不恭形成鮮明對比，一個贏得了自己的幸福，一個毀滅了自己的生命。〈燭〉中，那搖曳不定，忽明忽暗的一點燭光，象徵著老婦人的風燭殘年和無邊的黑暗命運，形象地描寫出人物的生存境況。〈曉雲〉中的主人公的名字也具有象徵性，曉雲：美麗而短暫；〈孟珠的旅程〉藉旅行來象徵喻示孟珠的人生里程；〈金鯉魚的百褶裙〉中的「百褶裙」是主人公身份命運的象徵。這些，都為我們提供了創作的範例。

　　高陽在〈雲霞出海曙──讀林海音的「曉雲」〉一文裏指出：「海音的作品的風格，是我們所熟悉的，細緻而不傷於纖巧，幽默而不傷於晦澀，委婉而不傷於庸弱，對於氣氛的渲染，更有特長。」可說是對林海音創作風格的準確概括。林海音的創作，在海峽兩岸，都擁有眾多讀者，影響著年輕一代作家的創作實踐。

第十四章

反共文學壓制下默默耕耘的
現實主義文學

第一節　現實主義小說的創作概況

　　1949 年，國民黨殘餘政權遷到臺灣後，政治上實行高壓的白色恐怖，文藝方面大興文字之獄。不過，烏雲遮不住藍天，巨石壓不死小草。儘管國民黨控制了所有的媒體，以政治力量推行「反共八股」文藝，只准「反共」文藝一種聲音獨鳴，但是具有民主思想的知識份子和一切有正義感與良知的人們，還是敢在太歲頭上動土。那時代表自由民主思想和現實主義文學思潮的有三股勢力。一是以胡適、殷海光、李萬居、郭雨新等為代表的資產

階級自由民主派。屬於這一派別的有雷震的《自由中國》雜誌和以李敖為主編的《文星》雜誌。他們不時地對國民黨的獨裁統治進行抨擊。柏楊和李敖的雜文也是國民黨感到威脅的勁敵。第二股勢力是與官方作家對稱的「在野派」本省籍作家。他們雖然人數不多，作品不多，創作上剛從日文轉為中文。處於重新起步階段，但他們在創作思想上和道義上卻佔著優勢。他們從日本人的桎梏下擺脫不久，精神上、創作上有一種蓬勃的新生之氣，那種由異族統治下重新回到祖國懷抱，嚮往自由、民主和解放的思想，與國民黨的獨裁統治形成尖銳對立。第三股勢力是在不明真相，驚慌之中糊裏糊塗跟隨國民黨跑到臺灣的普通知識份子。他們無意跟隨國民黨反共，但也不敢與國民黨作對，便在那非政治性題材的文學中徜徉，或以文療傷或以文自娛。

50 年代的本省籍小說家，主要指由日文轉為中文創作的「跨越語言」一代作家和 50 年代新崛起的現實主義小說家。他們中有：林海音、鍾肇政、鍾理和、葉石濤、吳濁流、文心、張深切、廖清秀、張文環、林鍾隆、施翠峰、蕭金堆、鄭煥、林清文、李喬、鄭清文、劉静娟、陳天嵐、鍾鐵民等。他們出版的長篇小說有廖清秀的《恩仇血淚記》、《不屈服者》、文心的《命運的征服者》、鍾理和的《笠山農場》、張深切的《里程碑》、李榮春的《祖國與同胞》、林海音的《曉雲》、施翠峰的《龍虎風雲》、吳濁流的《孤帆》、《亞細亞的孤兒》、鍾肇政的《濁流》、《魯冰花》等。短篇小說集有：廖清秀的《冤獄》、施翠峰的《相信我》、林鍾隆的《迷霧》、《外來的姑娘》、林海音的《綠藻與鹹蛋》、《燭芯》、《婚姻的故事》、蕭金堆的《靈魂》、《脈博》、文心的《生死戀》等。上述作品大體上表現了這樣一些題材和主題。其一是描寫日本帝國主義佔領臺灣五十年，給臺灣人民造成的巨大災難和痛苦，揭露日本帝國主義的侵略罪行，展示出愛國的、民族主義的思想內涵。如廖清秀的《恩仇血淚記》和

鍾肇政的《濁流》等。其二，表現兩岸同胞是一家的內涵。如林海音的《曉雲》描寫了一家人的兩岸婚姻。大陸去臺企業家愛上了臺灣姑娘夏曉雲，故事曲折，感情真摯。其三，表現作者早年的臺灣生活經歷，如鍾理和的《笠山農場》，就是表現作者早年在高雄縣美濃鎮幫助父親經營笠山農場等生活情景。其四，抨擊封建婚姻對婦女的殘害。如林海音的《婚姻的故事》等。作者在這部小說當中選取了封建婚姻的許多典型的故事，表現了舊式女性向新式女性的過渡，揭露了封建婚姻的醜惡和兇殘。上述作品閃射出強烈的現實主義文學的光芒。現實主義文學雖然處於被壓抑的地位，卻預示出臺灣文學發展的主流性的方向。

臺灣的早期鄉土小說家中，廖清秀是一個十分勤奮，創作生命力強勁的作家。他在 50 年代默默耕耘的現實主義文學中佔有較重要的地位。廖清秀，筆名青峰，坦誠，村夫等，1927 年 5 月出生，臺灣省臺北縣人。日據時期小學畢業，光復後曾任臺灣氣象局專員，科長等職。臺灣新文學的拓荒之路上，有他流下的汗水，他是臺灣「跨越語言」一代的小說家，曾獲中華文藝長篇小說獎，鹽分地帶文藝營「臺灣文學特殊貢獻獎」。他出版的長篇小說有：《恩仇血淚記》、《不屈服者》、《反骨》、《第一代》（上下冊），中短篇小說集有：《冤獄》、《金錢的故事》、《廖清秀集》、《查某鬼的報仇》、《林金火與田中愛子》，另有兒童文學作品十一部。廖清秀的小說題材和主題，主要是揭發和抨擊日本在臺灣犯下的罪行，以及以樸拙的鄉土語言和諷刺筆觸描寫普通人的生活和命運。揭露社會，官場的不平和不公，表達下層人民的心聲。

大陸去臺的作家，雖然以官方作家為主，分為軍中派和政界兩派，但也有一部份從事自由職業者，如教師、記者、編輯、醫生等行業的男性作家，及一大批女性作家。他們多數屬於「反共八股」之外的作家。男作家中特別要提到的是最近「出土」的歐

坦生（1923－　　）。原籍福建省福州市的歐坦生在 1947 年二月
事變前夕來臺，並以當時臺灣的生活為素材寫小說，寄上海范泉
主編的《文藝春秋》上發表，其中最突出的作品有〈沉醉〉和
〈鵝仔〉（《歐坦生作品集：鵝仔》，人閒思想與創作叢刊，
2000 年，人間出版社，臺北。）兩篇作品都以傑出的現實主義創
作方法和成功的藝術形象，描繪了光復初期來臺「刼收」人員、
官僚對本省低層民眾的輕侮，歧視和威暴，超越了作者的畛域，
為臺灣人民代言。施淑有這評價：

> 「……來自現實主義藝術的不能妥協的看事物的方
> 法，以及與之俱存的不能妥協的人的道德直覺，首先使歐
> 坦生和他的小說能夠在光復初階級分化、省籍矛盾等等的
> 苦難的現實面前，由權力結構和權力運作的經緯，審視和
> 思考在壓迫與被壓迫、宰制與被宰制的關係綱絡中，人的
> 意義應該擺在哪個位置，人應該何去何從，而不是在排除
> 性的畛域觀念中，劃地自限或自我迷失。」（施淑，〈復
> 現的星圖〉，《復現的星圖》，人間思想與創作叢刊，2000
> 年，秋，臺北，人間出版社。）

　　1950 年前後，歐坦生突然從臺灣文壇失去蹤蹟，不久改以
「丁樹南」的筆名，從事文學寫作理論、文藝批評、編輯等工
作，卻鮮少人知道他在 1950 年之前的創作與作品。他的「出
土」，深刻說明了光復初期臺灣文壇被高壓政治湮沒的歷史，是
如何需要進一步挖掘其實相。

　　林適存，他是 50 年代臺灣小說界十分活躍的作家。從 1954
年到 1960 年，他出版了六部長篇小說：《瘋女奇緣》、《窮巷》、
《加色的故事》、《巧婦》、《春暉》、《夜來風雨聲》等。徐訏，

50 年代出版長篇小說《彼岸》、《暗戀》、《江湖行》等。涂翔宇，50 年代出版的長篇小說有《夢繞多瑙河》、《夕陽紅》、《卡娜莎姑娘》、《隱情》、《暗戀》等。畢珍，50 年代出版的長篇小說有《水月》、《淚湖夢影》、《寒露曲》、《新情》、《罪城記》、《鈴噹恩仇記》、《古樹下》、《綠意》、《貝妃》等。王逢吉，50 年代出版的長篇小說有《三個女性的形象》、《菱湖戀人》等。龔升清，1954 年出版長篇小說《日月潭之戀》。李英輝，1954 年出版長篇小說《鄉村牧歌》。古紅線，1958 年出版長篇小說《杜鵑》，田原，出版長篇小說《這一代》等。

　　20 世紀 50 年代，大陸去臺的一批女作家相當活躍。創作上最為勤奮的有：孟瑤、郭良蕙、謝冰瑩、吳崇蘭、聶華苓、於梨華、艾雯、繁露、畢璞等。其中出版作品最多的是孟瑤和郭良蕙。她們自 1952 年到 1962 年間出版的長篇小說有十部以上，其中孟瑤十年間出版的長篇小說：《危巖》、《美虹》、（1953 年），《柳暗花明》、《窮巷》（1955 年），《心園》、《屋頂下》（1956 年），《黎明前》（1959 年），《小木屋》、《刑場》（1960 年），《生命的列車》、《含羞草》（1961 年），《危樓》（1962 年）。而同一時期郭良蕙出版的長篇小說有：《情種》、（1955 年），《錯誤的決策》、《繁華夢》（1956 年），《情感的債》（1958 年），《默戀》（1959 年），《往事》、《黑色的愛》（1960 年），《春盡》（1961 年），《女人的事》、《遙遠的路》、《心鎖》（1962 年）等。大陸去臺作家的作品，其題材和主題主要是，其一，婚戀題材，這類作品約佔他們創作總量的百分之六十到七十。有不少作家的作品幾乎清一色的男歡女愛。其二，是歷史題材，創作這類作品最多的是畢珍。其三，是思親懷鄉題材，這些作家剛從大陸去臺灣不久，他們對腳下的土地十分陌生，因而只能在往日的舊生活中尋夢。婚戀題材的作品既可自娛，也可娛人，又是厭惡戰亂者靈魂修養的田園。從人身安全角

度看，寫婚戀題材是最不會惹麻煩的。故事也較容易編創。因而
這種題材的興旺，是必然之事。從表現方法看，從大陸去臺的這
批作家，基本上都是沿用現實主義的藝術方法。因而他們的作品
理應歸類為現實主義文學，他們理應為現實主義作家群體的一部
份。

第二節　鍾理和

　　鍾理和，筆名江流、里禾，號鐵錚，鍾堅。1915 年 12 月出
生於臺灣省屏東縣高樹鄉廣興村，祖籍廣東梅縣，1960 年 8 月辭
世。早年家庭經濟比較富裕，父親經商，在大陸也有投資，並在
高雄縣美濃鎮買下「笠山農場」。鍾理和十歲時由大陸去臺老師
田廷義教授中文，後來又受到江西中文老師劉公漢的教誨，中文
底子比較好。他少年時期就熱愛古典文學，曾熟讀《楊文廣平蠻
十八洞》和《紅樓夢》等名著，對郁達夫等人的作品也愛不釋
手。16 歲時曾試寫長篇小說《雨夜花》，寫了六章而夭折。1938
年，18 歲的鍾理和隨父親去高雄縣經營「笠山農場」。這段生活
既為他惟一的長篇小說《笠山農場》提供了素材，也成了他一生
命運的轉捩點。在農場裏鍾理和與女工鍾平妹產生了愛情，但同
姓不准通婚的封建舊習俗，卻成了他們這對鴛鴦飛不過的障礙。
於是雙雙私奔到大陸，先在瀋陽落腳學開汽車，並在那裏生下了
長子鍾鐵民，後於 1941 年遷居北平，在南池子做木炭行生意維持
家計。鍾理和的小說創作，也從這裏起步，並且在北平出版了他
生前惟一的著作，中短篇小說集《夾竹桃》。臺灣光復後，鍾理
和於 1946 年 2 月率全家返回臺灣。但是，雖然時過近十年，同姓
不婚的魔影並未消失。鍾理和不僅貧病交加，而且在眾人的白眼

下生活。因鍾理和患上了嚴重的肺結核病，全家的生活重擔落在了鍾平妹身上。鍾理和雖然重病，開刀拿掉了七根肋骨，但仍然堅持寫作不輟，1960 年他在創作中篇小說〈雨〉時咳血而亡，死在了他放在膝蓋上的寫作板上，被人稱為「倒在血泊裏的筆耕者」。鍾理和生前雖然創作了許多作品，但被頻頻退稿，得不到發表。他臨終的前一年，由時任《聯合報》副刊主編的林海音的幫助，在聯副上發表了數篇小說，慰藉了一顆對文學失望的心。鍾理和是抱著不平離開人世的，臨終告誡家人：今後「不得再有從事文學者」。但其子鍾鐵民卻為了給父親爭一口氣，又毅然拿起了筆，成了當今臺灣文壇一位重要的鄉土文學作家。鍾理和辭世後，林海音、鍾肇政、葉石清等人發起，在鍾理和生前居住和創作的高雄縣美濃鄉建立「鍾理和紀念館」，展出了鍾理和的著作和遺物及世人對鍾理和的評價等。其長子鍾鐵民編輯出版了《鍾理和全集》六卷。卷一為小說；卷二、三為散文；卷四為長篇小說；卷五為日記；卷六為書簡、雜記。鍾理和的小說既不是描寫重大歷史題材，表現中國人在民族敵人面前的視死如歸、威武不屈，也不是以漫長的歷史畫面描繪人物性格在風雨中的成熟和轉變，它是圍繞著作者的人生足跡伸展的一幅幅生活畫圖。他的處女作〈夾竹桃〉，是他 40 年代在北平生活的縮影。中篇小說〈門〉記錄了作者與妻子鍾平妹剛從臺灣私奔到瀋陽的生活畫圖。其中描繪鄰居倆位老人，素昧平生但卻對生孩子的鍾平妹無微不至的照料，表現出母女般的深情，令人至為感動。作者寫道：「老太太——老太太呀，祝你平安，——那是我永世不忘的第二母親——老夫婦倆疼愛我們不亞於自己親生兒女，尤其老太太對於妻。他們憐憫與體恤我們遠離家鄉，來到千萬里外的異域，舉目無親，孤零零的倆口子相依為命，天天過來，甚至時或一天來二次，或三四次，一來便逗留大半日，安慰，或照料我們無微不至……被投落在大千世界裏，失掉溫暖的庇護和安慰的

妻，也對她親愛、戀慕與繾綣，如孤生在石陰下的弱草之愛慕陽光……瞧瞧天真地投入老太太暖懷中的妻，與撫摸妻如親生女兒的老太太──瞧瞧人間這至美的一瞬時，常禁不住自己眼睛之熱，與鼻之酸……」。作者用如此溫馨，如詩一樣的語言與激情，來歌頌一對共患難的普通老夫婦，並且將那情感昇華到陽光之愛弱草之高度，不能不令人想到作者在這形象中寓入原鄉和祖國的內涵。從日據下的臺灣來到祖國；從異族鐵蹄的踐踏下來到祖國溫暖之懷抱，表現了作家愛祖國，愛原鄉的一往深情。這既是一曲母子戀歌，也是一首祖國頌。〈貧賤夫妻〉、〈奔逃〉、〈同姓之婚〉、〈錢的故事〉是一組婚姻家庭的頌歌，也是批判世俗觀念和封建勢力的銳利武器。小說以受害者的哀婉低沈和無奈的語調，鑄成鋒利的刀劍，向加害者和醜惡者反擊過去。當人們讀到恩愛夫妻卻被逼得生活不下去的時候，愛妻無奈對丈夫說：「求求你做好事，離開我吧……」夫妻抱頭痛哭的時候，社會的譴責鋒芒定然如怒火騰起，燒向醜惡勢力。

　　中篇小說〈雨〉和〈竹頭莊〉、〈山火〉、〈阿皇叔〉、〈老樵夫〉、〈笠山農場〉是一幅幅貧窮、苦難而充滿鄉土風味的風俗畫，是對造成農村貧窮和險惡的不公與不平射出的一支支利箭。作品中那些窮山惡壤中發生的一幕幕令人驚詫而又辛酸的故事本身，就具有一種震撼性。如〈老樵夫〉中丘阿金老人受人之託常為別人埋葬死去的小孩。老人怕被狗扒出吃掉，就將坑挖得很深，土蓋得很厚。這種悲苦、淒愴和荒涼的生活畫面，就特別具有當時臺灣的鄉土特色，具有很濃的風俗感，這在別的作家筆下極為少見。這種獨特的風俗畫面，形成鍾理和小說濃鬱鄉土性的內涵。鍾理和以獨特的創作成就，奠定了他臺灣鄉土小說代表作家的地位。

　　鍾理和的小說特別擅於描繪顯示民族色彩的風俗人情。尤其〈夾竹桃〉中描寫北京的種種人物和濃郁的人情世故，及中篇小

說〈雨〉中描寫臺灣老百姓求雨的心情，不僅栩栩如生，而且是
地道的中國風味。鍾理和的小說特別擅於通過生活細節描繪刻劃
人物，如〈貧賤夫妻〉中幾句對話，男女之角色善良而無奈的形
象便躍然紙上。在鍾理和的作品中，民族風俗和鄉土情懷水乳交
融，互為裏表，不可分割。其鄉土風味愈濃烈，中國風格就愈顯
明。臺灣同胞為紀念鍾理和，拍攝了他的生平電影《原鄉人》，
轟動了海峽兩岸，也感動和教育了兩岸同胞。他曾經懷著滿腔激
情地向世人宣告：「原鄉人的血只有流返原鄉，才能停止沸
騰！」這既是作家不渝的誓言，也是對後人的一種忠告。

第三節　李　喬、鄭清文

　　李喬，本名李能祺，筆名壹闡提，1934 年生，臺灣省苗栗縣
大湖鄉蕃仔林人。李喬的父親是個抗日志士。他自幼家境十分貧
困，李喬畢業於新竹師範學校，任中小學教師 20 餘年，1981 年退
休成為專業作家。他出版的小說集有《飄然曠野》、《戀歌》、
《晚晴》、《人的極限》、《山女》、《故鄉故鄉》、《恍惚的世
界》、《痛苦的符號》、《心酸記》、《告密者》、《兒手》、《強力
膠的故事》等。長篇小說有《山園戀》、《結義西來庵》、《寒夜
三部曲》、《藍彩霞的春天》、《冤恨慘絕錄》、《情天無恨》等。
還有劇本《羅福星》。李喬的作品基本上是以家鄉蕃仔林的生活
和歷史為素材，進行鋪展、伸延、開掘。由於李喬親身經歷了苦
難的生活，因而他特別擅於描寫農村的苦難。他的《蕃仔林的故
事》系列小說，是描寫農村苦難生活的代表作品。小說深入地揭
露了日本入侵者將臺灣農村搞得民不聊生，餓殍遍野，用腐爛的
死豬肉充饑，用「鹽巴梗」代鹽巴，以自殘反抗日本人徵兵等掙

扎於死亡線上的狀況，憤怒地揭露和控訴了日本人掠奪殘害臺灣
同胞的罪行。李喬在小說集《山女》的序言中寫道：「一撮一掌
血，（這些故事）全是我童年生活的真實寫照。這裏有我生長小
山村的一群愚昧可憐而善良百姓的淚痕笑影；有苦難一生的雙親
的聲咳音容。那是異族統治陰影裏的生活面貌的一個個小小的取
樣」。李喬的短篇小說，除了歷史的回聲之外，也有對現代生活
的描繪，如〈火〉、〈劉土生〉、〈老何和老鼠〉等作品。作者
抓住工商社會中那光怪陸離，五光十色的生活，深挖出那生活給
人們造成精神上的迷失，心靈上的扭曲和異化。他的另一些小說
〈告密者〉、〈小說〉、〈孟婆湯〉等，則是揭露和反映臺灣社
會的政治陰暗和險惡。其中的〈孟婆湯〉，是揭露 1972 年 4 月 21
日美軍魯茲將臺灣酒吧女林維清強暴後殺害，臺灣當局對其罪行
包庇慫恿的事件。小說用魔幻的寫實手法，將人間和地獄，陰界
和陽界進行互換，表現了臺灣司法當局的醜態，維護了中國人的
尊嚴。李喬的長篇小說《山園戀》是要人們眷戀家鄉，熱愛故土，
抗拒都市生活誘惑的主題。《藍彩霞的春天》是臺灣首部描述妓
女生活的長篇小說，被當局查禁，其實這是一部主題突出，思想
十分健康的現實主義佳作。小說通過藍彩霞姐妹倆，因家境所逼
陷入風塵，被妓院老闆百般侮辱和殘害，在九死一生的情況下，
與眾姐妹操刀而起，憤而反抗，將殘害他們的兇犯殺死的故事。
小說通過藍彩霞的獨特遭遇，真實而生動地揭露了臺灣妓女行業
的無恥和殘暴，骯髒和凶狠，及官妓勾結的內幕。李喬的百萬字
長篇小說《寒夜三部曲》，是他創作成就的高峰。該著分為〈寒
夜〉、〈荒村〉、〈孤燈〉三部，是臺灣近半個多世紀風雨交加
的血淚史。三部小說分別概括了臺灣三個不同的歷史時期。第一
部〈寒夜〉描寫了漢民族由大陸移居臺灣開疆拓土及臺灣割讓，
臺灣人民前仆後繼武裝抗日的歷史行程。第二部〈荒村〉描寫了
臺灣的非武鬥爭的情景。如：「臺灣文化協會」、「臺灣農民組

合」等的成立和分化過程等。第三部〈孤燈〉描寫了日本帝國主
義妄圖吞併亞洲和全世界，徵調十萬臺灣青年投入太平洋戰爭以
及日本人兵敗如山倒，無條件投降的情景。《寒夜三部曲》包括
的時間雖然只有五十多年的歷史，但它虛涵的歷史時空卻遠遠地
超過了從清末到日本人投降的歷史。它涵蓋和伸延了中華民族開
拓臺灣、禦外護臺，保護中華民族根基，保護中國尊嚴，保護炎
黃子孫血脈的一整部臺灣史。第一部《寒夜》以廣東梅縣人彭阿
強拖兒帶女，攜全家和親友到苗栗縣藩仔林安家落戶，開荒拓土
並與老墾戶矛盾和傳種接代的故事為開端，通過彭阿強堅韌不拔，
開拓創業的凶險經歷，歌頌了中華民族知難而上，無往不勝，勤
勞、勇敢、善良的品質。彭阿強是移民和開拓者的領袖，是力量
的象徵，經過艱苦卓絕的奮鬥，他們終於扎下了根，成了藩仔林
的永久居民。該著下半部，從劉阿漢入贅到彭阿強家，作了彭阿
強的義女葉燈妹的丈夫之後，便開始了如火如荼的武裝抗日時期。
劉阿漢是武裝抗日的核心人物。通過劉阿漢的抗日活動，作者描
寫和穿連起了海峽兩岸同胞並肩作戰，力用在一起，血流在一起，
可歌可泣的抗日事蹟。如抗法名將劉永福的黑旗軍，和孫中山派
來的「同盟會」成員羅福星領導的苗栗大起義，以及由余清芳、
江定等領導的震撼中外的西來庵大起義，通過一系列戰役的描寫，
塑造了許多感天地泣鬼神的民族英雄。這個長長的英雄序列，除
了劉阿漢、劉永福、羅福星、余清芳、吳湯興、姜紹祖等領袖人
物之外，很值得注意的是作者塑造了一些下層神話般的，令日本
人聞之喪膽的戰士英雄「剁三刀」、和來自大陸的亦武亦醫、軍
魂兵膽式的英雄邱梅。第二部《荒村》描寫劉阿漢的大湖鄉支部
書記，由劉鼎銘接替，這是革命的接力棒。劉鼎銘子繼父業，在
簡吉（農民組合的領袖）的領導下開展「二林事件」，即蔗農集
體反抗日本人的掠奪。「二林事件」是農民組合成功領導的一次
農民抗日運動。劉阿漢為了支持和保護劉鼎銘，他更是英勇的與

敵人鬥爭，成了廣大農民的精神支柱。在凶惡的日本人面前，他信心百倍地宣告，他雖然可能看不到日本人滅亡的那一天，但全臺灣四、五萬雙眼睛一定能看到那一天。第三部《孤燈》，主要描寫日本人由瘋狂到滅亡的太平洋戰爭。劉阿漢之子劉明基和彭阿強之子彭永輝被抓到南洋當炮灰，九死一生，差一點死在菲律賓。這部書深入細緻地揭露了日本人用自殺飛機和「人體炸彈特攻隊」慘絕人寰的，無恥的最後掙扎。戰爭末期劉明基逃出火海，他宣誓一定要逃回去，活著回去。這裏開始了具有象徵意義的尋找「中華鱒魚」的回歸過程。「鱒魚的故事」放在每一部書前，它象徵著作品的總主題，即愛家鄉、愛民族、愛祖國、落葉歸根的思想。該書序章中有這樣一段話：「聽說到了一萬年前，那是第四冰期結束、後冰期的時候，冰層溶化，海水陡漲，神州大陸陷入大洪水中。東海面積擴大，把大陸陸棚浸蝕成海棠葉緣。東海中只剩下點點島嶼，像蕃薯、像馬蹄、像串串葡萄、像片片孤雲。那條大蕃薯就是臺灣。」序章中寫道：中華鱒魚是「神秘的魚，鄉愁的魚，悲劇的魚」。《寒夜三部曲》通過描寫臺灣的故事，是要尋找根源，尋找原鄉，尋找母體。小說中貫穿第一、二、三部全書的人物，來自大陸的葉燈妹是中華母體的象徵。展現著大地之母，生命本源，民族之根的重重象徵內涵。該作最早書名即《母親的故事》再易名《臺灣，我的母親》，最後定名為《寒夜三部曲》。這個定名過程即證實上述分析。李喬出身貧苦，創作勤奮，成果累累，是個令人敬慕的作家。可惜他後來接受「臺獨」的蠱惑，站在了「文學臺獨」一邊，不過我們相信，沙塵遮不住藍天。

　　鄭清文，1931年生，臺灣省桃園縣人。1958年畢業於臺灣大學法學院商學系。大學畢業的那年，受到林海音的提攜，處女作〈寂寞的心〉在臺灣《聯合報》副刊發表。鄭清文是臺灣戰後第

二代小説家中的佼佼者之一。他出版的著作有小説集《簸箕
穀》、《故事》、《校園裏的椰子樹》、《現代英雄》、《龐大
的影子》、《最後的紳士》、《局外人》、《滄桑舊鎮》、《報
馬仔》、《不良老人》、《春雨》等。長篇小説有《峽地》、
《大火》等。鄭清文大學畢業後，長期在銀行界工作。鄭清文是
臺灣很有實力的小説家。他的作品面向生活，面向人生，小説人
物常常在艱難的環境中表現出剛毅的性格，從冷漠中激發出人性
的尊嚴。如〈校園裏的椰子樹〉描寫了一位右手畸型的殘障知識
女性，在擇偶的過程中一再受挫，受到嚴重的精神打擊。但她像
長在校園裏的椰子樹一樣，從椰子樹不怕風雨，不怕挫折的形象
中受到啟發，堅定了信心和勇氣，克服了自我軟弱的一面，成了
生活中的強者。〈苦瓜〉中的女主角，克服了丈夫與第三者殉情
遇到的生活困境，自力更生，通過自己的努力成了一個獨立的，
自食其力的人。鄭清文的小説中的主人公，許多是從環境中，困
苦中通過自身力量的奮鬥而站起，從而歌頌了人的善良、勤勞、
勇敢正面的人性美，和人的正義的潛在力量。鄭清文的小説從不
將人物簡單化和單純化。他也寫了不少轉化中的人物。如小説
〈三腳馬〉和〈報馬仔〉就刻劃了較多複雜性格的轉化者。〈三
腳馬〉中的男主角曾是日本人的漢奸，光復後隱居下來，但他在
生活中卻常常感到出賣祖國，出賣民族的愧疚和不安，有一種強
烈的悔恨感。於是他把這種心情通過雕刻「三腳馬」進行悔改和
自責。作者通過〈三腳馬〉這部小説主人公的悔恨和自責，再一
次提醒人們警惕日本的侵略野心，並告誡仍懷有侵略野心的日本
右派，中國的寶島臺灣再不是你圓夢的地方。鄭清文小説的風格
十分獨特，與有些作家的激越濃郁相比，他的風格是含蓄不露，
清新淡雅，委婉曲折，娓娓傾訴。這是因為鄭清文十分欣賞海明
威的「小冰山」創作理論。有意將小説潛於水面下的那一部份內
涵不全部暴露，留給讀者去思考，去解釋。這又造成他的小説粗

讀易懂，細讀難解，深究方獲的特點。葉石濤在談到鄭清文小說的風格時說：「鄭清文把悲劇的頭尾藏在他內心深處，不想把它呈現出來，同時描寫悲劇的流程時，冷漠而客觀，從不予以說明和暗示，因此有時候，許多讀者都埋怨鄭清文的小說世界既難解又撲朔迷離。其實鄭清文的文體簡潔明白，並不晦澀，顯然他的小說的難解並非來自文字技巧，而是讀者沒有耐心去分析其小說中人物的思想和行為模式，來瞭解悲劇發生的前因後果罷了。」90 年代後，鄭清文也在政治上向臺獨轉向，頗為遺憾。

第四節　50 年代臺灣的現實主義詩歌創作

50 年代臺灣新詩是沿著兩個方向和兩條道路發展的，一條是以國民黨的一批反共詩人遵照國民黨和蔣介石的反共政治綱領，比葫蘆畫瓢，寫一些政治口號式的反共詩。另一條是處於被壓抑，被排斥地位的民間的現實主義詩歌。雖然官方的反共詩以勢壓人，以權逼人，居高臨下扼止著民間現實主義詩歌的發展，但是藝術是堅韌而頑強的，它並不需要經過權力的批准，即使在高壓下，藝術的幼苗也會頑強曲折地生長。50 年代在反共詩的強勢壓迫下，臺灣民間的現實主義詩歌仍然在默默地耕耘，頑強地成長。當時這批現實主義詩人由臺灣省籍詩人和剛從大陸來臺的詩人兩股力量構成。臺灣省籍詩人中默默創作的有：

吳瀛濤，他於 1954 年發表了〈墾荒〉，1956 年發表了〈貝殼幻想曲〉。〈墾荒〉一詩表現了詩人對土地的信任，對未來的希望及堅定的生存信念。詩人寫道：「有陽光和水，空氣和土地／然後始有這一棵樹，這一朵花，而始終未改其綠翠紫紅／也有其結實的日子。」這首詩暗暗地放射出一種反抗的力量。這力量

出自大地和泥土，是對國民黨高壓統治的一種反彈。

　　林亨泰，他於 1955 年發表了〈擁擠〉、〈春〉、〈秋〉、〈冬〉、〈農舍〉。1959 年發表了〈二倍距離〉、〈風景一〉、〈風景二〉、〈生活〉等。林亨泰是一位原「跨越語言」一代的詩人，1956 年他又加入了紀弦的「現代派」成為重要成員。他是「跨越語言」一代詩人中恢復寫詩最早的詩人。他的詩風有著較明顯的變化，同是 50 年代的作品，1955 年寫的詩和 1959 年寫的詩就大不相同。不過 50 年代從整體上看林亨泰還是沿續他「銀鈴會」傳下來的現實主義詩風。請看〈擁擠〉一詩。「我擁擠／在車上／而心碎了／／但／馬路上／更是擁擠的／所以／何處？／有我下車的地方？」這詩比較真實地反映了國民黨的大批軍政人員進入臺灣後，臺灣社會的擁擠不堪，嘈雜不安的狀況，詩句明白無誤，主題一目了然。

　　50 年代臺灣省籍詩人中發表作品的還有王昶雄和白萩等。20 世紀 50 年代臺灣的媒體全部控制在官方手裏，一片反共叫喊聲，別的題材的作品很難出版和發表，臺灣省籍詩人的作品更難發表。在這樣嚴酷的形勢下，上述詩人能夠堅持創作，默默耕耘，實在是顯示了他們非凡的創作勇氣和對繆斯的執著。

　　50 年代，臺灣現實主義詩歌的另一股力量，是隨國民黨去臺灣的一部份大陸詩人。如：楊喚、方思、鐘鼎文、朱沈冬、商略、舒蘭、古丁等。這批詩人中以楊喚、鐘鼎文、方思影響較大。

　　楊喚，本名楊森，原籍遼寧省興城縣人，1930 年 9 月出生。1954 年 3 月 7 日，因去臺北市西門町看電影《安徒生傳》遇車禍身亡，終年 25 歲。楊自幼喪母，靠祖母撫養，受盡繼母虐待，1947 年隨二伯父去青島，曾任《青島日報》副刊編輯。開始以羊角、白鬱、羊牧邊、路加等筆名寫詩，並出版了處女詩集。1949

年去臺灣。詩人去世後的作品，由紀弦、覃子豪等組成「楊喚遺作編輯委員會」，編輯出版了三本書：詩集《風景》、《楊喚詩集》和《楊喚書簡》。楊喚到臺灣後，生活環境十分惡劣，他是住在四面透風，上面漏雨，下面泥濘的房子裏，身上患著痢疾，不斷受到蚊蟲叮咬的情況下創作的。楊喚的詩是他切身生活體驗的藝術概括。如〈鄉愁〉一詩是他回顧少年時期苦難生活的記錄：「從前，我是王，是快樂而富有的／鄰家的公主是我美麗的妻。／我收穫高粱的珍珠，玉蜀黍的寶石／還有那挂滿老榆樹上的金幣。／如今呢？我一貧如洗。／流行歌曲和霓虹燈使我的思想貧血／站在神經錯亂的街頭／我不知該走向哪裏？」詩人少年時期雖很窮很苦，但比起在臺灣的日子還是富有而快樂的。因為今天的流行歌曲和霓虹燈，使詩人思想貧血，使詩人迷惘。通過對比，對在臺灣的生活進行了批判。值得注意的是詩人從美學上將自然的大陸農村和趨向資本主義的臺灣城市進行了判別和取捨。詩人處於生活的逆境，引起了他對現實的深入思考，他要咀嚼和辨別，得出錯對、是非好壞的結論。〈失眠〉一詩，既是他思想活動流程的記錄，又是判別是非曲直的過程。「在沒有燈的屋子裏／自己照亮自己，於是／紙烟乃如一枝枝粉筆／在夜的黑板上／我默默寫著／人生的問題與答案／美麗的童話和詩句。」經過痛苦的思索和反覆對比，詩人終於有了十分明白的答案。這答案就是〈二十四歲〉一詩：「是啊／小馬被飼以有毒的荊棘／樹被施以無情的斧頭／果實被毀於昆蟲的口器／海燕被射落在泥沼裏。」這就是楊喚對自己當前處境的判斷。他不僅對所處社會進行了無情的鞭打和批判，詩人還要用死進行抗爭，〈垂滅的星〉一詩中，詩人描寫用裁紙刀割血管，讓那些仇恨和憤怒咆哮從那血管中流出。楊喚還寫了不少人生哲理詩。〈噴泉十首〉是這方面的代表作，也是臺灣50年代詩歌少有的精致之佳作。楊喚的詩，文筆清新優美，以非常通達流暢的語言，寫出了思想性和

藝術性均十分和諧的詩篇。楊喚的這些義正詞嚴，批判力極強的詩，在一片反共叫喊白色恐怖的 50 年代問世，不僅表現了詩人十分敏銳的觀察和判斷力，而且表現了詩人巨大的勇氣和正義感。這樣的充滿批判銳氣的現實主義詩作，在當時並不多見，十分難能可貴。

　　鐘鼎文，1914 年生，安徽舒城人。1932 年北京大學畢業，後去日本留學。1936 年返國任南京軍校教官，次年改任復旦大學教授，之後又任《廣西日報》總編輯，國民黨軍事委員會桂林行營少將設計委員，三青團中央後補幹事，國民黨中央黨部處長等。1949 年去臺灣，任《自立晚報》總主筆 30 年，《聯合報》總主筆 35 年。鐘鼎文 1929 年發表處女詩作〈塔上〉，至今已有 70 餘年詩齡。他出版的詩集有《行吟者》、《山河詩抄》、《白色的花束》、《雨季》、《國旗頌》等。另有英、法、葡諸文詩集。1950 年剛到臺灣，不久便由他促成在《自立晚報》上創辦《新詩周刊》。他於 1951 年出版詩集《行吟者》。1956 年出版《山河詩抄》和《白色的花束》等，對臺灣詩壇產生一定影響。鐘鼎文的漫長和複雜的人生經歷，決定了他詩的題材和內涵的豐富和廣闊。他的〈仰泳者〉為代表作之一。詩人以仰泳，人身沒於水中，只有頭顱和眼睛露出水面和向上的視覺，來觀察和思考世間的事物，視角和意象都十分新鮮。他的小詩〈人體素描〉，以人體的各部位挖掘開去，頗耐人尋味。如〈臂〉一詩：「夫人，在你玲瓏的身上／寄生著光滑的，狡猾的蛇／／你的晚禮服不僅讓你身上的蛇游出來／而且暗示著樂園的禁果已經成熟……。」這詩既含內在批判鋒芒，又有某種調侃意味。鐘鼎文的詩以不急不緩的節奏，不溫不火的內涵，使之呈現一種清淡中不無風骨，樸素中不無雅趣的風格。

　　方思，本名黃時樞，1925 年出生於長沙，1949 年去臺灣。
1953 年出版處女詩集《時間》，1955 年出版第二部詩集《夜》，
1958 年出版第三部詩集《豎琴與長笛》。之後從臺灣詩壇消失，
去了美國，任美國一個大學圖書館館長。方思的詩，以筆墨凝
練，篇幅短小，富於詩意見長。內涵上多寫人生哲理和探求人生
奧秘引人關注。如〈重量〉一詩：「啊，美麗明朗的世界／充滿
了輕笑細語浮光與掠影／向日葵禮拜朝陽／雲雀頌讚黎明／虹搭
一座橋通向黃金的田野／鐘聲響徹穀間的每一朵小花／／但是，
突然／現在成為這樣的靜／這樣的靜／像我的心一樣／我的心就
感覺到，啊，這樣的重量。」詩人以明朗輕快的曲調，描繪了一
幅美麗而透明鮮活的世界。但是詩人的筆鋒陡然一轉，他感到這
輕快明亮的世界深處和表面並非完全一致，因而他打心中感到了
這世界的重量，這種由表到裏，由感性到理性的深沈思索，才使
詩人感到了人生的沈重分量。與方思同時期寫詩的，而且詩的風
格也十分相近的還有兩個姓方的，那就是方莘和方旗，後人將
「三方」稱之為「方家詩派」。

第十五章

大河小說家鍾肇政

第一節　鍾肇政的生平和創作

　　鍾肇政（1925 －　　），筆名九龍、鍾正、路加等。他是臺灣省桃園縣龍潭鄉人。鍾肇政中學畢業後，曾做過日辦學校教員，對日本人推行的奴化教育深有體驗。日本投降前，他又被日本人徵為學生兵到鐵砧山修築工事，對日本軍隊的內幕有一定透視。臺灣光復後，鍾肇政刻苦學習中文，大量閱讀古典文學作品。1948年，23歲時他又進入臺大中文系深造，奠定了他創作的文化基礎。經過刻苦學習和大學訓練，他熟練的掌握了中文。1974年他任臺灣東吳大學東語系日文教授。1976年起，他擔任《臺灣文藝》主編。1978年任臺灣《民眾日報》副刊主編，「吳濁流文學獎」評委會主任。1951年發表處女作〈婚後〉，進入創作旺期，他的長篇小說有：《濁流三部曲》、（〈濁流〉、〈江山萬里〉、〈流

雲〉），《臺灣人三部曲》（〈沈淪〉、〈滄溟行〉、〈插天山之
歌〉），《高山組曲》。其他長篇小說有《魯冰花》、《大壩》、
《大圳》、《馬黑坡風雲》、《綠色大地》、《青春行》、《八角塔
下》、《望春風》、《姜紹祖傳》、《馬科利彎英雄傳》等。此外還
有中篇小説《原鄉人》、《初戀》、《摘茶時節》。中短篇小說集有
《殘照》、《迴》、《大肚山風雲》、《中元的構圖》等。鍾肇政著
作共達 50 餘部之多，是臺灣文壇的高產作家之一。鍾肇政是臺灣
省籍作家中作品最多，創作量最大，作品涵蓋的歷史面最為廣闊，
歷史內涵最為豐富的作家。他的作品通過武裝鬥爭，非武裝鬥爭
及刀劍和戀歌相交織的畫面的描寫，較為完整地對臺灣人民與異
族鬥爭的血淚史作了全景式的反映。有些作品雖然還不完美，甚
至有些綿軟，但作者的刻苦和勤奮是值得讚佩的。

第二節　鍾肇政的大河小說《濁流三部曲》和《臺灣人三部曲》

　　鍾肇政的《濁流三部曲》和《臺灣人三部曲》，是臺灣文學
史上規模宏偉、內容豐富、刻劃人物衆多的帶有里程碑式的巨
著。《濁流三部曲》是一部具有強烈自傳色彩的小說。小説中描
寫的許多重要故事情節，都有作者自身的經歷投射。作為從 20 年
代到日本無條件投降，這段臺灣歷史的參與者和見證人，他以個
人的人生歷程作為主軸，穿連起其中的重大歷史事件，便展示出
了一幕幕的悲壯的歷史畫卷。作品的主人公陸志龍，是作者的投
影。由迷惘、徬徨到覺醒；由朦朧、動搖到反抗；由混沌狀態下
的日本「皇民」，到覺醒後的中國鬥士，這既是陸志龍人生歷程
和性格發展變化的過程，也是大多數日據時期臺灣知識份子走過

的人生之路。作者是要通過對主人公陸志龍的人生歷程的描寫，來反映臺灣知識份子艱難曲折的人生之路；就是要反映以知識份子為先導的非武裝抗日的那段歷史。小說主人公性格變化的三個階段，也正好是臺灣人民鬥爭的三個時期，同時也是小說三卷的各自內容。第一卷〈濁流〉描寫日本帝國主義瘋狂推行「皇民化運動」，陸志龍在那「皇民化」的濁流之中，默默接受「帝國臣民」的頭銜，喝了一口又一口的混濁之水。他迷惘，但卻不是變質；他徬徨，但不投靠；他隨波逐流，但不認賊作父。例如他愛上了日本軍官的妻子谷清子，兩人擁抱接吻，到了失去主宰，將要發生性關係的時刻，突然打住。決不混淆中國人和日本人，侵略者和被侵略者這條根本的界限，因為兩者是不可能結合的。第二卷〈江山萬里〉，是《濁流三部曲》的核心部份，是陸志龍覺醒，反抗走向成熟的關鍵時期。陸志龍從彰化師範畢業後，被日本人徵調到大甲山、鐵砧山修築工事。這是 1944 年日本投降前夕作最後瘋狂的掙扎，他們把學生和婦女都編入軍隊充當炮灰。中國人和日本人的矛盾白熱化。中國人常在日本兵不備時發動攻擊，突然猛地將他們推進深淵。在此情況下，陸志龍在鐵砧山發現了鄭成功廟，「國姓爺井」和「江山萬里」石碑。陸志龍在這裏受到了愛國主義的教育和啟發，思想意識頓起質變，這樣具有民族精神和內涵的東西的發現和思考，就是中國人和日本人決定勝負的分水嶺，它具有深刻的思想意義。第三卷〈流雲〉比起第一、第二卷，只能是個尾聲。描寫光復之後陸志龍重新學習中文，當教員和成為作家的情況。小說塑造了陸志龍在黑暗中為回歸民族，回歸祖國，進行了不屈不撓的艱苦探索的光輝形象。小說在民族和鄉土的追尋上，有兩個重大的象徵意義的情節。一是在鐵砧山上尋到了鄭成功廟，「國姓爺井」和「江山萬里」石碑，這象徵著找到了民族和祖國，找到了飲水思源的源頭。第二個是放棄了日本女人谷清子，最後找到了鄉土女人銀妹，並在月

夜中野合。銀妹是臺灣的象徵，也是中國土地的象徵。主人公最後歸土回源。小說在藝術上表現得十分完整。

《臺灣人三部曲》和《濁流三部曲》有所不同。《濁流三部曲》以個人經歷為主軸，並且是描寫個人經歷的史實，在題材和時限上都受到了較大的限制。而《臺灣人三部曲》則是以一個大家族的歷史為軸心，取樣式地象徵整個臺灣歷史的反映和概括。格局大、跨度長、歷史畫面更為波瀾壯闊。小說選擇了最能代表和概括臺灣歷史進程，生活狀況和精神風貌的陸氏大家族作為整個臺灣人的縮影進行描繪。第一部〈沈淪〉描寫了陸氏家族從大陸移民到臺灣九座寮莊後，開荒拓土，創立基業和發家的過程。正當信海老人慶祝他的 70 大壽，舉家歡騰的日子裏，突然傳來了清廷割讓臺灣的噩耗。於是官降民不降，臺灣人民紛紛自發組織起來進行抗日活動。三日一小戰，五日一大戰，臺灣成了一座火山，武裝抗日的浪潮此起彼伏。信海老人，這位象徵著民族根基和民心士氣的長者，寧為玉碎不為瓦全，招集全家組成家族抗日義勇軍，由其三子陸仁勇率領奔赴抗日前線。他們在祖宗牌位前集體宣誓：「執戟攘夷，誓與存亡……滅彼醜虜，日月重光。」陸仁勇不負眾望，不負家庭和民族的托付，英勇善戰，成了一名民族鬥士。小說戰爭場面的描寫波瀾壯闊，有聲有色。第二部〈滄溟行〉以陸氏家族第六代子孫陸維良為主人公，描寫的是臺灣非武裝抗日的歷史。陸維良是一個激進的愛國青年知識份子。他有覺悟，有抱負：「清楚地認識了他——祖國，也認識了自己——漢民族。」小說描寫陸維良深入到臺灣農村赤牛埔等地，發動農民與日本人抗爭。二林、竹林、高雄等地農民相繼起事。日本人開始鎮壓，陸維良在「赤牛埔」起義中被捕。由於革命者營救，很快出獄。為了得到祖國的支援，陸維良離開臺灣回到了祖國，開始了浩闊的滄溟之行。第三部〈插天山之歌〉描寫陸家第七代孫陸志良，在東京留學，參加了秘密抗日組織，奉命與李金

池、蔡佳雄三人潛回臺灣，進行抗日活動，不幸被日本人盯住。他們正要逃脫，突然水雷爆炸，同伴葬身大海，陸志良被救。但他回臺灣卻一籌莫展，東藏西躲，直到日本人投降。小說最後寫到陸志良孩子出生的細節，倒具有很強的日本滅亡，臺灣新生的象徵意義。〈插天山之歌〉中的大山，是陸志良賴以生存和活動的根據地，也是人民力量大如山的象徵，但可惜的是陸志良魚在水中未騰躍，鷹獲長空未奮飛，人物之弱和背景之強顯得不夠諧調。

第三節　臺灣長篇小說藝術的里程碑

長篇小說，尤其是多卷本長篇小說，是文學中的重鎮。沒有它，波瀾壯闊，風詭雲譎般的歷史畫卷就無法展現；沒有它，人物眾多，故事繁複的全景式的社會生活就很難搬進文學的畫廊；沒有它，史詩般的文學巨著就會成為一句空話。臺灣小說自 20 世紀 20 年代初期誕生，經過三十多年的發展和積累，到了 50 年代，是可以和應該出產長篇巨著的時候了。而鍾肇政是臺灣小說家中創作長篇小說最多，最集中的作家。他積累了豐富的長篇小說的創作經驗，具有極佳的駕馭長篇小說的心態和能力。因而《濁流三部曲》和《臺灣人三部曲》兩部百萬字大河小說出自他的筆下，是很自然之事。而這兩部大河小說為臺灣長篇小說的發展提供了哪些藝術經驗，有什麼獨特的創造，是值得探討的。主要有四點：1. 人物結構法和事件結構法交叉運用。多卷本長篇小說，結構方法處於要害地位。結構方法得當，一榮俱榮，結構方法不當，一損俱損，沒有挽回餘地。鍾肇政根據作品的題材、內涵和時序長短等因素，對《濁流三部曲》和《臺灣人三部曲》採用了不同的結構方式。《濁流三部曲》由於是用人物命運串連歷史，

便用人物結構法，以陸志龍的生活和鬥爭歷程作為主軸，作為
經，以歷史事件和人物見聞為緯，編織藝術的錦繡。《臺灣人三
部曲》中作者展示出更宏大更複雜的歷史畫面，要展現幾代人生
活和鬥爭故事。便不能一個人物到底，必須以不同歷史時期重大
的歷史事件進行結構，以一個家族在不同歷史時期的不同遭遇進
行結構。前者主要是單一的縱線結構法，而後者則是既有歷史寬
度又有歷史縱度的縱橫結構法。2.主線和副線隨著作品情節的展
開交互進行。規模宏大，結構繁複的長篇小說往往不是單一的線
索，而是多主題，多線索纏繞著中心主題、中心線索一起發展。
《濁流三部曲》中的主線是通過主人公陸志龍的經歷和命運，反
對日本入侵，實現民族認同的鬥爭。除此主線外，還有陸志龍的
婚姻戀愛為副線，明寫愛情，實寫祖國和鄉土的眷戀和回歸，為
中心主題中心線索服務。3.第三人稱全知觀點和第一人稱半知觀
點交互使用。作品中人稱的選擇就是敘述方式的確立。鍾肇政在
《濁流三部曲》中是採用第一人稱半知觀點，以主人公陸志龍的
經歷和見聞進行敘述，而在《臺灣人三部曲》中是採用第三人稱
全知觀點進行敘述。第一人稱半知觀點描寫起來真實親切，但敘
事角度受到一定限制，主人公沒有經歷，接觸不到的人和事是無
法插入的。而第三人稱全知觀點，事件和人物不受任何限制。4.
多角度的心理描寫。如：從道德裁判的角度進行心理描寫；從自
我懺悔角度進行心理描寫；從反思上進的角度進行心理剖析等。
鍾肇政的這兩部大河小說儘管還不完美，但它卻給臺灣長篇小說
的發展提供了寶貴的經驗。鍾肇政是臺灣文壇的前輩作家，他在
創作中展示出的思想和心理狀況一直是比較強健的。但是進入20
世紀80年代之後，在「臺獨」勢力的影響下，他卻發生了某種政
治轉向，附和「臺獨」的觀點和言論，從而導致了其人生和創作
上的否定，釀成一齣悲劇，非常令人惋惜。我們期待他再次地民
族覺醒和認同。

第十六章

臺灣的現代派詩社

第一節　現代派詩社的成立

　　現代派新詩在中國傳播，有其前後傳承的脈絡。大陸方面，30 年代初期李金髮和戴望舒從法國將現代派新詩引進大陸。20 世紀 30 年代圍繞施蟄存在上海創辦的《現代》雜誌活動的現代派詩人群中就有杜衡、劉吶鷗、金克木、陳沙帆、路易士（紀弦）等。之後戴望舒又在上海與杜衡、徐遲、路易士等一起創辦了《新詩》月刊。1949 年，紀弦將大陸的現代派餘緒帶到了臺灣。臺灣方面，1935 年楊熾昌從日本將現代派新詩引進臺灣。成立「風車詩社」，創辦《風車詩刊》，這一現代派思潮的餘脈也順著臺灣日據時期新詩的脈流，從現代流入了當代。因而 50 年代中

期臺灣現代派新詩的崛起，是由大陸和臺灣兩股餘脈混合而成。
1953 年 2 月，紀弦聯合了一批詩人，在《自立晚報》詩專欄「新
詩周刊」的基礎上創辦了《現代詩》詩刊。1956 年 1 月 15 日，
以紀弦為首的「現代派詩社」在臺北正式成立。加盟者 83 人，後
發展到 115 人。主要同仁如：紀弦、鄭愁予、羊令野、林泠、方
思、梅新、羅英……幾乎囊括了臺灣整個詩壇。臺灣省籍詩人林
亨泰、白萩、錦連等，也是重要同仁。1956 年 2 月，《現代詩》
詩刊出版「現代派」成立專號，封面上加注：「現代派詩人群共
同雜誌」。刊登了《現代派公告》第一號。紀弦的口號是「領導
新詩再革命」和「推動新詩現代化」。並公佈了「現代派」的綱
領《六大信條》：

⑴我們是有所揚棄並發揚光大地包含了自波特萊爾以降一切
新興詩派之精神與要素的現代派之一群；

⑵我們認為新詩乃橫的移植，而非縱的繼承。這是一個總的
看法。一個基本的出發點，無論是理論的建立或創作的實踐；

⑶詩的新大陸的探險，詩的處女地之開拓，新的內容之表
現，新的形式之創造，新的工具之發現，新的手法之發明；

⑷知性之強調；

⑸追求詩的純粹性；

⑹愛國反共，追求自由與民主。

這六大信條，尤其是第一、第二兩條，充滿了民族虛無主
義，因而引起了臺灣新詩論爭。首先起來批判《六大信條》的是
與紀弦並稱為臺灣詩壇兩大領袖之一的「藍星詩社」的盟主覃子
豪。他針對《六大信條》發表了《中國新詩的六條正確原則》，
高高地舉起了新詩反「西化」，反「移植」的旗幟。由這一論爭
始，臺灣詩壇 20 年戰火不斷。由於《六大信條》並非「現代派」
全體同仁共同的主張，而是帶著濃厚的紀弦個人主張的色彩；也
由於其成員過於龐雜，創作主張和詩觀五花八門，形式上壯觀，

實質上一盤散沙，沒有什麼戰鬥力，因而當《六大信條》遭到批判之後，無人出來助戰，只有紀弦孤軍奮戰。到了 1959 年，紀弦雖然幾次變調，且戰且退，但也力不從心，難以招架。他將《現代詩》詩刊交給黃荷生主持，自己開始退居幕後。後來他又數度聲明解散「現代派」，取消「現代詩」。《現代詩》詩刊辦到第 45 期，即 1962 年 2 月，宣佈正式停刊。《現代詩》詩刊停刊 20 年之後，於 1982 年，由星散各地的舊部羅行、羊令野、商禽、林泠、梅新等重新聚首，商議對策，恢復「現代派詩社」的活動。《現代詩》詩刊重新復刊時，遠在美國的紀弦，作了該刊的顧問。1998 年，「現代詩社」的靈魂人物社長梅新在臺北去世。如今該社的老詩人有，發行人羅行，社務委員：商禽、鄭愁予、林泠、藍菱。年輕一代的骨幹人物有，莊裕安、陳克華、楊澤、零雨、鴻鴻等。《現代詩季刊》於 1982 年 6 月復刊後，如今，已出版了 50 餘期，其經濟來源主要由在美國的女詩人林泠支援。

第二節　紀弦

紀弦，本名路逾，曾用筆名路易士和青空律。1913 年出生於河北省，祖籍陝西。1933 年畢業於蘇州美術專科學校，後留學日本。30 年代中期返國，以路易士為筆名發表詩作，與戴望舒、徐遲、杜衡集資創辦《新詩》月刊。1948 年去臺灣，1949 年進成功中學教書，政治上一直受到壓抑。1964 年退休後定居美國舊金山。他出版的詩集有《行過的生命》（1935 年上海未名書店）、《在飛揚的時代》、《摘星少年》、《飲者詩抄》（以上為大陸時期作品）；《檳榔樹甲集》、《檳榔樹乙集》、《檳榔樹丙集》、《檳榔樹丁集》、《檳榔樹戊集》（以上為臺灣時期作

品），《晚景集》（美國時期作品）。此外紀弦還出版過兩部詩
選：《紀弦詩選》和《紀弦自選集》等。紀弦非常自負，曾夢想
作臺灣詩壇「一顆永不落的太陽」。50年代他也跟隨國民黨的反
共政治叫囂，寫了一些反共詩。但是不久，他便聞到了氣味不
對，也由於自身處境不妙，使他的創作傾向發生了演變。他開始
用詩筆揭露周邊社會的黑暗和以強硬的手段向政敵進行反攻。於
是他創作了〈現實〉、〈狼獨步〉、〈四十的狂徒〉等戰鬥性和
殺傷力極強的詩篇。在〈四十的狂徒〉中，他將自己變成一個發
瘋似的狂徒向敵人進攻。他一方面要寫詩、辦詩刊，另一方面要
隨時提防政敵飛來的子彈、黑刀、匿名信。為什麼不斷遭到敵人
的攻擊，就是因為他「能幹、善良和正直」。他一方面反擊敵
人，一方面讚美自己；一方面揭露敵人的醜惡，卑鄙和無恥，一
方面叙説自己的謙恭，大度和容忍。他把憤怒和坦然，戰歌和頌
詩，激越的抒情和哲理的思索凝合在一起，將這首抒情長詩寫成
了一首閃耀著現實主義光芒的力作。他的〈狼獨步〉也因極度的
自信和威嚴及壓倒一切的嗥叫，如入無人之境，使敵人聞之膽
寒，而失去招架之功。紀弦這一類詩，主觀戰鬥精神極強，只要
一出手，就不給對方絲毫喘息的機會。他的〈現實〉一詩，是這
類作品思想和藝術的代表：

> 甚至於伸個懶腰，打個呵欠，
> 都有要危及四壁與天花板的！
> 匍伏在這低矮如雞塒的小屋裏，
> 我的委曲著實大了：
> 因為我老是夢見直立起來，
> 如一參天古木。

這首詩構思十分巧妙，整首詩用倒叙的叙事方式，將現實比

作雞塒式的小屋，而將自己比作參天古木，一株參天古木，被囚禁於一個小雞窩裏，該是什麼情景。詩人運用兩個極端的象徵和比喻，將反現實的思想主題鮮明地展示出來。勢不兩立，不是樹折，就是屋毀，二者必居其一。紀弦的鄉愁詩也是非常出色的。他用「形隨意移」和「意形相彰」的藝術手法，在〈二月之窗〉中巧妙含蓄而真切地將思鄉的情感表達得十分感人。「西去的遲遲雲是憂人的／戴著悲切而悠長的鷹呼／款冉地，如青青海上的帆／而每個窈窕多姿的日子／傷情地航過我二月的窗。」詩人在臺灣看著西去的雲，就是飛向大陸方向。而每一個日子彷彿是雲海中航過的船，在我的窗外，一個個的空空戴著思念而去。該詩優美典雅，思想深沈。紀弦雖然是現代派的領袖，也發表過《六大信條》，但他的詩既不晦澀也不虛無，且有不少是現實主義力作。這說明理論和創作實踐有時是不一致的。理論是一種觀念和理性的思索，而創作更能反映作者的處境和生活真實，更能體現詩人的意志和情感。

第三節　鄭愁予

　　鄭愁予，本名鄭文韜，原籍河北省，1933 年出生於山東濟南。父親鄭曉嵐為臺灣三軍參謀大學教育長。幼年隨父親走遍大江南北，曾在北平崇德中學讀書。1947 年考取北京大學文學班，1949 年去臺灣，住在新竹縣。新竹中學畢業後考取了中興大學法商學院，畢業後在基隆港務局工作。這一工作使他對海洋產生了興趣，寫了大量的海洋題材的詩。鄭愁予 1968 年赴美，在聶華苓主持的愛荷華大學國際寫作班研究，獲碩士學位，之後任美國耶魯大學講師。鄭愁予在大陸時期開始詩歌創作，1948 年在北大校

刊上發表處女作〈礦工〉。同年〈爬上漢口〉一詩發表於《武漢時報》。1952 年在臺灣受到紀弦的賞識，加入了「現代派」，正式開始了詩歌創作生涯。他出版的詩集有《夢土上》、《衣鉢》、《窗外的女奴》、《鄭愁予詩集》、《燕人街》和《雪的可能》等。鄭愁予因寫了許多浪子生活和旅游生涯的詩，有人稱他為「浪子詩人」，他對此存有疑議。他說：「因為我從小是在抗戰中長大，所以我接觸到中國的苦難，人民流浪不安的生活，我把這些寫進詩裏，有些人便叫我「浪子」。其實影響我童年和青年時代的，更多的是傳統的任俠精神。如果提到革命的高度，就變成烈士，刺客的精神。這是我寫詩主要的一種內涵，從頭貫穿到底，沒有變」。（彥火：〈揭開鄭愁予一串謎〉，《中報月刊》，1983 年 6 月。）浪子和任俠表面上有相似之處，其實質是有區別的。鄭愁予將這種任俠精神融化到詩中，就變成了內容上的正直正義和風格上的豪爽奔放，有時可能直接描寫浪子生活，將浪子生活和任俠精神融為一起，如〈霧起時〉一詩就是描寫海上浪子生涯的，浪漫俏皮、豪放不羈。詩人將大海想像成一個神密的霧中美女，他以戀人的身份對美女進行調侃。於是有了「敲叮噹耳環在濃密的髮叢中找航路／用最細最細的噓息，吹開睫毛引燈塔的光」的詩句。儘管詩人十分浪漫，是一個多情種，但他對待一個有太多神秘，太多奇特，太多珍寶的大海美人，仍然缺乏足夠的勇氣而無法征服「使我不敢輕易航近的珊瑚的礁區。」詩人將內在和外在、粗獷和細膩，相愛又陌生等動作和內心感受的美，全都交織融合在一起，激起人們對大海的回想和熱愛。鄭愁予的詩中有許多名篇和佳作，讀之令人如癡如醉。加之鄭愁予一表人才，因此他成了臺灣許多女孩子心中的白馬王子。許多女孩子將他的詩抄在日記本上，夾在書頁中，或當作愛情贈品。這些名篇如：〈錯誤〉、〈情婦〉、〈水手刀〉等。請看〈情婦〉：

在一青石的小城，住著我的情婦
而我什麼也不留給她
只留一畦金線菊，和一個高高的窗口
或許，透一點長空的寂寥進來
或許……而金線菊是善等待的
我想，寂寥與等待，對婦人是好的
所以，我去，總穿一襲藍衫子
我要她感覺，那是季節，或
候鳥的來臨
因我不是常常回家的那種人

　　這首詩的成功並不是感情的高尚，而是因為情感的真實。詩中主人公是個極端自私的愛情霸權主義者。他佔有妻子，還要再來個小蜜。這個大款要出門去了，他不放心年輕的小蜜，就把她束之高閣，只給她留兩樣東西：金線菊和高高的窗口。這兩樣東西都是為我所用的。金線菊是善等待的，叫她永遠等待我。窗口是眺望用的，太想我了，可以從窗口遠眺。這首詩情感真切，形象鮮明，格局巧小，結構精練完整，是眾口傳頌的佳作。鄭愁予也因此詩獲得了一個「穿藍衫子」詩人的雅號。鄭愁予的詩把中國的傳統意識和西方現代詩的技巧相結合，將現代的愛情和古典情感表達方式相結合，俾他的詩，既是現代的，又是典雅的，既有西方藝術的借鑑，又是非常中國化的詩。從某種方面看，他的詩藝幾乎達到了爐火純青之境。

第十七章

臺灣的藍星詩社

第一節　藍星詩社的業績

　　藍星詩社成立於 1954 年 3 月，社長覃子豪，主要同仁有鐘鼎文、余光中、夏菁、蓉子、鄧禹平、史徒衛等。後來加入的有羅門、周夢蝶、張健、向明、敻虹、方莘、黃用、吳望堯、阮囊、商略、王憲陽、沈思、楚戈、曹介直、曠中玉、吳宏一、菩提、白浪萍等。80 年代加入的新秀有苦苓、羅智成、方明、天洛、趙衛民等。從 1954 年到 1964 年，是藍星的十年黃金期。後來由於覃子豪的去世，鐘鼎文的退出，余光中、夏菁、吳望堯、黃用等的紛紛出洋，藍星基本上處於一種癱瘓狀態。從 1964 年到 1984 年的 20 年時間裏，由羅門、蓉子夫婦在自己的燈屋中維繫著藍星

的一線生機。1980 年 8 月，由羅門、蓉子、向明、周夢蝶、敻虹
等，在羅門、蓉子夫婦的燈屋中商議，決定恢復藍星的生命。討
論《藍星詩刊》由林白出版社贊助復刊。經過醞釀籌備，1982 年
初，《藍星詩刊》在停刊 20 年後重新復刊，由羅門任社長，向明
任主編。如今，幾經變故，《藍星詩刊》改刊為《藍星詩學》由
臺灣淡江大學中文系、所主辦出版。由余光中作發行人，主編由
孫維民和唐捐擔任。社務委員還是原藍星的新老同仁。藍星詩社
在臺灣詩壇曾產生過重要影響，它的資格最老，刊物最多。最早
在《公論報》上出版《藍星周刊》，繼而由覃子豪主編《藍星季
刊》，余光中和夏菁主編《藍星詩頁》。同時還有《文學雜誌》
上的詩專欄，《文星雜誌》上的詩頁。有一個時期還遠征宜蘭，
在《宜蘭青年》上辦衛星詩刊。據 20 世紀 80 年代統計，藍星詩
社出版的評論集約 50 餘種，詩集近百種，詩刊、詩頁有 350 種左
右。為臺灣新詩的發展提供了豐富的產品，作出了很大貢獻。藍
星詩社實行「自由創作路線」，天高任鳥飛，海闊憑魚躍。詩社
沒有統一宗旨，對同仁不作任何約束，同仁之間創作風格和流派
並不完全一致。儘管藍星詩社是臺灣現代派三大詩社中的「溫和
派」，但它的同仁並非都是現代派詩人。比如蓉子、敻虹、向明
的詩中，則包含著較多的中國傳統的成份。覃子豪的詩創作，早
期和中期有著較多的中國傳統成份，而到了晚年的《瓶之存在》
諸詩，突然轉向了超現實主義。余光中則是早中期追求西化和現
代，而近期的作品又轉入了中國詩風的追求。由於藍星實行自由
創作路線，內部又不甚團結，風雨中很少一致對外。如覃子豪和
紀弦關於《六大信條》的論爭和余光中與洛夫之間的《天狼星》
論爭等，幾乎都是單槍匹馬孤軍奮戰。由於藍星詩社在詩歌活動
中各自為戰的狀況，形成了藍星詩人們個人的名聲比詩社的名聲
顯赫；個人的成就大於集體的成就。藍星詩社中明星級的人物很
多，比如社長覃子豪，及周夢蝶、余光中、羅門、蓉子、向明、

苦苓、夐虹，楊牧等，個個都是臺灣詩壇上響噹噹的人物。但似乎他們個人的名聲和成就與藍星詩社又沒有太密切的關係。因而比起別的詩社來，藍星詩社的同仁們，彷彿團隊意識較為薄弱。

第二節　覃子豪

　　覃子豪，四川省廣漢縣人，1912 年 1 月出生，1963 年在臺灣去世，終年 52 歲。他 1931 年畢業於南京私立安徽中學，後進北平中法大學。1935 年進日本東京中央大學攻讀，1938 年畢業返國，任國民黨「第三戰區」設計委員等職。1947 年去臺灣。1951年與鐘鼎文、紀弦、葛賢寧等在臺灣《自立晚報》上創辦了《新詩周刊》，任主編。1954 年與余光中、鐘鼎文、夏菁等成立「藍星詩社」任社長。先後任《藍星詩周刊》主編，《藍星詩選》主編，《藍星詩頁》主編，《藍星詩季刊》主編。覃子豪對臺灣詩壇貢獻最為顯著的是，於 50 年代主持「中華文藝函授學校」的新詩講習班，為臺灣培養了大批詩人，成為臺灣詩壇青年詩人們共同擁戴的領袖。覃子豪曾擔任「中國文藝協會」，「青年寫作協會」，「中國詩人聯誼會」理事和監事。他既是詩人，也是詩理論家和和詩教育家。他出版的詩集有：《永安劫後》（大陸時期作品，1945 年南風出版社）、《自由的旗》、《生命的弦》、《海洋詩抄》、《向日葵》、《畫廊》、《未名集》等。詩論集有：《詩的解剖》、《論現代詩》、《詩的創作與欣賞》、《詩的表現方法》、《世界名詩欣賞》、《詩畫》一、二集等。另有散文集《東京回憶散記》（大陸時期作品，1945 年漳州南風出版社）。覃子豪在臺灣孤身一人，沒有妻室和孩子。他病重期間，由學生輪流值班照料，他去世時由學生充作其子披麻戴孝為他守

靈送終，並鑄銅像紀念。學生和生前好友組成「覃子豪全集出版委員會」，出版了三巨冊《覃子豪全集》。覃子豪主張詩應反映現實，反映人生，反映民族的氣質和精神。主張個人風格的創造應和民族的精神，氣質和性格融為一體。他主張詩應有深厚的哲學思想作基礎，不應當故弄玄虛。他認為從對人生的理解和對現實的體驗中去發現新思想、新主題，比玩弄技巧更重要。覃子豪的詩創作可分為三個時期，即：大陸時期，在臺灣的 20 年可分為50 年代和 60 年代兩個時期。早期和中期基本上是秉持上述詩觀進行創作和理論活動，體現了一個傳統的中國詩人的風貌，顯示了深厚的功力和卓越的創作技巧。風格上明朗而不淺顯，含蓄而不晦澀，雄渾而又深沈，他創作於 1950 年的〈追求〉，代表這一風格：

> 大海中的落日
> 悲壯的像英雄的喟歎
> 一顆心追過去
> 向遙遠的天邊
> 黑夜的海風
> 刮起了黃沙
> 在蒼茫的黑夜
> 一個健偉的靈魂
> 跨上了時間的快馬

　　這是一首表達詩人理想和願望的詩。詩人面對落日西沈的大海，展開了想像，那個火紅的落日，就是自己壯麗、燦爛、遼闊的理想和追求。雖然黑夜來臨，風沙驟起，但那健偉的靈魂不但不滅，而且跨上了時間的快馬。詩人如此理解、想像和讚美落日，不僅改變了世俗的日暮途窮的觀念，而且有愈挫愈奮，更上

一層樓的內涵。詩人創作於 1952 年 6 月的〈獨語〉一詩，以廣闊而多樣的畫面，多角度、多層面地向最愛的心上人，傾吐心聲，表達思念。他最愛的心上人是誰呢？是海洋，是天空，是森林，是大千世界。通過多個層面一呼一應，將懷念推向高峰，但被思念者仍沈默不語，於是詩人感到最為傷心。詩不厭曲，或許有一個不指明的被懷念者，在遙遠的不知之中；或許是沒有明確目標，這濃濃的思念就是獻給大千世界的，都非關緊要，詩是十分成功的。語言明朗，層面清晰，情感充沛，但物件卻含而不露。詩人到了晚年，詩風突然一轉，創作了一些非常現代和虛無的作品，如：〈金色的面具〉、〈黑水仙〉和〈瓶之存在〉，讓讀者和他的弟子們頗費了一些神思。他的學生之一洛夫在〈從「金色面具」到「瓶之存在」──論覃子豪詩〉一文中寫道：「他的詩是代表著一種理性的，自覺的，以及均衡的發展。而他生命的季節也極為分明，該開花時他開過花，該成熟時他便結果，他早期的作品具有古典的嚴謹與精緻，有人的批評，也有信念的寄托。但後期的作品，卻顯示出一種新的轉向，不僅是象徵表現的執著，且有對現代主義新表現的嘗試與實驗。他企圖在物象的背後搜尋一種似有似無，經驗世界中從未出現過的，感官所及的一些存在……。」儘管洛夫解釋得有點玄乎，也可作為參考。我們認為，覃子豪晚年由實而虛，由顯而隱，由明而晦，是由現實主義向現代主義，由現實向虛無的一種轉向。覃了豪 50 年代正在主持「中華文藝函授學校」的新詩講習班，教授初學詩的學生，並在與紀弦的《六大信條》論爭中，他的詩的現代主義一面被隱沒了。到了晚年，他思想和理論的甲冑鬆弛，而實驗的興趣萌動，於是便在脫離信條的情況下創作了一些超現實之作，顯示了其詩歌藝術和技巧的另一面。

第三節　余光中

　　余光中，福建省永春縣人，1928 年 9 月出生於南京。曾在四川、南京讀中學，南京青年會中學畢業後，先後考取了北京大學和金陵大學。因北方戰火蔓延，他進入金陵大學讀外文系。大二轉入廈門大學，大三時因戰爭迫近，轉往香港。之後又到臺灣，進入臺灣大學外文系攻讀。23 歲大學畢業，進入軍中當了三年的翻譯官，退伍後到臺灣東吳大學和師大任教。1958 年去美國，在愛荷華大學讀美國文學及英文寫作，獲文藝學碩士學位。1964 年二度赴美，在斯坦福大學任教。1971 年返臺，在臺灣師範大學任教，並任臺灣政治大學西語系主任。1974 年到香港中文大學任教，1985 年返臺。之後任臺灣高雄中山大學文學院院長及外文研究所所長至退休。余光中在臺灣詩壇上具有顯赫的地位。覃子豪去世和紀弦移居美國之後，余光中成為臺灣詩壇老大。他不僅詩齡長，創作時間達 50 多年，而且詩作豐富。他在大陸時期發表過十多首詩，主要發表在廈門的《江聲日報》和《晨光報》。到臺灣後，於 1952 年開始出版詩集。處女詩集為《舟子的悲歌》。依次為：《藍色的羽毛》、《萬聖節》、《鐘乳石》、《蓮的聯想》、《五陵少年》、《天國夜市》、《敲打樂》、《在冷戰的年代》、《白玉苦瓜》、《天狼星》、《與永恆拔河》、《隔水觀音》、《余光中詩選》、《紫金賦》、《夢與地理》、《守夜人》、《安石榴》、《雙人床》、《余光中詩選》、《五行無阻》等。出版的散文集有《左手的繆斯》、《逍遙遊》、《望鄉的牧神》、《焚鶴人》、《聽聽那冷雨》、《余光中散文選》、《青青邊愁》、《記憶像鐵軌一樣長》、《憑一張中國地圖》、

《隔水呼渡》、《日不落家》等。評論集有《掌上雨》、《分水嶺上》、《從徐霞客到梵谷》、《井然有序》、《藍墨水的下游》等。余光中是一個複雜而多變的詩人。他創作變化的軌跡基本上是隨著生活環境的變化而變化，因而他被稱為「多妻主義詩人」。余光中在《白玉苦瓜》詩集序中寫道：「少年時代，筆尖所染，不是希頓克靈的餘波，便是泰晤士的河水。所釀也無非1842年的葡萄酒。到了中年，憂患傷心，感慨始深，那枝筆才懂得伸回去，伸回那塊大陸……。」先西化後回歸，基本上是臺灣一般現代派詩人的創作路向，也是臺灣詩壇從60年代到80年代這個時期新詩的整體走向。余光中在西化派的詩人中，是西化得「很不夠」的。即使在追求西化時期的作品中，也時常會冒出一些中國傳統的東西。比如〈天狼星〉就是他「因為定力不足而勉強西化的緣故——就像一位文靜的女孩，本來無意離家出走，卻勉強跟一個狂放的浪子私奔了一程。」（余光中：《天狼星》，第155-156頁，〈天狼星仍嗥年外〉。）

　　余光中此話雖然不無對洛夫的譏諷，但也亮出了余光中底牌。這部詩集出版後，便立即遭到了洛夫的批判。他認為這是余光中的一部「失敗之作」。余光中也認為：「它的反叛性不夠徹底，現代主義的一些基本條件，它都未能充分符合。它不夠晦澀，詩中許多段落反而相當明朗；它也不夠虛無，因為它對於社會和文化有點批評的意圖。虛無，該是全盤否定，甚至包括自我的尊嚴。」（余光中：《天狼星》，第155-156頁，〈天狼星仍嗥年外〉。）

　　因而余光中和他的「藍星詩社」一樣，只能是溫和的現代派，也就是不徹底的現代派。遭到洛夫的批評後，余光中也寫了文章進行回應和辯解，比如〈再見，虛無〉一文，就表示要與虛無決裂。但余光中是搖搖擺擺左一腳，右一腳。他從西化中走出西化；從浪子到成為回頭浪子，是一個艱難曲折，有著不斷反

覆，反覆後又前進的過程。他在〈古董店與委託商〉一文中寫
道：「西方不是我們的最終目的，我們的最終目的是中國的現代
詩，這種詩是中國的，但不是古董。我們志在役古，不在復古；
同時它是現代的，我們志在現代化，不在西化。」他在〈迎中國
的文藝復興〉中寫道：「去西方的古典傳統和現代文藝中受一番
洗禮，然後走回中國，繼承自己的古典傳統而發揚光大之，其結
果是建立新的活的傳統。」余光中真正認識到不變不行，非變不
可，大約是在 20 世紀 70 年代，他於 1973 年 7 月發表了〈現代詩
怎麼變？〉。他在該文中寫道：「臺灣的現代詩已經到了應該
變，必須變，不變就活不下去的關頭了。」他說：「相對於洋腔
洋調，我寧可取土頭土腦，此地所謂土，是指中國感，不是秀逸
高雅的古典中國感，而是實實在在的純純真真甚至帶點稚拙的民
間中國感。回歸中國有兩條大道。一條是脫化中國的古典傳統，
以雅為能事，這條路十年前我已試過，目前不想再走。另一條是
發掘中國的江湖傳統，也就是嘗試做一個典型的中國人，帶點土
頭土腦土裏土氣的味道……不裝腔作勢，不賣弄技巧，不遁世自
高，不濫用典故，不效顰西人和古人，不依賴文學的權威，不怕
牛糞和毛毛蟲，更不願用什麼詩人的高貴感來鎮壓一般讀者，這
些都是土的品質。要土，索性就土到底。拿一把外國尺子來量中
國的泥土時代，在我，已經是過去了。」（余光中：〈現代詩怎
麼變？〉，《龍族評論專號》1973 年 7 月 2 日）。

　　余光中常常在一首詩中，出現兩種相對立的感情，比如〈敲
打樂〉中就既有對中國的詛咒，又有母子的深情。「我的血管是
黃河的支流，中國是我，我是中國。」余光中創作上的轉變，可
以〈白玉苦瓜〉為標誌。〈白玉苦瓜〉之後，他的創作題材轉
入中國的浩瀚歷史。作者是想從中國的歷史中尋求中國的精神；
尋求中國的詩風。他的代表作之一〈白玉苦瓜〉所體現出的中國
母性和母性的養育恩情，就特別溫馨感人，傳達出了中國古文化

的敦厚感。從題材分類，鄉愁詩是余光中詩作中最為閃光的珠寶。如：〈鄉愁〉、〈鄉愁四韻〉、〈當我死時〉等，都是被人傳唱不息的作品。余光中的其他詩作如〈唐馬〉、〈羿射九日〉、〈湘逝〉、〈夸父〉、〈一枚松果〉等，都寄托著，凝含著詩人對民族、對祖國、對母土文化的一份讚美和思念的深情。余光中曾在答覆李瑞騰的訪問時說道：「我體悟出，懷鄉不一定要提長江、黃河，從小事物中亦可寄托自己對家鄉或母土文化的孺慕，我的近作〈夸父〉和〈一枚松果〉即是如此。」從余光中的作品中可以明顯地感覺到詩人濃郁的戀祖情結。

　　1978 年，嚴厲的戒嚴體制下的國民黨準備對當時臺灣鄉土文學大舉鎮壓時，余光中和彭歌為當局大造鎮壓輿論，為自己的文學品格留下污點，十分遺憾。

第四節　周夢蝶

　　周夢蝶，本名周起述，河南省淅川縣人。1920 年陰曆 12 月 29 日出生。他在臺灣詩壇上是個非常奇特的詩人。他的名字「夢蝶」是崇拜莊子的表現，信奉老莊哲學；他性格孤獨，出版詩集《孤獨國》，被稱為「孤獨國主」；由於寫詩精雕細琢，苦苦吟思，又被稱為「苦僧詩人」。周夢蝶從小苦讀私塾，古文很好。他從五年級起讀小學，唯讀一年小學畢業，考取安陽初中（因抗戰該校移址內鄉縣赤門鎮二郎廟）。之後又進開封師範，1947 年入宛西鄉村師範，同時，加入國民黨青年軍，1948 年去臺灣。1956 年從軍中退伍，遭遇十分悲慘。退伍後當店員，從 1959 年開始在臺北市武昌街和重慶南路之間擺書攤為生，之後又屢次遷徙。1973 年臺北發大水，書攤被淹，周夢蝶在街頭流浪三天三

夜。到了晚年，他體弱多病，兩岸開放探親後，他卻無錢返鄉探
鄉，處境極為艱難。周夢蝶為「藍星詩社」骨幹詩人。他出版的
詩集有《孤獨國》和《還魂草》。由臺灣《文訊》雜誌編輯的
《臺灣作家作品目錄》，對周夢蝶的詩作了這樣的概括：「周夢
蝶的詩是一個孤獨、潔淨的靈魂與紛陳人世的深刻對話。他從自
我出發，感悟對應現實，當他引禪入詩，小宇宙便有無限大，是
現代詩的瑰寶。」（臺灣《作家作品目錄》，第 999 頁。）周夢
蝶的詩有四大特色：

1.**詩禪合一**。周夢蝶自幼養成沈静好思的個性。他對詩、書
法、金石、字畫都有極濃的興趣，具備了「道藝兼修」的品格。
他 1962 年開始讀經、聽經、背經，對《金剛經》、《楞嚴經》、
《華嚴經》等都讀得很熟，並從中悟出了不少禪哲。他對詩和禪
進行了結合，詩中有禪，禪中有詩，使他的詩具有了濃重的禪哲
意味。如〈四月〉和〈無題〉之一，都彌漫著生死輪回，因果報
應的內涵。

2.**大量用典**。新詩用典，周夢蝶是一特例。不過他之用典是
活典，是變化了的典，是有助於作品的情趣和自然之用典。如他
的〈逍遙遊〉、〈濠上〉、〈天問〉、〈燃燈人〉、〈托鉢者〉、〈圓
鏡〉、〈行到水窮處〉等，都取自莊子、楚詞、佛經和唐詩。以古
瓶裝今酒，以古形寓今意。不過有的用典帶來負面影響，受到唐
文標等學者的批評。

3.**突出哲理思想**。周夢蝶詩中的哲理和辯證法強化著他詩的
主題；深化著他的詩的思想。讀之令人們反覆思索和玩味。如：
「人在船上，船在水上，水在無盡上／無盡在，無盡在我剎那生
滅的悲喜上」（〈擺渡船上〉），「有鳥自虹外飛來／有虹自鳥
外湧起」（〈駢指〉）。「你在我中，我在你中，上即是下，下
即是上。」這些哲理的辯證和辯證的哲理，就像閃光的珠寶，串
連在周夢蝶的詩中。

　　4.**詩的現身性**。周夢蝶的許多詩脫離現實，受到非議，但周夢蝶也有一部分詩是從自我寫起，面對社會現實進行折射之作。如：《山中拾掇》組詩和〈守墓者〉等詩，便是對社會進行強烈折射而達到批判效果的作品。尤其是〈守墓者〉一詩，是他 1959 年的一天，生活走投無路，為了延續生命，他帶著水壺、麵包，孤寂地到六張犁公墓去作守墓人。當他在那墳塚壘壘、墓碑如林、荒草蓋地，令人毛骨悚然，恐怖而又凄絕的墓地守了一夜之後，説啥他也不幹了。一個著名詩人淪落成一個守墓人，這事實本身不就是對社會的鞭撻和批判嗎？

第五節　羅　門

　　羅門，本名韓存仁，1928 年 11 月出生於海南島文昌縣，1942 年進入空軍幼校，1948 年畢業，進入杭州筧橋空軍飛行官校。到臺灣後，1950 年因踢足球腿部受傷，停止飛行。1951 年考入臺灣民航局工作，1976 年退休。羅門走進詩壇，是由於妻子蓉子點燃了他靈感之火，將他引進詩壇的。那是 1954 年，羅門在民航局工作，與已是著名女詩人的蓉子相愛，「由於她的激勵，加上愛情，輝亮出我潛在的靈感，使我寫了一首〈加力布露斯〉。那是一首以整個年青的心靈去喚醒生命與愛情的詩。這首詩發表以後，曾引起當時詩壇覃子豪與紀弦的重視，更激勵了我的創作力量。於是，當我與蓉子在詩神的祝福下，成為夫婦後，我便被一種不可阻擋的狂熱帶進詩的創作世界中來了——如果那些往日在我年輕心靈中，沖激著的詩與音樂的美感生命，是一條未曾航過的冰河，那麼，蓉子的出現，便是那製造奇蹟的陽光，使冰河流動了。」（《羅門選集》，第 241 頁〈羅門訪問記〉。）羅門與

蓉子於 1955 年結婚，蓉子是羅門心目中的詩神。羅門出版的詩集
有：《曙光》、《第九日的底流》、《日月集》、《死亡之塔》、
《羅門自選集》、《隱形的椅子》、《曠野》、《羅門詩選》、《日
月的行踪》、《整個世界停止呼吸在起跑線上》、《有一條永遠的
路》、《太陽與月亮》、《誰能買下這條天地線》等。此外，羅門
還出版有評論集：

　　　《現代人的悲劇精神與現代人》、《心靈訪問記》、
　《長期受著審判的人》、《時空的回聲》、《詩眼看世界》、
　《羅門論文集》等。羅門曾提出詩人創造「第三自然」的
　觀點。他把原始的自然界，即日月星辰，江河湖泊，森森
　曠野稱之為第一自然；而將人工製造物，如飛機、大炮、
　機械、工程等稱之為第二自然；第三自然指人類的精神產
　品，如：「採菊東籬下，悠然見南山」、「江流天地外，
　山色有無中」等。他認為：「第三自然是掙脫一切阻撓，
　獲得其極大的自由與無限的包容性。永為完美而存在，使
　時空形成一透明無限的宇宙。古今中外納入其中，呈現出
　一並列相容的呼應性的存在。」（《羅門選集》，〈代序〉
　第 9—14 頁。）

　　羅門的「第三自然」理論明確地將藝術與原始和人工狀態分
離，讓人們在藝術創造中去追求那種純淨的，出神入化的藝術境
界，對藝術創造有一定的鼓勵作用。羅門的詩創作特色之一是注
重對內宇宙，即心靈世界的挖掘，因而有：

　　　「心靈大學的校長」之美譽。如〈窗〉、〈流浪人〉
　等詩，即是心靈挖掘方面的例子。「猛力一推，雙手如流
　／總是千山萬水／總是回不來的眼睛」，詩人寫窗並不是

寫窗子的特徵，而寫人與窗子的對話，寫想像推開窗子之後的情景。「把酒喝成故鄉的月色／空酒瓶望成一座荒島」（〈流浪人〉）。詩人描寫的是主人公醉意中的心靈狀態。（前揭書）

羅門被稱為臺灣第一代都市詩人，他寫了許多關於資本主義社會生活的詩，揭露都市生活的罪惡和腐朽。如：於1957年寫的〈都市人〉。那時臺灣還沒有進入資本主義社會，羅門已經注意到了都市生活中人們的野心和貪婪：

> 他們的腦部是近代最繁華的車站，
> 有許多行車路線通入地獄和天堂，
> 那閃動的眼睛是車燈，
> 隨時照見惡魔與天使的臉。
> 他們擠在城裏，
> 如擠在一艘開往珍珠港的船上，
> 欲望是未納稅的私貨，良心是嚴正的官員。

這首詩中詩人揭露了城市生活的兩極，地獄和天堂。造成這種極端的不公平的是人的兩極：惡魔與天使。擠在開往發財之地的船上，將城市的發展方向和特點形象地表垷了出來。「欲望是未納稅的私貨，良心是嚴正的官員」是該詩的名句。前半句十分真實而形象，而後半句則表達了詩人的美好願望。詩中「繁華的車站」、「珍珠港」、「車燈」都帶有強烈的諷刺意味。羅門是臺灣都市詩的先覺。1961年，羅門寫了〈都市之死〉，1972年羅門又寫了〈都市的旋律〉，1983年羅門寫了〈都市，方形的存在〉。都市發展的每一個階段和每個階段的每一種病症，幾乎都沒有逃出羅門的眼睛。在〈都市之死〉裏，羅門用自己敏銳的目

光，犀利的分析，宣告了都市的死刑。「人們用紙幣選購歲月的容貌／在這裏腳步是不載靈魂的／在這裏神父以聖經遮目睡去／凡是禁地都成為市集。」羅門非常富於想像，以潑辣尖刻的筆觸向城市的罪惡開刀：「伊甸園是從不設門的／在尼龍墊上，榻榻米上，文明是條脫下的花腰帶／美麗的獸野成裸開的荒野／到了明天再回到衣服裏去。」在〈都市落幕式〉中，羅門寫道：「都市，你一身都是病／氣喘在克勞酸裏／癱瘓在電療院裏」。羅門用詩，這種最不善揭露的文體，將資本主義都市的自私、無賴、兇殘、醜惡揭露得鮮血淋淋；羅門用詩，這種最善於宣判的文體，將罪惡的城市判處死刑。

羅門有一些描寫和讚頌生命的詩。如：〈第九日的底流〉、〈死亡之塔〉、〈麥堅利堡〉等。其中寫得最好，讓人讀了產生強烈的共鳴的是描寫第二次世界大戰時，在太平洋戰爭中菲律賓馬尼拉市郊戰場陣亡的七萬名美軍將士的〈麥堅利堡〉。「麥堅利堡」是美軍的墓地，1961 年羅門到此憑吊後創作了這首詩。這首長詩以深沈的旋律和質樸的語言，但卻是大河湧動般的感情，歌頌了這些埋骨於他鄉的英雄們。詩的開篇便一下抓住了讀者的心：「戰爭坐在此哭誰／它的笑曾使七萬個靈魂陷落在比睡眠還深的地帶。」詩中用了一系列冷的意象：太陽冷、星月冷、太平洋冷，來表現墓地的可怕的冷寂。詩中點著英雄的名字一唱三歎，即使有再多的花環，再大榮耀，英雄們也回不了家了。尤其是詩的結尾句：「你們是那裏也去不了／太平洋陰森的海底是沒有門的。」讓人悲痛的情感也如太平洋之水，汹湧澎湃而沒有出口。

第十八章

臺灣的創世紀詩社

第一節　創世紀的主張和實績

　　創世紀詩社，早期是臺灣的軍中詩社。最早是由海軍軍官瘂弦、張默、洛夫三人在臺灣南部的軍港左營發起成立。那是辛亥革命 43 周年紀念日，即 1954 年的 10 月 10 日。同時發行《創世紀》詩刊。首期發刊詞為〈創世紀的路向〉標明三大主張：(1)確立新詩的民族陣線，掀起新詩的時代思潮。(2)建立鋼鐵般的詩陣營，切忌相互攻訐製造派系。(3)提攜青年詩人，徹底肅清赤色黃色流毒。該刊發行到第 6 期，又提出了建立「新民族之詩型」的主張，並且發表了〈建立新民族詩型的芻議〉的社論。闡釋「新民族之詩型」的含義是：(1)藝術的，主張形象第一，意境至上。

⑵中國風的東方味的，運用中國文學之特異性，以表現出東方民
族生活之特有情趣。到了 1959 年 4 月，《創世紀》第 11 期開始，
又進行了革新，將 32 開版，改為 20 開版。並在主張上提出了四
性，即世界性、超現實性、獨創性和純粹性。此時，《創世紀》
已變成了臺灣新詩西化的大本營，成了批判西化的眾矢之的。到
了《創世紀》第 37 期，針對關傑明和唐文標的批判，該刊又發表
了〈請為中國詩壇保留一分純淨〉的社論，提出了「四反」原
則。即「反對粗鄙墮落的通俗化；反對離開美學基礎的社會化；
反對沒有民族背景的西化；反對 30 年代的政治化。」《創世紀》
在剛成立時，是臺灣現代派三大詩社中的弱者，但是由於他們的
同仁比較團結，不斷改革調整，編輯部又不斷推出新的陣容，因
而當「現代」和「藍星」先後垮臺停刊之後，《創世紀》不但沒
有垮臺停刊，而且瞅準機會，招收「現代」和「藍星」的舊部，
強化自己，反而成了現代派中的強者和老大。60 年代迎來了現代
派詩的一個小小的中興局面。雖然《創世紀》詩刊從 1969 年至
1972 年間，也有短暫的停刊，但它是三大現代派詩刊中停刊期最
短，恢復最快的詩刊。《創世紀》詩刊的編輯班子經過多次變
更，到 2001 年 9 月的編輯陣容為發行人：瘂弦。顧問：洛夫，辛
鬱。編輯小組：張默、楊平、李進之。社長：汪啟疆。同仁主要
有：古月、丁永泉、辛鬱、大荒、洛夫、瘂弦、張默、季紅、白
浪萍、沈冬、沙穗、周鼎、管管、季野、連水淼、彩羽、碧果、
葉維廉、商禽、張堃、張漢良、羅英、藍菱、劉延湘等。《創世
紀》創作、發表、出版的詩集、詩論集、史料集，是臺灣現代派
三大詩社中最多的。目前「創世紀詩社」老一代的洛夫、瘂弦都
移居加拿大，只有張默還在主持編輯工作。其他老詩人，也逐漸
力不從心。它和其他現代派諸詩社一樣，有後繼乏人之憂。

第二節　洛　夫

　　洛夫，本名莫洛夫，1928 年 5 月出生於湖南衡陽，先後在衡陽小學和成章、岳雲中學攻讀，1948 年高中畢業，考入湖南大學外文系，1949 年 7 月去臺灣。1951 年進政工幹校，兩年後畢業，進入海軍陸戰隊。1955 年任臺灣左營軍中電臺編輯，之後進軍官外語學校，1959 年畢業，到金門任聯絡官。1965 年 11 月去越南任「顧問團」顧問兼英文秘書，1967 年 11 月返臺，又進入淡江文理學院英文系讀書，1973 年 46 歲從該校畢業，同年 8 月以海軍中校軍銜退役。1954 年洛夫與瘂弦，張默共同發起「創世紀詩社」，成為三駕馬車之一。大陸時期洛夫便開始寫詩。他出版的詩集有：《靈河》、《石室之死亡》、《外外集》、《無岸之河》、《魔歌》、《洛夫自選集》、《衆荷喧嘩》、《時間之傷》、《釀酒的石頭》、《因為風的緣故》、《愛的辯證》、《月光房子》、《天使的涅槃》、《隱題詩》、《雪崩》、《洛夫小詩選》等。此外他還出版散文集《一朵午荷》、《洛夫隨筆》、《落葉在火中沈思》、《洛夫小品選》。評論集有《詩人之鏡》、《洛夫詩論選集》、《詩的探險》、《孤寂中的迴響》、《詩的邊緣》。洛夫已定居於加拿大溫哥華，雖已年過七旬，但創作力仍十分旺盛，常奔波於加拿大和臺灣之間。於 2001 年又發表三千行長詩《漂木》，獲佳評。該詩分為四章。第一章：漂木。第二章：鮭，垂死的逼視。第三章：浮瓶中的書札（該章內含四節，每節為一書信體詩，分別致母親、詩人、時間、諸神）。第四章：向廢墟致敬，該章共 70 節，每節兩段 6 行。據作者在詩前小序中說：「此詩主要在寫我對生命觀照的形而上思考，以及對大中國穩定現實與文化的反思。」這部

長詩是洛夫創作成就的集中展示，表現了詩人對大我、小我、歷史、現實、人生哲思和文化源流的總體思索。情感綿長，哲思豐富，思奇慮深，氣魄恢弘。洛夫從 15 歲開始寫詩，至今已有近 60 年詩齡。洛夫認為，詩是人對生命的感悟，以小我暗示大我，以有限暗示無限。詩人的使命就是透過詩來解除生命悲苦。詩的最高境界是物我合一，即情感和物件，主體和客體達到高度統一。詩人和普通人一樣，所不同的是他觀察和表達事物的技藝。〈石室之死亡〉是洛夫早期的代表作，是西化時期的產物。這是一首包括 64 節，每節十行的長詩，內容龐雜，意象繁複密集。暗示、岐意、象徵、超現實手法交替運用，給作品蒙上一層晦澀難懂的迷霧。不過透過那層迷霧，我們仍然可以看見詩的內涵，詩人是在寫生命，寫人生，寫人的生與死之博鬥。石室是人生環境，如地獄般骯髒而狹窄，人以死進行抗爭，於是一條黑色支流咆哮地橫過他的脈管，而壁上的血槽則是反抗者力的顯示和現實吃人之罪證。到了第三部詩集《外外集》時期，洛夫開始「調整語言，改變風格」。洛夫在《無岸之河》詩集序中説：「《外外集》在精神上仍是《石室之死亡》的餘緒，但是風格上已較前開朗而灑脫。」洛夫改變風格之後，作品有了很大變化，明顯地由晦澀轉為明朗，由混沌轉為清新。我們將他詩風轉變後的作品概括為這樣一些特色：(1)意象變得單純樸實，風格變得淡雅自適。(2)詩有了一種爆發式的美。(3)自然和人生通過擬人化手法融為一體。(4)詩的形式變得精短凝練。洛夫詩風轉變之後，創作了一系列令人一讀難忘的、精巧玲瓏、清澈透明的好詩。如：〈有鳥飛過〉、〈金龍禪寺〉、〈舞者〉、〈隨雨聲入山而不見雨〉、〈第十二峰〉等。現舉〈隨雨聲入山而不見雨〉一詩，可以清楚地看出與〈石室之死亡〉時期作品風格的異同。

　　「啄木鳥，空空

　　回聲　　洞洞
　　一棵樹在啄痛中迴旋而上
　　下山
　　仍不見雨
　　三粒苦松子
　　沿著路標一直滾到我腳前
　　伸手抓起
　　竟是一把鳥聲」

　　這詩清新明朗，活潑生動，而又具有內涵。從三粒松子到抓一把鳥聲，中間隱含著許多內容，但又使人能看到事物發展變化的脈絡，給人一種爆發式的驚喜。洛夫近期的《漂木》比之中期的作品，清新仍存，但增添了深沈和渾厚。

第三節　瘂弦

　　瘂弦，本名王慶麟，河南省南陽縣人，1932 年出生。9 歲入南陽私立南都中學，17 歲入豫衡聯合中學。1949 年 8 月在湖南參軍，之後去臺灣，進入政工幹校，1953 年 3 月畢業，到海軍工作。1961 年任晨光廣播電臺臺長，1964 年因在《國父傳》中扮演孫中山成功，評為臺灣「十大優秀青年」。1966 年 12 月以少校軍銜退役。1969 年任臺灣「中國青年寫作協會」總幹事。1974 年兼任華欣文化事業中心總編輯及《中華文藝》總編輯。翌年任幼獅文化事業公司期刊總編輯。1977 年 10 月起，任《聯合報》副刊主編，直到 1999 退休，現定居於加拿大溫哥華。2001 年又擔任臺灣華東大學中文系駐校作家。瘂弦於 1953 年進入覃子豪的

「中華文藝函授學校」新詩講習班，向覃子豪學詩。1954 年 10
月與洛夫、張默結夥發起「創世紀詩社」。1955年《火把：火把
喲》一詩，獲臺灣軍中詩歌優勝獎，使瘂弦的創作衝動和創作激
情受到更大的激發。瘂弦是個詩、史料和詩評兼營的人物。他出
版的詩集有：《瘂弦詩抄》、《深淵》、《瘂弦自選集》、《瘂
弦集》、《如歌的行板》。研究和史料集《中國新詩研究》。瘂
弦將詩人的創作分為兩個時期，即「革命期」和「實驗期」。
「革命期」是破壞性的揚棄，是從傳統中跳出後的一種飛躍。而
「實驗期」則是對傳統的吸收，從傳統中創新。但「革命期」的
破壞性揚棄，必須植根於「實驗期」的創造性之內。在對待臺灣
新詩西化的問題上，他認為，中國人不能盲目移植西方的東西，
應該重視自己的經驗。在〈有那麼一個人〉一文中他寫道：「中
國人不應當像過去那樣一邊倒，這個階段應該過去了。過去五十
年，我們向西方熱烈擁抱，對現代詩雖然不能說沒有好處，但也
有走火入魔的現象。半個世紀後的今天，中國詩壇似乎應作一通
盤沈思反省與探討。」（《瘂弦自選詩集》，第 258 頁。）瘂弦
的詩創作量比較少，但有不少精品和佳作。他 1959 年發表的長篇
抒情詩〈深淵〉，不僅震撼了臺灣詩壇，引起了一股模仿熱，而
且一錘定音，因這部詩牢牢地穩住了瘂弦在臺灣詩壇的地位。這
首 99 行的長句詩，以整體象徵表達了詩人對時事、對社會的詮釋
和看法。詩的開頭就引用了沙特的話作為題解：「我要生存，除
此無他，同時我發現了他的不快。」這既是題解，也是作品主題
的暗示。詩中，詩人描寫了為了生存的需要，要與環境搏鬥，在
生存的道路上，重重障礙，艱難險阻和深淵橫梗在我們的面前。
社會的貪婪和無恥，人性的麻木和墮落，像深淵一樣難以逾越，
詩人攝取了眾多千奇百怪的意象進行有機組合，構成了一曲陰
暗、荒唐的現實的和非現實的多聲部大合唱。這裏有狂亂的性，
有埋掉私生子吃剩餘人格的女人，有用血洗荊冠的劊子手，有吃

遺產，吃妝奩，吃死者吶喊的寄生蟲。這裏有人也有鬼；有仙也有魔，這裏現實和非現實在一個主題上得到了統一；人和鬼在統一的構思裏獲得調和。這首詩意象豐沛，想像奇特，色彩絢美，詩質渾厚，給人一種荒誕中的真實，諷刺辛辣而又不流於滑稽。但詩也存著一些不足，比如不無晦澀艱深之嫌。瘂弦的〈如歌的行板〉也是以人類生存克難為主題展開的，一口氣用了 19 個「必要」。總之，就是生存之必要，就是要消滅戰爭、暗殺、貪婪、墮落等等。既然是一條人類生存之河、總得生存下去，世界應有秩序，發展應有規律。表現了詩人對人類的生存充滿信心。瘂弦以描寫人物著稱，他描寫人物的詩如〈乞丐〉、〈上校〉、〈山神〉、〈三色柱下〉、〈坤伶〉、〈婦人〉等，常被人們作為例子引用。其中尤以〈上校〉、〈坤伶〉諸詩反映熱烈。瘂弦的詩作大都是 70 年代以前的作品，70 年代以後，極少有新作問世。他的幾部詩集中，多數作品移來移去。他的創作生命過早枯竭，十分可惜。不過多年沒有新作發表的詩人不被人們忘記，可能有兩個因素，一是詩質好，二是《聯合報》副刊主編的職務對他的名氣和地位也不無幫助。

第四節　張　默、商　禽

張默，本名張德中，1931 年 12 月出生於安徽省無為縣，1938 年至 1948 年在家鄉讀私塾，後入南京成美中學攻讀。1949 年 3 月去臺灣。1950 年參加海軍，在軍中服役 22 年後，以少校軍銜退役。1954 年與洛夫、瘂弦發起成立《創世紀詩社》。張默在「創世紀」同仁中對該詩社貢獻最大，出力最多。曾為「創世紀」闖郵局、進當鋪、跑書攤。經濟困難之日，他的手錶，自行

車曾進進出出多次到當鋪中換錢，為「創世紀」解困。幾乎可以這樣說，沒有張默就沒有「創世紀」。他作總編輯的時間最長，時至今日，已經年過70歲的張默，還擔任著《創世紀詩刊》總編輯的角色。張默在臺灣詩壇上被稱為「總管」，詩壇的許多事都離不開他。他是詩歌方面的資料專家，他收集的資料非常豐富，曾編輯出版《臺灣現代詩編目》，他主編和參與編輯的臺灣詩歌方面的書最多。張默是位十分勤奮的詩人，詩的創作量也相當豐富。他出版的詩集有：《紫的邊陲》、《上升的風景》、《無調之歌》、《張默自選集》、《陋室賦》、《愛詩》、《光陰、梯子》、《落葉滿階》、《遠近高低》等。另有詩評集《現代詩的投影》、《飛騰的象徵》、《無塵的鏡子》、《臺灣現代詩概觀》、《夢從樺樹上跌下來》。散文集《雪泥與河燈》、《回首故園情》等。張默的詩意象單純明朗，善於在詩中採色採聲，將聲色和環境融入一起，造成情景交融，聲色互動的畫面。他還善於將古典詩的表現手法移植於新詩創作。〈紫的邊陲〉、〈無調之歌〉、〈駝鳥〉等，被人稱道。不過，張默的創作影響遠不及他作為一個「總管」的影響之大。

商禽，本名羅燕，筆名羅馬，羅硯等。四川省珙縣人，1930年3月出生。1945年參軍，1950年從雲南去臺灣。1968年以上士退休。商禽的生活一直顛沛流離，他當過商販，賣過牛肉麵，跑過單幫，當過私家園丁。商禽在大陸時期就開始了新詩的創作，到臺灣後於1953年開始以羅馬筆名發表作品，1960年開始以商禽筆名發表作品。商禽曾任《文藝》月刊、《青年戰士報》、《中華文化復興》等刊物的編輯，在《時報周刊》副總編輯任上退休。商禽出版的詩集有《夢或者黎明》、《夢或者黎明及其它》、《用腳印思想》。商禽的創作特點是：創作態度比較嚴謹，作品量少，但名作甚多；出版率不高，但影響較大。他以少量的詩作奠定了

他臺灣超現實主義詩人代表的地位。楊牧聲稱：「假如我會寫詩評，我用『淚珠鑒照』做題目評商禽」。李英豪在《批評的視覺》一文中說：「商禽詩的價值，非但壓縮在個人的平面上，而且是在整個人類的平面上。」許多人將商禽的詩視為現代詩的瑰寶。他的名作〈長頸鹿〉、〈鷹〉、〈鴿子〉、〈涉禽〉、〈火雞〉、〈逃亡的天空〉、〈風〉等，都是被人們反覆玩味和讚美的作品。尤其是〈長頸鹿〉、〈鴿子〉、〈鷹〉可看作超現實的典範之作。請看〈鷹〉：

　　　　用不著推窗而起
　　　　向冷冷的黑暗
　　　　拋出我長長的嘶喊

　　　　熄去室內的燈
　　　　應之於方方的暗

　　　這是以超現實之手法寫成的現實主義之詩。用不著推開窗向冷冷的，無邊的黑暗拋出嘶喊，因為那是沒有用的，吶喊即使能拋出，也會被無邊的黑暗吞沒。熄滅了室內的燈，以方方的黑暗應對於無邊的黑暗，以黑暗對抗黑暗，是無聲的沈默的抗議。這種抗議將反抗的強度和韌度進一步強化。〈長頸鹿〉是描寫一個犯人被長期關在監獄裏，因為渴望光明，渴盼自由，他日日仰望窗戶。由於日日仰望，脖頸越拉越長，最終變成了長頸鹿。這是一首十分辛酸，內含批判性很強的作品，也是對社會現實擲出的鋒利的投槍和匕首。商禽的詩從創作手法和表達方式看，是典型的超現實主義之作，但商禽卻不肯戴上超現實的桂冠，而斬釘截鐵地說：「我不是超現實主義者。」（《臺灣作家作品目錄》1999 年版，第 373 頁。）從作品對現實的揭發力度和諷刺打擊邪

惡的強度看，即使現實主義的詩作也比不上商禽的作品，從這個
角度講，商禽的確是「最最現實主義者」。從商禽的例子可以説
明，超現實主義的方法也能寫出戰鬥性，諷刺性極強的作品。

第 十 九 章

臺灣現代派小說群的崛起

第一節　臺灣社會進入轉型期

　　50 年代前臺灣的經濟形態，還是一種封閉型的、傳統的、半封建、半殖民地的小農經濟。50 年 6 月，朝鮮戰予爆發，為了把臺灣變成侵略朝鮮的基地，美國與臺灣簽訂了共同防禦條約，接著是大量的「美援」、「日援」湧入臺灣。經過 50 年代初的農地改革，消滅傳統地主佃農制，臺灣從 1953 年開始推行「以農業培養工業，以工業發展農業」的經濟建設方針，促進了臺灣農業的較大發展。進入 60 年代之後，臺灣採取了一系列有效措施，實行對外「開放經濟」，先後頒發了《獎勵投資條例》和《加工出口條例》，改革外貿政策，實行匯率改革，稅收優惠、金融扶持措

施，促使臺灣的外資和僑資投資比例迅猛增長，加工出口業發展迅速，實現臺灣經濟的「全面起飛」。1966 年臺灣的出口貿易結構發生質變，由出口農產品為主轉為出口工業產品居首位，改變了臺灣歷年來以農產品和農業加工產品為主要出口貨物的局面。從此，臺灣的對外貿易成為臺灣整個經濟的支柱和生命線，促使臺灣經濟由封閉的、保守的內向型經濟發展為開放的外向型經濟。60 年代中期的臺灣社會，已由傳統的農業社會轉型為依附型的資本主義工商業社會。臺灣以加工出口業為軸心的經濟，成了世界資本主義鏈條上的一個環節。

臺灣經濟的主要夥伴是美國，其次是日本。臺灣實行的經濟開放，既開放經濟市場，也開放精神文化市場。伴隨著經濟開放，西方的思想文化、社會風俗、生活方式鋪天蓋地地湧入臺灣，在東西方文化的撞擊中，傳統的價值觀念受到衝擊，傳統的思想規範失去控制，引起臺灣社會的迅速西化，造成經濟起飛，精神荒蕪的局面。處在社會轉型時期，面臨文化轉型十字路口的知識份子，尤其是臺灣思想文化界的有識之士，內心充滿焦慮的危機意識，渴望在傳統的廢墟上，重建自己的文化價值堡壘。他們發起批判西化運動，構成中、西文化在臺灣的衝突。在衝突中，西化受到一定程度的抑制，中國文化傳統得到了保護。臺灣從 60 年代初期開始的新詩批判運動和 70 年代的「鄉土文學論戰」，都是為抵禦西方文化而興起的民族文化運動。70 年代初，臺灣受到以「釣魚臺事件」為首的包括臺灣被迫退出聯合國、日臺斷交等一系列國際事件的衝擊，全面依賴美援的幻夢破滅，進一步喚醒了人們的民族意識和社會意識。對臺灣現實及未來命運的關切，使知識份子開始認識臺灣殖民經濟的弊端，形成要求回歸民族，回歸鄉土的潮流。臺灣社會由農業社會轉向資本主義社會，經歷了一系列思想文化方面的鬥爭，和一系列思想文化形態的變化。

　　這時期的臺灣社會，大體上是經濟形態上以西方資本主義生產模式為主，而思想形態方面則呈現知識精英的西化，民間大眾的傳統文化混雜的形式，反映臺灣戰後資本主義的依附性與畸型性。

第二節　臺灣現代文學社的出現和《現代文學》的創刊

　　臺灣社會的開放，政治、經濟的對美附從，經濟的轉型，帶來了西方的文化和文學思潮的泛濫。在政治思想方面，有宣傳西方民主政治、反共、自由主義和資本主義制度的胡適和雷震的《自由中國》雜誌；在文學方面，西方的意識流、象徵主義、弗洛伊德學說、超現實主義等文藝思潮介紹進來。1949 年國民黨遷臺後，頒佈禁令，將「五四」以來所有進步的新文學作品，一概封鎖，列為禁書，造成民族文化傳統的中斷。新生的一代從小就失去接觸「五四」新文學的機會，只好轉向西方文學去尋求出路，追蹤世界文學新潮流。這也是文學自身發展的要求。

　　臺灣現代主義文學思潮的深入發展和創作的成績，主要體現在以《文學雜誌》和《現代文學》為首的現代小說的興起。

　　1956 年 9 月，臺灣大學外文系教授夏濟安創辦《文學雜誌》，廣泛介紹西方現代派理論，刊登西方和臺灣的現代派作品，產生較大影響。1959 年 7 月，夏濟安去了美國，1960 年 8 月《文學雜誌》停刊。

　　《文學雜誌》的一批學生作者，也是夏濟安教授的學生，於 50 年代末，在臺灣大學外文系成立了一個交友性質的組織「南北社」。一年後，該組織擴大改組，更名為「現代文學社」，推選白先勇為首任社長，成員有陳若曦、歐陽子、王文興、李歐梵

等。「現代文學社」成立不久，1960年3月，他們創刊了《現代
文學》雜誌，白先勇任主編。

《現代文學》的發刊詞中寫道：「我們打算有系統地翻譯介
紹西方近代藝術學派與潮流，批評和思想，並盡可能選譯其代表
作品，我們如此做並不表示我們對外國藝術的偏愛，僅為依據
『他山之石』之進步原則。」「我們不想在『想當年』的癱瘓心
理下過日子。我們得承認落後，……祖宗豐厚的遺產如不能善用
即成進步的阻礙。我們不願意被視為不肖子孫，我們不願意呼號
曹雪芹之名來增加中國小說的身價，總之，我們得靠自己的努
力。」「我們感於舊有的藝術形式和風格不足於表現我們作為現
代人的藝術情感。所以，我們決定試驗，摸索和創造新的藝術形
式和風格。我們可能失敗，但不要緊，因為繼我們而來的文藝工
作者可能會因我們失敗的教訓而成功。胡適先生當初倡導白話文
和新詩，可是我們無理由要求胡適先生所寫的一定是最好的白話
文和最好的新詩。胡先生在中國文化史上燦爛的一筆是他『先驅
者』的歷史價值。同樣，我們希望我們的試驗和努力得到歷史的
承認。」「我們尊重傳統，但我們不必模仿傳統或激烈地廢除傳
統，不過為了需要，我們可以做一些『破壞的建設工作』。」從
他們的宣言中可以看出，這是一批朝氣蓬勃，志向遠大，以創建
和實驗現代派文學為使命，高擎現代派文學大旗，向臺灣文壇開
拓前進的破壞者和建設者。

「現代文學社」的成立和《現代文學》雜誌的創刊，成為臺
灣現代派小說崛起的重要標誌，成為臺灣現代派小說繁榮的開
端，並在60年代佔據臺灣文壇的主流地位。

《現代文學》雜誌創刊後，取得顯著的成績。然因經濟的艱
難曾於1973年9月停刊，到1977年7月復刊。進入80年代中期
後，再次停刊。在臺灣文學史上，「現代文學社」和《現代文
學》雜誌的貢獻突出：

1. 比較系統地介紹了西方現代主義的理論和作品

　　第一期是卡夫卡專號，第二期是托馬斯・曼專號，之後連續介紹了喬伊斯、勞倫斯、吳爾芙、薩特、波特萊爾、福克納等的作品，這在臺灣是前所未有的，對臺灣的現代派文學創作產生極大的影響。

2. 培養和造就了一批作家，發表一批有影響的作品

　　從創刊到 1973 年停刊之間，《現代文學》共出版 51 期，發表創作小說 206 篇，作家 70 人。在 60 年代崛起的臺灣著名小說家，跟《現代文學》或深或淺，都有過關係。白先勇、王文興、歐陽子等的作品，也是在《現代文學》雜誌上大量問世的。叢甦的〈盲獵〉、王禎和的〈鬼・北風・人〉、施叔青〈倒放的天梯〉、陳映真的〈將軍族〉、水晶的〈愛的凌遲〉、朱西寧的〈鐵漿〉都發表在《現代文學》上。歐陽子主編的《現代文學小說選集》上、下冊，從一個方面展示了《現代文學》的成就和作用。這些作品，文字技巧風格多樣，體現了《現代文學》刊物的辦刊宗旨。

　　《現代文學》雜誌在介紹西方文藝理論、培養和造成作家方面有重要貢獻，影響了一代臺灣作家，也影響了後來的《純文學》、《幼獅文藝》等刊物的發展路向。但是，也存在一些不足與缺點：在介紹西方現代主義思潮和作家作品時，缺乏批判性地分析，有不加選擇的傾向；在創作方面，有照搬和生硬模仿的現象。然而，在臺灣 60 年代文壇上，現代派文學成為文壇的主流，能夠影響和吸引臺灣一代作家，「現代文學社」和《現代文學》刊物功不可沒。

第三節　聶華苓、於梨華、陳若曦

　　臺灣的現代派小說創作，呈現出錯綜複雜的、創作主張與創作傾向並不十分一致的局面。大體上可分為兩個傾向：一類是中西結合、現代與傳統融合，創作思想偏向於寫實，較注意作品的思想性的現代派，如白先勇、於梨華、陳若曦等的創作；另一類是徹底反叛傳統、熱衷西化的現代派，如歐陽子、王文興等的創作。

　　聶華苓、於梨華是臺灣文壇較早的現代派作家。她們比臺灣「現代文學社」的一代青年作家文齡均長十歲左右。

　　聶華苓（1925.1.11 －　　），湖北應山縣人，1940 年為逃避日禍，隨母親和三個弟妹到四川，後入中央大學外文系讀書。1949 年去臺灣。80 年代擔任雷震主持的《自由中國》雜誌編輯，後因受「雷震事件」牽連而失業。之後曾在臺灣大學中文系和臺灣東海大學中文系任教。1964 年赴美，參加保羅‧安格爾主持的美國愛荷華大學「國際作家寫作室」工作，後來與保羅‧安格爾結婚。她的主要作品有短篇小說〈翡翠貓〉、〈一朵小白花〉、〈王大年的幾件喜事〉等；長篇小說《失去的金鈴子》、《桑青與桃紅》、《千山外，水長流》等。

　　聶華苓的短篇小說創作多以國民黨控制下的臺灣生活為背景，用寫實的筆觸，塑造出形形色色從大陸流落到臺灣的中下層人物形象，較深刻地反映社會的黑暗，人物的落魄、孤寂和淒涼，如《臺灣軼事》等。

　　1960 年創作《失去的金鈴子》，是聶華苓的成名之作。小說描寫抗日戰爭時期西南大後方生活，揭露中國的封建婚姻制度給

婦女命運帶來的不幸和苦難。主人公苓子在重慶讀書，假期回到
山村，暗戀上比自己大十幾歲的尹之舅舅。而尹之卻與新寡的巧
姨熱戀，於是成三角戀愛之勢。苓子戀尹之是中國社會絕不能容
忍的亂倫之戀，結果自然可知；新寡的巧巧與無配偶的尹之結合
應是天經地義的，卻活活被封建衛道士們拆散，致使巧巧自殺，
尹之被捕，表現出現實社會黑暗與醜惡的本質。

　　從臺灣到美國後，聶華苓因1970年創作長篇《桑青與桃紅》
而聲名大振，也引起一些爭議。小說描寫女主人公桑青因中國和
世界的動亂，由一個天真單純的少女，變成了瘋子，易名為桃紅
的故事。作者曾在一次答訪中道出用心所在：「我不僅是寫一個
人的分裂，也是寫一個人在中國變難之中的分裂，和整個人類的
處境：各種的恐懼，各種的逃亡。」作品鋪展出歷史的縱剖面，
表達動亂的時局給人類精神造成的錯位。《桑青與桃紅》致力於
傳統的表現方法與西方的表現方法結合，西化的傾向十分明顯，
主要表現在：一是時空交錯的結構方式。一個身體兩個靈魂：桑
青以日記的形式追憶歷史，桃紅以信的形式表述現在，時空交
錯，富有跳動性；二是大量運用象徵手法。如以擱淺的小木船，
動亂中的大雜院，避禍中的小閣樓，象徵著一個絕望、困頓和混
亂的時代，以桑青象徵東方的美麗純潔，以桃紅象徵西方的荒淫
頹廢等；三是運用意識流技巧，表現主人公的精神錯亂特徵，相
得益彰。

　　於梨華（1931—），祖籍浙江鎮海縣，生於上海。1949年去
臺灣，考入臺灣大學外文系，有位教授認為她的天資不夠，強令
她改學歷史。1953年畢業於歷史系。1954年赴美國入洛杉磯加州
大學攻讀新聞。1956年獲碩士學位，同年和一位物理學博士結
婚。1965年遷居紐約，在紐約州立大學奧爾巴巴分校教授中國文
學等課程，並從事創作。小說創作成果頗豐，長篇小說有《夢回

青河》、《又見棕櫚，又見棕櫚》、《傅家的兒女們》、《變》、《考驗》等；中篇小說有《也是秋天》、《三人行》等；短篇小說集有《歸》、《雪地上的星星》、《白駒集》、《會場現形記》等。

著名的物理學家楊振寧曾說：「在臺港留學生的書架上常常看到於梨華的小說。……我想大家喜歡看她的作品，原因恐怕不盡相同。我自己喜歡她的書，主要有兩種原因，一方面我欣賞她對人物性格和心理狀況的細緻觀察。另一方面我很高興她引入了不少西方文字的語法和句法，大膽地創造出既清暢可讀又相當嚴謹的一種白話文風格。」（楊振寧：〈於梨華作品集・序〉，香港天地圖書館公司，1980 年版。）這種評價，可以說具有相當的代表性。

於梨華的小說內涵主要有兩個內容：一是寫盡天下離合悲歡；二是反映臺灣留美學生的生活。女作家的特性使她善於通過家庭、愛情和女性來描寫離合悲歡。如《夢回青河》描寫敵偽統治時期，一個大家庭裏表兄妹的三角戀愛的故事，表現沒有愛情的墮落大家庭中相戀的青年不能結合的悲劇命運。作者筆下人物性格栩栩如生，心理交戰入情入理，義與利、善與惡的交織，愚昧與天真、怯懦與狠毒的混雜以及種種錯綜複雜、時隱時現的下意識都刻劃得細緻入微。作為留美的臺灣作家，於梨華小說的主要成就在於反映旅美留學生生活的作品。臺灣留學生愛情的煩惱，家庭的矛盾，學業上的困惑，工作上的挫折，以及由於遠離祖國而產生的寂寞和鄉愁。1966 年創作的《又見棕櫚，又見棕櫚》是這類作品的代表作，也是於梨華思想性和藝術性最高的一部長篇小說，1967 年獲臺灣最佳長篇小說獎。由於這部作品真實地描寫了臺灣留美學生的生活和苦悶矛盾的心理，具有較高的典型性和時代性，於梨華被稱為「無根的一代」的代言人。小說以旅美學人牟天磊回臺灣省親為線索結構全篇，形式上類似「遊記體」小說，內容上卻是「尋根記」。十年前赴美留學，幾經周

折，終於學成業就的牟天磊，獲得了新聞博士的桂冠，找到一份足以維生的工作。遠離故土親人的孤獨、寂寞唷噬著他的心靈。回臺省親，本想達到一種文化心理上的回歸，卻發現不僅在美國沒有根，回臺灣也沒有根。牟天磊的悲劇並非因工作、事業、愛情方面的原因，而是東西方兩種文化撞擊的必然結果。他所失落的根，與其說是鄉土之根，不如說是「民族文化之根」。

於梨華被夏志清先生稱為「近年來罕見的最精緻的文體家」，具有清新、精緻的細膩風格。作者擅長白描手法，人物肖像、景物描寫細膩、精緻而逼真。她成功地運用意識流手法，作品格調真實自然，樸實無華。有些句子雖長，有些歐化讀來卻無歐化的感覺，善用嘲諷和比喻，使人感到親切、自然、明快，引人入勝。

陳若曦（1938—），臺灣省臺北市人。原名陳秀美，祖父和父親世代為木匠，10歲以前在農家長大。1957年考入臺灣大學外文系，1962年畢業後赴美，進馬里蘭州約翰霍普金斯大學，主修英國文學，獲碩士學位。1966年，和獲博士學位的丈夫一起，從加拿大取道歐洲回祖國大陸。時值「文化大革命」，他們在北京閒居兩年後，分配到華東水利學院教英文。1973年去香港，1974年定居加拿大溫哥華，後在美國加州大學一分校任教，並在舊金山柏克萊亞洲研究中心工作。之後又返回臺灣從事專業創作。

陳若曦的創作大概可分為四個時期：

1.大學時代的作品

多描寫臺灣農村下層勞動者的困苦和臺灣農村的風俗人情。如〈辛莊〉、〈灰眼黑貓〉等。同時也有一些模仿西方文學之作，如〈欽之舅舅〉、〈喬琪〉等。

2.離開大陸初期的作品，主要描寫「文革」帶來的災難。如短篇小說〈尹縣長〉、長篇小說《歸》等，在海外引起激烈的爭

論；短篇小說〈尹縣長〉是揭露「文革」的第一篇小說，為「傷痕文學」之母，具有開創意義。

3.發表一系列打倒「四人幫」後的中國陰暗面的作品，如〈城裏城外〉、〈路口〉、〈客自故鄉來〉等。

4.描寫海外華人的婚姻與中國情思，如〈二胡〉、《紙婚》

長篇小說《紙婚》通過一個中國姑娘與艾滋病人的「紙婚」表現了中國人高尚的道德和品質。

陳若曦的童年生活對她的創作寫實產生很大影響。她屬於臺灣現代派的主要作家之列，但她的創作除少數曾運用意識流等手法外，大都繼承我國傳統的寫實主義手法，文字質樸，感情真摯，善用白描。在她中、後期的創作中，很少運用西方文學的技巧，這在同時期的現代派作家中是頗為特殊的。

第四節　歐陽子、王文興、七等生

在臺灣現代派作家中，歐陽子、王文興、七等生的作品基本上是西化的，徹底反叛中國文化傳統，忽視文化的延續性，並始終未改變自己的文學主張。他們的創作都具有自己鮮明的特色，在產生重大影響時也引起很大的爭議。

歐陽子（1939.4.5 －　　），原名洪智慧。臺灣南投縣人，生於日本廣島，抗戰勝利後隨父母回臺定居。1957 年考入臺灣大學外文系，1961 年畢業留校任助教。1962 年赴美留學，入伊利諾大學後轉入愛荷華大學文學創作班，1964 年獲碩士學位。後又入伊利諾大學進修，1965 年隨丈夫移居德克薩斯州。歐陽子從 13 歲起開始寫作並發表詩文，就讀臺大期間，加入「南北社」，又參與《現代文學》的編輯工作。1969 年因眼疾停止創作。主要作品

有短篇小說集《那長頭髮的女孩》、《秋葉》，另有評論集《王謝堂前的燕子——〈臺北人〉的研析與索隱》和散文集《移植的櫻花》，還編有《現代文學小說集》。

　　歐陽子的小說大量運用西方現代派小說的心理分析方法，運用意識流手法，開掘人的內心世界，注重心理寫實，表現人的潛意識，以理性的眼光和冷靜的態度刻劃人物病態的心理世界。〈花瓶〉是歐陽子的代表作，奠定了她在臺灣文學史上的地位。小說描寫的是中產階級家庭中夫婦的爭執場景，作者將男女主人公心理活動的豐富、複雜性表現得細緻入微：丈夫石治川因愛妻子，所以妒忌和猜疑妻子，更有甚者竟然產生扼死妻子的念頭；妻子馮琳在忍無可忍的情況下揭穿丈夫的陰暗心理狀態，丈夫又惱羞成怒。作品中具象徵意味的花瓶被丈夫捧下而最終未碎的場景，又給作品染上一絲喜劇意味。〈近黃昏時〉是一個特別的「戀母情結」文本：兒子吉威迷戀生母，為此竟慫恿好友余彬作為自己的替身去與母親發生性關係；〈魔女〉中倩如母親無可救藥的癡迷畸戀；……。歐陽子小說中對於現代社會中產階級女性的變態心理的發掘顯得集中而深入，也正因此，引起臺灣評論界的不同評價。白先勇認為：「歐陽子是個扎實的心理寫實者，她突破了文化及社會的禁忌，把人類潛意識的心理活動，忠實的暴露出來。她的小說中，有母子亂倫之愛，有師生同性之愛，但也有普通男女間愛情心理種種微妙的描述。」（白光勇：〈崎嶇的心路——《秋葉》序〉）。而批評的觀點則指出：歐陽子是一個專門揭露人性「醜惡」的「心理外科醫生」，是「不道德的」。還有人認為歐陽子和王文興是將西方病態的藝術觀移植到中國人身上。歐陽子的反批評認為，不能用社會道德觀或社會功利觀來評論文學作品，她自我辯護說：「我總是在揭露他們自己都不敢面對的內心的罪，以及他們被迫面對真相以後的心靈創傷。」歐陽子的小說是懷著悲憫之心去表現，且具有一定的反諷意味的。

　　歐陽子的小說創作把中國現代心理小說的創作推進了一步，她的探索和嘗試在臺灣文學史上留下一些可供借鑑的經驗教訓。

　　王文興（1939－　　），福建福州人。1958年考入臺灣大學外文系，在大學時即從事文學創作。1960年3月與白先勇、歐陽子等人創辦《現代文學》雜誌。1962年大學畢業後赴美，在美國愛荷華大學「作家工作室」從事創作研究。1963年獲藝術碩士學位，回臺灣大學外文系任教。已出版的作品有短篇小說集《玩具手槍》、《龍天樓》，長篇小說《家變》、《背海的人》等。

　　在臺灣現代派作家中，王文興是一個毀譽參半的作家。他熱衷於對作品主題、題材、表現技巧的探索：〈玩具手槍〉、〈日曆〉等是寫青年的煩惱與苦悶的，明顯受西方文學影響；〈海濱聖母節〉、〈大風〉是對鄉土題材與主題的嘗試；〈兩個婦人〉表現西方現代主義的常見主題——婦女的嫉妒心和自私心；《龍天樓》表現的是老一代國民黨人的命運。從表現方法看，〈最快樂的事〉是「微型小說」的實驗；〈母親〉是採用意識流、內心獨白的嘗試；〈黑衣〉追求的是象徵和暗示；〈草原盛夏〉是沒有故事情節的抒情散文式小說。

　　1972年，王文興發表《家變》，標誌著他創作的成熟。《家變》的題目含義有二：一是指父親離家出走事件；二是指傳統家庭觀念的激變。小說描寫一個大陸去臺的下層職員家庭的生活場景與父子衝突。通過范曄小時候對父親的骨肉親情到長大後對父親的厭惡和虐待，致使老父棄家出走的故事，反映出西方資產階級的文化、思想和道德觀念對中國傳統倫理觀念的衝擊，使家庭破裂、人性受到腐蝕和扭曲。作品具有深刻的時代感和現實感。

　　《家變》的藝術成就，首先在於成功地塑造了范曄這個人物形象，表現出在資本主義思想道德影響下，一個純潔可愛的青少年如何逐漸變成一個刻毒、自私狂傲的知識份子。作者選擇採用

心理角度，細膩真實地描寫了范曄的心理、思想和性格的發展變化。作者把對人物的褒貶滲透到整個藝術形象和作品中，用漫畫的誇張手法，藉人物自己的言行來暴露他思想和靈魂的醜惡：從兒時的愛家到長大後的詛咒家，對父母的感情從孺慕之情變為憎恨厭惡，生動地塑造出從一個天真純潔、充滿親情的少年變成一個喪失人性和充滿銅臭味兒的范曄。這個人物形象有深刻而豐富的內涵。范曄對家的挑戰，並不具備任何反封建的性質，只是在經濟窘迫的陰影下，在西化之風影響下，在地位變化後，他的倫理觀、道德觀發生變化而導致的家變，並不具備革命性。范曄的形象在臺灣社會中具有較典型的意義，在一定程度上反映出臺灣生活某個側面的本質。

其次，《家變》成功地進行了結構上的嘗試和突破。小說採取意識流手法，分「現在」和「過去」兩條線索同時進行，形成時空交錯的結構方式。「現在」：以英文字母分段（Ａ，Ｂ，Ｃ，……Ｏ），敘述老父離家出走，范曄的尋父經過，尋父無著，復歸平靜；「過去」：以阿拉伯數位編排（1，2，3，……157），敘述范曄的心智成長過程，小時候的父子情深和長大後的父子衝突。這種結構方式使文體省淨，勻稱而又富於變化。在小說的「過去」部份，作者用無數的生活細節與意識流手法結合，組成「生活流」來表現，構成自然生動的畫面。《家變》在結構藝術上的嘗試是成功的，顯示出王文興在小說創作方面的特色和突破。

第三，追求獨具風格的語言，在文字上標新立異。王文興視文藝如神明，不斷嘗試文字技巧。《家變》的文字精省，密度大。同時，大膽運用方言、俗語，生動形象，帶有濃郁的新鮮生活氣息。他匠心獨具地發揮中國文字以象形為主的特徵，又將白話、文言，自造詞語，倒裝語詞等摻雜，用歐化句式連結，別出心裁地創造出許多奇特的句子，如「秋季新伊的夜央，從枕上常可聽得遠處黑風一道道渡來空其空氣的鐵路機車車輪輪響，時響

時遙，宛似秋風吹來一張一張的樂譜。」王文興在語言文字上有些嘗試是勇敢的，也有許多詰屈聱牙，談不上形象與美感。其效果見仁見智，因而曾引起激烈爭論。

《家變》的發表在臺灣文藝界引起軒然大波。有人說《家變》是「五四」以來「最偉大的小說之一」；有人嘲笑《家變》是「臺灣一大奇書」。爭論的焦點在於：對作品思想內容道德的評價；對作品怪異文字的褒貶毀譽，至今爭論不休。

我們說，以《家變》為代表的王文興的小說創作，堅持吸收西方現代主義技巧，在藝術上取得了一定的成績。但是他忽視了文化上的延續性，徹底反叛中國文化傳統，對民族文化採取虛無主義態度，是錯誤的。

七等生（1939.7.23－　　），原名劉武雄，臺灣通霄人。七等生是他的筆名。1959年從臺灣師範藝術科畢業後，當過小學教員，公司職員等。自1962年起發表作品，1966年與陳映真等創辦《文學季刊》，後因意見不合而退出。七等生的作品，主要有中短篇小說集《放生鼠》、《僵局》、《我愛黑眼珠》、《來到小鎮的亞茲別》、《沙河悲歌》、《隱遁者》，長篇小說《城之迷》、《白馬》和《情與思》等，還有詩集《五年集》。

七等生受西方作家卡夫卡、福克納、海明威、陀斯妥耶夫斯基等影響較重，多描寫現代人的孤獨、寂寞、絕望和怪異。1967年發表的短篇小說〈我愛黑眼珠〉是他的代表作。主人公李龍弟是個靠妻子晴子打工維持家庭生計的失業者，他愛有著一雙美麗黑眼珠的妻子，但又因依賴妻子喪失獨立人格而沮喪。一個雨天，他去接妻子晴子，突然滂沱大雨自天而降，傾刻間洪水泛濫。李龍弟救助了一個落水的妓女，感到找回了自己的獨立人格。當對岸屋頂的妻子呼叫他時，他卻無動於衷。後來，妻子泅水過河時被洪水捲走。這是一篇寓言味兒很濃的小說，故事場景

也有明顯的荒誕性。小說中李龍弟的形象可說是存在主義哲學觀的具象化，引起文壇的爭議較多。作品對於現代派小說技巧，心理分析和意識流手法的運用是嫻熟的。

七等生的中篇小說〈隱遁者〉描寫主人公魯道夫，看透並厭倦現實社會的虛偽和陰險黑暗，返回故鄉，隱居沙河對岸的森林中生活。作品運用人物內心獨白形式，多層次地揭示出人物的思想意識；借用影視技巧，把那些既具文化內涵又有象徵意義的自然或人文場景予以反覆的「慢鏡頭」或「特寫畫面」式的處理，拓展了表現的空間，顯示出七等生在現代派小說創作中的追求和創新。

第五節　張系國、叢　甦、趙淑俠

張系國、叢甦、趙淑俠都是旅外作家。

張系國（1944.7.17 －　　），江西南昌人，生於重慶。筆名有域外人、白丁。童年時隨父到臺灣新竹。1962 年進入臺灣大學電機系就讀，1966 年至 1969 年在美國柏克萊加州大學讀電腦科學，獲博士學位。曾任美國康乃爾大學、芝加哥伊利諾大學教授。早在大學時代，就創作長篇小說《皮牧師正傳》。留美之後，出版有長篇小說《昨日之怒》、《黃河之水》、《棋王》；短篇小說集《地》、《香蕉船》、《沙豬傳奇》、《游子魂組曲》等；科幻小說《星雲組曲》、《五玉碟》、《龍城飛將》等；散文集有《快活林》、《讓未來等一等吧》、《男人的手帕》等。

張系國既是科學家，又是文學家。在年輕的臺灣作家當中，是富有才華且著作頗豐的作家。張系國提倡文學應該反映社會現實，關心人生，表現理想。他在創作中實踐著自己的主張。在

《香蕉船》後記中，他說：「對我而言，沒有生活，沒有人的掙扎，就沒有小說。……我不為藝術而創作，我只為人而創作。」（張系國：〈香蕉船‧後記〉，臺灣洪範書店，1976年版。）張系國的小說創作主要選取三種題材領域：

1. 表現臺灣社會的現實生活

通過臺灣社會世態人心的描寫，透視時代與社會的變遷，揭示社會病態和人性的弱點。〈皮牧師正傳〉以50年代臺灣社會為背景，揭露教會和神職人員的虛偽和欺騙。張系國最滿意的代表作〈棋王〉通過一個會下五子棋能預測未來的神童的出現、顯靈，失蹤、失靈的寓言故事，透視出信仰空虛、物欲橫流的環境中知識份子放棄理想操守的人生圖景，表現出70年代的臺灣教育、文藝和人的商品化及拜金主義的泛濫。張系國將寓言與寫實結合，準確地描寫出70年代臺灣的社會現實與社會心理的變異。

2. 描寫留學生生活

1967年發表的短篇小說〈地〉，反映留美學生與海外華人的個人生存遭遇的一系列問題。在70年代臺灣的「多事之秋」，急劇變幻的國際時局和異國社會的環境中，張系國審視自身，關心民族和國家，寫於1979年的長篇小說《昨日之怒》，不再囿於留學生個人的切身問題，而是真實地描寫1971年發生的海外華人保衛釣魚島的群眾運動，充滿民族的情感。雖然作品中的積極分子從團結戰鬥到分化瓦解，葛日新的形象塑造卻成為「覺醒一代」的命運見證。創作出留學生文學的新面貌，並因此被白先勇稱為是第三代留美作家的中堅。

3. 創作科幻小說，反省人類生存狀況

張系國70年代中期以後致力於科幻小說的創作。他在反映未

來科學和世界時，也在反映現實世界，彌補寫實主義的偏失。他的〈星雲組曲〉奠定了臺灣科幻小說發展的基石，而且以「精緻的文采、靈閃的思想、驚奇的意象常常豐富了他短篇科幻的生命。」（林耀德：〈臺灣當代科幻文學〉，見《臺灣香港澳門暨海外華文文學論文選》，海峽文藝出版社，1993年3月出版。）〈望子成龍〉通過二十三世紀改良品種公司欲塑造優秀男嬰卻適得其反的故事，諷刺某些中國人傳宗接代、重男輕女的思想。〈銅像城〉、〈青春泉〉等則是通過對未來科學的描寫，展示給人們一個奇幻的未來世界。

　　張系國的小說情節單純，線索清晰，藝術構思新穎而多變，表現手法豐富多樣，語言質樸明快流暢而不乏諷刺幽默。正如余光中評論，張系國「是一個寬厚，筆鋒略帶諧趣的諷刺作家」。

　　叢甦（1939—），原名叢掖滋，山東文登縣人。1949年隨家人遷臺。臺灣大學外文系畢業後赴美留學，獲美國華盛頓大學文學碩士，哥倫比亞大學圖書館碩士，任職於美國洛克斐勒圖書館。她的主要作品有小說集《白色的網》、《秋霧》、《想飛》、《中國人》等，雜文集有《君王與跳蚤》、《生氣吧，中國人》等。

　　叢甦早期的作品具有濃郁的現代主義色彩，赴美留學後主要從事留學生文學的寫作，擅長表現人性的焦灼和欲望的傾軋，展現海外華人的內心世界與生命掙扎。〈盲獵〉是叢甦早期留學生文學的代表作。小說運用寓言象徵的手法，講述一個生命過程的寓言。五個狩獵者在一座陰森恐怖的大森林中狩獵，茫茫的黑夜裏找不到路標，看不清方向，也得不到幫助，每個人都陷入孤立無援，獨自掙扎的困境，感到無限的焦急與困惑。作品在充滿夢魘荒誕的氛圍中，折射現代人的生活，抒發海外留學生焦灼、恐懼和絕望的人生心態。小說題名〈盲獵〉，象徵人類對於自身存

在目的和意義的盲目探索，深深印有存在主義的烙印。

在叢甦筆下，留美學生的生存不僅如盲獵般的迷惘，也有現實絕望後的解脫。〈想飛〉中的沈聰，求學受挫，只好去餐館打工，掙扎在生活的底層，他對現實深深地絕望後，從 65 層的摩天大樓上「飛」下，以死亡訴求生命的解脫。在叢甦筆下「死亡」的主題反覆出現，表現作家對生命意義的哲學思考。留美學生的自殺悲劇，是以拒絕生存的姿態來獲得心中最自由的生命意義的理解。70 年代創作的〈自由人〉、〈野宴〉、〈中國人〉等作品，標誌著叢甦留學生文學的深化，表達對自己民族和土地的認同感和歸屬感，傳達出留學生的期望心聲：「在我們自己的土地上書寫我們的嚮往和夢。」

叢甦的小說創作，寫實主義和象徵主義手法交互運用，既有對現實生活真切細膩的捕捉，又透過幻覺、夢境、內心獨白等意識流手法，創造出超越現實的象徵藝術境界。

趙淑俠（1931.12.1 － ），黑龍江肇東人，生於北京。1949 年隨父母到臺灣，1959 年赴法留學。畢業於瑞士應用美術學院。曾任播音員、編輯、美術設計師，現旅居瑞士，專事寫作。17 歲時即有作品發表，1972 年返臺探親後，重新執筆為文，創作取得豐碩成果，她的小說代表了歐洲留學生文學的成就。著有長篇小說《我們的歌》、《春江》、《塞納河畔》、《賽金花》；短篇小說集《西窗一夜雨》、《當我們年輕時》、《湖畔夢痕》、《人的故事》、《遊子吟》、《夢痕》、《翡翠戒指》；散文集有《紫楓園隨筆》、《異鄉情懷》、《海內存知己》、《故土與家園》、《翡翠色的夢》、《文學女人的情關》等。

趙淑俠的留學生文學創作，緣於海外游子對祖國、故土和親人的深切思念。趙淑俠感慨道：「長期羈留海外，令我頗生寄人籬下之感，加上對故國種種情況的憂慮和割捨不下的懷戀，鄉愁

和民族意識便成了寫不完的題材。」身負中華文化承傳的遊子在歐洲生活的苦樂與奮鬥歷程，他們的情感漂泊與精神懷鄉，成為趙淑俠小說和散文創作的主要題材。在她的作品中，反覆回響著的是對祖國，對中華民族根深蒂固的愛，「故國——文化——根」，表現出作者深摯的「中國情結」。

趙淑俠的散文作品題材豐富，情感充沛。或思念故土家園，或抒發異鄉情懷，尤其是以「文學女人」為話題的系列散文，〈文學女人的情關〉、〈文學女人的困境〉等，在海內外文壇引起巨大的反響。她以深刻的女性生命體驗為獨特的切入角度，洞察「文學女人」這一特殊人群的心態、情態與生命境遇，喚起文壇許多女作家的共鳴。

趙淑俠的創作，與早期留學生文學，傷感、絕望的悲情不同，開闊的視野與胸襟為她的作品注入了向上的陽剛之氣。小說多運用現實主義手法，著力於人物形象的塑造，鮮活生動的細節描寫，曲折動人情節結構，語言表達流暢自然，以浪漫寫實的特徵取勝，吸引了無數的讀者。

第六節　現代派小說的明與暗

五六十年代臺灣社會的轉型，傳統價值觀念的危機，使不少人感到「迷失」，精神崩潰。西方哲學和文化思潮的湧入，與失落和苦悶的文學青年一拍即合。存在主義不斷地尋求自我，頑強地表現自我，無憂無慮地面對死亡的觀念成了臺灣現代派文學表現的主題；弗洛伊德對人類潛意識的發現，正好適應人們逃避現實，回歸自我和運用意識流開掘人們思想底蘊的需要；弗洛伊德的泛性心理學又衝破儒家文化為中國人構築的幾千年的封建思想

牢籠，使他們熱衷於解剖心靈，解析夢境和表現潛意識。存在主
義和弗洛伊德迷醉了年輕的一代。然而，臺灣現代派文學出現
後，就不斷地受到臺灣文藝界主要是鄉土派的激烈批評。陳映
真、尉天驄等曾著文強烈批評現代主義特別是現代派小說，被批
評最多的是王文興和歐陽子。

作為一個文學思潮，臺灣現代派文學呈現錯綜複雜的狀況，
現代派小說也是如此。既有全盤西化之作，也有從「西化」回復
傳統，力圖將傳統融於現代之作。總的說來，臺灣現代派小說創
作在臺灣文學史上有它的歷史貢獻和地位。

首先，一定程度上曲折反映現代人的生活，具有一定認識價
值。白先勇的〈臺北人〉描寫了國民黨由盛至衰的命運，反映了
「最後的貴族」的生活圖景，在強烈的今昔對比中表現出歷史的
滄桑感和人生的無常感。夏志清說〈臺北人〉「可以說是部民國
史」，評價非常中肯。於梨華的〈又見棕櫚，又見棕櫚〉，描寫
留美學生的生活及其矛盾複雜的心理，表現「無根的一代」的痛
苦徬徨、孤寂而無奈的命運遭遇。王文興的〈家變〉，表現了現
代資本主義的思想文化道德侵襲下，臺灣社會傳統倫理道德和家
庭的瓦解及人性的扭曲。臺灣現代派小說描寫傳統與現代的衝
突，一定程度上反映了社會現實生活，是將傳統融於現代的藝術
概括。

其次，注重人的內心世界開掘，走向心理寫實。臺灣60年代
的現代派小說，注意揭示人物的內心世界與外部世界之間無法調
和的矛盾衝突，表現現代人與臺灣社會的矛盾衝突。叢甦的〈盲
獵〉表現人在冷漠隔膜，孤獨無助的現代社會中的不安與焦灼
感；七等生的〈我愛黑眼珠〉描寫現代人在異化了的社會中尋找
「自我」的過程。還有許多小說探討人類生存的基本困境。

再次，運用西方現代主義技巧，表現手法刻意求新。現代派
小說恢復了臺灣文學的藝術價值，改變了「反共文學」獨尊一時

的現象。臺灣現代派小說創作加入世界性的文學思潮，對西方的新小說派、象徵主義、超現實主義、表現主義技巧頂禮膜拜，在模仿、借鑑中追求創新。七等生的小說〈放生鼠〉總體構架運用象徵；於梨華〈又見棕櫚，又見棕櫚〉純熟的意識流技巧；王文興〈家變〉運用時空交錯手法；……。作家還嘗試多角度的敘述，富於通感的語言表現，追求藝術形式和語言上的創新，豐富了現代小說創作的藝術表現。

當然，臺灣現代派小說在內容和藝術上，也存在明顯的不足。如不少作家缺少宏闊的歷史和現實視野而造成題材的狹窄；不少小說顯現出逃避現實的傾向；有些作家在藝術手法與作品選材方面，都是歐美現代派的臺灣版，缺乏獨創性；還有一些小說語言過分標新立異，有晦澀難懂之嫌。臺灣現代派小說促進了臺灣文學的發展，功績是不可否認的。但終因缺少堅實的文化基礎和社會基礎，脫離現實土壤和民族文化傳統的傾向，因一些作品的消極頹廢、晦澀難懂而走向衰微，沒有構建起現代的、民族的新文學格局。

第二十章

現代派作家白先勇

　　白先勇被稱為「臺灣現代派小説的旗手」，在 60 年代的臺灣現代派小説創作中成績卓著並產生深遠影響。

第一節　白先勇的生平與創作

　　白先勇（1937.7.11 －　），廣西桂林人,回族。父親白崇禧是前國民黨高級將領。抗日戰爭時期先後在重慶、上海、南京居住過。1948 年到香港，後赴臺灣。1956 年高中畢業後保送入成功大學水利系，一年後考入臺灣大學外文系，1961 年畢業。1963 年到美國愛荷華大學「作家工作室」從事創作研究，1965 年獲碩士學位，後在美國加州大學聖塔芭芭拉分校任教，講授中國語言文學課程。

　　白先勇是被夏志清稱為「想為當今文壇留下幾篇值得後世誦讀的作品」的重要作家。自 1958 年發表處女作〈金大奶奶〉開始，白先勇走過了一條崎嶇坎坷的創作道路。現已出版短篇小説集《寂寞的十七歲》、《謫仙記》、《紐約客》、〈臺北人〉、《遊園驚夢》、《孤戀雀》、《骨灰》、《白先勇自選集》。長篇小説《孽子》、最近的《The Tea for Two》，以及散文集《驀然回首》等。

　　生活為白先勇提供了熱愛文學、走上文學道路的契機。在《驀然回首》中，白先勇談到影響自己走上文學道路的三位老師，即童年時家中的廚子老央，中學語文老師李雅韵和臺大外文系教授夏濟安。

　　廚子老央有桂林人能説會道的口才，他講的《薛仁貴征東》成為五六歲時白先勇的文學啟蒙，更是七八歲時患「童子癆」被隔離達四年之久的白先勇生活中的最大安慰，引發他對中國通俗文學和民間文學的興趣，使敏感內向、孤獨憂鬱的他找到自己的小説世界，為以後的創作奠定了基礎。

　　「文采甚豐」、「誨人不倦」的李雅韵老師，唐詩宋詞修養極佳，為白先勇啟開中國古典文學之門，並將他的一篇習作推薦給《野風》雜誌發表，激發了白先勇的「作家夢」和創作欲望。

　　臺灣大學外文系夏濟安先生主編的《文學雜誌》，使想當水利專家的白先勇重考大學，進臺大外文系，成為夏先生的學生。當白先勇志忑不安地將習作〈金大奶奶〉送夏先生審閲時，他喜出望外地得到了褒獎：「你的文字很老辣，這篇小説我們要用，登到《文學雜誌》上去。」夏濟安先生的獎掖和栽培，對白先勇決心走上文學道路起了關鍵的作用。

　　白先勇的創作以 1964 年在美國創作的〈芝加哥之死〉為界，分為前期和後期。前期創作受西方現代主義文學影響較重，有濃重的個人色彩和主觀幻想成份，人物多是畸形的、病態的，並熱

衷於表現性愛衝突和同性戀，藝術上有模仿的痕跡，不夠成熟。代表作為〈金大奶奶〉和〈玉卿嫂〉。1964年，白先勇從〈芝加哥之死〉開始了〈紐約客〉的創作，真實地描寫到美國去尋求前程和幸福的臺灣留學生，在中西文化衝突中的認同危機，表現出「無根的一代」遠離祖國又看不到出路的孤獨、寂寞和悲傷。幾乎同期開始《臺北人》創作，標誌著白先勇創作的一個高峰。作者將大陸去臺人員的命運變化與中國現代史結合起來，具有強烈的歷史感和現實主義深度，成功地塑造出「最後的貴族」形象，將西方現代藝術技巧和中國文學傳統緊密結合，形成鮮明獨特的藝術風格，奠定了白先勇在中國當代文壇的地位。

　　長篇小說《孽子》，描寫的是島內文學題材上當時罕見的同性戀問題，具有一定的認識價值和社會意義，表現出作者對同性戀問題的關注和博大的人道主義思想，但也流露出虛無主義和宿命論的色彩。

　　白先勇的創作是從中國傳統文學起步，「西化」又回復傳統、融傳統於現代的歷程。

第二節　白先勇小說的創作成就

　　白先勇非常推崇中國古典小說《紅樓夢》的人物塑造、對話描寫以及佛道思想，西方的福克納，陀斯妥耶夫斯基作品中悲天憫人的精神，也對他的創作產生深刻的影響。白先勇是臺灣現代派作家中最具現實主義精神的作家，他的小說創作取得了突出的創作成就。

　　白先勇的小說表現豐富複雜的思想內涵，傳達出歷史的滄桑感和人生無常感。《紐約客》中的作品多表現海外華人在中西文

化衝突下產生的認同危機。〈芝加哥之死〉中的留學生吳漢魂，離群索居，六年苦讀，終獲博士學位。然而，女朋友已作他人婦，唯一的親人母親也已去世。臺灣不願回，美國的文化環境又使他無法適應。主人公精神空虛，心靈失落，在人與環境的矛盾衝突中無路可走而投湖自盡。〈謫仙記〉中的李彤，是一位任性、驕縱的貴族小姐，表面上已完全美國化，內心深處卻始終是一個中國人；表面上生活得很熱鬧、快樂，內心深處卻是孤獨寂寞、痛苦和絕望，最終自殺以求解脫。李彤的悲劇不僅是性格的悲劇，也是社會的悲劇。

　　《臺北人》提供了一部由盛而衰的民國史。白先勇沒有從正面描寫，而是從側面表現了辛亥革命（〈梁父吟〉）、五四運動（〈冬夜〉）、北伐戰爭（〈梁父吟〉）、抗日戰爭（〈歲除〉）和國共戰爭（〈一把青〉、〈國葬〉）。白先勇筆下的「臺北人」，實際上是流落臺北的大陸人，高官、顯宦、貴婦、教授、交際花、名妓、士兵等。作者真切地描寫這些人物落魄、淒涼的生活和絕望、傷感的情緒，在強烈的今昔對比中，奏出一曲「最後貴族」的輓歌，飽含歷史的興衰感和滄桑感。〈永遠的尹雪艷〉通過昔日上海百樂門高級舞女尹雪艷的生活史，為人們描繪了一幅臺灣上層社會腐化墮落的生活圖景，同時對昔日達官貴人們今日的耽於幻想，缺少行動的勇氣，給以嘲諷，成為一篇現實主義的傑作。〈遊園驚夢〉的主題複雜而深刻。從社會現實的角度看，它反映了臺灣社會轉折時期上層社會關係的變化，舊貴族官僚的沒落與新興資產階級新貴的興起；從人性的角度來看，小說通過錢夫人的命運和愛情悲劇，表現了人性和理性的衝突，揭露了封建觀念和金錢物質對人性和愛情的扼殺；從小說內容傳達出的哲學思想來說，昔日的將軍夫人今日的落魄淒涼，昔日地位低下的桂枝香，今日的華貴、風光，又潛隱著佛家「人生無常」、「浮生若夢」的哲學思想。白先勇的高尚和可貴之處，在於他絕對地忠

於歷史忠於現實，他不因身世和情感的關係，而將國民黨的喪禮和輓歌變形變調。

　　白先勇的小說成功地塑造出人物形象，尤其是「最後的貴族」的人物形象，豐富了當代文學的人物畫廊，填補了空白。白先勇繼承《紅樓夢》的人物塑造藝術，又恰當地運用西方文學中的意識流、象徵等手法來塑造人物形象。尹雪艷的肖像描寫表達出人物冷艷逼人的個性特徵；〈遊園驚夢〉中的四個貴婦人的肖像描寫，恰切地描寫了她們的身份、地位、個性與性格特徵：穿珠灰色旗袍，帶了一身玉器，顯得高傲和莊重的司令官夫人賴夫人；打扮得雍容華貴、躊躇滿志的新貴竇夫人；一身火紅緞子旗袍，裝腔作勢、輕佻放蕩的蔣碧月；穿著顏色發烏、式樣過時的過膝旗袍的錢夫人，顯出人物的落魄、淒涼，人物的性格和命運變化鮮明生動地展埌出來。〈謫仙記〉中的李彤在父母遇難前，是一位心性高傲的貴族小姐，一位光彩照人的女留學生。遭遇父母遇難的變故後，巨大的精神刺激使她萬念俱灰，性格發生變化，用遊戲人生的外衣包裹著一顆悲觀厭世的靈魂，最後自殺身死異國他鄉。〈一把青〉中的朱青的性格變化也非常突出。朱青原是個靦腆怯生的女學生，衣著直筒藍布長衫，半舊的帶絆黑皮鞋，結婚後因飛行員丈夫郭軫失事的打擊痛不欲生。來臺灣後變成一個摩登妖艷的交際花，穿著透明灑金片的旗袍，一雙高跟鞋，足有三寸高，從一往情深的少婦變成一位玩世不恭的女人。白先勇非常重視人物語言的個性化，通過人物的語言塑造人物性格。〈金大班的最後一夜〉中的金兆麗是一位久經風塵而又良心未泯的舞女大班。性格粗俗放縱，滿口風月女人的行話術語，開朗厲害而又鄙夷自憐，語言的個性化程度高且具喜劇色彩，真實地刻劃出金大班在告別舞女生涯時的心理狀態，塑造出一位集美醜於一身具有較高美學價值的人物形象。

　　融傳統於現代，這是白先勇小說創作的藝術特色。白先勇的

小説創作雖大量借鑑西方現代派的技巧，但從根本上說，他作品中流淌的仍是中國文學的血脈，融中國古典小説與西洋小説的藝術技巧於一爐，博採衆長而形成細膩、含蓄、深沈而優雅的藝術風格。從〈芝加哥之死〉開始，白先勇的創作蜕去模仿的痕跡，現代手法運用得自然嫻熟。〈芝加哥之死〉的現代特色，主要體現在小説表達美國的快節奏生活和環境氛圍，更為突出的是真實細緻地刻劃了吳漢魂久遭壓抑以致扭曲畸形了的性心理。性發泄帶給吳漢魂的不是解脱和快樂，而是恥辱感和罪惡感，巨大的生存壓力使他的精神瀕於分裂，跳湖自殺。小説利用現代藝術手段，淋漓盡緻地剖示了一顆痛苦、絶望的靈魂。〈謫仙記〉中運用意識流手法來刻劃人物心理，用象徵手法暗示人物命運，漸趨向傳統，有較濃郁的民族風格。完美體現白先勇的傳統與現代融合特色的是《臺北人》的創作。〈遊園驚夢〉從總體構思到具體描寫受《紅樓夢》、《牡丹亭》等古典名著的影響，在技巧運用方面突出了現代技巧。錢夫人出席竇公館的晚宴上觸景生情，五次回憶起昔日「錢公館」的豪華和氣派的意識流動，今昔對比中突出了主人公今日的淒涼、落魄的生活處境和細緻複雜的感情世界。既有現代小説的抓取瞬間，又有傳統小説對社會、人物命運的表現，採取正面叙述與西方小説的時空交錯結合的方法，小中見大，增強小説的現實感和歷史感。〈金大班的最後一夜〉金兆麗離開「夜巴黎」前對自己一生經歷流水般的回憶，用意識流手法揭示人物此時感慨萬千的複雜內心世界，具有強烈的藝術感染力。由於家庭和個人經歷的關係，白先勇的小説多描寫他熟悉的上層社會生活，在題材選擇上，善於描寫没落貴族的日常生活，來表現人物的性格心理、人情世態和社會變遷。〈國葬〉通過國民黨一級上將李浩然的葬禮，反映出國民黨政權的日薄西山，體現出歷史的滄桑感。〈思舊賦〉借鑑西方小説中觀點的運用，採用兩個老僕的觀點，來表現李宅的今昔：昔日的豪華氣派，今日

的殘破失修。小説中描寫的意象都是衰敗、老邁、痴呆和死亡的，沒有希望，也沒有未來。作品從老僕的眼光來敘述比作者自己敘述有效的多，深得《紅樓夢》的技巧神韻，起到了深化主題的作用。在〈遊園驚夢〉和〈金大班的最後一夜〉中還運用觀點的轉換。當敘述錢夫人、金大班的身世來歷時，很明顯使用的是全知觀點，但當進入人物的心理層次時，白先勇運用意識流手法或直接借助人物的自述時，自然又轉成自知觀點，更細膩地表現人物的內心世界。

白先勇的小説創作善於創造詩的意境。〈紐約客〉引陳子昂〈登幽州臺歌〉：「前不見古人，後不見來者。念天地之悠悠，獨滄然而涕下。」詩句的意境與小説中「無根的一代」遠離祖國而又看不到出路的孤獨、寂寞和悲涼的情感相吻合；〈臺北人〉錄劉禹錫《烏衣巷》作為主題詩，「昔日王謝堂前燕，飛入尋常百姓家」恰切地再現昔日顯赫的貴族今日衰敗沒落的境況，傳達出中國文學傳統中的興衰感和歷史感。白先勇還借用古詩詞入文，〈思舊賦〉、〈梁父吟〉、〈謫仙記〉等從標題到文中的古詩詞，〈遊園驚夢〉中引用《牡丹亭》的唱詞等，都增添了小説的傳統韻味兒和深刻的藝術感染力。

白先勇的小説語言一方面受中國傳統文學的薰陶，一方面來自方言，創造出一種明快、優雅、流利的語言風格，顏元叔稱之為「揉和文言與白話或化文言為白話」。小説的語言潛隱著作家獨特的個性氣質、經歷和美學情趣。白先勇一生經歷豐富，隨父母到過重慶、上海、南京、臺灣。動蕩年代的生活經歷在他的個性氣質和審美情趣方面打下了烙印，創作時便化為筆下的「言語」。描寫舊上海十里洋場的燈紅酒綠，人們聽到「儂」、「辰光」、「白相」、「赤佬」、「爛汙瘟三」的滬腔兒；回憶抗戰時的山城重慶，四川軍人的抗戰業績時「娃仔」、「要得」、「龜兒子」的川味兒；而「生意郎」、「小查某」、「亂有情調」、

「美麗多多」的臺灣方言或臺灣土白式的普通話，傳達出作者對臺灣民風民俗的回味。方言的介入使小說避免沈悶單調，具有生動明快、豐富多彩的品質。

白先勇的小說對古典辭彙的融會貫通，得力於他良好的古典文學修養，尤其是《紅樓夢》的語言被他視為至境的楷模；也與他多取材於臺灣社會上層人物有關，人物本身就有較濃重的懷舊和傷感情緒，獨特的出身與經歷又使他對歷史劇變有更多的感慨，這些因素使小說語言有一種古樸、典雅且具有滄桑感的藝術個性。白先勇固執地把「相干」、「作怪」、「妥當」、「標緻」、「體面」、「難為」、「橫豎」、「回頭」、「莫過⋯⋯不成」等古典小說的語言融入自己的創作，而又協調自然。他的小說語言還具有鮮明的節奏感，講究語言表達氣勢的把握和調控：段落、語句的回環往復、相同句型、相同字數句的不斷連用以及語調的變化，構成小說語言的獨特節奏。如〈遊園驚夢〉中錢夫人的意識流動，充滿鮮明的節奏感，洋溢著生動的韻律；〈芝加哥之死〉中吳漢魂在美國求學生活節奏的快速而單調，刻劃出留學生活的緊張與孤寂。

白先勇傾心於「含不盡之意，見於言外」的情感表現，注重語言的凝練、含蓄。學習西方現代小說的理論和創作，形成他小說的情感內斂化的特點，表現在作品中呈情感內涵與語言的情感色彩不同甚至相反的特徵。〈冬夜〉的結尾，就是一個成功的範例。年輕時曾參加過「五四」運動，火燒趙家樓的余欽磊教授，歷經磨難，在現實生活的巨大壓力下，消磨掉當年的豪情氣概和理想追求，人變得庸俗甚至猥瑣起來。作者在小說中用一種超脫平和的語言來描述，語言和情感表達形成反差，使情感更為凝練、沈鬱，在不動聲色中，洶湧著對人生、歷史滄桑的喟嘆，產生震撼人心的效果。

白先勇的小說還具有濃郁的感傷情緒和悲劇色彩。通過筆下

人物的命運遭遇表達世事無常，人生如夢，命運的神秘與不可知，明顯受佛家思想和中國文學傳統的影響，表現歷史興亡感和人世滄桑感，為大陸去臺統治階級無可挽回的終滅的歷史命運唱出淒美惆悵的輓歌。

第三節　白先勇小說的影響

　　白先勇是臺灣現代派文學的代表，又是現代派作家中現實性最強的一位作家。他的小說創作成功地將傳統與現代融合，作品具有深廣的社會內容和較高的藝術成就。

　　主張廣收博採，融彙中西，在傳統基礎上銳意創新，這是白先勇創作思想的核心。他在回顧大學時代創辦《現代文學》雜誌的同仁所走過的崎嶇道路時說：「我們沒有「五四」打倒傳統的狂熱，因為中國傳統文化的阻力到了我們那個時代早已蕩然。我們……初經歐風美雨的洗禮，再受『現代主義』的衝擊，最後繞了一大圈終於回歸傳統。……將傳統融入現代，以現代檢視傳統。」（白先勇：〈「現代文學」創立的時代背景及其精神風貌〉，見《白先勇自選集》第 352 頁，花城出版社，1996 年 6 月版。）在臺灣現代派作家中，詩人余光中走過先西化後復歸傳統的道路，白先勇的小說創作從傳統文學起步──西化──回歸傳統，融傳統於現代。在小說集《紐約客》和《臺北人》的創作中，在人物心理刻劃、敘事角度的轉換方面，見出作者現代主義藝術手法的嫻熟運用；然在題材選擇、主題表現、人物形象塑造、細節提煉處理方面，顯出現實主義手法的特長。白先勇成功地以現代主義技巧表現現實主義題旨，加強了創作的歷史感和現實感。白先勇的小說證明只有把傳統與現代結合，將傳統融入現

代，傳統才不會成為歷史的惰力，現代才不會成為無根的浮萍，也才能創作出不朽的佳作。他的小說創作無論對臺灣的現代派作家，還是現實主義作家，都具有藝術創新的啟示意義，產生深遠的影響。

白先勇的小說創作在臺灣和海外，都受到廣泛的注意和評價。臺灣著名文藝批評家顏元叔先生說，白先勇是一位時空觀念極強的作家。又說：「白先勇是一位社會意識極強的作家。其次，白先勇是一位嘲諷家，他所擅長的是眾生相的嘲諷；它的冷酷分析多於熱情的擁抱。」（《顏元叔自選集·白先勇的語言》，臺北黎明文化事業有限公司，1975 年 12 月版。）評價可謂中肯而獨到。白先勇與影劇藝術家配合，將自己的小說〈遊園驚夢〉、〈金大班的最後一夜〉、〈玉卿嫂〉、〈謫仙記〉等改編成電影或戲劇，使小說中的人物形象從紙上走上銀幕和舞臺，具有強烈的藝術感染力，擁有更多的讀者和觀眾，產生更為廣泛的影響。

還有，白先勇 1960 年與「南北社」成員共同創辦的《現代文學》雜誌，較廣泛地介紹了西方的現代作家、作品及文學流派。同時，培養和造就了一批作家，促進了臺灣現代派小說的發展壯大，創作出一批思想內容豐富、形式風格多樣的現代小說，使之成為 60 年代臺灣文壇的主潮。白先勇以自己的文學創作和文學活動，在臺灣文學中佔有重要的地位。

第二十一章

臺灣散文創作的繁榮

　　臺灣散文創作的繁榮，藝術水準不亞於臺灣的小說與新詩。特殊的政治局勢、地理背景和文化環境使臺灣的散文獨具特色。教育水準的提高造就了廣大的讀者群，報刊業的興盛提供了廣闊的創作園地。臺灣散文家們對歐美現代美學理論的攝取，對中國古典散文具有現代意義之精華的開掘，提升了臺灣散文的創作水平，對中國當代散文的振興亦有獨闢新境之功。

第一節　臺灣散文創作的走向

　　臺灣散文是在特殊的社會背景中發展起來的。50 年代，懷鄉憶舊成為散文夢魂縈繞的主旋律，遠離故土，痛別親朋，流落孤島，對故國家園和骨肉同胞的強烈「鄉愁」，執著地表現在作家

筆下。六、七十年代，隨著經濟的起飛，西方文化的滲透，留學潮的興起，抒情、敘事、記遊成了散文新的選擇：或描寫海外見聞，或記敘現實生活，或抒寫個人性靈，細膩、真實、多樣化是其特點。八、九十年代以來，「黨禁」、「文禁」的開放，促使散文進一步發展，不僅有抒情、敘事散文的多層次發展，而且有雜文對傳統文化、社會世態的激烈批判，一掃傳統散文的溫柔敦厚而引起廣大讀者的興趣與共鳴。這個時期的散文創作，表現出對現實生活更多地關注與介入，呈現出深厚的文化底蘊，更廣闊的創作視野，新穎的體驗感覺、知性的啟示，形成風格更多樣化的創作景觀。

　　臺灣的散文創作生生不息，散文家的族譜大致可分為四代。第一代如梁實秋、林語堂、吳魯芹等，以家常閒話的形式，智慧幽默的語言，縱談社會人生。第二代有琦君、張秀亞、胡品清、林海音等，承繼「五四」散文傳統，描寫溫馨的回憶，瑣記親人故友，語言講究精粹沈潛。第三代是臺灣散文創作的中堅，聲名遠播的有余光中、王鼎鈞、張曉風、張拓蕪、顏元叔、許達然、三毛等，多接受現代藝術的洗禮，在語言表達、題材選擇、境界創造方面，顯示出多樣化的成就。第四代散文家成長於臺灣工業化、都市化的過程中。他們心靈更加開放，文筆汪洋恣肆，對社會、自然、人生有更為深刻的觀察與剖析，代表人物有林清玄、羅智成、簡媜、方娥真、林耀德等，形成不同的藝術風格。

　　從作家的生活經歷、文化背景與社會角色來劃分，從作品的題材、手法及總體風格著眼，臺灣當代散文可粗分為三大流派：以細膩委婉見長的女作家群，以平實蒼勁為特色的鄉土派作家群，和豐富廣博、雍容大度的學府派作家群。這三大散文作家群都有自己的代表作家和讀者群體，在臺灣散文界形成三足鼎立之勢，蔚為大觀。

第二節　梁實秋、柏　楊、李　敖

　　臺灣的小品、雜文創作，以梁實秋、柏楊和李敖為代表。

　　梁實秋（1903.1.6 － 1987.11.3），原名梁治華，北平人，祖籍浙江杭州，1923 年清華大學畢業後去美國留學，進科羅拉多大學英語系，後入哈佛大學研究所，獲文學碩士學位。回國後歷任東南大學、復旦大學、暨南大學、北京大學、北平師範大學、中山大學教授。期間曾主編上海《時事新報・青光》副刊，後與徐志摩組織新月派，主編《新月》月刊。1949 年到臺灣，任臺灣師範大學英語研究所主任，臺灣大學教授，臺灣編譯館館長。一生主要精力在英國文學研究方面，散文創作也成績卓著。一生出版散文集《雅舍小品》、《雅舍雜文》、《文學因緣》、《雅舍小品續集》、《槐園夢憶》、《看雲集》、《關於魯迅》、《白貓王子及其它》等約 30 種，還有文學評論集，譯有《莎士比亞全集》等。

　　梁實秋以他的《雅舍小品》奠定了他在中國散文史上的重要地位。《雅舍小品》、《雅舍小品續集》等是已步入中年之後的梁實秋在歷經了各種風風雨雨的戰爭災難之後，淡薄了曾有過的「兼濟天下」的入世熱情與政治理想，將自己的人生經驗、人情洞察、藝術情趣、智慧學問融為一體，在恬淡閒適中捕捉藝術的人生情趣，形成了幽默閒適的散文風格。他的散文，或取材於人們的生活瑣事：〈喝茶〉、〈飲酒〉、〈理髮〉、〈洗澡〉等；或記敘人們的禮俗愛好：〈廉〉、〈懶〉、〈吃相〉、〈聽戲〉、〈放風箏〉等；或著眼於各具差異的心理稟性：〈女人〉、〈男人〉、〈孩子〉、〈代溝〉等；或摹寫社會變化中的人生世相：〈暴發户〉、〈廣告〉、〈退休〉等；或抒發思鄉懷舊之情：〈故都風情〉、

〈清華八年〉、〈駱駝〉、〈談徐志摩〉等；或記錄域外風情、比較中西文化：〈西雅圖雜記〉、〈圓桌與筷子〉等。

梁實秋的散文文體多樣，小品、雜文、遊記、評論等，其中以小品散文居多。深厚的中外文學修養，使他從容地談天說地，觀古論今，往往在簡約樸素中充滿玄機巧慧，情趣與理趣兼具。梁實秋散文的構思漂亮縝密，遣詞簡潔典雅，吸取古文的雅淨簡練與口語的生動活潑，形成文白圓融無間的文字風格。

梁實秋以其幽默閒適的學者散文在臺灣文壇卓然成家，成為散文界的一代宗師。

柏楊（1920.3－　），河南省輝縣人。原名郭立邦，後改名為郭衣洞，東北大學畢業。1949 年赴臺灣。1968 年因激烈地揭露臺灣社會黑暗、批判官場腐化墮落和「侮辱元首」被捕入獄復又變「通匪」罪名以死刑起訴。之後陰差陽錯，坐牢 9 年。柏楊著作等身。小說有《蝗蟲東南飛》、《掙扎》、《莎羅冷》、《雲遊記》等；雜文──1960 年至 1968 年入獄前有《倚夢閒話》10集、《西窗隨筆》10 集，出獄後有《柏楊專欄》5 集、《醜陋的中國人》、《中國人，你受了什麼詛咒》等 30 多種雜文集；史學著作有《中國人史綱》、《柏楊版資治通鑑》72 冊等。

柏楊以小說創作登上文壇，以雜文創作著稱於世。在小說創作中已顯示出他的批判風格，雜文創作進一步發揚光大了這種批判精神。

柏楊身受中國傳統文化的薰陶和「五四」新文化運動的影響，一生崇拜魯迅，他繼承魯迅精神，以雜文為武器，向中國幾千年的「醬缸文化」掃蕩。柏楊雜文的代表作《醜陋的中國人》，在海內外引起強烈的震動，也遭致許多人的批評。柏楊在國際化的視野中，深刻反思中國傳統文化。他的「醬缸文化」說和「醜陋的中國人」說，不是在一般意義上否定中國傳統文化，

否定中華民族的優良品性。柏楊在歷史與現實之間思考，分析民族生存的艱難，剖析中國人的人性，目的在於喚醒麻木的中國人，改造國民精神，從而改變中國的命運。柏楊列舉國民性有許多可怕的特徵：特權思想、缺乏自尊、自傲與自卑、不合作、嫉妒成性等，指出中國人的狹隘、保守和缺乏開放性、獨立性、寬容性，正好利於專制統治的施行。

柏楊的人生歷經苦難，使他拋棄風花雪月，選擇社會政治題材。他的雜文風格幽默生動，通俗而深刻。古繼堂先生的《柏楊傳》中評價柏楊的雜文是智慧、學問和勇氣結合的產物，具有戰鬥性、深刻性和實踐性，可謂是言簡意賅地概括。

柏楊是臺灣第一位因雜文創作而產生巨大社會影響的作家。他的雜文創作建立起自己的批判系統，具有哲學和史學的價值，在文學史上的地位更是不容忽視。

李敖（1935.－　　），祖籍山東，生於哈爾濱市。1948 年隨父遷臺。1954 年考入臺灣大學法律專修科，次年自動休學，重考臺大歷史系，1959 年畢業。1961 年考入臺大歷史研究所，開始主編《文星》雜誌，在臺灣最早提出「全盤西化」的口號，後以自由文人身份從事寫作。曾因著文得罪當局，兩度入獄，作品不斷被禁，然著書不輟，著作總數已逾 200 冊。主要雜文創作有：《傳統下的獨白》、《為中國思想趨向求答案》、《李敖告別文壇十書》、《李敖全集》8 卷、《李敖文存》、《李敖千秋評論叢刊》100 冊、《萬歲評論》40 本、《李敖的情詩》、《李敖的情書》、《李敖的情話》、《世論新語》、《李敖禍臺五十年慶祝十書》等，還有《李敖自傳與回憶》及續集、《李敖回憶錄》、《李敖快意恩仇錄》等，傳記作品有《胡適評傳》等，歷史小說《北京法源寺》。

1961 年，李敖發表〈老年人與棒子〉，抨擊臺灣統治者，呼

喚社會的年輕化，引起一場交鋒。1962 年，臺灣爆發中西文化論
戰，李敖的〈給談中西文化的人看看病〉，再次成為論戰的中
心，李敖從此聲名大震。幾十年來，李敖在臺灣文壇一再挑起論
戰。他個性卓異，博聞強識，以他狂放恣肆、百無禁忌、玩世不
恭、談古論今，嬉笑怒罵，皆成文章。在世紀交替之際，李敖旗
幟鮮明地反對「臺獨」，批判李登輝，表現出他的民族大義和凜
然正氣，為他的人生寫下了燦爛的一頁。

　　李敖雜文的內容可分為兩類：其一是文化論戰，其二是政治
評論。李敖充分關注文化問題，他不僅作《傳統下的獨白》、
《獨白下的傳統》，也作《中國性研究》、《中國命研究》。李
敖筆下將歷史、思想、法律、道德、教育、政治與人物聚焦於文
化，揭示其中的文化內涵、文化性質與文化品味。他〈給談中西
文化的人看病〉，指陳他們死守傳統，夜郎自大的儒者病症：義
和團病、中勝於西病、古已有之病⋯⋯計十一種，給以辛辣的抨
擊。李敖對傳統文化的批判和「全盤西化」的主張，在臺灣激起
軒然大波。李敖因「莫須有」罪名下獄十年，成就了他研究政
黨，研究政治的《孫中山研究》、《蔣介石研究》、《國民黨研
究》、《民進黨研究》等。他的政治評論直率無畏地揭露臺灣社
會弊病，鋒芒直指蔣氏政權，猛揭國民黨老底，矢志不移地追求
民主與自由，文章痛快淋漓，深得讀者信任與青睞。

　　李敖的雜文形式多樣，隨筆、書信、日記等兼而有之。他的
雜文旁徵博引歷史文獻資料，分析研究現實社會人們的思想，既
深刻厚重，又有生動活潑的生命力。李敖雜文的文字表達率真痛
快，語言口語化、情緒化，喜用俗語俗字，具有獨特的創作個
性。視主題及表達的需要，雜文風格多變，時而辛辣銳利，時而
幽默詼諧，時而誠懇真摯，但也因驚世駭俗的偏激之語而毀譽參
半。

　　李敖的歷史小說《北京法源寺》，用雜文政論筆法來寫歷史

小説，以中國千年歷史文化為背景，挖掘「戊戌變法」在思想文化層次上的悲劇意義。

第三節　琦　君、張秀亞、胡品清

　　琦君、張秀亞、胡品清是女性散文創作中成就突出的作家。

　　琦君（1917.7.24 －　　），原名潘希真，浙江省永嘉縣人。1941 年杭州之江大學國文系畢業。1949 年赴臺，在高檢處任職，並在學校兼課和從事寫作。1969 年退休，任教於中央大學和中興大學中文系。1977 年定居美國。1954 年，琦君出版第一部小説、散文合集《琴心》，此後出版小説集有《百合羹》、《買牛記》和長篇小説《橘子紅了》等，散文集《溪邊瑣語》、《煙愁》、《紅紗燈》、《三更有夢書當枕》、《留與他年說夢痕》、《細雨燈花落》、《燈景舊情懷》、《千里懷人月在峰》等，出版著作 30 餘種。琦君的創作以散文成就卓著，曾獲臺灣「文藝協會散文獎」、「中山學術基金會文藝創作散文獎」等多項榮譽，被稱為「20 世紀最有中國味的散文家」。

　　琦君散文的中國味兒，來自她深厚的中國古典文學修養。夏承燾先生的兩句詞「留與他年說夢痕，一草一木耐溫存」，前者成為她散文集的題名，後者是她最常取的選材視角。琦君散文抒情懷舊多在童年生活，故土風情，親人師友間，在自我經歷和經驗的方寸田園中精心耕耘。散文〈金盒子〉、〈我的童年時代〉、〈衣不如故〉、〈外公的白鬍鬚〉、〈壓歲錢〉等，一個個生動有趣的生活片斷，重溫了琦君童年生活的快樂以及故鄉浙東農村特有的風俗民情。琦君筆端的親人師友有父親、母親、外公、姨

娘、堂叔、小姑、老師等，飽滿深情、刻劃最多的是母親，〈母親新婚時〉、〈母親那個時代〉、〈母親的偏方〉、〈毛衣〉、〈髻〉等散文系列，塑造出勤勞善良、寬厚節儉、關愛兒女、善待窮人，忠實於丈夫卻遭冷落的舊時代母親形象。

深受中國傳統道德薰染和佛教、基督教影響的琦君，認定「世界上只有個真理，就是『愛』」。（〈聖誕夜〉）在散文創作中，突出「愛」與「美」的主題，滿蘊著對生活的摯愛和對人的真誠、寬容，表達出溫柔敦厚的風範。

琦君的散文以小説筆調叙事記人，擇取一些經歷過的、難以忘懷的事件和人物，思索探尋人生的奧秘和生命的意義。在叙述語言和描寫語言方面，以明白的口語和單純的白描見長，寥寥數筆勾勒出人物。語言文字表達形態豐富，古語、口語並用，對偶、排比、引語等交替運用，造成工整中有變化，散文中有韻文的效果，如行雲流水，飄逸自然。

張秀亞（1919.9.16－　），祖籍河北省滄縣（今黃驊縣）。先入輔仁大學國文系，後轉讀西洋語言文學系，1942 年大學畢業，考入輔大研究所史學組任編譯員。1948年赴臺，1958年應聘在臺中市靜宜英專講授翻譯課程，1965 年起任輔仁大學教授。1953 年以來結集出版的散文集有《三色槿》、《牧羊女》、《丹妮的手冊》、《懷念》、《湖上》、《兩個耶誕節》、《北窗下》、《寄心何如》、《人生小景》、《少女的書》、《曼陀羅》、《書房一角》、《海棠樹下》等，小說集有《尋夢草》、《感情的花朵》、《七弦琴》等，著譯達 70 餘種。張秀亞以散文創作名揚海內外文壇。

張秀亞寫作有兩個原則，一是寫自己內心深受感動的印象，一是寫自己深刻知道的事情。在執筆為文時，她企圖表現精神生活中最深邃的部分，也就是寫靈魂中的聲音。張秀亞始終以一顆

純真而深情的心，去努力感受生活中蘊含著的美，在極平凡普通
的生活物象中，發現人生的真諦。〈風雨中〉將暴風雨來臨之前
大自然細微而強烈的變化聚焦到園中的樹木和一株薔薇花上，表
現出作家對大自然生命力的細膩感受和獨特發現，從生命與生命
力的對抗和毀滅中，傳達出對生命悲劇美的詩意感悟。〈父與
女〉記述作家年輕時與父親間一次終生難忘的相見，一條圍巾流
轉著動人的父女親情，昇華為人生歷程中永難忘懷的剎那。張秀
亞的散文不僅飽含深情，而且富於哲理。〈種花記〉描寫「我」
在院子空漠不毛之地種花以尋覓生命活力的平常而曲折的經歷，
比喻象徵著自然與人類生命百折不撓地成長、發展的哲理，留給
讀者深深的回味。

　　張秀亞的散文詩文並茂，善於創造詩的意境。〈心靈踱步〉
記敘一位女性重返 14 年前住過的小城舊宅的一次短暫而孤寂的旅
行。陰天、浮雲、萋萋茅草；古樸的小城，破舊的三輪車，古色
古香的圖書館；夕陽、舊宅、銹鎖，……推移構成一幅寂靜淡寞
的圖景，表達出女主人公心靈踱步的心理情態，形成景情交融的
意境。〈杏黃月〉描寫夜月，月在天上，夜涼如水，簫聲低咽，
幽遠縈繞。戶外人聲嘈雜到沈寂，戶內一女子孤獨而淒清。深遠
而飄逸的優美意境深得李白〈玉階怨〉的神韻。

　　張秀亞散文的語言，不乏清詞麗句，是詩化的語言。文中常
有出色的比喻，生動而形象傳神。寫竹子，「一片片的竹葉，像
是一隻隻綠色的鳥，是宋人詞句中的翠禽，小小尖尖的喙上，銜
著的是永恆的春天」（〈竹〉）；寫暮色，「玻璃走廊外徐徐飛
來了暮色，溫柔、無聲，如一隻美麗的灰鴿」（〈孩子與鳥
兒〉）。新奇且詩意流轉，文采斐然。

　　胡品清（1920 ─　　），原籍浙江紹興。抗戰爆發後，考入西
南地區的浙江大學英文系。畢業後做過教師、編輯和翻譯。巴黎

大學現代文學博士班結業。1962 年回臺，現任文化大學法文研究所所長及法文系主任。出版散文集《夢幻組曲》、《晚開的歐薄荷》、《最後一曲圓舞》、《芒花球》、《仙人掌》、《水仙的獨白》、《芭琪的雕像》等，詩集《人造花》、《夢的船》等，小說《秋之奏鳴曲》、文學論著《現代文學散論》、《法國文學簡史》、《西洋文學研究》、《李清照評傳》，還有譯著。胡品清用中、英、法三種語言創作及譯述，出版著譯 60 餘種，被稱為才女型作家。

胡品清散文具有明顯的自傳色彩，抒發中國知識女性在中西方文化衝突中特有的心緒和情感歷程。她的作品中經常變換著出現的名字和人稱，如「芭琪」、「林坦」、「妮娜」、「你」、「她」都可說是作者自我心靈的化身，而文中的「我」，有時卻是作家描寫人多面人格的產物。如〈芭琪的雕像〉中的「我」，是芭琪心靈激情的旁觀者和評判者，似乎是作家人格分身出來的偏於現實和理智的一種。她真實地表達有靈性和個性的自我，記下求學時代和執教南開的生活、法國式的戀愛婚姻、外交官太太們的日常活動與外交應酬，婚姻的隔膜與破裂，……記錄下一個特殊的中國知識份子在一個特定時代環境中的生活經歷和精神心理，也不乏耐人思索尋味之處。

愛情，是胡品清散文中反覆出現的主題。她屬於中國「五四」以後那種自由戀愛、獨立自強的新女性，在文學中抒寫愛情的憧憬和理想，失落與痛苦，理想的愛情與現實的婚姻爭執沖突，悲歡糾葛的心靈悸動。〈不朽的書簡〉中，胡品清坦誠剖示處於婚姻約束，家庭義務和愛情渴望之間知識女性的複雜心理：避開丈夫閱讀情人的書簡，對她來說是「享受一份強烈的、令人沈醉的，但是很抽象的幸福」，「然而她渴望的便是那種心靈的沈醉」。〈那個很波希米亞的日子〉則是對失去了婚姻、家庭後情感寂寞的心靈抒寫。作者還編織了許多愛情幻夢：短暫像一陣

風似的初戀〈夕陽下的紅帆〉；富於技巧撩人心魄而又從未謀面的精神之戀〈香檳泉〉……大多是起始充滿詩情，最終陷入痛苦無望或歸於平靜，表現出作者對人生、愛情缺憾的審美取向。

　　胡品清的散文，是一種詩化的創作。細膩、精緻，雋永、纏綿，淡淡的哀愁和憂鬱，形成她散文的美學品貌，和李清照的婉約纏綿清凄幽怨十分接近。對中外文學的熟悉和修養，使她行文中恰到好處地嵌入一些名詩名句和典故。如〈阿多數的男友〉中用希臘神話西緒福斯的典故幽默地嘲諷大學生進出圖書館的不便。〈我藏書的小樓〉描寫一座詩情畫意的小樓時，一連用了十二首中國古詩名句，恰切地表現小樓的文化意蘊和意境，既具節奏韻律的變化，又拓展了散文的意蘊。在散文的構思佈局上，胡品清喜歡用歐·亨利的筆法，造成意外奇妙的藝術效果。

　　胡品清散文的天地雖不宏闊，但她為文為人的坦誠純真，豐富而複雜的心靈，文學修養和藝術功力的深厚，仍然值得我們品讀。

　　琦君散文的溫柔敦厚，張秀亞散文的敏感細膩，胡品清散文的坦誠純真，她們的創作訴說著中國女性苦難和艱辛中的心路歷程，顯示出女性作家的創作風貌。

第四節　余光中、王鼎鈞、張拓蕪

　　學府派散文作家，有較高的中國古典文學和西方文學的修養。在他們的心靈中，有著中西文化撞擊產生的火花，筆下有古國的神韻和異域的新穎，以知性提升感情，散文境界更為雍容典雅，雄渾闊大，精警不俗。學府派散文又可分為學者散文和詩質散文，前者以梁實秋為代表，後者以余光中為代表。

　　余光中是臺灣久負盛名的詩人、散文家、學者和翻譯家。著有散文集《左手的繆思》、《逍遙遊》、《望鄉的牧神》、《焚鶴人》、《青青邊愁》、《記憶像鐵軌一樣長》、《憑一張地圖》等。

　　余光中的散文創作和批評對臺灣現代散文的發展起了不可低估的作用。早在 60 年代初期，余光中就認為現代散文要想超越「五四」散文，就必須改變原有的模式，輸入新的藝術資訊。他提出要「剪掉散文的辮子」，倡導散文創作的彈性、密度和質料說。70 年代發表的〈論朱自清的散文〉，更為具體縝密地表明了余光中富有現代氣息的散文觀念和反感傷、反濫情的美學觀，推崇具有厚重嚴肅品質、精湛沈潛境界和智慧風貌的知性散文。

　　余光中是臺灣學府派散文中詩質散文的代表作家。作為現代詩大家，他的散文創作具有濃郁的詩情與意境。他的散文選材突破田園模式，把舊大陸、新大陸和臺灣島三個空間交織於過去、現在、未來的時間流裏，獲得闊大厚重的品質。他的抒情散文中，有對親情的描寫：〈我的四個假想敵〉、〈塔阿爾湖〉、〈鬼雨〉；有對友情的細說：〈朋友四型〉、〈思臺北、念臺北〉；更多的散文是對鄉情的表現：〈地圖〉、〈萬里長城〉、〈蒲公英的歲月〉等。濃烈欲燃的鄉國之情，對祖國的刻骨思念，去國懷鄉的漂泊無依感，充滿了字裏行間。余光中筆下的「鄉愁」超越了個人的情感，提升為民族的情感，是一種跨越地域空間的「文化鄉愁」。深厚的中西文化修養，使余光中不斷發現並追尋中國文化傳統的發揚光大。

　　余光中的散文運用現代藝術手法和技巧，傳達現代人的新體驗、新感覺，他的散文富於詩的感覺性，更符合現代人的審美需求。如寫蒲公英飛揚於空中的流浪感，寫江湖行逍遙遊的倜儻瀟灑等。〈聽聽那冷雨〉在創造散文的感覺性上堪稱絕響。運用漢字的色彩音節，重重疊疊的字句，參差有致的韻語段落，描寫視覺、聽覺、嗅覺、味覺並形成通感，雨景、雨聲、雨味、雨腥，

造成一種渾然一體的心象，喚起讀者的感官審美體驗，聲色光影
中表現豐富而深廣的意蘊。

　　余光中散文具有時空交錯、縱橫開闊而又縝密嚴謹的結構佈
局，語言表達以現代人的口語為基礎，也吸收歐化句式，大膽使
用文言句法，相映生輝。余光中散文的字彙多選用那些音調高、
幅度寬、氣勢猛的陽性詞，喜愛描寫海潮、山風、大漠、巨石
等；繪景狀物時多採用俯視的角度，表現闊大的場景，造成一種
更為廣闊與深遠的美感；行文注重氣勢，雄直勁麗是他散文的基
本風格，實現了他的散文創作主張。

　　王鼎鈞與張拓蕪是臺灣鄉土派散文的代表作家。抗戰的烽火
使他們少年輟學，流離異鄉，較早地體驗人生的坎坷，世事的滄
桑。他們用筆將動盪時代的人生側影，現代社會中的人生感悟移
到紙上。

　　王鼎鈞（1927－　　），山東省臨沂人，筆名有方以直等。抗
戰後期中學尚未畢業時，輟學從軍。來臺後曾在中國廣播公司任
職多年，1963 年至 1966 年，擔任《聯合報・人間副刊》主編。
現寓居美國。著有散文集《開放的人生》、《人生試金石》、《我
們現代人》（合稱為「人生三書」）、《人生觀察》、《世事與
棋》、《海水・天涯・中國人》、《左心房漩渦》、《看不透的城
市》等。短篇小説集《單身漢的温度》、《透視》等。還有評論集
多種。曾獲中山文藝獎。

　　臺灣鄉土散文有它特殊的美學價值。王鼎鈞的筆下寫出許多
懷念大陸鄉土，表現深藏於心的懷鄉愛國情懷的散文。〈左心房
漩渦〉把自己對大陸故鄉故人故事的懷念喻為「左心房漩渦」，
可見思鄉之情深；〈腳印〉以傳説引出對故鄉的深切思念；〈山
裏山外〉、〈海水・天涯・中國人〉更是集中表現了愛國懷鄉的
情感。王鼎鈞的散文還表現對臺灣社會生活的關注：〈那樹〉通

過老樹的榮枯描寫資本主義經濟入侵造成的自然環境的破壞，工業文明發展的腳步與人們的戀舊情緒構成內在的衝突。王鼎鈞還有相當數量的散文表現對自然、社會、人生的思索。如〈中年〉、〈拾諺〉等善於捕捉生活中的現象，對不同民族的心理進行深入分析，開掘出獨特的寓意，給人以啟迪。

王鼎鈞散文善用隱喻象徵，從平凡普通的生活碎片中提煉出深長的意蘊。吸收小説、戲劇、詩歌的表現手法，擴大了散文的藝術表現力。在《最美的和最醜的》中，「看娘娘去」和「看太監去」兩個故事的叙述將小説手法引入散文。他的寓言體小品散文將寫意和寫實手法交融在一起，拓展了散文的表現空間。

臺灣批評家隱地評價王鼎鈞説：「他擅用活潑的形式，淺近的語言，表達深遠的寄托，字裏行間既富有理想色彩，也密切注視現實，王鼎鈞是這一代中國人的眼睛，他為我們記錄了一個時代，一個動亂、和平又混淆的時代！」評價概括而又中肯。

張拓蕪（1928.6.28 －　　），安徽涇縣人。小學肄業，私塾兩年。16歲參軍，1947年來臺。從軍多年，1973年退役。50年代初即對文學發生興趣，曾發表新詩。1975年出版散文集《代馬輸卒手記》，後又出版續集，合稱「《代馬輸卒》五書」，還有《左殘閒話》、《坎坷歲月》、《坐對一山愁》等，曾獲中山文藝獎。

「隻手著文章」的老兵張拓蕪，70年代中期因中風半身不遂，生活困窘，住在一間破舊的倉庫裏，一字一淚寫出了《代馬輸卒手記》，連續寫出六本高質量的散文集，好評如潮，並多次獲獎。張拓蕪也因此名列臺灣十大散文家之中。

所謂的「代馬輸卒」，是一種以人力代替牲口以彌補運力不足的運輸兵，也被譏為吃草料的。張拓蕪當的就是這種兵。張拓蕪的散文寫得不長，短的三五百，長的不過兩千多。他的筆下真

實寫出戰亂時代國民黨士兵的艱苦生活境況：草鞋怎樣打，死人血水的滋味，怎樣開小差，怎樣抓逃兵，怎樣挨板子，……。張拓蕪平靜而略帶自嘲地寫出自己，寫出無數小人物平凡悲涼而又莊重堅韌的一個個生活片斷，任旁人看得落淚，他卻唱小調式的一路唱下去，沒有怨恨，沒有偏激，沒有風花雪月，只是淡淡地道出大時代中小人物的遭遇，表現那在苦難中像雜草一般堅韌不折的生命力。

　　張拓蕪的散文作品擴大了散文辭彙的範圍，士兵樸素而生動的語言同樣具有藝術的表現力。

第五節　張曉風、楊　牧、林清玄

　　張曉風（1941.3.29 －　　），江蘇銅山人，生於浙江金華。臺灣東吳大學中文系畢業，現任教於東吳大學、陽明醫學院。著有散文集《地毯的那一端》獲中山文藝散文獎，《步下紅毯之後》、《愁鄉石》、《黑紗》、《你還沒有愛過》、《再生緣》、《三弦》（合著）、《我在》、《非非集》、《曉風吹起》、《花之筆記》、《玉想》、《你的側影好美》等二十多部散文集，還有小說、戲劇、詩歌創作，在當代臺灣享有盛譽。

　　張曉風的散文表現了女性豐富的人生情感體驗。她的第一本散文集《地毯的那一端》，即是在婚禮前展望一生幸福的心聲。《步下紅毯之後》，開首就是「愛情篇」，歌頌一種平等基礎上平實而深遠的愛情：「如果相愛的結果是使我們平凡，讓我們平凡。」她將男女情侶比作共守一條河的兩岸：「只因我們之間恆流著一條莽莽蒼蒼的河，我們太愛那條河，太愛太愛，以致竟然把自己變成了岸……歲歲年年相向而綠，任地老天荒，我們合力

撑住一條河，死命地呵護那千里煙波。」（張曉風：〈愛情篇‧代序〉，收入《步下紅毯之後》，臺灣九歌出版社，1979 年 7 月版。）這裏沒有傳統文學中的哀婉閨怨，有的是一腔豪氣的愛情訴說，從平淡的家居生活中體驗愛情的豐富與深遠，兩性的和諧。〈一個女人的愛情觀〉、〈我們〉描寫夫妻間的生活趣事。〈也是水湄〉則真實地抒發一個已婚女性對於自己被擠壓在大都市裏一個小家庭中的煩亂心緒，但終以包容的愛心化解種種不快。張曉風筆下，將愛情典雅化詩意化，與她不避醜惡，直指人生荒誕與空虛的戲劇作品形成鮮明對照。

　　張曉風還寫下對親情、友情、鄉情、師生情等美好情感的描繪。兒時的布娃娃，徵文比賽得的小毛巾，父親的舊馬鞭……都能喚起她美好的情感與記憶。〈愁鄉石〉、〈十月的陽光〉、〈河出圖〉等表達曉風愛國熱情和思鄉情感。代表作《愁鄉石》中「愁」代表了一種情緒，「鄉」是情緒的指向，「石」象徵這情感的程度，是她愛國思鄉情緒的形象而深刻的寫照。

　　張曉風描寫大自然的山川景物、花草樹木，表現出對生命的禮讚與謳歌。〈雨之調〉中，她讚美雨荷，在雨中唯我忘我完美自足，沒有陽光時，它自己就是陽光；沒有歡樂時，它自己就是歡樂。〈一鉢金〉中，她嚮往明月清風，閑雲野鶴，山野泉流，讚美「鄉居的日子是一鉢閃爍的黃金」。〈常常，我想起那座山〉繪景融情中，她進入萬念俱無的一種空靈境界，頓悟「山水的聖諭」和奧秘。

　　尋找生活中的哲理，是曉風散文短章的閃光點。散文《一》由四篇獨立的百字短文組成，〈一捆柴〉、〈一柄傘〉、〈一條西褲〉、〈一個聲音〉都是通過一個故事，一個戲劇化的場面，或一段對話構成，揭示人生剎那間的感悟和深刻的哲理。〈玉想〉從玉中體味出生命中完善和瑕疵是並存的，象徵暗喻生命的平凡與高貴實是密不可分的。

　　張曉風的散文創作題材廣泛，視野開闊，形式多樣，個性鮮明。既有傳統文化的薰陶，又具現代文學的風貌，擺脫了淺吟低唱的古典閨閣氣，表達現代女性的豪邁灑脫又不失柔婉細膩，風格多樣，被余光中讚為「亦秀亦豪的健筆」。

　　楊牧（1940.6－　），原名王靖獻，臺灣花蓮人。1972年前用葉珊為筆名。東海大學外文系畢業，曾獲美國愛荷華大學藝術碩士，柏克萊加州大學文學博士，西雅圖華盛頓大學教授。1983年曾回臺灣，現任臺中央研究院臺灣文學研究所研究員。早在中學時期楊牧就開始寫詩，在美國留學期間已自成一格。詩集有《水之湄》、《花季》、《燈船》等。散文集有《葉珊散文集》、《探索者》、《交流道》、《飛過山火》、《嵩神》、《星圖》、《柏克萊精神》、《年輪》、《一首詩的完成》、《山風海雨》、《方向歸零》等十餘部。還有評論與譯著。

　　在臺灣文壇上，系統地介紹「五四」散文是在70年代末80代初。楊牧首先將中國現代散文精品歸納，劃分為七大類別：一曰小品，周作人奠定基礎，受其筆風影響的有豐子愷，梁實秋；二曰記述，以夏丏尊為先驅，朱自清承其餘緒；三曰寓言，許地山最為淋漓盡致，沈從文近其旨趣，梁遇春、李廣田、陸蠡諸家都可歸於此派；四曰抒情，徐志摩為代表，影響見於何其芳、余光中、張曉風；五曰議論，林語堂、吳魯芹建立了此種格式；六曰說理，七口雜义，胡適與魯迅各具典型。（楊牧：〈中國近代散文選・序〉。）雖然劃分未必精當，但楊牧的首創功不可沒。楊牧寫〈周作人與古典希臘〉、〈周作人論〉推崇周作人雜學旁通，下筆閑散餘味無窮，博大謙和、精深敦厚。

　　經受西方現代主義文學思潮的洗禮，楊牧對中西文學史和創作相當熟悉。他的散文批評時出精當之論透闢之語：「現代散文並不是鬆馳閑散的遊戲，它不是信手即可拈來的。最成功的散文

必須在結構組合上顛撲不破，於文字的鍛煉洗亮深沈，而且，必須具有一個令讀者會心的主題……」（楊牧：〈記憶的圖騰群〉，見《文學的源流》，臺灣洪範出版社，1983 年版，第 75 頁。）概括精當。

　　楊牧 1968 年出版第一部散文集《葉珊散文集》，呈現一種自我觀照與自我剖析的心境。〈昨夜的星光〉抒寫無論在蕭然的斗室或空寂的夜街上，作者都在摹寫內心的憧憬。

　　在 70 年代興起的鄉土文學思潮的推動下，楊牧從耽於完美的自我吟咏中走出，開始寫自己的花蓮，花蓮的自己。先是淡筆描摹，寫了〈山谷記載〉、〈歸航〉等，之後推出富有史詩氣魄的《山風海雨》與《方向歸零》兩部散文集。〈山風海雨〉是當代臺灣散文中不可多得的一部力作。楊牧以史家風範詩人筆調在散文中描繪臺灣先民的歷史，從太平洋戰爭時期的花蓮細細訴說到「二‧二八」事變，描寫自然山林，民俗風情，奇異夢幻，多難的鄉土與神秘的荒野海岸，表達出臺灣散文家尋找精神家園的樂章。

　　林清玄（1953.2 －　　　），臺灣高雄人，畢業於臺灣世界新聞專科學校。曾任《中國時報》海外版記者，時報雜誌主編等。1973 年開始散文創作，著有散文集《蓮花開落》、《蝴蝶無鬚》、《溫一壺月光下酒》、《迷路的雲》、《鴛鴦香爐》、《紫色菩提》、《傳燈》、《文化陣痛》、《雪中之火》、《大悲與大愛》、《鳳眼菩提》、《星月菩提》、《玫瑰海岸》、《城市筆記》、《如意菩提》、《指花菩提》、《清涼菩提》、《紅塵菩提》、《有情菩提》、《活眼金睛》、《蓮花香片》等數十部，還創作有報告文學、小說、評論等。1979 年起連續 6 次獲臺灣《中國時報》文學獎散文優等獎，1983 年獲臺灣報紙副刊專欄金鼎獎。

　　林清玄傾心於表達文化的內涵，在〈《在暗夜中迎曦》自

序〉中説：「所有的藝術文化都應該和生活結合才有真正的意義
——於公，我期待我們的社會能有好的文化藝術環境讓大家沈潛
浸潤，進而提高整個社會的品質；於私，我自覺到每個人都應該
自我創造一個更適於生活的文化環境，自小格小局裏走到開朗壯
闊的天地。」

　　林清玄是一位居士，他的許多散文常以佛家的某一教義作為
依托或從中引申而成，又有著傳統中國文化的儒學色彩。他的散
文有鮮明的人間指向。如《迷路的雲》、《白雪少年》、《蝴蝶
無鬚》集中的父愛；《玫瑰海岸》、《鴛鴦香爐》集中持久不渝
的戀情，都寫得深刻感人，並以一種佛學的淡泊與寧靜去化解一
切。林清玄許多散文集都以菩提命名，「菩提」本為梵文，意為
徹悟後所得的智慧。作者以此為題，一是標明此文是黃昏散步有
所悟而作，二是因為他在文中所讚頌的菩提樹是一種淨化了的人
性象徵。林清玄的散文在佛儒相融中形成了他的創作特色，寧靜
致遠以釋解人生層層障礙；藉淡泊明淨蕩滌塵世滾滾紅塵。《人
骨念珠》面對著 110 位喇嘛高僧的眉輪骨所串成的念珠，他既詮
釋高僧個人修持的極致，又傳遞衆僧德行綿延不絕的意義，再陳
述個人的感悟：只要努力修持人人都可以立地成佛。形成隨遇自
適，超塵脱俗的氣質。

　　林清玄的散文文筆流暢清新，表現出情感的蘊藉，心境的寧
靜，在平易流暢的語言中具有著藝術的魅力。從 1986 年的《紫色
菩提》到 1992 年的《有情菩提》10 集「菩提」系列散文，成為
臺灣有史以來最為暢銷的圖書之一。

第 二 十 二 章

臺灣的新文學理論批評

第一節　臺灣新文學理論批評概況

　　臺灣的新文學理論批評自張我軍在 20 世紀 20 年代奠基之後，經過了新舊文學的論爭和中國方向的再確立，思想上已經走向成熟。臺灣新文學理論批評從 40 年代末和 50 年代初，由現代進入當代之後，邁入了大繁榮，大發展時期。其理論批評隊伍大大發展，理論素質大大提高，理論視野也不可同日而語。1949 年之後，臺灣的新文學和政治結合得相當緊密，隨著臺灣政治思潮變化的軌跡，從 50 年代至 80 年代，基本上是呈現出十年一個時期，十年一個時期的「竹節式」變化和發展的狀況。50 年代為「反共八股期」。這個時期文藝理論批評，基本上是政治化的反共文藝

理論批評一家獨唱。以立法院長張道藩控制下的「中國文藝協會」下設的「文藝評論委員會」為主導。其成員有：朱辰冬、趙友培、王聿均、王集叢、王夢鷗、杜呈祥、許君武、何鐵華、潘重規、羅敦偉、黃公偉、石叔明、王偉俠、何容、葛賢寧等。這些人是從大陸跟隨國民黨去臺灣的文學理論批評家。其中除少數是國民黨的御用理論工具之外，其他人或是迫於形勢，或是國民黨要利用他們的名聲。但是不可諱言，那時出版的文藝理論批評著作基本上都是附庸於國民黨的反共政治的。如：《論戰鬥的文學》（葛賢寧），《中國赤色內幕》（馬存坤），《三民主義文學論》、《三民主義與文學》、《論戰鬥文藝》、《民族文藝與戰鬥精神》（王集叢）、《中共文藝總批判》、《評中共文藝代表作》、《中共工農兵文藝》、《中共統戰戲劇》（丁森），《郭沫若批判》（史劍），《三民主義文藝內容》（簡宗梧），《三民主義的文藝觀》（張肇祺），《三民主義的社會使命》（周學斌），《三民主義的思想》（宋叔萍），《三民主義文藝的道德》（宋瑞），《三民主義文藝的創作原理》（王更生），《三民主義文藝創作論》（趙友培），《三民主義運動》（王志健）等。只要一看書名，便一目了然能看出這些著作與政治的關係。他們眾口一詞地反覆念著「反攻」、「復國」、「三民主義統一中國」的政治咒文。60 年代，臺灣進入了西化期。隨著經濟、文化的西化，存在主義哲學，現代派文學，弗洛伊德的泛性主義，如洪水般沖進臺灣。50 年代中期崛起的臺灣現代派的三大詩社，經過 5 年左右的實踐，又有了新的變化和組合，以「創世紀詩社」為代表有個小小的中興期。而詩歌理論批評方面，由新詩論爭展開和逐步深入，顯得異常活躍。小說方面，1960 年前後以白先勇為代表的臺大外文系一批學生：陳若曦、李歐梵、王文興、歐陽子等組成的「現代派」，發行的《現代文學》成了臺灣現代派的代表。圍繞著夏濟安主辦的《文學雜誌》、白先勇的

《現代文學》以及《文匯》月刊、《創世紀》、《現代》、《藍星》、《純文學》、《筆匯》、《文星》等刊物，詩歌理論批評和小說理論批評家紛紛崛起。那時最活躍的人物如：夏濟安、夏志清、梁實秋、周棄子、尉天驄、何欣、劉紹銘、周伯乃、魏子雲、余光中、陳文湧、思果、朱立民、陳世驤、林以亮、林文月、鄭樹森、周英雄、袁鶴翔、葉維廉、張漢良、楊牧、顏元叔、周兆祥、李達三、古添洪、陳鵬翔等。這個時期，西方的各種文學流派的理論被引進臺灣。如：顏元叔引進新批評理論；鄭樹森、周英雄、袁鶴翔，古添洪、陳鵬翔等引進比較文學批評理論；葉維廉、張漢良、鄭樹森、高友工、蒲安迪、梅祖麟等引進結構主義理論。古添洪著有《記號詩學》一書；廖炳惠著有《解構批評論》一書。此外，神話原型批評方面有顏元叔的〈薛仁貴與薛丁山——中國的伊底帕斯衝突〉、樂蘅軍的〈從荒謬到超越——論古典小說中神話情節的基本含意〉、董挽華的〈聊齋志異的冤獄世界和米斯基型及現實揭示〉、黃美序的〈紅樓夢的世界性神話〉、侯健的〈野叟曝言的變態心理〉及張漢良的〈楊林系列故事結構〉等。新批評方面的著作有顏元叔的《新批評學派的理論與手法》、《就文學論文學》等。比較文學批評方面的著作更多。如：張心滄的《介紹比較文學》、王李盈的《談比較文學》、陳世驤的《中西文學的互相影響》、袁鶴翔的《中西比較文學定義的探討》、賴山舫的《比較文學與中國文學》、葉維廉的《比較詩學》、古添洪的《比較文學·現代詩》、陳鵬翔和古添洪的《從比較神話到文學》等。60年代是西方文學理論批評引入臺灣一個高潮期。西方有的臺灣就有。臺灣的文學理論批評進入70年代，是鄉土文學的崛起期。尤其是鄉土文學論戰，使鄉土文學理論在戰鬥中顯出了燦爛的光輝。主要文學理論批評家有：尉天驄、陳映真、王拓、胡秋原、何欣、唐文標、文曉村、侯立朝、高準、關傑明、葉石濤、蔣勳、王曉波，陳鼓應、徐復觀、

李慶榮、趙光漢,等這批文學理論批評家,不少是圍繞著胡秋原的《中華雜誌》成長起來的,是鄉土文學論戰和鄉土文學理論批評的中堅和骨幹隊伍。在鄉土文學論戰中和鄉土文學論戰前,他們發表了許多戰鬥性極強,閃耀著現實主義理論光芒的文章。如:陳映真的〈建立民族文學的風格〉、〈文學來自社會反映社會〉,尉天驄的〈什麼人唱什麼歌〉、〈欲開壅蔽達人情・先向詩歌求諷刺〉,王拓的〈擁抱健康的大地〉,高準的〈中國現代文學的主潮〉等。這些文章基本上都收入由尉天驄主編的《鄉土文學討論集》。臺灣的文學理論批評進入 80 年之後,基本上進入了一個多元化時期。這個時期的特點是各種思想異常活躍,多種理論並存。尤為令人注目的是後現代文藝思潮和「臺獨」文藝思潮的出現和抬頭。兩岸開放探親和交流之後,兩岸文學理論交流頻繁和逐步地顯示出走向融合的趨勢。後現代文學理論批評方面,是一些較有實力的青年人,比如孟樊、廖咸浩、林耀德、蔡源煌等,他們都有著作問世。「臺獨」文學理論批評方面比較突出的是葉石濤、陳芳明和彭瑞金。不過由於他們走的是一條分裂主義路線,主觀和客觀背反、歷史和現實錯位,要想憑空建立起一套荒謬的理論,相當的渺茫和艱辛。《臺灣文學的過去現在將來》(葉石濤、彭瑞金、陳芳明等著),《臺灣新文學運動四十年》、《臺灣文學探索》(彭瑞金),《臺灣新文學史》(陳芳明,尚未成書)等著,挖空心思,搜刮説詞,用盡詭辯都仍然難以織成一張理論的破網。臺灣的新文學理論批評,是在五四新文學的直接指導和影響下,由張我軍發難的(見第三章・第五節)。它是張我軍從北京引進的文學新軍的主力軍之一。之後在 1930 年代臺灣話文論爭、1943 年捍衛現實主義反對「皇民文學」的論爭,1947-1949 年建設臺灣新文學討論,到 70 年代的發展歷史中與祖國的新文學理論批評亦步亦趨,緊密地聯繫在一起,它是中國新文學理論批評的一部分。這個事實是不能也無法改變的。

第二節　王夢鷗

　　王夢鷗，1907 年生，福建省長樂縣人，畢業於日本早稻田大學，之後曾在日本廣島大學、福建廈門大學、福建師範學院任教。1946 年曾任中央研究院總幹事。1949 年到臺灣後，長期任臺灣政治大學中文系教授，並曾任中央大學文學院院長，臺灣中央研究院研究員，並參與臺灣中央電影公司工作，任編劇委員。王夢鷗是臺灣著名的文藝理論家。出版的論著有：《文藝技巧論》、《文學概論》、《文藝美學》、《古典文學論探索》、《文藝論談》、《傳統文學論衡》、《中國文學理論與實踐》（《文學概論》修訂本易名）、《初唐詩考述》、《唐人小說研究》（1-4 集）、《李益的生平及其作品》等。此外還有傳記文學《文天祥》，劇本：《生命之花》、《紅心草》、《燕市風沙錄》、《烏夜啼》等。王夢鷗的文學理論集中地表現在他 1964 年出版的《文學概論》和 1971 年出版的《文藝美學》兩部著作中。《文學概論》中作者提出了語言藝術、記號作用、語言界線、韻律形式和可變性，以及其變的限制。提出了文學中的意象和意象表現層次等。在《文藝美學》一書中，王夢鷗發展了《文學概論》中的觀點，提出了文學理論的三大原理。即：「適性論——合目的性原理」、「意境論——假像原理」，「神遊論——移感與距離原理」。在《文學概論》中，王夢鷗對「文學」的含意和定義進行了解說。他認為：「從歷史上來看，文學一詞是代表著當時人對於『文學』的整個觀念，他們的觀念，各時期不盡相同。因此，文學一詞的含意也隨著時代有所嬗變。而從現代的觀點看，文學又接近語言藝術，而現代的所謂語言藝術，一面是說

心意的活動，一面是説言詞的活動；言詞固是記號，而心意之現形，其實也是記號。然而構成文學原理，實際只是記號（文義的）構造的原理了。語言是一種心意外現的符號，是人類內在心意的表達工具。無論是口號的聲音記號或書寫的圖式記號都只不過是個人心意的記號或符號而已。而文學作品的主要工具，就是依賴於文字語言來表現的。」在王夢鷗看來，文學是一種語言藝術，而語言是人們的心靈活動外化的一種符號。這種符號有兩種形式，即口頭形式和書面形式。文學就是用這兩種形式的符號記載和表達人們的心理活動的。這裏講的實際上是文學的形式和內容的關係，語言外殼和心靈內涵的關係。如果説王夢鷗在《文學概論》中主要是從符號學的角度破譯文學，為文學下定義，到了《文藝美學》一書中，王夢鷗對文學的看法就有了深化。這裏他把審美看作是文學的主要內涵。他寫道：「所謂文學也者，不過是服務於特定的審美目的下之文字系統或文字的構成物而已。它之不同於其他藝術，在於所用的符號不同，但它所以成為藝術品之一，則因同是服務於審美目的。是故，以文學所具有的特質而言，重要的即在這審美目的。」（《文藝美學》第 131 頁。）王夢鷗的《文藝美學》發展了《文學概論》中的語言為中心議題。探討語言和心靈，形式和內容的關係。把論題引向了對主客體在審美中的互相關系和如何實現審美過程的論述。王夢鷗的《文藝美學》分上下兩篇，上篇七題、下篇四題。上篇像論文、下篇像專著。該著的重心在下篇。下篇四題為：一、美的認識。二、適性論——合目的性原理。三、意境論——假像原理。四、神遊論——移感與距離原理。這三大原理中，「意境論——假像原理」，處於三大原理的中間鎖鏈環節，也是文學創作，體現審美價值的中心環節。「意境論——假像原理」實際上講的是作家創作活動的孕育和物化的兩個階段。作家在構思孕育階段，是心象活動的階段，就是作者在《文學概論》中所説的在語言外化之前

的「心意活動」。這個階段雖然是創作全過程的組成部分，但它只是作者個人的一種意識的內在活動，它還不是作品，它還沒有實現文學的審美價值。而進入創作的第二階段，即作品已經孕育成熟，要通過一定的物質外殼——語言進行表現，這才進入物化階段，也就是王夢鷗在《文學概論》中說的「口頭的聲音記號或書寫的圖式記號」階段。王夢鷗的「意境論——假像原理」，把從意象到物象，即從精神活動到物質活動的過程分為兩個階段。第一階段，即意象醞釀和顯形階段。王夢鷗認為當外物刺激人們的感官系統後，在心靈中留下的只是一些有意義的符號，這符號有時是具體的，可感的形象，有時只是一些空洞的概念。這種形象和概念稱為「意」，這是意象的初級階段。而這種稱為「意」的東西，是進一步物化的基礎，作家在這個基礎上進一步思索深化，用語言形式表現出來，就成了作品。而且讀者的鑑賞則以原有的意象為前提，與新接受的物象（作品）互相交流，印證和補充，便形成了一種存留於想像之中的意境，便實現了文學審美的創造過程。第二階段，是由意象階段向物象階段的轉化和過渡。這種物化過程包括文字學、語義學、修辭學諸方面的塑造，修飾和練意功夫。王夢鷗認為，文學創作中重要的在於意境的創造，而意境是人們的主觀和客觀相結合的產物。他寫道：「文學創作，重要的在於意境，沒有意境的符號，至多是一個未與主觀目的性發生關係的客觀物，它只是主觀感覺的形式或材料，不算是完全的發現。這感覺的材料與形式，是包括景物與感情而言。前者直是外界現象的記錄，後者直是心理狀態的記錄，前者是無感情的形象，後者是無形象的感情……意境者，是由客觀物依其自身法則，呈現為合目的性的結果，與主觀的目的性相配合而後成立的東西。」（《文藝美學》第 186 頁。）「適性論——合目的性原理」，講的是主觀和客觀的統一，是主觀之「固有」與「外在」現象相吻合而構成的聯合現象。也就是作家在意象階段所孕

育和構思之腹胎，在轉化為物質外殼的文學時，達到的和諧性。
換句話說，就是作者的主觀構思適應了客觀情況。這種「合目的
性原理」，也就是「和諧論」。王夢鷗說：「發生於主客觀關係
上之合目的問題，可分為兩方面，一面是『客觀的合目的性』，
另一面是『主觀的合目的性』。所以我們對於外在美的省察，雖
以主觀之稱心合意為主體，但亦不能不包括客觀自身的合目的性
在內。換言之，凡審美之『美』，並非專恃主觀方面的任意構
成，而是依從相對之間的相應法則來構成的。說得粗淺一點，客
觀之美與不美，固然依靠我們個人的『看法』，但這看法之
『法』本身即已含有客觀物所具之相應性質在內。」（《文藝美
學》第 151 頁。）王夢鷗認為：「客觀物自身的合目的性，是屬
於哲學上的目的論和本體論範疇。客觀的外在目的性，就是事物
呈現出來或授予我們的意義和價值，也就是人們對事物的經濟目
的。而客觀內在的目的性，就是事物的本質特徵。那麼文學作品
給了我一些什麼呢？第一眼是文字符號印象，接著是符號意義的
表像，再接著是經我們思考，由一些有意義的符號不斷補充加
強，而構成了符號的完滿意義。而這完滿的符號意義，是主觀固
有和外在相應而構成的聯合表像，也就是主觀想象的形像來轉化
外在文字使其成為我們所領略的意義。自然的合目的性原理和文
學的合目的性原理之區別，在於中間擋著一個文字語言符號，打
通這個符號的所在，就是要使我們大腦中儲存的符號意義與文學
作品呈現的意義相統一。以主觀想像的形象來融解作品呈現的形
象意義，從而發現文學形象中所能含蘊的更為深廣的內容。」王
夢鷗的「神遊論——移情原理」，講的是物件的精神內容與我的
價值感情融為一體。王夢鷗說：「我們常說，藝術作品貴在『傳
神』，實則藝術品本身，何神之有？必待作者變其生命精神於藝
術品中而後乃見其一神。此種『神會』或『神遊』作用，19 世紀
以來有數種學說。」（《文藝美學》221 頁。）作者賦予作品的

情感和主題，引起讀者情感和思想的強烈共鳴，產生的快感和情感移位，有時會達到天人合一，物我兩忘之境。王夢鷗的文學發生學理論在臺灣文藝理論界有相當廣泛的影響和相當高的地位。

第三節　顏元叔

　　顏元叔，湖南省茶陵縣人，1933 年 7 月出生於南京。臺灣大學外文系畢業，美國馬克大學英美文學碩士，威斯康辛大學英美文學博士，曾任美國密西根大學、臺灣大學外文系教授和系主任，創辦《中外文學》、《淡江評論》、《英文報章雜誌助讀月刊》，並任《中外文學》月刊社長兼總編輯，現已退休。顏元叔是臺灣文學理論批評界的大家，他的成就比較廣泛。除文學理論外，還創作散文和小說。他出版的著作有：論著方面：《文學的玄思》、《文學批評散論》、《文學經驗》、《談民族文學》、《翻譯與創作》、《何謂文學》、《文學的史與譯》、《社會寫實文學及其它》、《英國文學》等。散文有：《嗚呼風》、《顏元叔自選集》、《人間烟火》、《玉生烟》、《顏元叔散文精選》、《離臺百日》、《笑與嘯》、《草木深》、《平庸的夢》、《時神漠漠》、《走入那一片蓊鬱》、《飄失的翠羽》、《善用一點情》、《憤慨的梅花》、《知無不言》、《五十回首》、《臺北狂想曲》等。小說集：《夏樹是鳥的莊園》。顏元叔文學理論批評方面的主要內容是：
　　一、**文學必須是民族的**。顏元叔認為：「大抵言之。任何文學皆是民族文學。文學之創作必定是某個人的產物，這個人必屬於某民族，尤其是與其他民族相比較更能顯示出其民族的特性。」（顏元叔：《談民族文學》，第 2 頁，臺灣學生書局 73 年 6 月。）他的這一理論包含了以下一些內容。

(1)民族文學的職責在於發掘民族意識，塑造民族意識。民族意識是一個文化名詞，它的內涵由各種文化來表現。諸多因素中文化是中堅，文化中又以文學為中堅。所以民族意識是民族文學之源。

(2)民族文學不僅是一個價值名詞，它包括著民族成員創作的一切文學，無論優劣好壞。

(3)民族文學與民族意識的關係是互相依存，互相吸收和補充。你中有我，我中有你。

(4)民族文學與文化的關係。一個沒有文學的民族它就沒有文化，它就沒有歷史，沒有自我。

　　民族文化、文學、歷史和民族本身的公式為：民族文學──民族文化──民族歷史──民族自身。民族文學作品和民族文化的關係是「讀者群愈大的文學作品，其形成文化格式的力量愈大。讀者群愈小的文學作品，其形成文化格式的力量愈小」。（顏元叔：《談民族文學》，第 2 頁。臺灣，學生書局，73 年 6 月。）由於外國入侵，中國的民族性已受到損傷，當今的中國作家必須積極的去發掘和追求中國的民族意識。

　　二、**文學必須反映時代和人生**。凡是積極的，進步的文學理論，都必須推動歷史和時代前進，都必定是關懷和反映現實人生的。顏元叔說：「文學有許多功用，其中之一應當是幫助讀者瞭解周圍。習而不見是人類的通病，缺乏透視與反省，使人們渾噩漂浮於時流之上。社會文學就是一塊磨刀石，它磨礪讀者的感受與觀察，加深他們對周圍世界的瞭解。社會意識文學是一架顯微鏡，幫助讀者觀察到微末而重要的東西。文學應當引領讀者注視社會現象，並且透過社會現象做深沈的觀察。」（顏元叔《談民族文學》，第 14 頁。）他認為：「文學有一個使命，便是反映與批評人生。」

　　三、**文學的主題論**。顏元叔認為，文學必有其主題，人的靈感是長期培養的結果。「想建造一艘文學的海輪，先敷設一條主題的龍骨似乎是必要的。我以為一篇作品的偉大與渺小，與主題的深廣成正比──注重形式的新批評家一定不會同意我的觀點。我以為技巧是附帶的，是為主題服務的。」（顏元叔：《談民族文學》，第 30 頁。）

　　四、**社會寫實論**。顏元叔在《社會寫實文學及其他》一書中指出：「社會寫實文學，就是要反映社會人生真相。而社會寫實的含意有三，其一，描寫的人生應當具有社會性；其二，社會寫實文學描寫的人生應當有代表性；其三，社會人生意味著個人和群體之間的關係。」顏元叔倡導的社會寫實文學有這樣的一些內容：

　　⑴人本主義為思想基礎。即以人為中心。

　　⑵作家的思想和人格分為兩個區域。即：創作區和意識區。創作區是作家個人的人生經驗層面，這是一個有限的，作家能夠自由運用的生活時空。但這是狹小的層面的生活時空。而「創作區」是擴展和擴張了的大時空，這就是「意識區」。以「創作區」為點，以「意識區」為面，點面結合，才能既有深度又有廣度。

　　⑶社會寫實文學應有廣博的知識作基礎。

　　⑷社會寫實文學止於「只說不做」之境。也就是說作家只能提出問題，不能去解決問題取代革命家的任務。

　　五、**新批評**。新批評是由顏元叔於 20 世紀 60 年代由美國引進臺灣的。新批評曾在臺灣文藝界轟動一時，顏元叔作為代表人物，他撰寫了〈新批評學派的理論與手法〉和〈就文學論文學〉等專文，對新批評的起源、內涵、功能進行了介紹和論證。他認為：「新批評的第一原則便是就文學論文學。何謂就文學論文學呢？第一，承認一篇文學作品有獨立自主的生命。第二，文學作

品是藝術品，它有自己的完整性和統一性。第三，所以一件文學
作品可以被視為獨立存在，讓我們專注地考查其中的結構與字質
等等。因此，新批評所強調的縝密細緻的分析文學作品的本身，
考察一篇作品優良或偉大的因數何在，而這些因數都存在於作品
的結構與字質中。」（顏元叔《談民族文學》第48頁。）這種新
批評主張只是就作品論作品，剔除作品以外的因素和作品文字以
外的象徵，引伸意義。這種理論雖然有其優越的一面、可以排除
干擾，集中對文本進行分析解剖，但它卻大大地局限了作品的內
涵。而且對於那種以象徵、暗示、虛擬為手段的作品，便無用武
之地。它為自己設置了太多的限制。

第四節　姚一葦

　　姚一葦（1922—1997），原名姚公偉，江西省南昌人。畢業
於廈門大學。1949年去臺灣。曾任臺灣銀行職員，臺灣中國文化
大學、藝術學院教授，戲劇系主任及教務長。他長期致力於美學
和戲劇理論研究，並進行劇本創作和演出。他曾參與《筆匯》、
《現代文學》、《文季》等刊物的編務。姚一葦出版的論著有：
《詩學箋注》、《藝術的奧秘》、《戲劇論集》、《文學論集》、《美
的範疇論》、《欣賞與批評》、《戲劇與文學》、《戲劇原理》、《戲
劇與人生》等。另有兩部散文集：《姚一葦文集》、《說人生》。
姚一葦最有影響的論著是1968年出版的《藝術的奧秘》。該著分
為十二章：論鑒賞、論想象、論嚴肅、論意念、論類比、論象
徵、論對比、論完整、論和諧、論風格、論境界、論批評。姚一
葦作為一個從文學實踐中摸索出來的美學家和文藝理論家，他的
美學和文學理論特別注意它的可操作性，及理論和實踐結合和轉

化原則。它把學問和知識寓於表現方法和形式之中。姚一葦説：
「理論與實用相結合，目的在除可供閱讀和研究外，亦可供應
用，不僅對從事理論或批評的工作者可用，對從事創作者亦可應
用。」（姚一葦：《藝術的奧秘》，〈序〉第 3 頁，1968 年 2
月，臺北開明書店。）由於姚一葦的論著很多，涉及戲劇、美
學、文藝理論和批評諸多領域，這裏不想面面俱到，蜻蜓點水，
作多樣性配餐。我們只就他的核心和代表論著《藝術的奧秘》這
一美學專著探討一些問題。

　　1.**藝術是藝術家人格的體現**。姚一葦認為，藝術就是表現，
藝術就是藝術家自身的表現，是通過藝術品顯露出藝術家的人
格。所以只有一個真誠的藝術家，才能體現出他的人格來。他
説：「當一個藝術家的目的只求表現，把自身的生命與外界融
合，他所產生的藝術品非僅與他自身有血肉關係，而且形成他生
命中的一部分，這便是藝術家的真誠。藝術品的真誠性與嚴肅性
可以看成是同義詞。反之，一些形式的眩耀，一種遊戲的態度，
一種為名利的目的，除了表現少些的聰明，廉價的感情，流俗性
的傾向之外，最多只能作為商品，而非藝術品。因為其中缺乏一
個藝術家的人格，它是不真誠的，不嚴肅的。」（姚一葦：《藝
術的奧秘》，第 62 頁，1968 年 2 月臺北開明書店。）

　　2.**藝術是創作性的表現**。所謂創造是要在作品中創造一種秩
序，一種生命。因而「如何走出前人的規模，推陳出新，建立一
個完整的，可以傳達的全新秩序，係作為一個藝術家的基本條
件。」

　　3.**形式和內容的關係**。姚一葦認為，藝術的內容和形式是一
個完美的整體，血肉相連，不可分割。他説：「所謂形式，即藝
術品所具現的人類的行為模式或完整動作；所謂內容，即藝術家
的人格、藝術家自己的性格、思想、情感、意志、愛欲和偏見。
二者屬血肉不可分割的關係，形成一個問題的兩個方面。」（姚

一葦：《藝術的奧秘》，第 323 頁，1968 年 2 月，臺北開明書店。）

4.**藝術創造和真實性**。藝術創造和真實性是相輔相成的，不可分割的。但藝術創造必須以真實性為基礎。而創造性是從真實性上昇華出的藝術。姚一葦說：「創造性不能脫離開真實性而存在，當創造性脫離真實性時，一切的邪門歪道跟蹤而至。反之，真誠性亦不能脫離創造性而存在，當真實性脫離創造性時，最多只能產生樸素的藝術……是故，藝術品的創造性與真誠性為一個問題的兩個方面，形成藝術家的個性和人格。」（姚一葦：《藝術的奧秘》，第 329 頁。）

5.**藝術家的品格和胸懷，是決定藝術品質的重要因素**。決定藝術價值的基準是：創造性、真誠性、普遍性和豐富性四種因素。凡創造性高、真實性亦高，凡普遍性越大、豐富性大，凡境界越高、價值就越大。任何藝術都脫離不開這個原則。姚一葦美學理論的可貴之處，是採用唯物辯證的方法，將藝術家的人格和品質，視為藝術創造的首位，也是打開藝術奧秘通道的首要因素。若只會雲天霧地地胡侃，而人格和品質與藝術是不一致的，分裂的，那便是一種偽藝術，是騙人之術。作家的最低，也是最高職能是作兩個真實的轉化工作。即將生活真實轉化的藝術真實，將生活之美轉化為藝術之美。轉化能力愈強，轉化純度愈大，就愈是最偉大的作家。作家的頭銜和地位，是由他為人類轉化的藝術品質和數量來決定的。

姚一葦的文學理論之所以扎實，能夠與當前的社會實踐緊密結合，是因為他將現代藝術和中國的傳統藝術進行了結合和融彙。他的論著中引用了大量的西方現代文學理論，但他又同時吸收了中國古代的理論成果。他在論「境界」和「風格」中，便以中國的傳統理論為基石。例如《藝術的奧秘》一書的「論風格」一章中，就引用了劉勰文學的「八體」。「境界論」一章中又以

王國維《人間詞話》之「境界六說」為綱進行闡述發揮。姚一葦擅於從廣引博採之中，去粗取精，建立自己的美學體系。唯感不足之處，是聯繫臺灣文壇實踐較少。

第五節　尉天驄

　　尉天驄，1935 年生，原籍江蘇省碭山縣人，1949 年隨著流亡學生去臺灣。臺灣政治大學中文系畢業。曾任《筆匯》月刊、《文學季刊》、《文季》、《中國論壇》主編，曾任政治大學中文系教授，現已退休，但仍兼課。尉天驄是中國現實主義文學理論批評家，在 1977 年至 1978 年的鄉土文學論戰中，高舉鄉土文學的大旗，與國民黨的御用文人們進行了堅決的鬥爭，成了這次震撼海內外的鄉土文學大論戰的主要理論鬥士之一。他出版的著作有：論著《文學箚記》、《路不是一個人走出來的》、《民族與鄉土》、《理想的追尋》、《荊棘中的探索》。散文集《天窗集》、《衆神》。小說集《到梵林墩去的人》等。同時，還主編出版了《鄉土文學討論集》。陳映真在《民族與鄉土》一書為尉天驄寫的序言中，對他作過這樣的評價：「《筆匯》到今天，是一段漫長的歲月。以私人說，固然經歷了一些事物，就臺灣的中國新文學說，也是一段發展和成長的時期。在這個時期中，以及以後可預見的時日中，尉天驄這個名字，代表著團結，代表著熱情，也代表著進步。」出於對同志和戰友敬仰、評價和鼓勵，陳映真將聖經上耶穌說過的話贈送給尉天驄：「那殺身體不能殺靈魂的，不要怕它……是的，不要怕它，並且輕蔑之以最冷、最深的輕蔑。」（尉天驄：《民族與鄉土》，第 4 頁，遠景出版社 1979 年 1 月。）尉天驄的文學理論，不是書齋中的擺設，不是有

閒階級的玩藝，不是某些名士們的吹鼓手，而是充滿批判和戰鬥精神的武器。鄉土文學論戰中，尉天驄是彭歌點名攻擊的三位鄉土文學作家陳映真，尉天驄，王拓中之一。彭歌的〈不談人性，何有文學〉的第五部分是送給尉天驄的禮物。他攻擊尉天驄説：為了突出小知識分子作家的先天性注定要遭到挫敗的命運，尉先生對《紅樓夢》與《儒林外史》大張撻伐。他攻擊尉天驄：企圖從唐詩描寫燈紅酒綠的妓女生活中，去尋找唐朝覆滅的原因等。對彭歌的攻擊，尉天驄在〈鄉土文學餘話〉中一一進行駁斥。尉天驄寫道：「不顧農民辛苦而剝削如此嚴重，焉能不演出大崩潰？在這種情況下那些唐詩傳奇之妓女生活背後是什麼？不是稍知中國歷史與文學的人都明白的嗎？何以被稱為『讀書人的讀書人』彭歌竟然如此無知，不令人咄咄稱奇了嗎？」（尉天驄：《民族與鄉土》，第 10 － 10 頁，遠景出版社 1979 年 1 月。）在回答彭歌攻擊尉天驄對海明威的評論時寫道：「這些最起碼的對海明威的認識，彭歌竟然不知（不知他連最基本的一本《海明威創作論》──何欣著──讀過没有？）真不能不令人咄咄稱奇！所以，如果彭歌還到處宣揚，『尉天驄連西班牙都弄不清楚』！以顯示他的勝利，讓他繼續在那種偽造的英雄之夢裏自我陶醉吧。」（尉天驄：《民族與鄉土》，第 12 頁。）尉天驄對彭歌的〈不談人性，何有文學〉一文中的「人性」提出了質疑。他懷疑彭歌的所謂「人性」是不倫不類的東西。尉天驄指出：「臺灣的所謂大眾傳播並不是代表大眾的，誰有地盤誰就有權力去污蔑別人；而為了既得的利益，朋友有時會變得比敵人更可怕。」尉天驄在《鄉土文學討論集》出版說明中説：「透過一些文學的爭辯，使人看到一些可怕的現象，那就是，有些人藉批評鄉土文學而擴大苟安逃避心態，有些人藉批評鄉土文學來反對民族主義，並企圖在與自己的民族歷史文化斷根後，又一次推展全盤西化運動；更有些人透過批評鄉土文學把三民主義解釋為壟斷資本和買

辦資本辯護的工具，並污辱那些終日操勞的農人、工人、漁民和戰士對經濟的成長沒有多大貢獻……這才是貨真價實的分裂主義和賣國主義。」（尉天驄主編：《鄉土文學論集》，第 2 頁，1980 年 10 月遠景出版社，三版。）在整個鄉土文學論戰中，尉天驄一直站在鬥爭的前列，表現了一個現實主義文學理論家的勇敢、正直，據理力爭、無怨無悔的理論品格。尉天驄的現實主義文學理論的基本內涵和卓越貢獻，歸納起有這樣幾點：

1.堅持文學的革命性和人民性的高度統一。他認為評價一部文學作品，不僅要看其名稱，而且要看其實質；不僅要看其形式，還要看其內容。尉天驄說：「我們要關心我們的現實，寫我們的現實，這就是鄉土文學。它最主要的一點，便是反買辦、反崇洋媚外，反逃避、反分裂的地方主義。」

2.堅持文學的民族性。他說：「一個作家如果要自己的作品成為大眾的聲音，便不能不在自己的民族形式中建立個人的風格。」「今天，文學（臺灣）之必須回歸自己的民族，是無法否認的趨勢。要文學與民族的生命結合，就必須用民族的語言，這不是關在書房裏或躲在咖啡室所能辦到的。它必須真正深入大多數人的生活中，才能從那些生活中認識到動人的畫面，學習到真摯的語言，而鄉土文學不過剛開始而已。」（尉天驄：《民族與鄉土》，第 140—147 頁。）

3.生活是文學的源泉。尉天驄說：「我們在生活中對人、對物、對這個世界所持的態度如何，就是決定我們感情和氣度的根本原因了；也就是說，一個人的人生觀和世界觀是決定一個人生活境界高低的因素。而生活境界的高低，又是造成他的作品境界高低的因素。一個人生活上關懷萬物，也就必然會『登山則情滿於山，觀海則意滿於海』。」（尉天驄：同上，第 112 頁—113頁。）

4.樸素的唯物論和階級觀。尉天驄在他的論著中有一個基本

的立場和觀念，那就不管看什麼問題，解決什麼問題都是從國家、民族和人民的觀念出發，以他們的利益為前提。他在評論《紅樓夢》時說，林妹妹的〈葬花詞〉與林妹妹具有相同生活層次和地位的姑娘一定感到很美，但劉姥姥就不會有那種美的感覺。除非把劉姥姥的生活和地位也提高到林妹妹的層次。在〈談境界〉一文中尉天驄說：「就反映現實來說，同樣是一盤蔬菜，肉吃得多的人和滿臉菜色的人就不會有同樣的感覺。就建造理想來說，住久了高樓大廈的人，嚮往竹籬茅舍，屋漏常逢連夜雨的人，則希望有一天住進高樓大廈之中。」（尉天驄：《民族與鄉土》，第49頁。）一個人的思想和立場，決定他看問題的觀點和方法。尉天驄的基本理論是建立在國家、民族、人民利益的基礎上的。

第六節　陳少廷的《臺灣新文學運動簡史》和葉石濤的《臺灣文學史綱》

　　陳少廷，臺灣省人，臺灣大學畢業，曾任臺灣大學《大學雜誌》社社長。是 70 年代「保釣運動」和民族主義運動的中堅人物。他於 1977 年 5 月出版的《臺灣新文學運動簡史》，曾是臺灣文學史研究中的一支獨秀。愛祖國、愛民族、愛鄉土的思想和情感，民族主義、愛國主義的主題和信念，是這部書的指導思想，也是這部書通過文學史的研究，要達到的目的。陳少廷在這部書的序言中寫道：「臺灣新文學運動，直至臺灣光復的前一年，因受日帝統治者的壓迫，不得不宣告終止，歷經二十五年。在這段期間，優秀的作家輩出，他們的作品，無論在量和質方面，都是相當可觀的。這些創作，充分反映了在日帝統治下，臺灣同胞所

受的迫害和痛楚，顯示了臺灣同胞，為了維護人性的尊嚴、自由
與幸福，所經歷的堅韌的奮鬥過程；所以，這些作品，也可以說
是一部臺灣同胞的自由奮鬥史。尤其在異民族的殖民統治下，這
些知識份子所表現的熱愛鄉土故國的民族精神，特別令人敬佩！
他們以無比的熱情和毅力，藉著一支筆，伸張民族的正義，表露
了同胞的手足之愛。這段光輝的歷史，是值得大書特書的。」
（《臺灣新文學運動簡史》自序第 1—2 頁，1977 年 5 月，聯經
出版公司。）陳少廷的文學史觀是十分明確的。日據時期臺灣作
家的作品，既體現了臺灣人民自由奮鬥史，也是伸張民族正義，
維護祖國和民族尊嚴的光輝戰鬥史。臺灣人民的利益和祖國民族
的利益在臺灣文學史中是不可分割的。陳少廷有了這樣的文學史
觀，又用這樣的觀點去給臺灣文學進行定位。他寫道：「臺灣新
文學運動，在臺灣的文化啟蒙運動和抗日民族運動史上，均有重
要的意義和貢獻。同時我們還應該瞭解的是：臺灣的抗日民族運
動，不僅是臺灣同胞反抗日本帝國主義殖民統治運動，也是認同
祖國的民族主義運動。所以從大處著眼，臺灣新文學運動可以說
是我國五四運動的一環，也是五四以後文學革命的一個支流。」
陳少廷的《臺灣新文學運動簡史》共分七章，第一章是叙述臺灣
新文學運動產生的歷史背景。第二章是臺灣新文學運動的萌芽。
第三章是《臺灣民報》時期。第四章是臺灣新文學運動的成長，
主要叙述臺灣文學話文之爭。第五章是臺灣新文學運動的高潮。
第六章是戰爭時期的臺灣文學，即日本人極力推行「皇民文
學」，臺灣文學處於低潮。第七章為臺灣文學的歷史意義。七條
意義中的第一、二、三條，為臺灣新文學運動和祖國的血肉聯
繫。如第一條寫道：「臺灣新文學運動是直接受到祖國五四新文
化運動的影響而發生的，它始終追求五四以後的新文學之傾向，
可以說是發源於中國新文學運動的支流。首倡新文學運動的黃朝
琴、黃呈聰、張我軍都是在中國新文學運動後到過祖國的本省青

年。」（《臺灣新文學運動簡史》，第 162 頁。）陳少廷的這部
《臺灣新文學運動簡史》，是首部臺灣文學史，是臺灣文學史研
究的開拓性著作。據說作者曾受到日據時期老作家、老學者黃得
時的指導和幫助。這部書史觀正確，論述清晰，資料紮實。它在
茫茫無緒的臺灣文學原野上，開出了第一條航道，駛出了第一艘
文學史的航船。為以後的臺灣文學研究打下了基礎，作出了範
例，提供了史料。作為首部臺灣新文學史，從某種意義上來講，
它是一部母性著作，立下首要的功勞。日據時期老作家黃得時在
為該書寫的序中，對該著評價道：「這本簡史總字數雖然只有八
萬多字，但是能夠提綱挈領，把光復前的新文學情形作一次鳥
瞰，敘述得扼要而清楚，令人一讀就對於該時的文學運動，可以
得到明確的輪廓。」（《臺灣新文學運動簡史》序 3—4 頁。）

　　葉石濤，臺南市人，1925 年生，早年曾任日本人西川滿主編
的《文藝臺灣》編輯，長期教小學，是臺灣日據時期最後一位小
說家。後來由創作轉向文學評論，成為省籍評論家中的元老。
　　自 20 世紀 70 年代來以來，他從主張臺灣文學「自主」，發
展到「本土化」，到 90 年代公開了其「臺獨」主張。葉石濤被稱
為「南派」的領袖，代表「臺獨意識」；陳映真被稱為「北派」
的領袖，代表「中國意識」。他們曾進行了直接和間接的論爭。
由於臺灣島內政治形勢的豹變，民進黨執政，「文學臺獨」之卵
受到政治的孵化，「文學臺獨」劇烈膨脹。葉石濤亦成了「文學
臺獨」論者中的大老。葉石濤出版的文學評論集有：《葉石濤評
論集》、《臺灣鄉土作家論集》、《作家的條件》、《文學回憶
錄》、《小說筆記》、《沒有土地哪有文學》、《臺灣文學史
綱》、《臺灣文學的悲情》、《走向臺灣文學》、《臺灣文學的
困境》、《展望臺灣文學》、《臺灣文學入門》等。葉石濤評論
方面的代表作，是 1985 年由《文學界》雜誌社出版的《臺灣文學

史綱》。這部著作共分七章，由第一章：傳統舊文學的移植，到最後一章：80 年代的臺灣文學。除第二章是臺灣新文學運動的展開，依次從第三章到第六章，是從 40 年代到 80 年代，每十年一章。從章節的安排看，結構是比較勻稱的。葉石濤在每一章中都有副標題，是為每章 10 年的文學性質作大體上的定位。40 年代是：「流淚撒種的，必歡呼收割」；50 年代是：「理想主義的挫折和頹廢」；60 年代是「無根的放逐」；70 年代是「鄉土乎？人性乎？」；80 年代為：「邁向更自由、寬容、多元化的途徑。」從這種大致上的定性中可以看出，葉石濤對臺灣文學發展的概括，基本上還是實事求是的。從第一章作為臺灣文學發展基礎和創始之源的「傳統舊文學的移植」的背景和史實敘述及地緣、血緣、史緣上與大陸關係的描述，尤其是對沈光文、郁永河臺灣文學開創者肯定，具有重要意義。這部《臺灣文學史綱》大體上能夠反映出臺灣文學發展演變的輪廓和面貌，不失為臺灣文學史著研究方面的重要成果之一。但作為一部文學史，它也存在著一些不足。其一，它的確是一部史綱、多數作家作品，只有目錄沒有分析和判斷，無法從中看到那些成果的價值和意義。且有的資料零落不全。其二，其敘述過程中有時不自覺地漏出了作者意識中深藏的部分，如強調臺灣文學與大陸文學的區別和「自主」性。這種潛在的忽明忽暗的東西，在土壤適合後就變成了「本土化」、「文學臺獨」之蛹。1997 年 6 月，由高雄春輝出版社出版的《臺灣文學入門》　書的序中，葉石濤談到《臺灣文學史綱》一書時寫道：「《臺灣文學史綱》寫成於『戒嚴』時代，顧慮惡劣的政治環境，不得不謹慎下筆，因此，臺灣文學史上曾經產生的強烈自主意願以及左翼作家的思想動向就無法闡釋清楚。……各種不利因素導致《臺灣文學史綱》只聊略一格。」這表明葉石濤的「臺灣意識」早已在大腦中醞釀成熟，只是由於「惡劣的政治環境」才使其久壓胸中，難見天日。日譯本葉石濤《台灣文學

史》日譯者之一，學者澤井律之也指出，《臺灣文學史綱》在
《文學界》雜誌上自 1984 年 11 月連載刊至 1985 年 8 月，其中葉
石濤一再強調「臺灣文學是中國文學的一支流」；是「大陸抗日
民族運動的一部份」；是「在臺灣的中國文學」；是「在臺灣的
中國人所創造的文學」。但後來以單行本出版時，葉石濤大量刪
去了這些表現，並加以改寫。澤井指出，由此可見《史綱》是葉
石濤為了配合臺灣 80 年代中期後勃興的臺灣「本土化論」的腳步
而寫成的文學史（中島利郎、澤井則之譯，葉石濤《臺灣文學
史》，東京，研文社，2000 年 11 月。）一個人今天說東，明天
說西，一方面這麼說，另一方面又那麼說，不是認識上的糊塗就
是別有埋伏。我們希望葉石濤能堅持和維護初稿《臺灣文學史
綱》中的正確觀點，摒棄機會主義的錯誤主張，維護學者的人格
與學問的尊嚴，讓自己少一點自我矛盾和碰撞。

第二十三章

在商品經濟大潮中衝浪的
臺灣通俗文學及戲劇創作概況

第一節　臺灣通俗文學創作概況

通俗文學一直在臺灣當代文壇佔據著重要一席。自本世紀二三十年代從大陸流入並暢銷於臺灣島的武俠、言情小説至今已達八十餘年之久，起起伏伏卻始終充溢著旺盛的生命力。

一種文學現象的出現，當與其所處的社會背景和文化氛圍有著密不可分的客觀聯繫，當然，也由其自身特性所決定。尤其通俗文學在臺灣 60 年代那場社會經濟結構變遷下的商品潮的衝擊中，作為精神產品的文學驟然捲入商品經濟的巨浪中。文學作品

的精神目的受到「市場規律」所制約，因而尋求精神刺激、化解
內心苦悶、填補心靈空虛、獵取奇特夢幻等等為打發時間的消遣
文學便應運而生，它們帶來可觀的市場經濟效益。如以愛情婚姻
為描寫題材的言情小說，因大多出自女性作家之手、憑藉女性獨
有的文化心理與氣質，著力構築虛幻飄渺的愛的世界，用縷縷憂
傷的絲線編織著纏綿悱惻的感情夢幻，不僅打動了青春期的少男
少女，也讓具備高學歷卻賦閑於家的富家太太們掩卷不捨；再如
武俠小說，那高超武功、兒女情長、非常男女、呼風喚雨的義士
等等人物的刻劃，無疑獲得了多層次、多群體讀者的青睞──鬆
弛心理，企求得到精神上刺激或情感上愉悅的公職人員；填補內
心的空虛，追尋奇特而迷人的夢幻的城鎮小市民；處在青春的躍
動時期，傾心英雄與美人並得到生理與心理上滿足的青少年。總
之，通俗文學所具備的大眾文化性格與大眾文化消費心理的一致
性，為通俗文學提供了滋長的苗床，所以它的出現與流行是大眾
文化的必然產物。

　　追究臺灣的現實環境與文壇的實際情況，由於 50 年代，國民
黨當局造成的「反攻」神話，使整個社會的思想、教育與文化都
籠罩在泛政治主義的氛圍，這種不安定因素給一般民眾造成巨大
的心理壓力，他們往往從害怕政治到希望遠離政治。而在當時，
充斥文壇的那些「戰鬥文學」，讓渴求安逸、平靜的民眾心悸，
於是那些不涉及政治，便於閱讀，容易理解的消遣性作品便被文
化市場所接受。60 年代中期之後，隨著經濟的開放，臺灣當局對
普通民眾的政治控制雖然有所鬆動，但政治重壓的陰影依然存
在。這就使得自 50 年代以來在民眾之中滋生的逃避政治現實的心
態不但持續下來，而且進一步蔓延。通俗文學以它流行的傷感、
夢幻、煽情、輕鬆的格調很快適合了社會上的一大部分讀者的口
味：年輕女性面對處於社會轉型期的兩性關係分化而未有新道德
規範的約束的無奈和茫然，急於尋求一種世外桃源般的生存；大

多知識層次較低的民衆因無法從隨著經濟大潮湧來的西方現代主
義文學裏獲得精神給養，仍然對通俗文學情有獨鍾。這種對文學
的嗜求，就是當時臺灣社會所存在的逃避與滿足的對抗，所謂的
「瓊瑤熱」、「古龍武俠」就是這種對抗中的「贏家」。70 年
代，臺灣社會面臨著的一系列重大政治事件，「保釣運動」、尼
克森訪問中國大陸震撼、臺灣當局從聯合國驅除等，又一次給剛
趨於穩定的社會以衝撞。自然，社會動蕩之不安因素使廣大民衆
不得不從「桃花源」走到關注現實的精神世界。因而，此時的通
俗文學被反映社會嬗變的作品所替代。80 年代後，由於臺灣的政
治、經濟、社會結構又發生了巨大變動，從以往現實環境低谷裏
走出的普通民衆又邁入唯美與夢幻的感情世界，市場經濟的需
求，加快了文學商品化的進程，通俗文學開始「梅開二度」。從
臺灣圖書市場的出版發行量來看，通俗文學的發行銷售總列暢銷
書榜首，如高陽歷史小説的頻頻再版；瓊瑤言情小説走紅影視；
古龍、温瑞安的新武俠小説迷醉了一代武俠迷；三毛情趣盎然的
散文、席慕容如夢如畫的詩集等，都造成了轟動效應。至今，隨
著臺灣後工業社會的來臨和兩岸文化的溝通，通俗文學今後發展
勢頭將會更加旺盛，因為「在以科學技術和資訊為基礎的後工業
社會中，文化和工業生產和商品已經是緊緊地結合在一起，文化
已經完全大衆化了，高雅文化和通俗文化、純文學和通俗文學的
距離正在消失，商品化的形式和邏輯將更深入地滲透到文藝領域
之中」。（傑姆遜：《後現代主義與文化理論》，陝西人民出版
社出版。）臺灣的通俗文學大體上可以包含這樣一些作家和作
品。其一，以瓊瑤的愛情小説為代表。其他作家，如：玄小佛、
沈萌華、白慈飄、楊小雲、胡臺麗、姬小苔、光泰等。其二，武
俠小説，以古龍為代表，朱羽、東方玉、温瑞安、狄宣、新宋禮
等。其三，通俗歷史小説，以高陽為代表包括南宮博、畢珍、林
佩芬、樸月、楊濤等。其四，通俗散文，以三毛為代表，包括林

清玄、劉墉及一些專欄小品等。上述作家作品，大體可歸入這一
範疇。通俗文學，以其大眾化、平民化、通俗化，贏得了廣泛青
睞，佔有了廣大讀者群，獲得最快、最好的市場效益。因而它實
在不應該受到貶抑和排斥。通俗文學不應當與粗俗和雜劣相等
同。應當承認它是資本主義市民社會所產的特殊又普遍的文類。

　　綜上所述，通俗文學持續不斷的走紅於當代文壇，一是能夠
以其特殊的精神與品味滿足普通民眾的文化消費心理；二是臺灣
特定的現實環境與文學背景又成為它流行的土壤。現將其創作特
點歸納如下：

　　一、模式化的構思，簡約離奇。通俗文學之所以能廣泛流
行，關鍵一點在於抓住讀者，巧妙構思。就單部作品而言，從情
節構築上來看，通俗文學著重於事件的描述，尤其講究內容的故
事性，往往抓住主要矛盾，一波未平，一波又起，在不斷激化矛
盾過程中推進情節，並兼製造懸念，埋下伏筆，使情節曲折生
動，引人入勝。在人物安排上，時常使人物在偶然中巧遇，在交
往時誤會，側重人物外部形象的描繪，細膩的心理刻劃，使人物
形象具體鮮明，可感性強。從總體上看，通俗文學模式化傾向較
重。無論同一作家的不同作品，還是不同作家之手的創作，大同
小異不足為奇。

　　二、通俗易懂，缺乏深度的內涵。鑒於廣泛流行之特色，必
得通俗易懂。無論是「陽春白雪」讀者還是「下里巴人」讀者，
茶餘飯後的消遣時，都需要並喜愛閱讀，就要求其內容不能崛屈
艱深，令人費解，應該較淺顯、較貼近日常生活。擷取生活表層
現象，用不著刻意的捕捉而沒有加以審美的過濾與選擇，缺乏一
種較深層次的理性認識與昇華。這就使得作品內涵相對比較膚
淺，缺乏應有的力度與深度。

　　三、語言生動流暢，但缺乏錘煉。以語言為手段去吸引讀者
的通俗文學，自然尤為注意語言的生動性與趣味性，乃至於不根

據表達需要而堆砌形容詞。因而有信手寫來不加推敲的痕跡，有不重視遣詞造句的準確性和語言的創新與變化，也有不講究修辭的運用與不注意語法的規範，甚至，無年齡段的語言使用，矯揉做作。前邊我們已提，臺灣的通俗文學以其形式大眾化、情節曲折、內涵淺顯、語言生動流暢而深受各層讀者的喜愛。鑒於此，研評通俗文學，不能簡單的把通俗文學作品統統歸入「拳頭加枕頭」的地攤文學，排拒於文學的殿堂之外。其實，較好的通俗文學都具有一定的認識價值與審美價值。多少都能陶冶人們的美好感情，啟發人們的正義感和是非感，鼓舞人們的俠義精神和愛國主義情操，乃至傳播歷史知識和民族文化資訊。都能使讀者展卷得益，獲得精神享受和休息。當然，通俗文學中也有一些低級庸俗之作，不僅思想內容不好，藝術技巧也十分粗劣，其對廣大的讀者，尤其對涉世未深的青少年讀者來説，有害無益。

第二節　高陽的歷史小說

在臺灣文壇上，有一位善於創作歷史演義小説且擁有相當廣泛讀者、常常名列暢銷書排行榜上的作家，這就是高陽。高陽，原名許晏駢，字雁冰，另有筆名郡望等。淅江杭州人，1922 年 3 月生，1992 年 5 月 6 日去世。出身於名門的高陽，自幼喜讀家中藏書，少年時，尤為對鴛鴦蝴蝶派小説愛不釋手。因戰亂，大學未畢業就入國民黨空軍官校服務，後隨軍去臺灣。1960 年轉入新聞界，曾擔任《中華日報》主筆、總主筆，《中央日報》特約主筆。同時開始了小説創作生涯，寫了一些以抗日戰爭為背景的小説。後來，高陽認為，其最大的樂趣在於研究歷史，於是，從研究歷史到得心應手的開拓歷史題材的小説，高陽經歷過多次的失

敗，在從失敗到成功是以長篇歷史小説《李娃傳》的問世而穩固
的奠定了自己歷史小説的創作地位。他的歷史小説享有「有村鎮
處有高陽」之譽，在臺灣、大陸、香港及其他華語地區都擁有衆
多讀者。香港學者李明曾高度讚許高陽的寫作奇才，説他最多曾
同時進行五部歷史小説的創作，五種空間、五種時間、涇渭分
明，各不混淆。從此可看到，一方面高陽對史料爛熟於心，另一
方面，證實了高陽創作思路清晰，精力極盛，他曾總結二十餘年
的創作出版書籍連自己都不甚了解，約略而計，出書在 60 部以
上，計字則日均三千，年得百萬，保守估計，至少亦有兩千五百
萬字。70 年代末以前，高陽在臺灣報刊上連載或出版的主要作品
有：《李娃傳》、《風塵三俠》、《荆軻》、《少年遊》、《百
洲》、《大將曹彬》、《慈禧前傳》、《玉座珠簾》、《清宮外
史》、《母子君臣》、《胭脂井》、《瀛臺落日》、《正德外
傳》、《紅頂商人》，《胡雪巖》、《小鳳仙》、《漢宮春
曉》、《乾隆韻事》、《小白菜》、《徐老虎與白寡婦》、《印
心石》及《紅樓夢斷》第一部《秣陵春》等，另改寫了《水滸》
的《林冲夜奔》、《野豬林》、《烏龍院》、《翠屏山》。近年
出版的作品有《紅樓夢斷》第二部《茂陵秋》、第三部《五陵
遊》、第四部《延陵劍》、《燈火樓臺》、《劉三秀》、《八大
胡同》、《清末四公子》等。另外，除寫歷史小説外，高陽還撰
寫學術著作，出版了《高陽説曹雪芹》、《高陽説紅樓夢》、
《高陽説詩》等。其中《高陽説詩》獲得 1984 年臺灣中山文藝獎
金委員會「文藝論著獎」。

　　高陽歷史小説題材內容主要有以下特色：其一，著重刻劃歷
史人物，生動再現當時社會風貌與統治集團的內部矛盾和鬥爭。
以《慈禧全傳》展開來看，整部著作是由《慈禧前傳》、《玉座
珠簾》（上、下）、《清宮外史》（上、下）、《母子君臣》、
《胭脂井》、《瀛臺落日》六卷組成。將所描繪的清朝宮廷內部

發生的事件放在清末喪權辱國的空前危難時代這個大的背景中：統治者的揮金如土，民衆的英勇反抗，帝國主義列強的侵略，老百姓的深重災難等等。高陽在創作中探索時代與社會的關係，因此，時代的大背景下，貫穿著一幅幅清末歷史圖。第三卷《清宮外史》中俄「伊犁條約」的簽定、主戰派與主降派的矛盾鬥爭；第四卷《母子君臣》中花錢辦海軍修鐵路，還是修建三海和清漪園的紛爭，以及揮霍籌建海軍學堂的巨款，乃至於國家喪失海防能力；第五卷的《胭脂井》裏的變法維新、八國聯軍入侵北京、簽定喪權辱國的《辛丑和約》；第六卷《瀛臺落日》裏的袁世凱陰謀篡權、割據中國東北領土、簽訂不平等的《中日新約》、慈禧太后去世，標誌著中國清王朝這個苦難時代的結束。在這個大背景下，高陽重筆刻劃了統治中國 40 多年慈禧太后的形象，在展示人物性格發展的過程中，頗具深度與廣度地描繪了從「辛酉政變」至「辛丑和約」後的清朝宮廷政治內幕。第一卷《慈禧前傳》中的爾虞我詐、削除異己；第二卷《玉座珠簾》裏的「辛酉政變」後清宮廷內部新的分化鬥爭——既有肅順等「顧命大臣」與慈禧的矛盾、慈禧與恭親王的矛盾，又有慈禧與慈安的矛盾，還有慈禧與皇帝的矛盾。這些矛盾的不同線相互交纏、撕碎，重新編織起統治者千絲萬縷的權力關係網。如此繁複錯綜的權勢爭鬥，將清朝封建統治者的本質活生生地呈現給讀者——如此「大清統治者」，國焉不亡？《慈禧全傳》獲得了認識清代社會的價值，有利於讀者在作品所展示的清朝社會生活中，從宏觀的角度對近代中國衰落的諸因素作深入的思考。

其二，以歷史上影響較大的民間傳說和野史為創作素材，加以想像鋪張，描繪更為動人的故事。民間流傳已廣的《小白菜》、《漢宮春曉》、《紅葉之戀》、《小鳳仙》、《胡雪巖》、《印心石》等故事，原版情節簡單，經過高陽的藝術創造，成為情節跌宕起伏，人物栩栩如生的歷史小說。如民間曾流

傳極廣的「昭君出塞」的傳說素材，被高陽擴展開來寫就了一部
歌頌深明大義的宮女王昭君不願阿諛行賄，「捨身為民，慷慨出
塞」，揭露宮廷內部層層索賄、處處陷阱，太后霸道、皇帝好
色、群臣勾心鬥角，畫工的貪婪的長篇歷史小說。為了使內容更
加豐富多彩，還虛構了一些可讀性較強的人物形象和故事的情
節，內容豐富，主題突出，人物鮮明，既沿用民間傳說的梗概和
模型，又不拘泥於原本，為再創造拓開了道路，從而贏得了讀者
的普遍喜愛。

　　其三，從歷史文學名著和古典詩詞作品中尋取創作題材。如
古典文學名著《紅樓夢》，高陽通過它提供的有關素材和史料，
創作出長篇歷史小說《紅樓夢斷》。它們從歷史的角度表現了
《紅樓夢》作者曹雪芹的感情生活和曹、李兩家盛衰的過程。又
如，高陽根據北宋著名詩人周邦彥留下許多不朽的詩詞中所展現
的歷史背景和情感脈絡，入微地體驗詩人的思想和性格，而後在
這基礎上想像出周邦彥的言行以及與他有關的一系列情節，創作
出長篇歷史小說《少年遊》，通過詩人周邦彥這個感人形象的塑
造，再現了北宋的社會、政治、經濟、文化等歷史景觀。

　　其四，從記憶中挖掘歷史素材。如以商人與官場結合密切的
小說《胡雪巖》，其素材就是取自於高陽童年時耳聞於熟的同鄉
胡雪巖的事蹟。這本小說後來成為外國商人作為打開中國市場的
研究「珍本」，可見，高陽的「記憶」成為一代商賈的研究物
件。總之，高陽歷史小說的題材非常廣泛，各個歷史年代，尤其
是清代社會的畫卷在他筆下有大量的反映。各種重要歷史人物，
無論是最高統治者，還是社會上名流，都在作品中被勾勒得活龍
活現，這除了高陽具有淵博扎實的歷史知識外，還得力於他獨到
的文學功底。他的歷史小說的藝術成就主要有以下方面。

　　第一，歷史真實與藝術真實的有機融合。歷史小說的創作既
要求作家尊重基本的歷史真實，又要根據小說的審美需要進行合

理的虛構。因此，高陽在創作中努力做到歷史真實與藝術真實的有機統一。例如在《慈禧全傳》、《乾隆韻事》、《大將曹彬》、《荊軻》、《漢宮春曉》等許多歷史小說中，他注重歷史背景和歷史事件的客觀描繪，又按照小說的創作特點對其中某些人物和次要事件作藝術的加工創造，使之兼有歷史之實與小說之虛，讓小說成為人們認識歷史社會的鏡子，滿足人們對藝術的審美追求。

第二，賦予歷史人物生動鮮明的藝術形象。高陽歷史小說中的人物形象最顯著的特徵是具有鮮明的歷史印記。如在塑造《少年遊》中的主人公周邦彥時，把北宋的社會政治、經濟、文化特點與人物的生平交織一起，具有較強氛圍的北宋時代感。又如在描寫《漢宮春曉》中的王昭君的言行舉止時，巧妙地將其放在所營造的特定的漢代社會氛圍中，盡顯其坎坷的命運，再現典型環境中的典型人物。

第三，重繪歷史畫卷的細節。細節的真實與否，關係到作品的成敗。高陽在描寫細節時採用了兩種手法，一是捕捉典型鏡頭，從中窺視時代的本質。如光緒為防偷聽，心神不寧、六君子刑場遇害等描寫，將日趨没落的清王朝盡顯無疑。二是透過生活細節展現特定社會景觀。如清朝的文物典章、君臣議政的禮儀、皇子典學的制度、太醫診脈的規矩、宮廷設施的佈置等，讀後有親臨其境之感。另外，紫禁城內外的種種世態風俗，也通過市井布衣的生活細節得到生動反映。總之，大量富含歷史特點和生活氣息的細節描寫在高陽歷史小說中頻繁出現，使作品展示的歷史畫卷充實而不空泛，形象而不枯燥。

第三節　林佩芬的歷史小說

　　林佩芬，滿族後裔，原籍浙江省鄞縣。1956 年 4 月出生於臺灣省基隆市。曾在臺灣東吳大學中文系攻讀。她自幼狂熱地追求文學，隨著愛好走上了文學創作之路。她出版的著作達 20 餘部，其中長篇歷史小說有：《聲聲慢》、《洞仙歌》、《燕雙飛》、《天女散花》、《帝女幽魂》、《努爾哈赤》、《遼宮春秋》、《兩朝天子》、《天問──明末春秋》、《桃花扇》、《西遷之歌》等。《天問──明末春秋》曾獲「中興文藝」獎。林佩芬的歷史小說中，《天問──明末春秋》、《兩朝天子》、《努爾哈赤》三部是百萬字多卷本長篇巨著，代表了她歷史小說的創作成就。

　　《天問──明末春秋》，描寫的是明朝末年，嚴重的旱災和朝廷的欺壓迫害，重稅盤剝，造成了中國全境餓殍遍野，赤地千里，民不聊生，官逼民反的極端亂局。人民啼饑嚎寒逃荒遷徙，農民起義造反，此起彼伏。李自成、張獻忠等農民起義軍從中國的西南部揭竿而起。尤其是李自成的起義軍，在「迎闖王不納糧」的口號下，迅雷不及掩耳般地自南向北逼近。而在北方，以清朝的第二代盟主皇太極率領的清軍，在與蒙古族聯姻結盟的成功策略下，自北向南，兵臨北京城下。明朝的崇禎皇帝在危局中手忙腳亂疑心重重，以至信讒言、殺忠良，自毀長城，終於將明朝政權葬送。林佩芬以宏偉的構思和豐富的歷史知識，在既不違背主要歷史事實，又適當虛構故事情節的原則下，將這段歷史描繪得驚心動魄，有聲有色。成功地刻劃了一大批多類型的人物形象。崇禎皇帝亡國之君的惶惶不可終日、多疑、貪婪和慘忍。李

自成農民領袖廉潔自律、多謀善斷和順乎潮流的一呼百應，但也不無農民狹隘和自私的遺蹟。皇太極新興帝王的清醒機智和滿族能騎善戰勇猛驃悍，及作為統帥大謀遠慮都刻劃得栩栩如生，躍然紙上。值得特別注意的是，林佩芬十分成功地塑造了孫承忠、盧象升、袁崇煥這些既有雄才大略，又無比忠誠強悍，但卻有致命忠君思想的複雜的漢民族的英雄將領群像。林佩芬忠於歷史，忠於事實，小說對明、清、順三方均有不少英雄人物和英雄業績的正面描繪，在三方敵對的狀態下，又沒有偏袒失衡。相比之下，作者在描寫明朝的英雄和悍將方面，著墨更多。明朝的滅亡，不是亡於兵將的無能，而是亡於最高領導層的腐敗和墮落。這是小說要告訴人們的歷史教訓。作者在這部作品中表現方法上，三股軍事政治勢力齊頭並進的故事結構和章與章之間的鈎連結構，以及內涵上的內層結構和表現方式上的外層結構的分別運用，都顯示了作者的藝術獨創性。

《兩朝天子》一書，是描寫明朝中期、明英宗朱祁鎮兩次登基，兩改年號的故事。明朝正統14年的秋天，皇帝朱祁鎮在太監土振的脅迫下御駕親征，結果遭到「土木之變」，全軍覆沒，當了蒙古族瓦剌部首領也先的俘虜。後又被明朝弄回，但卻成了無權無勢的南宮中的閒人。而其弟朱祁鈺繼承皇位後昏庸無比，弄得國勢日衰，岌岌可危。被廢皇帝朱祁鎮擺脫了俘虜生活的陰影後，日日夢想復辟。經過密謀策劃，朱祁鎮復辟之夢終於成為現實。他由前朝的正統朝皇帝改號為天順朝皇帝，這是中國歷史上唯一的兩次登基的「兩朝天子」。林佩芬以這一歷史事件為背景，描寫了朱祁鎮由「土木之變」，到身陷囹圄；由南宮閒人，到新朝君主這一破天荒的故事。作者描寫「土木之變」戰爭之殘酷和朱祁鎮成為俘虜，以及在囚車中長途奔跑的苦狀等，都非常生動而真實。尤其描寫朱祁鎮的復辟過程，夜搶乾清宮，要趕在早朝之前，誰先坐在金鑾殿上，誰就是當朝皇帝的那種兇險，緊

張而又有點兒戲般的場景，令讀者有一種非常複雜的感受，既緊張刺激又痛快淋漓。這部作品中的人物形象，雖不及《天問——明末春秋》類型衆多、內涵豐富、落差鮮明，但對主要人物朱祁鎮形象巨變的內涵表現，也是令人震撼不已的。

《努爾哈赤》是作者的精雕細刻之作，也是「鎮宅之作」，不僅創作時間長達18年之久，而且在臺灣出版了第一版後，第二版又全部再改寫一遍。一部百餘萬字、八卷本（臺灣版）的書，要重新改寫，對任何一個作者都是嚴峻考驗。一是要付出巨大精力和時間，二是要否定和超越自己，但林佩芬都作到了。這部書以非凡的筆觸描寫了清王朝的創業者、奠基者努爾哈赤長達三十多年，奮起思索、拼殺、格鬥，克服內外矛盾，剪除派系，消滅強敵，終於統一了女真族，並為統一中國的清王朝打下了穩固的基石。努爾哈赤雖然是清王朝没有登基中央政權的皇帝，但他卻是清王朝政權之母，是中國當時政治格局的決定者。小說通過漫長複雜而又宏大歷史場面的描寫，令人信服地塑造了一個具有大理想、大氣派，既是規劃者，又是實施者的王朝創業者的形象。通過這一形象的塑造和歷史事實的描寫，深刻地揭示了清朝統一中國之歷史必然性。

林佩芬的歷史小說，比較注意歷史的真實性。她是在大量調查，閱讀，熟悉史料的基礎上進行創作和合理歷史虛構的。不僅如此，她的歷史小說中，有的有大量的歷史資料注釋，如《努爾哈赤》、《天問——明末春秋》。有的每章後面附有史料說明。這種歷史小說比之歷史演義和戲說更貼近和符合歷史真實，更能取信讀者。這是一種真正意義上的歷史小說。歷史小說，雖然是小說，而不是歷史，但主要龍骨，必須以歷史事實為依據，而不能胡編亂造。

第四節　古龍與新武俠小說

　　古龍是臺灣文壇極負盛名的武俠小說家。在臺灣的通俗文學中，武俠小說是僅次於言情文學的一大類目。早在三四十年代，佔據中國武俠文壇的「北派五大家」（即還珠樓主、白羽、鄭澄因，王度廬、朱貞木）的部份作品在臺灣已頗為流行，這些作家的作品大多繼承中國傳統武俠創作的寫作技法，被稱之為舊派武俠小說。50 年代至今，臺灣當代文壇相繼湧出一批武俠小說作家，雖然有些作家仍沿襲舊派武俠小說的創作套路，但更多的是力求擺脫「舊派」的若干束縛，在審美意識與文學觀念上都作了某些「改弦更張」的嘗試，作品的思想內容、表現形式和文體等方面也都不同程度呈現出新的文學風貌，因此被稱之為新派武俠小說。這其中，最具代表性的是古龍的創作。

　　古龍本名熊耀華，1936 年生於香港，1985 年 9 月去世。祖籍江西贛州。從小因身世飄零，性格孤僻，幾度陷入生活困境。從淡江大學文理學院外文系畢業後，就以寫小說為生，過著隱居生活。由當初寫文藝小說改為寫武俠小說後，便一發不可收，在其後的 25 年間，寫了 80 多部小說，約 2000 萬字，被改編成 200 多部武俠影視。主要作品有：《孤星傳》、《楚留香》、《蕭十一郎》，《流星‧蝴蝶‧劍》、《陸小鳳》、《武林外史》、《絕代雙驕》、《圓月彎刀》、《多情劍客無情劍》、《天涯‧明月‧刀》等。古龍的知名度隨著其小說數量的遞增和銷售之廣，超過了眾多武俠小說名家。

　　古龍把自己的小說創作劃分為：束縛於傳統武俠小說的「闖蕩期」；打破傳統，賦予新意的「探索期」；風格獨特，意境深

遠的「創新期」三個階段。顯而易見，古龍中後期小說的創造，明顯地把握住武俠小說的創作思路，力圖開拓全新的主題。作為新武俠小說的代表人物，古龍最大的創新就是將強烈的現代意識融入到創作之中。

其一，將現代人、情、事融入歷史事件的背景中，以感情衝突製造情節高潮和動作。作品中呈現新的倫理準則、道德觀念、心理特徵，乃至某種偏嗜或忌諱，尤其對於男女愛情的描寫，更帶有時尚的現代做派。古龍筆下的女性不僅突破男女授受不親的禮教大防，不少人還拋棄從一而終的傳統條規，建立了新的貞操觀。例如《絕代雙嬌》中，胡藥師與白夫人、又與鐵萍姑的三角愛情糾葛，最後以胡藥師與鐵萍姑的患難愛情的歸宿作為終結。另外，古龍對愛情的描寫有時還向兩極延展，比如，黑蜘蛛對慕容九無條件的愛、沈壁君個性的覺醒，掙脫了傳統禮教的樊籠等等。

其二，在聚集著古代武林俠士的環境中製造大量的現代偵探推理情節。他筆下的武林高手，不僅多謀善斷，而且具有洞察幽微的分析推理能力。如足智多謀的楚留香（《楚留香》）從鑒定海上浮屍入手推理出潛伏在武林的陰謀；精明有致的江小魚（《絕代雙嬌》）在對慕容姐妹閨房擺設的精密觀察後作出判斷，以訛詐訛地讓奸詐陰險的江玉郎上當受騙；細心敏捷的沈浪（《武林外史》）從微小的破綻中發現王麟花棺材店的秘密。這類有現代科學數據的分析推理，不僅使作品情節的跌宕起伏，而且使之呈現出鮮明的現代品格。

其三，將現代社會普遍存在的孤絕、深沈感投注到作品人物的內心世界中去。例如孤獨寂寞的蕭十一郎（《蕭十一郎》）存在主義的影子始終伴隨著他，虛偽的圍困，過多的傷害，使他覺得這世上沒有值得信任的人，終日鬱鬱寡歡。當然，古龍筆下的蕭十一郎與現代存在主義作家塑造的多數人物畢竟不同，在他那

似乎冷酷的外表之下，還深藏著一顆熾熱的心。蕭十一郎的外冷內熱的品性正說明其仍生活在現實世界之中。

固然，在古龍小說中具有鮮明的現代品格，但傳統的武俠風格仍然存在。描寫武功技擊的招式和扶弱濟危的豪俠精神不乏在他作品中流露。因而，在表現形式上，還保留著中國古典小說的許多特點。首先，按時空順序結構篇章，強調情節的故事性，追求篇章完整。其次，注意人物外部形象描寫。如對蕭十一郎等豪俠賦予「野獸般的活力」、「野性的吸引力」的外表，賦予南宮燕、慕容姐妹的花容月貌，給讀者留下深刻的印象。其三，短小精悍的語言，灑脫多變，文言辭彙的跳躍使用，更能增強小說的時代感。

總之，武俠小說是一種廣吸博收、相容混雜的特殊文體，具備大量文化資料拼湊的特殊的文化價值，古龍與金庸的武俠小說裏均有的這種「文化價值」，不同的是，金庸小說中側重於對中國歷史與傳統文化的描繪與詮釋，而古龍則偏重於對現代社會文化現象的鑒照與折射。

第五節　獨具神韻的三毛遊記散文

上個世紀的八九十年代，有一位以其作品充滿異國風情，文筆清麗浪漫，卓而不凡的臺灣女作家，她就是三毛。三毛，原名陳平，1943 年 2 月 21 日出生於四川重慶的一個律師家庭，祖籍浙江寧波。三毛雖然出生於戰亂時代，但充滿書香與溫情的家帶給她不可替代的關愛。童年、少年時期的三毛，性格敏感、內向且又孤獨，酷愛文學，廣覽古今中外文學名著，因喜愛張樂平的《三毛流浪記》，便取三毛作為自己的筆名。19 歲時，三毛的處

女作〈惑〉登在白先勇主編的《現代文學》上，以後，創作的
「誘惑」改變了三毛的一生。在陳若曦的建議下，三毛走入臺灣
文化學院讀書。大學畢業後，三毛轉赴西班牙馬德里大學進修文
學，後入德國歌德學院學德語。之後，又飛往美國，在芝加哥伊
利諾伊大學主修陶瓷。這期間，為求學，三毛拼命苦讀，過著異
常艱苦的生活。為讀書，以每日 16 小時的苦讀，三個月成為班裏
的最優生，9 個月後就取得德文教師資格；為看世界，三毛除了
想方設法賺取生活費用，還以業餘作導遊、商店模特兒、圖書管
理員等掙錢旅遊。在飄泊為讀書的人生流浪階段，三毛從東西方
文化的碰撞中，從形形色色人生百世相的體驗中，認識了生活，
擁有了自己的天空。西班牙的留學，給三毛帶來了一生不曾忘懷
的愛。如果說與西班牙青年荷西的戀愛、結婚讓她找到了生活的
暫時歸宿。那麼，多年的飄落他鄉，也讓她萌發出對平沙萬里的
撒哈拉大沙漠的厚愛。她一腳插入了撒哈拉，在那裏渡過了她一
生中既平凡又輝煌的「大漠俠女」的時期。再往後，愛夫荷西的
意外死亡，讓三毛痛不欲生、悲魂不定，她一次一次的穿行於五
大洲之間，依然一個萬水千山都踏遍的天涯遊子。因而三毛自稱
是一個「走世界的人」，無盡的遠方鄉愁牽引著她飄泊在路上。
三毛認為，快樂最深的時光是從讀書與旅行中來。在「讀萬卷
書，行萬里路」的同時，一篇篇文情並茂、生氣盎然的文章從三
毛筆端展開，顯示了一個風塵僕僕走世界的奇女子形象。

　　三毛一生走過 59 個國家，可謂人間閱歷豐富。不能不說，旅
行為她的生活注入了新的內容的同時，也給她的生命帶來了新的
衝擊。青少年時的自閉症，在歷經過大喜大悲後，終於在三毛感
到失重的疲倦時發作了。1991 年 1 月 4 日淩晨，三毛以勇敢瀟灑
的生之意志和告別紅塵的死之歸宿而自殺身亡，留給世人無解的
謎底。

　　三毛的創作，從〈惑〉的起步，到電影文學劇本《滾滾紅

塵》的創作終結，三毛筆耕整整 31 年，共出書 23 種，作品被譯成 15 國文字，獲得西班牙塞萬提斯獎。三毛的作品在臺灣長久保持著暢銷不衰的勢頭，《撒哈拉的故事》至今再版近 40 版，《傾城》被列為 85 年臺灣十大暢銷書榜首。不僅在臺灣風靡，而且在大陸、東南亞一帶形成了三毛作品衝擊波，有上千萬癡迷三毛的讀者。

三毛創作以散文為主，主要代表作有散文集《撒哈拉的故事》、《雨季不再來》、《稻草人手記》、《哭泣的駱駝》、《溫柔的夜》、《萬水千山走遍》、《送你一匹馬》、《傾城》和《我的寶貝》等，另有譯作兩部：《娃娃看天下》、《蘭嶼之歌》（與荷西合譯）。

三毛是以她富於異國情調的散文作品步入臺灣文壇的。她的散文向人們展示了神奇的異國風光和人情習俗，由衷地讚美瑰麗、浩瀚的大自然，文中湧動著蓬勃生機，表現了對生命的熱愛。下面我們從三毛遊記散文中尋覓其主要特點：首先，在東西方文化碰撞中，從西方社會的人生世相中突現東方民族的人格精神。以流浪的東方人的眼睛看西方，不同的文化背景、道德風尚、做人的準則勢必發生碰撞，民族的自尊心與東方的人格精神都將受到新的考驗。三毛心中的理想世界被旅途中轉機受阻被投入監牢的遭遇（〈赴歐旅途見聞〉），西方學校欺善怕惡的怪事（〈西風不識相〉），西方老闆對公司職員的壓迫與掠奪（〈五月花〉）等等所擊潰，雖然失落，但也由闖世界闖出了中國人的錚錚鐵骨。

其次，描繪了異國他鄉的民情、景觀，活潑風趣。三毛是一個具有反叛精神的時代女性，她那豪放不羈的氣質，勇於探奇歷險的精神，賦予她的散文一種灑脫、浪漫的情調和絢麗斑斕的色彩。她的異國記行之作，具有寬泛的主題內容，個性十足。一則，她善於從社會底層、民間百姓中發現當地獨有的世態人情，

感受不同民族的生存境遇和文化背景，如墨西哥的飲食文化和服飾文化的一瞥（〈街頭巷尾〉），令人心儀的拉哥美拉島奇妙的口哨語言（〈逍遙七島遊〉），還有與印地安人的朝夕相處、馬德拉島居民的反樸歸真的情趣共鳴等等，都給讀者提供了新鮮、獨特的人生經驗。二則以「文化人」的眼光來審視異族文化，慧眼獨具，旅途中到處具有獨特意義的文化現象。如宗教圖騰造就的小自殺神（〈街頭巷尾〉），瑪雅文化的結晶（〈青鳥不到的地方〉），印地安情節的觸動（〈銀湖之濱〉）等等，與異質文化產生某種心靈感應，正顯示三毛作品中那寬廣的文化胸懷。三則，三毛異國記行之作特別注重以美與醜、文明與愚昧、善與惡角度來把握異族風情和人物。如描述印地安人的敬業重諾的人格精神的〈夜戲〉，反映貧窮討錢的苦孩子的〈一個不按理出牌的地方〉等散文中，可看到三毛作品提供給讀者的是閃爍著作者個性色彩的人生之旅。

其三，對自身婚姻風貌的真實展示，構成愛情的生命體驗。三毛現實婚姻的足跡在《撒哈拉的故事》、《溫柔的夜》、《哭泣的駱駝》、《稻草人手記》等集子裏展露無疑。結婚與成家是三毛愛情篇章中的神來之筆。沒有玫瑰、沒有婚紗，雖在極貧乏環境中，卻感到精神的富有，愛情的甘甜；做了充滿「田園風味」，徒步走來結婚的新娘（〈結婚記〉），令人耳目一新，以愛心營造愛巢的〈白手成家〉打動了無數位讀者，讀出夫妻感情深度的〈警告逃妻〉，既幽默又情誼綿綿，而用夢幻來延續那個破碎了的現實世界的〈不死鳥〉、〈夢裏夢外〉等等一篇篇的心靈述說，更達到了一種情感的極致，使愛的心靈走向了淨化與永恒。

三毛無拘無束的人生追求影響於她的創作面貌，由此構成了反樸歸真的藝術風格。主要有：一是自然美構成作品獨特的生命姿態。三毛重筆之下大書特書楊枝編的小菜籃、幾間農舍、幾畦

菜園，在〈馬德拉遊記〉中鄭重宣稱：「這個地方，天人早已不分，人就是自然的一部分。」三毛這種渴望回歸家園，嚮往全然釋放的生活，亦是現代人精神流向的反映。二是以自然本色的文字作生活的見證。三毛的風光小記，洋溢著自然本色的風格。樸素純淨，無一人工著色，卻又賞心悅目；三毛的人物素描，寥寥幾筆，平平淡淡，卻栩栩如生，在不動聲色中征服讀者。三是語言幽默詼諧，趣味橫生，無論是描寫故事情節抑或是活躍在人物對話中，總能讓人忍俊不禁，回味無窮。

第六節　集言情小說大成者——瓊瑤

　　開闢臺灣文壇言情小說先河的作家當數瓊瑤了。瓊瑤，本名陳喆，祖籍湖南衡陽。1938 年出生，1949 年隨家人到臺灣。出身於書香門第的瓊瑤，由於家裏姊妹多，兼之父母重男輕女，童年和少年時缺乏家庭溫暖，渴望獲得感情的愛撫，因而，在其高中時，發生了一場雖無結局但促使她走上文壇，改變一生的「師生戀」。就是這段經歷，「重新創造」了瓊瑤，1963 年創作出她的第一部長篇小說即成名作《窗外》。這部小說文字優美、情節動人，深得皇冠出版社社長平鑫濤賞識。此後，她便與皇冠簽定合同，從事專業寫作。先後出版了《窗外》、《幾度夕陽紅》、《幸運草》、《烟雨朦朦》、《月滿西樓》、《庭院深深)、《彩雲飛》、《在水一方》、《我是一片雲》、《六個夢》，《月朦朧鳥朦朧》、《還珠格格》等 40 多部中長篇小說，可謂是臺灣的高產作家之一了。她的作品在大陸、臺灣、香港及新加坡、馬來西亞等地都擁有衆多的讀者，並被改編成多部影視劇。

　　通觀瓊瑤的作品，愛情這個永恒的主題貫穿在她的整個創作

之中。瓊瑤筆下的愛情，絕非一味花前月下無病呻吟般的濫愛，而是能從其深沈的思想內涵中呈現出縷縷柔媚的情感。下面，單就瓊瑤作品的愛的主題來看其主要特色：

第一，以美的情感追求愛的真諦，構築理想的愛情。瓊瑤筆下那些美如夢幻的愛情故事是一種大眾情感的追求，其審美價值主要體現在給予讀者精神上的滿足與情感上的愉悦，因而是帶有理想主義的色彩。對此，瓊瑤坦言：「現實生活中某些髒、亂、狡詐、惡毒……，經常令我無法忍受，我相信有很多人的情形和我相同，我並不是這個世界上唯一的唯美派，只不過我將自己對『美』的看法和感受表達在我的作品中。」的確，小說中往往通過褒揚生活中真情流暢的愛、忠貞不渝的愛、有道德教養的愛來詮釋男女之間情感。如《幾度夕陽紅》裏的李夢竹，在臺北邂逅18年前的戀人何慕天，雖然怨結冰消，又曾愛得如此深，但珍惜現實的家庭，並未因何慕天的出現而猥瀆對其丈夫的感情。同樣江雁容（《窗外》）純真的愛、殷采琴與喬書培的青梅竹馬（《彩霞滿天》）等等，這種不帶任何世俗色彩和附加條件的愛情是純樸、真摯和強烈的。當然，這些人物的愛情並非一帆風順，也會成為悲劇的結局，但大多是由於情感糾葛造成，並非外部客觀因素造成。由此而言，瓊瑤正是以這種美的理念去講述一個個近乎於完美的愛情故事，去刻寫一個個真誠可愛的人物，去營造一個個如歌如夢的意境。

第二，以多元化的人物關係營造曲折蜿蜒、生動離奇的情節模式。瓊瑤小說之所以引人入勝，關鍵在於她調動了人們的情感，將一方天地中的幾個人物間發生的故事講述得撲朔迷離，娓娓動聽，並由此展示出形態迥異的愛情景觀。讓讀者在現實中無法實現的夢幻理想得以履行。建構此種情節模式，既吸取中國傳統小說和戲劇特色，又借用外國文學懸念設置之手法，造成環環相扣、跌宕有致，使小說具有傳奇色彩。如《庭院深深》、《雁

兒在林梢》中，都講述了一個復仇故事，方絲縈和陶丹楓為了一個「癡情」而起意報復，含煙緣起生活給予她的情感重創，丹楓則由於姐姐之死的誤會，但是，一旦愛平復了舊日的傷痕，誤會的謎底得到破解，使得充當戲劇化替身人物的主人公自己命運也發生了的強大戲劇性變化，愛與恨的情感陡然逆轉。

第三，以細膩的筆觸探向初戀中的少男少女，著力刻劃其內心世界，揭示心靈的奧秘。瓊瑤特別善於把握兩性關係中心理的細微變化，從多角度、多側面將興奮、迷惘、神秘、彷徨的初戀心情一一撥開，如《一顆紅豆》中熱情活潑的少女夏初蕾被梁家兄弟同時喜歡，但初蕾卻分不清友誼與愛情，在與瀟灑、任性的弟弟談戀愛時，就像一條鯨魚在沙漠裏游泳，得不到感情的海洋。初蕾忽略了對自己一往情深的哥哥，直到哥哥為救初蕾致殘時才頓然覺悟，小說把初蕾痛心疾首自己的遲鈍與迷失的悔恨描繪的淋漓盡致。細細讀來，回味無窮。

瓊瑤的小說在藝術表現上無不飄逸著浸透於作者身心的中國古典審美情趣的氣息，具有以下幾個特點：

首先，將傳統詩歌創造意境的手法融入小說中。瓊瑤動用自己良好的古代文學功底，引入古詩辭賦構成意境來襯托兩性之間的關係，及其離愁別緒的情愫，或設為標題，如作書名的《一簾幽夢》、《幾度夕陽紅》、《聚散兩依依》等，寓意深長，韻味十足。

其次，語言優美生動，輕鬆流暢，一讀到底。這固然與瓊瑤營造的吸引力極強的故事情節分不開，但也由此看到瓊瑤熟練規範的文學語言的嫻熟應用的結果。

然而，瓊瑤小說在藝術上也有不足之處，如題材的狹窄、模式化；有的作品情節悖離常理，可信度較弱。作為言情小說，此不足，亦在情理之中。

第七節　20 世紀 50 年代以降的臺灣戲劇創作

　　20 世紀 50 年代之後，臺灣的戲劇創作進入了一個全新的境界。一大批大陸的戲劇家來到臺灣，從根本上改變了臺灣原來的戲劇組織結構。1950 年由張道藩發起成立的「中國文藝協會」下設的 19 個專業委員會中有「戲劇委員會」。此外，還有「中華民國電影戲劇協會」，出版《影劇藝術月刊》。時任理事長明驥，總幹事董心銘。另有「中華民國編劇協會」，時任理事長吳若，總幹事饒曉銘。理事有：翟君石、張永祥、饒曉銘、趙琦彬、鄧綏甯、吳若、美龍、丁衣、王方曙。上述影劇組織均為半官方、半民間團體，負責臺灣的影劇創作工作。這些協會擁有一大批劇作家，他們是一批具有相當創作實力的人物。

　　50 年代兩岸劇作家匯流而成的臺灣影劇創作，也隨著影劇事業的擴大和發展，由原來比較單一的劇種，發展成了多劇種，如：電影、話劇、歌劇、廣播劇、電視劇等。劇本形式上分為：多幕劇、獨幕劇、電視連續劇等。從題材上分，有歷史劇、現代劇、有戰爭題材、有和平生活題材，有描寫帝王將相才子佳人者，也有描寫平民百姓者。到了七八十年代，臺灣興起了一陣小劇場熱。這些小劇場，人員精幹，形式活潑，在戲劇形式上進行了多種實驗。他們集正劇與荒誕，傳統戲與西洋戲於一爐，一時頗受觀眾青睞。臺灣的戲劇在歷史的發展進程中，湧現了一大批才華出眾，產量驚人的劇作家。

　　姚一葦，他既是著名的文學理論批評家，也是戲劇家。他曾在臺灣中國文化大學藝術學院任教，並參與藝術學院的開創工

作，任該院戲劇系系主任和戲劇研究所所長。他創作的劇本有
《來自鳳凰鎮的人》、《紅鼻子》、《孫飛虎搶親》、《碾玉觀
音》、《姚一葦戲劇六種》、《我們一同走走看——姚一葦戲劇五
種》、《傅青主》等。劇作家黃美序在評論他的劇本時指出：「以
深厚的中國文學及西方戲劇知識和修養的基礎，姚一葦的劇本可
讀可演，他在情節的發展及人物的塑造方面，一直非常注意。」
姚一葦的戲劇理論和創作實踐結合得比較緊密，他將中國的戲劇
藝術和西方的戲劇理論進行了交接和融合，獲得較好的效果。他
的《紅鼻子》於20世紀70年代就在大陸上演，並引起強烈反響。

　　林清文（1919－1987），臺灣省臺南縣人，臺灣鹽分地帶人
士。1938年在詩人郭水潭的影響下開始文學創作。他在臺灣各大
劇團當過演員、導演、編劇。曾涉獵莎士比亞、易卜生等的劇
作，並以森場人等筆名創作了大量的劇本。如：《陽光小鎮》、
《風雨裡的小花》、《白蘭之歌》、《我要活下去》、《西施》、《愛
的十字路》、《白馬黑》、《洞房花燭夜》、《第二個吻》、《毒花
記》、《母愛》、《忠孝圖》、《廖添丁》、《青春悲喜曲》。其中的
《太陽的都市》、《結婚問答》、《母愛的力量》受到廣大觀眾的
好評。林清文是臺灣跨越語言一代的戲劇家，是從戲劇發展實踐
中鍛練出來的，其劇作的實踐性和鄉土性較強，比較貼近臺灣民
眾的生活。

　　李曼瑰（1907－1975），女，廣東臺山縣人，北平燕京大學
畢業，美國密西根大學英文碩士，耶魯大學戲劇研究所畢業。曾
任南京劇專教授，臺灣中國文化大學戲劇系主任，戲劇電影研究
所所長，曾獲多項戲劇獎。1975年去世後，臺灣戲劇界一致通
過，尊其為「中國戲劇導師」榮譽頭銜。她出版的獨幕劇和多幕
劇有17部。其中獨幕劇有《慈母恨》、《淪陷三家》。多幕劇有

《冤家路窄》、《戲中戲》、《天問》、《時代插曲》、《皇天后土》、《王莽篡漢》、《光武中興兩部曲》、《女畫家》、《維新橋》、《漢宮春秋》、《大漢複學曲》、《盡瘁留芳》、《楚漢風雲》、《國父傳》、《淡水河畔》。李曼瑰的戲劇創作跨越大陸和臺灣兩個時期，是屬於中國戲劇拓荒期的人物。她去臺灣後，為發展臺灣的戲劇不遺餘力，尤其是對臺灣小劇場運動的推動舉足輕重。她將西方的戲劇理論引進臺灣，推動了東西戲劇藝術的結合。

張永祥，1929 年出生，山東烟臺市人。曾任政戰學校影劇系系主任，長期任電影界的編導工作。他的電影劇本《養鴨人家》、《家在臺北》、《香花與毒草》均獲亞州影展最佳編劇獎。他的劇作曾多次獲得臺灣的金馬獎、中山文藝獎、金鐘獎等。他和導演李行等配合默契，六七十年代臺灣有影響的電影劇本，幾乎都是出自張永祥之手。他創作的電影劇本約有百部以上。其中影響最大，引起各方震撼的是《秋決》。該劇描寫一個罪犯，在秋天處決前，要求最後吸一口母奶。他趁吸母奶之機，猛地一下將母親的奶頭咬掉，怨恨母親太嬌愛他了，使他墮落到了今日斷頭的地步。該劇構思獨運匠心，像重重的一錘敲在了所有過分溺愛孩子的父母心上，久久不能平復。張永祥是臺灣，也是全中國最有才華的劇作家之一。他的劇作為臺灣電影迎來了春天。

丁衣，1925 年出生，是軍中戲劇界出身。曾主編《康樂月刊》，任臺灣中國文藝協會和編劇學會理事。他創作的話劇劇本有 30 餘部，電影劇本 10 餘部，電視連續劇 400 集，為臺灣戲劇界的高產作家。他的喜劇藝術獨具一格。

古軍，廣東人。1918 年出生，曾任編劇、導演、社長、節目

製作人等。《重慶》劇本獲 70 年度金馬獎發揚民族精神特別獎。他創作的舞臺劇和電影劇本共 28 部，以塑造歷史人物為主，傳達中國傳統文化中的忠孝節義精神。

趙琦彬（1929 － 1992），山東蓬萊縣人。臺灣政戰學校戲劇系畢業，曾在美國夏威夷大學戲劇系從事研究。以編劇為主，曾獲臺灣最佳編劇獎。他既寫廣播劇、舞臺劇，也寫電影劇本，出版的各類劇本共 31 部。他去世後，臺灣戲劇界為了紀念他，創作了《劇人趙琦彬》，彰顯他的數十年戲劇生涯，讚頌他為戲劇的貢獻。

鍾雷（1920—1998），河南孟縣人。他是一位詩人，也是戲劇家，曾任臺灣中國文藝協會理事長，新詩學會、編劇學會常務理事，是臺灣戲劇界的重要人物。他出版的舞臺劇、電影劇本、電視劇本共達 36 部。其題材以歷史劇為主。

臺灣老一代的編劇家還有王靜芝，1916 年生，瀋陽人，曾任臺灣輔仁大學中文系主任。他創作的舞臺劇和電影劇本達 37 部，並多次獲獎。此外，貢敏、楊濤、費嘯天、徐天榮等，在臺灣編劇界也都各有成就。

臺灣較年輕一代的劇作家有白先勇。他的《玉卿嫂》、《遊園驚夢》、《金大班的最後一夜》搬上舞臺和銀幕後，頗受好評。尤其是他的《遊園驚夢》具有在舞臺上實驗意識流的作用，其舞臺的實驗意義大於劇本的自身意義。馬森的獨幕劇合集，於 1978 年 2 月由臺灣聯經出版社出版後，頗具反響。馬森的劇作特色是將現代派的表現藝術與戲劇的舞臺展示進行結合。在臺灣編劇界女散文家張曉風及陳玉慧和王安祈值得一提。張曉風在創作散文之餘創作了 7 部舞臺劇本：《畫愛》、《第五牆》、《武陵人》、

《和氏璧》、《曉風戲劇集》、《血笛》、《戲劇故事》。有人
對張曉風的戲劇評價道：「作者從《第五牆》、《武陵人》、《自
烹》和《和氏璧》，利用實用的事和物作象徵，貫穿全劇，並偏
愛用京劇式的象徵動作，點破主題，達到高度的戲劇效果。」另
一位年輕的女劇作家陳玉慧，1957 年生，曾去法國、西班牙、美
國學習戲劇，作導演和編劇，現任《聯合報》歐州特派員。她出
版的劇本有七種：《謝微笑》、《山河歲月》、《誰在吹口琴》、
《那年没有夏天》、《戲螞蟻》、《祝你幸福》、《離華沙不遠，
真的》。臺灣另一位值得注意的年輕女編劇家是王安祈，1955 年
生，浙江吳興縣人。臺灣大學碩士，臺灣清華大學教授。曾三次
獲最佳編劇和十大傑出女青年獎。她戲劇理論研究和劇本創作雙
管齊下。理論方面的論著有：《李玄玉劇曲十三種研究》、《元
人散曲選詳注》、《明代傳奇之劇場及其藝術》、《中國美學論
集》、《戲劇欣賞》（合著）、《國劇之藝術與欣賞》、《明代
戲曲五論》、《傳統戲曲的現代表現》、《劇本研讀》、《戲裏
乾坤大》。她出版的劇本有 13 種：《劉蘭芝與焦仲卿》、《陸文
龍》、《再生緣》、《淝水之戰》、《通濟橋》、《孔雀膽》、
《紅綾恨》、《紅樓夢》、《王子復仇記》、《袁崇煥》、《問
天》、《瀟湘夜雨》、《國劇新編—王安祈劇集》。王安祈是目
前臺灣戲劇界最具活力的年輕戲劇理論家和劇作家。她的視野比
較開闊，選材範圍較廣，知識基礎比較雄厚。她既在傳統戲領域
經營，又在現代戲陣地上鑽研，並且與「雅音小集」和「當代傳
奇劇場」進行合作展開實驗。她正努力以「京劇蛻變轉型為新劇
種」為目標開創活動。「其劇作充分反映了現階段臺灣國劇界在
傳統和創新兩方面努力的成績。」（《中華民國作家作品目錄》，
行政院文化建設委員會 1999 年 6 月。）

　　臺灣的戲劇雖然也受到了西方現代藝術的嚴重衝擊，但從業
者也在頑強的革新前進。王安祈就是一位突出的代表。

第二十四章

臺灣鄉土文學的崛起

第一節　鄉土文學論爭

　　60 年代中期，臺灣文壇上興起了一個以本省籍作家為主要創作成員，強調文學創作的民族性，並以現實主義為主要創作方法，被稱為「鄉土文學」的文學思潮。鄉土文學是其時臺灣社會的政治、經濟轉型期的新興文化產物，是與穩定的政治、發展的經濟、相對放鬆的文化政策和逐步活躍的民主思潮有著不可分割的關聯，另外，鄉土文學的興起還取決於臺灣本省籍作家的創作素質及日漸增長的創作才幹。1964 年 3 月，吳濁流等二十七位本省作家創辦了《臺灣文藝》。6 月，由吳瀛濤、趙天儀、白荻、王憲陽、詹冰、陳千武、林亨泰、黃荷生、杜國清、古貝等人發

起成立「笠」詩社並出版發行《笠》詩刊。本土文學社團和刊物
的出現，立刻成為作家集結和思潮拓展的園地。兩年後，1966 年
10 月 10 日以戰後第二代省籍作家陳映真、黃春明、王禎和、七
等生等，集結在尉天驄為主創辦的《文學季刊》誕生了，該刊的
主張是：要面向生活，擁抱世界，反映時代，描寫人生。由於其
成員創作上大都受過現代主義思潮的影響，皆從對現代主義批判
和反思中深入到社會現實中來的，因而被葉石濤稱做「綜合『現
代』與『鄉土』而另起爐灶的嘗試」。1973 年，《文學季刊》改
刊為《文季》後，愈加執著追求臺灣文學的社會使命感和思想
性，從而構成了 70 年代鄉土文學思潮的重要一翼，對繁榮鄉土文
學創作和形成 70 年代鄉土文學思潮有著舉足輕重的作用。

　　70 年代初始，一連串的政治浪潮猛烈衝擊著臺灣社會：1970
年 11 月，保釣運動的崛起，抗議日本侵佔釣魚島的留學生在美國
掀起了聲勢浩大的抗議示威，乃至波及臺灣島，大大激發了廣大
民眾的民族意識。1971 年 10 月 25 日聯合國通過決議恢復中華人
民共和國合法席位，臺灣被迫退出聯合國。美國看到大勢已去，
便改變了對華政策，1972 年尼克森訪華，《上海公報》的發表，
引來了日本與臺灣的斷交。由於外交突變和國際形勢的發展，加
之 60 年代後期以來，土地廢耕、農村勞動力流失、環境污染、生
態平衡破壞等等一系列嚴重的社會危害問題，使原本遭挫的臺灣
社會和民心受到了生存危機的震撼。這種時代、社會背景加上北
美臺灣留學生保釣左翼的反思運動影響，為鄉土文學的論爭拉開
了帷幕。

　　鄉土文學論爭，是臺灣現實主義文學運動的一翼，它是繼 50
年代中期崛起的志在反對現代主義虛無、晦澀、西化的現代詩論
爭後，又一次中國文學的復歸運動。兩者在精神上都是反對西
化，反對崇洋媚外，反對移植，主張振興中國文學的運動。因而
鄉土文學論戰是現代詩論爭的發展和繼續，其鋒芒都是投向現代

派的。

　　1972 年，一場紀念現代派誕生二十周年的活動由現代派詩人領銜開展。當年，余光中等主編的《現代文學大系》詩歌部份出版；《現代文學》雜誌出版了《現代詩回顧專號》。然而，還沒等紀念活動達到高潮，關傑明的一篇〈現代詩的困惑〉的論文猶如一桶涼水潑向了慶典的火把。無獨有偶，臺灣大學教授唐文標又在《文學季刊》上發表了〈詩的没落——臺灣新詩的歷史批判〉的長文。此文的發表，乃正式宣告鄉土文學論爭正式開戰！1973 年 8 月，鄉土派理論家、作家尉天驄、陳映真等主辦的《文季》組織了對現代派女作家歐陽子小説的批判和對臺灣現代派的《文學雜誌》、《現代文學》等的西化傾向所進行的集中批判。一時間，各派報刊都捲入了這場論爭。尉天驄的〈幔幕掩飾不了污垢〉，著重批判了現代派小説的空洞、虛無而荒謬；唐文標的〈歐陽子創作的背景〉，則以較激烈的言辭批判了臺灣文壇上西化傾向，鼓吹西化的弊端；何欣在〈歐陽子説了些什麼〉中客觀冷靜地認為，歐陽子筆下的人物和他們生活的環境是虛無的，都是從西方文學作品中移植來的。除了《文季》組織批判歐陽子，後來的《中外文學》、《書評書目》又針對現代派的主要作家王文興的長篇小説《家變》開了戰，先是《中外文學》組織座談會，發表評論，充溢褒獎之詞，然後是《書評書目》連續發表文章對《家變》進行針鋒相對的批評。此時，由《家變》引發的文字大戰可謂隊伍之勇和聲勢之壯，直把王文興批的招架不住地喊道：「批評界對《家變》的『關懷』，又使我甚感吃驚。什麼不道德了，背棄傳統了，文字不通了——尤里席斯了——各展其才，壯思逸興，真好象是在舉辦徵文比賽。繼而，許多讀者説：《家變》應該撇開文字不談，只要看……。」（古繼堂：《臺灣小説發展史》，春風文藝出版社，1989 年 1 版，第 326、329、332 頁。）儘管如此，對現代派作家的批評，「尤其是對現代派

為藝術而藝術、空洞虛無、脫離生活、脫離臺灣現實、脫離臺灣
廣大讀者的批評，形成了一股相當強大的潮流，有利地推動著臺
灣文壇輿論和小說創作傾向的變化。」（古繼堂：《臺灣小說發
展史》，春風文藝出版社，1989 年 1 版，第 326、329、332
頁。）處於這種狀態下的文學創作，一種新的創作概念應運而生
——「社會寫實小說」。正式提出這個概念的當推顏元叔，他率
先在《中華文化復興月刊》第十卷第九期發表了〈我國當前的社
會寫實主義小說〉一文，以陳映真、陳若曦等幾位作家的作品來
論證「社會寫實主義小說」的概念。可以看到，此時的「社會寫
實主義」並非「鄉土文學」，只不過是貼近了「鄉土」的邊緣而
已，而「鄉土文學」，用臺灣鄉土文學作家王拓的話來說，「它
包括了鄉村，同時又不排斥城市。而這種意義上的『鄉土』所生
長起來的鄉土文學，就是植根在臺灣這個現實社會的土地上，來
反映社會現實，反映人們生活的和心理願望的文學……也就是
說，凡是生自這個社會的任何一種人，任何一種事物，任何一種
現象，都是這種文學所要反映和描寫，都是這種文學所要了解和
關心的。這樣的文學我認為應稱之為現實主義的文學而不是鄉土
文學。」（古繼堂：《臺灣小說發展史》，春風文藝出版社，
1989 年 1 版，第 326、329、332 頁。）可見，王拓所突出強調的
這種文學使命和功能與顏元叔所說的「寫實主義文學」有本質上
的區別。其時，文學創作已逐漸由虛向實發展，寫實主義文學強
調寫實，而鄉土文學則要突出的反映生活在這一片土地上的人
們，特別是農民和工人的心理和願望。此後的若干年的文壇風
雲，「鄉土文學」為臺灣社會所認同，為民眾所喜愛。如果說，
70 年代初的這場文學論爭僅僅是表現在文學的主張和認同上的兩
類大相徑庭派別的純創作之論爭，那麼幾年後發生在 1977 年至
1978 年之間的鄉土文學論戰，就被塗上了一層政治色彩，亦是兩
種意識、兩種文化心理乃至兩種文學主張等的較量。從 1976 年

10 月至 1977 年下半年，由於鄉土文學作家把描寫「受屈辱的一群」轉向大膽暴露社會弊端、冷靜描寫炎涼世態，日趨豐富的表現手法和日漸擴大的影響終於引起了臺灣當局的不滿和干涉。1977 年 8 月，臺灣《中央日報》總主筆、反共作家彭歌在臺灣《聯合報》《聯合副刊》刊出一系列暗示「赤色文學」已經入侵的銳利短評之後，終於發表了〈不談人性，何有文學〉一文，把矛頭直接對準了鄉土文學的代表作家和理論家王拓、陳映真、尉天驄，打響了圍剿鄉土文學的第一炮，高叫「我不贊成文學淪為政治的工具，我更反對文學淪為敵人的工具」，「如果不辯善惡，只講階級，不承認普遍的人性，哪裏還有文學！」（古繼堂：《臺灣小說發展史》，春風文藝出版社，1989 年版，第 326、329、332 頁。）把原本在文學領域的爭論扯到了政治領域，由爭鳴到了爭鬥。因而，這一次論戰的基調便是殺氣騰騰的圍剿直至於死地而不能復生。同一年，反鄉土文學的主將詩人余光中以〈狼來了〉一文給鄉土文學的理論家和作家們下了一道通緝令：「北京未有三民主義文學，臺北街頭卻可見工農兵文藝，臺灣的文藝界真夠大方，說不定有一天工農兵文藝還會在臺北得獎呢？」「說真話的時候已經來到，不見狼而叫『狼來了』是自憂，見狼而不叫『狼來了』是膽怯。問題不在帽子，在頭。如果帽子合頭，就不叫『戴帽子』叫『抓頭』。在大嚷『戴帽子』之前，那些工農兵文藝工作者，還是先檢查檢查自己的頭吧！」（古繼堂：《臺灣小說發展史》，春風文藝出版社，1989 年 1 版，第 332 頁。）

果不其然，在此通緝令下，前來助陣的尹雪曼、王文興等更是「叫囂乎東西，決突於南北」，一時間文壇內外飛沙走石向鄉土派作家打來。在罵聲中成長起來的鄉土作家們早已練就了一副鋼鐵筋骨，迎刃而上，以一篇篇鏗鏘有力的論文奮起反擊，陳映真的〈建立民族文學的風格〉、王拓的〈擁抱健康的大地〉、楊

青蠡的〈什麼是健康文學〉、何欣的〈葉石濤文學觀〉、侯立朝的〈七十年代鄉土文學的新理解〉、尉天驄的〈欲開壅蔽達人情，先向詩歌求諷刺〉等等，既駁斥了荒謬的責難、污蔑，又對鄉土文學的理論從多角度進行了開拓性、創建性的探討和論述，確立了鄉土文學理論體系即文學是社會生活的反映。衆口一聲地認為，只有腳踏實地地反映社會現實，以描寫生活在社會最底層的「小人物」的喜怒哀樂並調動其為改變悲慘處境而鬥爭為創作的主要內容，才能使「文學成為一種社會運動的一部分」，這才是每一個有良心的作家應具備的創作使命。顯而易見，鄉土文學作家創作中展現的民族風格，亦是臺灣文學發展中的又一可貴的突破，是時代的需要。因此，代表著新生、蓬勃向上且體現著社會和文學發展本質力量的鄉土文學人氣甚旺，所有正義者均站在他們一邊，這裏面包括有臺灣文壇的老前輩，海外的大多作家、學者，此次的文學論爭以鄉土文學的勝利而告結束。誠然，鄉土文學論戰是在文學流派的相互爭議的掩飾下而進行的政治鬥爭；是官導民演的文壇戲劇的演戲。這一點，可從國民黨官方在1977年8月29日在臺北召開的「第二次文藝會談」中得到了印證。當時出席會談者為二百七十餘人，會上由「總統」嚴家淦致辭，強調文藝要「配合國策，跟反共救國的大前提取同一步驟，服膺三民主義，配合中華文化復興運動」，「消滅奴役的、唯物論的階級文學」，「鄉土文學不可作為某一個特定的階層為描寫的主要物件，不可在唯物史觀的意識形態下寫作。」可見，這次會議就是一次不折不扣的對鄉土文學施加政治圍剿的會議。然而，其效果卻與嚴「總統」的期望大相徑庭。隨著時間的推移，傾向於鄉土文學派的支持者越來越多，鄉土文學派的陣容越來越大。不得已，臺灣當權者改變了原初鐵血鎮壓的政策，在胡秋原、徐復觀、鄭學稼極力勸阻下，改而採取了安撫協調的手段進行「招安」。1978年1月18日召開的「國軍文藝大會」的宗旨就是為

安撫鄉土文學派彈起的「優美」的曲調，會議要求文藝界「每個人都要平心靜氣，求真求實的化戾氣為祥和，共同發揚中華民族文藝而奮勇前進。」進而「國防部政戰部」主任王昇在會上息事寧人地安慰鄉土文學説：「純正的鄉土文學沒有什麼不對。我們基本上就應該團結鄉土。愛鄉土是人類自然的感情，鄉土之愛擴大了就是國家之愛，民族之愛，這是高貴的感情不應該反對……。」但他所説的「純正」的鄉土文學，正是想「招安」到「反共救國」文學陣地之中的鄉土文學，並可以用清除「不純正」為藉口堂而皇之的再度圍剿。至此，鄉土文學的論爭似乎已見端倪，不論「官方」如何介入，以現實主義為本質的鄉土文學在論爭中得到復興和發展，並作為 1940 年代末現實主義文學、民衆文學和民族文學論的歷史回聲，一躍而為臺灣文壇的主力軍。

　　鄉土文學論爭對臺灣文學產生了深遠的影響。論戰的結果是讓參戰的大多數人分析總結了臺灣新文學發展的經驗和教訓，從而展開了臺灣新文學史上一場規模空前的回歸運動，最終讓現代派尋找「民族魂」回歸中國，鄉土派博採衆長提高自身藝術水準。應該説，這場論爭，起始令人擔憂，終端讓人欣慰，其最大意義在於它成了臺灣文化、臺灣文學全面回歸民族、回歸鄉土的總標誌，使在反文學惡質西化中興起的民族意識、愛國情感與對人和社會之關懷贏得前所未有的聲譽。

　　鄉土文學作家與現代派作家們不同之處有兩點：　是作家出身背景不同，鄉土派作家大多是土生土長的本島人，很多人出身貧苦，對下層的臺灣勞動人民飽受外來殖民者和資本家剝削壓迫生活有較深刻的體會；而現代派作家有的留洋歸來，有的生活在官宦人家，沒有艱難困苦的生活經歷，就象魯迅所説的「煤油大王怎知道北京檢煤渣的老婆子的艱辛」。二是創作理論不同，鄉土派文學理論是源於實踐而又在實踐中逐步誕生和完善起來的創作結晶。首先，作品中的民族主義和愛國主義思想鮮明突出；其

次，具有現實主義的創作觀，文學作品源於生活又高於生活，社會意義較深刻；其三，觀點鮮明，愛憎分明；其四，作品中蕩漾著濃厚的鄉土氣息，真摯樸實。而現代派作品一味脫離現實，脫離臺灣社會。鄉土派與現代派針鋒相對，它要「描寫民族受壓迫，屈辱的慘苦面，謀求民族地位及個人地位的改善。」「要反映我們社會問題，反映帝國主義經濟侵略所帶給民衆的痛苦，反映當前的經濟現象，指出某些不合理的制度，消滅剝削，以趨向更美好的社會。」

臺灣鄉土文學論戰過去 13 年後的 1991 年元月，臺灣《中國時報》又組織了一次《走過 70 年代的文學標準──回顧鄉土文學論戰專輯》。該專輯的執筆者有葉石濤、陳映真、黃春明、蔡源煌、張大春、應鳳凰。其中只有陳映真是當年論戰的主角，張大春和蔡源煌未涉足論戰。論戰在他們兩人眼裏，變成了無是非的吵架活動。如蔡源煌說：「加入論戰的人愈多，意見愈雜，雙方都說了些有道理和無道理的話。」1988 年，臺灣「統」、「獨」兩派都舉行了鄉土文學論戰 20 年研討會。統派自籌經費撰寫論文，總結論戰的經驗教訓，獨派由官方撥給經費支持，大張旗鼓紀念，為論戰染上分離主義色彩，歪曲鄉土文學論戰的性質。80年代以來「獨派」不斷篡改鄉土文學的名稱和內涵，什麼「自主化」、「本土化」、「去中國化」。他們步步蠶食、進逼、篡奪中國文學主權，妄圖實現「文學臺獨」的陰謀。他們妄圖改變鄉土文學論戰的反對西化、復歸中國精神，回歸中國文學之路的戰鬥內涵，篡改和淡化其革命精神。我們在重溫鄉土文學論戰時，既要理清那種無是非、各打五十大板的觀點，更要堅決反對「臺獨」份子的「文學臺獨」陰謀，使歷史永遠保持其本來面目。

第二節　王禎和

　　臺灣當代文壇最具創造力的作家群中王禎和當列其首。1941
年，王禎和誕生於臺灣花蓮縣的一座偏僻村子裏。在本縣讀完小
學和中學後，一舉考取了臺灣大學外文系，其時為 1959 年。念大
學一年級時，王禎和就在文學上展露頭角，處女作〈鬼・北風・
人〉在白先勇主編的《現代文學》第七期上發表後，立刻受到文
學界的關注和好評，從此便一發不可收了。1963 年，王禎和大學
畢業，按臺灣當局的規定，到軍隊例行服一年兵役。1965 年返鄉
後在中學任英語教師，兩年後又應聘作了航空公司的職員、電視
臺的編輯。七十年代初，他曾赴美到愛荷華「國際寫作計劃中
心」學習，回來後繼續他的編輯工作。然而，生活對他是不公平
甚至是殘忍的，疾病使他左耳失聰，不幸又患了喉癌做了大手
術，身體狀況極為糟糕，度日如年。若不是所鍾愛的文學創作的
支撐，他也許早已被病魔打倒了。這一時期，他的短篇小說《老
鼠捧茶請人客》，長篇小說《美人圖》、《玫瑰玫瑰我愛你》，
譯作《英格麗褒曼：我的故事》等等的問世，顯示了他的創作才
幹和堅忍不拔的精神。儘管王禎和的文學創作是從《現代文學》
起步的，儘管其時正值西方現代派文學思潮在臺灣興起之時，也
儘管深受白先勇和歐陽子等現代派作家的影響，但他仍堅持以反
映小人物不幸命運、揭露不合理的社會現實為己任，堅持自己的
創作動機和創作目的。作為創作態度嚴謹的作家，王禎和並不追
求創作的數量，但在他近二十篇短篇小說中，幾乎每一篇都是精
品，都得到讀者的好評。這些量不多且質高的作品，奠定了王禎
和在臺灣文學史上的地位。他的小說集有：《嫁妝一牛車》

（1969）、《三春記》（1975）、《寂寞紅》（1970）、《香格
里拉》（1980）、《人生歌王》（1987）；長篇小說有《美人
圖》（1982）、《玫瑰玫瑰我愛你》（1984）、《兩地相思》
（1998）等；電影評論集《從簡愛出發》。

　　王禎和的大部分小說題材均來自六十年代轉型期的臺灣底層
社會生活。王禎和以自己的家鄉花蓮為背景，從多角度對在社會
最底層苦苦掙扎的老百姓困苦而又不幸的生活進行了重筆描繪，
他坦言「……他們對我而言是那麼親切！他們的樂，就是我的
樂；他們的辛酸，也是我的辛酸；他們的感受，也是我的感受。
他們是我自己，我的親人，我的朋友，我的街鄰。」（胡為美：
〈《嫁妝一牛車》序〉，參見白少帆等主編：《現代臺灣文學
史》，遼寧大學出版社，1987年版。）如果說以王禎和小說中人
物的生存環境和性格生成的背景來探討其作品的思想內涵，即發
現他在轉型期間的小說的創作，音調低沈，色調昏暗。其作品中
的人物在厄運籠罩下掙扎奮鬥。作者站在旁觀者的立場，在平靜
淡然的敘述他們生活中的種種悲劇中，亦露出些許無奈。然而，
他清醒地掌握自己的創作航向，明確創作動機和目的，竭力反映
小人物不幸命運，揭露不合理的社會現實。

　　王禎和七十年代的小說，已將筆鋒轉向開掘民族主義題材，
全力抨擊那些因為西化而給臺灣社會帶來的崇洋媚外、民族精神
淪喪等嚴重病症。其小說色彩漸趨明朗，表達風格亦由冷漠轉入
熱情，常把自己的喜怒哀樂轉換到所塑造的人物形像中去，筆下
蘊藉著積極向上的情懷。〈小林來臺北〉、〈素蘭要出嫁〉、
〈香格里拉〉等是這一時期的代表作——以純樸農村青年小林的
眼睛來觀社會，以小小的航空公司為整個社會的縮影，對崇洋媚
外的社會風尚進行了狠狠的抨擊；在刻劃被不合理的教育制度逼
瘋的素蘭，為其家引來了一連串禍端的情節中，揭示了造成不幸
遭遇的社會背景，諸如石油漲價、經濟萎縮、貨幣貶值等等；而

貧窮、困苦和災禍中掙扎的寡婦阿緞正是臺灣城市資本主義吞噬偏遠農村而產生畸形土壤的受害者和犧牲品。尤其力作〈玫瑰玫瑰我愛你〉更是將那些見利忘義、不惜拿自己同胞姐妹的身體向以臺灣島為渡假基地的侵越美軍來換取硬通貨，而一夜成為暴發戶的敗類推向了民族審判臺。並且，小說採用嬉笑怒罵的強烈諷刺手法將作者鮮明的民族立場和民族情感溢於紙中，不能不使讀者深省。

「用喜劇的方式來寫悲劇，用嬉笑的角度來面對命運的刻薄」，乃是王禎和身處社會最底層的平民生活中確立的人生態度，及在長期創作實踐中練就的藝術本領。因而，他小說藝術最突出的特色：一、用喜劇色彩刻劃悲劇人物形象，將包含辛酸的悲劇內容用嬉笑怒罵的嘲諷手法展現給讀者，蘊意深長。王禎和的作品中刻劃了形形色色的人物形象，這些人物並無分明的褒貶，而「大部份是中間人……，有對也有錯，對對錯錯，錯錯對對的中間人」。（臺灣《中國時報：(永恒的尋求)》，1983 年 8 月 20 日。）這些「中間人」的生活狀態、性格特點乃至身材相貌都是大相徑庭，且萬花筒似的轉來轉去；性格懦弱的殘疾人萬發曾是一貧如洗，但為了一輛牛車卻甘願戴上一頂「綠帽子」（《嫁妝一牛車》）；所謂的「知識份子」董斯文，卻患著崇美拜金的「軟骨病」，雖名為「斯文」，行為並非斯文──甚愛放屁，無處不放，無屁不響，真是極為形象的諷刺，是含著淚的嘲笑。二、採用戲劇表現手法利用明快的場景轉換來展現人物的心理狀態和人物行動，以推動情節懸念的產生。公務員小林急於到臺北車站接從鄉下來的老爸，可舖天蓋地的公務讓小林無法脫身，小林火燒火燎，讀者也在為他焦心；場景轉換到車站，老人正舉目無親地在車站靠背椅上痴候，讀者此時在為遲遲未到的小林焦慮，亦為苦苦等待的林父擔憂，緊接著，作者所創建的懸疑隨著事態的發展接踵而至，吊著讀者的口味追逐著懸疑前進。王

禎和也善於嫻熟地將電影中的蒙太奇手法借鑑到小說之中，如
〈香格里拉〉中恰到好處的把人物心理狀態的描繪與人物所置身
的場景結合起來，來表現人物豐富的內心世界，無疑更具有表現
的深刻性。三、多種富有濃厚地方特色的語言運用，生動活潑，
極富想像力。如長篇小說《美人圖》中以那諧音寫就的怪裏怪氣
的、帶有嘲弄意味的人名、地名及公司名，極富諷刺性。首先，
他將民間語言的精華吸收到作品的人物對話中，使讀者產生親和
力，擴大其閱讀面。四、追求適度的陌生和隔阻效應，更好地表
現作者語言創新的風格特色。五、大膽使用各類語調並溶入到作
品人物語言中去，善於採用諧音、歇後語、諺語和俚語，因而獲
得意想不到的效果。

第三節　王拓與楊青矗

　　在鄉土文學論戰中，有一位出身於貧苦「討海人」家庭、經
歷艱難坎坷人生的人，這就是王拓。王拓原名王紘久，1944 年出
生於臺灣省基隆市郊的八斗子小漁村一個祖祖輩輩以捕魚為生貧
苦家庭。幼時的王拓就以超乎同齡人的眼光看這不平等的社會，
他小小年紀便對人生有了深入的體會。他曾將人分為不同類族
──最有錢的、次有錢的、沒有錢的，這種自然萌生的朦朧階級
意識在這位「討海人」的後代心中打下了深深的烙印。不久，父
親去世，王拓靠母親賣雜貨幫傭讓他讀完中學，並以優異的成績
考入當時免收學雜費的臺灣師範大學國文系。他一面讀大學，一
邊做家教來接濟母親。幾年的大學生活，使王拓對文學產生了不
可遏制的興趣。大學畢業後，他又一鼓作氣求學於臺灣政治大學
中國文學研究所，後獲碩士學位。1970 年 9 月，在《純文學》第

24 期發表處女作〈吊人樹〉。1973 年他走向社會，曾在中學教書，當過藥廠職員，後在臺灣政治大學做講師。1975 年，他結束教師生涯，開始走向商界。在 1977 年的那場震撼臺灣文壇的鄉土文學大論戰中，他與陳映真、尉天聰成為首當其衝的被攻擊標把。然而，作為一個鬥士，在這一有關臺灣文學命運的論戰中，他的臺灣鄉土文學主張則對臺灣文學的全面發展起到了一定的促進作用。

1979 年 12 月，因受臺灣「高雄事件」的牽連，王拓被當局拘捕，在龜山監獄他被關了將近五年，直到 1984 年 9 月才獲准假釋出獄，曾任《文季》雜誌社編輯。

王拓的創作生涯開始於七十年代初。與同時代的鄉土作家一樣，貧寒的出身、老百姓的苦難、以及所處資本主義經濟和西方文化思想風行的臺灣社會轉型期的現狀，與他油然生出的強烈現實意識是作品的重要基點。

現實生活中小人物的困惑、資本主義對人們心靈的毒害，使他深刻感到貧窮人的苦難，提醒他也是一個貧窮的人，使他對貧窮的人產生更強烈的認同，幫助他找到人生奮鬥的目標與方向。現實主義文學觀的形成和他的「文學發展必須與當時的社會發展相一致，文學才能更有效地發揮它改良社會的熱情和功能」的論點決定了他的小說創作具有強烈的現實意識與鮮明的政治觀念。作為從貧困的八斗子漁村走出來的作家，他始終是「討海人」的代言人。他要將廣大民眾的哀樂、愛恨、辛酸、期望、奮鬥、掙扎通過小說反映出來，並且帶著進步的歷史眼光來看待所有的人和事，為整個民族更幸福更美好的未來而奉獻最大的心力。

王拓不僅是一位創作頗豐，文筆引人的作家，而且熱衷於政治社會活動。因此在其創作主張中，帶有相當濃厚的政治色彩，並體現在他的小說作品的字裏行間。除去我們前邊提到的那篇處女作〈吊人樹〉外，從步入專業創作階段的〈炸〉到確立自己寫

作風格的〈金水嬸〉，無一不表達了作者對人性社會現狀的洞察和關懷。基於為勞苦大眾說話這一觀念，堅持把事實告訴大家而寫就的作品，至今已編輯成中短篇小說集的有《金水嬸》（1976年）、《望君早歸》（1977年），在獄中他完成的長篇小說《牛肚巷的故事》與《臺北、臺北》於 1985 年相繼出版。在此一階段，為了祖國的統一和民族的團結，王拓以自己銳利的筆鋒撰寫了一些文藝評論和政治文章，積極主張文學創作要沿著民族的、鄉土的、現實主義道路走下去，使之成為整個社會運動的一部份。評論集《街巷鼓聲》、《張愛玲與宋江》及政治文集《民眾的眼睛》等相繼問世。

作為臺灣第二代鄉土作家，王拓那鮮明的現實主義創作主張與其他幾位鄉土作家相比，受西方現代文學的影響較少。他從創作伊始，就堅持沿用傳統的現實主義路線，以冷靜的寫實筆鋒觸向臺灣的現實生活，其作品風格樸實，不做作，尤為善於刻劃人物的性格特徵，挖掘人物的內心世界。

統觀王拓的文學創作，可以其入獄為界分為前後兩個時期：1970 年處女作〈吊人樹〉的發表至 1979 年因「高雄事件」被捕時發表的小說為王拓前期的創作。這一時期的小說創作素材，幾乎都來自那讓他抹不掉、忘不了的祖祖輩輩浸泡在苦海裏的「討海人」的苦難回憶。他實實在在地記錄了父輩們的艱辛和社會急速，劇烈的發展變化。對此陳映真曾評價說他的文字像漁村中一張滿是風霜的臉龐，給予你某種索然而強烈的現實主義的迫力。此期的作品有如下特色：

首先，緊跟時代步伐讓作品成為時代的傳聲筒。文學創作源於生活又是社會和時代的反映。當歐風美雨吹進臺灣這扇洞開的門戶時，資本主義便悄然侵入社會各個角落，臺灣由農業社會轉向工商社會。從社會發展史來看，這不能不說是一個進步，王拓清醒認識到這一點。但資本主義給社會帶來的糟粕和對人們心靈

的毒害，卻又是每一個中國人有目共睹的。追逐物質享受、拜金
主義重利薄情等資產階級的道德觀念和人與人之間的冷漠關係，
無一不觸動具有良知的作家的心弦，他毫不留情地將資本主義颶
風侵蝕下的臺灣社會現狀進行剖析，刻劃了這一畸形社會中的衆
生相。〈吊人樹〉、〈海葬〉、〈炸〉、〈望君早歸〉、〈春牛
圖〉、〈一個年輕的鄉下醫生〉、〈金水嬸〉就是此時的代表
作。作為臺灣漁民的代言人，王拓小說中的主要內容是描寫故鄉
八斗子漁村生活和社會變遷的。不論〈海葬〉中重蹈其父舊轍而
為生活所迫葬身海灘的水旺，還是〈望君早歸〉中望穿海水、痛
苦無望的遇難船員家屬秋蘭，王拓都是通過對他們不幸遭遇的生
動刻劃真實反映了臺灣漁村的落後面貌，再現了漁民的悲慘命
運。王拓的代表作〈金水嬸〉，正是通過一個漁村小商販家庭兩
代人的生活及其矛盾衝突而再現了臺灣社會在資本主義溫情脈脈
面紗籠罩下的黑暗現實，揭露鞭笞了拜金主義重利薄情、忘恩負
義的醜惡行徑。無疑，作者正是要藉〈金水嬸〉這篇小說來控訴
殺人不見血的商業社會腐朽沒落，希望傳統的價值觀念和道德觀
念復甦。

　　其次，王拓將改革社會的理想融化到正面人物塑造中。樹立
正面人物的形象，謳歌勞動人民的鬥爭，是王拓一貫的創作主
張。〈獎金2000元〉中那個堅持正義、敢於鬥爭的熱血青年陳漢
德就是作者作為向剝削階級討還正義和道德力量的代表人物來歌
頌的；〈望君早歸〉中為衆多漁民擁戴的丘永富身上也寄托了作
者對社會改革的理想和希望，小說展示了勞工鬥爭的光明前景，
這正是王拓與其他鄉土文學作家在塑造正面人物形象上的不同之
處。

　　其三，運用白描手法來渲染鄉土地方特色。讀王拓的小說，
宛如在欣賞一副重筆濃墨的中國畫，色彩鮮明、栩栩如生，將臺
灣風光和節日氣氛勾畫得淋漓盡致。人物的心理素質、倫理道

德、行為特徵、習慣及其心態在精細的白描中躍然紙上，恰似一幅臺灣社會風俗畫。如〈金水嬸〉中那漆黑開了個小天窗的破茅屋，覆蓋在金水嬸身上那條露著棉絮的破被子；〈妹妹你在哪裏〉的燈光幽幽暗暗的色情賣淫風化區、日光炎炎冒著蒸人熱氣的小路，正映襯出阿郎尋找被拐賣的妹妹而無望時的焦慮心境；〈吊人樹〉中惟妙惟肖的聖母媽祖生日的舞獅場面、那令人狂醉的節日氣氛渲染，則如一幅活生生的臺灣漁村的風景圖，讓人如歷其境。

1979 年「高雄事件」被捕入獄後至今為王拓後期創作。在極端艱難的牢獄中，王拓並未扔下這支替被剝削、被凌辱的人說話的筆。八十年代初，《牛肚港的故事》、《臺北、臺北》等直接觸及臺灣政局時弊的政治文學作品，在牢獄中問世，這標誌著王拓的創作登上一個新的制高點。從對貧苦具有反抗意識的人物形象的刻劃，而躍入更廣闊的政治背景描寫臺灣當代社會激蕩、表現民族呼聲、解剖人性的善惡、揭露諸多社會問題的更高層次，這正是作者經歷過坎坷生涯，世界觀及創作觀更新後的體現。這兩部小說的意義在於具有鮮明政治傾向和強烈的現實意識，以及凝集了王拓多年來對臺灣社會的體驗、觀察與思索。這一時期作品的特色較之前期更為豐滿、老練。如在他的第一部長篇小說《牛肚港的故事》中採用明暗線交替設置懸念的手法來展開故事情節，一波三折，引人入勝，既表現了王拓巨視開闊的藝術視覺，又表現了王拓精細的藝術構思。小說中「釣魚島事件」的描寫，顯示了王拓的民族義憤。然而到 80 年代，王拓突然轉向了「臺獨」政治，斷然背棄了自己一貫的民族與階級立場，這是令親者沈痛惋惜的。

楊青矗：臺灣省當代著名的工人作家，原名楊和雄。1940 年生於臺灣省臺南縣七股鄉後港村。他祖籍福建，是明末清初鄭成

功收復臺灣時遷來的。楊青矗祖輩一直務農，後來進了城，少年時就開始做工，又開過服裝店，可以說，工農學商他全接觸過，並有一定的瞭解，這就為他以後的創作打下了堅實的基礎。六十年代初期，廣泛的社會閱歷使他從生活領域的許多方面深切體驗到潛藏於社會表層深處的人生真諦，他開始登上文壇，為民眾說話。1979年，「高雄事件」發生，他被捕入獄，四年後被假釋出獄。1985 年應邀參加美國愛荷華大學「國際寫作計劃中心」。1987 年春天，「臺灣筆會」成立，楊青矗任首屆會長。

　　楊青矗深有感觸地說：「這是一個變遷的時代，我從一個『草地囝仔』變成都市人。二十多年來，時時看到草地人變成都市人的各種過程，看到農村的衰微。」對於描寫來自農村的工人，他自稱這是他的使命感：「我每次回鄉，看到那些荷鋤的阿伯阿嬸，五十出頭，臉皮就皺得可以夾死蒼蠅。我覺得我每餐所喝得是他們的血汗，吃的是他們的骨肉，有一種使命感要我寫下這些，為他們說話。」為此，楊青矗寫作的使命就是要讓民眾聽到最下層的勞苦大眾的呼聲，為這些貧窮的小人物的苦難鳴不平。當然這些貧窮的小人物既包括鄉下的農民，也包括流入城市進入工廠的「草地囝仔」。（參看古繼堂：《臺灣小說發展史》，春風文藝出版社，1989 年 1 版第 385 頁。）楊青矗所說的變遷的時代，正值外國資本的入侵和本土資本的發展給臺灣社會帶來的動蕩和潛在的危機：大量農民流入城市、產業工人隊伍擴大，貧富兩極對抗日趨嚴重，外國資本企業控制了經濟脈絡，臺灣同胞正承受著經濟殖民者的殘酷剝削。面對這樣嚴酷的現實，楊青矗改變了以往在創作上的美學追求，他原來希望的那種歌舞昇平，和諧安樂的生活已無法進入創作，小說倘若只能歌頌而不反映現實社會，那麼就喪失了一個文學家起碼的道德，因而作為一個作家，以醫治社會的心靈疾病為己任，消除邪惡的毒瘤，使社會早日康健。為下等人請命，為工人伸張正義，〈工廠人〉系

列小說就此誕生了。

　　楊青矗自處女作〈在室女〉發表後，便一發不可收。由於勤奮，作品接連不斷，至今他已出版的小說集有：《在室男》（1971）、《妻與妻》（1972）、《心癌》（1974）、《工廠人》（1975）、《工廠女兒圈》（1977）、《廠煙下》（1978）；長篇小說有：《心標》、《連雲夢》（1987）；散文集有：《工者有其廠》（1977）；雜談集有：《筆聲的回響》（1978）等等。

　　縱觀楊青矗的小說創作，題材較廣泛，並體現了他的創作理想。其中，有描寫農村貧困勞動力流失的作品如〈綠園的黃昏〉等；有反映受西方思想文化和道德觀念影響而產生嬗變的作品如〈麻雀飛上鳳凰枝〉、〈成龍之後〉、〈天國別難〉等；還有以臺灣工商經濟發展為背景，描寫第一代企業家艱苦創業的歷程以及工商社會中人們愛情觀、人生觀銳變的〈心標〉、〈連雲夢〉等。總之，「工廠人」系列小說是楊青矗的重要代表作。所收作品近三十篇，通過各類工人形象從幾個方面描寫了臺灣工人充滿辛酸血淚的生活遭遇，深刻控訴了造成這種人間苦難的社會根源。號稱「工人筆俠」的楊青矗冷眼凝觀這些不平等的社會現實。正是通過描寫生活在社會底層的這批工人在人生、待遇、婚姻等方面面臨的困境，從不同側面揭示了臺灣勞工制度的不合理性，作品的現實意義可謂深遠。

　　從「工廠人」系列小說中，我們可看到栩栩如生的幾類不同的工人形象：

　　艱難處境之下的臺灣下等正式工人。在臺灣，工分十二等級，是實行工作評價的管理制度，按年資深淺技術高低來評定。然而在實際執行時卻被少數評委所操縱。送禮，拉關係，講人情，亦成了評定中不是條件的條件，因此不公平合理的現象充滿著臺灣工薪社會。如短篇小說〈工等五等〉，就深刻揭露了這一不合理的制度。同工不同酬，使陸敏成這樣技高能幹的五等工生

活極為貧困,而那些技術水平低,終日懶散卻因是評價主任的親戚而當上領班評上高等;〈圉〉中的主人公史堅松也是一個才藝高強的下等工,由於不滿主管的壓制,起來帶頭反抗不合理的工等制度,而以鬧事製造混亂之名義被拘捕入獄。作者站在最低層的工人群中,以同情的態度為此呼籲,並通過對這類下等工形象的刻劃,揭露臺灣當局通過施行「工作評價」制度,對資本佔有者及社會集團利益的保護,而且還使用「合法化」去壓榨底層勞動者,這就是在所謂自由平等的口號下的虛偽性和欺騙性的流露。

受侮辱,受歧視的臺灣女工。那些孤苦伶仃,用青春賭明天的女工生活是最為當今社會所關注的,生活在最底層的女工們,她們備受欺凌,地位最低,工資也最少,男女同工不同酬在臺灣是個明顯的社會問題。由於婦女的生理原因,年輕的女工是老闆和廠方招幕的物件,一旦結婚生了孩子,便會被無情地推出廠外,廠裏可以名正言順的再招幕新女工。因而臺灣女工的比例一年多過一年,她們的工作待遇最低,與臨時工和下等工一樣受著老闆、工頭及地痞的欺負。如〈工廠女兒圈〉中集中反映了牽動許多父母和丈夫心弦的特殊社會問題。像〈昭玉的青春〉中的黎昭玉、從17歲起做臨時工,為了能升為短雇工,她耗費了二十多年的青春,以付出的全部卻獲得微小而令人酸楚的滿足。這就是底層女工命運的體現。〈秋霞的病假〉、〈龜爬壁與水崩山〉因勞累過度停發工資或因工負傷後被解雇的女工大有人在。這些都深刻揭示了臺灣勞工問題的嚴重性。除去對女工工作上的刁難外,有些年輕貌美的女工還成為老闆、領工們追逐的物件,受到百般欺凌。楊青矗作品中流露出的正義、人道、與尊嚴,是對資本家卑劣無恥行徑相對抗的。

掙扎在生命邊緣的臨時工人的悲慘境遇。臺灣許多工廠都雇傭了大批臨時工,這些臨時工同正式工幹同樣的工作。然而有的

比正式工幹得還要辛苦，但所受待遇卻最低。沒有生活保障，沒有勞保福利，工資極低，而且很難有轉正的機會。有的臨時工幹到老，只有被老闆解雇，而再無生路，晚境尤為淒慘。〈低等人〉中的主人公董粗樹就是一個以自己的死亡為代價來換取老父生存的悲劇人物，這正是臺灣所有臨時工慘痛遭遇的一個典型概括。而〈升〉中的主人公林天明，同樣是一個有著與董粗樹相同命運的臨時工，但他好容易熬到了轉正卻因心力交瘁暈死在地。在臺灣資本家眼中，找臨時工比買一條狗還容易。「人道」，「博愛」只不過是資本家用來迷惑老百姓的一塊遮羞布，在這塊遮羞布裏面是何等的齷齪、骯髒和醜陋。通過這類形象的塑造，楊青矗向臺灣的勞工制度提出了憤怒的控訴。

　　「工廠人」系列小說對諸題材做了深刻的挖掘，不僅喚起對工人的社會同情，更激發了社會改革者們的正義感和責任感。在相距七、八年的時間內，對這三類不同經歷卻有著共同遭遇的工人形象的塑造，印下了楊青矗創作思想變化歷程的足蹟，顯示出作者對資本主義制度下的人間苦難與不平的同情與義憤。

　　七十年代後，作者的認識更為成熟，他從感性認識上升為理性分析，他的大部分作品對資本家進行了本質上深刻的揭露和批判，如在〈龜爬壁與水崩山〉中，青年知識份子黃嘉就一針見血地說道：「我的老闆常誇口，他錢賺錢像水崩山，我們拿他薪水的人賺錢如烏龜爬壁。」「錢賺錢」，實質上是資本的增值，速度之驚人如「水崩山」，而工人掙錢，其實便是出賣廉價勞動力，代價微薄，自然如「龜爬壁」。這實質的根源在於資本家的剝削。資本主義制度是不平等的社會形成的根源，因而，覺醒了的工人便具有了反抗精神，像〈升遷道上〉的侯麗姍，在識透了老闆的淫惡、虛偽、奸詐後，認為不能把一切希望寄托在老闆的恩惠上，要起來反抗鬥爭。那位與侯麗姍在一起的女工藍瑞梅更為剛烈，她團結工友，敢於為大家講話，她能帶動女工與資本家

鬥爭，在這一點上，她的反抗已超越了個人抗爭的範圍。透過這批覺醒的女工們的反抗精神，可以窺視到楊青矗此時的創作，已從為工人言不平而逐步邁入喚起民眾覺醒的新歷程，這正是做一名「工人筆俠」的精神所在。

　　在藝術表現形式上，楊青矗的小說有著自己鮮明的個性。首先，其創作的某些觀念和寫作技巧因受西方現代小說中意識流手法的影響，來展現人物內心的想象以及夢幻的世界。在表達方式上善於用比較、映襯的方法揭示社會的貧富不均和人與人地位的貴賤懸殊，並且為達到渲染氣氛的藝術效果，在刻劃人物時，注重使用生動細節；其次，其小說的結構較獨特。無論是某篇佈局抑或是人物設計、情節安排等都利用強烈的對比去揭示主題，如在對照中控訴人間的不平、反映尖銳對立的兩種事物，如資本家與工人暨所謂的上等人與下等人……；其三，在語言表達上，堅持以普通話為主，有選擇地使用少量的方言來點綴，既生動又樸實，又頗具有表現力。

　　當然，受到歷史和環境限制，楊青矗還不能描寫工人如何從自在的階級轉化為自為的階級；還不能更深揭發資本主義生產方式的剝削機制。八〇年代後，楊青矗在政治上也有「臺灣獨立」傾向，但並不激烈，在創作上也停筆頗久，殊為可惜。

第四節　季季與洪醒夫

　　在臺灣鄉土派的作家群中，有一位稱為「海洋中一塊永不屈服的岩石」，早熟且又富於傳奇色彩的女作家，這就是季季。

　　季季原名李瑞月，1945 年元月生於臺灣省雲林縣的一戶農家，作為長女，自然深得父母的喜愛。然而由於五個弟妹的相繼

出世，她很小便幫父母做家務，照顧弱小的弟妹。自然，艱辛的
生活也造就了她一副不善屈服的性格。還在她上小學時，便酷愛
上文學，十三歲時，以筆名「姬姬」在《臺灣新聞》「學校生
活」專欄發表了一篇小說：〈小雙辮〉，自此她在文學創作上走
上了一條平坦的路，她所投的稿子從未被退回過。1964 年 3 月，
又在臺灣《中央日報》副刊發表了小說〈假日與蘋果〉，顯露出
創作才華，引起文壇注目。此時，她感到寫作才是適合於自己的
事情，她的勤奮使她幾乎每禮拜都有一篇作品被發表，不多時，
便與臺灣有名的皇冠出版社簽定了創作合約，成為職業作家。然
而，接踵而來的婚姻卻遠不如創作小說那麼順利，甜酸苦辣讓季
季心憔力瘁。季季冷眼相觀這大千世界給予男女不平等的各類待
遇；成功的男人背後是有女人在無私地支援，而成功的女人卻是
從荊棘中掙扎出來的。由於家庭生活的坎坷，在某種程度上，直
接影響到她的文學創作。她小說中描寫的愛情大多是憂鬱、冷漠
與不幸。由於需要顧及家庭生活，時間緊迫無法為已寫出的作品
反覆推敲潤色，使一些作品缺乏應有的色澤。

　　六、七十年代的臺灣文壇，正值臺灣社會的轉型期。西方現
代派文藝思潮和存在主義哲學風靡臺灣文壇，季季早期的創作
中，或多或少地染上現代派的塵埃。如她的〈屬於十七歲的〉、
〈沒有感覺是什麼感覺〉、〈褐色念珠〉、〈擁抱我們的草原〉
等作品中都有現代派的投影。面對著當時臺灣社會中的低谷和荒
蕪，她的批判意識仍顯得那麼無力和蒼白，她的筆漫無邊際地在
其邊緣游離，宛如一只受驚的蝴蝶，時時落不到盛開的花蕊中。
〈在擁抱我們的草原〉中，季季懷著孩童般驚異的心境，如數家
珍般地將自己對遼闊的祖國大地的渴念做了一番描繪：「我強烈
地在念故鄉的旋律裏懷念起喜馬拉雅山、塞外、江南、長白山、
黑龍江畔、邊疆盆地、桂林山水以及西湖、天壇。我們在渴盼我
們早點擁抱那些無垠的草原。」雖然如此，卻令人覺得其文章中

情節的紊亂無章，內容的荒誕無稽，給人帶來一種天地不分、虛無飄渺之感。早期這類受存在主義哲學和現代派文藝思潮影響的作品，著實讓季季捫心反思。她總結了其時自己的創作理念，認為臺灣六、七十年代的存在主義文藝思潮，給人帶來一種浪漫且又無可奈何的空間，受影響是不可避免的，自然的，但無意去模仿，因而在瀰漫著此類濁氣的空間，自然表達的就是此種氛圍的東西了。由此可見，創作正是沿著她的人生閱歷的不斷加深而逐漸走上了成熟。

　　儘管生活中遇到太多的磨難，季季卻如海洋中的一塊永不屈服的岩石，驚濤拍岸，傲岸屹立。在臺灣諸多女作家中，她可謂是多產者之一，雖然曾擱筆數年，至今作品數量斐然可觀。她出版的短篇小說集有：《屬於十七歲的人》、《誰是最後的玫瑰》、《泥人與狗兒》、《異鄉之死》、《月亮的背面》、《季季小說選》、《拾玉鐲》、《蝶舞》、《誰開生命的玩笑》、《寂寞之冬》、《澀果》等；長篇小說有：《我不要哭》、《我的故事》；散文集《夜歌》等。

　　讀季季的小說，宛如聽她在講故事，款款敘來，娓娓動聽，其文學風格質樸細膩。在情節的安排上，她多以時空為順序，極少出現突破時空的跳躍。季季注重對人物的刻劃，如堅強機智的江秀桃（〈菱鏡久懸〉）、幼稚可憐的芬芬（〈初夏〉）、貪婪市儈的堂姐（〈拾玉鐲〉）、思鄉心切的崔老師（〈異鄉之死〉）等等。對此，季季認為一個作家要寫的是「人」和人所構成的社會，他該關切和瞭解的也是他們的生存，以及因生存而產生的諸多問題：貧窮、痛苦、愛的幻滅、從農村走入都市後的迷失、新文明對舊社會的衝擊……。更徹底地說，所有這些問題的核心，乃是為了探討人的生存價值，道德和罪惡的價值，現實和精神的價值，希望和絕望的價值，以及真實與虛偽、妥協和反抗、愛與恨、大我和小我……，而要探討這些價值的最佳方式，無非是不

斷從各種不同角度，寫出不同階層人的經驗，可以看出他們是以
何種方式尋求他們自認為最適合自己的價值，或者為何毀壞那些
價值。的確，季季正是沿著這樣的創作目標而不斷奮鬥的，直到
更滿意的下一篇為止。

　　季季的小說創作經歷了從虛幻到現實的歷程，由於其創作的
豐盈，題材也呈多樣化。但因受西方現代主義文學的影響，多數
的作品是描寫愛情的，顯露了早熟少女的心理陰影，且彌漫著漂
泊氣氛，帶有虛無和幻想的色彩。然而精緻的構思和嫻熟的技
巧，不能不說是她創作才能的根本展現。她在 1973 年創作的小說
〈拾玉鐲〉中，通過對某家族後代乘為已逝曾祖母拾骨重葬之
機，爭奪葬物的生活鬧劇的描繪，反映了在社會資本主義化之後
當代臺灣社會價值觀與道德觀的演變，具有較深刻的社會意義。
鄉愁題材與揭露題材乃是季季作品的主流，下面我們將圍繞這兩
類題材的作品做一簡析。

1. 滿懷同情之心描繪了「異鄉人」在臺灣的憂愁與寂寞

　　作為本省女作家，能站在旁觀者的立場設身處地去描寫大陸
人在臺灣生活的辛酸，實屬難得。由於歷史所造成的客觀原因，
一大批外省人流落到這美麗島上。初時，他們還抱有返鄉團聚之
希望，然而隨著時間的推移，回歸家園像泡沫一樣逐漸消失，異
鄉的生活習慣使他們無論如何也產生不了如本省人根深蒂固的生
活態度。困頓的生活，不和諧的婚姻，令他們痛苦難熬。在〈異
鄉之死〉中，作者抱著同情，深刻地將學校裏那一個個漂泊他鄉
寂寞無奈的老教師思鄉的情感以及愛情婚姻的不幸推到讀者面
前。「傷感」、「疲倦」、「沈默」、「孤寂」、「好脾氣」是
他們共同的特點。教國文的吳老師，當講到杜甫的詩句「國破山
河在，城春草木深」時，淚流滿面，觸詩生情。而東北籍教理化
的老師，則吃不慣臺灣的大米，找不到稱心的妻子，只能「形影

相自憐」。主人公崔永平老師是作者刻劃的重點，從他所教的第一課起，就情不自禁地向學生講起了自己的家鄉山東，講起了自己的兒女們，「都留在老家等著我回去……，說不定，我這輩子再也見不到他們了」的時候，不禁黯然失色，泣不成語。他將回憶家鄉的美好作為一種「令人快慰的事情」，通過「我」的回憶來表現老師的和藹可親和悲涼的處境，將一位思鄉的老人在異鄉死去的情景放在一片悼念哀傷沈寂的環境氛圍中來敘寫，情感深切，催人淚下。正如臺灣著名評論家葉石濤所說的：「以一個本地人的立場來寫大陸人生活的辛酸面，含有這等強烈的同情心的作品，除去陳映真之小說之外，真難得一見。」（葉石濤〈臺灣鄉土作家論集——季季論〉）

2. 以憤怒之情揭露社會的黑暗，描述弱者被踐踏之不幸

六、七十年代的臺灣，正遭受西方和本地資本主義經濟大潮的衝擊，臺灣轉型期的社會弊端處處顯露出來。病態社會，混亂不堪，爾虞我詐，重利薄情，此時，季季將筆觸向社會深處，意在揭露其陰暗可鄙之處。

首先，揭露和抨擊了資本主義的拜金和物欲主義對人們靈魂的腐蝕。主要作品有〈刀子的故事兒〉、〈鬼屋裏的女人〉、〈喜宴〉、〈拾玉鐲〉等。

發表於 1974 年的《拾玉鐲》是一部自傳體小說，具有深刻現實意義，更富鄉土風味。作品以大家族的人際關係入手而窺見整個臺灣社會的人情世態。故事發生在臺灣南部已經解體又破敗的大家族裏，描寫家族中一群已在城市成家立業的子孫回故鄉參加曾祖母拾骨重葬祭拜的情景。臺灣商業社會的金錢觀念、市儈習俗使人們的精神墮落，這個大家族的子孫是「已經摒棄了理想，只追求瞬間的生存快樂和金錢的木偶」，名為盡孝，實為謀財，這正是資本主義拜金物欲腐蝕下的真實寫照。

　　其次，在不合理的婚姻愛情中揭露女性消極反抗的意識。在臺灣資本主義的所謂民主自由平等的口號聲中，廣大貧民婦女仍處於社會歧視和大男人主義等雙重壓迫之下，她們僅能用自身微弱的力量來保護自己，漠然、矜持、躲避，以挫傷大男人主義的高傲自尊，來維護自己的生存權力。這是大多數較弱的女子所採用的一種自我保護的手段。如〈塑膠葫蘆〉中的少女阿洋，生長在一個畸形而沈悶的家庭，其父暴虐無常，先是阿洋生母死於他的拳下，而後其繼母也未逃脫悲慘的下場。阿洋恨死了父親，但又無能力與其抗爭，為表示對父親的不肖和嘲弄之意，在繼母死去的那天，特意穿上一身紅衣去赴男朋友的約，以此來抗爭殘暴的父親。由於對男人產生如此抗拒和厭惡的心理，自然對自己的男友，阿洋心裏也有一種非常的抵抗情緒，她竟以氣球作為快樂的中心而忽視男友的存在，讓男友氣憤不已。由此看來，這類以淡漠清高的抗爭來替代激烈方式的反抗亦是作者一貫的主張。

　　其三，為不幸被踐踏的弱者爭取合法的生存地位。在季季的多樣化題材作品中，具有較大震力的當推這類以「未婚媽媽」為題材的作品。由於西方性解放思潮的衝擊，困苦生活的逼迫以及社會暴力犯罪等諸多原因，在當代臺灣，少女「未婚而孕」的現象已成為十分突出的社會問題。未成年少女的慘遭踐踏，雛妓的增多，初中生、乃至小學生被強奸懷孕，這種種系列的未婚媽媽的形成乃暴露了其社會陰暗齷齪的一面。這些被侮辱被傷害的弱女子，常常被家庭、學校、社會所拋棄，成為無家可歸的遊民。這一令人矚目的現象，使懷有使命感的季季受到很大的觸動。為了真實反映這一嚴重的社會問題，她走家串戶，深入到家庭、學校、社會機構訪問，系列小說〈澀果〉便伴著她的汗水、淚水應運而生。季季著重抒寫少女所遭受的巨大心靈創傷，毫不留情地地譴責了那些不負責任的男人及惡棍、流氓。〈熱夏〉中被強暴後生了一子又發奮考上大學的如玉，〈初夏〉中僅有十三

歲就成了未婚媽媽的芬芬，真令人可悲、可歎、且又可恨。倘若城市少女多以騙誘而落入火坑，那麼鄉村的少女情景更為悲慘，貧困無奈的生活迫使她們走向深淵。〈秋割〉中純樸、健壯、善良、溫柔的水月，為了救治患癌症的未婚夫不惜成為有錢人家生孩子的「機器」。做「替人生孩子的機器」這一撼人心弦的悲劇，早在二十年代的舊中國就被著名作家柔石激憤地描述過了。水月與〈為奴隸的母親〉中的春寶娘是何等地相似，所不同的是水月的賣身背景竟發生在半個世紀後充斥著「殺人、搶劫、走私、車禍、水災、色情案之類的壞事」的臺灣當代社會，作者著筆點在於揭露社會的嚴重問題。在「文明」掩蓋之下的道德敗壞給婦女帶來了重重困難，城市裏的闊太太文明有教養，原因在於她有錢，和沒錢苦難的水月形成了鮮明的對比。水月家的貧窮與闊老的豪華也有著鮮明的對照。這種強烈的對比度，增加了作品中的悲劇氣氛，發人深思。無疑季季並未熱衷於對無辜少女失足或被踐踏過程的具體鋪叙，而是在著重書寫她的巨大的心靈創傷中，將她那顆滾燙的愛心「獻給所有跌倒爬起勇敢前行的同胞姐妹們」，同時，亦在顯露出季季創作上的成熟，她「邁入了洞悉艱辛人生的深層心理世界」。

　　洪醒夫：二十世紀八十年代初，臺灣文壇不幸失去了一位才華橫溢的青年作家，這就是洪醒夫，原名洪媽從，筆名司徒門，1949 年 12 月出生於臺灣彰化縣二林鎮的一戶中等農家。洪醒夫從小就目睹了那些祖祖輩輩與泥土打交道的農民和與其具有密切關係的人們的痛苦和悲哀、堅韌和頑強，在他尚未成熟的心靈中刻下了深深的烙印，以至於在後來「一不小心就這樣走上了文學路」時，創作了大量的反映臺灣農民生活和品質的小說佳作。洪醒夫 1976 年畢業於臺中師範專科學校，後在神岡鄉社口小學任教直至去世。走上文壇，正如洪醒夫自述，純屬偶然。那是在他上

師專時，寒假在家無聊，突然萌發了欲吐國小所受的惡氣之想，
於是執筆直書，痛痛快快地下筆兩萬五千字有餘。這篇處女作得
以在《臺灣日報》上發表，也得到了編輯們的讚賞。自此，臺灣
文壇上又升起了一顆閃亮的新星。然而，這顆新星的亮點還在於
其不是單純地為創作而創作，而是有感而發，為抒發心中不平而
寫，可見，洪醒夫後來的小說主題的界定如此鮮明突出，並能沿
著此風格的發展即緣於這根深蒂固的「感慨」。對此，洪醒夫堅
持認為：「作家，是一項非常痛苦的行業，他必須有與生俱來的
秉賦，這個秉賦包括你在文學藝術上的技巧，以及你的心──同
情心。還必須用盡心血，遠離世界上的所有美好的事物的誘惑。
他必須有堅強的生命力，有說真話的勇氣。當一個寫作的人，往
往在漫漫長夜之中，受盡煎熬折磨，永遠跟貧窮為伍。」（〈關
愛土地與同胞─洪醒夫談小說創作〉，臺灣《自立晚報》1983 年
7 月 29 日）由此看來，洪醒夫不愧為既有使命感責任感，又有獻
身精神；既朝氣蓬勃充滿活力，又腳踏實地的堅忍不拔；既有敏
銳的眼光，又有說真話的膽魄的鄉土文學勇士。

　　邁上文壇以後，洪醒夫的小說在臺灣文壇上頗受矚目，榮獲
了幾個大獎，如〈散戲〉獲得 1978 年《聯合報》小說獎，〈扛〉
獲得 1975 年吳濁流文學獎，〈跛腳天助和他的牛〉獲得吳濁流文
學獎。期間，小說集《黑面慶仔》、《市井傳奇》、《田莊人》
相繼問世。在他不幸車禍遇難後，為了深寓懷念之情，由他的好
友王世勛、利錦祥整理編輯並出版了他的另一部小說集《懷念那
聲鑼》。

　　憑著對農民執著的愛和深刻的認識與瞭解，洪醒夫的小說創
作以反映臺灣農民生活和品質為著眼點，以農村生活環境為背景
而展現了臺灣農村發展歷史舞臺上的一場光怪陸離、悲喜交加的
劇情。

　　首先，讚頌了農民內心蘊藏著的善良品質與人道精神的迸發

和昇華。

〈黑面慶仔〉就是著力刻劃農民黑面慶仔及其複雜情感和人性光輝的作品。失去妻子，養活著一對又傻又瘋兒女的老農慶仔，善良、憨厚，具有濃厚的道德觀念。然而，不幸總是光顧他苦難的家：智力低下的傻兒子只知道吃吃睡睡，終日昏昏庸庸；而相貌出衆的瘋女兒遭到歹人強暴懷了孕產下一嬰，卻只會「文文地笑」，說不出歹人是誰。面對無辜嬰兒，老慶仔「憤怒、憂傷、悲歎」的感情異常複雜，當屈辱、悲痛的火焰即將把他燒化時，他決心下手掐死嬰兒，而後嫁禍於無法辯白、指明而又無法律責任的瘋女兒。然而，當他靠近那對「純粹與世無爭的安然自若」、「純粹潔白無暇的了無遺憾」的母子時，他渾身抖個不停，巨大的人道力量讓他良心遭到譴責，使他在千鈞一髮之際感到了「那是罪惡！」，他終於放棄了殺掉嬰兒的企圖和行為，「掉頭就走，走到門外，看到一片無涯際的翠綠田野在艷陽下亮麗的舒展開來。」罪惡在關鍵時刻得到了遏止，那是人道精神美的力量，嬰兒的幸運乃象徵著罪惡死亡線的崩潰。表現農民品格優秀的畫面，在愛土地如命的〈吾土〉如愛牛如命的〈跛腳天助和他的牛〉裏都有較深的表現，無疑，善與惡、美與醜的鮮明對比明示了「卑賤者」的心靈乃是高尚的、可愛的。

其次，揭示了在「西化」與現代藝術大潮衝擊下的舊傳統文化的沒落實質。

主題深沈且又運用時空交錯表現才法的小說〈散戲〉，就是通過臺灣歌仔戲的衰落景況來說明西化風潮湧起是歷史的自然發展的推動，湧現新事物，淘汰舊事物，是天經地義的，是不可阻擋的，是歷史發展的必然規律。小說中的「玉山歌仔劇團」原是鄉間一個頗受歡迎的劇團，可當與布袋戲和具有現代時尚的康樂隊同臺演出時，卻讓十來個穿著暴露的服裝、跳熱烈的舞、唱難聽的歌的康樂隊的女孩子和不倫不類「穿短裙熱褲唱歌跳舞的貨

真價實的女人」的布袋戲們擠下了臺。而「這兩個班子卻把所有
的觀衆吸引過去」，玉山歌劇團的演出只落得觀衆的以背部相
向，最後只得散夥，或靠玩「蜘蛛美人」來騙錢維持生計。歌仔
戲的没落恰是舊傳統文化没落的象徵，因而坦然地去面對淘汰，
迎接新生。洪醒夫正是以其優越和超脱的世界觀、歷史觀和藝術
觀，通過〈散戲〉表現了這樣一種對待歷史發展的科學的態度。

　　其三，真摯感人的鄉愁主題，抒發了「異鄉人」的歸心似箭
情懷。

　　由於特殊的歷史原因，鄉愁主題乃是臺灣小説中的特有的産
物。同大多數鄉愁小説相同，洪醒夫亦力求通過作品中的故事情
節的展現，來反映一個時代的特點。然而，他並非一味的去描寫
異鄉人的「緣愁似個長」，而從大我的角度異常感人地表現異鄉
人的鄉愁：廣東籍的國民黨退伍兵老廣，以開個狗肉小店為主，
久在異鄉為異客，時刻思念大陸的老家，鄉愁如魔鬼般地折磨、
摧殘著他。老廣的要求並不高，只要「這輩子能回老家看上一眼
……就死也瞑目了！」孤獨、寂寞、無望的思鄉，使他發狂，甚
至他願意「只要有一個人，不管他生成什麼樣子，不管他對我如
何，只要可以讓我去關心他……。」這種處於逆境中渴盼真愛與
友情的思想恰是赴臺老兵們的共鳴，窺一斑而見全豹，洪醒夫筆
下的異鄉人，正是臺灣幾十萬異鄉人中的「這一個」，把他們處
在鄉愁折磨下的心靈與外表都寫活了。

　　洪醒夫小説的藝術特色即是其內容和形式的相互協調、統
一，通過對人物行為細節的刻劃來揭示人物內心世界，把人物在
矛盾中推向頂端，然後才入情入理地使矛盾得到解決，主人公便
徐徐地從矛盾的顛峰上降落。在結構層次上，有些作品呈現出套
層方式，如〈散戲〉；有些採用意識流的跳躍式，如〈黑面慶
仔〉等等。綜觀洪醒夫的創作，不能不為其才華橫溢卻又如此短
暫的生命而痛惜，好一顆熠熠閃亮的新星。

第二十五章

鄉土小說的旗幟陳映真

第一節　陳映真的生平

在臺灣文壇上，有一位被稱為「海峽兩岸第一人」的奇特作家。這裏指的「第一人」當然是文學方面的，然而「奇特」卻指的是曾為自己的思想坐過七年監牢的歷史，他就是在小說創作中具有理智與探索精神的陳映真。

陳映真原名為陳永善。1937 年 11 月生於臺灣西海岸的竹南鎮。在他兩歲時過繼給他的三伯。七歲時，因躲避空襲，養父家與生父家一同搬到臺北縣鶯歌鎮，此時與他孿生哥哥相聚。九歲時，小哥哥重病身亡，這給他一次身心上的沈重打擊。直至很久很久以後，感傷的情緒還籠罩著他的心靈。他回憶到：「數十年

來，依稀總是覺得他的死邊而使失落了一個對等的相似的自我，
同時又彷彿覺得，因我的形貌、心靈的酷肖，那失落的一切，早
在小哥病死的一刻與我重疊為一。」為了懷念死去的小哥，便在
以不同筆名發表幾篇作品後，開始以亡兄的名字「陳映真」為筆
名，固定使用至今，或者還寓意為反映生活的真實。1957 年，陳
映真考入臺灣淡江文理學院外文系讀書。大學二年級時，〈麵
攤〉的問世使他從此躋身於臺灣文壇。陳映真善寫小說，又作評
論。發表小說時的筆名為陳映真，而發表評論文章時的筆名則是
許南村、石家駒等。臺灣著名學者、評論家呂正惠教授曾將陳映
真的創作分為四個階段——自傳時期、現代主義時期、反省時期
及政治小說時期。統觀陳映真的創作歷史，每一個時期都留下了
他的創作足蹟。1959 年至 1961 年是他的自傳時期。這時期他的
作品基調是「傷感、憂鬱、蒼白而且苦悶」，他在自剖式的〈試
論陳映真〉一文中寫道：「1958 年，他的養父去世，家道遽爾中
落。這個中落的悲哀，在他易感的青少年時代留下了很深的烙
印。這種由淪落而來的灰黯的記憶，以及因之而來的挫折、敗北
和困辱的情緒，是他早期作品中那種蒼白慘綠色調的一個主要根
源。」（參看古繼堂《臺灣小說發展史》，春風文藝出版社，
1989 年 1 版第 346 頁。）正如他自己所剖析的那樣，破敗的家鄉
市鎮、貧困的哀愁、苦悶的情緒，以及遠離故鄉這樣種愁思，無
一不在〈麵攤〉、〈我的弟弟康雄〉、〈鄉村教師〉、〈死
者〉、〈故鄉〉、〈祖父和傘〉等篇小說中找到影子。這一時
期，陳映真還在現代派超現實主義的圈子裏盤旋、惶惑、迷茫、
充滿淒苦和無奈。他作品中人物的命運也大多在失敗中走上自殺
的道路。如〈我的弟弟康雄〉中的那個充滿烏托邦式空想社會主
義思想的康雄、〈鄉村教師〉裏在幻滅中發狂自殺的吳錦祥、
〈故鄉〉中的那個終於墮落的哥哥、〈加略人猶大的故事〉中的
猶大等等，都是市鎮小知識份子。他們都懷著極旺盛的理想，但

都缺乏將理想付諸實施的勇氣和力量。他們只看到理想的美好，
卻不願為實現理想而付出代價；他們只想走平坦而有鮮花的大
道，卻畏懼崎嶇長滿荊藜的小路。這種用生命賭明天的、有著濃
重感傷情緒的城鎮知識份子形象的再造，正是此時期由於養父去
世、家道中落的悲劇使陳映真處於人生彷徨階段的真實寫照。這
些作品，無疑打上了自傳體的烙印。

　　1961 年至 1968 年是陳映真的創作由超現實向現實主義過渡
時期。此時，他的作品涉足於實實在在的生活之中，揭露、諷喻
現實取代了原本的無奈和逃避，兩岸關係成為他作品中的主題：
描寫臺灣姑娘與大陸老兵演繹愛情悲劇的〈將軍族〉，既突出了
人物自愧的心靈美，也突出了對現實的控訴，殘酷的現實生活摧
毀了有情人終成眷屬的希望。〈將軍族〉的問世，將陳映真的創
作從幻想拉回到現實，落腳在堅實的土地上。而在他另一部小説
〈唐倩的喜劇〉中，又可感受到他的思想有了飛躍性的變化，從
現代派文學的靈魂——存在主義的陰影中掙扎出來，走向燦爛、
多姿的現實：女主人公的四次換偶輪轉與存在主義信徒的試婚，
到信奉存在主義且又掙脱，正顯示出作者衝出現代派的樊籠邁入
新的創作行列。

　　1968 年是陳映真生命史上最不能忘懷的一年，也就是從這一
年起，他開始陷入了七年的「牢獄抗戰」。因莫須有的罪名被臺
灣當局關進了監獄，一關就是漫長的七年。監獄生活並未使陳映
真退縮、沈淪，而且變得更成熟、更堅強、更敏銳了。監牢裏造
就的力量為陳映真的創作開闢了一個新的「戰場」。在這個戰場
上，他愈戰愈勇，〈永恒的大地〉、〈某一個日午〉等小説是他
投獄前的作品，在他服刑間，懷念他的文友改易筆名為他發表
的。1975 年出獄後可謂是陳映真創作人生的輝煌時期，他徹底摒
棄了以往創作中的感傷、悲愴情調，並將健康向上、豁達歡快和
諷喻的風格融入作品之中，思想的覺醒帶來了再創作的高潮，世

界級作家的桂冠戴到他的頭上。新的創作更一發不可收，〈賀大
哥〉、〈夜行貨車〉、〈華盛頓大樓〉等系列小說，以及中篇小
說〈上班族的一日〉、〈雲〉、〈萬商帝君〉等相繼問世，是他
在鄉土文學論戰中所提出的「建立民族文學」思想的具體印證。
期間，他的〈夜行貨車〉和〈山路〉分別獲 1978 年吳濁流文學小
說獎和 1983 年臺灣《中國時報》文學獎小說推薦獎。

　　1983 年陳映真開始涉足於敏感的政治小說區域，目的是要把
他認為久被戒嚴體制湮滅的「歷史真相」告發於眾，發表了影響
頗大的〈鈴鐺花〉、〈山路〉等力作。1985 年他又創辦了大型報
導記實雜誌《人間》，著力於思想文化陣線的戰鬥。尤其是九十
年代以來，站在「中國人」立場上清理臺灣社會歷史，反思文學
現狀，直面現實，與「文化臺獨」和文學臺獨論者展開了不屈不
撓的鬥爭。從 1999 年開始，陳映真的文學創作再掀高潮，為文壇
奉獻了〈歸鄉〉、〈夜霧〉、〈忠孝公園〉等重作。無疑，陳映
真創作的震撼力再次迸發，「像一個文學領域的探險家，從不滿
足於腳下的獲得，不斷地踩著坎坷的路前行，不斷地有所發現、
有所創造。」至今為止，陳映真出版的中短篇小說集有：《將軍
族》、《第一個差事》、《陳映真選集》、《夜行貨車》、《華
盛頓大樓》、《山路》、《忠孝公園》等；出版的評論集有：
《知識人的偏執》、《孤兒的歷史，歷史的孤兒》等。

第二節　　陳映真的文學理論與其小說的思想成就

　　臺灣鄉土文學的開拓者、奠基者中有陳映真，七十年代臺灣
鄉土文學論戰眾多驍將中有陳映真。可以說，陳映真的文學理論
不僅在鄉土文學論戰中取得了勝利、為鄉土文學的發展開拓了航

道，而且其思想影響力在讀者中產生了較大的社會反響。國內的
評論家曾將陳映真的鄉土文學理論內容歸納為以下幾點：「文學
源泉來自生活；文學必須啟迪人生；文學有自身的規律，不能憑
藉暴力來左右或消滅；文學應建立自己民族的風格，首要是民族
的靈魂；臺灣文學是中國文學的一部份，臺灣文學要向中國文學
和第三世界文學認同等。」（古繼堂：《臺灣小說發展史》，春
風文藝出版社，1989 年 11 月第 1 版，第 349 頁。）

　　陳映真不僅是著名的小説家，也是鼎鼎盛名的文藝理論家。
尤其自鄉土文學論戰以來，他有大量的文藝理論著作問世，其形
式多樣、理論範圍寬廣，在臺灣文壇亦是屈指可數的。

　　前邊我們簡單介紹了陳映真小説創作發展的四個時期，應該
説，陳映真的理論思想應該是他出獄後所確認的。並且，他出獄
後所寫出的小説作品亦是在他文學理論指導下創作的。應該講，
早期即自傳時期、現代主義時期的作品所缺乏的理智與探索精神
在他後期的創作中得以發揮。尤其是 1977 年後所創作發表的作
品，如〈賀大哥〉、〈夜行貨車〉、〈雲〉、〈萬商帝君〉、
〈鈴鐺花〉、〈山路〉、〈忠孝公園〉等，展現了他創作產生的
新飛躍。

　　七十年代，臺灣經濟復蘇，呈現一派繁榮氣象。曾經任職美
國跨國公司駐臺灣分公司的陳映真，對整個世界商戰極為熟悉。
作為一個有骨氣的中國知識份子，他不願再看到臺灣中國文學如
經濟一樣被外國的文學和經濟所支配，要樹立鮮明的、自強自立
的民族主義旗幟，才能維護自己莊嚴的民族信心和民族意識。此
後，陳映真便將筆鋒轉入揭露和批判帝國主義進行經濟文化掠奪
的民族性題材。〈夜行貨車〉的發表，正體現了陳映真這一段的
創作水準。作品深邃的主題，使陳映真的探索之路又前進一步。
小説中通過三位在美國跨國公司做白領職員的中國人的故事，展
現了三種不同思想性格。年青漂亮的女職員劉小玲，曾將愛情輕

易獻給了深得美國老闆賞識的該公司財務部經理林榮平。林榮平是個有婦之夫，為了自己的切身利益，他根本不打算捨棄地位、家產與自己的太太離婚而娶劉小玲。他對劉僅僅是玩玩而已。劉小玲對他們之間的這種見不得人的愛情非常不滿，當她識破林榮平所玩弄的花招時，便又愛上了出身貧寒、卻又「粗魯、傲慢」、「憤世嫉俗」，擔任會計組長的中國職員詹奕宏。詹奕宏從內心愛著劉小玲，但卻對劉小玲以前的曖昧關係耿耿於懷。因而他對劉小玲的愛時而像頭綿羊，情意綿綿；時而像頭野獸威暴粗魯。他甚至對劉小玲說：「不要想賴上我，我可不是垃圾箱，別人丟下的我來撿。」劉小玲雖然在愛情上幾次失足，但她對詹的愛情是真摯的。但當愛情與自尊發生矛盾時，她寧願要自尊，而不要愛情。當劉小玲賭氣到美國移民時，公司開了歡送宴會，詹與劉的感情又開始了轉機。美國老闆對中國女職員的非禮，對中國臺灣的侮辱，激起富有民族氣節的詹奕宏的強烈憤慨，並當場向美國老闆提出抗議。然而崇洋媚外的林榮平卻擺出一副奴性，與詹形成了鮮明的民族主義與洋奴的對比。這使富有民族氣節的劉小玲幡然覺醒，毅然站在愛國的行列，體現了民族主義、愛國主義的勝利。回歸鄉土、回歸民族，正是作者在作品中所要體現的中心思想。而在另一系列中篇小說〈華盛頓大樓〉中，作者進一步集中揭露了帝國主義對第三世界進行經濟入侵和掠奪。小說〈上班族一日〉和〈雲〉，同樣包含了深沈的愛國主義和民族主義內涵。前一篇通過一位跨國公司的白領職員尋求自己生存位置的境遇，而揭露了資本主義社會的冷酷和資本家的無情，跨國公司尤如一架吞咽人們靈魂、吞咽人們道德的機器。後一篇則是由勞資雙方和美國公司內革新派和頑固派之間的矛盾來展示小說主題的。不論是〈上班族一日〉裏那位能幹到連紐約派來的查賬公司也無從查起他「合情合理轉掉的帳」、對公司、對老闆忠心耿耿奮力拼搏，只想得到一次升遷，然而，在爾虞我詐的社會

卻被欺騙，把「有希望抓到手的副經理位置」落到別人手中的黃靜雄；還是曾被美國老闆重用的中方行政主任、企業革新者、帶領工人以成立自己工會來推翻官方工會的張維傑，最後的結局都是失敗。在帝國主義跨國公司的壓榨下，無論是個人的辭職，還是集體的罷工運動，都從一個側面反映了中國工人和知識份子對帝國主義本質的深刻認識和反抗。有人將這兩篇小說比作一支憤怒的投槍直刺這架追逐利潤的貪婪的機器，並將不利於商品行銷的本土文化意識和價值觀念進行改造、破壞和消滅。

　　創作政治小說則是他後期創作中的更深的一次探索。七年的監獄生活，使陳映真的創作理智較早期創作更發達更寬闊。他不把自己限制在極小的範圍內，兢兢業業地去開墾自己所熟悉的土地，而是「棄其所能」的行徑，追尋更高的思想境界，拓寬自己的藝術才思。所幸的是，他所創作的政治小說〈鈴鐺花〉、〈山路〉，由於臺灣的政治禁忌逐漸放鬆，這兩篇小說無論從題材上還是藝術表現形式上都得到一個較大的突破，在臺灣文壇上發生較大影響。

　　〈鈴鐺花〉的主人公是一位曾被日本人從臺灣徵調到大陸去打仗的青年人。可到了大陸「卻投到中國那邊去做事了」，回到臺灣後，做了教師領導學生同不合理的教育制度作鬥爭。他領導學生們勤工儉學，使學生獲得實踐知識，使「升學班」的學生對「放牛班」的學生欣羨不已。他告訴學生：「分班教育是教育上的歧視，說窮人種糧食卻要餓肚子，說窮人蓋房子卻沒有房子住……」。終於這位青年從事革命活動被當局發現，追捕，最後殺害。小說謳歌了這位堅強的革命者。而在另一篇曲折動人的傑出的政治小說〈山路〉中，作者又毫無掩飾地讚美了一位捨己幫助革命者家庭的女青年蔡千惠。作品以倒敘的手法，將蔡千惠如何莫名其妙地一病不起，而又拒絕就醫的奇怪狀況進行鋪述。原因揭開，真相大白，一位當年仰慕革命者的青年姑娘千惠，由於未

婚夫與戰友李國坤被自己的哥哥所出賣，一位被殺一位被長期監
禁。蔡千惠懷著負罪感冒充李國坤在外的妻子來到李家千辛萬苦
照料老人和小叔子。後來小叔子長大成人娶妻，便把千惠當母親
一樣奉養。然而二十多年後當千惠偶然從報上看到未婚夫出獄的
消息，心中的激動加之矛盾便一病不起，卻又查不出病因。死
後，才從她遺留給未婚夫的一封信中得知真相。一位身心美好且
又偉大的聖母般的婦女形象正是作者竭力歌頌的。無論是從思想
還是藝術形式上，這篇作品不失為完美統一。2001 年出版的小說
集《忠孝公園》，是陳映真創作的又一高峰。這是他在艱難的社
會環境中，勇敢無畏地反對「文學臺獨」的光輝成果。中篇小說
〈忠孝公園〉以最敏銳的嗅覺描寫了在民進黨掌握了臺灣政權，
國民黨變為在野黨後，過去依附於國民黨的人的震驚、憤怒和不
安，及搞「臺獨」者，在「忠孝公園」中的不孝子孫形狀。小說
寓意深刻，表現了陳映真政治家兼藝術家的眼光和魄力。在三十
年來的臺灣新文壇上，很少有作家像陳映真一樣隨時用他的敏銳
的現實感捕捉臺灣歷史的「真實」。從他前後期的創作風格和思
想內容來看，獨特的使命感成為他創作的精神支柱。作為臺灣的
最具思想性，最具政治頭腦，最具時代感，而又最具浪漫情趣的
優秀作家，近年，他的「再出發」小說中突現的反思現狀、直面
現實的主題設置則預示出陳映真的作品將會達到一個更完美的頂
峰，這就是陳映真理智、探索精神的最終實現。

第三節　陳映真小說的藝術成就

　　現實主義深沈的揭露和批判精神與現代派的象徵、暗示、時
空交錯等靈活多樣的表達藝術相融合，是陳映真小說中所顯現的

獨特藝術。其既有深邃的思想，也有高度的藝術；既有現實的內涵，又有夢幻色彩。概括的講，陳映真的小說藝術特色主要表現為以下幾點：

首先，在表現技巧上，陳映真大膽採用夢幻和現實相交織的超現實主義手法，使小說的藝術和心理空間得到延伸，象徵的寓意引導著讀者去聯想意會生活的真諦。在陳映真早期的小說〈我的弟弟康雄〉、〈兀自照耀著的太陽〉、〈永恒的大地〉等中，都可看到一道濃郁的超現實的夢幻色彩。〈兀自照耀著的太陽〉作者用太陽來作象徵，把太陽和死亡兩個截然相反的意象並列在一起，在不合諧情節中產生出夢幻式的和諧，頗具童話情愫。〈永恆的大地〉是歌頌踏踏實實的大地的永恆的，卻大膽地將妓女出身的妻子賦予大地的象徵，在與其丈夫之間充斥著亦真亦幻的情感，在沒有鄉愁、沒有愛情中只是「貪婪地在伊的那麼卑陋而又肥沃的大地上，耕耘著他的病的欲情」，使那永恆的大地長出「全新的生命」。不確定的時空，不確定的社會背景卻又和真切的大地，深沈的主題連在一起，以產生寓言效果。現實和夢幻，眼前和永恆，互相交織，造成一種撲朔迷離的藝術氣氛。

其次，在結構藝術上，陳映真別出心裁地構築層次結構，設置多重主題。陳映真的中篇小說很少是單結構和獨主題的。比如〈雲〉，就從兩條線索突出主題，一條線索是描寫中國工人與帝國主義跨國公司的矛盾，另一條線索是表現新舊工會之間的矛盾。作品既揭露了帝國主義掠奪手段的多樣性，又表現了帝國主義「企業的安全和利益重於人權」的掠奪的根本原則。〈雲〉則採用三層結構法，第一層結構從張維傑與朱麗娟開設小公司起頭，第二層結構以張維傑的回憶為開端，第三層結構是裝配工文秀英的日記內容，三層結構分層敘述，融合在統一的主題下，作品既渾宏又統一，既壯觀又清晰。另外，多種體裁形式的敘述方式，豐富了敘事小說的傳統樣式，交替使用的不同人稱如〈山

路〉、〈最後的夏日〉等使作品都具有立體感和真切感。

其三，在刻劃人物形象上，陳映真將民族特色與歐美風格相結合去探索人物的內心世界。在他前期作品中，較多的是採用意識流的表現手法描繪人物形象；在中後期作品中，吸取中國傳統的刻劃人物的方法，借助富於個性的人物語言和行為來展示人物獨特的個性。調動多種手法使同一類型人物的形象大相徑庭，如〈雲〉中的艾森斯坦與〈夜行貨車〉中的摩根同為洋經理，但前者表面道貌岸然，實際內心虛偽狡詐，後者既粗俗不堪，又驕橫粗野。又如，近期發表的小說〈夜霧〉中對國民黨特工李清皓的描寫、就通過刻劃其內心裂變來突出其性格及命運發展，鮮明真實，栩栩如生。在語言表達上，陳映真不僅流暢自如地運用書面漢語普通話來塑造人物，還可根據內容和人物身份的需要，引用外語中和歐化句式甚至臺灣山地語來描繪，具有濃厚的當代生活氣息。

第二十六章

傑出的現實主義小說家黃春明

第一節　黃春明的生平

　　1935 年初春，黃春明誕生在臺灣宜蘭縣一户並不富裕的家庭，因為是頭生子，故讓父母、祖父母歡喜一通，奶名叫「阿大」。八歲那年，母親不幸去世，撇下了黃春明與下面的幾個弟妹，這一副生活重擔就壓在年衰且又纏過足的祖母肩上。生活的困窘使得黃春明養就了一副不屈不撓的倔強性格，為此他挨過家人、夥伴們甚至學校老師的無數次打罵。曾有過的一次「番茄樹」事件足見黃春明的性格特點：小學讀書時，一次國畫課，他畫了一幅題為〈屋頂上的番茄樹〉的畫，屋子小小的，番茄樹卻比屋子還大，老師不滿意，質問黃春明，黃春明堅持自己的意

見，粗暴的老師竟狠狠摑了他幾耳光，而黃春明仍然執著不改。
後來，黃春明又寫了一篇自傳體散文，題目便是〈屋頂上的番茄
樹〉。黃春明的這種性格使得他在讀中學時期，三年換過五個學
校，四次退學。其中有一次他考試不及格，怕貼在佈告欄裏讓人
恥笑，就乾脆連佈告欄都給砸碎。還有一次和同學打架被學校除
名，只好到一家電器行當學徒。由於打架的經驗相當豐富，便為
以後創作打架的題材小說〈男人與小刀〉積累了諸多素材。黃春
明終於在屏東師範畢業了，在他自己的要求下分到山地教書。由
於他與山地高山族同胞的頻頻接觸，結交了不少高山族朋友，為
他後來創作的〈黑蓮花〉等作品打下生活基礎。黃春明當學徒、
當兵、當教師、當工人、做電臺編輯和播音員、拍電影等的經
歷，固然為此後的創作生涯作了準備，但他也並不是一帆風順打
開文學殿堂大門的。也曾經摸索嚐試了許久，最後才得以入門。
對詩、童話都嚐試過了以後，他決定寫小說，最後是前輩林海音
將他引入了小說殿堂。黃春明的處女作〈城仔落車〉便是刊登在
由林海音主編的《聯合報》副刊上。這篇以細膩的筆法、充滿真
情的言語刻畫的一對孤苦無望、弱病纏身的祖孫二人寒夜搭車所
遭受的災難，具有寫實意義。而對黃春明的另一篇受現代派影響
具有超現實意味的小說〈把瓶子升上去〉，是發表還是退稿，曾
讓林海音大傷腦筋。為此，她對這篇「讓人喜歡而又操心的小
說」，讀了又讀，改了又改，發下去，抽回來，終於也「以自暴
自棄的心情發了下去。晚上睡在床上又嘀咕了好一陣子」。當黃
春明在與鄉土人物有了感情，進入「鄉土題材」的大堂，才算是
真正找到了自我。

　　1962 年至 1966 年是黃春明自認為「蒼白而又孤絕」的創作
早期，這時期的作品大多刊登在《聯合報》副刊上。共八篇小
說：〈城仔落車〉、〈兩萬年歷史〉、〈玩火〉、〈北門橋〉、
〈借個火〉、〈把瓶子升上去〉、〈胖姑娘〉、〈男人與小刀〉

等。

　　1967 年到 1973 年是黃春明創作的鼎盛期，也是他小說的成熟期，這時候的小說奠定了他「世界級」小說家的基礎。他的小說大多刊登在《文學季刊》上，故自稱「文學季刊是我的搖籃」。這些小說主要有〈魚〉、〈鑼〉、〈癬〉、〈甘庚伯的黃昏〉、〈溺死一隻老貓〉、〈青番公的故事〉等等，多半刻劃了現時社會中的一些低層人物遭遇、性格與心聲，表現了資本主義化之後的農村經濟和傳統思想的崩潰。他筆下出現了各式各樣的悲劇人物，並觸及到前人所未注意的領域，可以說是臺灣鄉土文學的開創者。儘管創作如此豐碩，但此時黃春明的小說並未引起文壇上大的轟動，也還未擁有太多的讀者。

　　1974 年，是他創作的又一個高峰期。由於生活環境的變遷，他的小說創作領域有了新的開拓。兩本自選集《莎喲娜拉・再見》、《鑼》的出版引起衆多評論家的熱情的關注。小說背景由農村轉入城市。受臺灣「保釣運動」所掀起的民族運動和文學中反西化思潮的感染，他的創作由鄉土題材轉入到對民族題材的開掘上。他主要描寫城市生活，揭露殖民經濟給臺灣人民帶來的災難，反映工人在城市中所處的困境。這時期的小說有〈莎喲娜拉・再見〉、〈我愛瑪莉〉、〈蘋果的滋味〉、〈兩個油漆工〉等。這些小說斥責了崇洋媚外，揭露了美帝國主義對臺灣的掠奪和蹂躪。

　　80 年代末期，臺灣社會轉型後，由於受到政治、經濟的擠壓，農村正面臨著老未能養的社會現象。如何贍養老人、人老了怎麼辦等一系列問題就成為黃春明筆下的焦點，隨後，他的老人系列小說問世。其作品有：〈最後一隻鳳鳥〉、〈打蒼蠅〉、〈呷鬼的來了〉、〈死去活來〉、〈銀鬚上的春天〉等。新世紀之初，還出版了短篇小說集《放生》，以精闢的觀點對老人生存觀念作了深刻的闡述。

在文學創作這條路上，黃春明創意充沛堅韌不拔，辛勤耕耘，他謙虛地把自己的創作成就說成是「善意的誤會」，並動情地將自己比做文學史這株大樹上的一片葉子，「落下來，參加作為肥料的行列」，然而諸人普遍認為，這片樹葉卻應該是滿樹中特別豐厚的那一片。

第二節　黃春明小說的創作成就

作為有著十分強烈使命感的作家，黃春明時刻關注著這個社會的發展，深情關注著社會中最下層民眾的命運和處境。在他的小說中，小人物佔著重要地位，他戲言自己是：「小人物的代言人」。

黃春明筆下的小人物大多是不與現實妥協的、堅強的、自信的小人物，他們有著一種極為旺盛的生命力，有著一股很強的要平等和自由的情緒。因此，以揭露控訴社會的黑暗，替小人物伸張正義是黃春明小說題材中的首要主題。讓我們分期對黃春明小說的這一主題做一剖析。

一、在黃春明早期與中期的小說中，他常情不自禁地將自己的情感與性格揉進小說中去。儘管某些人物、情節如他自己所說的「要多蒼白有多蒼白」，但對於被用心所描述的一群常遭人遺忘的小人物群組成的作品，卻也一樣震撼著讀者的心，久久回味。讓我們看看前邊所提到的那篇處女作〈城仔落車〉的情節：一位年邁體衰的老嫗，家境貧寒，生活不下去了。百般無奈之下，帶著患嚴重佝僂病的外孫去城裏找到當妓女的女兒，也就是外孫的母親，尋求一線生路。然而，當他們用僅有的一點錢買了車票上了車，原以為會平安到達，卻不知禍從天降。由於售票員

的粗心，報錯了站，使祖孫倆坐過了站。祖母拉著外孫在陰風淒淒的寒夜裏往回趕。待過橋時，富有同情心的守橋衛兵為祖孫倆攔了一輛貨車，這才將他們帶到了目的地。偶而的疏忽帶來意想不到的困難，刻劃了一位老祖母樸實堅韌的形象。要知道，黃春明兄妹五人自母親過早去世，便是由祖母所帶大的，其中的艱難辛酸早已在不言之中，不能不說，在下錯車的祖孫倆身上，有著黃春明與其祖母的影子。這大約就是黃春明的小說中常有的真情所在。

　　如果說在黃春明早期作品中是傾注了自己樸實的情感於小人物之身，而他作為「開創鄉土文學新紀元」的成熟時期的作品，卻觸探了前人所未注意的領域。無論是思想上、內容上、題材上，抑或是藝術水準上都有了新的突破。他開始在作品上一反以往僅僅是憐憫，而為其大聲疾呼改變這些小人物的地位和處境。如〈看海的日子〉裏的白梅，作為妓女是社會最低層的，最讓人瞧不起的人物。但她不甘沈淪，熱切地希望能有自己的骨肉，而享受做女人的權利。她懷孕以後，就離開妓院回到家中。為了替哥哥治病，她花掉了所有的積蓄，熱心地為村裏的人辦好事。待她生產時，全村的人都打著火把送她到醫院。一個被侮辱、被損害的人，通過自己的努力，提高了做人的尊嚴。然而讓人讀了以後陡然增添了幾分深沈，當數〈兒子的大玩偶〉。小鎮上的窮人坤樹為了生活所迫找了一份為醫藥公司做活廣告的工作。他常常將自己的臉薰的面目全非，前邊挂著百草茶，後面背著蛔蟲藥廣告，每天不停地沿街叫喊。他的親屬不贊成他的這份工作，說他是「人不像人，鬼不像鬼」。為了能讓老婆孩子有口飯吃，不幹這份又髒又累的工作又能如何？連妓女都瞧不起他這份職業。單單描寫坤樹如何苦，如何累，決不是黃春明的手筆，他深入社會最深處，從小處著眼，到大處著手，社會的黑暗使坤樹由人變成鬼去為人所冷眼所嘲笑。又是這個社會的不平讓坤樹失去做人的

地位和權力，連躲在自己家裏都無法使鬼變人。因為他的不懂事
的幼兒只認得鬼臉爸爸，對於換了人臉的爸爸卻感到恐怖，坤樹
只好在孩子的大哭聲中重新用粉墨裝扮，來哄孩子。這種令人氣
結而又淒慘的景況不正是因為窮才造成的嗎？社會制度的不平造
成了兩極分化。然而，又由於歷史不斷地前進，社會必然要發
展，在這進一步的過程之中，小人物又是如何表現自己、適應這
個社會呢？我們且看在〈溺死一隻老貓〉中，黃春明給我們的答
案。當資本主義經濟浪潮席捲臺灣的鄉村小鎮，紛至沓來的新事
物、新思想甚至新景觀逐漸為鄉村小鎮所吸收時，姑娘們的迷你
裙，小夥子的迪斯可，老年人的早覺會等等取代了傳統的風俗習
慣。方圓百里享有盛名的清泉村便建了一座具有療養、娛樂功用
的游泳池。有傷大雅的泳裝必然沖犯了村裏持有封建衛道士思想
的遺老遺少們。上告請願，激昂的言辭，人為的破壞，仍阻擋不
了游泳池的建立。然而村民們在警察局的干涉下，不再支援以阿
盛伯為首的反對派了，阿盛伯為了清泉村的名譽和子弟們的「純
潔」，以死來繼續抵抗。可他的死不過引起一陣小小的風波，絲
毫也没能阻止得了游泳池「那份愉快如銀鈴的笑聲」，清泉村的
後代已成為游泳池的主人。對此，我們不僅想起了半個多世紀以
前魯迅先生筆下的九斤老太、魯四老爺們來，這是多麼相像細節
的凝聚。魯迅先生的筆嘲諷了封建衛道士們，黃春明步步緊隨。
顯然，黃春明對他筆下的違反社會進步的阿盛伯們並非同情、維
護，而是猛烈抨擊，堅決鬥爭，甚至連小說的標題都帶有極大的
鄙視。

　　二、七十年代中後期，臺灣進入資本主義，世界經濟的浪潮
席捲了臺灣，一些跨國公司相繼撲入臺灣市場。崇洋媚外，嚮往
西方，成了社會上一些人們的通病。黃春明仍從描寫人物入手，
一反往常的同情憐憫，用辛辣的筆鋒將喪失民族自尊甘當洋奴的
小人嘴臉展示給讀者，揭示出了臺灣現實社會潛伏的危機。在一

陣輕喜劇般的嘲諷後，會感到隱隱作疼般的沈思，〈我愛瑪莉〉便是這一時期的佳作。在美國跨國公司的臺灣機構裏工作的臺灣人陳順德，是一個不折不扣的洋奴，單從他改名為「大衛‧陳」便可窺視其崇洋媚外到了極點。為此他極得洋老闆的賞識，並不是為其能力，而是從其身上得到多面性的利用價值。當洋老闆回國休假，為了表示對洋人的忠心，大衛‧陳千方百計將老闆豢養的一條名叫「瑪莉」的雜種狼狗接來飼養，像愛自己的情人一樣愛狗。自己妻子對狗稍有不周，便遭之打罵。大衛‧陳揚言愛狗甚於妻，把矛盾推向了尖端。崇拜洋人連及其狗，連點起碼的民族情感與民族自尊都喪失了，人性與人情在他身上蕩然全無。這種細緻入微而又語義深刻的描繪，不禁讓人痛快淋漓。由此可見，對大衛‧陳崇洋媚外的批判目的，是維護民族主義的生存。而在黃春明的另一篇〈蘋果的滋味〉小說中便對美國虛假的外援進行了揭發：建築工人阿發被一美軍上校開車撞傷了雙腿，住進了從來未進過的大醫院就診，還換來了一筆數目不小的贍養費，並且啞巴女兒也可送到美國去念書。這種因禍而得的「福」使阿發一家感恩戴德。上校派人送來了蘋果和麵包，可吃到嘴裏卻沒有想像中的那樣香甜。「泡泡的，假假的感受」，這句富有象徵性的文字，不正寓意美國人給了臺灣人民「甜頭」，其滋味酸酸澀澀、虛虛假假的麼？暗示臺灣依賴外國人不可靠性，洋奴哲學的奉行，必將會引起民族主義的憤慨。黃春明一面在批判洋奴性，一面在歌頌民族氣節。《莎喲娜拉‧再見》的發表，在臺灣引起猛烈的反響，「激起讀者激動的掌聲，因為在這篇小說中，作者把所有人胸中的悶氣一股腦兒象火山爆發般噴了出來，激盪起高度愛國情緒，於是黃春明的聲譽，就超越他的同伴了。」小說通過對一個小職員內心感受的真實描寫，深刻反映了當時臺灣社會屈辱的現實。黃君是臺灣一家外企旅遊公司導遊，尊老闆指令要帶一批當年曾入侵中國的日本帝國主義份子、而今搖身一變

為商人──日本「千人斬」俱樂部──一個出國嫖娼集團──的成員在臺觀光旅游。軍國主義思想仍殘留在這入侵者身上，來臺灣是為了用另一種方式從精神和肉體上摧毀中國臺灣人民。作者運用歷史與現實對照的方法，把這種屈辱表現的更強烈。當黃君被迫帶這批人來到臺灣旅遊地礁溪去玩中國姑娘，在忍無可忍的憤慨下，他想盡辦法同日本帝國主義份子鬥爭。他利用環境的不熟、語言不通的有利條件，想方設法整治日本人：將他們變做小丑狀供其他遊人嘲弄；又用臺語咒罵日本人；提高臺灣姑娘的陪宿費以增加收入。在遇到一些媚外的臺灣人時，黃君便利用自己身份，隨時揭露日本人侵華罪行，以示教育洋奴。從黃君身上，我們看到了強烈的民族正義感和愛國主義情懷。這正是黃春明的置身於作品中對讀者的形像說教。不能否認，這種民族主義感情的交流，使作品產生強大的社會影響力，起到不可估量的藝術作用。這就是黃春明之所以成為優秀鄉土文學作家的實證。

　　「小人物」是黃春明筆下的重點，也是他創作的起點。以小來表現大的思想主題，亦可看出黃春明的思想中蘊藏的極深的內涵。作為「小人物的代言人」和標準的鄉土文學作家，在黃春明的作品中總彌漫著一層淡淡的哀愁，這就是被評論界所稱道的「鄉愁」。當黃春明在這充滿鄉愁的自然環境下，展示他每一位小人物的不幸結局的命運時，作品便時時鬱結著一個悲劇性的主題。通過對原始的未經污染的自然的懷戀，來映襯一個社會歷史的悲劇，這就是黃春明小說作品中所追求的。即使他從「鄉土」來到「城市」也不過是以鄉土文學作家眼光來看城市生活罷了。因而人們仍將他視為深情熱愛鄉土和人民的作家是恰如其分的。

第三節 黃春明小說的藝術特色

黃春明當之無愧為臺灣文壇上創造性最強的作家之一，他不僅在小說創作題材上努力開拓新的領域，而且在小說的藝術表現手法上大膽地創新與突破。由於他對生活在底層社會的弱小民眾寄於深切的同情，因而著力表現對人性尊嚴的維護和對人的價值的思考。我們就從以下幾方面來分析黃春明小說的藝術特色：

第一，以現實主義的手法刻劃人物形象。在黃春明的小說中，其栩栩如生、惟妙惟肖的人物都具有鮮明迥異的性格特色：風燭殘年、身弱體衰卻錚錚鐵骨、倔強執著的青番公、阿盛伯、甘庚伯們，他們都是世代生長於臺灣本土的老翁，年齡相仿，經歷相似，地位相當，但個性不盡相同。如對社會發展和歷史前進不相適應、戀舊、護舊，甚而不惜做舊秩序殉葬品的阿盛伯卻有著一種為信念而獻身的英雄氣慨；愛土地如命、有著高超的農耕技藝卻又懷著迷信心理的青番公。在描繪人物時，黃春明將肖像描繪和心理刻劃、職業特點和生活經歷、語言行動和思想智慧結合起來，使人物鮮活而有趣，豐盈而飽滿。例如〈鑼〉中那個遭人捉弄且又妄自充大，具有當代「精神勝利者」姿態的主角憨欽仔，黃春明並非「怒其不爭」，而是對其寄予更多的對社會的批判。

第二，以辛辣的諷刺技巧來抨擊和揭露社會的腐敗。善用嘲諷亦是黃春明小說的一大特色，並且是根據所描繪的物件來加以區別的，有的是善意的同情和淡淡的悲哀，有的則毫不留情地誇張、諷刺。鄉土派理論家尉天驄曾寫過〈欲開壅蔽達人情，先向詩歌求諷刺〉的文章。他認為：「古今中外，無論經濟學家、政治學家，乃至文學家、藝術家，只要他還對人類具有愛心，便沒

有一個不是透過自己的工作努力去為人們爭取平等的生活的，在他們的努力中，即使不能立刻有所進展，也會繼續為這理想而奮鬥……。」（古繼堂：《臺灣小說發展史》，春風文藝出版社，1989年11月第1版，第364頁。）在尉天驄看來，諷刺不僅是一種手法，而且是一種實質。它的基本內涵應該是對社會的不公和腐敗現象進行揭露和抨擊。而黃春明在他的小說中，將內容和手法兩者結合起來把滑稽可笑的諷刺藝術轉換為莊嚴肅穆的教誨，讓讀者含淚而笑，捫卷自思，比如在〈我愛瑪麗〉中，那位奴顏媚骨喪失民族氣節的大衛·陳在其妻的質問「愛我還是愛狗」時的回答：「愛狗」，此時，讀者的憤怒代替了笑聲。

第三，以平易質樸的語言透出濃郁的地方風情。作為鄉土小說的代表作家，其最大的成功在於對各類鄉土人物的語言把握到位。鮮明、生動、凝練的語言出自於不同人物的口中，各具特色，實在是典型的「這一個」。例如，「其中先有一兩個撲嗤地笑了一聲，但眼看奕頭和一些人的臉孔都板起來以後，後頭跟著來的笑聲也都給悶死了。」這句話中一個「悶」字寫得十分傳神，把用好多詞才能表達清楚的意思一詞說清。又如，憨欽仔肚子餓的咕咕叫去偷木瓜，冒著風險，費了九牛二虎之力用長竿打下一個木瓜，卻掉進了乾了一層殼的糞池中。作者這樣寫道：「眼看就到手的大木瓜，撲刺地一聲悶響，掉落在乾了一層殼的糞坑裏，木瓜穩穩地往坑底，一點一點的下沈，憨欽仔像與情人惜別，痴痴地目送著將沈沒的瓜，咽了幾口口水，慰藉此刻饑腸的絞痛。」一個「與情人惜別」，一個「慰藉此刻饑腸的絞痛」，把憨欽仔的處境和神態寫得栩栩如生。再如，作者寫憨欽仔住在防空洞裏，早晨從竹床上坐起時寫道：「他凝望的片刻間，感到自己就要羽化，從那陽光中飛走似的。」黃春明寫鄉土人物卻不用臺語，他不用臺語卻能把鄉土人物寫得活靈活現，表現了黃春明語言上的很強的功力。

第二十七章

臺灣新詩的回歸民族回歸鄉土浪潮

第一節　臺灣新詩回歸的歷史背景

　　20 世紀 70 年代初期，臺灣出現了以一部份先進知識份子為先導的民族意識的大覺醒運動。由於美臺斷交，美國將中國的釣魚島作為禮物送給日本，於是引發了覆蓋西半球的中國人愛國保釣運動。這些對臺灣起了極大的震撼作用。於是臺灣島內的民族主義，愛國主義激情大大高漲。以陳鼓應和王曉波師生為代表在臺大發起的民族主義座談會，和臺灣大學學生郭譽孚在臺大校門前持刀刎頸，血寫「和平、統一、救中國」的大字，使臺灣群情激奮，民怨沸騰。這種民族主義、愛國主義的激情，像電光火石般照耀了文學，照亮了繆斯，使文學中的民族意識和愛國情感像

煤炭遇到了火焰，熊熊燃起。臺灣文學內部自 50 年代中期開始的新詩論爭進行的反「西化」運動，已經持續了十多年。人們不僅看清了臺灣新詩西化的弊端和謬誤，而且迫切地感到了臺灣文學和新詩回歸民族，回歸鄉土才是唯一的救贖之道。臺灣文評家何欣撰寫〈文季同仁六大原則的說明〉中寫道：「今天我們所需要的文學，不是全盤西化、模仿的，它必須是由中國傳統中，生長與發展的，創新的，不是躲在象牙之塔裏做無病呻吟的，必須是正視現實和健康的，不是單純抒發個人情懷的低吟，必須是屬於多數人的高歌。」而文藝批評家《龍族詩刊》的靈魂人物高信疆則說：「投入到生活的原野，與我們周圍的人群同哭同笑，接受我們作為一個中國詩人的歷史背景與現實意義，接受那風風雨雨的磨練……用自己的筆，傳達出我們這個時代的悲歡愛恨，用自己的筆推動大夥兒，一步步向前。」（〈龍族評論專號・序〉，《龍族詩刊》，1973 年 7 月 7 日）當時的內外因素都迫使著臺灣新詩由西化向民族，向鄉土的方向回歸。於是臺灣便出現了一個巨大的，持續地新詩回歸運動。這個回歸運動的前奏是「葡萄園詩社」、「海鷗詩社」、「新象詩社」、「噴泉詩社」和「笠詩社」等的出現。這些詩社、詩刊，或自覺、或不自覺地與現代派詩的西化相反，實行著現實主義的詩創作路線，繼承著中國新詩的傳統，創造著中國風格和中國氣質的新詩。不管它們是一支火把，一堆篝火，或是一個螢火蟲，它們都曾發過光，發過熱，都曾撐起過臺灣詩壇的一片藍天。其中的「笠詩社」和「葡萄園詩社」貢獻最為顯著。

「葡萄園詩社」，成立於 1962 年 7 月，由文曉村和王在軍發起。主要同仁有：李榮川、陳敏華、藍俊、李佩征、古丁、司馬青山、宋後穎、溫素惠、金築、閔垠等。發行《葡萄園詩刊》，第一任主編為文曉村。現任社長為金築、主編為臺客，發行人賴益成。《葡萄園詩刊》創刊至今已發行 151 期，從未間斷過，是

臺灣極少數不曾間斷的詩刊之一。「葡萄」之名，象徵著透明、圓滿、成熟、清新和明朗。該詩社是在反對現代派詩之西化和晦澀的大潮中誕生的。它一出世便由主編提出了與現代派詩相抗衡的「明朗、健康、中國詩的路線」，該刊第八，九兩期連續發表〈論晦澀與明朗〉、〈論詩與明朗〉的社論。第 31 期又發表了〈建設中國風格的詩〉的社論。對詩的真實性、民族化、中國化、普及化進行了闡論。該刊寫道：「所有忠於中國的詩人，應該將凝視歐美詩壇的目光，轉回到中國自己的土地上……讓我們的新詩在中國的土地扎下不可動搖的深根，來表現我們中國傳統文化薰陶之下的現代思想與現代生活的特質，以建設中國的新詩。」該刊明白地在大聲疾呼臺灣的詩人和詩應迅速回歸到中國詩的方向上來。文曉村長期任「葡萄園詩社」的社長和主編，他 1928 年出生，原籍河南省偃師縣人，臺灣師範大學畢業。他是「明朗、健康、中國詩路線」的提出者和實行人。他曾為此反覆論證、大聲疾呼、積極推廣。他在《水碧山青》詩集的自序中寫道：「多年來我一直堅持，現代詩應走健康、明朗、中國詩的道路，在西洋詩詭譎多變的陰影中，希望能保持中國詩人自我的清醒。」而他在自己的詩創作中，始終在堅持實行自己的這一主張。

第二節　「笠詩社」

「笠詩社」於 1964 年 6 月 15 日在臺灣成立，發起人有：趙天儀、黃荷生、林亨泰、陳千武等。這是一個由清一色臺灣省籍詩人組成的詩社。往前追溯，它是連接和繼承了日據時的「銀鈴會」的某些傳統。該詩社成員分為老、中、青三個梯級。屬於

「跨越語言」一代的老詩人有巫永福、陳秀喜、陳千武（桓夫）、林亨泰、吳瀛濤、詹冰、錦連、張彥勳、羅浪、周伯陽、黃騰輝、林外、葉笛、黃靈芝、李篤恭、何瑞雄等。第二代詩人有：白荻、黃何生、趙天儀、李魁賢、岩上、非馬、許達然、杜國清、林清泉、靜修、蔡其津等。第三代詩人有鄭炯明、陳明臺、李敏勇、拾虹、陳鴻森、郭成義、趙西定、陳坤崙、莫渝等。「笠詩社」發行《笠詩刊》，是臺灣很少不脫期的詩刊之一。目前《笠》詩刊已經發行到 224 期。「笠詩社」冠以「笠」的桂冠，一方面標示著他的農業社會的鄉土內涵；另一方面可以看出日本文化對詩社發起者的某種影響，該社創作上奉行「新即物主義」路線。內容上大體包括三個層面：一是鄉土精神的維護；二是新即物主義的探求；三是對現實和人生的表現和批判。「笠詩社」同仁創作風格上並非屬於一個流派。有的詩人具有較濃的臺灣鄉土氣息，有的崇尚現代主義，有的奉行超現實，有的受到日本和歌與俳句的明顯影響。「笠詩社」自成立至今，政治傾向上發生了很大變化。20 世紀 80 年代之前，他們是「中國論」者，他們所追求的是「中國風格」和「中國方向」。如該詩社的創辦人和靈魂詩人之一趙天儀在談到「笠」的方向時寫道：「我以為中國現代詩的方向，正是『笠』所追求的方向。而笠開拓的腳印，正是樹立了中國現代詩的里程碑。我以為現代詩的創造，在方法上，是以中國現代語言為表現的工具，以清新而確切的語言，表現詩的感情、音響、意象及意義。而在精神論上，則以鄉土情懷，民族精神與現實意識為融會的表現。以這種方法論和精神並重的基礎，來探索我們共同未來的命運。笠同仁在這十六年來的一百期中，正是朝著這種現代詩的主流，開拓了一條踏實的創作的途徑。」（〈現代詩的創造〉，臺灣《民眾日報》，1980年 12 月 13 日）1980 年，當笠詩社的全體同仁在歡欣鼓舞地慶祝《笠詩刊》創刊一百期的時候，他們還放聲高唱著中國之歌，還

堅定地宣告：「笠的方向，就是中國的方向。」在他們慶祝「笠詩社」成立十五周年時出版的同仁詩選的序言中還寫道：「以臺灣歷史的，地理與現實的背景出發的，同時也表現了臺灣重返祖國三十多年以來歷盡滄桑的心路歷程。」那時，他們的作品和文章中無處不表現出他們作為中華民族一員的驕傲心情，作為炎黃子孫一份子的光榮感。但是也正是從 20 世紀 80 年代中期，「笠詩社」開始悄悄地變化，某種分離主義傾向漸漸抬頭。1983 年 5 月出版的《臺灣文藝》發表趙天儀的〈光復以後二十年新詩的發展〉一文中，他把臺灣新詩誕生和演變的因素，歸納成了四條。其一是：臺灣新詩是中國古典詩傳統演變的產品。其二是：臺灣新詩的倡導，有一部份是因為受了中國五四運動時期新詩運動的影響，從而發展出來的作品。其三是：「也受了日本新詩運動的影響」。其四是：「曾經透過日本語文的教養，接受世界文學，尤其是西方歐美文學」。該文與前文〈現代詩的創造〉相差僅三年時間，但對臺灣新詩的本質看法已有轉變。人們不難看出分離主義和「去中國化」的傾向已經悄悄出現。到了 80 年代未期和 90 年代初期，「笠詩社」的分離主義傾向逐步明朗，其主導傾向已變成了臺灣「文學臺獨」勢力的一部份。但是「笠詩社」也並非鐵板一塊，我們不將「笠詩社」同仁都看作是「文學臺獨」份子，事實也並非如此。由於血緣、親緣、地緣關係，死心塌地的「臺獨」份子只是少數，多數人或是被迫，或是因某種利益驅使，或是一時糊塗，誤入了歧途。他們必有猛醒和轉變的一天，我們期待他們的轉變。祖國也期待他們的轉變。祖國和民族永遠是每個炎黃子孫的家。不怕迷途、而貴在知返。

　　白荻，本名何錦榮，臺中市人，1937 年生，1956 年畢業於臺中商職高級部。1953 年開始在《藍星周刊》發表詩作。曾是「現代」、「藍星」的同仁和《創世紀》詩刊的編委。1964 為「笠」

的發起人之一，曾多次獲詩獎。他出版的詩集有：《蛾之死》、
《風的薔薇》、《天空象徵》、《白荻詩選》、《香頌》、《詩
廣場》、《風吹才感到樹的存在》、《自愛》、《觀察意象》
等。詩論集有《現代詩散論》。白荻是詩歌道路上的一個勇敢的
追求者和探索者。他的追求表現在他對生活的不斷開掘。詩的社
會意識和批判意識的不斷增進和強化，藝術形式的創新和表現手
法豐富。他說：「我們需要以各種方法去扭曲、錘打、拉長、擠
壓、碾碎我們的語言。對於我們所賴以思考表達的語言，能承受
何種程度。重要的是精神，而不是感覺。……我們要求每一個形
像都能負載我們的思想，否則，不惜予以丟棄，甚至從詩中驅逐
一切形容詞，而以赤裸裸的面目逼視你。我還要去流浪，在詩中
流浪我的一生，我決不在一個定點安置自己。我的歷程就是我的
目的。在地平線外空無一物，我還是要向它走去。」（臺灣《自
立晚報》，1984 年 9 月 15 日。）白荻在這裏不僅表現了他是藝
術的不斷追求者和創新者，而且是一個非常注意詩的思想主題表
達的詩人。他要使每一個形象都負載詩人的思想，決不讓詩中的
任何一個形象遊手好閒。因而，白荻的流浪就是追求；就是探
索。他決不在一個定點上安置自己，他要不停地探索一生。白荻
有一首詩〈流浪者〉就是用圖像詩的方式，表現他永不止息地追
求前進的腳步。白荻還有一首詩〈雁〉，也是描寫大雁朝天邊，
朝著不斷擴展放大的理想追求前進的主題。追求、探索和創新是
一種非常艱苦、非常堅定、執著的事業。它讓理想長幼芽，它讓
執著長生命，它讓無畏結碩果。這種勃勃向前的精神和朝氣，往
往使許多不可能變為可能；往往能將物質和精神的互相轉化的效
果達到佳點。白荻筆下的許多小動物、植物，如小草、雁、金
魚、飛蛾、沙粒、鷺鷥等，都能在這種無畏的追求中產生出神奇
的效果。白荻創新不僅是在詩的排列方式上和旋律節奏上，而是
他把詩作為一種語言藝術。語言又是負載思想的工具。因而他關

於詩語言的創新的前提，又是有內涵有思想的語言，決不是那浮華的，嘩衆取寵的，生活中小丑式的博人一快和一笑。例如在〈天空〉一詩中，他創造了這樣的句子：「天空已不是老爹，天空已不是爹」。在〈雁〉一詩中有「鼓在風上」的句字，這些詩句粗看似乎莫名奇妙，但深思卻奧妙無窮。前者表現一個飽受旱災折磨，盼望呼喊老天下雨，天上不但不下雨，反而出現了炮花、戰鬥機這些討厭而又可惡的東西。「天空已不是老爹」表現了農民語無論次地對天空的詛咒。「鼓在風上」表現了大雁在天空飛行的驕傲姿態和自信不息的神情。這種創新遠遠超出了語言的範疇，而是一種意象上的創新和內涵上新的概括。白荻在臺灣詩壇上是一個創新者的形象。

　　李魁賢，1937 年生，臺北市人。臺北工專畢業，美國世紀大學肄業。臺灣「笠詩社」的中堅詩人之一，20 世紀 50 年代開始寫詩。出版的詩集有：《靈骨塔及其他》、《枇杷樹》、《南港詩抄》、《赤裸的薔薇》、《李魁賢詩選》、《水晶的形成》、《輸血》、《永久的版圖》、《祈禱》、《黃昏的意象》、《秋與死之憶》。文學評論集有：《心靈的側影》、《德國文學散論》、《弄斧集》、《臺灣詩人作品論》、《浮名與實務》、《詩的反抗》、《臺灣文化千秋》、《詩的見證》、《詩的挑戰》等。此外還有散文集《歐洲之旅》、《詩的紀念冊》等。李魁賢認為：「詩的存在要以不阿諛社會，不取寵權貴，不討好報紙副刊及雜誌編輯，才能顯示起碼的意義。」他認為：「詩畢竟不是潤滑油，也不是廣告招貼，而是時代齒輪間的砂粒，是良心的追緝令。」李魁賢十分注意詩的平民性、獨創性和現實性，十分注意詩品和人品的結合。他的〈鸚鵡〉一詩，藉用鸚鵡只會學舌，而不會創造的特點，辛辣地諷刺了那些沽名釣譽之徒和表面一套背後一套的兩面派，行為上的卑鄙和人格上的分裂。詩人抓

住社會上的依附和攀爬之風，在〈盆景〉一詩中以錦藤和棕櫚兩者的依附和被依附關係，對那種醜惡的社會現象進行了尖銳的批評。李魁賢的詩充滿著現實批判精神和平民意識。李魁賢在「臺獨」意識抬頭的 20 世紀 80、90 年代交替之間，思想意識也發生了變化，錯誤地站在了「臺獨」勢力一邊。例如，他在 1978 年發表的〈我們的國土〉和〈光復釣魚臺〉等詩中，還充滿熱愛中國、熱愛中華民族的思想。他寫道：「爸爸，臺灣光復表示／臺灣從此不再是殖民地／已回到了祖國懷抱／可是為什麼／我們的釣魚臺又被佔？」（《光復釣魚臺》）。但是當「臺獨」勢力鼓噪的時候，他卻又加入了「建國黨」，站到了民族和祖國的對立面，這是人生最大的悲劇。民族和祖國是我們的母親，她生養了我們，也孕育了我們的文學，是不能褻瀆和背叛的。

趙天儀，1935 年生，臺中市人，是詩人，翻譯家和美學理論家。臺大哲學研究所碩士，曾任臺大教授，現任臺灣靜宜大學系主任。他出版的詩集有：《果園的造訪》、《大安溪畔》、《牯嶺街》、《趙天儀詩集》、《林間的水鄉》、《腳步的聲音》。出版的論著有：《美學引論》、《美學與語言》、《美學與批評》、《裸體的王國》、《詩意的與美感的》、《現代美學及其他》、《筆耕在春天》、《臺灣現代詩鑑賞》、《兒童文學及美感教育》等。趙天儀少年時代，是在日本軍國主義的殘酷壓迫和奴役下呻吟過來的。他對日本人在臺灣犯下的滔天罪行有過親身的體驗，他曾為抗日的勝利、日本帝國主義無條件投降的巨大勝利歡欣鼓舞。這些在他的創作中曾有過反覆的描繪。日本軍國主義者為了軍用蓖麻油，為了軍用罐頭，強迫還是小學生的趙天儀和同伴去種植和生產這些東西：「在我們課餘勞動的菜園裏／移植一棵棵的蓖麻」、「為軍用罐頭而移植的蝸牛」。趙天儀用親身經歷揭露日本人的罪行。他親耳收聽日天皇宣佈無條件投降的

喜訊：「日本天皇在播音機上／正以懺悔／而激動的泣音／廣播著投降的消息」。趙天儀詩中的另一個重要題材和主題，是揭露和批判社會弊端的寫實之作，及對臺灣農村生活的真實描寫。《大安溪畔》和《菜園的造訪》、《壓歲錢》等詩集中有充分的表現。趙天儀是「笠詩社」的靈魂詩人之一，當「笠詩社」由民族和鄉土向「臺獨」傾向轉變時，趙天儀也是其中一員。不過他並不是那種激昂和叫喊型的人物，他是那種善於思索和學者型的人物，我們期待著他能從思索中醒悟。

　　非馬，本名馬為義。1936 年 9 月出生於臺中市，原籍廣東省朝陽縣。一度曾與全家從臺灣遷回老家，1948 年又與父親一起去臺灣定居。他畢業於臺北工專，1961 年赴美留學，獲威斯康辛大學博士學位，現已從美國阿岡國家研究所退休。他是「笠詩社」的重要詩人，也是「笠詩社」中不多的拒絕「臺獨」，主張大中華的詩人之一。他出版的詩集有：《在風城》、《裴外的詩》、《非馬詩選》、《白馬集》、《非馬集》、《四人集》（合著）、《篤篤有聲的馬蹄》、《路》、《非馬短詩精選》、《飛吧，精靈》、《非馬自選集》、《微雕世界》、《非馬的詩》等。非馬是位核電科學家，他的思考模式和語言習慣，成了他科學研究和詩之間的橋梁和通道。科學家的智慧、深思、果斷和幽默，通過藝術創造凝結成了詩的碩果。因而非馬的詩成了世界華人詩中的一種獨特現象，即：短詩的奇葩。他的詩短小、凝練、含蓄、幽默而富於哲理。他的詩被廣為傳誦的名作很多。如：〈黃河〉、〈電視〉、〈醉漢〉、〈鳥籠〉等，幾乎成了華人知識圈中人人皆知的作品。這些作品被人傳頌，是因為它們是藝術精品，是因為它的內容和形式的高度結合而深深地打動了讀者；是由於詩中涵容的東西十分豐富，而讓各方面的讀者均產生共鳴的關係。如：〈醉漢〉一詩，表面上是寫醉酒後的醉漢，但實則

是寫鄉愁，寫久離故土，久離母親，思念故鄉和親人如痴如醉。
第一節寫「醉漢」「把短短的巷子／走成一條／曲折／回蕩的／
萬里愁腸」，到了第二節，詩頓時作了暗中轉換「左一腳／十年
／右一腳／十年／母親啊／我正努力／向您／走／來」。醉漢不
可能右一腳十年，左一腳十年，醉漢不可能去思念母親和故土，
因而顯然是鄉愁之醉。這是非馬的代表作之一。構思精巧、內涵
深沈，喻體和寓意，既含蓄又明朗，是不可多得的好詩。

　　「笠詩社」中還有許多大將，如：許達然、杜國清，以及較
年輕的鄭炯明、郭成義、李敏勇、陳鴻森等。但是由於篇幅限
制，不能展開，實為遺憾。

第三節　臺灣新詩的回歸大潮

　　臺灣新詩論爭自 50 年代中期開始，到了 70 年代，已進行了
十餘年的反覆交鋒。此刻誰是誰非，誰優誰劣，已經真相大白。
在論戰火力摧毀的廢墟上，已該有新苗生長；在論爭迷途知返的
人們中，已該有轉變和新的出發。總之，該是由精神向物質轉
化，由理論論證向新的實踐轉化了了。這種轉化就表現為，自 1970
年前後開始，持續了十年的大規模的臺灣新詩回歸浪潮；這個回
歸的浪潮表現為：中國性、民族性和鄉土性。這個浪潮先後有數
十個青年詩社和數百名青年詩人從臺灣的土地上崛起。這個新詩
回歸浪潮可分為三個時期。即初期、中期和後期。初期崛起的青
年詩社有：

1. 龍族詩社

　　1971 年元月 1 日，一條代表中華民族詩的巨龍，在臺灣反西

化的大地上躍起。他們發行《龍族詩刊》，該刊封面上寫著醒目的、代表著全新詩觀的文字：「敲我們自己的鑼，打我們自己的鼓，舞我們自己的龍！」他們真誠地宣告：「第一，龍族同仁能夠肯定地把握住此時此地的中國風格；第二，誠誠懇懇地運用中國文字表達自己的思想；第三、詩固然要批判這個社會，但是，也要敞開胸懷讓這個社會來批判我們的詩。」（〈《龍族詩選》・序〉，臺北林白出版社 1973 年 6 月）「龍族詩社」代表著一種嶄新的，中國的，中華民族的，鄉土的詩歌理論和詩的創作實踐。其主要成員有：辛牧、施善繼、林煥彰、林佛兒、陳芳明、高尚秦、喬林、蘇紹連、黃榮村、蕭蕭等。後來該詩社的個別人，如陳芳明，墮落成了「臺獨」份子。

2. 主流詩社

1971 年 6 月成立，創辦《主流詩刊》。主要同仁有：黃勁蓮、羊子喬、林南、吳德亮、莊金國、龔顯宗等。他們以「主流」自許，要「締造一代中國詩的復興。」後來這個詩社的部分同仁轉入了「笠詩社」。

3. 大地詩社

1971 年 6 月成立，發行《大地詩刊》。主要同仁有：古添洪、李弦、王浩、王潤華、余中生、林峰雄·林錫嘉、秦嶽、淡瑩、陳慧華、陳黎、張錯、鍾義明等。據說，「龍族」代表著水滸精神，而「大地」代表著儒林之風。它的成員均為各大學的知識份子，多半有博士學位，故又稱「博士詩社」。他們希望：「現代詩在重新重視中國傳統文化以及現實生活中獲得必要的滋潤和再生。」這個時期崛起的，還有成立於 1972 年 9 月的《詩人季刊》和成立於 1971 年的《水星》詩刊，它們都擁有一批青年詩人同仁。

　　臺灣的新詩回歸運動大約到了 1975 年，已進入了發展的中期。這個時期的特點是與 1977 年的鄉土文學論戰，與詩和小說發生呼應。新詩回歸初期提出的回歸中國、回歸民族、回歸鄉土的口號和主張，正逐漸地明確和系統，由急性的主張逐漸變成了穩定的理論論述。這個時期崛起的重要青年詩社有：

1.《秋水詩刊》

　　創刊於 1974 年元旦。主要創辦人有：古丁、綠蒂、涂靜怡等。它發表的詩大都為短小、凝練、清新、活潑、含蓄而又明朗之作。他們的「秋水」之名是取自莊子的《秋水》篇名：「詩藝術之無限，正如北海之無涯」。沿著中國傳統文化的經脈發展精美的詩藝。該詩刊的靈魂詩人是女詩人涂靜怡，她一面創作、一面辦刊，幾十年如一日，積極奉獻，默默耕耘，將詩當職業，把詩刊當生命。詩刊社克服一切困難和阻撓，將詩刊越辦越好，使它成為臺灣詩界的詩文奇葩，在走馬燈般生生滅滅的詩刊中，它是極少數不脫期，不斷檔的詩刊之一。

2. 綠地詩社

　　成立於 1975 年 12 月 25 日，發行《綠地詩刊》。這是以高雄青年詩人為主的詩社。主要同仁如：艾靈、陌上塵、雪柔、喬洪、莊渝、葉隱、履疆、陳煌、蔡忠修、王廷俊、謝武彰、靈歌等。

3. 草根詩社

　　1975 年 5 月 4 日在臺北成立，發行《草根詩月刊》。主要同仁有：羅青、張香華、詹澈、丘豐松、李男等。他們特別強調詩的「草根性」。該刊自 1975 年創刊，1979 年 6 月發行到 41 期停刊。1985 年元月又推出《復刊號》，但已變成一份綜合性文藝刊

物。

　　臺灣新詩回歸運動到 1977 年，以「詩潮詩社」的成立，《詩潮詩刊》的創刊為標誌，進入成熟期。1977 年 5 月 1 日的《詩潮詩刊》，創刊號上刊登著詩人高準擬定的《詩潮的方向》，全文共分五條：「一、要發揚民族精神，創造為廣大同胞所喜聞樂見的民族風格與民族形式；二、要把握抒情本質，以求真求善求美的決心，燃起真誠熱烈的新生命；三、要建立民主心態，在以普及為原則的基礎上去提高，以提高為目標的方向上去普及；四、要關心社會民主，以積極的浪漫主義與批判的現實主義，意氣風發地寫出民衆的呼聲；五、也要注意表達的技巧，須知一件沒有藝術性的作品，思想性再高也是沒有用的。」（〈詩潮的方向〉，臺灣《詩潮詩刊》第一集，1976 年 5 月 1 日）《詩潮詩刊》的這五條比較完整系統的，體現中國新詩方向和民族詩風的理論主張，是臺灣新詩回歸運動中所有詩刊詩社的主張和理論中最全面，也最能反映回歸目標和實質的敘述。所以它標誌著新詩回歸運動的成熟。這五條雖然是《詩潮詩刊》的宗旨，但它卻是整個新詩回歸運動的成果。《詩潮詩刊》由高準創辦，主要同仁有：丁穎、王津平、吳宏一、李利國、亞嫩、高準、高尚秦、郭楓等。《詩潮詩刊》所列欄目有「歌頌祖國」、「工人之歌」、「稻穗之歌」、「鄉土旋律」諸專欄。可以看山它是愛國者和工人，農民等勞動者的園地。和《詩潮詩刊》前後創辦的還有 1978 年元月成立的「掌門詩社」，1979 年 12 月成立的「陽光小集詩社」。「陽光小集詩社」的成立，又表現了臺灣新詩創作多元化傾向的出現。這是一個由多地域、多詩社、多流派的青年詩人結社。它既是一個團體，但又強調不立主義、不立門派。它像一個由一塊布包著的多向度鑽頭，沒有多久那包著的布就被鑽頭戳破。由於內部意見紛爭，矛盾重重，該詩社組合不到五年，於

1984年6月便宣告停刊。該詩社同仁主要有：向陽、苦苓、李昌憲、林廣、林野、陳寧貴、張雪映、劉克襄等。

在十年的新詩回歸運動中，青年詩人是主角，是主力；既是潮頭，又是洪流；既是波濤，又是浪花。湧現了大批有思想，有才華，有抱負的青年詩人。我們只能簡略地敘述幾位。這些人如今有的可能已經白髮蓋頂；有的可能正在邁向老年。但是，在當年的新詩回歸運動中，他們個個都是朝氣蓬勃，生龍活虎，表現出經天緯地之才，填江移海之志。

吳晟，本名吳勝雄，1944年9月出生，臺灣省彰化縣溪州鄉人。屏東農專畢業，長期在溪州鄉中學任教。出版的詩集有：《泥土》、《向孩子說》、《飄搖裏》、《吾鄉印象》、《吳晟詩選》。出版的散文集有：《農婦》、《店仔頭》、《無悔》、《不如相忘》等。吳晟自農專畢業回到溪州中學教書起，幾十年如一日，亦教亦農。農忙與母親一起下田，農閒回校教書。與農民關係非常密切。因而他的詩基本上是描寫農村生活和刻劃農民形象的。他將泥土視為母親，將母親視為大地，以生殖和養育的偉大奉獻將兩者聯繫在一起，互為象徵，描寫出極為深厚而博大的形象，從中悟出許多勞動者的哲理。如：「母親的雙手，一攤開／便展現一頁一頁最美麗的文字／那是讀不完的情思／那是解不開的哲理」（〈手〉）。吳晟的詩以它深厚的鄉土情懷和深刻的田園哲理成為臺灣新詩中的一朵鮮花。可惜80年代中後，政治上也向「臺獨」傾斜。

羅青，本名羅青哲，原籍湖南湘潭人，1948年9月出生於山東青島，臺灣輔仁大學英語系畢業，獲華盛頓大學碩士學位，長期任教於臺灣師範大學。他詩畫兼營，表現出很高才華。他出版的詩集有：《吃西瓜的方法》、《神州豪俠傳》、《捉賊記》、

《隱形藝術家》、《水稻之歌》、《不明飛行物來了》、《螢火蟲》、《錄影詩學》、《蘭嶼頌》、《少年阿田恩仇錄》。散文集有：《羅青散文集》、《七葉樹》、《水墨之美》。論著有：《從徐志摩到余光中》、《詩人之燈》、《詩人之橋》、《什麼是後現代主義》、《詩的照明彈》、《詩的風向球》、《羅青看電影》、《畫外笛聲揚》、《紙上飄清香──絕妙好畫二》等。羅青是最敏感的詩人詩評家，他幾乎總是站在臺灣新詩浪潮的潮頭上。現代派、新詩回歸、後現代派、錄影詩，幾乎新詩的每一個潮流中都有他的身影，尤其是錄影詩和後現代派詩，他是潮頭人物。在老一代詩人和年青一代詩人之間，他又被稱為「新生代的起點」和「新生代詩人中的翹楚」。羅青的詩風格上善於變化，從〈神州豪俠傳〉中傳達出一種豪放不羈的浪漫古典之風，〈吃西瓜的方法〉、〈隱形藝術家〉中又有濃郁的後現代意味，〈水稻之歌〉中似乎又帶有他在主編《草根詩刊》時的草根的清香。不管那一種風格，羅青詩中有幾點特徵是貫穿詩的始終的。那就是詩的音樂性，畫面感和奇思妙想，不落他人俗套，不斷有所變化和創新，成了他的詩不衰的生命。

　　向陽，本名林淇養，臺灣省南投縣人，1955 年 5 月出生。1977 年畢業於臺灣中國文化大學日語系。長期任《自立晚報》副刊主編，《自立早報》總編輯。出版的詩集有《銀杏的仰望》、《種子》、《十行詩》、《歲月》、《土地的歌》、《四季》、《心事》、《向陽詩選》等。散文集有《流浪樹》、《在雨中航行》、《臺灣民俗圖繪》、《世界靜寂下來的時候》、《一個年輕爸爸的心事》等。兒童文學集有《中國神話故事》、《中國寓言故事》等。向陽的詩有著鮮明的個性，獨特的形式，廣泛的題材，以及鄉土語言運用的明顯優勢。向陽在臺灣獨家試驗「十行」詩，每一首詩固定為 10 行。結構上的起、承、轉、合，內涵

上的一正一反盡在其中。這如同是做好籠子，提著籠子去捉鳥，
必須不大不小能裝進籠子才行。他的《十行詩集》為 72 首「十
行」詩的結集。這種實驗必須是具有相當詩的功力和經驗的詩
人，才能獲得成功，因為形式上限制太大。而向陽的實驗是成功
的。他的許多十行體詩，如《種籽》、《立場》等皆為成功之
作，且成為名品。向陽的詩不僅描寫客觀存在之物，而且描寫看
不見形體上東西。比如立場，就很難寫，但向陽卻寫得十分成
功，向陽詩中鄉土語言的採用，強化了他詩之鄉土性。向陽是個
很有才華的詩人，但令人惋惜的是他也受到「臺獨」份子們的蠱
惑，而發生轉向。一個詩人首先必須熱愛和認同自己的民族和祖
國，否則詩將失去價值。我們希望向陽能迷途知返。

　　蘇紹連，臺中縣人，1949 年生，臺中美專畢業，長期任小學
教師。20 世紀 60 年代開始寫詩，他是「龍族詩社」的同仁。他
出版的詩集有：《茫茫集》、《童話遊行》、《驚心散文詩》、
《河悲》、《隱形或者變形》（散文詩）、《我牽著一匹白
馬》。另有童詩《雙胞胎月亮》、《穿過老樹林》等。蘇紹連是
一個充滿創造意識和創新精神的詩人。他根據自己作品的內涵不
停地創造著新的表達形式，因而他的詩一直處在和諧、適應、統
一的狀態中。蘇紹連是一個祖國意識很強的詩人，在《三代》一
詩中，他要超越時間和地域的限制走向中國。他寫道：「一個中
國的孩子，善良的孩子／強壯的孩子……我要走出／向東方的天
幕敲門／中國，為什麼曙光不露出來？／我一直敲門／一直
敲」。在《中國的圍巾》一詩中，詩人表達了同樣的要克服一切
阻撓，奔向祖國懷抱。雖然障礙重重，阻力很多，甚至有點迷
惘。「可是，這一切已經太遲／我走不到我想要到的地方／中
國，我走不到了」。但畢竟詩人仍然在艱苦地向祖國跋涉著。蘇
紹連是一個胸有大器，卻不愛作秀、不愛張揚的詩人。他的詩多

數是表現出大題材、大氣度、大主題的作品。〈臉〉一詩是揭露
日本軍國主義不要臉的醜行。〈雨中的廟〉一詩通過一個建廟宇
的故事，反映臺灣向中國古文化的回歸。〈父親與我〉通過一個
荒誕的故事，寓入對西化批判的思想。蘇紹連的《童話遊行》詩
集共有九首長篇抒情詩，詩中表達了詩人對臺灣過去、現在和未
來的構圖。蘇紹連是散文詩的高手，其中的名篇《七尺布》頗獲
好評。

　　施善繼，臺灣鹿港人，後移居臺北市，1945 年生，長期生
活、工作在下層的窮苦勞動人民中，對他們充滿熱愛和同情。他
是一位都市鄉土詩人，出版的詩集有：《傘季》、《小耕入
學》、《施善繼詩集》等。
　　施善繼的詩歌創作，走過一段曲折的道路。他初入詩壇時，
正是現代派之風勁創之日，因而他的少作深受余光中、洛夫等人
的影響，寫出了〈傘季〉中那些頗具現代主義神韻，但不免脫離
現實、脫離具體生活的現代派之作。雖然那些作品受到了余光中
等的好評，但當他和鄉土派朋友受到唐文標、關傑明對當時臺灣
現代主義的批評震撼性影響之後，他立即深思猛醒，幡然頓悟，
斷然地與現代派決裂。轉而積極地投入臺灣的新詩向現實主義回
歸運動，與林煥彰、高上秦等一起發起組織了臺灣新詩回歸運動
第一個青年詩社「龍族詩社」，創辦《龍族詩刊》，響亮地提出
了〈敲自己的鑼，打自己的鼓，舞自己的龍〉，創建中華民族詩
的口號。
　　施善繼成為「龍族詩社」的骨幹詩人。在創作實踐上，他從
唐文標的理論和吳晟的鄉土詩中獲得啟示，轉入了鄉土創作，寫
出了〈小耘週歲〉、〈小耕入學〉等嶄新的，充滿鄉土氣息的現
實主義詩篇。施善繼由「現代」轉向「現實」，由洋化轉向鄉
土，是一次創作上的革命和思想上的飛躍。施善繼是跨越兩個文

學思潮的詩人。他的「跨越不僅僅是語言由晦澀變為明白，更是
從極端個人主義轉變為對人、社會和人類世界充滿明朗、自然的
關愛的詩人」（陳映真，〈試論施善繼〉，《施善繼詩選》序，
1981，台北，遠景出版社）。他以堅實的步伐，豐碩果實和真切
的體驗，完成了臺灣新詩回歸運動中從現代回歸鄉土，從虛無回
到真實的典範詩人的自我塑造，他的事蹟教育了許多誤入歧路
者，因而他的事蹟具有深刻的示範意義。

施善繼詩創作上的轉變，是一次由內容到形式，由風格到內
涵，由話語到思想的一種質變，即俗話所說的脫胎換骨式的變
化，他不僅採用鄉土題材，創建民族風格，而且將鄉土題材和愛
祖國、愛民族的情感進行緊密結合，創作出了全新的詩篇。他的
〈小耘週歲〉、〈小耕入學〉、〈瑟縮的頸項〉、〈左轉迪化，
右轉酒泉〉等詩，就是這樣的作品，請看下面這金石般的詩句：

> 「若古老的中國伴你入睡，
> 快快的長大，快快的睡，
> 明天當你醒來，
> 少年的中國也醒來。」

詩人將祖國和孩子的形象重疊，將對孩子的祝願和對祖國的
期望融入一起，造成孩子和祖國，祖國和孩子，既清晰又融合，
既明朗又深刻，既深沈又博大的雙重影像，體現出對孩子對祖國
的雙重摯愛。這是思想和藝術俱佳的作品。他的近作，都在《人
間思想與創作叢刊》上發表。

詹澈，本名詹朝立，1954 年生，臺灣彰化縣人，童年與父舉
家居臺東縣至今。他屏東農專畢業，長期任臺東縣農會幹事和技
術員，他崛起於 20 世紀 70 年代的臺灣詩壇，當時臺灣詩壇正處

於新詩由西化向民族和鄉土回歸期，他初入詩壇便與張香華、羅
青等組建「草根詩社」，創辦「草根詩刊」投入新詩回歸運動。
他出版的詩集有《土地，請站起來說話》、《手的歷史》、《海
峽之歌》、《西瓜寮詩輯》以及最近出版的《海浪和河流的隊
伍》。詹澈的詩中深深地體現了他的愛祖國、愛民族、愛鄉土、
熱愛勤勞人民的情感，並以大量的擲地有聲的現實主義詩篇為自
己作出了明確無誤的定位。表現了一個優秀的當代中國臺灣農民
詩人的完整風貌。

　　詹澈是個農民的兒子，他生活在農村，成長於農村，創作於
農村，是農民忠實的代言人。他的〈土地，請站起來說話〉、
〈手的歷史〉、〈西瓜寮詩輯〉與〈海浪和河流的隊伍〉等，描
寫的是農村題材，塑造的是農民形象，歌頌的是農民的品質。他
和父親一起長年生活在西瓜寮中。西瓜寮不僅是他生產西瓜的指
揮部，而且是他詩的產房。白天他在西瓜寮中為西瓜施肥，夜晚
他在西瓜寮中陪伴西瓜睡眠，睡夢中也傾聽西瓜抽芽和瓜皮網膜
炸裂的聲音。他對西瓜作物的特殊情感及非凡詩才，使他成了一
個優秀、獨特的「西瓜詩人」。他的西瓜詩不是一般意義上的西
瓜詩；他的農民詩人也非一般意義上的農民詩人。他的西瓜詩是
最大限度地擴大了內涵和深化了意義的西瓜詩；他的農民詩人是
脫離了農民的舊有觀念和某些粗俗習氣的現代農民詩人，在詹澈
的耳中：「靜靜貼聽／瓜果長大的聲音／細胞在分裂／皮網在擴
散／種了在變色／生命在成長……」在詹澈的眼裡，河叉是產婦
伸開的雙腿，大海是她的產兒。聲音細，細到皮網擴散，形象
大，大到河生大海。這種奇特的視角和想像，將詩中的形象頓時
濃縮，剎那擴大，細小，能聽到無聲之聲，宏大能看無象之象。
這種堅實的創作基礎和魔幻般的創作藝術把詹澈的農民詩人和農
民詩都作了巨大的昇華。

　　此外，詹澈的農村是臺灣東部的農村，由於特殊地理和歷史

條件，在他的詩中，表現了臺灣東部少數民族、國民黨老兵的命運、坎坷、與艱難的生活。近年來，他創作了以臺東蘭嶼雅美族生活、命運、處境和其傳統文明的長詩，為戰後臺灣新文學增添了新而重要的題材，為民族理解與團結做出了突出的貢獻。

第二十八章

臺灣女性文學高潮的出現

第一節　女性文學高潮出現的時代背景

　　60 年代，臺灣社會文化的全盤西化，西方的現代主義文學思潮、存在主義哲學和弗洛伊德的泛性主義像洪水一樣湧入臺灣，嚴重地衝擊了中國舊有的價值觀和倫理道德，席捲了以現實主義為主流的文學園地，現代派迅速取而代之成為臺灣文壇的盟主，以臺大「現代文學社」為依託，一批現代派女作家崛起於臺灣文壇。如：歐陽子、陳若曦、施叔青、叢甦、曹又芳等。加之稍早崛起的聶華苓、於梨華等，構成了臺灣現代派女性作家群。她們向中國的傳統文學進行了挑戰。進入七、八十年代後，臺灣現代婦女運動打出了「新女性主義」的旗幟。

　　在這面旗幟下，赫然站立著一列臺灣女作家隊伍——新女性
主義文學誕生了。可以說，特定的社會條件是迅猛發展女性文學
的豐腴土壤。這正是臺灣女性文學發展進程中一次不可忽略的飛
躍。由於西方經濟大潮的湧入，處於開發中狀態下的臺灣社會，
其文化結構受到更強烈的衝擊。隨著臺灣婦女的經濟地位和精神
面貌的更新——新的價值觀念和新的感情，對抑制女性做「人」
的權利和尊嚴的傳統觀念的批判，對歧視女性的社會偏見的抨
擊，建立男女平等、兩性和諧的理想社會，強調塑造自我完善而
由此產生的「新女性主義」，給女性作家以猛烈召喚。一批受西
方文化教育的新生代女性步入作家行列：曾心儀、李昂、蕭颯、
廖輝英、朱秀娟、袁瓊瓊、施叔青、蕭麗紅、蘇偉貞、曹又芳、
林佩芬、荻宜等，她們相繼以別具特色的風姿咄咄逼人地進入文
壇，突破「主婦文學」、「閨怨文學」之框框，深入探討現代女
性命運、前途。新女性文學創作逐漸增強的時代氣息，塑造出了
一批不屈不撓的、具有堅韌意志的中國婦女形象，她們筆下的女
性早已不是當年那般唯唯諾諾的小媳婦，而是具有自尊、自信、
自強的獨立人格思想並敢與社會抗爭的婦女形象。這類被稱做女
強人形象的作品，融彙了作家本人的思想，而向世界顯示了自己
的力量，既有可讀性又有思想性，在社會上產生了一定的影響
力。尤其在八十年代的臺灣各項文學獎中，女作家獨占鰲頭，如
蕭麗紅的長篇小說《千山有水千江月》獲獎後至今已印三十版有
餘。蘇偉貞連中《聯合報》中篇小說、短篇小說、極短篇小說和
散文獎多項，尤其是獲獎中篇小說《紅顏已老》在文壇反響極
大。蕭颯亦有多部中長篇小說《我兒漢生》、《霞飛之家》、
《死了一個國中女生之後》等獲得兩大報之獎。袁瓊瓊的《自己
的天空》獲《聯合報》小說獎，並以褒揚自強不息的女性而產生
強大的社會效應。廖輝英、姬小苔、張小鳳、朱天心、朱天文等
都曾奪得各類文學獎，成為臺灣新生代女性創作主力。

　　在臺灣的女性文學中，比較大衆化的、通俗的婚戀小説曾吸引了一代青年的注意力，幾乎形成了一股席捲臺灣大、中學校學生的精神風暴，其代表作家有瓊瑤、玄小佛等。這股風暴隨著海峽的解凍又吹到了大陸。她們的作品反覆地唸誦著婚戀之經，題材狹窄，主題膚淺、內涵單薄，但也有少數的震撼之作。作為一種曾震撼過，痴迷過千百萬青年心靈的文學現象，是不能忽略的。

　　在著力推出當今臺灣女性的新意識、新觀點的同時，新生代女性作家兼以鋭利的筆觸向描寫了難以突破工作與家庭矛盾困境的白領女性、備受有權有錢老闆玩弄、歧視的打工妹。這些中下層普通婦女的命運往往是坎坷多難的，在她們對獨立自主精神的追求之中，尚要付出血和淚的代價。在作品的描寫中，不乏現代色彩的兩性情愛關係，既有嚴肅的人生與社會的剖析，又有描寫有閒階級的男歡女愛的場景。新女性主義文學以直面人生的現實精神，從女性感同身受的婚姻結構、家庭模式、愛情觀念、事業前程等問題切入，描寫出臺灣經濟轉型期社會價值觀念急劇變革情況下臺灣婦女由傳統女性到現代女性之間角色轉換的艱辛。作品中從原來從屬地位逐漸移位於主體地位的女性形象，也為追求獨立付出了巨大的代價。

　　新女性文學不僅小説突破傳統女性創作模式，詩歌、散文的題材亦打破了禁錮性愛與情愛的樊籠。鍾玲、利玉芳、曾淑美、夏宇等都力爭突破愛欲題材。如鍾玲的詩集《芬芳的海》裏就在性愛上進行了著力的描寫，尤其是其詩〈卓文君〉裏把琴挑與性愛的挑逗疊合在一起，意想更為生動鮮明；利玉芳〈給我醉醉的夜〉則直抒對性愛的追求；夏宇在詩集《備忘錄》中更為大膽冷靜地描寫女性的生理及感覺。不難看出，女詩人放棄以往的含蓄和收斂，對女性的自然存在毫不避諱地認同與讚頌，對男權社會中某些不成文規範的反抗。從對中國傳統女性文學的繼承和發

展，到新生代女性文學的突起，均顯示了臺灣女性文學發展的實力。猶為突出的是，女性文學發展到 40 年後的今天，無論是在藝術形式上，抑或是表現技巧上，當屬不拘一格，百花競開。既繼承發展了鄉土派創作意識中的寫實藝術，又運用了現代派意識流、象徵的表現手法。女性作品中那種新穎獨特的思考方式和表現技法，在臺灣文壇上得到很大的反響，頗有「盛氣凌人」之勢。當然，與特別關注女性生活和命運並結合其坎坷生活道路對不公的社會發出強烈吶喊的男性作家相比，女作家那細膩情感和敏銳的觀察力，特別「善於營造男女兩性情結」，善於探索女性心靈世界。但是，由於地理和環境的侷限，女性作家的視野往往不甚開闊，尤其缺乏應有的生活經歷。在對社會中下層婦女生活的描寫上，僅僅限於個人的經歷和家庭生活，題材範圍較窄，未能全面深刻反映出社會與時代的變遷。

統觀歷經 40 多年創作道路的臺灣女性文學，其主旨不僅僅是停留在對婦女生活命運相關的社會現象的直觀描寫，而著重於對表現婦女人生的社會生活的內在詮釋，讓多重結構的人物性格因素替代了單純化的人物性格因素。從「閨怨」寫實文學到新「女性主義」創新文學，女性的生存始終是眾位女性作家所關注的焦點。正是透過女性生存這一空間，來窺視變動之中的社會和文化，也正由於從其社會文化的反映，才將女性的種種面目廓清。因而，臺灣女性文學創作主題便是以塑造眾多形貌和命運不一的女性人物形象來透視出其畸形社會。

第二節　廖輝英、朱秀娟

以現代女強人之雅號崛起於臺灣當代文壇上的女作家，當數

曾獲得「最善於掌握現代男女兩性情境的作家」的廖輝英了。

　　1949 年，廖輝英誕生於臺灣省臺中縣一戶知識份子家庭。作為廖家的長女曾給父母帶來了欣喜和安慰，由於後來接踵而生的幾個弟妹使家中人驟然增多，開銷頗緊，懂事的小輝英便過早地將家中許多事擔當起來。儘管身處那樣困苦的家庭環境，有著做不完的家務事，卻絲毫未能影響輝英的學習成績。她六歲就進入鳥日國民小學讀書，成績一直名列全班的前茅。升中學時，又一舉考上了第一志願重點中學——臺北一女中。這所學校可稱為臺灣女作家的搖籃，歐陽子、陳若曦、瓊瑤等著名女作家就是從這裏「搖」出去的。或許命運之神的安排，曾在初中時就開始投稿的廖輝英從臺北一女中又升入臺灣大學中文系。幾年後，她戴著一頂學士方帽選擇了能解脫家庭困擾的掙得優厚薪水的一家廣告公司工作。儘管當時，她所從事的工作和文學創作風馬牛不相及，但對於曾系統地接受了中國語言文學知識的廖輝英來講，正是一次廣泛接觸觀察臺灣社會、研究瞭解各種人的極好機會。在她後來涉足文壇而創作的各類小說中，不難看到當時這段商貿生活經歷的影子。後來她又嘗試做過《婦女世界》雜誌主編、凱英·龍霖建設公司企劃部經理、《高雄一周》雜誌主編等等，因為她知道，在自己的一生中，不能光期待別人的陪伴和芬香的鮮花，要靠自己、靠自己去開拓廣闊的世界。可以說與諸多從小便顯露文采的女作家相比，廖輝英躋身於文壇者實夠晚的。然而，一篇自傳體的小說〈油麻菜籽〉獲得《中國時報》第五屆文學獎短篇小說首獎，使她的名聲大振。不鳴則已，一鳴驚人，廖輝英那年已三十五周歲。緊接著，1983 年發表的中篇小說《不歸路》又獲得《聯合報》第八屆特別小說獎。「最善於掌握現代男女兩性情境的作家」的雅號便是在此時獲得的。隨後，她的這兩篇獲獎小說均被拍成電影，受到社會廣泛讚譽，上座率極高。從她躋身文壇至今，創作碩果累累，出版了中短篇小說集《油麻菜

籽》、《不歸路》、《焚燒的蝶》，長篇小説《盲點》、《今夜
微雨》、《絕唱》、《落塵》、《藍色第五季》、《朝顏》、
《都市候鳥》、《木棉花與滿山紅》、《愛與寂寞散步》、《外
遇的理由》、《在春天道別》、《你是我的回憶》、《轉轉紅
蓮》等。散文小品《照亮自己》、《自己的舞臺》、《心靈曠
野》、《咫尺到天涯》、《淡品人生》、《兩性拔河》、《女性
出頭一片天》、《與溫柔相約》等。對此，廖輝英曾感歎道：
「走過生命的大喜大悲，在人生的步驟上，某些部份雖或比一般
晚些，但也依序進行，在內省和成長方面，於最近的五年，可喜
地發現自己的長進。在枝椏錯綜的種種情緒之中，更發現自己可
以一種更單純的，更有力的方式生活……。我知道自己要去哪
裡，我清楚自己曾走過何處，沃野，我感謝自己昨日的努力，更
珍惜今天的汗水結晶。」（廖輝英〈情意人生·代序〉）。

　　在 80 年代崛起的衆位臺灣女作家中，廖輝英可稱得上純粹的
女性文學作家。她筆下的焦點集中於婚戀和家庭，她時刻關注著
女性的生活，女性的命運。她的筆觸向她們的悲歡苦樂，奮鬥掙
扎的生活之中。從她的成名作〈油麻菜籽〉到〈木棉花與滿山
紅〉，衆多形貌迥異的女性人物從她筆下站了出來，扶持、安撫
弱女子，激勵、讚賞女強人。畸形扭曲的社會、複雜多樣的家
庭，組成了一篇篇情節變幻的故事，感人至深，發人自省。廖輝
英的小説雖則涉及的是家庭、婚戀，及婆媳與男女之間複雜關
係，但由於她如前所述的特殊的工作環境，從某種意義上來講，
她的小説並未帶有女性作家常不自覺流露出來的許些脂粉氣、閨
閣腔。同樣是描寫女性的生活，她作品中社會性時代感較強。她
所描寫的每一個小家庭亦是社會和時代的一個窗口，人們將會透
過這個小小的窗口去探索社會的大千世界。下面我們透過廖輝英
筆下所展示的魑魅社會來直觀幾種不同女性人物命運。

　　第一，向被封建倫理觀念所扭曲的女性自身價值觀挑戰，藉

描寫封建枷鎖下掙扎過來的舊式婦女的命運來抨擊傳統女性意
識，推出新女性主義。奠定廖輝英文壇地位的獲獎小說〈油麻菜
籽〉，可以說是一篇向中國幾千年來男尊女卑封建傳統觀念挑戰
的檄文。小說中的那位出身於名門世家千金小姐的母親，是一個
地地道道的從封建枷鎖中掙扎過來的臺灣社會轉型期的最後一代
婦女。她飽嘗了封建婚姻強加給自己的不幸，雖與浪蕩公子式的
丈夫沒有一絲的愛情，卻仍甘心情願侍奉他，為他生兒育女，辛
苦操勞，並將自己的嫁妝變賣掉來維持一家老小的生活。因為她
認命，認為女人就像一顆油麻菜籽，落到哪裡，就長到哪裡。男
尊女卑的舊觀念，不僅讓她自己吃盡苦頭，而且禍及後一代，對
呆板木訥的兒子視若命根，對聰明乖巧的女兒視為油麻菜籽。因
為她認為：「没嫁的查某囡仔，命好不算好……你阿兄將來要傳
李家的香烟，你跟他計較什麼？將來你還不知姓什麼呢？」正是
從這種扭曲變形的女性價值觀中可感受到，封建倫理規範及傳統
文化心理對女性的壓制和束縛得有多麼沈重。然而，背負著這種
沈重負擔的女兒阿惠，絲毫未被壓垮。她所受良好的大學教育和
臺灣社會轉型期的新觀念新風尚薰陶，顯露出新女性主義的亮
色，走上了與母親那代人不同的生活道路。她獲得良好的職業，
擔負著重要的工作，挑起家庭的重擔，經濟得到獨立，甚至在婚
姻戀愛上，也決不踩著母親的腳印走，她衝破阻力，與自己所愛
的人成了親。母女兩代的不同生活道路、不同的命運擺入特定的
生活環境中來描寫，正體現了新舊社會意識和婚姻觀念相互撞擊
所產生的強烈效應。如果說阿惠母親是從對封建枷鎖掙扎過來的
舊式婦女，且背著沈重的傳統意識之負擔，那麼封壁嫦（〈焚燒
的蝶〉）則是臺灣社會轉型期被西化風吹走了樣的所謂新的婚戀
觀下的犧牲品。當她得知丈夫有了外遇時，「她豈能不恨他？他
造成一頂『她是下等動物』的帽子緊緊扣在她頭上，他使所有的
人──包括她們周遭所有熟人和她自己──都相信她是無可救藥

的討厭女人。一身不經挑選的衣裝裹著毫無線條之感且臃腫的身體，呆板平實的肥厚的臉，見了丈夫便嫉妒的氣不打一處來，動輒拿兒女出氣……。」這些便若一張看不到的網，將她緊緊裹在裏面，讓她的自信心、生活樂趣、青春以及尊嚴一點一滴在銷蝕掉。璧嫦的悲劇在於她沒有意識到自身價值的存在。嫁夫隨夫，甘願做家庭奴隸曾壓得阿惠媽們一輩子喘不過氣來，然而同樣的悲劇卻又在新一代的女性璧嫦身上重演，這乃是社會的悲哀。令人可慰的是，璧嫦終於擺脫了傳統女性意識的沈重負擔，「被丈夫和婚姻毀掉的自信逐漸在各方面努力的掙持下，又恢復了昔日的自愛，甚至因為曾經置之於死地，這會兒反倒比清淀如水的少女時代更別具一種從容和篤定」。社會與時代為封璧嫦鋪了一條不同於阿惠媽的道路，雖然璧嫦是以兒女之死和家庭之變的沈重代價換來了新生，但畢竟她衝出了這條黑暗的死胡同，比起殘缺終生的阿惠媽們則是幸運的。

　　第二，以悲憫的情感批評了做繭自縛、自暴自棄的女性人物，強調獨立的女性意識，樹立自尊、自愛、自強的堅定信念，才能獲得真正的愛情和幸福。廖輝英的筆描繪了在畸形現實社會中掙扎的形形色色的女性——為替家庭還債而淪落的風塵女子、不堪忍受不幸婚姻折磨的棄婦、插足於他人家庭且苦不堪言的「不歸女」等等，一一揭示了社會轉型期家庭和婚姻形態急劇變化中的家庭婚姻不穩固狀態，以及給女性帶來的不幸和痛苦，告訴她們如何自處於社會，怎樣開拓自己的世界。在經濟獲得發展的當今臺灣社會，男人有了錢，便使得一些（相當多）女人落入痛苦深淵。在長期的精神壓抑下，她們的心靈造成嚴重創傷。如性情柔弱，相貌可人的少女任可文（〈木棉花與滿山紅〉），帶著一個被扭曲的靈魂和思想上的斑斑傷痕及身體的玷污，卻幻想著「只要還清債，再存點錢，……過正常的家庭生活」。然而，時間的流水能撫平她的創傷嗎？如果說任可文的淪落主要由於自

身的無奈,那麼,〈不歸路〉中的李芸兒則是其缺乏人格獨立和
自身意志的薄弱而葬送了近十年的青春和名譽。怯弱、自卑想找
個合適的男人做靠山,這是從專科畢業,年過 24 歲還未談過戀愛
並感寂寞的李芸兒的生活哲理。因而,在她成為有家室的中年男
子方武男的情婦後,便走上了一條充滿屈辱的不歸之路。她無法
擺脫傳統教規,掙脫道德壓力,又需要情愛的慰藉,於是就做了
新舊時代夾縫間的犧牲品,注定她的結局是悲哀的。如李芸兒這
種執迷不悟於「不歸之路」的女性,在當今臺灣社會不乏其人。
與有婦之夫私通,且又被玩弄後而走向絕路自縊的齊子沉(〈盲
點〉),在無望中等待幸福降臨的朱庭月(〈窗口的女人〉)等
等。這些在「不歸路」上徘徊的女人是不會得到真正的愛情和幸
福的。她們的結局不外兩種:一是懷著痛悔到另一個世界去尋求
幸福,另一是帶著恥辱的烙傷苟且偷生。

　　第三,刻劃了掙脫不幸婚姻和愛情的羈絆,事業有成,且大
起大落於社會的女強人形象。在經濟轉型期的臺灣現實社會,女
性的生存道路並未像男人那樣寬闊。女人活著艱難,有知識有才
幹的女強人活得更為艱難。為能求得自身的生存價值,她們像男
人一樣亦是社會的弄潮兒。她們一方面潛心於對事業的求成,尋
求自己在社會上的完整地位,與男人在事業上爭高低;另一方面
卻還遭受著來自男性的侵擾,忍受著社會強加於女人頭上的種種
不平等的待遇。廖輝英筆下這類「與男人一爭長短」的女強人,
才貌出眾,事業有成,經濟條件優越不乏,為女性的佼佼者。然
而,她們大部份遭遇到或面臨著愛情和婚姻的挫折。如中篇小說
〈紅塵劫〉中的黎欣欣,身為職員,她盡心敬業;作為女人,她
渴望美好的愛情。她信奉愛情可遇不可求,卻一再跌入男人的感
情圈套,一樣逃脫不了流言蜚語的打擊,終以辭職來結束如日中
天的事業。還有杜佳洛(〈今夜微雨〉)、李衣黎(〈玫瑰之
淚〉)雖然有過瞬間的家庭生活,享受過短暫的所謂的愛情,可

一旦與男性產生了切身利益的衝突後，這種幸福便如曇花一現。
無論是黎欣欣、杜佳洛，還是李衣黎，她們面對著破裂的愛情和
家庭，束手無策，只能以淚洗面，日漸消沈。可見在她們似強實
弱的性格深處還受著根深蒂固男尊女卑的封建思想餘毒的侵蝕。
較之於她們三位，〈盲點〉中的丁素素顯然是個更為豐滿的新女
性形象。在規模大，立意新，描寫人際關係更為複雜的這部小説
中，很明顯地蘊含著更為強烈的新女性意識，在跌入婚姻低谷卻
聰明地把握女性利益的丁素素毫不動搖對自己事業的熱愛之心。
離婚後，將全部身心投入到創業中去，充分發揮自己的才能。事
業的成功肯定了她自己的價值並由此獲得新生。最終，在她贏得
事業成功的同時，婚姻也出現了新的轉機。作者將自己表現新女
性敢於衝破重重困境，成功開拓創業以及要求重建平等、和諧互
愛的新家庭的理想，注入丁素素這一形象之中，使之更為豐滿、
完美。

　　朱秀娟：在臺灣文壇上，朱秀娟可稱得上是一個全才。她愛
文、習商；寫小説、開辦貿易公司，樣樣都來。社會的磨練，商
海的沈浮，讓她在多技能、多側面、多行業，在廣闊的生活和事
業基礎上，形成了她的文壇女強人形象。1936 年，朱秀娟出生在
江蘇鹽城，日據時期在家鄉讀小學，1946 年隨家人去臺灣。臺北
強恕高中畢業後，考取了銘傳商業專科學校讀會計統計系。1960
年前後赴美留學，1963 年返臺投身商業界。朱秀娟姊弟五人，她
是老大，在家裏除了父母外，她是説一不二的，弟妹們都要看她
的臉色説話辦事。在學校裏，她是班長，是全班公推的班頭，可
見朱秀娟從小就是一個女強人胚子。上中學時酷愛文學，念高中
時就利用寒暑假嘗試寫短篇小説，但寫好後不敢拿出去，而是悄
悄藏起來，直到有一次邂逅一位著名的女作家，受到鼓勵才拿出
勇氣開始投稿。在臺灣文壇上，朱秀娟雖然出道較晚，但她卻是

一個以創作長篇小説為主的高產作家。迄今為止,朱秀娟出版了
三十多部作品,如短篇小説《橋下》、《朱秀娟自選集》,散文
集《紐約見聞》以及二十多部長篇小説。1996年,人民文學出版
社著重推出了她的八部長篇小説:《女強人》、《晚霜》、《萬
里心航》、《花落春不在》、《雨荷》、《再春》、《別有情
懷》和《握不住的情》,並在北京舉辦了朱秀娟作品研討會。在
臺灣文壇上,她是個雖然不很轟動,但卻實力強悍的女作家。

　　朱秀娟在〈我的創作生涯〉一文中曾經講到她要棄商從文,
決心從事小説創作的動機:「我的創作生涯開始得很晚,學校畢
業後,就在社會上做事,深感世事無常,自己所擁有的實在是太
少太少,再加上我酷愛閱讀,頓然希望如能把自己的思想用文字
留下來的話,當可足慰平生了。」朱秀娟的創作目的,就是要用
文字留下自己思想的足跡。不過,朱秀娟的創作成就,早已大大
地超越了她當年的純主觀意識,尤其是她對於在商海中往來游刃
的女性有著深刻的瞭解與感受,著力運用文學形式來反映女性在
工商業社會中的掙扎和奮鬥,具有極強的財經意識。她作品的社
會作用和在讀者中產生的反響,已把她推上了歷史見證人和婦女
代言人的地位。

　　作為擅長創作長篇小説的作家,朱秀娟最善於在曲折但不離
奇的故事中去展現女主角的生活和命運。她的第一部長篇小説
《雨荷》是描寫她自身的婚姻故事,來懺悔對一段純真感情的漠
視。那種幼稚與驕傲,使自己的婚姻到三十出頭才開始。〈破落
户的春天〉裏的那一對留學生的婚姻故事,也或多或少的帶有濃
郁的自傳體色彩:「我的婚姻就是在美國那破落户似的小城中完
成的。那裏的人與事至今仍鮮明地活在我心底」。〈歸雁〉和
〈萬里心航〉也是描寫留學生生活的;〈晚霜〉則是探討家庭的
不快和婚姻中的「外遇」,表現了他們不平衡的物質生活和精神
生活。自邁入文壇以來,朱秀娟的作品多次獲得各項文學獎,如

「中山學術文學獎」、「年度中國文藝獎」、「金鐘獎」、「北
美文藝寫作有恒獎」、「海峽情小說一等獎」等。但真正奠定朱
秀娟文壇地位的當數獲得 1984 年「中山學術文學獎」的長篇小說
《女強人》了。就是這部小說，讓朱秀娟成為臺灣家喻戶曉的人
物，接受衆人投來的欽佩的目光。

　　作為朱秀娟的代表作的《女強人》，以一位聰慧堅韌且吃苦
耐勞的女性的奮鬥歷程，而展現了新時代現代女性獨立自主的思
想意識，而在她的其他小說中如〈萬里心航〉、〈丹霞飄〉等中
都刻劃了現代「女強人」的形象。由此可見，作為女性作家更為
關注女性生存的空間。通觀朱秀娟的長篇小說的創作，其每部小
說都呈現不同的題材構思，在主題的勾勒、結構的設置乃至表現
風格上，均有著不同的文學風采。同樣是描寫「女強人」的創業
心路，《女強人》中敘述了大學聯考落榜的高中女生林欣華所選
擇的人生之路──不畏挫折，擯棄以文憑論能力的傳統觀念，先
從打字員做起，經過發奮自學，努力進取，終於以自己的聰明才
幹、吃苦耐勞和勇於開拓的精神擁有了燦爛的天空，坐上了一家
赫赫有名的貿易公司總經理的交椅，並帶領這家公司在競爭激烈
的國際貿易戰場上戰果輝煌，贏得了海內外同行的讚譽和信任，
同時也獲得了美滿幸福的愛情和婚姻。如果說《女強人》是從正
面表現未受挫折而取得成功的女性的奮鬥經歷，那麼〈萬里心
航〉中張芝芬的成功，卻是從異國他鄉經過多次磨難後在痛苦不
堪中掙扎出來的。作為臺灣早期留學生的陪讀妻子，女主人公張
芝芬攜兒帶女遠涉重洋來到美國，艱難困苦的生活不得不讓她挑
起了全家生活的重擔。經過二十年的風雨，好不容易築起的家庭
小巢被一連串的不幸所擊毀：丈夫提出的離婚，小女兒的不治之
症，大女兒與兒子不順的婚姻。對此，張芝芬並沒有退縮，而是
將悲憤與堅忍默默地埋入心底仍鍥而不捨地追求事業的成功。拿
林欣華鋒芒畢露、立志進取的氣質與張芝芬的不堪重負、默默求

成的內涵相對照，不難讀懂作者匠心獨具的創作招數。與這兩位艱難地掙脫羈絆，在事業上勇於拼搏的開放型女性相比，朱秀娟的〈丹霞飄〉中的女主人公尹桂珊生活背景既在臺灣又在美國，其個性則既無林欣華的風火潑辣，又無張芝芬那般內向負重，而在投身事業時，亦並無林張兩人那般坎坷。可以説，在立志於事業有成的女性中，尹桂珊可謂是上帝的寵兒。她有呵護、支援、幫助自己的家人，有順利難逢的機遇，有一帆風順的婚姻，有如日中天的事業，真是愛情事業兩得意。與林欣華和張芝芬那充滿風雨與泥濘的道路大相徑庭，尹桂珊的道路則撒滿了陽光和鮮花。儘管不同的生活道路和不同的奮鬥方式，但在朱秀娟筆下的這類女強人都有一個共同的特點，即柔中有剛，剛中有柔。雖自強自立、勇於競爭有超男子一般的才幹，但又溫良賢淑、忍辱堅韌，並非不食人間烟火的鐵娘子。這就是作者鼎力塑造鮮明、生動的新時代女性的實質所在。

在藝術表達形式上，朱秀娟絕無以教條口號式來力圖表明自己的觀點，而是以平實可信、娓娓道來的情節引人入勝，從典型的環境、典型的事件中突出典型的人物，找准「這一個」。由此可詮釋為以下幾點：

第一，從平實單一的情節發展中體會波瀾起伏的故事內涵。朱秀娟的長篇小説採用單線推進的結構方式，讓小説的基本情節緊緊圍繞著這條單一的主線向前延伸，無論故事情節如何變幻多端、曲折蜿蜒，九九歸一，最終仍回到線端，令人讀來曉暢明瞭。如《女強人》中林欣華的奮鬥歷程：落榜、就業、創業、成功，線索單一，然而情節曲折、完整，盡顯故事內涵。

第二，營造特定生活環境，重塑鮮明生動的人物形象。大凡一部小説，特別是長篇小説，最能震懾讀者的除了故事情節外當數其中的人物形象了。因而，如何使作品中的人物達到典型化的高度，抑或使讀者久久不能忘記的「這一個」，亦是作家苦苦探

索的中心課題。顯而易見，朱秀娟在此也做了不懈的努力，並取得可喜的效果。在現實生活中，不同環境可造就不同的人物性格。朱秀娟善於根據不同的人物情況從不同的角度選擇特定的生活場景，在形形色色的矛盾衝突中盡顯人物形象。如潑辣有餘且又不失溫柔的林欣華，經歷了從打字員到總經理的奮鬥過程；忍辱負重不乏堅韌剛強的張芝芬，力挽並恢復了曾將破碎的家庭；聰慧敏銳的尹桂珊不負重望，在異國商場的競爭中脫穎而出。

　　第三，個性化的語言表達方式。沒有刻板的說教，沒有咬文嚼字的賣弄。朱秀娟精選生活中的語言花絮，鑲嵌於筆下每一位人物之口，真實可信，栩栩如生，和諧統一。

第三節　蕭　颯、施叔青、李　昂

　　在臺灣文壇上，有位將筆墨揮灑在最易掀起風暴的、最易激發家庭矛盾的外遇婚變題材上，集中在這個感情漩渦中去暴露主人公內在心靈世界的女作家，這就是蕭颯。

　　蕭颯本名蕭慶餘，1953年出生於臺灣省臺北市，祖籍江蘇南京市。蕭颯自幼愛好文學，在她還不到入學年齡時，就常常從廣播裏收聽連播的愛情、歷史、推理小說。初中時，偶發塗鴉的一篇愛情小說讓她不由自主地闖入了文壇。考入臺北師專後，她幾乎對文學創作產生了不可遏止的欲望。當時，白先勇等臺大學生創作的《現代文學》、尉天驄的《文季》和較早發行的《筆匯》等文學月刊讓蕭颯愛不釋手。同樣，從這些刊物中，她接觸了大量的臺灣當代文學作家與作品，就像一個貪婪的嬰兒，吮吸著母親香甜的乳汁。其時，蕭颯十分看重並受之影響的外國作品當推日本作家的作品。正在求學的蕭颯，尋遍了當時臺北全部書店中

的日本翻譯小説，如芥川龍之介、川端康成、三島由紀夫、夏目漱石、橫光利一等著名作家的書都不被放過。因為大量地閱讀了日本作家的作品，在以後她的小説創作中，常洋溢著日本文學中那種簡練的叙述、清新的格調之氣氛。然而在整個創作手法上，蕭颯自始至終未受某位作家之影響，抑或一味去模仿某人的創作風格。蕭颯仍是蕭颯，她的創作是學習和綜合各種文學作品所取得的成就，並未與其他名家有何種曾相似之處。

　　可以説，蕭颯在衆多臺灣中青年女作家中是最早躋身於文壇，且又創作頗豐的作家之一。從花季年華創作出版的第一部小説集《長堤》開始至今，出版了長、中、短篇小説近二十餘部，獲獎作品〈我兒漢生〉、〈死了一個國中女生之後〉、〈霞飛之家〉等在臺灣文壇頗有影響。蕭颯的作品多次入選臺灣年度小説選，得到衆多評論家的好評。評論家隱地曾説：「蕭颯雖然年紀輕輕，可是一派大家風範，她曾以〈我兒漢生〉超越了年齡限制，又以〈小葉〉超越性別限制，在小説的世界裏，她已能控制全局，加上文字的能力也在水平之上，只要她此生寫小説的心態不改，蕭颯實在是我國文壇上十分重要的一位作家。」（〈死了一個國中女生之後〉，附錄隱地《評介〈小葉〉之一》。）在臺灣女作家中，蕭颯的創作題材較為廣闊，她將筆觸向社會各階層之中去探索各類形形色色的人物形象；不論是高階層的「白領」還是低階層的「藍領」，抑或是那些在社會最底層掙扎的被侮辱被損害者，她意在挖掘他們內心最深處，塑造他們獨特的個性。對這些不同層次、不同身份人物的刻劃、描繪，不僅展示了一幅臺灣現代社會生動鮮明的生活畫卷，同時也揭示了隨著時代、社會的變遷，人們的價值與道德觀念的嬗變。

　　在她由短篇小説創作轉向以長篇小説創作為主以來，她把更多的注意力集中在了臺灣社會轉型期，家庭形態變化中較為經常和普遍發生的、對婦女兒童損害最大的「外遇」問題上。蕭颯的

許多作品都是反映這類問題的。如〈愛情的季節〉、〈明天，又是一個星期天〉、〈葉落〉、〈如夢令〉、〈小鎮醫生的愛情〉及〈唯良的愛〉等。由於蕭颯也是「外遇」的受害者，差點被前夫的外遇事件奪去生命，因而她決心要從多方面揭發「外遇」的醜惡和危害，以便喚醒那些迷途的靈魂，並盡可能為患者開出藥方。近年來，蕭颯仍有一些新的作品被推出，同樣，她的創作已趨向成熟，尤其是她的長篇小說《小鎮醫生的愛情》標誌著她的小說創作達到了一個新的高峰。《小鎮醫生的愛情》也是她描寫「外遇」題材方面的代表工作。

在現當代臺灣及海外華人女作家的小說創作中，婚戀題材最為突出。40多年前張愛玲的一篇〈傾城之戀〉令人回腸蕩氣，當今青年女作家李昂的《殺夫》不能不讓人揚眉吐氣。當然，與張愛玲的婚戀小說不同的是李昂自覺地將婚戀故事置入時代潮流之中，挖掘其豐富而深邃的社會內涵，無疑這種鮮明的時代色彩具有積極進取的社會意義。蕭颯的婚變小說與李昂相同的是透過婚姻戀愛去解剖社會，從小小的一個家庭中窺視到時代脈搏中流通的血液。蕭颯以她細膩、含蓄、溫情的筆墨在愛情之角度揮灑出她略含憂鬱、苦悶的故事來。以悲天憫人的胸懷細細地去刻劃現代都市中形形色色的人物。然而，在她瀟灑流利的文字下卻透露出鋒利的社會觀察與對敏銳的問題的探討。正像隱地所説：「沒有悲憫的胸懷，老實説，根本就無法寫出小葉、莉莉這樣的人物，也根本不會在都市的垃圾裏產生這樣一篇化腐朽為神奇鮮活的作品。」

蕭颯的創作題材是廣泛的，尤其是她描寫大都市錯綜複雜的男女關係的婚戀小說，在她的創作中比重較大。下面我們從以下幾個方面分別進行闡述。

1. 刻劃了大都市「日光夜景」下的畸形社會景觀

　　蕭颯懷著恨其不怒，怒其不爭的心境將一個個價值虛無、理想空白、缺乏生活目標的風塵女子推了出來。這些生活在社會底層裏被侮辱被損害的可憐且又可悲的人物的生活，如同掏空了靈魂的軀殼，在五彩的霓虹燈下，是那麼木然醜陋。〈小葉〉中女主人公小葉的不幸遭遇，為我們展開了一幅活生生的妓女受難圖：憂鬱的、苦悶的、無望的小葉是那麼柔弱、溫順，像一隻受驚嚇的小羊，逆來順受。因而在小葉這個風塵女的身上，有著聽天由命，爭取好的人生的無奈的宿命論的典型。這正是對資本主義那異變的日光夜景社會的深沉難言的控訴和揭露。

2. 描寫了受西方思潮侵襲處於社會轉型期中的臺灣社會家庭婚變所帶來的種種憂患

　　因外遇而引起家庭婚變乃是臺灣當今社會日益嚴重的社會問題。這一問題直接對婦女兒童有著不可彌補的損害與打擊。外遇的結局往往導致婚姻破裂，家庭毀滅，下一代墮落。臺灣資本主義危機四伏的複雜婚戀，往往是以金錢為紐帶的婚戀數目超出感情當家的婚姻，因而，從某些方面來講，婚變亦是對社會的懲罰，是一種超常規的反擊。蕭颯以高度敏銳的感情冷靜地觀察這一畸形的社會現狀，將筆觸向數個大相徑庭的婚變家庭之中，蕭颯帶著批判和譴責的目光看待因外遇而引起婚變的形形色色的不幸家庭，從兩個側面反映了婚變家庭的不幸，塑造了兩種截然不同的女性：第一，關注在婚變中自毀的軟弱女性的命運。如小說〈明天，又是一個星期天〉中的小學教師謝淑清在遭遇第三者插足的婚變後，並未一蹶不起，她不要支離破碎的感情，也不要那樣絕情的丈夫，雖然喪失了愛情，還有可依賴的事業。與堅毅、自尊自強的淑清相比，〈小鎮醫生的愛情〉中的被 60 歲內科大夫

王利一所拋棄結婚30年的妻子和〈唯良的愛〉中被女朋友的妹妹
奪去丈夫的愛的唯良，那種以死抗爭的消極行為就顯得那樣軟弱
無能。第二，塑造了當代臺灣社會知識女性的形象。蕭颯在塑造
女性悲劇形象時，也揚眉吐氣地刻劃了另外一類截然不同的女
性：雖則被有了外遇的男人所拋棄，卻不甘自弱，奮力拼搏。如
范安萍（〈唯良的愛〉），苡天（〈如何擺脫丈夫的方法〉）等女
強人，她們並未把自己的一生押在破碎的婚姻上，而是在不斷地
追求事業和財富，掌握自己生活的命運。由她們造成的一種婚變
從某一個角度來看，乃是社會進步的有力體現，也從另一個側面
透露了當代臺灣女性新的人生觀和價值觀。

3. 從不同視角來透視臺灣諸多社會問題，發人深思，具有普遍的反省意義。

　　除了前述的兩方面問題外，臺灣的青少年教育問題，亦是蕭
颯創作的又一題材。臺灣70年代後期，社會弊端日漸顯露。蕭颯
將創作視野轉向最為引人關注的青少年教育之中。〈我兒漢
生〉，亦是她創作上的一個突破，是作者第一次試圖描述成長中
的年輕一代的苦悶。小說以一個母親娓娓道家常的口吻，敘述漢
生曲折而又充滿困惑的成長歷程。「漢生」的故事，正表達了臺
灣青年一代生活學業上的苦悶、無望，年長一代在教育子女問題
上的徘徊、惶惑，說明了愛護和理解是青少年健康成長的一個重
要因素。

　　靈活多變、寫實，是蕭颯小說創作的一個重要特點。首先善
於動用各類不同人稱的敘述方式。如〈我兒漢生〉，運用第一人
稱來敘述情節，讀來親切感人，如臨其境。運用多變的第三人稱
從不同性別、年齡、角度來敘述事件發生、發展。其口吻客觀精
鍊明瞭，如〈明天，又是星期天〉、〈葉落〉等。其二，從對形
形色色人物，人物心靈深處不同心理的並存、對比和衝突的描

寫，來展示人物複雜多變的世界。如〈葉落〉中以精確、細膩的筆來描繪了一對早年的戀人，在分別數年後的同學聚會中相見時，各自心中難以抑制的感情和迸發的欲望。對於有過一次離異婚姻，卻又渴求男性愛撫的培芳心理的描繪，則是十分真實而又微妙的。

　　施叔青，原名施淑卿。1945 年，施叔青出生於臺灣西部靠海的古城鹿港。在充滿書香氛圍的家庭中，施叔青的文學修養漸漸增強。在她就讀於彰化女子中學時，由於對小說與現代詩的迷戀，便開始嘗試文學創作。高二那年，她的第一篇作品〈壁虎〉問世。當著名鄉土文學作家陳映真讀到這篇出自於 17 歲少女之手的習作時，大加讚賞，隨即將其發表在《現代文學》雜誌上。初獲成功的喜悅讓施叔青勤寫不輟，自此走上了寫作之路，《現代文學》、《文學季刊》成了她寫作的園地。她從淡江文理學院法文系畢業那年，第一本短篇小說集《約伯的末裔》出版了，臺灣作家白先勇為此書作序。以後入紐約市立大學杭特學院攻讀戲劇，兩年後獲得了戲劇碩士學位。先後在臺灣政治大學西語系、淡江文理學院外文系和世界新聞專科學校教授西洋戲劇、劇本寫作等課程，並獲得中山文化學術基金研究費，開始致力於對京戲花旦角色、臺灣歌仔戲和南管音樂、梨園戲的整理與研究。論文〈歌仔戲的扮仙〉、〈南管音樂與梨園戲初探〉相繼發表在香港《中國人》雜誌上。1978 年舉家寓居到香港，她受聘於香港藝術中心，任亞洲表演藝術策劃主任。

　　作為在臺灣文壇上成名較早的女作家，施叔青有著變化多端的創作風格。但無論創作風格如何變幻，死亡、性和癲狂則是她小說迴圈不息的主題。白先勇曾評價施叔青早期小說世界，是透過她自己特有的折射所投射出來的一個扭曲、怪異、夢魘似的世界。光天白日下的社會倫理、道德、理性在她的世界中是不存在

的。那是一個不正常、狹窄的、患了分裂症的世界，但是它的不
正常性，如同鹿港海外在不正常天氣時那些颱風、海嘯一般，有
其可怕的真實性。確實如此，在施叔青早期的創作中，常用奇異
怪狀醜陋的生物來增強其作品的修辭感，形象地表現這些主題。
無疑中西文化的衝突同樣在她身上有著潛移默化的作用，因而被
稱為中西文化擺蕩邊緣之人。至今，施叔青以她銳利和勤奮之
筆，創作了大量的作品：短篇小說集《約伯的末裔》、《拾掇那
些日子》、《常滿姨的一日》、《夾縫之間》、《細怨》、
《臺上臺下》、《那些不毛的日子》、《情探》、《韭菜命的
人》、《完美的丈夫》；系列小說《香港的故事》、《香港三部
曲》、《她名叫蝴蝶》、《遍山洋紫荊》、《寂寞之園》；長篇
小說《牛鈴聲響》、《琉璃瓦》、《維多利亞俱樂部》；戲劇論
文集《西方人看中國的喜劇》；傳記文學《甘地傳》、《杜立德
醫生》等。

　　施叔青小說的創作，以她人生經歷的自然流程，與其小說創
作描寫的物件的不同，可劃分為三個時期，早、中、近時期。臺
灣是作者生長的故園，在堅實的家鄉土地上，骨子裏蕩漾著對家
鄉親情般的愛戀，不免用一種超乎現實的少女般的青澀迷惘的感
觸來探向社會。美國是作者寄居的客土，當她目睹著異國斑駁陸
離的社會現實，成熟的認識一抹先前的夢幻，便由空中回落到堅
實的地面，對人生的坎坷有了理性的認識。從異國之土定居到香
港，面對這座被殖民者佔據了一百多年的祖國領土，施叔青不由
得將以往對女性意識的關注落眼於華洋混雜琳琅滿目的奇異區
域，極端的美與醜從她筆下汩汩流出。大相徑庭的創作風格，正
反映了施叔青多角的人生閱歷。下面我們將施叔青創作的三個時
期分別給予闡釋：

1. 早期創作對隱秘幽暗心靈糾葛的挖掘，體現了作者不諳人世的少女虛幻朦朧般的幻想

　　在施叔青的觀點中，美好的、光明的事物是可望而不可及的，什麼倫理道德、理性，在這個世界是不存在的，所有的只能如一種超現實主義的畫。事實上，施叔青的早期小說世界，如此令人驚駭，可以說是由於鄉土文化的經驗世界與西方現代主義的觀念世界的撞擊，而迸發出的一個滲透著現代病態感的傳統鄉俗世界。首先，她題材中這個傳統的鄉俗世界，與其他鄉土文學作家的創作世界，有著極其不同的一面。她一反大多數鄉土文學作家在揭露社會黑暗的同時，善良地嘲諷那些具有人性尊嚴和高尚心靈的、身份卑微小人物的那種理智色彩和深刻意義的創作，她筆下的小市民世界，卻是聖俗不分，異教相安，虔信與褻瀆並存，情欲公然向戒律挑戰的頹廢和昏庸，彷彿只是透口氣活著而已，甚而連活都不甚明瞭。如那可憐而昏庸的木匠江榮（《約伯的末裔》），對陌生的生活充滿疑懼，只能呆在木桶裏幹活，「彷彿它是世界上惟一覺得安全的所在」；而那位因害亂倫之戀的望門少女，竟持刀刺向奪取已愛的嫂子。其次，作為女性作家，在描寫那個「病態的世俗世界」時大膽地將男性文學作為模仿物件，內容主題大多集中在小市民的成長歷史和現實處境及文化認同、鄉土歸屬上。如〈池魚〉、〈約伯的末裔〉、〈倒放的天梯〉等，在人物的安插上，極少採用女性敘述的第一人稱的內心獨白方式，特別是作者在她有意運用象徵手法去表現超現實的世界和畸形心理時，男性的第三人稱的敘事觀點便佔於支配地位，很少有採用女性第三人稱。其三，在施叔青病態的鄉俗世界中，可看出諸多被稱為保存著濃郁中原文化的鹿港鎮的影子。作為她的小說「根」的鹿港，委實如她小說中所描繪的那一片「荒原」。只有荒原才能不受文明力量的左右，「死亡」和「性」才

能得以散發其威力,才能走出一個孤絕的畸人荒謬英雄潘地霖
(〈倒放的天梯〉)、失落孤絕的現代人李元琴(〈安畸坑〉)、
任人宰割的小男人江榮和老吉(〈約伯的末裔〉)等等,這全然
是作者所借用西方現代派的表現手法,為我們剝開臺灣某些人們
的心理以及他們的社會處境。

2. 在中期創作中,施叔青丟棄了以往少女對人世間的變幻與驚詫, 嫻熟冷靜地將筆鋒轉向對婦女婚姻愛情悲劇的探索

貌似完美、實質上的破敗無望的婚姻,恰恰是束縛扼殺了女
性的精神枷鎖。施叔青對這個已在無數文人筆下產生的婚姻悲劇
題材的刻劃時,卻將重心轉向在社會背景的壓迫下,對人物性格
裂變的把握上。她一改早期鄉俗文學中對超自然虛幻世界的刻
劃,而腳踏實地地進入現實生活的領域,以女性細膩的筆觸向已
破碎的婚姻,殘缺的愛情作為導火線而爆發旅居海外的華人女性
的不幸遭遇:勤儉持家、辛勤勞作、健康結實卻遭受性饑渴而變
態的勞動婦女常滿姨(〈常滿姨的一日〉),惟有惡劣的生活環
境,才能將一個有理智的勞動婦女逼得如此瘋狂。同樣〈後街〉
中則是重筆對人的被壓抑欲望進行了心理描寫。此外,作者在
〈完美的丈夫〉中刻劃一位不堪忍受無愛的婚姻、不願再成為丈
夫籠中的小獸靠著施捨的誘餌活下去的倔強的女性李愫時,指給
了她一條新的生活道路。雖然尚無結局,但已看到自強自力新女
性的影子,李愫之類叛逆女性的出現,正是作者創作進入一個新
階段的鮮明標誌。

3. 近期創作,是施叔青定居香港後所寫的一系列「香港的故事」

在小說〈回歸前的香港〉中,她仍在繼續探討女性世界,所
不同的是已跳出原先的自我,沈著冷靜面對人生,所表現的層面
越來越大,不再以悲傷憂鬱的心境去描寫愛情的悲劇與逝去的年

華；而是以銳利的筆鋒刻劃人物中多面的複雜性格，不乏對人物存有同情、瞭解和寬容之心。〈香港的故事〉將華洋雜處的香港上流社會及半上流社會的芸芸眾生所經歷的兩種文化的衝撞和特殊社會人文環境下的精神困頓狀態重新推了出來。其一，細膩刻劃了被金錢物質力量所控制著的香港社會人際關係下被扭曲與被損害的女性心態與感情。如〈愫細怨〉中的知識女性李愫細，毅然離開變了心的丈夫幻想尋求獨立自由的生活時，濃厚的殖民地色彩的畸形社會形態使她抵抗不了屈辱命運的捉弄。社會的寄生性，決定了女性不得不依附男性，作為有職業有教養的半上流社會的女性，依然犧牲自己的人格自尊而委屈求全。施叔青通過愫細這一不合性格邏輯的悲劇結局，而藝術性地完成了對這個摧殘人性的畸形社會的揭露和批判。其二，揭示了香港上流社會的人物在充盈的物質享受下的情感迷惘和精神困擾。施叔青的創作，並未簡單展示人物的心靈世界，而是善於透過人物這種特定的環境中的迷惘和困擾，寄寓深厚的社會、歷史和人性的內涵。不僅是李愫細的心靈世界，有一身京劇硬功夫的丁葵芳（〈票房〉）、有著不俗精神追求的商人莊水法（〈情探〉）、出身貧寒的雷貝嘉〈一夜遊〉等等，都逃脫不掉精神上的困頓。其三，構繪出一幅深沈的歷史滄桑感的畫卷。施叔青筆下那些從大陸逃到小島來的遺老遺少和他們的後代們，儘管在新環境中取得自身經濟地位並有著樂觀發展前景，但仍掩飾不了其飄泊無根的苦楚。總之，作品的審美認識空間，在作者的精神刻劃和諧心造意下極大拓展開來，從中無疑有著深刻的認識價值和美學價值，體現了施叔青新的現實感觸和新的藝術視野。

　　李昂。1952 年 4 月 7 日，在堪稱中國文化標本的臺灣彰化縣鹿港鎮的書香門第施家，又誕生了一位千金，這就是若干年後與其兩位姐姐一同享譽臺灣文壇的著名作家李昂，本名施淑端。由

於從小受到中國傳統文化的薰陶，李昂姊妹三個都是臺灣當代文
壇著名的女文人。大姐施淑女，筆名施叔，是文學評論家，二姐
施叔青是著名的小說家，因而她生活在十分優越的文化環境中。
還是在中學讀書時她就開始了寫作，高中一年級發表了處女作短
篇小說〈花季〉。李昂在本鄉讀完高中考入臺灣文化學院哲學
系，畢業後到加拿大和美國留學，1977 年獲美國俄勒岡州立大學
戲劇碩士學位，後返回臺灣在文化學院戲劇系任教。李昂讀大學
時，發表了以古樸的鹿港風情為背景，以鹿港人的命運為主線，
反映鹿港古鎮六、七十年代的社會變遷和人世滄桑的系列小說，
使她在臺灣文壇初露鋒芒。其中揭露臺灣教育制度弊端，為青年
鳴不平的《人間世》獲臺灣《中國時報》短篇小說獎，受到了臺
灣各界的廣泛注目，李昂之名從此不脛而走，蜚聲臺灣文壇。至
今，出版的主要作品有：《鹿城的故事》、《混聲合唱》、《甜
美生活》、《李昂集》、《人間世》、《她們的眼淚》、《殺
夫》、《暗夜》、《愛情實驗》、《北港香爐人人插》。長篇小
說《迷團》等等。

　　李昂在 80 年代新女性文學勃興中是女性現代意識和批判性最
強的作家，她的作品題材多以表現兩性關係為主，具有以女性為
中心來反應社會生活的共同特點。在眾多女作家向封建傳統觀念
和不合理的社會現實發動猛烈攻擊時，她率先賦予的是極大的勇
氣和創新的精神。因而，她的獲獎作品除〈人間世〉外，還有
〈愛情實驗〉和〈殺夫〉等。

　　李昂的創作分為三個時期。早期的創作被稱為「孤芳自
賞」，那時尚未完成〈人間世〉和〈鹿港故事〉兩個短篇系列，
比較注意作品形式的追求，而較忽視主題思想的呈現。那時李昂
所描寫的女人和性，大都是一種思想貧困，缺乏筋骨的性遊戲和
陶醉於對自我胴體的玩味和自賞中。李昂的中期創作，是在她萌
發了「試圖回到人間管管是非」之後，逐漸賦予了性描寫以積極

深沈的社會主題，使自己的創作驟然地昇華了一大步，至此，才
真正在自我追尋中找到了自己的位置。對於「人間是非」這個極
為複雜而龐大的命題，李昂是怎樣自覺地在這個題目下去尋求答
案的呢？

　　首先，大膽無情地揭露和痛擊封建勢力對女性的摧殘。不管
是大陸，還是臺灣，儘管社會形態不同，但封建主義的枷鎖和鐐
銬，仍然禁錮著廣大婦女的肢體和精神，還在殘酷地吞噬著她們
的生命，威脅著她們的生存，在文學作品中所歌唱的反封建主
題，直到二十世紀末，仍然重演。尤其婚姻悲劇的題材是直接關
係千百萬人，尤其是婦女的命運，因而常寫常新，廣泛受到關
注。李昂是個十分敏銳的作家，她緊緊地抓住這種題材，對封建
主義的無恥和殘暴進行了無情的揭露和抨擊。中篇小說《殺
夫》，就從兩條線索和兩代人的命運對殘忍的封建勢力進行揭露
的：以描寫林市年輕一代的命運和遭遇為主要線索，另一條線索
是以林市母親老一代被侮辱被損害者之死作為鋪墊式的描寫。作
者先描寫了林市母親在被家族勢力奪走財產、趕出家門、遭人強
奸後，又被代表封建勢力的道貌岸然、衣冠禽獸不如的小叔子陷
害投河致死，作者憤怒抨擊了林市叔叔的凶惡殘暴，也揭露了他
鮮有的無恥，為另一條主線設下伏筆。女主人公林市被叔叔為換
得可長期吃肉不要錢的肉票嫁給了凶暴殘虐的屠夫陳江水。陳江
水對林市進行百般的肉體折磨和精神凌辱以及慘無人道的性折
磨。在一次粗暴凌辱後，神色恍惚的林市操刀將陳宰了，當然在
劫難逃，五花大綁被遊街示眾後，處以死刑。林市的悲劇再一次
透視出男權統治下的中國婦女命運的悲哀，以弱殺強，是婦女對
封建壓迫的反抗，是被迫採取的自衛行動，林市的反抗正是在封
建宗法制度禁錮下女性自我意識的覺醒。

　　其次，深刻揭露和抨擊了資本主義的虛偽、荒淫和貪婪。標
誌著李昂創作新高度的〈暗夜〉比起〈殺夫〉，不管思想還是藝

術，都有新的突破，尤其是主題思想的表達，呈現出更為深邃的特點。〈暗夜〉描寫臺灣進入資本主義社會之後，人們物質富裕，精神空虛，富裕的物質成了人們靈魂的腐蝕劑、消魂散，將資產階級道德極其虛偽的本質揭露得淋漓盡致。作者在〈暗夜〉中以驚人的觀察力和組織力，繪製了一個以金錢和性為網路，裏面裝滿著醜惡、奸詐、荒淫、無恥的臺灣資產階級社會的關係圖。在這個圖中有血的吸吮，有性的交易，有爭奪的瘋狂，有報復的兇狠，有嫉妒的烈火，有貪饞的涎滴。利用獲得的經濟情報大發橫財、吃喝嫖賭的小報記者葉原，表面道貌岸然、實際是偽道德家的陳天端，還有所謂的實業家黃承德、留美博士孫新亞等，他們既沒有思想，也沒有靈魂，一個個都患著嚴重的精神貧血症，作者對他們的揭露入木三分。

其三，揭露、批判了臺灣教育制度。小說〈人間世〉的內容和主旨，就是要告訴讀者臺灣教育制度的弊端和失敗。作為教育機構，一方面擔任著塑造人的靈魂的神聖使命，但卻事先不注意對學生品行和生理知識方面的教育，而當學生出事後，又把責任全部推給學生，不教而誅，將學生開除了事。這無疑是把問題推給社會，給社會埋下隱患。教育機構不但不能為社會分擔憂愁，消除和減輕社會的不安定因素，反而給社會增加隱患，這就是教育無能的表現。另一方面教師未能承擔教育幫助學生的職責違背了為人師表的天職，也造成了信任危機，嚴重褻瀆了教師的形象。

80 年代，李昂的思想和創作發生轉向，站在了「臺獨」一邊。她遭到社會和文學界爭議的小說《北港香爐人人插》，是和另一個女人爭奪情人之作。不僅作品名稱暗示女人的性，而且將性渲染到不堪入目之境。小說中還暴露了其「臺獨」思想，故事情節隨意編造，可惜地成為其創作上的敗筆。

第四節　袁瓊瓊、蕭麗紅、蘇偉貞

　　袁瓊瓊，曾用筆名朱陵。1950 年 11 月 25 日出生於臺灣省新竹縣，祖籍四川眉山，畢業於臺南商業職業學校，曾任《創作月刊》編輯。80 年代初，短篇小說〈自己的天空〉的發表，使她擁有了大量的讀者，並獲得了《聯合報》小說獎。不久，袁瓊瓊赴美國愛荷華大學作家班深造。1984 年以〈滄桑〉一文獲得「時報文學獎」小說首獎。1985 年，因一偶然機會闖入臺灣影視圈，此後，曾創作了長長短短的電視劇 20 多部。迄今，著有小說集《春水船》、《兩個人的故事》、《自己的天空》、《滄桑》、《又涼又暖的季節》、《袁瓊瓊極短篇》、《今生緣》等。另有散文集《紅塵心事》、《隨意》等。影視劇《大城小調》、《紅男綠女》、《家和萬事興》等。

　　袁瓊瓊是 70 年代末萌生、80 年代突起的新女性主義文學代表作家之一。她和曾心儀、朱秀娟、廖輝英、蘇偉貞、楊小雲等人的創作，共同形成了新女性主義文學的潮流。袁瓊瓊的小說以平實的筆調、不乏的細節，描繪了女性獨立的自強意識，反映在男權主義社會陰影下女性自強奮鬥的身影，她筆下的女性不是生活中的悲劇角色，而是敢於挑戰男權、挑戰社會的強者。

　　第一，掙脫枷鎖，擁得自己的天空。

　　袁瓊瓊短篇小說〈自己的天空〉是女性主義文學的起步代表作。小說從獨特的角度深刻揭示了隨著臺灣社會經濟的變化、生活方式的改變，家庭、婚姻觀念也產生一系列潛移默化的變遷。以動態方式勾勒出當今臺灣女性奮力掙脫精神枷鎖、確立主體思想的過程。女主人公靜敏，老實本分，性格內向，結婚後，放棄

自己的學業，甘願在家相夫教子，以丈夫作為其生活的全部內容，力求做一位賢妻良母。然而，丈夫另有了新歡，無情地遺棄了她。這突如其來的沈重打擊，沒有擊潰她，相反，卻激發了她自強自立的意識，決然放棄了已無實質意義的婚姻，走上自我奮鬥的里程。幾年中，她拉保險、做生意，直到在企業裏做了主任，逐漸成了一個「自主、有把握的女人」，遨遊在「自己的天空」，充滿自信。小說主人公的奮鬥史無疑對現實生活中的許多女性有借鑑意義。

第二，展示現代社會中心理失衡和扭曲變態的人性。

摒棄侵犯女性人權的陳腐道德觀念，是新女性文學的共同表現特徵。在短篇集《滄桑》中，袁瓊瓊的主人公多為心理變態者：〈談話〉、〈顏振〉中的男主人公，兒時都曾遭遇了母親自殺事件，從而對婚姻恐懼不已，視男女間的一切美滿為齷齪的夢幻。性格怪異，舉止荒誕，特別突出的例子是在小說〈家劫〉中：方老太太守寡多年，卻收養了兩個女孩以供其白痴兒子發泄性欲。當其中一位養女拒絕懷孕為其繁衍後代時，喪失理智的方老太太竟怒而將其棒殺。這不近人情的行為，顯然是其長期壓抑變態的結果。小說〈燒〉中的女主人公，更是一個患了佔有狂的怪胎，將愛丈夫演變為霸佔丈夫，限制其自由，甚至當丈夫患了病，她也怕丈夫在醫院跑掉，堅決不送醫院而自行買藥醫治，最後導致丈夫誤診死亡。小說暗示了女性自我封閉而造成的心理扭曲。

第三，著力刻劃社會眾生相中的小人物。

袁瓊瓊的小說具有一個最為讀者所關注的特點，即平民色彩和人文精神。長篇小說《今生緣》描寫了眾多人物關係，將「人心的真相」圈在了一幅社會風俗的大框架中以重筆描寫。小說分為三部：第一部反映50年代初，人們初抵臺島時的生存境遇；第二部反映50年代末，複雜化了的人際關係，父子不睦、夫妻有

隙、婆媳口舌等家庭矛盾和妓女賣春等社會醜象，人們的精神狀態發生了畸變；第三部則表現 60 年代的臺灣經濟轉型期人們的掙扎、謀生、競爭生活。雖然經濟復蘇生活條件好轉，但人際關係更趨複雜，小説道出了大時代中「小男女」們的生活與心態。寫出了他們的人情世故、處世哲學以及內心的隱秘，並從中挖掘出深厚的文化歷史內涵。小説告訴人們，泱泱大國與中華民族，正是由這無數充滿人性弱點和鮮活生命力的小人物構成，幾千年來的中國人就是這樣真實地活過來的。

　　蕭麗紅，1950 年出生於臺灣省一個典型中國傳統文化的標本，且具有強烈抗拒力和封閉性的小鎮——嘉義縣布袋鎮。與其他經歷過從幼年少年創作期的作家不同的是，蕭麗紅的創作知名度好象是一夜之間驟然地從文學的大海上躍出的，那是 1975 年，她的第一部長篇小説《桂花巷》在臺灣《聯合報》連載，便引起人們注目。接著，1980 年，她的第二部長篇小説《千江有水千江月》又獲臺灣《聯合報》長篇小説獎，成為臺灣持續不衰的最暢銷的長篇小説之一。評者、論者蜂擁而起，使蕭麗紅的名字一下超過那些久負盛名的女作家，成為臺灣文壇最著名的人物之一。雖說蕭麗紅的出生地布袋鎮與前面我們提及的文壇施家三姐妹的出生、成長的鹿港鎮在傳統文化遺傳性上有點相似，但卻並未像鹿港鎮那樣容易被西化風席捲，因而如施家姐妹早期作品中那種傳統和現代觀念在演變過程中併存的情景，在蕭麗紅的小説中卻看不到。蕭麗紅為其作品選擇的背景和為其人物確定的成長環境，無疑是蕭麗紅自身生長，而且非常熟悉的環境。從這個角度説，抗拒力與封閉性極強的故鄉小鎮無疑對她的創作產生了巨大影響，這種影響甚至超過了臺灣鄉土派作家。如此推論，從創作風格來講，蕭麗紅當為典型的臺灣鄉土派作家了。更為準確地説，其作品中表現的並不是小鄉土，而是以特定的歷史和社會背

景表現出了中國的大鄉土，可謂中國的大鄉土作家。究其作品，有以下幾得：

其一，宣揚中國傳統文化，抑西化之風。蕭麗紅的幾部長篇小說，幾乎表現了從十九世紀末到二十世紀六、七十年代差不多一個世紀的臺灣婦女生活的坎坷歷程。出生在晚清，成長於被腐敗的清政府割讓給日本的臺灣島歷史背景下的剔紅（〈桂花巷〉的女主人公），她的生命史與日本帝國主義霸佔臺灣的歷史一樣長。而貞觀（〈千江有水千江月〉中的女主人公）卻是生長在五十年代至八十年代之間。可以說，以故事發生的時間論，這兩部小說描繪了兩個時代，若論其作品中的人物，絕不能單考慮時間因素而區別新、舊，更不能以她們生活的年代來判斷她們的意識所代表的時代本質。作者是根據她的創作意圖和主題需要來塑造人物的。兩人是不同時代的女性——剔紅生長於清末至四十年代中國封建半封建半殖民地社會，典型的封建社會婦女的舉動，如纏足、進香等苛守婦道的行為均是剔紅所為。但剔紅思想深處卻具有現代女性開放意識：生長在貧苦家庭，過慣了窮困生活；為了逃避苦難，剔紅敢於以身挑戰社會束縛，棄貧窮丈夫改嫁與富家少爺；曾有過風流的「外遇」而懷了私生子，感受到「外遇」的溫情等。對此，貞觀自歎不如，生長在資本主義西化期的貞觀和大信是那樣保守，循規蹈矩地戀愛，不敢越雷池一步。不僅是貞觀，〈千江有水千江月〉中的其他女人，均都是保守型的，即使長期守寡的女人。生活在資本主義社會的女性還不如生活在封建社會的女性開放，這似乎不可理喻。然而，這正是作者意圖所在，即要以中國的傳統文化來抵抗西方文化的入侵，要在中國傳統文化日益危機的情況下，讓她放射出更強的光輝，以此來拯救它的危亡，以此來戰勝兇猛的西化之風。

其二，描繪一幅出淤泥而不染且牽出人們無限遐想的風情民俗圖畫。蕭麗紅不惜潑墨重筆再現一個純然的中國傳統文化的世

界，那裏風俗典雅古樸，空氣新鮮清純，人心一片真誠無私。以此與資本主義西化城市的環境髒亂、空氣污濁、人心難測，凶殺、拐騙、搶劫、遺棄、掠奪、強姦等事件不斷發生比較起來，人們自然留戀和追懷〈千江有水千江月〉中布袋鎮的世界。這樣的世界不僅是反西化之風的人們所嚮往，而且也是在燈紅酒綠中翻滾得厭倦了的人們的安歇處。

其三，高唱民族頌歌，宏揚民族精神。就因為通過對作品具體情節和人物的刻劃來突出中國傳統文化的優越，高唱民族頌歌，〈千江有水千江月〉才會成為臺灣第一暢銷小說。從創作動機看，作者也是深懷著民族的驕傲和自豪感來創作的。其目的就是要把〈千山有水千江月〉寫成一部民族的頌歌。作品的這種格調和主題，正吻合了當時臺灣正在興起的文化和文學諸領域民族的、鄉土的回歸運動。正當臺灣島狂刮歐風美雨的惡劣氣候下，蕭麗紅勇敢地拿起筆歌頌中國優秀的傳統文化，表現中國人的心靈美，喚醒中國人的意識，提醒人們做一個中國人的自豪，可謂慧眼金睛，有膽有識，以她卓越的才華回應了時代的這一需要。

蘇偉貞。在臺灣新女性主義文學大軍中，有位以咄咄逼人的氣勢連連奪魁於各項文學大獎的女作家，她就是以獲獎中篇小說《紅顏已老》在文壇引起特大反響的蘇偉貞。

蘇偉貞祖籍廣東番禺，1954 年生於臺灣。政戰學校影視劇系畢業，曾在軍隊服役，現任《聯合報》副刊編輯。蘇偉貞致力於文學創作，出版的作品二十餘部：長篇小說《有緣千里》、《離開同方》、《陌路》、《過站不停》、《沈默之島》、《夢書》；小說集《紅顏已老》、《陪他一段》、《世間女子》、《舊愛》、《離家出走》、《流離》、《我們之間》、《熱的絕滅》、《封閉的島嶼》等；散文集《歲月的聲音》、《來不及長大》、《預知旅行記事》等。

　　在文學創作上自覺起步過晚的蘇偉貞，當她的處女作〈陪他一段〉發表，得獎、震撼文壇時，不過剛滿二十五歲。待第二篇小說〈紅顏已老〉榜上有名，其已享譽文壇，就這樣，一支筆寫到今。蘇偉貞被許多人稱為「小說天才」。對此，蘇偉貞不以為然，認為世界上哪裏有天才？只不過憑著直覺學習罷了，並直截了當的道白：「不是刻意選擇文學，是別的事我沒辦法做。」真誠坦言是她一貫所持，不僅本身如此，對於他人的真誠，更是尊重有加。就像她的心靈世界一樣的不願有一點瑕疵，在她的小說世界裏同樣追求完美的過程。小說均是她的嘔心之作，她是這樣看待自己的小說世界：「每個讀小說者都可以在小說人物的生活中找到令自己滿足的角度，也可以找到自己的需要。我寫小說，無意去解釋什麼，小說沒有解釋的責任，也和我真實的生活不相同，起碼在價值觀的認定上不相同，相反的，或是要追求一個完整吧！」。（愛亞：〈沈默之島，專訪蘇偉貞，不肯沈默的心〉，四川文藝出版社，253 頁。）與臺灣其他新女性主義作家一樣，蘇偉貞亦把筆觸向女性生存的空間，親情、友情、愛情甚至性都是其作品涉獵的主題，似乎每部作品的主人公均為女性，女性形象是當然的主體。以女性作家細膩的手筆來解讀兩性、如臨其境，如見其人。同為表現兩性關係，蘇偉貞似在有意無意之間表現了強烈的社會性和現實性，無激烈的語言，更無慘不忍睹的畫面。如果說李昂以驚心動魄的故事情節傳達忍辱負重的女性走上抗爭之路，那麼，蘇偉貞則是以愛情故事的形式所做的關於人的情欲的探索。

　　寫作出版於九十年代中期的長篇小說〈沈默之島〉，可謂是蘇偉貞在表現兩性關係方面所做的探索性創作了，也就是這部小說，獲得了第一屆臺灣「時報文學百萬小說獎」推薦得獎作品。

　　〈沈默之島〉在表現手法上相當獨特。首先，採取一分為二設置主角的方式。名字，及其有關人物的名字均雷同……然而兩

個都名為「晨勉」的女主角各自的情節線不同，好像一條並軌的
鐵路，一同向前延伸，最終都掉入悲劇的峽谷。作者好像在極力
表明一個人的可視之點並不重要，重要的是人之為人的共通性。
其次，極力表現被壓抑的「性」的解脫。兩個女主人公及其他人
物的工作、生活都幾筆帶過，而人物自身的需要、目標、與外界
的溝通渠道等等都離不開「性」。而「性」的流溢並非於某人的
意圖或鮮明的意志活動，一切均順其自然。可見，除了性壓抑的
解脫還存在著對「性權利」的挑戰。其三，強調非意志控制身
體，著力探討自身身體的自主性。作為社會學上的重要論題，作
者大膽地試圖為讀者揭開某種女性身體的秘密。但是，兩位女主
人公的結局，也只能是一座「沈默之島」，將女性身體秘密寓意
於此，也不失為極具特色的表現手法。

第二十九章

臺灣文學的多元化傾向

第一節　臺灣文學走向多元化的歷史背景

　　臺灣社會結束國民黨的獨裁和白色恐怖，是歷史的進步，也是世界大潮流發展的必然趨勢。1970 年 8 月 12 日，美國將中國的釣魚島送給了日本，引發了世界性的「保釣運動」。1971 年 12 月 25 日，中國恢復聯合國席位，臺灣被逐出聯合國。1972 年 2 月 21 日，美國總統尼克森訪問中國。2 月 28 日，中美上海公報發表。1978 年 12 月 16 日，中美正式建交。在這種國際形勢的推動下，臺灣島的形勢也迅速發生變化。首先是愛國知識份子的大覺醒，掀起規模巨大的反獨裁、爭自由的民主運動。1972 年 12 月 4 日，由陳鼓應、王曉波師生在臺大舉行「民族主義座談會」，宣傳統

一中國的主張，在臺灣掀起了愛國的民族主義浪潮。1973 年 2 月
17 日，臺灣當局拘捕陳鼓應、王曉波，釀成嚴重的「民族主義事
件」，激起了更大規模的抗議運動。2 月 18 日，臺大學生郭譽孚
在臺大校門前持刀自戕，並血書「和平，統一，救中國」的標語。
從此，臺灣的愛國民主運動此起彼伏，一浪高過一浪。隨著這種
非常純潔的愛國民族主義運動的興起，潛伏著的對國民黨不滿的
各種政治勢力也開始發難。其中有遭國民黨無辜迫害者，有左派
民族統一者，也有少數心懷不軌的「臺獨」份子。初期，由於反
國民黨獨裁的大方向一致，便都成了民主潮流中的一員。但是隨
著運動的深入發展，不同的利益、目標和主張便逐漸地曝露了出
來，並產生了新的矛盾。於是政治傾向上便出現了「多元化」。
不過就其本質來看，實際上就有「兩化」，那就是愛祖國、愛民
族的「中國化」和反中國、反民族的「臺獨化」。其中有相當一
部份是中間派。從情感和理念上，他們是炎黃子孫，是中國人，
是中華民族的一員，但由於受到國民黨的殘酷迫害，又堅決地反
對和排斥國民黨政權。這一部份人在「臺獨」份子將國民黨和中
國畫上等號的蠱惑中，因為要反對國民黨，便中了「臺獨」份子
的奸計。而真正的愛祖國、愛民族的「中國化」者，因面臨兩條
戰線：一方面要反對國民黨獨裁；另方面又要反對「臺獨」份子
分裂祖國的陰謀。他們將「反臺獨」放在首位，於是在客觀上與
國民黨的「一個中國主張」，又自然吻合。「臺獨」份子將兩者
分成「左統」和「右統」。無形中又使愛國反蔣的真正左派處於
兩難之境，失去了相當多的中間狀態的朋友。臺獨勢力便藉機得
到發展。臺獨勢力的發展有幾個比較關鍵性的事件，其一是 1979
年 12 月 10 日發生在高雄市的「美麗島事件」。《美麗島》雜誌
社在高雄組織兩萬餘人進行火炬遊行，國民黨進行武裝鎮壓，受
傷者 200 餘人。黃信介等 160 餘人被捕，並查封了《美麗島》、
《春風》、《八十年代》等黨外刊物。其中被捕和判刑的人中有

作家王拓、楊青矗等。國民黨的鎮壓嚴重激化了矛盾，「臺獨」勢力藉此大肆宣傳，大做文章，從此「臺獨」勢力打著反國民黨的旗號，拉攏了大批群眾，逐漸成了氣候。1980年底「中央民代」選舉，「美麗島事件」受害者受到同情和支援，受刑者家屬高票當選。1986年9月28日，由「立法委員」費希平和「監察委員」尤清等，提議「建黨」。由費希平、尤清、謝長廷、張俊雄等成立建黨小組，當場135人簽名支援，並於當天下午作出決定，成立「民主進步黨」。從此，「臺獨」勢力在「民進黨」的旗號下聚集，並將「建立臺灣共和國」的陰謀公開寫進了他們的黨章。1987年7月15日，臺灣當局宣佈解除實行了40年的「戒嚴法」，從此解開了黨禁、言禁、報禁、海禁。臺灣人民獲得了自由與民主，但事情都是兩面性的，「解禁」使民進黨合法化，「臺獨」勢力更為囂張，他們可以公開地、毫無顧忌地推行他們的「臺獨」主張。1988年1月13日，蔣經國去世，李登輝當上「總統」，從此開始了李登輝時期，結束了傳統的國民黨時代。李登輝是個危險的陰謀家，他將「臺獨」野心藏得很深，極力以無所作為，沒有野心打扮自己，騙取了蔣經國的信任。蔣經國一去世，大權到手，他便公開亮出「臺獨」面目，拋出「兩國論」背棄國民黨，支援民進黨，直到2000年將陳水扁推上「總統」寶座。在臺灣的問題上，國民黨犯了兩個致命的錯誤，那就是迫害臺灣人民於前，選錯李登輝這個接班人於後。前者將大批的臺灣老百姓逼向了「臺獨」勢力一邊；後者讓「臺獨」裏應外合使臺灣政權順利地落到了「臺獨」勢力手裏。

第二節　現實主義文學思潮的再崛起

　　臺灣文學進入 20 世紀 80 年代之後，出現了思潮和創作多元化的局面。在這種多元化的局面中，紹繼 70 年代鄉土文學論戰中現實主義文學精神的青年作家群崛起於臺灣文壇。詩歌方面有：

1. 漢廣詩社

　　其成員多為臺灣北部各大學的學生。主要負責人為青年詩人路寒袖。由路寒袖執筆撰寫的《漢廣詩刊》發刊詞中寫道：「本社名『漢廣』，乃取自詩經周南廣漢篇，該篇所敘之事本只是一名男子追求不到漢水邊女孩的咏嘆，多少有點浪漫情懷。本社之所以取用於它，乃就其字面之意而言，『漢』是中華民族，『廣』是廣博，合起來就是『抒中華民族之情，廣大包容各種風格』，這是我們不變的宗旨，不是現在既有的成績。『漢廣詩社』同仁都極為年輕，我們對未來新詩的發展要抱著樂觀的態度，更擁有無比的忠誠。」

2. 《春風詩刊》，主編楊渡

　　他們宣稱：「內容上秉承優秀的現實主義傳統，及其抗爭精神，勇敢前行」。

3. 以林正芳為代表的「華岡詩社」發行《傳說詩刊》

　　他們認為：「只有挖掘了時代特點，表現了民族特質，並且能喚起心靈共鳴的詩，才是不朽之作。」他們繼承了臺灣新詩回歸運動中以「龍族詩社」為代表的「龍」的精神。詩歌方面比較

有代表性的詩人，如：楊渡（楊炤農）、路寒袖、詹澈、林華洲、林正芳、陳嘉農、渡也、鍾喬、蔣勳、李疾、苦苓等。

這批詩人在後來的時日中，因受政治形勢的影響，有的人的觀念有所變化。在小說和報告文學方面，以描寫臺灣農村生活和刻劃被遺棄的無奈角色人物方面當數袁瓊瓊和朱天心、朱天文姐妹；在表現中國傳統俠義和武林生活，描寫江湖好漢和盜賊出沒等粗獷、豪放之士方面，八、九十年代冒出的郭箏奪得頭籌。而在表現金門戰地狀況，刻劃金門人民特殊環境下生活方面，來自金門的青年作家黃克全，可能是最獨特的一個。青年女作家成英姝以強烈諷刺性的黑色幽默，來展示對現實的抗爭精神。報告文學方面，楊渡專寫臺灣發生的重大事件，從中暴露出官方的冷漠和人民的災難。而青年作家藍博洲則以刻苦細緻的調查專訪和精心的描繪與刻劃，去喚起被歷史塵埃深埋的冤魂，表現他們愛祖國愛民族的革命情操。以他們歷史性的革命貢獻，來揭穿臺獨歪曲臺灣歷史的謊言。散文方面，湧現了一大批具有鮮明批判精神的作家。如：龍應臺、阿盛、白靈、陳莘薏、喻麗清、簡媜、簡宛、楊麗玲等的散文中充滿批判的現實主義精神。20 世紀 90 年代在「散文熱」中紅遍海峽兩岸的散文家林清玄、劉墉、簡媜等，雖然他們各有獨特的風格，但林清玄對禪哲的開掘也是以關注現實生活和民眾疾苦為基礎的，而劉墉的散文表現幽默，鋒利和尖刻，更是以現實生活為生成土壤的。簡媜散文的優美，真摯和富有生活哲理性，對女性心理的刻畫，均是對人生解剖的結晶。楊麗玲散文的淋漓、潑辣和適度的調侃，更折射出特定環境中的社會面目，表現出作家蓬勃的青春活力。

第三節　由鄉愁文學向探親文學轉化

　　1987 年，臺灣開放部份人員赴大陸探親，從此，冰封了 40 年的海峽開始解凍。兩岸交流範圍日益擴大，交流頻率日益高漲，從人員探親訪問，到文化，文學交流；從民間交流，到官方交流；從一般訪問，到經濟互動和投資。這種大規模的、全方位的、頻繁的互動和交流，引起了許多深層次的變化。其中最顯著的領域之一就是文學。兩岸文學的交流，從 20 世紀 70 年代便開始了，初期是通過香港、美國等第三地區間接地進行交流，後來變成了暗地裏接觸，再發展到公開直接的交流。因而在兩岸的交流中文學是先行者，起到了心靈紐帶的作用。文學的交流由冰封到解凍，由互相吸引到互相研究，由人員交流到互相發表和出版作品，直至臺灣的許多刊物開設大陸作品專欄，為大陸作者評獎等活動的開展，引發了文學內在世界的變化。首先是文學題材變化。由於臺灣作家大批頻繁地到大陸探親訪問，從大陸源源不斷地獲得了新的創作題材，促使了臺灣文學創作題材的擴大和豐富。尤其是詩和散文方面，有許多詩人散文家都出版了大陸訪問作品專集，如詩人汪洋萍 1995 年出版了《萬里江山故國情》；小說家張放 1995 年 6 月出版中篇小說《走過泉城》，1996 年出版中篇小說《情繫江家峪》；詩人洛夫 2000 年出版長詩《漂木》；小說家程國強 1993 年 4 月出版《祖國、祖國》等等。由於新題材的介入，臺灣文學的整體風貌有了很大變化，推動了兩岸文學的融合。在臺灣興盛了 40 年，成為臺灣文學大宗的鄉愁文學，便逐漸地縮小和失去了生存的空間。鄉愁文學必須具備兩個要素：(1)時間要素，即分離的時間距離。(2)空間要素。即分離的空間距

離。時間和空間距離愈長愈久，引發的思念和激發的愁苦便更多更深，在這樣的心靈和情感基礎上創作的鄉愁文學作品，就會更動人。鄉愁文學是情感的苦果釀出的美酒，它是以犧牲鄉情、親情為代價的。因而一但失去了空間距離和時間距離兩個要素，鄉愁文學便失去了生存條件。海峽兩岸冰封四十年，可以說是創造了我們民族同胞整體性隔離的歷史紀錄。被隔離同胞的鄉愁純化到了很高的境界。這批同胞中又有許多文學高手，他們創作了大量的、品質極高的鄉愁詩，鄉愁小說，鄉愁散文。但是自 1987 年海峽解凍開始，阻隔變成了團聚；分別變成了相逢；離散變成了擁握。即使親人已經辭世，那漫長的等待也變成了眼前的悲痛。於是鄉愁文學大大地被壓縮和失去了生存的空間，無可選擇地向著探親文學轉化。和鄉愁文學相比，探親文學的發生是眼前即景，親眼所見，親身所歷，親自所感。這裏以臺灣詩人秦岳的鄉愁詩〈望月之一〉和探親詩〈夜宿鄭州〉為例。〈望月之一〉寫道：「曾經山過／曾經水過／曾經風景過／曾經嚼著月餅溫馨的團圓過。」這五個「曾經」中都包含著漫長的時間和空間距離。而探親詩《夜宿鄭州》則寫道：「直到晨曦升起／照著我一無睡意的醉眼／才驚訝地發現／那回牽夢繞了四十年的故鄉／突然猛力一把擁我入懷。」鄉愁文學向探親文學轉化，有幾個明顯的不同：一是觀察事物的方法和角度不同；二是由客觀事物激發出來的情感不同；三是判斷問題的方法不同；四是作品呈現的思想主題不同。假如，翻閱一下詩人們 1987 年開放探親之前和開放探親之後的關於描寫故鄉的作品，就會十分鮮明地看到上述差別。這種由鄉愁文學向探親文學的轉化，從社會和政治角度來看，是一種發展和進步；對民族和同胞來說，是一種回歸和團聚；對文學自身說，是一種文學題材向另一種文學題材的轉化。它也是實現民族文學融合和祖國走向統一的一個步驟。不過，雖然臺灣的鄉愁文學已逐漸地向探索文學轉化，但鄉愁文學並未完全失去生存

的條件，文學的題材和樣態還將隨著兩岸關係的變化而變化中。

第四節　後現代派文學的登場

　　後現代派文學是一種西方的舶來品。臺灣後現代詩的倡導者
羅青，於 1989 年 10 月出版了《什麼是後現代主義？》一書。該
書將後現代主義的發生、崛起、東進及在文學諸領域的表現進行
了叙述。羅青解釋後現代主義時這樣寫道：「後現代主義也不過
是一種，配合時代發展的詮釋方法與態度而已。正如同工業社會
發展到了現代主義的看法，後工業社會自然也就順理成章地發展
出屬於自己的詮釋觀點。因為舊有的那一套實在無法應付各種層
出不窮的新情況了。」（羅青：《什麼是後現代主義》，第 14
頁，臺北五四書店 1989 年 10 月。）後現代主義在臺灣文壇出現
以後，許多批評家對它們作了嚴厲的詮釋和評價。後現代批評
家、詩人孟樊這樣寫道：「總結上面的討論，臺灣後現代詩大致
有如下特色：寓言、移心、解構、延異、開放形式、複數文本、
衆聲喧嘩、崇高滑落、精神分裂、雌雄同體、同性戀、高貴感喪
失、魔幻寫實、文類融合、後設語言、博議、拼貼、意符遊戲、
意指失蹤、中心消失、圖像詩、打油詩、非利士汀氣質、即興演
出、諧擬、徵引、形式與內容分離、黑色幽默、冰冷之感、消遣
與無聊、會話……這樣一張診斷書，自然無法完全涵蓋所有有關
臺灣後現代的一切特徵，但相信是『雖不中，亦不遠矣』。」
（《世紀末的偏自己》，第 202 頁，時報文化出版公司，1990 年
12 月）羅青關於後現代主義含意的描述，孟樊關於臺灣後現代詩
的特徵的概括，基本上已將後現代主義在各類文學體裁的表現概
括無遺。孟樊的概括只是過於繁瑣，簡而言之，後現代主義就是

調侃、解構和否定一切人類的成就和意義。它像一個吃膩了，活厭了，對一切都無興趣，看不慣，要走向死亡和毀滅的敗家子。他們滿口胡說八道，卻是口是心非，一方面詛咒人類的文明，另一方面又享受人類文明。一些玩家只不過是藉它來表現才氣而已。臺灣的後現代主義從 20 世紀 80 年代中期開始登場，一般以1985 年後現代主義的代表詩人夏宇，自費出版的詩集《備忘錄》為起點。後現代主義分為理論、詩歌、小說、戲劇諸領域。理論方面的代表人物為：羅青、蔡源煌、王德威、孟樊、林耀德、廖咸浩等。詩歌方面的代表人物為：林耀德、田運良、黃智溶、歐團圓、夏宇、陳黎、古添洪、羅青、羅任玲、陳克華、林群盛、鴻鴻、萬胥亭、許悔之、丘緩等。小說方面前期為：黃凡、蔡源煌、張大春、李永平、平路等。後來，後現代主義小說發展到了新世代、新人類、新新人類。他們的代表人物有：陳裕盛、駱以軍、楊麗玲、邱妙津、紀大偉、洪凌等。後現代主義小說的主要特徵是無思想、無主題和後設語的運用，作者常常公開跳出來在作品中發言，有的作品將形體活動和心靈活動，形而上世界和形而下世界分割開來。心靈活動和形而上世界，常常在括弧內進行表達。後現代主義，是文學發展中的一種暫時現象。因為它不適應歷史潮流的發展，所以既不可能長久，也不可能成為文學的正宗和主流。不過它所體現的藝術方法，卻並非都是無用之物。因而它創造的有用的表現方法，將被人類藝術所繼承。

第五節　原住民文學創作

　　原住民文學，即通常稱之為的高山族文學。高山族是我國的一個少數民族群，人數約 30 萬人左右，大都住在臺灣比較偏僻落

後的地區。由於他們長期受到種族歧視，經濟、文化比較落後，生存條件比較惡劣。他們長期沒有文字，沒有書面文學。自 20 世紀 80 年代之後，他們的生存條件逐步得到較快的改善。許多人開始掌握了文化知識。一部份知識份子開始拿起文學這個武器，向強權和不平進行抗爭，並通過文學創作尋找和表現自己民族的文化血脈，歌頌偉大的祖國。高山族共分九個族系。即：泰雅族、雅美族、卑南族、排灣族、賽夏族、布農族、曹族、阿美族、魯凱族。這九個族系之間，文化、文學發展也不平衡。進入 80 年代之後，高山族出現的詩人和小說家有：排灣族詩人莫那能，漢名曾舜旺；布農族小說家田雅各，本名拓拔斯・搭瑪匹馬；布農族小說家霍斯陸曼・伐伐，漢名王新民；雅美族詩人，小說家施努來，原名夏曼・藍波安；泰雅族散文家詩人吳俊傑，本名瓦歷斯・諾幹等。高山族文學突出的表現三個方面的主題，一是抗爭精神；二是強烈的變革願望；三是民族文化的尋根和昇華。

排灣族詩人莫那能，臺東市人，1956 年生，因家庭生活極貧，曾打工、賣苦力，妹妹被拐賣進妓院，他千方百計將妹妹救出火坑。他雙目失明，憑著堅強的毅力學知識、學文化，後成了按摩師和詩人。1989 年出版詩集《美麗的稻穗》。他是高山族作家中最具反抗精神的人物。他在《恢復我們的姓名》一詩中宣告：「如果有一天／我們拒絕在歷史裏流浪／請記下我們的神話與傳統／如果有一天／我們停止在自己的土地上流浪／請先恢復我們的姓名與尊嚴」。莫那能的反抗不是個人的反抗，而是代表一個族群的覺醒和抗議。

布農族小說家田雅各，1960 年出生於南投縣，高雄醫學院畢業，曾參加該校的阿米巴詩社。1987 年出版小說集《最後的獵人》，1992 年出版第二部小說集《情人與妓女》。田雅各的小

說，著力描寫高山族勞動者的貧脊生活，作品表現出很濃的高山族風情，刻劃了眾多高山族人勤勞、樸實、誠懇、聰慧的形象，體現出特有文化氛圍和生活體驗。他1983年發表的處女作〈拓拔斯‧搭瑪匹瑪〉，將小說的場景安排在一輛行進的汽車上，通過族人的議論和交談，表現出了他們所面臨的生活困境和生存危機，以及他們在現代文明的洗禮中的獨特感受。

　　泰雅族作家瓦歷斯‧諾幹，漢名吳俊傑，筆名柳翱，1961年8月出生於臺中縣和平鄉泰雅族部落。臺中師範畢業，現任小學教師。曾創辦《獵人文化》雜誌，成立「臺灣原住民人文研究中心」。他先寫詩，後寫散文，出版的散文集有《永遠的部落》、《荒野的呼喚》、《番刀出鞘》、《泰雅孩子》、《想念族人》、《山是一座學校》、《戴墨鏡的飛鼠》等。瓦歷斯‧諾幹接觸文學是從詩開始，讀師專時曾參加「慧星詩社」（原「後浪詩社」），從閱讀余光中、洛夫、周夢蝶的詩起步，寫現代派的詩。後來他接觸到鄉土詩人吳晟，才改變詩風進入現實主義詩歌行列，成了現代派的反叛者。瓦歷斯‧諾幹不僅是個文人，而且是個社會活動家。他由相信文化變革族群地位，到領悟變革社會才能改變族群處境，為了達到變革社會的目的，他便成立研究中心，開展原住居的人文社會研究。他的「兩個轉變」即文學方面由現代派轉入現實主義訴求；變革方面，由文化變革轉入社會變革，是因為1987年他結識了「統派」朋友，大量閱讀《夏潮》、《人間》受到教育啟發的結果。瓦歷斯‧諾幹的散文，風格蕭灑、自然、親切，多用擬人化的手法將客觀事物主觀化，從中道出人生的信念和哲理。例如作者從樹身體現出兩種價值觀。一種是將樹砍掉賣錢發財，而另一種是綠化，讓飛鳥棲息的生命價值。他選擇後一種價值。在他的散文中，大量的是描寫人和自然和諧相處，互相受益的辯證關係。他有些散文則表現了人和人之

間的親睦和友善，而排拒那爾虞我詐，爭權奪利惡行。他的散文
是一個有作為、有理想、光明、正直、善良而又具有變革勇氣和
決心的現代青年形象寫照。

第六節　臺灣年輕一代的文學理論批評

　　臺灣年輕一代的文學理論批評家，大都崛起於 20 世紀 80、
90 年代，他們已經在文學理論批評方面有了較為卓越的建樹，顯
出了自己的素養和風格。這些人中有的是理論、批評雙管齊下，
有的著重於詩歌評論，有的著重於小説評論，有的著重散文評
論，也有跨詩歌、小説、散文全方位進攻的批評家。他們中如：
施淑、呂正惠、王德威、李瑞騰、龔鵬程、鄭明娳、孟樊、龍應
臺、曹淑娟、張惠娟、林耀德、古添洪、羅青、簡政珍、陳信
元、高天生、詹宏志、林慧峰、廖咸浩、王浩威、廖炳惠、蕭蕭
等。臺灣年輕一代的文學理論批評中有幾個熱點：
　　其一是在兩岸文學交流與融合中，出現的大陸文學研究熱。
他們開始在這種熱潮中建構兩岸文學理論批評的橋梁。此領域中
比較突出的是陳信元。陳信元，臺中縣人。1953 年 3 月出生，臺
灣中國文化大學中文系畢業，現任南華大學編譯出版中心主任。
陳信元在臺灣年輕一代文學批評家中不是突出的角色，但可貴的
是在兩岸文學匯流中他首先關注並投入向臺灣讀者推薦大陸文學
作品，並沈靜下來研究評價這些作品。雖然他的有些觀點還值得
商榷，但他能為此投入和付出，就應該得到鼓勵。陳信元關注大
陸文學研究已有十餘年時間，著述出版了《從臺灣看大陸當代文
學》、《中國現代散文初探》、《大陸新時期散文概述》、《大
陸新時期報告文學概述》等專著。

　　其二，是後現代文學理論批評熱。後現代文學理論批評中，詩歌方面以孟樊為代表。孟樊，本名陳俊榮，臺灣嘉義縣人，1959 年 9 月出生。臺灣政治大學政治研究所碩士，臺大法學博士，現在南華大學任教。出版的著作有：《後現代併發症》、《臺灣世紀末觀察》、《臺灣文學輕批評》、《當代臺灣新詩理論》、《臺灣出版文化讀本》等。孟樊對臺灣後現代詩的研究，有一種知根知底，而又不護短的精神。因而能從後現代的生成、傳播、特徵及其致命弱點全面地進行論述。由於他自身是後現代詩人的一員，頗有從內部殺出的反叛意味。上面我們引述的孟樊對臺灣後現代詩特徵的一長串概括，便是孟樊對後現代詩研究的精髓。後現代小說批評方面，要數蔡源煌與張惠娟了。蔡源煌，臺灣省嘉義縣人，1948 年 4 月出生，臺大外文系畢業，美國紐約州立大學博士，現任臺大外文系教授。出版的著作有：《寂寞的結》、《文學的信念》、《當代文學論集》、《從浪漫主義到後現代主義》、《海峽兩岸小說的風貌》、《解嚴前後的人文觀察》、《當代文化理論與實踐》。呂正惠教授認為：「從 80 年代中期到 90 年代初，主要透過他的三本評論〈當代文學論集〉（1987 年）、〈海峽兩岸小說的風貌〉（1989 年）、〈當代文化理論與實際〉（1991 年），他成為當時臺灣後現代小說主要發言人。」蔡源煌幾乎是與黃凡、張大春一起在後現代文學舞臺亮相的。所不同的是蔡源煌以理論探索為主，又跨越小說創作。在 1987 年由瘂弦主編的展示臺灣後現代派風貌的書《如何測量水溝的寬度》中，黃凡、張大春、蔡源煌一起作為後現代派的主角出場。蔡源煌的後現代派小說〈錯誤〉引人關注，被稱為臺灣第一篇後現代小說的佳作。作者以鄭愁予的名詩〈錯誤〉進行演化，不時自述，不時調侃，不時作者跳出進行評價。該作就是關於蔡源煌後設小說理論的活樣版。蔡源煌把寫小說看作是遊戲，是作者隨心所欲，可以隨時自由地從故事中進進出出的過程。不是作

品主人公和故事情節左右作品，而是作者決定和評價一切。攻讀比較文學的女批評家、臺大外文系教授張惠娟在〈反烏托邦文學的諧擬特質〉和〈臺灣後設小說試論〉等文中，對後設小說進行了論述。她認為後設小說從下列一些方面向傳統小說進行了挑戰：對於「質疑」的讚頌；自覺凸現讀者的角色；力邀讀者介入作品與作者同玩文學遊戲；括弧暗語的大量使用；摒斥完整構架，打斷敘述，延緩閱讀速度；刻意離題，諧擬手法和『置框』與『破框』等的運用。

　　當代臺灣最著名的後現代評論家當數王德威。王德威和蔡源煌同屬臺灣大學外文系出身，其後獲得美國威斯康辛大學比較文學博士，在臺灣大學及美國哈佛大學短期任教後，接替夏志清在哥倫比亞大學的中國現代文學教席。這一位置的「權威性」，無疑有助於他在臺灣文壇的發言權。1986 年，他在臺灣出版第一本評論集《從劉鶚到王禎和：中國現代寫實小說散論》。1988 年，第二本評論集《眾聲喧譁：30 與 80 年代的中國小說》出版，確立了他在臺灣評論界的地位。其後出現的評論文集計有：《閱讀當代小說：臺灣、大陸、香港、海外》（1991 年）《小說中國：晚清到當代的中文小說》（1993）《如何現代，怎樣文學：19、20 世紀中文小說初論》（1998）。另外，他還在大陸出版了一本評論選集《想像中國的方法：歷史·小說·敘事》（北京三聯，1998）。王德威和蔡源煌最為不同之處在於：他極少作直接的理論陳述，他的觀點和方法主要是透過他一系列的實際批評來呈現。他的批評文字流暢而華麗，善於使用令人印象深刻的意象，相當的迷人。他的影響力大半來自他的批評文字的獨特風格。王德威把巴赫汀的「複調」理論改造為「眾聲喧譁」，他說：「三四十年代的小說在文字的試煉、題材的開拓、義理的抒陳上，均有可貴的貢獻。但數十年來的文學史記錄，卻逐步將其「濃縮」為一簡單的趨向。邇來不談「人道」、「寫實」，不分殊「左傾」、

「右傾」者幾希！筆者無意全盤否定是類評價，但以為我們的研究其實可以同中求異，做得更細膩，更具辯證潛力些。重為大師、經典定位，找尋主題、風格、意識形態所歧生的意義，追溯作者「始」料未及的創作動機等，乃成為亟待持續進行的工作。」很明顯可以看出，王德威反對的「單音獨鳴」是大陸（當時）正統文學史的現實主義史觀，以及他並未言明，但在當時尚有強大影響的臺灣鄉土文學的現實主義立場。他以「眾聲喧嘩」的美好意象來博取大家的認同，雖然和當時的張大春和蔡源煌傳達了相似的「傾向」，但表現得更為「聰明」，而具柔軟性（以上藉用呂正惠的相關評論）。

其四，鄭明娳的散文研究獨樹一幟。鄭明娳，湖北漢陽人，1950 年出生於臺灣。1972 年臺灣師大畢業，1981 年獲博士學位。後任教於師大，現定居加拿大。她出版的著作有：《儒林外史研究》、《現代散文欣賞》、《西遊記探源》、《現代散文縱橫論》、《現代散文類型論》、《現代散文構成論》等。鄭明娳的散文研究是從歷史的角度，審視現代散文成長的軌跡，為散文作家定位，企圖建構散文理論體系。她從散文的發生、構成、類型及其美學品質，對散文進行了縱橫論述，深刻解剖和概括，使這個一向缺乏理論的文學王國有了規矩和統轄。鄭明娳的散文理論系統、開闊、豐沛，在中國的散文理論中具有開創意義。

其五，邊緣文學理論的呈現。1987 年臺灣「解嚴」後，隨著中心的弱化和消失，邊緣力量和邊緣理論逐漸崛起。邊緣是針對中心而言的，社會文化的多元化過程，就是邊緣的一種進攻和興起的過程。1991 年 4 月，《聯合文學》首先推出《地下、邊緣》專欄。1995 年 2 月後現代派詩人陳黎出版《島嶼邊緣》詩集，接著王浩威創辦《島嶼邊緣》雜誌。他們在臺灣興起了一股邊緣顛覆中心的文學理論，並將這種理論炒得很熱。其代表人物為王浩

威。王浩威，臺灣南投縣人，1960 年 3 月出生。高雄醫學院畢業，曾任慈濟醫院精神科主任。極力提倡「邊緣」理論，現任心靈工作室主任。出版的著作有《一場論述的狂歡宴》、《臺灣文化的邊緣戰鬥》、《獻給雨季的歌》。王浩威倡導的「邊緣」理論，是後現代派理論的一個分支。這種文化邊緣學，反對和解構一切中心主體和主題。例如：就地域來說，花蓮處於臺灣的邊緣，要否定的是臺北中心論；就族群來說，原住民處於邊緣；要支援的是原住民邊緣，在「西化」時期的文化來說，西方文化成為中心，即反對西方文化中心論。社會人群中，反對男性中心，倡導女權主義；婚姻領域，支援同性戀邊緣。在紀大偉和陳雪建構的「酷兒」系列中，大膽而赤裸地以文字和照片叙述表達性愛，用以解構傳統的婚戀觀念。他們提倡、調集、匯聚一切邊緣力量向中心進攻。他們認為：「没有這些妖言雜音，便不能改變、顛覆、摧毁、重組父權異性戀社會的陽具中心色情深層結構。」這種無視本質的邊緣理論，是一種可怕的理論，有時可能是一種革命風暴，有時又可能成為摧毁一切的颱風。

　　最後要提到當代臺灣比較特立獨行的兩位文學評論家，施淑和呂正惠。當代臺灣的評論傾向，基本上分為兩大類。或者屬於後現代和性別研究，崇尚應用當代西方文學或文化批評理論；或者屬於臺獨派，專以發揚臺灣文學所謂「主體性」為目的。施、呂兩人原本均研究中國古典文學，後來都不同程度地受到馬克思主義文學批評的影響，也都比較熟悉現、當代大陸文學傳統。他們的素養和他們的為人，使他們以各自的風格從事評論，因此一時顯得「孤立」而處於評論界的「邊緣」位置，卻不損其文論界重鎮的地位。
　　施淑，彰化縣鹿港人，臺灣大學中文系碩士，曾在加拿大英屬哥倫比亞大學研究，回臺後一直任教於淡江大學中文系。施淑

的第一本論文集《理想主義者的剪影》（1990 年，新地出版社）收集早在七〇年代後半就開始的，專門研究中國三十年代初期的左翼文藝理論與胡風的文論，這是她研究現代文學的起點。她的第二本評論集《兩岸文學論集》（1997 年，新地出版社）裏，專論賴和、陳映真、施叔青、李昂的幾篇作家論，迴不猶人，可以看出她的過人的論見。她的論臺灣日據時期的六篇論文（《兩岸文學論集》中的前六篇）以充實的資料和敏銳的見識分析當時文學知識份子的種種心態，其中〈日據時代臺灣小説中頹廢意識的起源〉一篇，曾經被某一評論家認為是當代臺灣文學評論的「典範之作」。

　　比起臺獨派「政治掛帥」的有關日據時期臺灣文學汗牛充棟的論文，施淑的少量論文顯得堅實而有見識。遺憾的是，她惜墨如金，不常寫論文。不過，在教學上，她鼓勵學生研究當代大陸文學，她的不少學生因而選擇當代大陸小説作為研究題目。在臺灣高教文學教育領域中推廣當代大陸文學，可謂功不可没。

　　呂正惠，嘉義人，臺灣大學中文系碩士，東吳大學博士，現任教於臺灣清華大學中文系。呂正惠在八〇年代末期，以現實主義的觀點分析陳映真、黃春明、白先勇、王文興、王禎和、七等生幾位臺灣中堅小説家（收入《小説與社會》，1988 年，聯經出版社。）。由於觀點特殊，論點尖鋭，當時頗有一些反響。其後，後現代派與臺獨派同時於九〇年代初迅猛發展，呂正惠寫了不少文章與兩派論戰（見《戰後臺灣文學經驗》，1992 年，新地出版社。）。其後，呂正惠轉而研究日據時期臺灣文學，相對臺獨派特別注意的議題，如臺灣話文論爭、皇民文學的性質等，重新加以研究（此一部份收入《殖民地的傷痕》，2002 年，人間出版社。）。一般而言，呂正惠的作家論常有獨特的視點，而他的宏觀論文常以文藝社會學的視野來處理。他的堅持現實主義與社

會學的分析方式不為後現代派所接受，而他鮮明的統派立場又受臺獨派排斥。因此，他的論著雖然不算少，但整體而言，在臺灣評論界卻非常「孤立」。但當歷史的洪流汰盡－時代的泥沙，施淑和呂正惠的文論終將呈現為金黃的積澱。

第七節　「文學臺獨」的出現

政治臺獨原是由美國、日本的右派勢力，孵化和豢養的，反對中國的海外別動隊。20 世紀 80 年代，隨著臺灣政治氣候的變化，他們打著民主運動的旗號，偷偷進入島內，與島內暗藏的「臺獨」勢力相勾結，逐漸地又公開化。他們藉著國民黨統治政策的失敗，激起的巨大民怨浪潮而興風作浪，終於成為氣候，掌握了臺灣的軍政大權。「文學臺獨」是政治臺獨的附庸和走卒。他們以文學為幌子，行政治之實，大肆反對中國、中華民族和其文學；販賣極其荒唐的「文學臺獨」理論，顛倒臺灣文學的歷史；歪曲臺灣的社會性質；篡改臺灣文學受中國作家的作品和文學史實，妄圖將臺灣文學從中國文學中分裂出去。他們不僅勾結日本右派勢力為日本軍國主義招魂，而且為「皇民文學」翻案。這批人中年長者為葉石濤，他於 20 世紀 70 年代便提出了所謂「臺灣意識」，以此與「中國意識」對抗。之後「臺灣意識」便成了臺獨的理論基礎。「文學臺獨」中比較活躍的作家如：林雙不、宋澤萊、陳芳明、彭瑞金、李喬、楊照等。「文學臺獨」在文學理論批評方面，陳芳明和彭瑞金喧囂之聲最高。他們於 80 年代初便提出了臺灣文學的「自主性」和「本土化」，將鄉土文學內涵進行調換。之後又從「本土化」、「自主性」發展到「獨立的臺灣文學」，在這種「獨立的臺灣文學」稱謂下，他們將日據時期

針對日本佔領者的一系列文學史實，如：「自治」、「孤兒意識」、「提倡使用臺灣話」等均扭曲成針對中國的最早的「臺獨」主張。於是將本來嚮往、熱戀中國的愛國作家，移到了與中國對立面去了；將歌頌中華民族反抗精神的抗日文學作品，歪曲成了「臺灣民族」精神的表現。他們無中生有地杜撰出什麼「臺灣民族」來對抗中華民族；他們將中國的合法政府稱為「外來殖民政權」；他們極其荒謬地提出「中華民族壓迫」、「中華沙文主義」等莫須有的東西。他們鼓動臺灣民眾將對國民黨的仇恨轉嫁到中國大陸頭上。在李登輝和陳水扁的政治支援和庇護下，他們已墮落成了祖國和民族的罪人。「文學臺獨」一露頭，以陳映真為代表的臺灣人間學派的作家們，便與他們進行了針鋒相對的鬥爭。陳映真、曾健民、呂正惠、黃春明、劉孝春、藍博洲等，都撰寫了一系列很有說服力的文章，對「文學臺獨」進行了有力的批駁。兩者鬥爭的主要焦點是：

　　(1)臺灣自古就是中國的一部份，臺灣文學是中國文學的一部份還是其他；(2)中國政府從日本入侵者手中奪回臺灣政權，是合法行政，還是外來殖民政權；(3)日本帝國主義在臺灣推行的「皇民化文學」，是帝國主義的侵略文學，還是日本文學的海外伸延？「皇民文學作家」是漢奸，還是功臣？(4)臺灣新文學是中國五四新文學運動的產物，還是多種外來文化影響的產物？(5)臺灣漢人是漢民族的一部分，還是什麼「新興的臺灣民族」？「臺灣意識」是中國意識的一部份，還是一種獨立於中國意識之外的意識？(6)閩南語是中國方言的一部份，還是獨立的「臺語」？(7)日據時期臺灣文學中的「孤兒意識」是一種渴盼回歸祖國的思想，還是一種分離意識？這些問題在論爭中基本上得到了澄清。尤其是陳映真對陳芳明《臺灣新文學史》建構及其謬論的批判，如馬克思主義的白礬澄混水，辯清了一系列社會的、經濟的、文學的重大理論是非。但是，反對「臺獨」和反對「文學臺獨」的任務

還相當繁重，它不僅是國家的事，政府的事，更是全民族的事。
大家都應重視和參與。我們批判「臺獨」，對因蒙蔽而迷途者是
一種呼喚，對死心塌地者是一種痛擊，我們認為隨著祖國統一大
業的深入發展，中國一定要統一，中國海峽兩岸文學的裂痕，一
定會重新彌合和融合。

後　記

　　這部《簡明臺灣文學史》，經歷了醞釀，準備和寫作諸階段
的緊張工作，基本上達到了預期目標，較為完滿地完成了寫作任
務。雖然它像一個即出世的嬰兒，還要在實踐中接受考驗，但是
我們相信，我們的心血將會變成收穫。在這次合作中我們的分工
是：

　　古繼堂撰寫：⑴前言；⑵緒論；⑶第 1、2 章；⑷第 14 至 18
章；⑸第 27 章和 29 章；⑹第 23 章的第 3 節和第 7 節及全書的詩
歌和文藝理論部份。

　　樊洛平撰寫：第 3 章至第 11 章；

　　王敏撰寫：⑴第 12 章至 13 章；⑵第 19 至 21 章；

　　彭燕彬撰寫：⑴第 23 章至第 26 章；⑵第 28 章。

　　全書由古繼堂進行統稿，並對少數章、節作了修改。本書是
十分融洽和友誼的氣氛中完成的。我們創造的優良合作範例，將
與我們的成果共存。我們衷心感謝時事出版社的大力支持。也感
謝台灣的人間出版社在台灣出版繁體字修訂本。

作者

2002 年 3 月 31 日於北京

台灣新文學史論叢刊 5

簡明台灣文學史

編　　　者／古繼堂
作　　　者／古繼堂、彭燕彬
　　　　　　樊洛平、王　敏
發　行　人／呂正惠
出　版　者／人間出版社
社　　　長／林怡君
地　　　址／台北市長泰街五九巷七號
電　　　話／02 23370566
郵　撥　帳　號／11746473　人間出版社
排　　　版／龍虎電腦排版股份有限公司
印　　　刷／承印印刷有限公司
登　記　證／局版台業字第三六八五號
初版一刷／二〇〇三年七月
再版二刷／二〇一〇年八月
定　　　價／五五〇元

國家圖書館出版品預行編目資料

簡明臺灣文學史／古繼堂等合著. -- 初版. - -
臺北市：人間， 2003[民 92]
面； 公分. - -（臺灣新文學史論叢刊：
5）

ISBN 957-8660-80-4（平裝）

1. 臺灣文學・歷史

820.9 92011625